MW01674982

MI PROPIO TURCO de TELENOVELA

MARÍA JOSÉ TIRADO

Editado por Harlequin Ibérica.
Una división de HarperCollins Ibérica, S.A.
Núñez de Balboa, 56
28001 Madrid

Mi propio turco de telenovela, n.º 243 - 20.10.21

Diseño de cubierta: CalderónStudio
Imágenes de cubierta: Shutterstock

I.S.B.N.: 978-84-1375-818-3
Depósito legal: M-22735-2021

Para Eric, por su sonrisa;
para Hugo, por su corazón;
para Antonio, por su amor.
Sois los pilares de mi vida.

Prefacio

Dicen que el amor llega cuando menos te lo esperas. Pues yo estoy harta de esperar, así que voy haciéndome a la idea de que moriré sola, en una mecedora frente a la chimenea, de un subidón de azúcar después de comerme una tonelada de Panteras Rosas, porque, total, ya que me voy a morir, no me preocupará la celulitis.

Es viernes por la noche y estoy en casa, en pijama, sentada en el sofá comiendo palomitas de microondas con mi amiga Lorena a mi derecha, que se ha quedado dormida dándole el pecho a su pequeña de dos años, Gala, a la que sostiene perfectamente con sus instintos maternos a pesar de roncar con la babita caída, y mi amiga Carolina, su hermana y antítesis, a mi izquierda, monísima de la muerte con una minifalda de lentejuelas negra y un top lencero dorado, que no para de mirar el reloj porque ha quedado a las doce con un tío por Tinder, la aplicación esa de ligar. Miro el reloj, son las once y media.

–Vete ya si quieres, Caro. Está claro que no vamos a terminar de ver la película –le digo. Se trata de una comedia romántica en la que la protagonista, una chica preciosa de veintipocos años, rubia como el trigo en verano y dueña de una larga y esbelta figura, conoce a un chico, con más músculos que Schwarzenegger en sus mejores años, del que se ha enamorado perdidamente, pero cuyo amor resulta imposible porque... ¡Oh! El chico tiene que viajar lejos, a otro estado, para iniciar la universidad y estarán separados, y sufren y ambos lloran a moco tendido, y hasta llorando están guapos, porque no saben si su relación sobrevivirá y blablablá. Y blablabá, porque me juego un dedo del pie a que al final todo se arregla–. Además de que es un rollo porque la vida real no es así. En la vida real si el chico tiene que irse a vivir a otra ciudad se echará otra novia allí y Santas Pascuas.

–¿En ese plan derrotista estás? –me pregunta, atravesándome con sus ojos avellana, enarcando una de sus cejas castañas; el cabello rizado natural le queda de maravilla, no sé por qué se empeña en alisarlo a diario.

–¿En qué plan quieres que esté?

–A ver, Sara. Tenemos treinta y seis años, ¿vale? Estamos en la flor de la vida...

–En la flor de la vida estás tú que ligas con uno y con otro y no tienes que dar explicaciones a nadie y encima todavía tienes las tetas en su sitio –protesto, mirándolas, cómo desafían a la gravedad las *jodías*, sin sujetador ni nada–. No tienes dos hijos y un exmarido. Y no me entiendas mal, mis hijos son la felicidad de mi vida, pero siento que voy de bajada. Cuesta abajo y sin frenos.

–¿Estás loca, Sara? –pregunta con los ojos como platos como si no pudiese dar crédito a lo que estoy diciéndole–. ¿De bajada con treinta y seis años? Tienes una hija adolescente porque corriste mucho por la vida con tu querido Miguel, ¿a quién se le ocurre tener una hija a los veinte años?

–Sabes que no fue buscada, fue un… *yo controlo*.

–Y sigue sin controlar todavía –apunta con una sonrisa maliciosa con la que pretende animarme–. Pero haber *corrido* tanto también tiene su parte buena. Cuando yo vaya a tener hijos, si es que los tengo algún día, los tuyos serán independientes y serás tú quien esté viviendo la vida. Los treinta son los nuevos veinte y los cuarenta los nuevos treinta, así que aún nos queda cuerda para rato. ¿Desde cuándo no sales?

–¿Ir a cazar Pokémons con mi hijo Pablo cuenta?

–Cuenta salir a bailar, conocer a un tío que te dé un buen meneo y volver a casa al amanecer. ¿Cuándo fue la última vez?

–Allá por el Pleistoceno.

–¿Y qué esperas? ¿Conocer al hombre de tu vida en pijama en el sofá de tu casa? –protesta enfadada, le falta sacar un látigo y darme un par de latigazos para hacerme reaccionar. Nos conocemos demasiado bien. Somos amigas desde segundo de primaria, cuando un niño me robó mi osito de peluche rosa con nariz de botón y ella se acercó a mí en el patio y me preguntó por qué lloraba. Cuando le conté lo que me sucedía fue en busca del niño, le arrebató el muñeco y le dio un mordisco por el que estuvo castigada sin recreo una semana. Yo me quedé acompañándola en clase durante los recreos, y conocí a su hermana pequeña Lorena, un año menor que ambas, que se unió al castigo, por solidaridad. Así nos convertimos en Amigas para siempre, «*will you always be my friend*», como nos gusta cantar cuando tenemos algunas copillas de más.

Siempre tuve cierta envidia sana de su capacidad de plantar cara ante lo que considera injusto, ya fuese una abuelilla que se cuela en la cola del súper, o a su jefe en el supermercado en el que la explotaban antes de que entre ella y Lore abriesen el salón de belleza en el que trabajo con ellas.

Carolina tiene claro que aún no está preparada para nada serio, y eso no la agobia ni la atormenta, es una mente libre, es resuelta, inteligente e independiente por naturaleza. Lorena en cambio ha tenido una trayectoria vital más acorde a la mía; también se casó y tuvo a su hija, la pequeña Gala, solo que mucho más tarde que yo, y además sigue casada.

–Las oportunidades no llegan, Sara, las oportunidades

hay que salir a buscarlas y pillarlas al vuelo. ¿Por qué no sales conmigo?

–Sí, claro, de sujetavelas.

–Podríamos hacer un trío –sugiere, y se muere de la risa cuando la miro escandalizada–. Que es broma, tonta. Voy a enviarle un mensaje a mi cita de Tinder de hoy, que está cañón, y voy a preguntarle si tiene algún amigo simpático… –asegura sacando el móvil del bolsillo.

–No –respondo con la boca llena de palomitas. Pero ella empieza a teclear el móvil metiéndose en la aplicación–. Que no –insisto mientras mastico como puedo, pero no me hace caso. Abre un chat con un tipo al que solo se le ve de barbilla para abajo, que tiene unos buenos abdominales, eso sí, y empieza a escribir. *Hola, guapo, ¿no tendrías por ahí un amigo que tenga un buen rab…?* Intento quitarle el teléfono y ella se muere de la risa, echándose hacia un lado para que no la alcance–. ¡Borra eso ahora mismo! ¡Bórralo! –protesto enfadada, ella vuelve los ojos y borra el mensaje porque me conoce y sabe que voy en serio.

–De verdad, ¿cómo puedes ser tan mojigata? A veces pienso que Miguel y tú hicisteis los niños por un agujero en las sábanas. Hay que darle salsa a la vida, arriesgarse mientras que eres joven, conocer a distintos hombres hasta que des con el adecuado. Elegir al primero que se presenta no es buena idea –dice con una sonrisa cínica y sé que se refiere a Miguel.

–No quiero acostarme con muchos hombres, quiero encontrar a uno, solo a uno, que me llene el corazón.

–Pues mientras lo encuentras, no estaría mal que probases con unos cuantos que te llenen de otro modo. –Hago un gesto de negación–. La vida no es una de esas novelas románticas que tanto te gusta leer.

–¿Crees que no lo sé? Las novelas románticas nunca hablan de mujeres como yo, mujeres que han vivido el desamor, mujeres que tienen estrías y michelines, mujeres con ojeras por las mañanas y que recién levantadas se asustan de su reflejo en el espejo –protesto. Carolina me mira con tristeza.

–Eres preciosa, Sara. Siempre has sido la más guapa de las tres.

–Yo también te quiero –digo a punto de hacer pucheros.

–Lo digo en serio. Tienes un pelo rubio precioso, los ojos azules, la nariz pequeña y bonita, no esta tocha que me tocó a mí, que parezco la hermana pequeña de Adrian Brody… –me dice muy seria. Su nariz no es grande, es un poco curvada nada más, pero está obsesionada con ella desde que era adolescente, a pesar de su éxito con los tíos–. Y encima eres inteligente y divertida, ¿qué más se puede pedir? Solo necesitas quererte un poco más y sacarte partido, tontorrona.

–¿Partido? La Liga me voy a sacar –bromeo, y ella niega con la cabeza.

–Sara, eres una belleza, de verdad, por dentro y por fuera –me dice con los ojos brillantes de emoción. Cuánto quiero a este par de hermanas que me adoptaron aquella mañana de primaria en el colegio.

En ese momento, Lorena da un fuerte ronquido, que rompe por completo el aire emotivo de nuestra conversación, del que incluso se despierta y nos observa extrañada.

–¿He sido yo? –pregunta adormilada.

–No, el gorila que tenemos escondido bajo el sofá –protesta su hermana.

–¿Estáis en un *momento abrazo* y me habíais dejado fuera, cabronas? –pregunta abriendo los ojos por tiempos, y se une a nuestro abrazo con la pequeña Gala sujeta a su cuerpo como un koala.

Lo que desconozco en ese momento es que, aunque la vida no es una novela romántica, en ocasiones sí puede ser como una telenovela turca, con su guapo galán casi perfecto y su final feliz... o no.

Capítulo 1

–Cariño –llamo a mi hija Alejandra, tratando de capturar su atención, sin éxito; su mirada continúa fija en la pantalla. Lo cual hace más difícil aún que inicie una conversación que de por sí ya es complicada para mí, porque por mucho que te lo cuenten, para toda madre, y padre supongo, el momento de hablar de temas sexuales con sus hijos adolescentes es algo… incómodo. Pero encontrarme un condón en el bolsillo trasero de sus vaqueros ha hecho que me salten las alarmas a lo Chernóbil, y me haya decidido a no posponer más esta conversación. Y sí, quiero ser una madre moderna y enrollada, pero se me hace difícil imaginarme a mi pequeña princesita revolcándose en el asiento trasero de un coche con… ¿quién? Si a su edad yo aún jugaba con mis Barbis–. Alejandra, escúchame –le pido poniendo una mano en la pantalla del móvil. Ella se echa los cascos hacia un lado en una de las orejas y me mira enfurruñada.

–Joder, mamá, en cuanto esto acabe friego los platos, pero déjame verlo, ¿no? No seas pesada. –Mi princesita se convirtió en ogro hace ya bastante tiempo y tiene sus momentos.

–No es por el fregado –le digo, y ella continúa mirando la esquinita de la pantalla, como el drogadicto que busca su dosis, se lo quito y lo escondo en mi espalda, ahora sí tengo su completa atención–. Tengo que hablar contigo de otra cosa.

–¿De qué cosa? A ver. Me estoy perdiendo un evento *online* de Sobacos Peludos por tu culpa.

–¿Un evento de sobacos? ¿Qué clase de guarrería es esa?

–Sobacos Peludos es un grupo feminista, que no te enteras de nada. Mira –dice tirando de la manga de su camiseta al codo, enseñándome su axila no depilada. Una mezcla de olor a desodorante y sudor me invade de repente. No huele mal del todo, entre otras cosas porque tiene dieciséis años y cuatro pelos–. Revindicamos nuestro derecho a no depilarnos como símbolo de la sociedad patriarcal.

–¿Y el bigote? ¿Esa depilación no entra en el ámbito de la opresión? –La ataco donde más le duele; a los trece le salió una pelusilla morena sobre el labio superior que la acomplejaba bastante, y por ello le permití depilársela, a pesar de que me parecía demasiado joven. Se lleva una mano al bigote y arruga el entrecejo mirándome con reprobación.

–Eso es un golpe bajo, mamá. Devuélveme el móvil.

–Primero escúchame –digo, y hago una pausa dramática para tomar aire–. Tenemos que hablar de…

–¿De qué? –Enarca una de sus preciosas cejas pelirrojas, esas que también se depila y yo no sé cómo decirlo, así que decido soltarlo sin más.

–De sexo.

–¿Para eso tantos rodeos? –Inspira hondo, se endereza en la cama y me mira seriamente con sus ojos azules, lo único que ha heredado de mí, pienso a veces–. ¿Qué quieres que te explique? ¿*Sexting*, *dating*, *fisting*? –pregunta, y no tengo ni idea de lo que me está hablando–. ¿Sabes lo que son? ¿Quieres detalles o eres demasiado mojigata para eso, mamá? Tampoco quiero asustarte –me suelta con esa expresión de suficiencia en la que reconozco a su reverendo padre, al que no puede parecerse más la *jodía*. Es la segunda vez que me llaman «mojigata» en menos de cuarenta y ocho horas, al final voy a tener que hacérmelo mirar, pienso.

–No me hables así –trato de imponerme–. A ver si te crees que tu hermano y tú nacisteis por obra y gracia del Espíritu Santo.

–Por favor, mamá. El sexo ya hace décadas que dejó de ser una mera herramienta de procreación, ahora el sexo es una faceta más de la expresión de nuestros cuerpos, un arma liberadora frente a la represión que hemos sufrido las mujeres a lo largo de tantos años en los que se nos exigía la virginidad, ¿es que no te das cuenta? –se explaya, como si me estuviese dando un mitin de liberación sexual.

–¿A mí me lo vas a contar? A tu abuela le faltaba hacerme la prueba del pañuelo cada vez que volvía a casa –protesto. De otra cosa puede, pero de represión sexual no va a darme lecciones esta niña. Mi madre, después del desengaño amoroso que sufrió con mi padre, quien al parecer le dijo: «Hola, muy buenas, te quiero mucho, te hago un bombo, una servidora, y ahí te quedas», pagó conmigo todas las consecuencias de haber sido engañada. Y me dio sermones sobre la importancia del matrimonio, que para los hombres eso de prometer hasta meter... era ley de vida, etcétera. Aun así, no me casé virgen, me casé embarazada, y demasiado joven, lo que da para tener una hija de dieciséis años que se cree que me va a contar a mí el origen de la vida–. En resumen, que me he encontrado esto en el bolsillo trasero de tus pantalones y solo quería decirte que tengas cuidado con los chicos –revelé mostrándoselo.

–Ah, si es por eso, tranquila, el condón es de mi amiga Lucía. Como la madre le registra la ropa, me pidió que se lo guardase. Y por los chicos no te preocupes, soy lesbiana. –Zas, en toda la boca. Quizás debí darme cuenta cuando se deshizo de la larga melena ondulada a principios de año, esa que mantenía desde la primera comunión, y se cortó el flequillo como si le hubiesen dado un hachazo en la frente. O el verano pasado, cuando me pidió que donase todos sus vestidos y se hizo ese tatuaje de dos signos femeninos entrelazados en el muslo, con henna. Los auténticos se los tengo prohibidos hasta los dieciocho. Que no, que todo eso son tópicos, meros estereotipos, me digo. Ay, mi niña, que se supone que le tendría que haber costado mucho salir del armario y me lo ha soltado sin más. Sería un armario sin puertas. A mí me da igual si le gustan los hombres o las mujeres, mientras sea feliz. Además, vista la experiencia de nuestra familia con los hombres, con un padre desaparecido y un exmarido, casi mejor.

–Pues ten cuidado con las chicas –le suelto. Ella sonríe haciéndome saber que entre nosotras no está todo perdido a pesar de su rebeldía adolescente.

–Tranquila, por ahora solo practico sexo oral, aún no estoy preparada para nada más. Aunque me han dicho que se me da muy bien –me suelta con una risita, provocándome. ¿En serio? Si yo le hubiese dicho algo así a mi madre se habría quitado la zapatilla voladora con la agilidad habitual. De hecho, ni siquiera necesitaba llevársela a la mano, el mero gesto de quitársela resultaba de lo más efectivo.

–Pues me alegro –digo sin saber por qué. Que los hijos sean buenos en algo es positivo, ¿no? Aunque sea comiendo almejas. Ay, madre, no quiero tener esa imagen en mi mente. Fuera. Fuera.

–¿Me devuelves el móvil?

–Toma –digo entregándoselo, mientras trato de digerir tanta información y tan íntima–. Y tu sobaco peludo comienza *a cantar*, date bien cuando te duches. –Ella se ríe y vuelve a caer envuelta en el bucle hipnótico de la pequeña pantalla.

Ay, mi niña. Que ya sabe que es lesbiana. Las cosas de las que se entera una antes de preparar la cena.

Y mientras pico los tomates y los pimientos para el sofrito me pongo a pensar con cuántos años me di cuenta de que me gustaban los hombres, mientras mi hijo Pablo, de diez años, hace la tarea en la mesa del salón.

No sé si alguna vez me lo planteé o sencillamente lo supe. De todos modos, conocí tan pronto a Miguel que poco tiempo me quedó para la duda. Yo estaba en primero de Bachillerato cuando una prima suya nos presentó. Me pareció tan alto, tan guapo… Recuerdo que cuando me dio dos besos y cruzamos dos palabras lo que más me gustó de él fue su voz. Era tan grave y profunda que recuerdo que pensé que tenía voz de locutor de radio. De esos de los que te crees todo lo que te cuentan, y yo, me tragué hasta la publicidad.

Cuando llevábamos un año de novios, me regaló un anillo de compromiso con una posible fecha para nuestra boda, cuatro años más tarde, cuando yo acabase los estudios. En el último año de carrera me quedé embarazada, nos casamos en Navidad, antes de que se me notase demasiado, o podría celebrar a la vez mi boda y el funeral de mi madre. Di a luz en junio, y me quedaron casi todas las asignaturas para septiembre. Pero un año más tarde pude acabarla, con mi hija Alejandra enganchada al pecho. Creo que por eso es tan reivindicativa; se mamó el último curso de relaciones laborales.

Remuevo el guiso, huele de maravilla. Y entonces oigo que alguien me llama al móvil. Me asomo al salón y veo cómo Pablo está toqueteándolo, ¿pero no estaba haciendo la tarea?

–Hola, papá –le oigo decir, y me dan ganas de santiguarme–. Sí, está en la cocina –le dice, y me trae el teléfono.

–¿Tú no estabas estudiando?

–Es que…

–Ni es que… ni es ca… A estudiar –le digo, y él arruga el entrecejo en una expresión muy típica de mi ex, que yo, en lugar de una matriz, parece que tenga una clonadora, porque los dos son igualitos al padre, y se vuelve a su asiento a fingir que le he ofendido y de camino pasar unos cuantos minutos más sin mirar el libro–. Buenas noches, Miguel, dime.

–¿Has hablado ya con la niña? –En ese momento me arrepiento de haberle contado lo que descubrí en el bolsillo de sus vaqueros, pero se supone que nos lo contamos todo con respecto a nuestros hijos, o en eso quedamos tras el divorcio–. ¿Quién es el chico? ¿A quién tengo que partirle las piernas? –me pregunta en tono jocoso, dándoselas de padre moderno.

–La niña... La niña se ha bajado al pilón más que tú en toda tu vida. –Le oigo toser, y disfruto de desmontar su papel.

–¿Qué quieres decir con que se baja al pilón? Al pilón… ¿Pilón?

–Al pilón, pilón. En eso no se parece a ti, desde luego –le suelto, y luego me arrepiento. Pero es cierto, mi ex era, dejémoslo en territorial para el sexo, por el norte se las apañaba bastante bien, pero de Despeñaperros para abajo no quería saber nada, por lo menos en el tema lingüístico. Él aguanta la estocada en silencio, aunque sé que no la ha pasado por alto–. Lo siento, eso ha estado fuera de lugar, son los nervios, me ha pillado todo de sopetón. No que la niña sea lesbiana, que eso me da igual, sino saber que… –Me vuelvo y susurro porque no me fío de Pablo, este niño siempre tiene la parabólica puesta–: Que ya está teniendo sus cositas…

–Bueno, Sara, miremos el lado positivo, tiene mucha confianza contigo y es capaz de hablarte sin tapujos.

–Eso sí. Sin ninguno del todo.

–Y, por otra parte, no tendré que aguantar a ningún yerno sabelotodo. Bueno, te dejo, estoy llegando de trabajar y Soraida me ha escrito ya un par de mensajes porque quiere salir, con lo cansado que estoy –me cuenta, y yo me echo a reír.

–Es lo que tiene echarte una novia doce años menos que tú, que cuando ella va, tú vuelves de allí. Y no hace tanto frío, que estás hecho un viejales. Buenas noches, Miguel, que descanses.

–Tú también, Sara. –En el tono de ese Sara, percibo que quiere decirme algo más. Espero un par de segundos en silencio–. Quiere casarse.

–¿Qué? ¿Quién?

–Soraida. Quiere que nos casemos. Tiene esa ilusión de tantas mujeres de vestirse de novia y todo eso.

–Y… ¿tú qué quieres?

–Yo ya pasé por eso y no me hace especial ilusión. No lo sé. Pero sé que la quiero y que no quiero perderla.

–Entonces, creo que lo tienes claro.

Capítulo 2

Después de dejar a Alejandra con el coche dos calles antes del instituto, no sea que la vean conmigo y sus compañeros se den cuenta de que tiene una madre, cosas de la edad me digo para no martirizarme, llevo a Pablo al colegio y esperamos en la fila a que suene la campana.

A él le encanta llegar pronto, porque casi siempre es el primero, pero yo lo odio, porque nos ha tocado una clase… especial. Y no por los niños, sino por los padres. El grupo de WhatsApp de padres es una herramienta cargada por el diablo en la que cada cual se esfuerza por demostrar quién es mejor madre o padre y la, o él, que más se preocupa por su hijo o hija.

La maestra, Encarni, es una chica encantadora, pero con demasiada imaginación. Demasiada al menos, para una madre divorciada y trabajadora. El año pasado se le ocurrió que cada niño de la clase hiciese en cartón un edificio emblemático del pueblo. Pablo se empeñó en hacer la casa de su bisabuela. No es que sea emblemática, al menos fuera de la familia, pero él quiso hacerla. No le quedó mal, hecha con cartón, papel charol, rotuladores y cinta adhesiva, hizo la fachada blanca de dos plantas, con tejas rojizas y una puerta de doble hoja de madera. Pero cuando, en el grupo, otros padres comenzaron a subir fotos de los trabajos de sus hijos, me sentí una mala madre. Si esos niños de nueve años habían realizado semejantes construcciones con miniladrillos de cerámica, metacrilato, remates dorados y pequeños trozos de cerámica esmaltada de la Iglesia, el Centro cultural Jerome Mintz o el Ayuntamiento, que tiemble Moneo. Yo no había ayudado a Pablo, yo había estado echando unas mechas mientras él lo hacía en la trastienda del salón de belleza.

¡Pero se suponía que tenían que hacerlo los niños!

No pasan ni diez minutos antes de que se me acerque una de las madres, Macarena, y me pregunte si sé cuándo es el examen de Inglés. Creo que lo hace para mortificarme, porque nunca sé cuándo es el examen de Inglés, ni el de Matemáticas, es Pablo quien debe saberlo, no yo. Cuando era pequeña hacía la tarea sola, los proyectos sola y estudiaba sola, mi madre solo se encargaba de regañarme o de apuntarme a clases particulares cuando sacaba malas notas. Macarena, en cambio, tiene una agenda, lo sé porque nos lo ha contado al resto de madres, en la que apunta los exámenes de su hija Cayetana, con una anotación una semana antes para que comience a estudiar, y otra el día antes para repasar con ella. Y sé que le encanta preguntarme y que no sepa responderle, lo noto en su expresión. Como ella debe notar que no me cae bien, y no me cae bien desde que Pablo estaba en segundo de Primaria y nos pusieron dos días de puente y se me ocurrió decir en broma a otra de las madres que también trabaja fuera de casa: «A ver qué hacemos con los niños tantos días». Y ella, sin venir a cuento, me respondió: «A mí, como no me molesta mi hija, no tengo ese problema».

Sí, toda una hija de puta.

«Haberla cogido por los pelos y haberle dado un buen *moñeo*. Le habrías arruinado el efecto del bótox», me dijo Carolina cuando se lo conté. Quizá debería haberlo hecho. Pero no lo hice.

La otra madre desvió la mirada, porque Macarena es madre delegada, y además miembro de la junta directiva del AMPA y representante en el consejo escolar. Si te enfrentas a ella, a tu hijo no vuelven a elegirlo para nada del colegio hasta que acabe Primaria.

–A mí no me molestan mis hijos, en absoluto. Pero las madres que trabajamos fuera de casa hacemos malabarismos para encajar los horarios y además poder darles tiempo de calidad a nuestros hijos, porque lo importante no es las horas que pases con ellos, sino que verdaderamente estés con ellos, no tenerles enganchados a las maquinitas mientras ves telenovelas, por ejemplo –solté y me fui. Fue de esas veces que ni aunque lo hubiese llevado escrito en un papel me habría salido mejor. Y ese año, Pablo fue un árbol en la función del colegio. Un árbol precioso, eso sí.

–En marzo se examina Cayetana del B1 de inglés –me suelta, como si le hubiese preguntado. Y sin saber por qué decido tirarme a la piscina.

–¿Aún no lo tiene? Pablo se lo sacó el año pasado –le respondo. Caída libre y sin paracaídas. Macarena abre los ojos como platos, casi le salta una de las pestañas postizas pelo a pelo. En ese momento a Pablo le da por venir donde estoy.

–Mamá, dice Cayetana que el viernes es su cumpleaños y que no me invita. –Será mala pécora la mocosa, igualita que su madre.

–Es que no lo vamos a celebrar, Pablito. –Ese Pablito me rechina como un tenedor en un plato–. Nos tomaremos un piscolabis con sus primos.

–¿Qué es un *psicolabis*? –le pregunta ingenuo, mi retoño.

–Una merienda. Solo con sus primos.

–Además, nosotros no podemos, Pablo, cariño. Acuérdate que nos vamos a pasar el fin de semana fuera.

–¿Otra vez al campo de abuela Paqui, mamá? Allí huele raro. –Mi exsuegra fuma puros, aunque delante de los niños no. Si lo hiciese, ellos me lo dirían, creo, pero el olor permanece en la ropa y en la vivienda. De todos modos, no sé por qué se le ha ocurrido la abuela Paqui. Será por lo de ir fuera; ella y su marido tienen una pequeña finca en una pedanía cercana.

–No digas eso, en casa de abuela no huele raro. Y no vamos allí, vamos a otro sitio.

–¿A dónde?

–A otro sitio, Pablo.

–Pero dime dónde.

–Vuelve a la fila, anda, ya te lo contaré, que no quiero estropear la sorpresa. –Por su mirada de desconfianza sé que Pablo no me cree, y hace bien.

–Pablito –le llama Macarena antes de que se marche–. *How old are you?*

–*Very good, thank you.*

Mala pécora.

Una vez que suena la campana, como cada día, pongo rumbo al salón de belleza, Beautiful Ladies, se llama, tampoco es que Carolina y Lorena se comiesen mucho el coco pensando nombres.

Antes de trabajar con ellas estuve como encargada de recursos humanos en una empresa inmobiliaria después de tener a Alejandra, cuatro años, hasta que llegó la crisis del ladrillo y se fue todo al traste. A mí me despidieron y no volví a encontrar trabajo de lo mío. Entonces me quedé embarazada de Pablo y, poco después, Miguel, que es electricista, se quedó en paro, como tantos otros, y el mundo se hizo muy muy pequeño durante muchos meses.

Después, Miguel, con la ayuda económica de sus padres, montó su propia empresa y las cosas comenzaron a mejorar en cuanto a lo económico, aunque entre nosotros no fue así.

De hecho, nos llevamos mucho mejor desde que nos divorciamos que cuando estábamos casados, hace ya cinco años.

Y yo entré de aprendiz de peluquera en el negocio que acababan de montar mis mejores amigas, pues Lorena es peluquera y Carolina esteticista. Se me dio bien y me saqué el título estudiando por las tardes.

–¿Qué te pasa, Sara? –me pregunta Lorena mientras se pone la bata de trabajo. Está muy guapa con un vestido negro estampado de coloridas flores y el pelo fucsia de rizos recogido en una coleta alta, se lo he dicho nada más entrar. Carolina, vestida con su pijama sanitario morado, está preparando su cabina de tratamiento, por la expresión de su rostro sé que apenas ha dormido.

–Nada –le digo forzando una sonrisa mientras me ato la mía. Pero me conoce demasiado bien, demasiado.

–¿Te ha pasado algo con la Beckham? –pregunta Caro asomando su cabellera castaña por el marco de la puerta para ver mi expresión. En los pueblos todo el mundo tiene un apodo, un mote, sin tu mote no eres nadie, ni eres hijo de nadie, ni tienes familia. Como tanto Macarena como su marido son de fuera y más repipis que un té de las cinco, su apodo les cayó por aclamación popular: los Beckham. A ella le viene al pelo por su cuerpecito escuchimizado y sus tobillitos de canario en horas bajas, por sus modelitos de firma y sus gustos caros, y porque su marido, Don Engominado, que parece peinado por el lametazo de una vaca, tiene un pastizal en el banco que además dirige.

–No. Bueno, hemos hablado algo en el cole…

–No puedo con esa tía, es que no puedo –protesta Carolina–. Te prometo que la arañaba con las uñas de gel hacia arriba.

–No sé quién se habrá creído que es –la apoya Lorena–. ¿Que su marido es el director del banco? Pues mi Ramón es charcutero, y seguro que me tiene más contenta que el suyo a ella con tanta asistenta y tantas pamplinas.

–Por lo menos tendrá mejor butifarra –sugiere Carolina haciéndonos reír.

–Eso ni lo dudes –apunta con un mohín de orgullo en los labios rojos–. Que la distraiga más, así le da menos tiempo de meterse en la vida de la gente…

–Bien dicho, hermana.

–Ya vale, las dos. Que estoy un poco… tonta, pero no es por eso.

–Entonces, ¿por qué es? –pregunta Carolina con los brazos en jarras y una ceja levantada en plan interrogador de la Gestapo.

–En realidad no es nada.

–Ya. Cuéntaselo a otra –insiste.

–¿Has discutido con Miguel? –Lorena busca en mis ojos la respuesta; no puedo mentirles.

–Ya no discuto con Miguel, desde que dejé de ser su *mumá* no discutimos, ya lo sabes. –El término *mumá* lo inventó Carolina, que se metía con su hermana y conmigo diciéndonos que éramos mujeres-madres de nuestros maridos, porque estábamos pendientes de ellos como si de un hijo más se tratase. Dígase unas fiebres, dígase un «cariño, límpiate los zapatos que los llevas sucios».

–Los niños están bien, ¿no?

–Sí.

–¡Tu madre! –suelta Carolina de repente, dándome un susto.

–¿Dónde? –me vuelvo creyendo que había entrado por la puerta, pero no hay nadie.

–Has discutido con tu madre.

–Que no he discutido con nadie, Caro. Es que anoche estuve hablando con la niña y me he dado cuenta de que se me está haciendo mayor y no me estoy dando cuenta de nada…

–Te ha dicho ya que es lesbiana, ¿no? –sugiere, y me convierto en una estatua de sal.

–¿Lo sabías?

–Me lo contó hace tres meses, una tarde en la que la acerqué a tu casa porque me la encontré andando, bajando la calle, venía del parque, me dijo que le gustaba una de sus amigas.

–¿Y cómo no nos has contado nada? –protesta su hermana casi más ofendida que yo misma.

–Porque son cosas privadas de Álex, no voy a contaros nada que ella no quiera que sepáis.

–Ah, mira qué bien, me tranquiliza saberlo –ironizo.

–Sabes que si fuese algo grave te lo diría, tonta –protesta, y yo suspiro, confío en ella, a veces pienso que demasiado, pero es así.

–Álex, lesbiana… –reflexiona Lorena–. ¿Puedo estar presente cuando se lo cuentes a tu madre? –pregunta con una sonrisa malévola.

–Eres terrible. Como bien ha dicho tu hermana, son cosas privadas que no voy a contar a nadie a menos que ella quiera –chasco–. Y sí, cuando llegue el momento le dará el parraque. Es capaz de pedirle al cura que le eche agua bendita.

–En el cerebro, habría que echársela a ella. Por día que pasa se vuelve más y más beata. Lo mismo cualquier día se mete a monja.

–Ya sabes lo que dice el refrán: «Dime de qué presumes…» –sugiere Caro, con sonrisa pícara.

–¿A qué te refieres?

–Lo siento, pero valgo más por lo que callo que por lo que cuento. –Se hace la misteriosa, su hermana y yo la miramos expectantes–. No queráis saber tanto, ya os enteraréis.

–Sea lo que sea, tratándose de mi madre, la sorpresa que tenía que dar ya la dio conmigo, así que, bueno, sí, ya me enteraré –me resigno sin demasiado interés–. Por cierto, ¿cómo te fue con el tío ese de Internet?

–De Tinder, Sara. Hablas como mi madre con eso de *interné.* –Me encojo de hombros, dentro de cinco minutos no recordaré el nombre de la aplicación–. Pues el chico no estaba nada mal, es policía nacional, y tiene un polvazo que no os lo podéis imaginar. Hemos vuelto a quedar este viernes.

–A ver si te hace sentar la cabeza –protesta su hermana.

–Ese hombre aún no ha nacido –dice ella haciéndonos reír–. Y, por cierto, os hago una advertencia a las dos: no vuelvo a quedar para una Noche de Chicas si no vamos a salir.

–¿Por qué? –pregunto preocupada, nuestras Noches de Chicas me ayudan a sobrellevar los fines de semana en los que estoy sola en casa.

–¿Por qué? ¿Vosotras creéis que se le puede llamar Noche de Chicas a estar viendo una película moñas con Doña Pijamas –que soy yo, pero es que estoy más cómoda–, y Doña Lactancia-materna? Me niego, ¿eh? Aquí o salimos o no hay nada que hacer.

–Vale –resoplo. Carolina espera la respuesta de su hermana que parece estar pensándolo.

–Está bien, pero antes de irme tendré que sacarme la leche con el sacaleches, que es un invento del diablo.

–Tu hija va a pasar de tu leche a los cubatas a este ritmo –protesta Carolina.

–¿Y qué quieres? Si le encanta.

–Por mí, como si le dices a Ramón que te ordeñe, pero si queréis Noche de Chicas nos vamos a cenar, a bailar, al cine o a donde sea, y punto.

Capítulo 3

Recojo a Pablo en el colegio y comemos juntos antes de que llegue Alejandra del instituto. Me gustaría preguntarle por qué le habló de su inclinación sexual a Carolina antes que a mí, que soy su madre y la he llevado en mis entrañas. Pero entonces me imagino hablando de sexo con mi madre y siento un repelús que me recorre todo el cuerpo. Demasiada naturalidad ha mostrado ella conmigo, demasiada.

Mientras Pablo hace la tarea en el salón, su hermana se encierra en su habitación a hacer lo mismo, supuestamente. No me atrevo a entrar, aunque me gustaría hablar con ella para que se dé cuenta de que entre nosotras nada ha cambiado, para que sepa que la apoyo y siempre lo haré. Pero no quiero que vuelva a acusarme de invadir su intimidad. Pienso en sus notas y me convenzo de que no tengo motivos para desconfiar.

Me queda poco más de una hora antes de volver al trabajo. Mientras friego los platos pienso que esto de trabajar mañana y tarde no es vida, me siento culpable porque creo que debería dejar de trabajar por las tardes, mis hijos están creciendo y casi no me estoy dando cuenta. Y, a pesar de la rebeldía adolescente, Alejandra es bastante responsable haciéndose cargo de su hermano para llevarlo a casa de su abuela paterna y quedarse con él hasta que Miguel llega de trabajar.

Confío mucho en ella, aunque le huelo la ropa antes meterla en la lavadora.

Cuando detengo el coche en casa de mi exsuegra, Pablo se baja corriendo; Alejandra tarda algo más.

–Álex –la llamo, y me mira desde el otro lado de la ventanilla–. Cariño, avísame si…

–Lo sé –me dice y pone los ojos en blanco, alejándose como Caperucita hacia la casa de su abuelita. El problema es que su abuelita no es de mermeladas, es más de puros habanos con el café. Fue uno de los temas de discusión recurrentes en mi matrimonio, que fumase cerca de los niños.

Cada vez que se quedaba con nuestros hijos y al recogerlos la bofetada a humo me sacudía, sentía ganas de decírselo. Pero Miguel y yo habíamos acordado que las cosas que hubiese que tratar con sus padres lo haría él y de mi madre me encargaría yo. Aunque para él casi nada era tan importante como para tratarlo con su madre. O eso o le temía.

Lo cierto es que al final se lo dijo y le sentó mal. Pero mis hijos dejaron de oler como un cenicero. Aunque últimamente he percibido un olor sospechoso en la ropa al recogerles y tengo el sentido arácnido disparado.

Cuando llego al salón, Lorena está fregando los cepillos del pelo en el lavabo del baño y Carolina preparando una envoltura de chocolate para masaje. Últimamente las tardes están siendo demasiado tranquilas. En mi interior temo que no sean capaces de decirme que no estamos sacando salario para las tres, porque no quiero ser una carga para ellas, las quiero demasiado, pero tampoco tengo otra cosa que no sea este trabajo por el momento. Pienso en la posibilidad de echar currículums en los hoteles cercanos, o quizá en alguno de Conil o Chiclana. Con mi nivel aceptable de inglés quizá tendría alguna oportunidad y siempre he soñado en trabajar en un hotel. La culpa la tiene la serie *Gran Hotel*, y muy especialmente Yon González, que me mantuvo pegada a la pantalla durante capítulos y capítulos, aunque si alguna vez lo consigo, espero no encontrarme con Concha Velasco por los pasillos.

No puedo permitirme pagar una niñera y mi madre me dejó muy claro que mi necesidad de procrear no iba a amargar su merecida jubilación. Miguel también trabaja mañana y tarde y no me atrevo a dejarles solos más de lo necesario. Así que mis opciones son reducidas.

Lorena me oye entrar, se vuelve y me sonríe. Vengo cargada con un termo de café, porque siempre soy la última en llegar y alcanzamos el acuerdo de que la última traía el café por las tardes.

–Tenemos que vender más ampollas de placenta vegetal, a ver si así no hay tantos pelos en el cepillo –afirma haciéndome reír.

–Yo me voy a tener que echar unas cuantas, se me está cayendo el pelo –admito–. Y es que, como siga así, con el estrés, voy a acabar como Mortadelo.

–Exagerada –dice mientras seca los cepillos.

–Ya sabes lo que dicen: «En el tiempo de la berenjena a la mujer se le cae la melena» –dice Carolina, que remueve su mezcla sentada a la pequeña mesita del salón.

–¿Eso no es en otoño? –dudo.

–Pues si ese refrán no te gusta me invento otro. «Al inicio del verano… te quedas con los pelos en mano». ¿Te gusta más este? –sugiere haciéndonos reír a las dos.

–Eres terrible. Qué bien huele lo que estás preparando –le digo cuando se levanta y se dirige a su cabina de tratamiento.

–Dan ganas de comérselo, ¿a que sí?

En ese momento una pareja cruza ante el escaparate. Deben de tener veintipocos años. Él la lleva agarrada por la cintura, con su cuerpo pegado a su espalda como si le faltasen brazos para abrazarla, la besa en la mejilla y ella sonríe, se vuelve y le besa en los labios embelesada. Caminan dando pequeños pasitos, sin que él le quite los ojos de encima en ningún momento, y ella se acurruca bajo su brazo y le abraza como si quisiese respirarle.

–Todo eso se acaba –me dice Lorena que me ha cazado mirándolos–. Nosotras también lo tuvimos y se acabó. Es la época del glamur, cuando todo es bonito y maravilloso, cuando el otro no tiene defectos, solo virtudes, cuando te gusta hasta… el lunar verrugoso que tiene en la frente. Y después, cuando esa época pasa, se acabó todo ese mimo, el estar pendiente de ti como si fueses la única mujer del mundo, el que le sudasen las manos cuando cogía las tuyas, que fueses la primera para todo, que se perdiese el fútbol por acompañarte a un centro comercial… Y te sientes afortunada si no se olvida de los aniversarios y de tu cumpleaños, y tiene un detalle un día que otro.

–Lo sé. Pero no debería ser así –aseguro resignada mientras la pareja sube a su coche, aparcado junto a la peluquería, y se marchan.

–Pero es lógico, si todo ese nerviosismo y esa inquietud, ese frenesí del enamoramiento durase toda la vida nos moriríamos de un infarto. –Su practicidad me desarma y me hace reír–. De verdad te lo digo. Pero cuando todo eso se acaba, queda el amor de verdad, o el desamor.

–A mí me duró lo bastante como para conocer ambos.

–Y cuando llegan los niños tus prioridades cambian por completo. Yo me siento afortunada por no haberme divorciado el primer año de Gala; discutíamos a todas horas. Porque todo el mundo te vende la moto de que la maternidad es lo más bonito del mundo, pero nadie te cuenta que vas a dormir menos que los protagonistas de las películas de Freddie Krueger. Ni te dicen que te van a salir unas estrías como autovías por todo el cuerpo, ni que tendrás que remangarte las tetas en los calcetines. Y mucho menos te advierten de que tu relación de pareja va a cambiar, que ya no tendrás sexo cuando quieras, sino cuando puedas. –No puedo más que asentir convencida–. Que cuando estamos haciéndolo y noto que Ramón se retiene para durar más, me dan ganas de darle una hostia, ¿es que no se da cuenta de que como la niña se despierte con el ruido y se venga a la cama se acabó todo? O vamos al grano y pim pam pum, o vivimos en un *coitus interruptus* perpetuo. Y conste, que mi hija es lo que más quiero en el mundo entero y que soy capaz de todo por ella.

–¡Pues por eso yo no me quedo con ninguno y voy cambiando! ¡Y para niños ya tengo los vuestros! –protesta Carolina desde el interior de su cabina.

–A Miguel y a mí nos pasaba lo mismo, nunca era buen momento para el sexo, y Alejandra todas las noches se pasaba a nuestra cama. –Me acuerdo entonces de la conversación con mi ex la noche anterior y una sensación extraña me envuelve–. Miguel y Soraida se van a casar. –La cara de Lorena se paraliza. Carolina sale de la cabina a toda velocidad con una paleta chorreante de chocolate y me mira escudriñando mi reacción para tratar de analizar mis sentimientos.

–¡Lo sabía! ¡Sabía que te pasaba algo!

–¿Cuándo te lo ha dicho? –pregunta Lorena.

–Ayer. Él dice que no lo tiene claro, pero sé que lo hará, porque le conozco, y porque es normal, ella es una chica joven, tiene veinticinco años, y le hace ilusión, y lo hará por ella.

–Y… ¿Bien? –sugiere Carolina.

–Sí, sí. Me siento un poco rara, la verdad. Sé que no le quiero. A ver, le quiero porque es el padre de mis hijos y hemos compartido más de quince años entre novios y casados, pero hace mucho que dejé de estar enamorada de él. Además, sabéis que cuando nos separamos estaba deseando que conociese a alguien porque no quería verle triste. Y esa chica, Soraida, me parece bastante centrada para lo joven que es, y con los niños se porta bien, hasta donde sé. Pero me preocupa la reacción de ellos cuando su padre se lo diga. Sé que en el fondo les gustaría que volviésemos a estar juntos. Pablo me ha preguntado muchas veces por qué su papá y yo nos separamos, y a su edad no es capaz de entender que sencillamente se nos acabó el amor.

–Se te acabó a ti, principalmente –apuntilló Lorena.

–No, Lore. Se nos acabó a los dos, aunque fui yo la que cogió el toro por los cuernos y dije que debíamos poner punto y final a algo que no iba a ninguna parte.

–Con dos ovarios –me jalea su hermana.

–Y ya llevaba un par de años en los que en mi interior casi que deseaba que me diese alguna excusa para dejarle. Si me hubiese puesto los cuernos todo habría sido mucho más fácil, por crudo que suene decirlo. Porque todo el mundo lo hubiese asumido como algo natural, sus padres, mi madre, los amigos, todos. Pero no les fue tan sencillo entender que ya compartíamos tan pocas cosas que ni siquiera nos echábamos de menos cuando estábamos separados. Que cuando él se iba un fin de semana con el equipo de ciclismo a hacer una de sus rutas locas, ni notaba su ausencia en casa. Y sabía que él sentía lo mismo, pero estaba aferrado a mí, no por amor, sino por… comodidad, o por miedo al cambio. No es fácil afrontar que todo lo que ha sido tu mundo hasta ese momento se desmorone. Yo tenía el mismo miedo, pero también tenía muy claro que si no éramos felices juntos no haríamos felices a nuestros hijos.

–Y fuiste muy valiente –afirma Carolina con una sonrisa que rezuma orgullo.

–Nunca os lo he dicho, pero tuve dudas, sobre todo por mis hijos, por el daño que estaba haciéndoles con el divorcio. Y todavía no sé cómo fui capaz de seguir adelante, de dónde saqué la fuerza. Y ahora, el tema este de la boda, por un lado… me aterroriza que les haga sufrir y por otro… Siendo completamente sincera, siento un poco de envidia. Porque él tiene a alguien a quien abrazar por las noches, a quien besar y con quien compartir su vida, y yo… Yo no lo tengo y nunca lo tendré.

–¿Otra vez con las mismas? –me pregunta Carolina.

–Sara, no digas eso. Tú no tienes pareja porque no quieres –insiste Lorena.

–Eso me digo a mí misma para no deprimirme –admito con una sonrisa triste–. Pero lo cierto es que han pasado cinco años desde el divorcio y no he encontrado a nadie que me haya hecho sentir algo. Ya no te digo un amor como el de las películas, ni siquiera como el que sentí por Miguel al principio, sino algo, una ilusión, un cosquilleo en el estómago…

–Quizá es que te has vuelto demasiado exigente, amiga. Cuando hemos salido alguna vez se te han acercado muchos tíos y no te interesaba ninguno –sugiere Carolina.

–Divorciados fritos por echar un polvo o niñatos que creen que las *maduritas* somos más fáciles.

–Yo lo soy –admite Carolina haciéndome reír.

–No es eso lo que busco. Cuando hemos salido en el pueblo sentía como si llevase el cartel de libre en la frente. Soy la primera que echo de menos el sexo, pero no soy capaz de hacerlo con un extraño, además tengo demasiadas estrías, michelines y celulitis…

–Pero si eres un pibón. ¿Cómo puedes decir esas cosas? –protesta Lorena.

–Porque no soy ciega, Lore. Ya sabía que era muy improbable, por no decir imposible, que volviese a conocer a alguien que me ilusionase, pero cada día que pasa tengo más claro que me quedaré sola. Y está bien, no pasa nada, lo acepté en ese momento y lo acepto ahora, pero también sé que cuando los niños hagan su propia vida, será bastante duro.

–Pues te digo por experiencia que hay que besar muchos sapos hasta encontrar al príncipe –afirma Carolina con una sonrisa compasiva.

En ese momento suena la campanita de la puerta, y entra la señora Rosario, una sexagenaria que es clienta habitual. Viene a cortarse el pelo y hacerse su típico cardado semanal. Lore me sonríe con tristeza; sin darme cuenta los ojos se me han empañado, hace mucho que no hablaba de nada de aquello, después del divorcio me había cerrado herméticamente.

–Buenas tardes, ya estoy aquí, Sara.

–Perfecto, pase al sillón, Rosario, voy a dejarla tan guapa como siempre.

Cuando llego a casa me da el tiempo justo de recoger el salón, darme una ducha y servirme una copa de vino mientras preparo macarrones con queso. A mis hijos les encantan, es una de las pocas cosas en las que se ponen de acuerdo.

Rememoro la conversación con mis amigas, fue el único rato que tuvimos para hablar porque tras la señora Rosario llegaron una a una todas las clientas citadas en la tarde y apenas tuvimos el tiempo justo para un café de pie y cruzar dos palabras.

No quiero que se preocupen por mí y sé que lo que les he confesado de forma tan descarnada quizá les haya hecho daño. No quiero que sufran por mí, porque estoy bien, un poco decepcionada con mi vida sentimental, pero bien.

El horno comienza a pitar, los macarrones están listos. Me digo que no voy a cenar, esta mañana me pesé y se me quitaron las ganas de comer en un año, tengo que perder por lo menos ocho kilos para estar en mi peso saludable. Apago el horno y saco la cena, la dejo sobre la arandela metálica que he dejado preparada en la encimera de la cocina y oigo cómo se abre la puerta de entrada.

Oigo la voz de Pablo que le grita algo a su hermana, pasos, y llego en el momento de oír el portazo de la habitación de mi hija. Entonces me encuentro a Miguel en el salón, con la cara descompuesta y a Pablo que se sienta en el sofá y enciende la tele. Supongo que ha sucedido algo, porque desde que nos separamos mi ex solo entra a casa cuando hay alguna novedad importante.

–¿Qué ha pasado? –pregunto y él se pasa una mano por la frente que lleva por el cabello oscuro hasta la nuca. Bajo la luz del salón percibo que el pelo se le ha puesto más canoso y hay arruguitas nuevas alrededor de los ojos castaños; los años también pasan por él.

–Álex y Soraida han discutido.

–¿Por qué?

–Soraida nos contó que ella y papá se van a casar y Álex le dijo que cómo iban a casarse si papá le dijo que no tenía ni un euro y por eso no le compraba una moto para ir al instituto. Y que antes de celebrar nada tiene que comprarle la moto que ella ha pedido antes. Entonces Soraida le dijo que ella no era nadie para decidir eso, que eso lo decidiría papá. Entonces Álex le respondió que ella sí que no era nadie, solo una arrastrada que se había pegado a papá como una lapa para irse de su casa –miro a Miguel, él desvía la mirada haciéndome saber que la cosa no ha quedado ahí–. Entonces Soraida le ha dado una bofetada a Álex y Álex la ha cogido de los pelos. –Siento cómo la sangre se me sube a la cabeza, estoy a punto de pitar como una tetera.

–¿Que tu novia le ha dado una bofetada a mi hija?

–Ella no debería... –Le cojo del brazo con todo el disimulo del que soy capaz y tiro de él hasta la cocina, apartándonos de Pablo, que absorto por la televisión, se ha olvidado de nosotros.

–¿Y tú no hiciste nada?

–Álex la agarró de los pelos…

–¿Y qué pretendías que hiciese? ¿Qué le tocase las palmas por abofetearla? Estaba planeando el castigo que iba a ponerle a tu hija por haberle dicho todo eso, pero me imagino que tú tendrías que ponerle un castigo a tu novia también, ¿no? Se supone que Soraida es la adulta, ¿no? Tu hija tiene dieciséis años, podría denunciarla y se le iba a caer el pelo…

–No saquemos las cosas de quicio, ¿vale? No ha sido una bofetada, solo le ha rozado. No es para tanto… –Al oírle decir aquello, toda mi maleta emocional sobre su balanza sobre las cosas que eran o no importantes para él regresa a mí y es una carga demasiado pesada.

Todo aquello que no perteneciese al círculo que rodeaba su ombligo no era para tanto. Cuando me enfadaba porque habíamos quedado a las dos para ir a comer y me pasaba una hora con los niños arreglados sentados en el salón y él llegaba empapado de sudor después de haber estado tomándose un par de cervezas tras salir con la bici, no era para tanto. O cuando me cambiaba los planes porque le había surgido una ruta, o porque un cliente necesitaba que se quedase esperándole, tampoco era para tanto.

–Mira, para mí es importante, para tu hija es importante. Y si para ti no lo es, te recomiendo que lo sea porque si esa mujer vuelve a ponerle un dedo encima a uno de mis hijos me haré un collar con sus dientes. Te lo digo muy en serio, Miguel, espero que le pida perdón a tu hija, como ella se lo pedirá por haberle faltado al respeto y tirado del pelo. Si no lo hace, estoy dispuesta a todo.

–No seas melodramática.

–Melodramático va a ser cuando la Guardia Civil vaya a buscarla al trabajo y se la lleve detenida por agredir a una menor. Mira, Miguel, que mis hijos son lo único intocable que tengo. A mis hijos no, Miguel.

–También son mis hijos.

–Pues defiéndelos.

–Hablaré con Soraida, pero dejemos las cosas estar.

–Que le pida perdón.

–Buenas noches, Sara.

–Adiós.

En cuanto se marcha me acerco al dormitorio de Álex. La oigo llorar y, aunque sé que es muy probable que me eche a gritos, llamo a la puerta con los nudillos y entro.

Es una leonera. Pero en ese momento me importa muy poco que cuatro o cinco sujetadores cuelguen de uno de los postes de la cama y que pueda jugar a «Encuentra la pareja» con varios calcetines desperdigados por el suelo.

–¡Vete! –Es mi recibimiento, arrebujada en el edredón nórdico, con la voz congestionada por las lágrimas. Me acerco a ella y me siento a los pies de la cama. No digo nada–. ¡Que te vayas! –insiste, mientras llora sin consuelo.

–No me voy a ir. Me voy a quedar aquí, quieras o no –le digo con calma.

–¿Tú también vas a justificarla? –pregunta con la voz entrecortada por el llanto.

–Por supuesto que no. No tenía derecho a darte una bofetada. –Hace menos ruido, sé que me está oyendo–. Y tú tampoco a insultarla ni a agarrarla del pelo.

–Le he dicho la verdad, y la verdad duele –protesta, volviéndose para mirarme por primera vez, sus ojos están enrojecidos. Me parece tan indefensa en ese momento, me mira desde sus preciosos iris azules. Me acerco un poco más y ella echa las piernas a un lado, con lo que me dice que puedo seguir acercándome; poso una mano en su muslo.

–Hay muchas verdades, cariño. Si solo hubiese una todo sería mucho más fácil, pero la verdad tiene muchos matices…

–Pero papá no me defendió. La quiere más a ella que a nosotros. Nosotros le importamos una mierda… –Mientras me lo dice se me parte el corazón, no puede creer eso de verdad. Su padre los quiere, les adora, aunque a veces se comporte como un descerebrado.

–Eso no es cierto, Álex. No se trata de a quién quiere más papá, solo sé que papá os quiere, pero esta situación también es nueva para él y creo que no está sabiendo manejarla.

–Soy su hija, y prefiere celebrar una boda falsa y asquerosa con una tía que nunca te llegará a la suela del zapato a comprarme una moto a mí, que tengo que hartarme a andar para ir al instituto… –Entonces entiendo que muy probablemente el tema es la boda; no quiere que su padre vuelva a casarse.

–Cariño, yo no soy Soraida, y cada una tendremos nuestras cosas buenas y malas. Papá la quiere, y ya eso debe ser un motivo para que le des una oportunidad –digo tratando de no pensar en que ha golpeado a mi hija cuando en realidad lo que me gustaría es cogerla por los pelos yo misma y arrastrarla a lo troglodita–. Eso, por supuesto, no le da derecho a golpearte ni a ti ni a tu hermano, y lo he hablado con papá y lo tratará con ella para que no vuelva a suceder nunca, jamás.

–¿Crees que papá lo hablará con ella? ¿En serio? –me pregunta, y no sé qué responder. Por su propio bien espero que sí, o será a él a quien arrastre por los pelos.

–Álex. Sé que es una situación nueva, sé que a Pablo y a ti os encantaría que todo fuese como antes, pero eso no es posible, porque papá y yo hemos cambiado y tenemos caminos distintos…

–Pero no es justo.

–La vida no lo es, cariño, y hay que sobrellevarla de la mejor manera posible. Nunca creí que me separaría de papá, creía que envejeceríamos juntos y, sin embargo, un día me di cuenta de que ya no me hacía feliz, ni yo a él…

–Yo quiero que seas feliz, mamá. Que los dos lo seáis. Pero no quiero que papá tenga otro hijo con ella y deje de querernos –me dice rompiendo a llorar a lágrima viva y se echa a mis brazos. Doy gracias al cielo porque mi niña sigue ahí dentro de ese cuerpo adolescente y la aprieto contra mí con el corazón roto.

–Papá nunca dejará de quereros, vida mía. No puede. Su corazón no se lo permitiría…

La dejo descansar y mientras doy de cenar a Pablo. Cuando me asomo de nuevo está dormida. Después de arropar a su hermana me salgo al patio interior de la casa, la brisa nocturna de finales de junio me reconforta y me da fuerzas para hacer una llamada. Da todos los tonos, pero nadie coge el teléfono, así que decido enviarle un mensaje de voz:

–«Hola, Soraida, sé que habremos hablado un par de veces en estos dos años y no me pareces una mala persona, sé que eres joven y a veces eso hace a las personas impulsivas, pero te advierto que si vuelves a ponerle un dedo encima a cualquiera de mis hijos me haré un llavero con tus ojos verdes. Gracias y buenas noches».

Capítulo 4

–¿De verdad te lo vas a comer? –me pregunta Carolina cuando le doy un mordisco a un pastelito Pantera Rosa que he cogido de la alacena de casa antes de salir para la peluquería, ante la necesidad de dulce que me ha asaltado después de toda la noche sin pegar ojo acordándome de Soraida, y de toda su reverenda familia. Lore tiene una clienta en el lavacabezas a la que está enjuagando un tinte. Se llama Mercedes y la pobre mujer está sorda como una tapia y además se ha quitado los sonotones para evitar que se mojen–. Sabes que eso engorda un montón, ¿no?

–A ver si te crees que este cuerpo me lo he puesto a base de quinoa –le respondo seria–. Necesito azúcar.

–¿Qué te ha pasado? –pregunta Lorena.

–Soraida le ha dado una bofetada a Alejandra –confieso, como si estuviésemos solas.

–¡¿Queeeé?! –exclaman las dos a la vez.

–Álex le tocó las narices, que es experta, pero no tenía ningún derecho…

–¡Será zorra! ¡Claro que no tenía ningún derecho! –protesta Carolina–. ¿Qué se habrá creído?

–Búscala cuando salga del trabajo y dale una paliza –me dice Mercedes con su voz templada por la edad. La miro sorprendida y sonrió.

–El sonotone lo tiene de adorno, ¿no? –le sugiere Lorena entre risas, y Mercedes ríe por lo bajito.

–¿Cuándo vamos a ir a verla? –pregunta Carolina dispuesta a cobrarse venganza.

–Tranquilas, le he dejado un mensaje en el contestador.

A las dos vuelvo a recoger a Pablo en el colegio y a llevarle a casa; ya hemos empezado a comer cuando llega Álex. Por la mañana apenas me miró al marcharse y me duele mucho porque sé que está pasándolo mal. Sé que se meterá en su habitación y no me dirá nada más hasta que se le pase el enfado en unos días, con suerte.

–¿Qué tal te ha ido el insti? –le pregunto, porque no me importa que me conteste desganada. Necesito que sepa que me preocupo por ella.

–Bien. Me ha llamado Soraida, ahora a las tres cuando salía. Me ha pedido perdón –confiesa dejando la mochila sobre una silla. Me mira con una sonrisa sincera. Ella no sabe de mi mensaje la noche anterior, y no sé si le ha pedido disculpas por eso, pero me da igual si ese es el motivo o si lo ha hecho de corazón.

–¿Y qué tal?

–También le he pedido perdón por lo que dije y por tirarle del pelo.

–Muy bien hecho, cariño.

–¿Ya no piensas que es una guarra? –pregunta Pablo antes de llevarse una cucharada de berza a la boca.

–¡Pablo!

–Ella le dijo a papá que su novia era una guarra y una mani... *manicoladora*.

–Querrás decir manipuladora –le corrijo.

–¿Tú no te puedes estar callado? –le reprocha su hermana.

–Álex, no puedes decirle a papá que su... que Soraida es una guarra. Lo primero porque él la quiere y le haces daño, y segundo porque tú, siendo feminista, es una palabra que deberías desterrar de tu vocabulario.

–Estaba enfadada, mamá… Pero tienes razón.

–Entonces ¿ya no estamos enfadados con Soraida? –pregunta Pablo, dispuesto a unirse al movimiento común, mirándonos a cada una como en un partido de tenis–. Pues se va a liar gorda.

–¿Por qué se va a ligar gorda? –le pregunto desconcertada.

–Porque acabo de contárselo a abuela Juani.

–¿Cómo que acabas de contárselo a…?

–Le he mandado un mensaje de voz desde tu móvil mientras estabas en el baño, mamá –confiesa y me lanzo en busca del teléfono. Me lo he dejado en la cocina, lo miro y efectivamente, mi hijo acaba de abrir la caja de Pandora. Porque mi madre ya lo ha visto y no tiene solución. La llamo de inmediato–. ¿Dónde estás? –le pregunto en cuanto descuelga.

–Aparcando.

–¿Aparcando dónde?

–En el Cortijo Agrícola –Por su tono de voz sé que si no soy capaz de detenerla Soraida nunca más necesitará hacerse la plancha en el pelo.

–¡Mamá, no!

–Cuándo pensabas decírmelo, ¿eh? Que esa niñata maltrata a mis nietos, ¿es que no pensabas decírmelo?

–Mamá, por favor, quédate en el coche.

–¡No voy a quedarme en el coche! Voy a verla y a tener unas palabritas con ella…

–¡Abuela! ¡Abuela! –Álex acude en mi ayuda, y lo agradezco, esto solo puede pararlo ella. Pongo el teléfono en manos libres–. No sé qué te ha contado Pablo, pero yo también la insulté.

–Ay, mi niña. ¿Estás bien? ¿Esa bruja te ha dejado señal? La culpa la tiene vuestro padre…

–Abuela, estoy bien, de verdad. Me ha pedido perdón, de verdad, no vayas, por favor.

–Solo voy a hablar…

–¿Dónde va, señora? –oímos al otro lado del teléfono una voz masculina–. No puede pasar si no trabaja aquí.

–Solo quiero entrar un momento a hablar con alguien.

–¡Abuela, por favor! Déjalo estar, ¡te prometo que si vuelve a intentar pegarme te lo diré a ti primero, pero, por favor, déjalo! –La oímos resoplar disgustada.

–Está bien, está bien, no os pongáis así, que solo iba a hablar con ella. Ni que fuera una terrorista yihadista. Ya me voy –protesta–. Ah y… Pásate mañana a verme antes de ir a la peluquería.

En ese momento la banda sonora de *Tiburón* pasa por mi cabeza, tararán, tararán, tara…

–Vale, mamá.

Mi madre. Siempre he creído que el hecho de que mi padre la dejase cuando estaba embarazada de mí debió de traumatizarla y fui criada en consecuencia. Se convirtió en una mujer beata y asidua a la santa iglesia católica y apostólica, como si pretendiese con eso redimir su actitud alocada de juventud. Y trabajó muy duro para demostrarle al mundo que nunca necesitó de un hombre para criar a su hija.

Aunque en realidad me criase con mis abuelos, mientras ella trabajaba. Fue mi abuela, quien me educó en el convencimiento de que la única persona a la que necesitaba para ser feliz era a mí misma. Y cada vez que le preguntaba por qué no tenía un papá como todos mis compañeros de clase ella me respondía que los papás, a veces, solo servían para poner la semilla y que las mamás tuviesen niños. Que el mío la puso en su momento y ya no hizo falta para nada más porque para lo demás ya estaban ella, mi madre y mi abuelo. Lo único que sabía de mi padre era su apellido, Celona, porque además de poner su semilla me lo legó.

Pero con catorce años encontré mi partida de nacimiento y pude leer su nombre: Rodrigo Celona Romero.

Sentí un extraño escalofrío recorrer todo mi cuerpo al saber al fin su nombre. Y de pronto me descubrí pensando en él, en cómo sería, en por qué él y mi madre dejaron de quererse y por qué se marchó.

Conociendo a mi madre, la ruptura no debió de ser nada amistosa. Porque ella es de las personas que no discuten, dictaminan. Es juez y parte, y si le llevas la contraria puede llevarse un mes sin dirigirte la palabra. Todo tiene que ser como y cuando ella diga. Me ha echado en cara tantas veces las veinticinco horas que estuvo de parto que ya ni me parecen demasiadas.

Intenté que me contase qué había sucedido entre ellos, tras encontrar mi partida de nacimiento, pero se enfadó muchísimo conmigo, comenzó a gritarme que dejase de remover el pasado, y a echarme en cara que nunca me había faltado de nada, y aquella tarde de merienda en casa de los abuelos acabó como el rosario de la aurora porque mi abuelo discutió con ella defendiendo mi derecho a conocer mi historia. Pero fue inútil, y ambas acabamos llorando.

Cuando traté de volver a sacar el tema, ya embarazada de mi hija Alejandra y con la carga hormonal haciendo de las suyas, me dijo que todo lo que necesitaba saber era que no dio la talla cuando tuvo que hacerlo, y se levantó y se marchó del apartamento de alquiler en el que vivíamos. Dejándome con el café puesto sobre la mesa.

En cambio, cuando le anuncié que iba a separarme de Miguel me preguntó si había pensado bien lo que iba a hacer, anteponer mi necesidad de separarme a la de mis hijos de estar con su padre. Fue entonces cuando le contesté que no era justo que me dijese algo así cuando ella me había obligado a crecer sin ni siquiera una imagen mental del mío. Estuvo una semana sin hablarme.

Por suerte nunca eché en falta una figura paterna, porque tuve la mejor de todas, mi abuelo. Un hombre de carácter con un sentido del humor cáustico e irónico que sacaba de quicio a mi madre, quien se encarga de repetirme una y otra vez que he heredado de él. Lo que para mí es un orgullo. Fue él quien se enfrentó a un par de matones de doce años de mi colegio que comenzaron a llamarme Lasinpa «la sin padre». Aún se me escapa una sonrisa cuando pienso en la cara de aquellos críos cuando les mostró las tenazas con las que partía las nueces y con su voz grave y su barba espesa mirándole a los ojos les dijo que iba a cascarles los huevos si volvían a meterse conmigo. En aquella época no se oía la palabra *bullying*, ni los protocolos escolares, ni los colegios estaban tan concienciados como ahora. Sin embargo, su método fue de lo más efectivo y me dejaron en paz.

Por desgracia le perdí demasiado pronto, cuando yo tenía diecinueve años y él sesenta y ocho; sufrió un derrame cerebral mientras dormía. Al menos no sufrió.

A la mañana siguiente paso por casa de mi madre después de dejar a Pablo en el colegio. He hecho algo de tiempo en casa porque sabe que abrimos la peluquería a las diez y así no me retendrá tanto tiempo. Cada vez que voy a verla, a mi antigua calle, a mi antigua casa, procuro hacer poco ruido para evitar que me asalten las vecinas y me hagan preguntas sobre mi vida: ¿Cómo estás? ¿Cómo están los niños? ¿Tienes novio? El hecho de haberme visto crecer parece haberles concedido un derecho no escrito a hacerlo. La media de edad de la calle es similar a la del Valle de los Reyes, y la tersura de la piel, por el estilo, pero el oído es digno del mejor sabueso, así que tengo que ser rápida.

Aun así, me siento espiada nada más posar un pie fuera del coche. Me doy prisa, tratando de no ser interceptada, pero entonces oigo el peculiar ruido de una cortina antimoscas descorrerse, de una verja al abrirse… Y ahí está Miguelina, vestida con su blusa y su falda negras, vestigio del luto que guardó por un hermano que murió en la guerra, no sé en cuál, en alguna, y al que ella no llegó a conocer. Noventa años, una salud de hierro y un oído digno del Búho Real.

–¡Buenos días, Sarita! ¡Cuánto tiempo sin verte! ¿Qué tal estás?

–Muy bien, Miguelina, ¿y usted? –sé que es una pregunta que jamás se debe hacer a alguien mayor, máxime ante otra persona mayor, pues comenzarán a discutir sobre quién está peor, pero estamos solas y me tiro a la piscina.

–Tirando, ya sabes, los achaques –me habla de su *asiática* (que no es una señora de Asia, sino un dolor de espalda) que le baja por la pierna derecha, le sube por la izquierda hasta el cuello, se le enreda en la *calígula* y le baja hasta mitad del pecho, hasta el *estriñón*. Y no puedo evitar pensar cuánto daño han hecho las teleseries de médicos–. Hace mucho que no venías a ver a tu madre y a tu abuela, ¿no?

–Pues sí que hace unos días –le digo con mi mejor sonrisa fingida–. Ellas son muy independientes. –Cierro la puerta del coche.

–Sí, sí, claro, independientes –afirma dedicándome una mirada con la que pretende hacerme sentir una descastada–. Estás más gordita, te quedaste demasiado delgada cuando te separaste. Estás mejor así, con la cara menos demacrada.

–Pues muchas gracias –digo ansiosa por marcharme. Menos demacrada es mejor que demacrada, ¿no? No quiero ser maleducada, pero NECESITO marcharme–. Tengo algo de prisa, Miguelina. Me alegra que esté bien.

–No estoy bien, pero bueno, vosotros los jóvenes siempre tenéis prisa para todo –me suelta mostrándome su sonrisa desdentada y me acuerdo de la historieta que me contó mi abuela de cuando se compró la dentadura, se la dejó para dormir y esa noche acabó con un mordisco en la espalda. Desde entonces, la guarda a buen recaudo para que no se le estropee.

–Que se mejore –respondo y comienzo a andar hacia la que era mi casa.

–Dile a tu madre que se va a resfriar, que no es bueno salir de madrugada en bata a la calle –me dice levantando la voz y me quedo un poco descolocada, ¿de qué habla? ¿Mi madre saliendo de madrugada en bata a la calle? Pero no le pregunto por temor a dejarme enredar con sus historias.

Mi madre y mi abuela viven juntas desde hace dos años, desde que la segunda se operó de las rodillas, se puso prótesis, y la primera se mudó a su casa. Antes vivía a un par decenas de metros calle arriba, cerca pero independiente, aunque solía pasar más tiempo en casa de mis abuelos que en la nuestra cuando era pequeña, porque mi madre trabajaba en el campo y ellos me cuidaban.

Llamo al timbre, a pesar de tener llave. Desde que me casé y me fui de casa a mi madre no le gusta que entre sin llamar, y lo respeto, aunque después ella entra en la mía como Pedro por su casa, con la llave que le dejé para emergencias.

Pasan los segundos y no hay respuesta. Vuelvo a llamar, pero continúo sin oír movimiento en el interior. Quizá no estén en casa, miro el reloj, las nueve y media de la mañana. Mi abuela probablemente habrá ido a desayunar con sus amigas del hogar del pensionista, donde se reúnen cada mañana para repasar las noticias locales en primicia, pero mi madre no suele salir tan temprano.

Comienzo a buscar en mi bolso mi llave de emergencias, pero antes de que la encuentre oigo pasos y acto seguido la antigua puerta de metal con cuarterones de vidrio en la parte superior se abre ante mí. Entonces veo a mi madre con el cabello gris algo revuelto y las mejillas sonrosadas, como si viniese de hacerse una maratón, además me fijo en su bata y la tiene puesta del revés.

–¿Qué pasa? –me pregunta con la voz acelerada.

–¿A mí? Nada, te dije que me pasaría por aquí…

–Es verdad, qué cabeza la mía –dice para sí, sin apartarse de la puerta para dejarme pasar. Me fijo entonces en sus pantorrillas desnudas, o lleva un camisón bajo la bata de verano o no se ha puesto la parte inferior del pijama. Ella percibe que lo he notado–. Bueno, pues, no es un buen momento, estaba preparándome para meterme en la bañera.

–Ah.

–Ya hablaremos.

–Vale, cualquiera diría que tienes prisa por echarme. –Ella fuerza una sonrisa sin más, parece incómoda, ¿qué narices le pasa? –. ¿Y la abuela?

–Con las amigas. Se ha ido hace un rato.

–¿Cómo está?

–Bien, ella está bien. –Tiene prisa porque me vaya, eso es evidente. Su lenguaje corporal lo clama a gritos.

–O sea, que no me invitas ni a un café.

–Tengo el agua de la bañera puesta y se me enfría –responde sin poder camuflar cierto nerviosismo. Un perro verde se queda en pañales en cuanto a lo extraño de esta situación.

–Bueno, pues nada, me voy. Llámame cuando tengas un minuto para tu hija –digo y antes de acabar la frase me ha cerrado la puerta en las narices.

Con mi madre nunca se sabe. Quizá está enfadada conmigo por algún motivo inimaginable por mí, o quizá es cierto que le urge meterse en la bañera porque ha estado haciendo press de banca con el palo de la fregona y kilos de patatas y por eso lleva los mofletes tan rojos, o la he despertado cuando estaba soñando que se daba un revolcón con Richard Gere, que siempre ha sido su galán favorito.

Como he tardado mucho menos de lo esperado, decido acercarme a saludar a Benito, nuestro vecino de toda la vida al que hace semanas que no veo. Benito se crio en aquella misma calle, como mi madre, como yo misma, él y mi madre jugaban cuando eran niños a las guerras de piedras, de hecho, en más de una ocasión, me ha enseñado la cicatriz de la brecha que le abrió mi progenitora en la sien cuando eran pequeños de una pedrada.

Al parecer fue él quien le presentó a mi padre, un compañero de la Guardia Civil. Son cosas que he ido descubriendo durante mi infancia, cazando pistas de una conversación entre mi abuela y la madre de Benito, con la que se llevaba muy bien. A Benito le destinaron a Madrid y allí se echó novia, se casó y tuvo dos hijas. Dos chicas muy guapas. La mayor, Sonia, tiene el cabello rubio y rizado, y la más pequeña, África, castaño y lacio. Ambas son menores que yo, una un año y la otra un par de años. Tengo bastantes recuerdos de ellas cuando éramos pequeñas y venían a pasar el verano en el pueblo a la casa de sus abuelos. Nos hicimos muy amigas, eran dos chicas muy majas, aunque un poco repipis. Su madre se quejaba de que cuando volvían a Madrid subían asilvestradas. Pero es que su madre era bastante especial, no podía entender cuánto disfrutaban aquellas niñas cuando nos subíamos a los árboles y nos rompíamos las mayas trepando, o cuando jugábamos al elástico (a la goma le llamaban ellas) o nos perdíamos con las bicicletas por el pantano del Celemín o la Pasada de la Ceniza, junto al río Barbate, escondidas entre los juncos para capturar ranas y renacuajos.

Qué tiempos aquellos, sonrío al pensarlo mientras llamo a la puerta de Benito. Hace tiempo que no sé nada de sus hijas. Sé por mi madre que todos los veranos pasan un par de semanas con él, pero no he vuelto a coincidir con ellas. Nuestra relación se enfrió cuando comencé a salir con Miguel, porque no le caían bien, decía que eran unas sabiondas solo porque hablaban con un acento distinto, además comencé a dedicarle a él todo mi tiempo.

Así que, de no ser por Carolina y Lorena, me habría quedado completamente sola cuando me separé en lo que a amigas se refiere.

Benito no abre la puerta. Imagino que habrá salido a dar una vuelta, le gusta andar por las mañanas. Tan alto, con el bigote de guardia jubilado sigue causando respeto, aunque conmigo siempre ha sido cariñoso. Cada año me traía un regalo cuando volvía al pueblo, siempre se preocupó por mis estudios o por cómo me iba con Miguel, lo sé porque mi abuela me lo decía. Siempre he pensado que su mujer salió perdiendo cuando se separaron. Aunque bueno, quién soy yo para opinar.

Llego temprano al trabajo, abro y me dedico a terminar algo que dejé a medias el día anterior; desinfectar la depiladora eléctrica que utilizamos para los pelillos rebeldes demasiado cortos que la cera no atrapa.

No me gusta ese aparato, porque hace mucho ruido.

–Uy, ¿eso que oigo es un vibrador? –pregunta Carolina divertida cuando llega, quitándose la chaqueta mientras se acerca al baño en el que estoy terminando de limpiar la máquina que oye vibrar.

–Me has descubierto –le respondo apagándola–. En realidad, creo que no me vendría mal un cacharro de esos –admito entre risas.

–Los vibradores están desfasados. Lo que está de moda ahora son los succionadores de clítoris –sugiere haciendo un mohín picante con los labios.

–Solo el nombre da repelús. Succionar suena a… a… que te va a sacar el hígado chupando por ahí abajo.

–Cómo se nota que no lo has probado, hija. Es el mejor invento del siglo XXI, pulsas un botón y te corres –dice desnudándose en el baño, cogiendo su pijama morado de detrás de la puerta y poniéndoselo–. Ni preliminares ni tonterías. Botón y orgasmo. Punto.

Lorena entra en el salón, la campanita de la entrada así me lo indica.

–¿Tienes uno?

–Pues claro que tengo uno. Y le estoy sacando un buen rendimiento.

–¿Un qué? –pregunta Lorena aproximándose a ambas.

–Un Satisfyer. Y Lore tiene otro, ¿verdad? –Ella asiente, sorprendiéndome, porque es mucho menos atrevida que su hermana.

–La loca esta me lo regaló por Reyes y creo que es el mejor regalo que me han hecho en la vida. Al principio me daba cosilla utilizarlo, pero un día me dije, venga, a ver si se merece la fama que tiene, y me lo llevé a la ducha, y oye, la fama es merecida –admite con una amplia sonrisa–. Deberías comprarte uno. Porque es ideal para cuando llegas a casa cabreada y hasta el moño y tienes por delante: hacer la cena, bañar a la niña, y mil cosas más… Y piensas, lo bien que me vendría un orgasmo ahora –sugiere mirándome a través del espejo del baño–. Tienes ganas de correrte, pero no de echar un polvo. Solo de pensar en que tendría que esperar a hacer la cena, dar de cenar a la niña, dejarla dormida, desnudarnos, meternos en la cama, hacerlo sin ruido asfixiada debajo de la manta, aunque sea verano, tropezándonos entre nosotros como si fuésemos luchadores de sumo, que de pronto te da con el codo en un ojo, que te echa la pierna encima y pesa como un jamón… Pues ese es el momento, mientras se cuecen los macarrones y la niña está viendo los dibujos animados, te metes en el baño y le das al botoncito y… ¡tachán! En dos minutos vuelves con una sonrisa de oreja a oreja y con la paciencia recargada.

–Suena muy bien, pero a mí me lo encuentran mis hijos, seguro. Una vez los encontré pegándose con mis bolas Kegel. Ya sabéis, las bolas esas que son de distintos pesos que compré después de tener a Pablo para hacer los ejercicios que fortalecen el suelo pélvico, que te las metes y tienes que retenerlas dentro. Pues las tenía guardadas en la mesita de noche y las cogieron y empezaron a pegarse bolazos con ellas –les cuento saliendo del baño al salón, me voy hacia el equipo de música y lo conecto, comienza a sonar *Duende del Sur*, de Chambao, una de mis canciones favoritas. Lorena me sigue y se me queda mirando con una sonrisa.

–Pues guárdalo en el cuarto de la limpieza, ahí seguro que no miran.

–Ahí no abren ni la puerta.

–Te digo que demasiado estás tardando en comprártelo. Ya que no le das meneos naturales, dáselos eléctricos por lo menos, mujer –asegura Carolina alcanzándonos.

–Este año se lo pido a los Reyes.

–¿A los Reyes? A los Reyes pídeles un Can Yaman o un Kerem Bürsin –sugiere Lorena.

–¿Y esos quiénes son? –le pregunto.

–¿Pero tú que ves en la tele?

–¿Yo? *Gumball*, *Somos Osos*, *Hora de Aventuras*…

–Madre mía, yo también me trago episodios de *Pocoyó*, pero por las noches busco tiempo para mí y veo mis telenovelas turcas.

–Está como loca con los galanes esos de las telenovelas, obsesionada perdida –sugiere su hermana.

–No, si te parece voy a ver la serie esa de niñatos en bicicleta y monstruos con cabeza de flor que te gusta a ti.

–*Stranger Things* se llama, cazurra –le aclara sacándole la lengua–. Es una serie de culto, y me encanta, mi favorita es Eleven –dice entre risas.

–Yo por las noches me duermo en cuanto cierro un ojo –confieso.

–Será de culto para otros, no para mí. A mí déjame con mi Can Yaman y mi Kerem Bürsin, que bien merecen unas horas de desvelo. Y tú hazme caso –indica apuntándome con un bote de laca que está colocando en la vitrina de ventas–, este año en la carta de los Reyes Magos pide un turco de telenovela que te ponga mirando para Ankara.

–Estás fatal con los turcos. –Me río. Lleva meses dándonos la brasa con esas series de televisión con protagonistas tan atractivos como irreales–. Pues fíjate que, puestos a pedir, casi que preferiría una Marie Kondo, que me ordene la casa.

–¿Así estamos? –pregunta incrédula Carolina.

–Hace tanto que no tengo sexo, que ya casi no lo echo de menos. Y una ayudita en casa sería de agradecer.

–Pues ambas cosas se solucionan con un buen maromo que sea bueno en la cama y responsable en la casa –sugiere.

–¿Eso existe?

–Que no le conozcamos no quiere decir que no exista –apunta Lorena recogiéndose el flequillo rebelde a un lado con una horquilla.

–Será eso. Pero me veo repitiendo la historia familiar, sola como mi madre y sin catar varón.

–Eso de que tu madre no cata varón lo dirás tú –sugiere Carolina.

–¿Por qué dices eso?

–Chica, porque... Lo suyo con Benito no es ningún secreto. –Se me cae el cepillo de cerdas naturales que estaba limpiando al suelo.

–¿Qué dices? Ella y Benito son amigos de toda la vida.

–Ya. Y Benito volvió al pueblo después de jubilarse porque le gusta el clima –suelta, y su hermana la mira clamando prudencia y sé de inmediato que ambas han hablado entre ellas del tema.

–Benito volvió porque quería estar cerca de sus padres.

–¿Y cuando murieron? ¿No sería más lógico quedarse en Madrid cerca de sus hijas y sus nietos?

–Pero a él no le gusta la vida en Madrid.

–Ya, porque tu madre está aquí.

–Anda ya.

–¿Qué pasa? ¿No te gusta Benito para tu madre? –pregunta Lorena con prudencia.

–No es que me guste, ni que me deje de gustar, nunca había pensado algo así.

–Sabes que a tu madre también le gusta el sexo, ¿no? Como a todo ser humano, que le apetecerá darse sus alegrías… –Al parecer Carolina está dispuesta a revolverme el estómago.

–No quiero imaginarme eso, por favor.

Después de la mañana de trabajo, de recoger a Pablo en el cole y comer con él, después de que Alejandra llegue del instituto y se encierre a hacer la tarea, me quedo con mi pequeño un rato en el sofá repasando los verbos irregulares en inglés. Ya casi se los sabe todos, al final sí que voy a poder apuntarlo para sacar el B1, me río para mí misma.

Con los verbos repasados, me meto en el baño para depilarme; con esto de que el buen tiempo es ya una realidad debo abandonar mi desmelene invernal. Sé que pasarse el invierno a lo Chewaca no es nada sexy, las *influencers* y las *it girls* me colgarían de un poste de la luz, pero tampoco tengo a nadie que vaya a fijarse en mis piernas, solo me las veo yo, y los niños, y eso y las bragas sobaqueras, son mi pequeña protesta ante esclavitud de la mujer cosificada por la belleza. O lo que es lo mismo, las cenizas de mi pereza.

Y cuando estoy con una pierna embadurnada en espuma de afeitar y la otra suave como el culito de un bebé, suena el móvil y mi vida cambia para siempre.

Capítulo 5

–Buenas tardes, ¿podría hablar con Sara Celona? –me pregunta una voz masculina, grave, en español con un leve acento extranjero.

–Soy yo, dígame –respondo atrapando el teléfono entre el cuello y el hombro, secándome las manos con una toalla tras dejar la maquinilla en el lavabo.

–Soy el doctor Aslan Kaya, del Hospital Americano de Estambul. Le llamo para comunicarle que su padre se encuentra ingresado en la unidad de cuidados intensivos y sería conveniente que contacte con la compañía aseguradora Healthcare para gestionar su traslado a la mayor brevedad posible.

–¿Qué? No sé de qué me habla. Creo que se ha equivocado… –le digo, sentándome en el filo de la bañera vacía.

–¿No es usted Sara Celona?

–Sí, soy yo. Pero no tengo padre. Quiero decir… no tengo padre como tal, padre con relación.

–¿Padre con relación? –No me entendía. No podía culparle, casi no me entendía ni yo.

–Quiero decir que no tengo relación con mi padre. Que nunca he hablado con él y que no creo que ese señor que está ahí ingresado en… ¿Estambul? Eso es Turquía, ¿verdad? No creo que ese señor sea mi padre. ¿Cómo se llama?

–Soy el doctor Aslan…

–Su nombre no, el del señor, mi supuesto padre.

–Ah, se llama Rodrigo Celona Romero. ¿Es el nombre de su padre?

–Creo que sí… –Por un momento me asalta la duda. Ese nombre me suena, es el de mi partida de nacimiento, si no estoy equivocada porque de los nervios ya no sé ni cómo me llamo yo.

–¿No sabe cómo se llama su propio padre? –me pregunta el doctor Te-estoy-juzgando-por-mala-hija.

–Mi padre desapareció antes de que yo naciese y no he vuelto a saber de él. Como comprenderá no sé demasiadas cosas sobre su persona –me defiendo molesta por su incredulidad.

–Señora…

–Señorita –le corrijo por el mero placer de hacerlo; su tono prepotente me está sacando de quicio. Seguro que es uno de esos médicos mayores que se creen que lo saben todo, calvo y barrigón, con gafas de pasta sobre las cejas de búho y la nariz llena de espinillas.

–Señorita –percibo bastante retintín en su voz–, solo puedo decirle que un señor llamado Rodrigo Celona Romero está ingresado en el Hospital Americano de Estambul, que tuvo complicaciones después de realizarse un trasplante capilar, que está muy grave y está solo. Que no podemos realizarle algunos procedimientos porque necesitamos la autorización de un familiar, que en el registro de familiares de la agencia con la que viajó aparece su nombre y que nos ha sido difícil conseguir su número de teléfono.

–¿Y cómo lo han conseguido? ¿Quién se lo ha dado?

–Una señora mayor cuyo número aparecía debajo de su nombre, llamada Constanza, a la que no sé si conoce.

–Sí, la conozco, sí. –Está hablando de mi abuela. Por lo que parece, al final sí que va a ser mi padre.

–¿Podría anotar, por favor, el número de teléfono del hospital y el de la compañía de seguros? –Salgo al salón, en bragas y con una pierna llena de espuma, y le robo un bolígrafo rojo a Pablo. Por suerte mi mano tiene el poder de escribir a pesar de mi aturdimiento–. Le ruego que, a muy tardar, en un par de horas me devuelva la llamada comunicándome si va a venir para autorizar los procedimientos médicos o si, por lo contrario, debemos iniciar los trámites judiciales para poder hacerlos.

–¿Cómo me dijo que se llama usted?

–Doctor Aslan Kaya. Le recuerdo que es urgente.

–Gracias. Me ha quedado claro.

Cuando la llamada termina me quedo ensimismada, preguntándome a mí misma si se ha tratado de una ensoñación, de un espejismo o una alucinación. ¿Cómo va a reaparecer ahora mi padre, ese que desapareció sin más antes de que le conociese? Y menos hospitalizado en un centro de Turquía en el que además me piden que me presente para autorizar no sé qué procedimiento médico. ¿Estamos locos?

–Mamá, ¿qué te pasa? ¡Mamá!

–Nada Pablo, termina las albóndigas, que hay que comerse la tarea –le respondo sin saber qué digo, y mi pequeño me observa alucinado mientras dejo el teléfono sobre la mesa del salón. Alejandra sale de su cuarto mirando su móvil.

–¡Álex, a mamá la han llamado por teléfono y se ha quedado tonta!

–¿Qué dices? –Miro a mi hija y ella enarca una de sus cejas pelirrojas, algo debe ver en mi expresión que la hace dudar–. ¿Te pasa algo, mamá?

–No, nada.

–Vale. Me voy a casa de Cristina.

–Me ha llamado un médico turco diciéndome que

vuestro abuelo está ingresado en un hospital y que tengo que ir con urgencia.

–¿El abuelo Paco está malo? –pregunta Pablo alarmado. A Álex se le descompone el rostro solo de pensarlo. Pobres, han pensado en mi suegro.

–No, no. No es el abuelo Paco, el abuelo Paco está bien. Es… mi padre. –Álex se acerca y me observa con los ojos muy abiertos.

–¿En serio? –me pregunta.

–¿Tenemos un abuelito nuevo? –sugiere Pablo casi con ilusión.

–¿Me ves cara de estar bromeando? Pero no puedo ir a Turquía, lo siento, no puedo dejaros aquí e irme… y menos por alguien que me abandonó… –reflexiono en voz alta.

–Mamá. ¿Y qué pasa si no vas?

–No lo sé.

–¿Puede morirse?

–Al parecer está muy grave.

–¿Y está solo?

–Sí. Eso parece.

–¿Cómo es que te han llamado a ti?

–Porque llevaba mi nombre anotado en una lista y el número de la bisa Constanza, y ella le ha dado mi número…

–No puedes dejar que se muera solo allí en Turquía. ¿Vive en Turquía?

–Por lo visto no, parece que fue a hacerse un trasplante capilar.

–O sea, que es calvo –salta Pablo–. Yo no quiero ser calvo. ¿La calvicie se hereda, mamá?

–No puedes dejar que se muera allí solo, mamá.

–Pero tendrá familia, digo yo…

–¿Y si no la tiene? Me da pena.

–Y a mí me da pena haberme criado sin padre –protesto como una niña pequeña, pero la mirada triste de mi hija Alejandra me conmueve–. No puede aparecer ahora así, de repente, y hacer que me tenga que presentar en Turquía para firmar lo que sea... ¿Y si aparecen otros familiares después?

–¿Y si no aparece nadie? Mamá, nosotros podemos quedarnos con papá, ¿qué puedes tardar? ¿Un par de días? Ir, firmar lo que sea, o esperar a que llegue su familia, o dejar una autorización o lo que sea y volver... No lo conocemos, pero es de nuestra familia.

–Familia es la que cría, la que cuida, alguien que deja su ADN y desaparece no es familia.

–Sé que no eres capaz de dejarle morir solo, porque te conozco, mamá –me dice sentándose frente a mí a la mesa, mirándome a los ojos, y me siento muy orgullosa de la hija tan madura que tengo.

–Quédate con Pablo, que voy a ir a ver a la bisa Constanza.

Cuando llego a casa de mi abuela, ella me abre la puerta envuelta en un veraniego traje de tirantes y con las crocs sin calcetines. Cuánto daño ha hecho Frank de la Jungla.

–¿Mi madre está?

–No, pasa.

–¿Por qué abres la puerta si estás sola? –le recrimino, le tenemos advertido que no lo haga.

–¿Y para qué llamas si no quieres que te abra? –pregunta con una sonrisa pícara–. Además, sabía que eras tú.

–¿Por qué?

–Porque me lo ha dicho el mayordomo –sugiere burlona, provocándome la risa–. Porque sabía que te iban a llamar por teléfono. Vamos, pasa, que te voy a poner un cafelito.

–Ya. ¿Y mi madre? ¿Lo sabe?

–No, tu madre lleva toda la tarde con las amigas de la asociación de mujeres. No sé qué estarán haciendo. Dice que adornos para el día de la Independencia. –Sí, porque aquí en Benalup, como los norteamericanos, tenemos fiesta de la independencia, en nuestro caso de cuando nos independizamos de Medina Sidonia, un pueblo cercano–. Eso dicen, pero creo que estarán tomando café en lo del Tato. –Pienso que tiene razón, que lo más probable es que estén en la cafetería hablando y compartiendo risas en una merienda que se ha alargado demasiado. La sigo hasta el saloncito interior en el que tiene puesta la televisión un par de números por encima de lo recomendable en cuanto a volumen; últimamente está algo dura de oído, pero ella jamás aceptará ponerse un sonotone–. ¿Y qué vas a hacer?

–¿Qué voy a hacer? ¿Por qué le diste mi número de teléfono y cómo es que tenía el tuyo?

–Llamaron al fijo, llevamos cuarenta años con el mismo número. Me puse nerviosa y le dije que te llamaran a ti, quizá debería haber colgado sin más, hija... Verás tu madre cuando se lo diga.

–No te preocupes, abuela, hiciste bien en avisarme.

–¿Y qué vas a hacer?

–No lo sé.

–Sé que tu madre no va a querer por nada del mundo que vayas, pero a mí no me parece bien dejar que ese hombre se muera solo, porque a pesar de todo no fue tan malo.

–¿Que no fue tan malo? Nos abandonó.

–Eso no fue así del todo –suelta y a mí se me erizan los pelos como a un gato–. Tu madre en aquella época era un poco ligera de cascos.

–¿Ligera de cascos?

–Lo que viene siendo... cómo se le llama ahora para que no suene machista... *promisca*.

–¿*Promisca*? ¡Promiscua!

–Eso, eso. *Promíscula* –confirma, y me quedo a cuadros, a rayas y a rombos. Bueno, de rombos sí que va la cosa, parece–. Que hoy día todo eso de la libertad sexual está muy bien y extendido, y a mí me parece bien, porque el mismo derecho tenemos las mujeres que los hombres a darnos alegrías al cuerpo. Pero en los ochenta, en el pueblo, no era precisamente lo más normal. Tu madre tenía veintidós años y acababa de romper con su novio de toda la vida. El chaval, se llamaba Fulgencio y trabajaba de guardés en una finca en la que vivía con sus padres. Lo mismo sembraba que cuidaba de las cabras, que hacía lo que fuese y eran una familia humilde pero muy buena. Lo único malo, que las cabras debían tener pulgas o algo, porque un par de veces que fuimos a visitarles volvimos con unas ronchas que… ¿Por dónde iba? Ah, eso. Acababa de romper con el muchacho y entonces llegó tu padre destinado al puesto de la Guardia Civil como sargento. Un sargento bastante calentito, todo hay que decirlo. Estaba casado, pero aun así tuvo un par de deslices antes que tu madre. En aquella época ella estaba tonteando con Perico, el del estanco.

–¿Con Pedro? –No imaginaba cómo sería el señor en su juventud, pero a sus sesenta y pico, con su calva brillante y su nuca poblada de caracolillos rizados y aquel aire a lo cantaor de flamenco antiguo, no podía imaginar qué podría haber visto mi madre en él.

–Y también dejándose querer por Benito, que siempre ha estado loco por ella.

–¿Benito? –Era la segunda persona que me sacaba el tema de mi madre con él; al final iba a ser cierto.

–Yo creo que Benito se divorció por ella –suelta así, sin más–. Total, sigo, que si no, con el principio del Alzheimer, me desvío y se me va lo que estoy contándote como no lo hile pronto. Que tu madre, después de dejar al muchacho del campo, la que tiró al monte fue ella, y se estuvo dejando querer. Pero entonces se tropezó con el sargento, y este le enseñó el tricornio y, por lo visto, la porra también…

–¡Abuela!

–Estuvieron viéndose más o menos un mes.

–¿Un mes? ¿Soy el fruto de la relación de un mes?

–A ver, mi vida, tú sabes mejor que yo, porque has estudiado, que se puede ser el fruto de una relación de dos minutos. Tu padre estaba bastante entusiasmado con ella. Incluso la llamaba por teléfono allí en nuestra casa, y ella se hacía la interesante, a veces le hacía caso y otras no. Pero eso fue hasta que los rumores de que su marido estaba teniendo más aventuras que el Lazarillo de Tormes llegaron a la señora. Por lo visto tenía una prima segunda que era del pueblo y vivía en Madrid y fue esta chica la que le debió de contar que si no tenía cuernos sería por falta de calcio. Lo cierto es que la mujer se presentó en el cuartel y, aunque era joven, tenía más bigote y más genio que el sargento. Se instaló en la casa cuartel y ahí acabó la relación de tu madre con tu padre. Según tu padre le contó a tu madre, ellos no se querían. Se casaron muy jóvenes porque se conocían de toda la vida, él quería dejarla, pero por lo visto el genio que tenía como guardia le faltaba para las cosas de su casa y no lo hizo.

–Madre mía.

–En cuanto a tu madre se le empezó a notar el bombo el rumor corrió como la pólvora por el pueblo, desde la Casilla Espina hasta El Fielato. La hija de Martín el zapatero estaba preñada y sin novio. A pesar del carácter fuerte de tu abuelo no le dijo ni media palabra. Cuando se lo contó, le dijo que estaba embarazada y que ella sería padre y madre de ese bebé, que no iba a pedirle ni un duro al padre. Tu abuelo le dijo: «lo que está hecho, hecho está». Los discursos no eran el fuerte de mi Martín –dijo para sí con una sonrisa–. Ella decidió que prefería pasar el resto del embarazo en Cádiz, en la casa de tu tía Margari, y volvió después de tenerte. Sé que tu padre fue a verla a Cádiz antes de que nacieses. Por lo visto había hablado con su mujer de hacerse cargo de su responsabilidad, y aceptó que te pusiese el apellido a cambio de que no la dejara o algo así. A tu madre le pareció bien que llevases su apellido, aunque ya no tuviese interés alguno en él porque, estando en Cádiz, había conocido a un profesor de Francés de un instituto y habían iniciado una relación.

–Vaya con mi madre, qué éxito con los hombres, ligando hasta embarazada. Desde luego esa faceta de ella no la he heredado, que no me como un colín.

–Porque tú no quieres hija, porque vales mucho, muchísimo.

–Y entonces, el señor… el sargento…

–Tu padre.

–Sí. Se fue, ¿verdad? Mi madre no volvió a saber nada de él.

–Ya sabes cómo ha sido siempre tu madre para sus cosas. No sé qué hablaron entre ellos, pero él no volvió por el pueblo. Aunque me da a mí que han mantenido algún contacto, aunque sea por teléfono.

–Qué fuerte me parece que nunca me hayáis dicho nada.

–Cualquiera sacaba el tema delante de ella. Las pocas veces que lo intenté cuando eras pequeña se puso como una fiera, dejó de hablarme y te llevó con ella. Después de una de esas peleas se fue a vivir a la casita pequeña que antes era de mi madre, y tu abuelo me pidió que no volviese a sacarte el tema. Aunque sé, porque una vez me dejó una el cartero para que se la diese, que se mandaba cartas de cuando en cuando con tu padre y creo que le mandaba fotos tuyas…

En ese momento oímos la puerta de la calle abrirse. Y pienso en si me merece la pena abrir la caja de los truenos. Cuando mi madre entre por esa puerta y le cuente que me han llamado de un hospital de Turquía y que mi abuela me ha contado su historia con el sargento de la Guardia Civil casado, montará en cólera y sapos y culebras de colores le saldrán por la boca.

¿Y al final para qué en este momento? Después del relato de mi abuela siento aún una responsabilidad mayor de ir a Turquía y firmar aquellos papeles que podrían salvarle, independientemente de lo que pase después.

Por eso advierto a mi abuela de que no le cuente nada, y cuando mi madre entra en el pequeño salón le digo que he venido para avisarla de que me voy a Madrid a hacer un curso de peluquería con una amiga de Lorena a la que ella no conoce, y que Miguel se quedará con los niños, que además en dos días tienen las vacaciones en el colegio y el instituto.

Ella me dedica una mirada de reprobación, como si en lugar de con su padre pretendiese dejar a los niños al cuidado de Rasputín. Mi madre le aprecia mucho, pero desconfía de sus habilidades como cuidador. La vez que vio cómo sacaba a Pablo del pabellón municipal después de baloncesto con la camiseta de tirantes en pleno enero no es que haya ayudado mucho, la verdad sea dicha. Siempre fue bastante descuidado en ese tipo de cosas, y otras tantas, pero no era el peor de sus defectos.

Me veo venir lo que va a preguntarme y no tengo ganas de discutir, así que trato de darme prisa, le doy un par de besos a mi abuela y…

–¿Y por qué no los dejas conmigo? Por unos días no pasa nada –me dice. Y la cara de horror de mi hija Alejandra me acude a la cabeza; su abuela es muy controladora, muy muy controladora. Todo lo que no se controló ella de joven, me permito la gracia. Le costó aprender a enviar mensajes, pero cuando lo logró de un día para otro se convirtió en una experta, de hecho, podrían contratarla de taquígrafa en el congreso de los diputados que no se quedaría una palabra atrás–. ¿Vas a dejarles al cuidado de la niñata esa que le dio una bofetada a mi nieta?

–Voy a dejarles al cuidado de su padre. La niñata ya se disculpó, y ya le advertí que si volvía a ponerle la mano encima a uno de mis hijos tendría que ir a hacerse la cirugía estética. Creo que lo ha pillado.

–Tu sabrás.

–Claro que lo sé. Nos vemos cuando vuelva.

–¿Cuándo vuelves?

–En dos o tres días.

–¿En qué vais?

–En mi coche. –Pienso, pues tengo que llevármelo al aeropuerto.

–Pues compárteme el nombre y el número de la otra peluquera por si quiero contactar contigo y no puedo.

–Sí, mama, lo haré, pero primero tiene que dármelo Lore a mí.

–¿Y cómo es que no va Lorena?

–Porque… Ella iba a ir, pero le han puesto una cita con el… –Busco una especialidad médica a la que se vaya sin que haya un motivo grave–. Ginecólogo, tiene una cita con el ginecólogo y, claro, no puede faltar.

–¿Y por qué no puede cambiarla?

–No puede cambiarla porque… –¿Qué puede ser importante pero no grave?–. Un bulto, tiene un bulto.

–¿Le ha salido un bulto? Ay, pobrecita, ¿dónde? –pregunta. Pienso, si he dicho que iba al ginecólogo…

–En el… ya sabes. –Mi madre se lleva una mano a los labios angustiada–. Pero tranquila, no es nada grave, solo es un grano, pero le duele, uf...

–Pobre, sí que le debe de doler, sí.

–Pero no le digas nada, que es algo muy íntimo. –Porque, si no, va a llamarla de inmediato para interesarse por ella y descubrirá mi mentira.

–Tranquila. Pero pídeselo, que no se te olvide –insiste. Me acerco y le doy un beso a cada una.

–Os quiero.

Mi abuela me acompaña a la puerta y, antes de que me vaya, me agarra del brazo y me pregunta:

–Lo de Lorena es mentira, ¿no?

–Sí, claro.

–¿Vas a ir a Turquía?

–Sí.

–Me da miedo que vayas sola. Voy contigo.

–Te lo agradezco, abuela, pero todo será más rápido si voy sola. La compañía de seguros me ha dicho que si voy me pone un guía para que me acompañe, así que tranquila, que no estaré sola.

–Llámame cuando llegues.

–Claro. Te quiero.

Capítulo 6

–Si te encuentras a Can Yaman tírate encima y tócale los brazos para ver si son de verdad –me dice Lore, sentada en mi cama, observándome hacer la maleta.

–Sí, claro, encima me voy a tirar, porque va a estar esperándome al pie del avión. A ver si te crees que Turquía es Benalup, que nos conocemos todos. Turquía es un país grande… ¿No?

–No lo sé, nunca me ha dado por mirarlo.

–En cualquier caso, no creo que todos los hombres sean como ese Can Yaman.

–¿Que no? Pues he visto muchas series y todos están tremendos.

–Claro, no van a escoger a los más feos para las series, ¿no? Menuda obsesión la tuya. –Lore me tira a la cara la almohada. Se ha venido a casa con la pequeña Gala, que juega con mis sostenes sobre la cama, en cuanto les he contado lo que ha sucedido por el grupo que tenemos que se llama «La última que llegue trae el café» en un audio de cuatro minutos. Y aunque Carolina está en el gimnasio, cuando acabe la clase de *spinning* ha advertido que se viene a tomarse una cerveza de despedida. Alejandra ha salido con una amiga, y Pablo está jugando en casa de su amigo Antonio, que vive en la calle de detrás, así que estaremos a solas un rato.

–¿Cómo se ha tomado Miguel lo de tu viaje?

–¿Miguel? Se ha quedado en *shock* con lo de mi padre.

–Como todos.

–Cuando le llamé estaba con su Osa Amorosa cerca. Lo noto en el tono de su voz, habla diferente, se pone muy… no sé, muy formal cuando está ella delante.

–Pues me parece de lo más tonto, porque llegará un momento en el que volverá a pegarse pedos bajo el edredón y la niñata se quedará traspuesta.

–Primero tienen que vivir juntos. Y me da a mí que, al menos los días en los que los niños estén con el padre, no va a aparecer mucho por la casa.

–Ya tendrá hijos y se dará cuenta de lo que duelen… –Al decir aquello busca mis ojos, me quedo pensando. Cuando tengan hijos serán hermanastros de los míos y eso no debería preocuparme, pero tengo un miedo irracional a que mis hijos pasen a un segundo plano en esa casa. Me digo que soy tonta, que no debo pensar eso; su padre los quiere tanto como yo.

–Por mí, mientras no se le ocurra volver a ponerle una mano encima a ninguno de los míos, como si tienen Gremlings.

–Eres una gran madre, pero también una gran mujer, y tienes derecho a querer y a que te quieran, no lo olvides nunca.

–Ya. Cuando vea a Can Yaman se lo diré a ver qué opina –respondo guiñándole un ojo antes de abrazarla–. Recuerda mi coartada, que he ido a Madrid a hacer un curso de peluquería con una amiga tuya de fuera.

–Tranquila, tu secreto está a salvo.

Estoy cerrando la maleta cuando llega Carolina, con el cabello mojado tras una ducha rápida en el gimnasio, Lorena le abre la puerta y vienen las dos al dormitorio.

–¿Ya lo tienes todo listo? –pregunta.

Me doy cuenta de que le da algo a su hermana que mete rápida y veloz en mi maleta. Desconfiada vuelvo a abrirla y me encuentro una caja de preservativos. La cojo y se la enseño, ellas me miran con una sonrisa.

–¿Para qué se supone que es esto?

–Ya sé que hace tiempo de lo tuyo, pero no creí que llegases a olvidar para qué sirven –sugiere Carolina–. Verás, cuando ligas con un chico que no conoces de nada, pero te apetece darte un revolcón y no quieres que después se te caiga el toto a pedazos, el chico se lo pone en su pene y…

–¡Ya sé para qué se usa! Lo que no entiendo es cómo puedo necesitarlos cuando voy a un hospital a conocer a mi padre moribundo.

–Ya te he dicho que siento mucho lo de tu padre. Pero nunca se sabe cuándo puede aparecer la oportunidad de un buen orgasmo.

–Caro, no voy a Turquía a ligar. A ver si os entra en la cabeza –les dijo arrojándoles la caja de preservativos. Carolina los atrapa al vuelo. En ese momento me acuerdo de que no he cogido calcetines y tomo unos cuantos en el cajón y de una vez por todas cierro la maleta.

–Te va a volver a crecer la virginidad. Solo te lo advierto –responde divertida guardando la caja de preservativos en su bolso.

–Estad pendientes de mis niños, por favor. Sé que serán solo un par de días, pero hablad con Álex, hacedle una videollamada de vez en cuando y aseguraos de que Pablo está bien.

–Tranquila –responde Lorena poniéndose en pie.

–En seguida estarás aquí, espero que con una experiencia nueva a las espaldas y las pilas cargadas –dice Carolina. Las abrazo. Algo he debido de hacer bien para tener unas amigas como ellas.

Monto a mis hijos en el coche y conduzco hasta la casa de Miguel. Vive en la parte más al sur del pueblo, como si después del divorcio se hubiese esforzado por alejarse de mí. Aún recuerdo cuando alquiló la casa, mi hijo Pablo venía contando que era un chalé enorme y con piscina, y según Álex, no estaba mal, aunque para ella lo mejor que tenía era su cercanía con sus amigas, pues un par de ellas vivían en aquella zona. Nunca he estado en el interior más allá del salón, y lo cierto es que es bastante bonito. De hecho, me sorprendió no encontrar pantalones, zapatos y ropa de todo tipo por los sofás como solía hacer en casa; por ese lado el divorcio le sentó bastante bien para su independencia.

Aparco frente a la puerta del patio exterior y saco el par de maletas. Alejandra casi ni me mira, pendiente de su teléfono, y Pablo me mira con cara de pocos amigos.

–¿Cuántos días vas a estar fuera?

–Un par. Mira, hoy es jueves, mañana viernes llegaré al hospital, y firmaré lo que tenga que firmar, y el sábado, o como muy tarde el domingo, estaré de vuelta, ya lo verás –le digo agachándome para mirarle a los ojos.

–¿Y si el abuelito se muere y tú ya has vuelto?

–El abuelito estará bien. Vosotros portaos bien –le doy un beso a mi hija en la cabeza, que trata de apartarse, y entonces la cojo y la estrujo contra mí, aunque se resiste, y después a Pablo, que aún se deja achuchar en público. Llamo al interfono y la cancela hace el característico ruido al abrirse la cerradura. Mis hijos entran tirando de sus maletas hacia el interior del patio, y veo a Miguel abrirles la puerta de entrada, se hace a un lado para que puedan pasar y comienza a andar en mi dirección. Le saludo con la mano, pero veo que sigue caminando. Quizá quiera decirme algo, así que le espero.

–¿Ya lo tienes todo listo?

–Casi todo.

–Espero que vaya todo bien. Qué fuerte lo de tu padre, sigo sin creérmelo.

–No me lo creo ni yo –admito con risa nerviosa. La

que me entra cuando pienso la que se me viene encima–. Y menos que tenga que tomar una decisión que puede ser vital para una persona a la que ni siquiera conozco.

–¿Se lo has dicho a tu madre?

–No. Habría tratado de impedírmelo, y siento que es lo que debo hacer. Aunque eso signifique irme a un país que no conozco sin saber ni qué hacer. –En ese momento Miguel me abraza. Me quedo a cuadros, creo que es la primera vez que lo hace desde que nos separamos. Mi cuerpo le reconoce, así como reconoce su perfume. Se lo compré yo, al menos la primera vez. Aunque es un abrazo aparentemente inocente, me quedo esperando a que termine, y cuando se alarga me chirría un poco. Me digo a mí misma que solo es una muestra de afecto, y no reacciono.

–Tú eres fuerte –me dice al oído–. Si no, no me habrías aguantado tantos años –bromea, y al apartarse me mira a los ojos con cariño. Sonrío porque no sé qué decir y me queman en el cuerpo las ganas de irme, a Turquía no, a la Conchinchina. Que no, que no, que son tonterías mías.

–Gracias. Cualquier cosa que necesites o que necesiten ellos me llamas.

Salgo escopetada. Ese momento cariñoso de mi ex me ha puesto los vellos como escarpias, espero que no sea nada porque, aunque le quiero mucho, pues han sido muchos años a su lado, hace mucho tiempo que dejé de mirarle como hombre.

Vuelvo a repetirme que son paranoias mías y pongo rumbo a mi hogar que, como siempre que los niños no están, me parece mucho más grande y silencioso que de costumbre. Lleno la bañera y le añado sales de baño; voy a necesitar mucho relax para lograr conciliar el sueño esta noche. O eso, o lo que ha quedado de la botella de vino que ha abierto Carolina en nuestra despedida en el patio interior.

Capítulo 7

A pesar de que he viajado, a Londres cuando Miguel y yo éramos novios y a París cuando Álex hizo la primera comunión, y que me defiendo más o menos con el inglés, me siento un poco Paco Martínez Soria arrastrando mi maleta en el gran aeropuerto internacional de Estambul. Después de dos horas de coche hasta Málaga y cuatro horas de avión, mi cuerpo es como una maraca brasileña con las piedras desgastadas.

Desde el aire el aeropuerto me pareció un tridente gigante. Y desde el interior es un laberinto de blancos techos abovedados de alguna especie de metal lleno de figurantes de un anuncio de Benetton. Pero solo tengo que encontrar la salida y una representante de la compañía de seguros estará esperándome con un cartel con mi apellido y me acompañará al hospital. La chica que me atendió por teléfono desde la central de Madrid me aseguró que hablaría español y que la tendría a mi lado siempre que la necesitase.

Que en turco «Salida» sea algo así como *Çıkış* no ayuda a encontrarla. Respiro hondo y trato de calmarme porque noto que me empieza a burbujear la sangre del nerviosismo entre tanta gente variopinta que viene y va, que por lo menos saben dónde van o a dónde vienen.

Siguiendo los letreros llego a unas puertas de cristal que cuando se abren me permiten ver a una docena de hombres y mujeres con folios en las manos, un paso por delante de familias que se reencuentran y los novios que se reciben a besos. Voy leyendo los carteles, *Mr. Smith, Mrs. Thompson, Ms. Louison* y… *Señorita Culona.*

Culona. ¿En serio? No es momento para el cachondeo desde luego.

Sostiene el cartel una mujer asiática con un moño pelirrojo vestida con un traje azul y la camisa blanca de su marido, supongo, por lo grande que le está. Me sonríe con sus labios rojos y sus grandes ojos negros. Tiene en torno a los cincuenta y muchos y no levanta más de un metro cincuenta del suelo. Me dirijo a ella.

–Buenos días, no es Señorita Culona, es Señorita Celona –le digo a modo de recibimiento.

–Oh, siento *muchio muchio* –dice sonriendo con cara de contrariedad, como de dibujos animados, arruga la nariz y mira el cartel–. Yo mucho *anio* estuve *Espania*, yo chica joven y golfa. –¿Golfa? Se habrá equivocado, supongo–. No Culona, Cilona. Culona, ¿qué es?

–Un insulto.

–Oh, disculpa mía. Lo siento, *seniorita* Culina, yo no *queré insultá usté*, mi nombre es Dilay y seré su ayudanta en el país, agencia paga mí para *ayudá seniorita Culoni* –me dice con una sonrisa tan grande que casi le da la vuelta a la cabeza, y pido al universo una buena dosis de paciencia porque me da que la voy a necesitar.

–Llámame solo Sara. Será lo mejor.

–*Ok*. Siento *muchio* lo de su papá.

–Ya.

–La *acompanio* al hostal para verle.

–¿Está en un hostal?

–Claro, está en un hostal. –Respiro aliviada. Si está mejor va a ser incómodo, pero al menos rápido–. El Hostal Internacional Americano. Donde hay *dotores* y pinchan, ¡uy, duele! –Hace una señal como si le hubiesen puesto una inyección en el trasero, y yo me paso una mano por la frente.

–Quiere decir al hospital.

–*Hopital*, eso he dicho –protesta por mi corrección, y comienza a andar. La sigo hasta el aparcamiento, para ser bajita y con las piernas cortas anda bastante rápido. Se detiene ante un coche rojo pequeño con más abolladuras que la frente de Frankenstein, en cuyo asiento del conductor tiene dos gruesos cojines, imagino que para ver mejor al volante. Abre el capó y revolea mi maleta dentro como si nada; solo tengo ropa así que no hay nada que romper, pero ella no lo sabía. Se sube y me hace una señal para que me dé prisa.

–¿Está usted segura de que trabaja para la compañía de seguros Healthcare?

–¿Tú por qué pregunta, señorita Culina?

–Sara, por favor.

–Yo trabaja para Healthcare, yo no tonta, yo sé dónde trabaja yo –me dice ofendida. Bajo esa forzada hospitalidad contiene mucho genio, me parece. Contengo las ganas de santiguarme y abro la puerta–. Ahora vamos *hopital* a ver su papá –arranca y tardamos dos minutos en salir del *parking*. El coche de Dilay es veloz, y ella hace girar el volante con brusquedad provocando que se me revuelva el estómago, en una marabunta de coches altos, grandes y lujosos entre los que parecemos dos ratoncitos rodeados de elefantes.

Tomamos una autovía y desde esta observo el paisaje. Es la primera vez que visito un país con población mayoritariamente musulmana y no sé, será la influencia de la televisión, pero me lo esperaba mucho menos… colorido. Veo a chicas en las calles con minifalda con sus largas melenas al viento, todo de lo más… europeo. Me sorprendo para bien. Miro la hora en el móvil, son las doce del mediodía. Nada más bajar del avión envié un mensaje a mis hijos diciéndoles que el vuelo había ido bien, en un grupo que Pablo ha creado llamado: «Mamá, tráenos algo de Turquía».

Me fijo en los carteles de la autovía y no hay quien entienda nada. Espero que me entiendan en el hospital, al menos sé que hay un médico que habla español, y también está Dilay... La miro de reojo y tiene un dedo metido en la nariz que remueve cual broca en el taladro. Me descubre mirándola.

–No moco, yo alergia pica –dice limpiándose el dedo en el muslo, y quiero llorar. ¿Pero qué clase de empleados tiene esa compañía de seguros?–. Tardamos una rata en llegar *hopital.*

–Un rato –la corrijo.

–Eso ha dicho yo –protesta, seguido de un par de palabras turcas, imagino que acordándose de mi familia, y vuelve a llevarse el dedo a la nariz de nuevo, pero parece recordar que la estoy mirando y regresa la mano al volante. Qué largo se me va a hacer este viaje. Después de unos minutos en silencio, me mira varias veces–. ¿Por qué venir sola ver padre malo? ¿No tiene hermanas?

–No. No tengo hermanas, ni hermanos. Soy hija única.

–Yo tiene tres hermanas –comienza, y sospecho que será una larga historia–. Ellas mucho dinero, maridos ricos. Yo no suerte, marido se fue por tabaco como chiste y no vuelve más, yo cuatro hijos y trabajar mucho fregando –me fijo en sus uñas acrílicas enrocadas en el volante; no parecen muy cómodas para fregar, pues esta mujer dejaría a Rosalía a la altura del betún. Tra, tra. –Siento lo de su marido.

–No sienta. Yo solo espera que él muere pronto y yo viuda y cobra dinero. –Vaya, esto sí que es sinceridad descarnada–. Sara no anillo en dedo. ¿No marido?

–No. Estoy divorciada.

–¿Tiene hijos?

–Tengo dos.

–Yo cuatro. Dos chicas y dos chicos. Ellos comen mucho, como ballena. Y yo trabajo mucho, por eso yo a veces mal genio. –Asiento sin más, parece que se ha dado cuenta de que su trato no está siendo precisamente cordial.

–Tranquila, todos nos ponemos de los nervios a veces. Y… ¿dónde aprendió a hablar español?

–Mucho *anio* hace. Yo trabaja en Madrid con mi prima tres *anios*. –No cundieron mucho en cuanto al idioma, me digo–. Ella *putera* y invita a mí a trabajar.

–¿Putera? –pregunto alarmada.

–Yo también trabaja de *putera*. –No quiero imaginarlo, no mente, no me hagas esto–. Clientes españoles amables, aunque siempre quieren tocar todo con manos sucias y yo regaña… –dice con una sonrisa.

–Lo siento.

–¿Por qué? Yo muy contenta en la *putería*. –Pobre, debe llamar así al Club, pienso.

–Lo hablas con naturalidad, pero creo que no debe de ser nada fácil, respeto a quien lo haga por propia voluntad...

–¿Qué malo ser *putera*? Trabajo honrado, vende melones, tomate, manzana… ¿Qué malo? –Ay, madre.

–No, no tiene nada de malo, pero se dice frutera, no putera.

–Ah, yo tres *anios Espania* hace diez *anios*, ya no *recordo* todo. –No es necesario que lo jure.

El Hospital Americano de Estambul es un edificio enorme con todas las fachadas de vidrio en las que se refleja el sol de la mañana. Dejamos el coche en el *parking* y Dilay me guía hasta el vestíbulo donde tomamos un ascensor y varios pasillos hasta llegar a la planta en la que deben de estar los cuidados intensivos. Nos detenemos ante un mostrador en el que hay varios sanitarios vestidos con sus pijamas blancos y azules que hablan entre ellos. Dilay les pregunta algo y reconozco el nombre de mi padre. En ese momento me acuerdo del doctor que me recriminó no conocerlo. Por fin voy a poner cara a ese viejo estirado. Uno de ellos entra en la habitación que hay tras el mostrador.

–Tu papá es en cuidados intensos, he pedido hablar con médico. –Unos minutos más tarde aparece un hombre alto, de en torno a los sesenta años, con una acuciada calvicie, bigote rubio y rasgos nórdicos con gafas de pasta redondas de estampado leonino. El señor se acerca a nosotras y dice algo en turco, Dilay le contesta señalándome–. Este es doctor Ferhan Aykol, es *norólogo*.

–Hola, ¿es con usted con quien hablé ayer por teléfono? –le pregunto, pero el doctor Aykol arruga el entrecejo sin entender nada. Dilay me traduce al parecer. El doctor dice algo y nos invita a seguirle por el pasillo hasta una habitación cercana en la que hay un despacho, su despacho, supongo por varias fotografías enmarcadas de quirófanos aquí y allá sobre los archivadores y en la pared sobre la mesa de escritorio. Justo sobre su silla aparecen unas manos interviniendo un cerebro, algo de lo más agradable de ver.

–El doctor no habla *espaniol*, ayer hablar con otro doctor. Pero este es médico de su papá –me explica Dilay mientras nos sentamos.

–Pregúntale si sabe hablar inglés, por favor. –Ella resopla antes de hacer la pregunta. Como si le molestara mi deseo de evitarla como intérprete, pero dado que acierta una palabra de cada tres no es el modo más fiable para enterarme del estado de salud de Rodrigo–. Dice que muy poco.

–Está bien, pregúntale qué es lo que le pasa a Rodrigo, si está consciente. –Lo hace, supongo. El doctor le explica algo y se lleva un par de dedos a la cabeza.

–El doctor dice que su papá opera en clínica del pelo, el pelo se mete en sangre con medicina y hace daño al celebro. ¡Y pum, coma!

–¿Cómo se le va a meter un pelo en la sangre? Eso es imposible. –Mis conocimientos de medicina se quedaron en el «Sana sana culito de rana», pero me parece algo totalmente inverosímil–. Y el doctor que estaba ayer, el que hablaba español, ¿dónde está? ¿No pueden llamarle? ¿No hay nadie más que hable español en el hospital? –Dilay le pregunta, y su gesto de negación me hace saber que no tendré suerte para variar.

–Dice que el otro doctor, doctor Aslan, se ha tenido que marchar a casa y no vuelve hasta *maniana,* y que es el único que habla *espaniol*, que sepa este doctor.

–Está bien, pregúntale si está grave o está mejor y por qué necesitaban que viniese. –Dilay me mira de reojo y suelta una nueva retahíla incomprensible–. Dice que hay que operar y quitar un trozo de *celebro*, que tienes que firmar un papel y ellos operan.

–¿Un trozo de cerebro? –Miro la fotografía sobre la cabeza del doctor con las gafas de Harry Potter leoninas y se me descompone el cuerpo–. ¿Cómo voy a firmar nada para que le quiten un trozo de cerebro? No estamos hablando de la parte quemada de una tostada. Si le quitan un pedazo de cerebro le afectará en el habla, o en vete a saber en qué. –Dilay lo traduce, el doctor habla bastante, incluso se señala la cabeza con los dedos, la parte posterior, y después la frente, continúa relatando algo más que le lleva a cerrar los ojos y a abrirlos, gesticulando bastante. Espero la traducción de Dilay.

–Hay que hacerlo. –Es toda su traducción.

–¿Hay que hacerlo? ¿Eso es lo que ha dicho? Pero si lleva hablando un rato, habrá dicho algo más, ¿no?

–Se enrolla como persiana, repite mucho todo y palabras raras que no sé traducir. Hay que hacerlo y punto

–responde como si estuviésemos hablando de una trivialidad como echar o no salsa a los espaguetis.

–¿Es urgente o puede esperar a mañana? –Ella le pregunta.

–Dice que es urgente, pero puede esperar *maniana*. Yo *maniana* no puede venir hospital, mejor firmar hoy –me advierte Dilay.

–No firmaré nada hasta que hable con el doctor que habla español. No puedo tomar una decisión así sin entender correctamente qué sucede. Mañana vendré sola, si ese doctor estará aquí será suficiente –le digo, y ella habla de nuevo con el doctor. Este asiente–. ¿Puedo ver a Rodrigo?

–Dice que no. Cuidado intensivo solo horario de visita de 9:00 a 10:00 *maniana*, no más visitas en el día, pacientes descansan.

–Está bien, voy a darle mi teléfono para que me llame alguien que sí hable inglés si ocurriese algo. Dile que estaré en un hotel cercano.

Mientras camino de regreso al *parking* me siento derrotada. He viajado hasta el confín de Europa para no poder hacer nada. No he podido verle, no me he entendido con su médico, no sé cómo está y según Dilay la supuesta solución era quitarle un trozo de cerebro porque se le había metido un pelo en la sangre.

–Yo doy teléfono a ti y tú llama si necesita algo, *maniana* no, *maniana* yo libre. Pero yo llama ti domingo para organizar avión casa –me dice mientras estoy planteándome llamar a la agencia para quejarme porque no es posible que me envíen a cargo de alguien que no habla el idioma correctamente–. Yo trabaja *muchio*, yo *muchios* hijos comen como ballena –afirma forzando una sonrisa. Por muy antipática que sea no quiero que la despidan, no puedo quejarme, solo espero que el doctor que habla español me ayude mañana a entender qué le pasa a Rodrigo y cuál es el tratamiento necesario–. ¿Dónde hotel? –me pregunta mi guía con unas ansias tremendas de librarse de mí.

–Ni idea.

–Yo conoce hotel barato, amigo Dilay.

–Gracias Dilay, pero me las apañaré para buscar el hotel. –Sé que el hotel me lo paga la compañía, el presupuesto total para estancia son 6.000 euros, lo he leído durante el vuelo en la póliza de seguros que me enviaron al email, no voy a permitir que me meta en un cuchitril de un amigo suyo.

–Como quiera *seniorita* Celuna, hotel amigo pocas cucarachas.

–Gracias, pero no –le digo abriendo el capó y sacando mi maleta–. Hasta pasado mañana, Dilay.

–Si tú necesita llama a mí –dice entregándome una tarjeta, la miro y tiene un trozo de algo amarillento pegado y lamparones en el cartón beis. Me la guardo en el bolsillo tratando de tocarla lo menos posible.

–De acuerdo, gracias.

Me alejo con la maleta en dirección a la salida. El estómago me ruge como una jauría de leones.

No me es difícil encontrar hotel después de que Dilay se marche. Simplemente tuve que buscar en Internet y caminar un par de calles hasta un hotel llamado Renaissance Polat Istanbul con muy buenas opiniones. En menos de treinta minutos estoy en una habitación enorme con vistas al mar, después de que la recepcionista me entendiese perfectamente en inglés y hablase con la agencia de seguros cerciorándose de que ellos se hacían cargo de los costes de mi estancia.

Le doy una patada a la maleta haciéndola a un lado y me tumbo en la cama de blancas sábanas tamaño orgía mientras me como una chocolatina que había como bienvenida junto a una tetera sobre el escritorio.

Estoy agotada.

Me duelen los pies y la cabeza me va a estallar. Cuando logro reunir las fuerzas necesarias me levanto y voy al baño en el que hay una gran bañera y una ducha, sin persianas y cuya pared final es de cristal con vistas al mar.

Mientras hago pis me pregunto si los tripulantes de la media docena de petroleros que cruzan ante mí podrán verme al otro lado del vidrio. Espero que no.

Son las tres y media de la tarde. Con la esperanza de que aún se pueda comer algo en el restaurante bajo cuando me recupero un poco del agotamiento. Las vistas son igual de impresionantes que las de mi habitación, varias de las mesas están en torno a pequeños sillones semicirculares que conceden cierta intimidad, con el mar detrás. Quedan pocas mesas ocupadas.

Un camarero alto y moreno, de unos veintimuchos, de ojos marrón oscuro, con un alto tupé repeinado y vestido con traje gris se me acerca, le pregunto en inglés si puedo comer algo y él me responde que la cocina está cerrada, pero que puede traerme algunos dulces y té.

Tengo tanta hambre que me comería al camarero, sin ningún tipo de connotación sexual, solo alimenticia.

Me acompaña a una de las mesas y me siento mientras marcha a traerme algo con lo que acallar mi estómago. En ese momento recibo un mensaje de mi hijo Pablo: *¿Me has comprado algo ya, mamá?* Me echo a reír y de repente me pongo a llorar.

¿Qué puñetas hago aquí, sola, a más de tres mil kilómetros de mi casa?

En ese momento veo que recibo una videollamada. Es mi hija Alejandra. Me limpio las lágrimas y descuelgo.

–¿Cómo vas, mamá? –Está preciosa, con el cabello rojizo revuelto en el flequillo, me mira con una sonrisa, Pablo está a su lado, están en casa de su abuela paterna.

–Bien, todo va bien –percibo que desde la mesa de al lado alguien me mira al oírme hablar español.

–¿Has llorado? –Esta hija mía es un hacha, no se le va una.

–No, tengo los ojos irritados de no dormir, pero estoy bien.

–¿Y qué tal está Rodrigo?

–Pues no lo sé, parece que grave. Mañana hablaré con los médicos porque hoy ha sido imposible.

–¿Y cuándo vienes? –pregunta Pablo.

–Según vaya todo mañana, espero poder volver el domingo, ya os lo diré. ¿Cómo estáis? ¿Qué tal ha ido el último día de cole y de instituto?

–Bien –responden los dos al unísono.

–Mamá, ¿me has comprado algo? –insiste Pablo con una sonrisa; se pelea con su hermana por ponerse delante ante el teléfono.

–Acaba de llegar, cazurro, ¿cómo va a comprarte nada? –protesta ella.

–¿Qué habéis comido?

–Carne en salsa con verduras. –Ay madre, quién la pillara. En ese momento vuelve el camarero con una tetera doble y un platito lleno de dulces–. Mamá, me voy a casa de mi amiga Sofía, vamos a cenar pizza allí y a ver una película.

–A esa amiga no la conozco, ¿no? –pregunto.

–No.

–Pues tráela a casa un día –pido hipnotizada por los dulces que están dejando sobre mi mesa.

–Vale. Ánimo, mamá, tú eres fuerte, tú puedes. Besos.

–Adiós, cariño, os quiero, besitos para los dos.

El camarero me sirve el té, *Can Oktay*, puedo leer en la placa dorada que lleva en la solapa. Pienso en Lorena y su obsesión con el tal Can Yaman y esto me hace sonreír. Engullo los dulces árabes como si el mundo fuese a acabar, el té turco es una delicia, y cuando tengo el estómago lleno me siento mucho mejor.

Oigo entonces cómo suena mi móvil. Lo busco en el bolso.

–Hola, Lore.

–Lo primero, ¿tu padre no-padre cómo está?

–No lo sé, no me han dejado verle. Por lo visto solo tienen horario de visita por la mañana y no me he podido entender con el médico, así que mañana hablaré con otro que sí habla español y ya decidiré lo que tenga que ser.

–Y lo segundo. ¿Has visto a Can Yaman?

–Sí, y a su prima la de Ankara. ¿Cómo voy a ver a Can Yaman? He llegado y me han llevado directa al hospital y de allí he venido a un hotel.

–Hija, pero habrás visto turcos. ¿Cómo son? ¿Son guapos?

–¿Crees que tengo tiempo de fijarme? Son... más europeos de lo que me esperaba, la verdad. Ah, y el camarero se llama Can, pero no tiene nada que ver con el Yaman ese del que me enseñaste en las fotos. Es canijillo, moreno y...

En ese momento veo cómo el camarero saluda con cierta familiaridad a un hombre que entra en el restaurante. Es alto, con los hombros anchos y aspecto robusto, aunque va vestido muy elegante con un traje azul marino y camisa blanca, aunque sin corbata, tiene el cabello castaño oscuro, algo largo con un ligero tupé, y barba poblada. No es que sea guapo, es más, parece cansado, pero hay algo en su porte, una especie de magnetismo. Sonríe tibiamente al camarero y habla algo con él antes de sentarse a una mesa frente a la mía.

–¡¿Y?! ¡¿Y qué?! –insiste Lorena devolviéndome a la realidad. Debe de ser el cansancio, me he quedado atontada.

–Y nada. Que no es nada del otro mundo.

–Hija de verdad, qué sosita eres. Para ti George Clooney es del montón.

–No es que sea del montón, es que paso de los George Clooneys, de los Can Yamanes y de todos los hombres en general. Estoy decidida a comprobar si la virginidad me vuelve a crecer, punto –protesto haciéndola reír escandalosamente. Por un instante me parece que mi vecino de la mesa de enfrente, el misterioso barbudo, se sonríe. ¿Me habrá oído? Y si me ha oído, qué posibilidad hay de que me entienda, una entre un millón.

–Lo hemos hablado mil veces, porque hayas tenido una mala experiencia no puedes juzgar a todo el género masculino. El hombre perfecto no existe, hay que encontrar al casi perfecto.

–Ya sé que el hombre perfecto no existe, lo sé por experiencia propia, estoy divorciada, ¿recuerdas? Pero lo importante no es si existe o no, lo importante es que ya me enamoré una vez y me desenamoré, ya no creo en el amor. El amor no existe, no para mí. –Oigo toser a mi vecino de mesa, el camarero le ha dejado delante una tetera como la mía y está tomándose un vaso mientras observa el mar en la distancia–. Y no me apetece tener esta conversación ahora, en este momento. Un beso, Lore, ahora mismo solo me apetece descansar. Mañana hablamos. Dale un beso a tu hermana de mi parte.

Miro mi teléfono después de colgar, no tengo ninguna llamada, se supone que mi padre no-padre, como le ha llamado Lorena, seguirá igual de estable dentro de la gravedad.

Poco a poco el restaurante ha ido quedándose vacío. En este momento tan solo estamos en él el barbudo y yo. Pero el barbudo ha terminado su té, se habrá quemado el esófago, pienso cuando le veo levantarse, me mira de reojo con una especie de sonrisa y se va.

¿Me ha sonreído?

Ha sido un gesto tan leve que la Mona Lisa parecería Miliki a su lado.

Será el cansancio el que me hace ver cosas que no existen.

Aprovecho para llamar a mi abuela por teléfono y decirle que he llegado bien. Hablamos durante unos minutos sobre mi llegada. Está sola en casa, mi madre había ido a hacer unas compras. A ella le envié un mensaje de voz diciéndole que había llegado y todo estaba bien, solo que ella piensa que estoy en Madrid.

Empiezo a escuchar una voz lejana, como si estuviesen vendiendo algo en la calle y lo gritasen por un altavoz. Me pongo de pie y me asomo a la ventana, la gente anda arriba y abajo sin darle importancia a la voz. El camarero regresa a escena, le llamo para poder pedirle la cuenta y de camino le pregunto:

–¿Qué es eso que se oye?

–La llamada a la oración, suena cinco veces al día.

–Ah. –No lo había pensado, contrasta un poco con el ambiente general, pero no deja de ser un país de mayoría musulmana–. ¿Podrías traerme la cuenta?

–Ya está pagado.

–No, no he pagado aún.

–Lo ha pagado el caballero que tomaba té en esa mesa.

–¿Qué?

–Que el caballero lo ha pagado. –Me quedo a cuadros, ¿por qué habrá hecho eso? Entonces, es verdad que me sonrió, ¿no? No me lo he imaginado. Asiento y me marcho.

Miro en el vestíbulo del hotel, pero no le veo, ha desaparecido. Bueno, una muestra de la galantería turca sin más, me digo, y me voy a mi habitación.

Capítulo 8

Recuerdo cuál era el camino hasta la unidad de cuidados intensivos, así que recorro los pasillos del hospital como si lo conociese. He tenido un sueño algo extraño que me ha hecho despertarme a las seis de la mañana. Soñé que Dilay llamaba a mi puerta y cuando la abrí ella estaba vestida con un sostén y bragas de cuero negro, con el pelo rojo de punta como un troll del tesoro, llevaba un látigo y me decía: «Ven a tocarme los melones». Yo echaba a correr por el pasillo horrorizada y al doblar la esquina me tropezaba con el barbudo atractivo del restaurante, le tiraba el té que él llevaba encima y se enfadaba mucho, me decía algo que no podía entender porque me hablaba en turco y se quitaba la chaqueta, y debajo llevaba una camiseta blanca de tirantes de lo más sexy, tenía los brazos bronceados y fuertes. Entonces Dilay aparecía por el pasillo y yo agarraba al barbudo y tiraba de él, echábamos a correr y aparecíamos en el hospital. Corríamos entre los sanitarios hasta que me tropezaba y me caía y él me cogía de los hombros, mirándome con sus grandes ojos… verdes. En realidad, no se los vi de cerca, pero en el sueño los tenía verdes, verde claro. Le miraba los labios y él se acercaba y… me desperté.

Madre mía. Lo mío es de internamiento psiquiátrico.

Debe de ser la mala digestión del bocata de atún y huevo que me compré junto con un refresco de cola en un supermercado que vi desde mi habitación del hotel. Por suerte cambié cien euros en el aeropuerto porque no aceptaban tarjeta. El precio me pareció una ganga: 5 liras, unos 75 céntimos de euro.

Después de ducharme he bajado al restaurante y una joven camarera me ha puesto por delante el desayuno de una legión entera. He desayunado té negro, bizcocho, un pan con semillas de sésamo que estaba de muerte, una especie de salchicha asada y hasta aceitunas, la primera vez en mi vida que me como un par en el desayuno. En el restaurante, bastante concurrido, no estaba el barbudo de mi pesadilla, por cierto.

Me detengo ante el mostrador de enfermería de cuidados intensivos con la esperanza de poder solucionar todo lo que esté en mi mano y regresar a casa al día siguiente. Miro el reloj, en media hora comenzará el horario de visita a los pacientes. Una joven morena con grandes ojos negros sale de la habitación y al verme se acerca al mostrador. Me dice algo en turco y cuando le hago señales de que no la entiendo vuelve a intentarlo.

–Hola, ¿puedo ayudarla? –me pregunta en inglés, y me siento como si acabase de tocarme la lotería. Claro, debí suponerlo, el doctor de ayer era mayor, esta es una chica joven y probablemente más preparada en cuanto a idiomas. O sencillamente tiene un padre británico, ni lo sé ni me importa.

–Oh, gracias. Soy la… hija de Rodrigo Celona –aún me cuesta referirme a mí misma de ese modo–. ¿Podría hablar con el doctor Aslan Kaya? –le pregunto en inglés.

–El doctor Kaya aún no ha subido a planta, pero él no es el médico de su padre, yo soy su médica, soy la doctora Arzu Karabulut. –Arza, qué nombre–. ¿Quién le dijo que debía hablar con el doctor Kaya?

–Otro doctor con bigote y sin cabello. –No sé decir «calvo» en inglés y no sé si a Turquía llegó Mr. Proper.

–Ah, debió de ser el doctor Aykol. Él es el director del departamento de Neurología y Neurocirugía.

–Sí, creo que ese era su nombre. Me dijo que preguntase con el doctor Aslan porque habla mi idioma.

–Ah, sí, claro, por eso le pedí que la llamase por teléfono. No sabía que usted habla inglés.

–Entonces podría decirme qué le ha sucedido a mi padre y cómo está.

–Sí, claro. Acompáñeme. –Sigo a la doctora Kara-no-me-acuerdo hasta su despacho, una puerta de cristal opaco en el pasillo. Me ofrece la silla frente a su escritorio. Es un despacho pequeño, pero más ordenado y colorido que el del doctor de ayer, tiene un dibujo de una mariposa dibujado por algún niño o niña pegado en la pared–. Su padre estaba sometiéndose a un trasplante capilar en una clínica privada cuando sufrió una reacción alérgica generalizada. A pesar de que en la propia clínica le trataron, esta no remitía, fue una reacción muy fuerte. Tuvo problemas para respirar y fue necesario intubarle. Sospechamos que debido a las subidas y bajadas de presión arterial por la anafilaxia sufrió la rotura de un aneurisma que no aparecía en su historial médico y que probablemente ni siquiera él mismo sabía que tenía, produciéndole un derrame cerebral. –Esto es más o menos lo que entiendo entre todo lo que me explica. No sé qué decir, suena fatal todo, aunque si no fuese así no me habrían hecho venir–. El problema ahora es que hemos estado administrándole medicación, pero no se reabsorbe el sangrado y necesitamos realizarle una intervención que debe autorizar.

–¿Y no tiene ningún otro familiar? No tiene otros hijos… Verá, es que no le conozco, no hemos tenido relación y ni siquiera sé por qué me tenía como contacto en caso de emergencia.

–La compañía de seguros Healthcare trató de contactar con familiares sin éxito, me consta que aún continúan haciéndolo, pero no podemos esperar más, la operación tiene riesgo de muerte, pero si no hacemos nada también morirá –me dice con mirada suplicante–. En caso de que decida autorizar la operación le aseguro que estará en las mejores manos, el doctor Kaya es un excelente neurocirujano, el mejor de todo el país, nadie más tiene su experiencia y buenos resultados.

–¿El doctor Kaya es con quien hablé por teléfono?

–Sí.

–Es que… no estoy preparada para tomar esta decisión, ni siquiera me considero la persona indicada.

–¿Quiere hablar con el doctor Kaya? Acaban de informarme que ha llegado –dijo alzando su teléfono móvil que había sacado del bolsillo después de recibir un mensaje–. Él podría explicarle en qué consiste la operación y quizá eso la tranquilice.

–No creo que haya nada que pueda tranquilizarme, excepto que apareciese un familiar cercano de Rodrigo para asumir este papel. Pero está bien, hablaré con el doctor Kaya.

La doctora Kara-no-se-qué me dedica una sonrisa compasiva antes de ponerse de pie y salir de la habitación. Su cintura tiene el tamaño de mi muslo. Recuerdo que hubo un tiempo en el que tenía una cintura como esa, en el que me arreglaba para salir así de mona. Ahora para arreglarme tengo que registrar el cuarto de mi hijo que se pinta la cara a lo Spiderman con mis barras de labios permanentes y mis delineadores de ojos, y después tengo que restregarle la cara con lo amarillo del estropajo.

Entonces me fijo en un espejito de pie que tiene la doctora sobre el escritorio en el que hay grabada una mariposa rosa, es una mujer tan cuqui… Lo cojo y me veo reflejada, llevo el cabello tan encrespado que un zombi de *Walking Dead* parecería recién salido de la peluquería a mi lado y unas ojeras que avergonzarían a Benicio del Toro. Ay, madre, la doctora Cuqui y yo parecemos de dos especies distintas.

–Tengo más mala cara que los pollos del Simago –me digo a mí misma.

–¿Qué es el Simago? –pregunta una voz grave a mi espalda, y cuando me doy la vuelta me convierto en una estatua de sal. ¡El doctor Aslan Kaya, es el barbudo misterioso del restaurante! No me lo puedo creer. ¿En serio? Le observo estupefacta caminar hacia mí. Es muy alto. Bajo la bata blanca lleva una camisa celeste y una corbata azul eléctrico que contrasta con el tono bronceado de su piel y su barba castaña. Su nariz es recta y sus ojos claros, aunque no distingo el color desde mi posición. Me mira con expresión seria mientras se acerca. Me pongo de pie y acepto su mano cuando me la ofrece para estrecharla–. Buenos días, soy del doctor Kaya, hablamos por teléfono hace un par de días.

–Hola, soy… soy Sara Celona. Aunque usted ya sabe quién soy y por qué estoy aquí.

–Sí, lo sé, y creo que todo el hospital. Lo que ha sucedido con su padre no es algo frecuente, por suerte. Normalmente los usuarios de turismo estético llegan, se operan y se marchan sin más. Este es un caso entre cien mil. –Tiene el tono de voz de un locutor de radio de programas nocturnos, una mezcla de Luis Tosar y Miguel Ángel Silvestre, y su pronunciación es casi perfecta; me pregunto si tendrá raíces españolas. Aunque por sus facciones me recuerda más a Michiel Huisman, uno de mis actores favoritos, por cierto.

–Vaya, qué mala suerte.

–Pues sí, podemos llamarlo así. Sé que tanto la doctora Karabulut, como el doctor Aykol ayer, le han explicado la gravedad de la situación. Si tiene cualquier duda en la que pueda ayudarla… –me dice sentándose ante mí en el sillón que antes había ocupado su colega. También yo tomo asiento, ¿cómo voy a decidir algo así?

–Ellos me han dicho que la operación es necesaria, que si no puede morir…

–No puede. Si no se opera, morirá.

–Y la operación también tiene riesgo de muerte.

–Un riesgo alto.

–Es difícil para mí tomar esta decisión. Muy difícil… decidir sobre la vida de alguien a quien no conozco. No tengo la menor idea de lo que querría él, es más, ni siquiera sé que aspecto tiene Rodrigo.

–Es una postura muy complicada la suya, pero a mi modo de verlo tiene dos posibilidades ante sí: no hacer nada y que muera, o firmar la autorización y darle una oportunidad de vivir. Si acepta que le opere, le intervendré esta misma mañana, no hay tiempo que perder.

–¿Ha hecho esa operación muchas veces? –pregunto, y su expresión cambia. Se endereza en la silla y su mirada es mucho más dura. Temo que le he ofendido y no sé por qué.

–¿Cómo se atreve a preguntarme algo así? ¿Es que cree que mi título vale menos que los de cualquier médico español? –Lo sabía. Le he ofendido.

–No, por supuesto que no he querido insinuar eso. Es solo que no sé si lo ha hecho antes…

–Como suelen decir en España, no me regalaron el título en una tómbola. Ustedes los europeos se creen que no hay sanidad como la suya, ¿eh? Pues si eso fuese así no vendrían a operarse a Turquía –me reprocha poniéndose en pie. No me gusta su tono, ni su soberbia, y tampoco voy a permitirle que me hable con desdén.

–Bueno, en realidad vienen porque es más barato, ¿no? –El doctor Kaya aprieta la mandíbula como un cable de acero, creo que he acabado de empeorar su humor.

–Tome su decisión y hágalo ya, no sé cuánto le importa la vida de su padre, pero tiene que decidirse de una vez –asegura saliendo como alma que lleva el diablo.

Soy una bocazas. Y el doctor Kaya tiene la piel más fina que una uva.

Seguro que hoy no me invita al té.

Y encima ahora va a operar a mi padre no-padre cabreado.

Porque acabo de decidir que lo opere.

Madre mía.

Aún estoy recuperándome de la discusión que acabo de provocar inintencionadamente cuando la doctora Cuqui entra en el despacho de nuevo. Por su sonrisa cordial sospecho que el doctor Kaya no le ha hablado de mi supuesta desconfianza hacia la medicina turca.

–Espero que la conversación con mi colega la haya tranquilizado –me dice en inglés y asiento nada convencida.

–¿Dónde está la documentación? La firmaré y después me marcharé.

–No puede marcharse.

–¿Por qué no?

–Debe quedarse para la operación porque pueden surgir complicaciones en las que tenga que tomar decisiones. Y también en los días posteriores debería estar aquí.

–Pero… no puedo quedarme. Tengo hijos en España y… –La doctora Cuqui me coge las manos sobre la mesa.

–Estos podrían ser los últimos momentos de su padre, estoy convencida de que no querrá dejarle solo por si algo sale mal. –Me desarma con esa frase. Casi preferiría no entenderla en este momento. Sonríe, consciente de la daga que me ha clavado, y sale del despacho.

–Acompáñeme, voy a llevarla a su habitación para que pueda verle antes de la operación.

No siento nada especial al ver a Rodrigo. Nada de esas leyendas de la llamada de la sangre y todo ese rollo peliculero. Me provoca ternura ver a alguien mayor en ese estado, inconsciente, con la cabeza vendada, e intubado, con una máquina ventiladora subiendo y bajando su pecho en una respiración mecánica e irreal. Parece muy frágil y vulnerable. Sus brazos son menudos, reposan sobre las sábanas. Y su mentón es afilado, cubierto por una poblada barba blanca, bajo sus ojos se enredan unas profundas ojeras. Sin embargo, su expresión es de tranquilidad, solo en aquella habitación de cristal.

–¿Sufre? –pregunto a la doctora.

–No. Tiene calmantes continuos.

–¿Puede oírnos?

–Creemos que no, pero ¿cómo saberlo? Esas de ahí son sus pertenencias. Le agradecería que se las llevase y las guarde hasta que despierte. La dejo a solas con él –advierte indicando hacia una bolsa blanca sobre la única silla de la habitación, y se marcha antes de que le diga que no es necesario. Tomo la bolsa con sus pertenencias y miro en su interior. Dentro hay un reloj de una marca bastante cara, un teléfono móvil muy alargado y raro apagado y ropa arrugada, que parece un traje completo, y una cartera.

Me siento violenta revisando sus pertenencias. Imagino que ya lo habrán mirado todo buscando la forma de contactar con su familia, o quizá no, quizá se limitaron a localizar a la persona que dio como contacto, que no tengo ni idea de por qué fui yo.

–Madre mía, Rodrigo, la que has liado por ponerte pelo –me encuentro diciéndole de pronto–. Lo cierto es que me gustaría haberte conocido de otro modo y no así, pero ¿quién puede adivinar las vueltas que da la vida? ¿Quién iba a decirme que visitaría Turquía siquiera? Y mira, aquí estoy. –Abro la cartera y miro su documentación. Su imagen en el DNI es mucho más favorecedora que la actual, está algo más grueso, y sonríe con sus ojos claros, ¿serán azules? ¿Los habré heredado de él? Puede ser, aunque lo cierto es que en la familia de mi madre tengo un par de tíos que tienen los ojos claros. Aparte de tres tarjetas de crédito, un bono de un salón de manicura de Madrid, una tarjeta sanitaria de la comunidad de Madrid, tarjeta de varias tiendas… no encuentro nada que pueda decirme nada de él. Bueno, en su DNI viene la dirección de su domicilio, podría contactar con la policía local de Madrid y pedir que alguien se acerque a su casa para comprobar si vive con alguien en ella. Pero si viviese con alguien ya debería haber dado la voz de alerta–. Espero que seas una buena persona, Rodrigo –digo tocándole la mano, primero con un dedo, y después la cojo, es suave. Me siento a su lado, pienso en qué le gustaría oír en caso de que pueda oírme–. Todo va a salir bien, estás en buenas manos. Tiene que salir bien, para que pueda presentarte a tus dos nietos. Después de la que hemos liado no pretenderás que haga como que no he sabido que existes, ¿verdad? No sé qué os pasó a mi madre y a ti, porque mi madre no es fácil de llevar, bueno, ya la conociste en su momento, me imagino que tendríais vuestros problemas y por eso te fuiste. Y no voy a juzgarte, no creo que eso sirva para nada a estas alturas. Pero tienes un nieto y una nieta que me gustaría que conocieses. Pablo de diez años y Álex de dieciséis. Son unos niños maravillosos. Un poco cabroncetes y puñeteros, pero con un corazón enorme. Te encantarán, ya lo verás.

Oigo un ruido y al girarme descubro al doctor Kaya mirándonos desde la puerta del control de enfermería, a escasos cuatro metros de la habitación. Al sentirse descubierto aparta la mirada y se introduce en el interior.

Debe de pensar lo peor de mí. Y eso me entristece, no soy una mala persona, si lo fuese no estaría allí, me digo a mí misma. Que piense lo que quiera.

Antes de que termine la hora de visita la doctora

Cuqui entra en la habitación con unos documentos. Se ha cambiado de ropa, lleva un pijama sanitario de color azul.

–Ya está todo listo para la operación, solo tiene que firmar aquí. –Me apoyo en la mesita de noche para hacerlo y ruego a los santos en los que no creo, que, si existen, le ayuden a salir de esta. Incluso me atrevo a darle un beso en la mano y a decirle que todo irá bien–. Puede esperar noticias en la sala de espera de Quirófano, está en la tercera planta, justo donde nos encontramos, pero cinco plantas abajo. El doctor Kaya o yo saldremos a informarla.

Cuando bajo del ascensor recibo una videollamada de mi hija Alejandra, al descolgar veo que están en el campo de sus abuelos. Ella está sentada en una de las tumbonas junto a la piscina. Por detrás veo a Pablo pasar corriendo en bañador seguido de sus primos Raúl y Miguel; son los sobrinos de mi ex, hijos de su hermano pequeño, así que ya han llegado de Madrid a pasar el verano.

–Hola, cariño, ¿cómo estáis?

–Bien, esta noche nos quedamos a dormir aquí con papá, los abuelos, el tío y los primos, y he invitado a mi amiga Sofía. ¿Estás en el hospital?

–Sí.

–¿Cómo está el abuelo?

–Pues regular, cariño. Van a operarle ahora, tiene algo en la cabeza que tienen que arreglar.

–Seguro que sale bien. He mirado por Internet que la sanidad turca es muy buena.

–Ya –recuerdo mi rifirrafe involuntario con el doctor Kaya y me hace sentir incómoda–. Esperemos que todo vaya bien.

–Pues sí. Tú no te preocupes por nosotros, que estamos genial. Papá dice que nos podemos quedar toda la semana en el campo, que como la abuela está aquí con el abuelo y acaban de llegar los primos, podemos quedarnos mientras él trabaja. Así que tú tranquila si tienes que quedarte más días.

–Gracias, cariño, lo cierto es que lo mismo tengo que quedarme unos días más.

–Por eso, no tengas prisa –me dice con verdadero interés, acercándose a su hermano para mostrármelo. Está metido en la piscina. Pablo me saluda con la mano.

–¡Hola, mamá! ¿Me puedo quedar hasta que se vayan los primos? –me pregunta desde el agua con su primo Raúl, que es dos años mayor, al lado. Los primos se marchan en septiembre. Es enternecedor cuánto me echan de menos.

–Ya lo hablamos cuando vuelva, ¿vale, cariño? –sugiero.

–Vale, ¡pero mañana no!

–No, mañana no –digo conteniendo la melancolía. Yo sufriendo por tener que separarme de ellos y ellos disfrutando de lo lindo. Me alegra su independencia, pero irracionalmente me fastidia que me necesiten tan poco–. Hola, Raúl, muchos besos para ti y para Miguel.

–Gracias, tita –me saluda el pequeño. Álex vuelve a girar la cámara para sí.

–Que vaya todo bien, mamá. Cuando Rodrigo salga de la operación envíame un mensaje.

–Vale, cariño.

–Os mando muchos besos, te dejo que voy a meterme en la piscina.

–Besitos… –Ya ha colgado. Ay, madre, qué prisas.

Así que mi excuñado ya ha llegado. Imagino que el viernes también sería el último día de colegio en Madrid y se ha venido directamente con los dos niños, Raúl, que tiene dos años más que Pablo, y Miguel de cinco.

Mis hijos aprecian mucho a su tío Javier y a sus primos de Madrid. Javier es dos años menor que mi ex, es arquitecto técnico de profesión, la eminencia de la familia y el hijo predilecto de mi exsuegra.

Recuerdo cuando los niños me contaron que su tío se había separado, un par de años atrás. No es que sufriesen demasiado por perder la relación con la que hasta ese momento era su tía Mamen, me lo contaron casi como una anécdota. Y es que ella nunca tuvo demasiada cercanía hacia mis hijos, era muy seria y un poco estirada, siempre tenía cara de amargada, para ser más exactos. Yo sí lo pasé mal cuando me separé por dejar de ver a mi sobrino Raúl, porque Miguel aún no había nacido. Aunque después mis hijos se encargaron de traerles a casa y nunca perdimos el contacto. Con Mamen, en cambio, aunque hablásemos de tanto en tanto, porque nos preguntábamos sobre todo por cómo estaban nuestros hijos, o sobre la cena de Navidad, nunca tuve una relación demasiado profunda, pienso que porque siempre me pareció un poco impostado su deseo de complacer a mis suegros. Era como si, ya que tenía que tolerarlos un mes al año, tenía que ser la mejor de las nueras. La que preparaba la comida que les gustaba, la que se levantaba rauda para recoger la cocina cuando aún estaba tragando la última cucharada de postre, la que le hacía todas las faenas del hogar, la que la llevaba y traía a todas partes como Morgan Freeman en *Paseando a Miss Daisy*. Nunca me planteé discutir ni con ella ni con nadie por fregar los platos. El resto del año era a mí quien me tocaba sufrir la mirada acusadora de mi suegra con la que parecía decirme que jamás sería tan perfecta como su otra nuera. Pero incluso las nueras perfectas se cansan de los hijos predilectos, y Mamen acabó poniéndole los cuernos a mi excuñado con un papá bombero al que conoció en el colegio de los niños. Espero que al menos tuviese una buena manguera con la que alegrarle la cara.

Continúo caminando hasta la sala de espera y pregunto a un joven con pijama sanitario si es el lugar correcto.

Me dice que sí en un inglés casi más precario que el mío y tomo asiento allí. Apenas hay cuatro o cinco personas.

Espero que la operación salga bien, que Rodrigo salga adelante sin secuelas o con las menos posibles. Repaso mentalmente mi involuntaria discusión/ofensa/agravio con el doctor Kaya, quien, por cierto, no tiene absolutamente nada que ver con la imagen mental que me había hecho de él cuando hablamos por teléfono.

Un viejo doctor, ja.

Me he quedado con las ganas de preguntarle por qué me invitó a té en el hotel, pero visto el buen comienzo que hemos tenido, no creo que me atreva a hacerlo.

Saco un café de la máquina y miro el reloj. Son las once de la mañana, estoy muy cansada y sé que soy capaz de dormirme, pero no quiero hacerlo. ¿Qué clase de hija-no-hija sería si me quedo dormida mientras operan a mi padre-no-padre a vida o muerte? Espero que la dosis de cafeína haga su trabajo y me mantenga alerta.

Mi móvil comienza a sonar. Es Carolina.

–Buenos días, Caro.

–Buenos días, ¿cómo estás? –me saluda con su energía habitual–. Ayer no quise llamarte para no agobiarte, aunque ya mi hermana me contó que habló contigo y que habías llegado bien.

–Sí, no fue demasiado difícil. La representante de la compañía de seguros me estaba esperando en el aeropuerto. –Me ahorro comentarle que es una loca perdida que parece haberse escapado de las *Crónicas de Narnia*, para no preocuparlas.

–Y ¿qué tal va todo?

–Pues ahora mismo se lo han llevado para operarlo y me he venido a la sala de espera. Ojalá todo salga bien.

–Seguro que sí. ¿Le has visto?

–Sí. He estado un poco con él en la habitación, pero está inconsciente.

–¿Y qué te ha parecido?

–¿Un señor mayor inconsciente?

–Eres un libro abierto, de veras. Me refiero a si os parecéis en algo, si has notado rasgos familiares –pregunta algo hastiada de mi parquedad de palabras.

–En realidad, no. Me lo podría haber cruzado por la calle y jamás habría imaginado que es mi padre, bajo ningún concepto. Espero que el doctor Kaya le arregle lo que tiene mal en la cabeza y salga todo bien.

–Qué nombre más raro tiene su médico.

–Kaya es el apellido, se llama Aslan y es un antipático, un arrogante y un desabrido –no puedo evitar añadir.

–¿Qué te ha pasado?

–Nada grave. Pero para un médico que habla español en el hospital está hecho un antipático de cuidado. Porque le pregunté si había hecho la operación muchas veces, no te imaginas cómo se puso…

–Mujer, ¿cómo te pondrías tú si llega una clienta y te pregunta si has puesto muchas mechas? Decirle eso es como dudar de su capacidad.

–Sí, eso, tú ponte de su parte –resoplo.

–¿Cuántos años tiene?

–¿Rodrigo? –La he entendido, pero me hago la ingenua porque la conozco tanto como ella a mí.

–Sí, claro, Rodrigo. Ese doctor, cuántos años tiene.

–Yo qué sé, menos de cuarenta. ¿Y eso que más da?

–Da. ¿Está cañón?

–Pff. Me voy a fijar en eso… Es alto, tiene el pelo castaño y barba, de ojos verdes, y cuando te mira parece lanzarte cuchillos con los ojos. Por favor, que es el neurocirujano que está operando a…

–O sea, que está cañón.

–Deja de preguntarme tonterías.

–Sí. Tonterías. Te conozco demasiado bien, Sarita, y recuerdo lo mal que te caía Andrés Pérez, en primero de la ESO… Tan mal que estabas loca por él. –¿A qué viene ahora recordarme el primer chico que me gustó en el instituto? No tuvimos nada más allá que un tonteo en los recreos y un par de refrescos que tomamos juntos. Y es cierto que al principio me caía mal, porque cuando le conocí nos quiso echar a las tres de la cancha de baloncesto para jugar con sus amigos, y luego me quedé muy colgada por él. Pero a qué viene recordarme eso ahora. Ni yo tengo catorce años ni ese doctor es Andrés–. Di la verdad, ese médico te pone, y te pone muchísimo.

–¿Estás loca? Mira, si vamos a ir por esos derroteros mejor hablamos en otro momento, estoy demasiado nerviosa como para andar con pamplinas –protesto.

–Como prefieras. Pero, si te gusta podrías aprovechar para relajar la tensión –sugiere con picardía. Yo me limito a resoplar–. Mi manicura francesa está entrando por la puerta, que todo vaya bien. Avísanos con un mensaje cuando acabe la operación –me dice sin molestarse lo más mínimo por mi mal humor. Oigo de fondo a Lorena, que debe de estar ocupada con una clienta, mandarme muchos besos que le envío de vuelta.

Me bebo el café que se ha enfriado en un par de sorbos y respondo con un simple *bien* a un mensaje de Miguel en el que me pregunta qué tal va todo. Me acomodo en la butaca dispuesta a pasar allí el tiempo que sea necesario y observo con disimulo a la pareja que tengo ante mí. Ella lleva un hiyab color coral y va pintada como una puerta, es muy guapa, en torno a los treinta, él es moreno de piel y cabello, están sentados uno junto al otro y tienen las manos entrelazadas. Qué tierno, ¿a quién tendrán operándose?, me pregunto. Sea quien sea, pasado un rato, una sanitaria entra en el salón y habla con ellos, dándoles buenas noticias por sus caras de felicidad. Ojalá pronto pueda tener la misma cara, pienso, mientras me retuerzo en el sillón buscando una postura cómoda.

Veo una bandada de palomas volando libres a través de los cristales y me quedo asombrada; suben y bajan, hacen piruetas, se mueven como en una coreografía, comienzan a volar hacia la cristalera, vienen directas hacia mí, como si estuviesen burlándose de lo libres que son. Atraviesan la cristalera, que al parecer no tiene cristales, y de pronto una de ellas se me posa en el hombro y al mirarla… ¡Tiene la cara de Dilay! Doy un grito y asustada le pego un manotazo tirándola al suelo, dando un respingo, y entonces me despierto.

El cuello me duele horrores y también la muñeca en la que había apoyado la cabeza. Me espabilo y descubro al doctor Aslan mirándome, acariciándose la mano derecha, y entonces entiendo que el manotazo se lo he pegado a él. La doctora Cuqui está a su lado con una risilla de suficiencia muy poco simpática.

–Perdóneme, lo siento, creí que era una paloma… Me he quedado dormida –digo poniéndome de pie, pero como estoy aún medio adormilada mi cuerpo se resiste y vuelvo a caer en el sillón de escay. El doctor Kaya me mira como si se preguntase de qué clase de película surrealista me he escapado.

–Señora Celona…

–Señorita –vuelvo a corregirle, no por irritarle, o quizás sí–. Aunque preferiría que me llamase Sara, por favor.

–La operación ha salido bien –dice, obviando mi comentario–. Mañana comenzaremos a reducir la sedación para comprobar si reacciona –me cuenta con su voz grave, más serio que El Hombre de Negro.

–¿Puedo verle?

–Pasará directamente a UCI desde reanimación. Mañana podrá verle en su habitación. –La doctora Cuqui nos mira sin poder camuflar su incomodidad por no poder entender nada de lo que hablamos–. De todos modos, ante el menor cambio la llamaremos por teléfono –afirma, y se saca un pañuelo de tela del bolsillo que me entrega. Lo tomo, sin entender nada, pensando que lo mismo se trata de alguna costumbre turca. Es de algodón y lleva bordada la A, la inicial de su nombre. Me quedo mirándolo–. Es para la barbilla –dice tocándose la suya ante la mirada sonriente de la doctora Cuqui, y sale de la habitación. ¿Para la barbilla? Me toco con la mano y descubro que la tengo mojada, llena de babas. Qué vergüenza, por favor. He dormido y hasta he babeado y me lo ha tenido que decir ÉL. Un agujero de avestruz, por favor, que quiero hundir la cabeza y no volver a sacarla hasta el año tres mil.

Lo importante es que la operación ha salido bien, que Rodrigo se recuperará y podré conocerle, saludarle y marcharme a mi casa en pocos días, quizá un par.

Justo antes de dormirme y pelearme con las palomas imaginarias hablé con la compañía de seguros. La representante de Healthcare en España me llamó para preguntarme qué tal iba todo. Le expliqué la situación y la mujer volvió a repetirme que podía estar tranquila, el seguro cubría hasta seis mil euros de estancia y también manutención en el hotel, y que ese dinero en Turquía daba para varios meses. Le respondí que le agradecía la atención, pero que no pensaba estar allí varios meses por nada del mundo.

Cuando me preguntó por el servicio prestado por Dilay pensé en sus cuatro hijos que comen como ballenas y no le dije nada de su conducción temeraria o su mal carácter, no quería causarle problemas. Pero reprimir contarle todo eso debió de llevarme a soñar con ella; siento escalofríos al recordarlo.

Llego al hotel a las dos de la tarde y me voy directamente para el restaurante, que está lleno, aunque la mayoría de los comensales están terminando sus platos y uno de los camareros me acompaña a la terraza. Las vistas de la terraza inferior, en la que se encuentra la zona de la piscina con solado de madera oscura alrededor y en el horizonte el mar, son impresionantes. Hay una serie de apartados estilo *Chill Out* con camas balinesas en las que reposan sobre todo parejas en ropa de baño.

Doy buena cuenta de la comida que me recomienda el camarero, que en esta ocasión no es Can, sino otro chico moreno, también bastante amable. Degusto *boreks*, unos pasteles rellenos de verduras con carne, y *kumpir*, patatas rellenas al horno. Está todo delicioso, podría acostumbrarme a aquella comida, es más, cuando vuelva a casa buscaré las recetas en Internet y se las prepararé a los niños. El ambiente es tan festivo que por un momento fantaseo con que estoy de vacaciones, de esas que no podría pagarme ni aunque trabajase tres vidas como una esclava. Al terminar me sirve una taza de té turco, delicioso.

En una mesa próxima hay tres caballeros vestidos con traje, sus edades rondan la cincuentena, conversan entre ellos, pero he pillado a uno observándome varias veces. Es moreno y con bigote a lo José María Íñigo. Me sonríe y me alza su vaso de té a modo de saludo cuando me descubre mirándole. No sé si sonreírle o no, porque no tengo el ánimo para tonterías, pero no sé si es un tipo de saludo cortés turco y hago lo mismo, y tal y como me temo se pone en pie y comienza a caminar hacia mi mesa.

Me dice algo en turco y pongo cara de: «Hasta luego, Mari Carmen».

–Buenas tardes, ¿hablas inglés? –me pregunta, y dudo en hacerme un: «No *entendo*», para que me deje tranquila. No tengo ganas de ligoteo, no estoy aquí para sacarme un ligue turco. Pero puede que me haya oído hablar inglés con el camarero.

–Hola, sí.

–Me llamo Ahmed Sakun. No he podido dejar de observarla desde mi mesa. Es usted muy hermosa, me encantan sus ojos, tienen una mirada cautivadora.

–Gracias.

–Espero no estar molestándola. ¿Puedo sentarme y acompañarla durante el té?

–No es un buen momento –respondo sin pensarlo.

–¿Por qué? ¿Le sucede algo? Quizá pueda ayudarla.

–No lo creo –intento no ser borde, pero tanta insistencia va a sacar a la bruja que llevo dentro.

–Vamos, seguro que si conversamos se sentirá mejor –afirma cogiendo el respaldo de la silla, retirándola y sentándose.

–Mi amiga le ha dicho que no le apetece su compañía, así que, por favor, déjela en paz –dice una voz a mi espalda en inglés. Me vuelvo para mirar de quién se trataba y descubro al doctor Kaya de pie, vestido con un elegante traje azul eléctrico, con expresión de matar brontosaurios a guantazos y un vaso de té en la mano. El tipo del bigote se incorpora y le dedica una mirada furibunda a mi supuesto amigo, pero regresa con sus compañeros sin más. El doctor toma asiento en la misma silla que este ha ocupado y se lleva el vaso de té a los labios dándole un sorbo, perdiendo la mirada en el horizonte. No dice nada más.

–¿Ha sucedido algo? ¿Ha venido a buscarme por algún motivo?

–No. El señor Celona continúa bien, al menos hasta que salí del hospital. No he venido a buscarla, vengo a tomar el té todos los días a este restaurante. Estaba sentado ahí detrás y he visto cómo ese tipo se le acercaba y he decidido evitarle una situación violenta –responde con suficiencia, sin mirarme.

–Pues no tendría que haberse molestado. Sé defenderme bastante bien sola –protesto. Siempre he odiado esa actitud paternalista de algunos hombres, en la mayoría de las ocasiones encubriendo un machismo rancio y antiguo, y según su tono de voz el doctor Kaya parece creerme frágil. Pues no lo soy–. Gracias, pero no necesito que nadie me proteja.

–No la protegía a usted, sino a él –respondió acariciándose la mano en la que le arreé un tortazo esa misma mañana, mirándome a los ojos por primera vez desde que se ha sentado. Son verdes, brillantes como dos esmeraldas, por cierto, tal y como lo eran en mi sueño. Menudo antipático, está cayéndome muy gordo, pero mucho. Resoplo, si no fuese el neurocirujano de Rodrigo iba a decirle un par de cosas–. Tómese el té, se le está enfriando.

–¿También me va a invitar hoy? Aún no sé por qué lo hizo ayer.

–¿No? Pues está muy claro, ayer no sabía quién era usted –Rodrigo va a necesitar otro neurocirujano porque estoy a punto de cargarme a este.

–¿Y quién soy yo? ¿Qué pasa conmigo?

–No lo sé. ¿Qué pasa contigo? –pregunta atravesándome con la mirada, y siento que se me remueve algo en el estómago. Será el pastel de verduras.

–Mire, doctor Kaya…

–Aslan. Puede llamarme solo Aslan, *señorita* –Ese señorita tiene retintín, no sé por qué, pero lo tiene–. Hasta mañana –dice poniéndose en pie, sin apartar la vista del lugar ocupado por el grupo de hombres que había en la mesa de enfrente y que en algún momento se han levantado y se han ido, y se marcha sin más.

¿Pero se puede ser más prepotente y desabrido?

No. Desde luego que no.

Para que encima Carolina sugiera que me gusta.

Ni, aunque fuese el único turco de Turquía pondría mis ojos en él.

Capítulo 9

Durante la tarde decido caminar por el parque que recorre el paseo marítimo, siempre comprobando la cobertura de mi teléfono. Rodrigo debe de estar bien cuando no me han llamado para decirme lo contrario. También mis hijos, a los que he dejado un par de mensajes llenos de cariño que han ignorado cariñosamente. Se hacen mayores, y cada vez necesitan menos de su madre, y eso es bueno, y algo triste a la vez, porque debo reconocer que después del divorcio mi vida han sido ellos y solo ellos.

Me llevo el móvil de Rodrigo conmigo y pregunto en un par de bazares por un cable cargador para este, pero me hacen una señal de negación. Al parecer es una marca muy exclusiva y no lo tienen. Una chica me dice muy amablemente en inglés que debo buscar una tienda de esa marca o un gran distribuidor. Cuando le pregunto dónde puedo encontrarla me responde que puedo probar suerte en las tiendas de telefonía del Gran Bazar. Cuando busco en Internet dónde está el Gran Bazar veo que está a tres horas y media andando. Pff. Tendré que organizarme para ir y volver en taxi o en autobús.

Multitud de jardineras sembradas de tulipanes coloridos decoran el paseo, es un camino precioso, con el mar en calma a la derecha, el estrecho del Bósforo he leído en uno de los letreros identificativos, al otro lado del mar está Asia. Aunque lo que alcanzo a ver es la parte asiática de la ciudad, en la que está situado el aeropuerto al que llegué. Mi teléfono móvil comienza a sonar y temo que se trate de una llamada del hospital, pero no es así. Es mi madre. No me apetece discutir, pero sé que voy a hacerlo, diga lo que diga.

–Buenas tardes, mamá.

–¿Buenas tardes? Serán para ti. –Me siento en un banco, se avecina un huracán. Hay unos niños jugando en un parque a escasos metros, sus madres les vigilan de reojo mientras miran el teléfono móvil. De las cinco o seis mujeres solo una lleva hiyab–. Jamás en mi vida creí que tú y tu abuela fueseis capaces de engañarme de esta manera –dice irritada.

–¿Cómo te has enterado?

–¿Cómo me he enterado? Porque acabo de llamar a Lorena para preguntarle cómo está de su fístula –la que has liado pollito–, y la he notado rara. Me ha contestado como si no supiese nada de una fístula, aunque me ha seguido la corriente como si fuera tonta. Y entonces he llamado a tu hijo Pablo y me ha confesado que su madre está en Turquía, ¡en Turquía! –La cadena se ha roto por el eslabón más débil. Pobre Pablo, a saber, el interrogatorio que le habrá hecho para vencer la coartada que teníamos montada sobre mi viaje a Madrid–. Y le he preguntado, ¿y qué narices hace tu madre en Turquía? Y me ha dicho que ha ido a conocer a su abuelito nuevo, que está enfermo porque fue a ponerse pelo. Y ya he cogido a tu abuela y me lo ha contado todo. Qué disgusto que mi hija sea capaz de algo así.

–¿De algo como qué, mamá?

–De ocultarme que se va a Turquía. ¡A Turquía nada más y nada menos! ¡A un país musulmán! ¡Para que te pongan una bomba en el avión los terroristas!

–Eso es bastante racista, mamá.

–No soy racista, pero que se queden con las bombas y sus cosas allí.

–Estás confundiendo musulmanes con terroristas islámicos, es como echar a todos los cristianos al saco de los inquisidores.

–No me líes, que sé lo que me digo. Al menos te habrás puesto un burka para que nadie sepa que eres extranjera. Pero de esos que no se ven los ojos, que los tienes azules, ¡pero si es que no te puedes camuflar de ninguna de las maneras!

–Mamá, aquí las mujeres no llevan burka, creo que te estás confundiendo con Afganistán. Turquía es un país muy abierto y occidental, y Estambul más. ¿Cómo me voy a poner un burka si aquí las mujeres llevan minifalda?

–¿Minifalda? ¿Y no las apedrean?

–No, mamá. No las apedrean. De verdad, que es una ciudad de lo más normal. Tranquila.

–Bueno, tú si ves a gente con chalecos o con mochilas, no te acerques a ellos.

–Mamá, por favor.

–No te dejes engañar, que van de modernos para que te confíes y después te secuestran y te convierten en la mujer de uno de los yihadistas y te ponen a parirle hijos en el desierto...

–Tranquila, que con el carácter que tengo, el yihadista me devolvería a los dos días.

–Eso es verdad.

–¡Mamá!

–¿Qué?

–Vale, mamá, no me acercaré a nadie que lleve bombas ni metralletas, te lo prometo. ¿Estás más tranquila?

–Todavía no me creo que me hayas mentido de este modo. Estoy muy decepcionada.

–Siento que estés decepcionada, pero si te lo hubiese contado habrías hecho todo lo posible para impedirme venir.

–Eso tenlo por seguro, le habría metido fuego al pasaporte, que sé dónde lo guardas –suelta sin contenerse ni un poco–. Y todo por… ver a ese hombre que no conoces de nada. ¿Le has visto? ¿Has hablado con él?

–Está en coma, mamá, es imposible que hable con él. –Me parece que la oigo suspirar, ¿aliviada?–. ¿Por qué? ¿Hay algo que quieras contarme?

–No, nada. Cuando vuelvas hablaremos del tema.

–Sí, creo que tenemos una larga conversación pendiente.

–Ya veremos. Porque estoy muy enfadada por lo que has hecho, marcharte así sin decirme nada. Y sola, nada más y nada menos, como quien no tiene familia.

–¿Me habrías acompañado?

–Pues por evitar que fueses sola habría hecho el sacrificio de ir contigo. –Y al segundo día yo habría cruzado el estrecho del Bósforo a nado huyendo–. ¿Cuándo vuelves, mañana?

–No. Tengo que quedarme unos días hasta que Rodrigo despierte y esté fuera de peligro.

–Solo te digo que vuelvas en cuanto puedas, porque ese hombre no tiene nada que ver contigo.

–¿Por qué no tiene nada que ver, conmigo? Es mi padre, ¿no?

–Padre es el que cría –suelta, y si le contesto que necesito más información que esos meros latigazos cuando lo cree conveniente, vamos a discutir y no es el momento.

–En cuanto esté a salvo regresaré.

–Bueno, pues ten cuidado. No vayas sola por la calle. Quédate encerrada en el hotel y ve a los sitios en taxi. Bebe agua de botellas y come siempre comida envasada.

–Vale, mamá. Mañana te mando un mensaje para que sepas que sigo viva.

–Tú ríete, seguro que las que salieron en las noticias secuestradas también se reían mucho.

–Hasta mañana, mamá.

Todos los tópicos y miedos de la vieja Europa sobre los países de religión musulmana se han encarnado en mi madre. No puedo culparla, el miedo arraiga profundo sus raíces en el desconocimiento y se vuelve irracional. Mi propia idea sobre este país ha cambiado bastante en las apenas veinticuatro horas que llevo en él.

Desde donde estoy sentada veo la cúpula azul de un edificio y dos altas torres estrechas. No parece demasiado lejano y decido encaminarme hacia allí para ver de qué se trata. Es un edificio precioso desde el exterior, una mezquita, *Yesilyurt Mosque* leo en un letrero a la entrada. Hay multitud de turistas en la puerta, japoneses y europeos del norte, eso me parecen al menos. Están haciendo fila, así que me coloco tras ellos, y me cuelo siguiéndoles al interior de la mezquita.

Debo descalzarme, de modo que dejo mis Converse blancas en unos cubículos de madera colocados en la entrada para tal menester. Veo que las mujeres comienzan a cubrirse el cabello; la que parece ser la guía les hace señales para que lo hagan.

No llevo nada con lo que taparme, no puede ser que no me vayan a dejar entrar. Veo que junto a la entrada hay una señora con un buen surtido de pañuelos, aquel debe ser un buen negocio con los turistas. Le compro un fular rosa por cinco liras y me lo paso por la cabeza. Veo a las chicas jóvenes con sus pañuelos bien colocados, incluso con flores hechas con la tela, les quedan monísimos, parece todo un arte. Yo en cambio me lo he sujetado como he podido y debo de parecer doña Rogelia.

Si el exterior es hermoso, el interior es una auténtica maravilla. Las paredes y columnas son de mármol blanco, excepto algunas que están forradas de azulejos azul celeste, con una gran cúpula central y en los laterales pequeñas cúpulas, todas con motivos de escritura árabe en color azul, con multitud de arcos y ventanas por las que se cuela una luz dorada que se refleja en el mármol y sobre todo en la impresionante lámpara central *chandelier* de cristales blancos, azules y rojos, con base de metal dorado. Hay dos alturas para el rezo, a la primera planta se accede mediante amplias escaleras también de mármol blanco, una gran alfombra azul azafata con detalles árabes cubre todo el suelo de la primera planta. En su interior se respira verdadera paz. Me aparto del grupo, pues la guía habla alemán, o eso parece, desde luego no la entiendo, y recorro aquel lugar en el que no sé dónde mirar porque cada rincón es más hermoso que el anterior. Uno de los rayos del sol que se cuelan por la alta cristalera dibuja una silueta dorada sobre la alfombra. Como guiada por un impulso irrefrenable camino hasta ese punto, casi en el centro de la estancia, y cierro los ojos percibiendo el beso atemperado de la luz solar, dejándome invadir por una paz indescriptible, embebiéndome de una sensación desconocida que me hace pensar que todo ocurre por una razón.

No sé cuántos días voy a tener que pasar en Estambul, pero estos días me harán crecer como persona y como mujer.

Sé que mis hijos están bien, atendidos y cuidados, y debo dejar de sufrir irracionalmente por estar tan lejos de ellos, pues por suerte casi ni me echan de menos. Y esto me permitirá mirar el mundo con ojos nuevos y disfrutar de momentos únicos como este que, sin esperarlo, estoy viviendo.

No sé cuál será la reacción de Rodrigo al verme cuando despierte, o siquiera si despertará, pero tengo que estar aquí y ahora para verle con mis propios ojos. Porque él es una pieza fundamental del puzle de mi vida y jamás me perdonaría haberle dejado a su suerte en un momento como este. Porque quiero oír su versión de la historia y permitirme dejar atrás esa INCOGNITA GIGANTE que por culpa del secretismo con el que se ha tratado el tema en casa he cargado sobre mis espaldas toda mi vida.

Regreso al hotel caminando despacio disfrutando del paseo y de un par de dulces de almendra que he comprado en un puesto callejero. Me río para adentro al pensar que si mi madre me viese comiendo comida sin envasar sufriría un infarto. Solo espero que no me sienten mal para no tener que darle la razón. Desde el vestíbulo de la entrada me percato de que la gente va bastante arreglada, y al asomarme por un lateral del pasillo veo por la cristalera que hay música en directo en el jardín. Un grupo toca mientras su solista, femenina, canta algo en turco. Varias personas cenan en las mesas de la terraza, ataviadas con elegantes vestidos ellas y trajes ellos. Es viernes, me imagino que los fines de semana tendrán más actividades nocturnas.

–Hola, señorita, ¿quiere que le busque una buena mesa? –me pregunta Can, el camarero, sobresaltándome.

–Hola, no. No me apetece música, gracias. –Es mi modo de decir, no creo que traiga nada tan elegante como para mezclarme entre esa gente sin llamar la atención–. Hay una fiesta, ¿verdad?

–Sí, todos los viernes y sábados hay cenas especiales. Pero si no le apetece música puede pedir la cena en la habitación.

–Creo que lo haré, gracias. –Es un joven simpático. ¿Cuántos años puede tener? Unos veinticinco calculo simple vista.

–¿Ha estado visitando la ciudad? –me pregunta indicando al folleto que llevo en la mano, es de la mezquita.

–Sí, he dado un paseo y he visto esta mezquita –digo mostrándoselo.

–Oh, tiene que visitar la Mezquita Azul, en taxi no está demasiado lejos. No puede irse de Estambul sin verla.

–Gracias. Quizá vaya mañana cuando salga del hospital.

–¿Está enferma?

–No, mi... –¿Mi qué? ¿iba a decirlo por primera vez en mi vida?–. Mi padre está ingresado en el Hospital Americano, por eso estoy aquí.

–Oh, espero que se mejore.

–Gracias.

Después de una ducha regeneradora me parapeto en la cama envuelta en el albornoz, con la carta en la mano, y elijo tres cosas que no sabré pronunciar por teléfono, además de un postre que lleva cacao. La camarera que me toma el pedido me recomienda un vino blanco para acompañar la cena, y me digo, ¿por qué no?

Vuelvo a mirar mi teléfono y veo que mis hijos han contestado a mi *¿Cómo lo estáis pasando? Os quiero* con un breve *Bien. Y nosotros a ti*, Pablo y un *Todo ok*, Álex. Cría hijos para esto, me digo, y me río sola.

Busco una camiseta y unos vaqueros en la maleta. Al tirar de los vaqueros varios preservativos salen volando. Me da la risa, no sé cómo se ha apañado Carolina para metérmelos en un despiste. Los recojo del suelo y vuelvo a meterlos dentro de la maleta.

Enseguida llaman a la puerta, es mi comida que traen en una bandeja que me llevo a la terraza y me siento a comer con la música de fondo. Es un buen grupo, la chica tiene la voz muy bonita. Además de canciones turcas tocan temas internacionales, sobre todo pop. Mi cena es una berenjena rellena con carne y especias y una ensalada, aunque de postre me he pedido un *coulant* de chocolate que se irá directo de mi paladar a mis caderas, pero no me importa. Antes de irse la camarera, muy amablemente, me ha dejado abierta la botella de vino blanco. Una botella para mí sola es una exageración, me voy a poner peor que los peces del villancico, pero bueno, con no tomarla entera...

Si fuese Carolina quien estuviese aquí en mi lugar, la botella de vino le sabría a poco. En realidad ella jamás se la tomaría en la terraza de la habitación, ella bajaría y cenaría en medio de todo aquel pijerío así fuese con unas sandalias de goma y un batín de playa. Sonrío al pensarlo, me encantaría tener ese desparpajo, pero no lo tengo, y su hermana tampoco, ojalá se nos pegase un poco.

Me tomo una copa mientras me termino la ensalada, que está de muerte, otras dos con la berenjena, que me resulta de otra galaxia de lo rica que está, y otra con el *coulant*. Así que cuando me vengo a dar cuenta sí que me he bebido la botella yo solita. No doy crédito cuando la vuelco y no sale nada. Y como no suelo beber, me noto bastante achispada. Cuando le doy un mordisco al postre el chocolate me chorrea por la barbilla y me mancho la camiseta entre los pechos. En ese momento el grupo comienza a tocar *Dragostea Din-Tei*, de O-Zone, aunque para mí siempre será *Marica tú, Marica yo*, de los Morancos, desde una noche de chicas memorable que pasé en una feria con Lorena y Carolina. Y me pongo a cantar «Fiesta, fiesta, pluma, pluma gay…» a viva voz, desvergonzada por obra y gracia de mis copitas de más, asomándome al balcón e imbuida por el espíritu de la música me lo paso pipa cantando.

Y cuando termina la canción abro los ojos y me veo a toda la terraza superior, la del restaurante, mirándome con sonrisas, entre ellos Can, el camarero. Me agacho en el balcón muerta de vergüenza y escucho algunos aplausos y silbidos.

Ay, Sara, se te está yendo la cabeza. Esto no es propio de ti, tú eres una madre de familia responsable, me reprendo sin poder evitar una risa nerviosa.

No vuelvo a levantar la cabeza y me retiro gateando al dormitorio donde me acuesto entre carcajadas por el espectáculo que acabo de dar sin proponérmelo.

Capítulo 10

Durante el desayuno creo que un par de clientes me ha reconocido a pesar de dejarme puestas las gafas de sol. El que sí me reconoció fue Can. Por suerte no está en el servicio de esa mañana. No sé si se debería al vino, pero me he pasado la noche entera durmiendo como un oso, y, a pesar del ligero dolor de cabeza producto de la resaca, esa que ya no recordaba que existía, me ha sentado bastante bien. Eso y el desayuno turco que me he metido entre pecho y espalda.

Son las ocho y media de la mañana cuando llego al hospital. Me detengo ante el mostrador y trato de preguntar por la doctora Cuqui, pero como no me acuerdo de su nombre y menos de su apellido intentaré describírsela al sanitario que se asome al mostrador.

Para mi desgracia quien asoma es el doctor del bigote que me atendió el viernes. El doctor… ¿Alcohol? Sí, le pega, hace falta una buena cogorza para dejarse ese bigote. Si no llevase tantos bolígrafos en el bolsillo podría leerlo en el bordado de su bata. Me sonríe, me ofrece la mano, que estrecho, y sin mediar palabra me invita a seguirle; da por hecho que vengo a visitar a Rodrigo. Vamos hasta la habitación en la que descansa y a primera vista no tiene mal aspecto, parece tan dormido como el día anterior.

No sé cómo preguntarle cómo está, pero se me ocurre

una idea. En mi móvil me conecto con una aplicación de traductor *online* y le pregunto: «¿Cómo sigue? ¿Alguna complicación de la operación?». Pulso el botón de traducir automáticamente al turco, y una voz robótica dice algo en ese idioma. El doctor Aykol sonríe satisfecho con mi ingenio. Toma su móvil y escribe algo.

–La noche salió bien, aunque él empieza fiebre –me contesta en plan Terminator la voz de su teléfono. Y así nos comunicamos.

–¿Ha tenido fiebre?

–Sí, solo poco en tratamiento. Hoy comenzaremos a reducir la sedación –me responde.

–¿Se despertará hoy?

–Es probablemente, pero deberíamos comprobar qué tan lento reacciona, comprobar sus constantes e intentar despertarlo mientras su cuerpo responde. –¿*Eing*? Demasiado bien estaba saliendo.

–¿Pero él está bien?

–Sí, sí, es mejor que la operación, espero que mejore, pero aún no está en peligro. –Quiero llorar, maldito traductor en línea.

–Pero ¿sigue en peligro? ¿Corre riesgo su vida?

–Su vida aún está en peligro, poco después de la cirugía, pero todo salió bien –insiste algo irritado, aunque la voz de la traducción no es neutra, sino neutrísima. Bueno, no puedo pedir más, supongo.

–Gracias –le digo.

Él asiente y se marcha dejándome a solas con Rodrigo. Su expresión es la misma que el día anterior, tranquilo, con ese tubo que le sale de la boca entreabierta y el ventilador que sube y baja y que continúa controlando su respiración. Aunque los vendajes en la cabeza son distintos, algo más anchos quizá. Veo que comienza a tener una especie de piel blanca en los labios, como una costra, que se deberá a la sequedad. Saco la pequeña botella de agua que tengo en el bolso y busco un paquete de pañuelos en el bolsillo de la chaqueta, pero entonces encuentro el pañuelo de tela del doctor Aslan, con el que me limpié las babas el día anterior. Se me había olvidado por completo, tengo que lavarlo y devolvérselo. Veo unas servilletas de papel en la mesita de noche y las humedezco con el agua y le limpio con ellas los labios. Lo haría por cualquiera, no porque sea mi padre no-padre. Siempre me han dado mucha ternura las personas mayores, empezando por mi abuela, que a pesar de ser tan independiente cuando se ha enfermado ha sido a mí a quien ha pedido que la ayude para asearse o para ir al médico.

–Otro día más, Rodrigo. Dice el doctor del bigote que estás mejor, que quizá te comiences a despertar hoy, o eso he entendido. Espero que sea así, que te despiertes y no te queden secuelas, que puedas retomar tu vida de antes –le digo, sentándome a su lado en la única silla de la habitación, contigua a la cama–. Y lo cierto es que me muero de curiosidad por saber cómo era tu vida de antes. Sé que vives en Madrid, lo sé porque las tarjetas que tienes de negocios son de allí y porque la agencia de seguros también es de allí. Me pregunto si sigues casado, entre tus pertenencias no había ninguna alianza, pero mi abuela me contó que estabas casado cuando tú y mi madre… en fin. Lo mismo te has divorciado, quién sabe. Yo misma estoy divorciada…

Me paso la hora de visita hablando con él, como si me escuchase. Haciéndole preguntas como si pudiese responderlas y reflexionando en voz alta sobre las cosas de mi vida que me gustaría que conociese y las que me gustaría conocer de la suya. Esto hace que se me pase el tiempo volando.

Un sanitario se me acerca para avisarme que ha pasado mi tiempo, aprovecho para decirle en inglés, que entiende o al menos asiente, que me avisen ante cualquier cambio de su estado. Sé que ya lo saben, pero les insisto igualmente.

El teléfono móvil me suena cuando voy caminando hacia los ascensores de salida y me detengo junto a la sala de espera para hablar con Lorena.

–¿Cómo estás, guapetona? –la saludo.

–¿Guapetona? ¿Se puede saber por qué le has dicho a tu madre que tengo un bulto en el chichi? –pregunta ofendida, está muy cabreada, cabreadísima, casi puedo imaginarla saliéndole humo por las orejas.

–Fue lo primero que se me ocurrió, Lore.

–Pues vaya. Va a pensar tu madre, con lo beata que es, que soy una descarriada con contagios sexuales... ¿No se te pudo ocurrir una excusa menos íntima? ¿No podías haber dicho que tenía el bulto en el tobillo? Noooo, mejor en el toto. –Oigo a Carolina reír a carcajada limpia por detrás, está muerta de la risa–. Ayer por la tarde no te llamé porque pensé, bastante tiene la pobre con la situación que se le ha presentado, ya se lo diré a la vuelta, pero cuando te escuché anoche cantando borracha perdida, digo, pero si se lo está pasando pipa la *jodía*…

–¿Cantando?

–Sí, mira el grupo, anda. A la una de la mañana cantando *All by my self* con una cogorza de campeonato. –Uf. No recuerdo nada de eso. Espero no haberlo enviado a más grupos.

–¡Ole, Sara, así me gusta! ¡Al mal tiempo buena cara! –oigo gritar a Carolina por detrás.

–Venga, Lore, perdóname, no te enfades tanto…

–¿Que no me enfade? Cuando tenga que inventarme una excusa contigo, voy a decir que has pillado la gonorrea, a ver cómo te sienta.

–Nadie se lo creería. –Me río en voz baja–. Perdóname…

–Me lo pensaré. ¿Cómo sigue Rodrigo?

–Parece que mejorando poco a poco, la operación fue bien. ¿Me perdonas?

–Me alegro de que haya ido bien. ¿Sabes ya cuándo vuelves?

–Todavía no. Espero que pronto. Dicen los médicos que no debo irme porque puede que haya que tomar decisiones y necesitan que este aquí, por lo menos hasta que Rodrigo despierte y pueda tomarlas por él mismo. No sé cuántos días me quedaré, los que sean necesarios. Perdóname, anda…

–Pues cuídate, y no pilles esas cogorzas. No sé qué se te pasó anoche por la cabeza, la verdad…

–Me bebí una botella de vino con la cena, estaba muy dulce y no me di ni cuenta. Con lo que tú me quieres y yo te quiero a ti, me deberías perdonar. –Carolina sigue riendo por detrás, eso hará más difícil que condone mi falta.

–Si quieres que te perdone, me tienes que mandar fotos del hotel, de las calles, de las tiendas, de la gente…

–Pff. Me da mucha pereza hacer de reportera.

–Pues no lo hagas. –Ese «pues no lo hagas» es mítico. Tanto su marido, como su hermana, como yo, sabemos que en realidad significa: «O lo haces, o atente a las consecuencias».

–Vale. Lo haré.

–Tus hijos están genial, anoche estuve hablando con Álex, por cierto.

–Sí hija, lo sé, que ni se acuerdan de mí.

–Álex me dijo que se quiere pasar todo el verano en la casa del campo de tu suegra. Creo que la amiga que se ha llevado es más que una amiga…

–Bueno, al menos sé que no pueden volver embarazadas ninguna de las dos. –Mi comentario la hace reír y al fin siento que me ha perdonado de verdad.

–Qué cosas tienes. Y Pablito me dijo que sus primos de Madrid son los mejores primos del mundo.

–Sí, sobre todo porque en septiembre se vuelven a Madrid –respondo.

–Oye, te noto muy… conforme, ¿no? Cuando llegaste estabas superagobiada y hoy sin embargo pareces, no sé, tranquila. ¿Será el alcohol?

–Ja, ja. Qué graciosa –aguanto la merecida estocada–. Es que no me queda otra. Mis hijos están bien, mi madre y mi abuela también están bien, mi madre enfadada porque le sacó a Pablo que estoy aquí, pero eso es lo de menos, y me alegro de haber venido porque pase lo que pase creo que estoy haciendo lo correcto, así que, no sé, creo que simplemente he aceptado la situación.

–Pues me alegro, la verdad, me quedo más tranquila.

–¡Ánimo, campeona! –oigo a su hermana de fondo.

–Si es que, al final, voy a ser una mujer de mundo y todo –bromeo.

Cuando regreso al hotel, Can me acomoda en una buena mesa con vistas al mar y me recomienda un par de platos, que, para no variar, están deliciosos. Me trae el postre y mientras me lo sirve se retiene un poco más de la cuenta y siento que quiere decirme algo.

–Tus recomendaciones han sido un acierto –le digo.

–Gracias. Me gustó oírla cantar anoche –me responde, y tengo un momento «Tierra trágame». He visto el vídeo que mandé a «La última trae el café», cantando en la cama despeinada a lo Kurtney Love en sus peores tiempos, revolcándome en el edredón con un bolígrafo como micrófono y enredando la letra. Por suerte fue al único grupo al que lo envié, al parecer al menos dejé una neurona de guardia.

–Pues no es mi mejor repertorio –contesto tratando de salvar el poco orgullo que me queda con el humor.

–A mí me encantaría oírlo entero –responde con una

sonrisa resplandeciente, y se lleva el plato vacío. Anda, pues no parece que estoy ligando sin proponérmelo. Me río sola mientras le hinco el diente al postre, una tarta de frutos secos.

No puedo evitar buscar al doctor Kaya, Aslan, me pidió que le llamara, con la mirada por todo el derredor. Quizá es demasiado temprano aún. No es que quiera verle por nada especial, me digo, es solo curiosidad por si habrá venido o no.

El tipo que ayer se sentó conmigo y sus amigos están en una mesa cercana a la salida. Me mira de reojo y esquivo la mirada, no me apetece una segunda parte de la escenita de ayer. Me sonrío al recordar que Aslan me dijo que nos había interrumpido para protegerle a él. Menudo golpe le di en la muñeca, es lógico que estuviese molesto. Siento la mirada del tipo del bigote otra vez, y veo cómo dice algo a sus amigos y se levanta. En ese momento me suena el teléfono. Es un número que no tengo registrado, me preocupo por si se tratará del hospital.

–¿Diga?

–Hola, *seniorita Culina*, es Dilay. Yo fuera hotel, ¿quiere té?

–Sí. Ahora mismo salgo –afirmo poniéndome en pie, pasando junto al tipo que venía directo a mi mesa, que se queda con un palmo de narices. Espero que a la segunda haya entendido que no me interesa. Me despido de Can cuando abandono la sala en pos de encontrarme con Dilay.

La mujer me espera fuera del coche, que ha aparcado cerca de la entrada del hotel. Es imposible no verla, con el cabello rojo brillante, con un cardado que amilanaría a la mismísima Tina Turner, un top negro de cuero ajustado y un pantalón *palazzo* color mostaza. Le faltan dos focos apuntándola. No sé si caminar hacia ella o volverme y fingir que no la conozco.

Comienza a hacerme señales con las manos así que inspiro hondo para tomar energías y camino hacia ella.

–Buena tarde, *seniorita Culina* –me saluda.

–Sara, solo Sara. Hola, Dilay.

–¿Como está papá, Sara? –pregunta con una sonrisa de compromiso que no le asciende a los ojos negros.

–Pues en realidad no sé qué decirte, le operaron, y en principio está mejor, pero sigue en coma, aunque...

–Vamos tomar té al puerto y hablar, yo invita.

–Ah, vaya gracias.

–Sube coche –ofrece, y me lo pienso. No estoy muy segura, no conduce demasiado bien.

–¿Y si vamos andando?

–No, andando no. Sube coche, vamos cerca –insiste seria, es casi una orden. Qué carácter más desabrido el de esta mujer. La obedezco y conduce por las calles aledañas al hotel, en silencio, hasta que un taxista se cuela delante de nosotras en un semáforo, provocando que dé un frenazo, y ella ni corta ni perezosa comienza a proferir lo que deben de ser exabruptos en turco y a tocar el claxon escandalosamente. No contenta con eso se detiene junto al taxi, en el carril izquierdo, y continúa diciéndole cosas, el taxista alza las manos, como diciéndole: «¿Qué quieres?» Y, entonces, Dilay abre la puerta del coche.

–No salgas, déjalo estar –le ruego.

–Ese tío cree tonta yo, ese tío yo canto las cincuenta –profiere frenética soltándose el cinturón que la ha frenado en seco al intentar bajar.

–Las cuarenta –no puedo evitar corregir–. No salgas, por favor, se va a poner verde. –Pero no me oye, se ha bajado del coche y camina hacia la puerta del conductor del taxi. El taxista, un turco moreno con bigote y barba poblados, al verla acercarse como una marabunta roja, bajita pero matona, sube la ventanilla manualmente a toda velocidad y echa los seguros del taxi. Dilay tira de la manecilla, sin dejar de proferir barbaridades, supongo. No quiero mirar, esto va a ser peor que la matanza de Texas. Cuando veo la expresión del cliente del taxi, un señor mayor, es de descomposición absoluta. Pero entonces el semáforo se pone en verde y mi Troll del Tesoro Diabólico regresa veloz a su puesto como conductora.

–Se cree derecho insultar mujer solo porque hombre, Dilay más huevos que hombre, Dilay saca familia hijos adelante sin hombre. Dilay arranca huevos hombre –profiere aún exaltada.

–Tranquila, te creo, relájate, no es bueno conducir así.

–Yo tranquila –afirma forzando una sonrisa que me hiela la sangre. Jack Nicholson en *El resplandor* se queda en pañales a su lado. Arranca el coche y conduce maldiciendo por lo bajito hasta detenerse en el *parking* de un puerto deportivo. Doy gracias por haber llegado viva. Hay multitud de veleros y grandes embarcaciones de recreo ante nosotras, medio centenar hasta donde me alcanza la vista. Lo cierto es que el entorno es muy bonito, algo de paz para superar el mal trago no me vendrá mal. Abro la puerta del coche dispuesta a bajar y ella me agarra del brazo, deteniéndome–. ¿Dónde va?

–Vamos a tomar el té, ¿no?

–Toma té aquí, puerto –dice. La miro, no entiendo nada. Ella se retuerce como una barra de regaliz y se gira hacia el asiento trasero, miro hacia detrás, los asientos están atestados de cosas, cajas de cartón, una maleta, dos mantas, unas botas… Un termo. ¡Saca un termo de la parte trasera! Le quita la tapadera, que es una taza de plástico, y me la entrega, le saca otro tapón con forma de vaso redondo que tiene debajo y nos sirve a ambas el contenido del termo. Una aguachirri entre marrón y amarillenta con pedacitos flotando que parece cualquier cosa, CUALQUIER COSA, menos té. No me lo pienso beber ni muerta. Ella suspira relajándose, mirando el horizonte, y le da un sorbo–. Ah, qué bonito, puerto. Yo ahora paz.

–Sí que es bonito, sí –digo sosteniendo la taza entre las manos. ¿Cómo puedo deshacerme de ella sin que se dé cuenta? Porque si lo tiro en su cara es capaz de ofenderse y, con el genio que se gasta, que encuentren mi cadáver unos pescadores otomanos en unos días.

–Entonces, Sara no vuelve España mañana.

–No –respondo con cierto temor a que esto le siente mal.

–No problema con eso –responde, y respiro aliviada–. Tiempo necesario hasta que médicos dicen que todo bien.

–Sí, gracias, tu compañera de la compañía en España también me lo dijo.

–¿Ellos preguntan tu servicio Dilay bueno? –inquiere mirándome fijamente.

–Sí, yo les dije que Dilay me está dando muy buen servicio –respondo, y por primera vez la veo sonreír de verdad, de oreja a oreja.

–Muy buena, Sara. Dilay siempre quiere cliente contento. Sara, llama cuando necesita Dilay.

–Claro que sí.

–¿No quiere té? –pregunta mirando mi taza, arrugando el entrecejo. Ay, madre, qué le digo.

–¡Mira, una gaviota! –afirmo señalando su ventana, por la que veo que uno de esos pájaros enormes se ha posado en el guardarraíl del *parking*, y cuando ella se gira a mirar por esta, arrojo el té hacia mi ventanilla sin darme cuenta de que el cristal está cerrado, y lo pongo todo perdido, todo el cristal, el reposabrazos, el asiento y a mí misma. Dilay se da cuenta del estropicio cuando vuelve a mirarme y no sé qué decir ni qué cara poner.

–¿Qué hace tú?

–Me he asustado al ver la gaviota y me lo he tirado encima, lo siento –respondo. Ella enarca una de las cejas, y por un momento estoy a punto de suplicarle que no me agarre de los pelos.

–Tener cuidado. Trae taza, Dilay rellena –me pide, y hago un gesto de negación.

–Te lo agradezco, Dilay, me duele el estómago, lo cierto es que creo que se me está descomponiendo la barriga.

–¿Qué descomponer barriga? –pregunta sin entenderme.

–Que necesito ir al baño.

–Yo llevo hotel, no quiere tú caca encima –afirma y doy gracias al cielo–. Sara avisa Dilay si necesita algo y cuando sabe día ir España.

–Por supuesto, claro que te llamaré, sin falta.

Capítulo 11

A la mañana siguiente la doctora Cuqui me cuenta que Rodrigo ha pasado la noche estable, que significa que ni bien ni mal, y que han vuelto a subirle la sedación porque se puso bastante agitado cuando comenzaron a bajarla, lo que no es bueno en su estado, por lo que es mejor esperar un poco para volver a intentarlo cuando esté algo más recuperado. Quizá hoy o mañana, apunta como tratando de animarme cuando ve mi expresión de abatimiento.

Esto me decepciona bastante. Supuestamente iba a estar un par de días, ya llevo cuatro si cuento el de la llegada, y la situación no indica que vaya a poder marcharme de un momento a otro. Además, otra cosa que no se me va del pensamiento es que hoy tampoco he visto al doctor Aslan. Imagino que tendrá dos días libres. Yo que pensaba mostrarme seria y altiva para expresarle mi desprecio después de lo antipático que fue conmigo anteayer, me he quedado con las ganas. En fin, mucho mejor así, me digo a mí misma.

Cuando voy saliendo de la habitación de Rodrigo en dirección al hotel recibo una llamada de Carolina. Son las diez de la mañana, las nueve en España, a las nueve y media abren el salón de belleza, así que supongo que acabarán de llegar.

–Buenos días, ¿qué tal va todo? –me pregunta Carolina con su voz alegre habitual.

–Buenos días. Pues no lo sé, al parecer han tratado de bajarle la sedación, pero se puso muy nervioso y han tenido que subirla de nuevo –relato caminando por el pasillo. Me detengo un instante junto a la sala de espera de UCI, antes de llegar al ascensor, para no arriesgarme a perder la cobertura.

–Pero eso es bueno, ¿no? Es una señal de que reacciona.

–No sé, supongo… –Oigo por detrás a Lore preguntar algo.

–Voy a ponerte en manos libres para que te oiga mi hermana.

–Entonces, ¿sabes algo de cuándo vendrás? –me pregunta esta.

–Todavía nada, Lore. Pero me huelo que por lo menos un par de días más.

–No será que has encontrado a Can Yaman y ya no te quieres venir –sugiere haciéndome reír a carcajadas.

–Pues no, no lo he encontrado. Pero no hace falta, ya le he echado el ojo a alguno que está mejor todavía –sugiero para picarla.

–¡Así se habla! –oigo decir a Carolina.

–Pero bueno… –clama Lore fingiendo escandalizarse. Y compruebo que han solicitado el cambio a videollamada. Descuelgo desconcertada–. ¿Quién eres tú y qué has hecho con nuestra amiga? –me pregunta con los ojos muy abiertos, con el cabello rojo revuelto, a su lado su hermana riendo, ambas con el uniforme de trabajo, Carolina su pijama y Lorena su bata, listas para comenzar el día.

–¿Es que has conocido a alguien? –sugiere Carolina.

–Señorita Celona. –Veo el mentón barbudo del doctor Kaya a través de mi cámara de selfi en la pantalla, justo a la línea de sus labios, bastante jugosos, por cierto. Está detrás de mí, me sobresale una cabeza, y por el tono de su voz está bastante irritado–. ¿Podría hablar más bajo o en otro lugar? Estoy preparando un trabajo y no me deja concentrarme porque estoy oyéndola desde mi consulta –dice indicando a una puerta blanca a mi derecha–. Y además hay familiares esperando a ser atendidos a los que sus voces pueden estar molestándoles. Un poco de respeto, por favor. –En efecto, en la sala de espera hay tres personas.

–Está bien, lo siento, no creí que estuviese hablando tan alto.

–¿Que no cree que estuviese hablando tan alto? Pues lo está, parece que se haya tragado usted al vendedor de una tómbola –me suelta ante mi estupefacción.

–Y usted parece que se haya tragado un kilo de pepinos –respondo molesta.

–No entiendo lo de los pepinos.

–Pues vaya a averiguar por dónde amargan –le digo, y me aparto con paso ligero hacia la zona de los ascensores, a dos puertas de emergencia de ese energúmeno, y compruebo que Lorena y Carolina sigue en línea al volver a ponerme ante el teléfono. Lo habrán oído todo. Las dos miran la pantalla con cara de estupefacción.

–Lo siento, chicas…

–Pero, bueno, ¿pero ese quién es? –preguntan al unísono.

–El cirujano que ha operado a Rodrigo que es un…

–¡Es un bombón! Madre mía, ¡está tremendo! Qué voz, qué cara, qué barba tan sexy… –proclama Carolina.

–¡Es un turco de telenovela! –grita Lorena medio histérica. Se ponen a saltar las dos como si Henry Cavill hubiese entrado por la puerta.

–¿Estáis tontas? No acabáis de escuchar lo que me ha dicho, es un antipático y un estúpido.

–Y está como un tren. ¿Es cirujano, en serio? ¿Tiene anillo de casado? –pregunta Carolina.

–Es que no es normal que te pongas a dar voces en la sala de espera –me regaña Lore.

–¡Pues la culpa es vuestra!

–¿Y cómo es que habla español? ¿Cómo se llama? –insiste Carolina. Ahora no va a parar hasta conocer su vida, obra y milagros, la conozco.

–Se llama Aslan. Doctor Aslan Kaya.

–¡Sabes muchas cosas de él! ¿Cuántas veces habéis hablado?

–Eso, te ha hablado como con confianza…

–Pero que no flipéis tanto.

–¿Tiene anillo o no tiene anillo? –Carolina no va a parar, es mejor darle la información.

–No tiene anillo.

–¡Te has fijado! –gritan las dos a la vez. Están como cabras.

–¡Te gusta! –sentencia Carolina.

–Me he dado cuenta, sin más –resoplo, si llego a saberlo me voy a hablar a otra parte.

–Lígatelo y dale un buen meneo al cuerpo –me dice Carolina con una sonrisa de Gato de Cheshire que casi le da la vuelta a la cabeza.

–¿Qué parte de «es un sieso antipático» es en la que se supone que muestro mi interés hacia su persona?

–No te estoy diciendo que te hagas su amiga, ¡te estoy diciendo que te lo tires! –proclama atravesándome con su mirada color miel.

–Por todas las que no podemos –sugiere Lorena guiñándome un ojo.

–Bueno, será mejor que os deje, tengo que coger el ascensor.

–Adiós, ligona –chasca Carolina, y resoplo. No tienen remedio, de veras que no.

Me subo al ascensor hecha un basilisco. Y yo sintiendo una tonta decepción por no habérmelo encontrado, soy tonta de remate. Nunca ha sido simpático conmigo, pero lo de hoy ya raya la mala educación. Seré ingenua, antes de ayer, cuando me espantó a aquel moscardón tras el almuerzo, pensé que lo mismo no era tan estúpido… No sé quién se creerá que es. Doctor Aslan Kaya, deberían cambiarle el nombre por Doctor Antipático-que-no-se-aguanta-ni-a-sí-mismo.

Y mira que caer en lo del anillo con esas dos. Seré pazguata. Me he dado cuenta porque me he dado cuenta y punto, no porque tenga interés, me digo. Porque le miré las manos cuando estaba tomándose el té sentado a mi lado ayer y pensé que eran fuertes y robustas, y en las cosas que haría con ellas… En referencia a la cirugía, me corrijo a mí misma. Uf, me estoy trastornando del todo en este viaje.

Una vez de regreso en el hotel me encuentro en el pasillo de los ascensores con Can caminando hacia el comedor, tan elegantemente trajeado como de costumbre con su uniforme negro y su camisa blanca.

–Señorita Celona, ¿cómo sigue su padre?

–Llámame Sara, por favor. Pues está más o menos igual, inconsciente, aunque no ha empeorado, y por lo visto eso es bueno.

–Hay que tener esperanza. Dios es grande y le ayudará –sugiere. Así que es religioso, espero que no en plan Allahu akbar.

–Eso espero, gracias, Can.

–Le recomiendo que hoy pida el *köfte*, son bolas de carne molida, de ternera, a la cocinera que está hoy le salen de maravilla.

–Lo haré. Gracias.

–Y, disculpe mi atrevimiento, pero está muy guapa hoy –me dice con una amplia sonrisa. Está flirteando conmigo, no cabe duda. Es un encanto de chico, muy educado y no es mal parecido, en absoluto. Si tuviese diez años más me gustaría hasta para mí. ¿Pero qué estoy pensando? Llevo cuatro días en Turquía y me está afectando al cerebro.

–Gracias, Can –le respondo, y recibo su sonrisa como respuesta. Una sonrisa bonita, todo hay que decirlo. Subo a mi habitación. Veo mi maleta tirada en el suelo abierta, he tratado de no deshacerla con la esperanza de marcharme pronto, pero solo estoy consiguiendo que se me arrugue la ropa. La poca que me queda sin usar, voy a tener que ir a algún centro comercial y comprarme un par de mudas y lavar la que he traído si veo alguna de esas lavanderías de las películas, que desconozco si existen en Estambul. O un poquito de gel y apañármelas en el inmenso baño de mi habitación. Antes de que me acudan las moscas revoloteando alrededor.

Aunque quizá Rodrigo despierte y pueda marcharme mañana mismo. Siendo realista, es poco probable, porque, aunque fuese así, si despierta estará aturdido y no creo que pueda marcharme tan rápido. Menos mal que he traído un arsenal de bragas, pienso y me río recordando las cuatro puestas que tan gráficamente le gusta explicar a Carolina cuando se toma un par de copas de más.

Miro el reloj, son la una y media del mediodía, las doce y media en España. Llamo a mi hijo Pablo, y la llamada dura apenas cinco minutos porque va en el coche con su padre, su tío y sus primos, al cine. Después llamo a Álex, que está en las tumbonas de la piscina con su amiga, una chica rubia muy guapa a la que no conozco, que pasa en biquini por detrás de ella en un momento determinado de despiste. Me cuenta que la abuela está echándose una siesta y el abuelo en el huerto. No quiere enviarme besos con ella delante y me despide con un simple: «Ánimo, mamá». Hago varias fotografías de las vistas del mar desde hotel, de la terraza, del dormitorio ahora que la cama está hecha, del baño, e incluso a mí misma en el espejo, y se las envío a Lorena para cumplir con lo que me pidió ayer. También añado algunas de la mezquita que visité el día anterior. En cuanto las recibe mi teléfono comienza a sonar.

–Madre mía, pero si te estás alojando en un hotelazo –es su saludo.

–La verdad es que está bastante bien.

–¿Y qué edificio es ese de la lámpara espectacular?

–Una mezquita.

–¿Y cómo la encontraste?

–Se veía desde lejos. Aunque Can, el camarero, me ha dicho que la más bonita de todas es la Mezquita Azul, creo que si todo sigue igual me pasaré mañana a verla. Tengo que coger un autobús y aprovecharé para comprar un cargador especial para el móvil de Rodrigo, que parece que sea de la NASA.

–Te oigo y no te reconozco, tú sola, tan independiente, ¡me encanta!

–¿Qué puedo hacer si no? Tengo que estar aquí y esto es precioso, tendré que verlo…

–Y ese Can… ¿cuántos años tiene?

–Es un crío, tendrá unos veinticinco.

–Y… ¿Está bien? –Sé por dónde va.

–De salud y eso, parece que sí.

–Sabes a lo que me refiero, no te hagas la tonta.

–Es guapo, pero demasiado joven. Dan ganas de acostarlo y arroparlo.

–Desde luego, ¿de acostarlo? Tú estás fatal, ¡Ay! Gala, ten cuidado, hija, por favor –protesta.

–¿Qué te pasa? ¿No estás en el trabajo?

–No, he venido un momento a casa porque me dejé las planchas. Me las hice anoche porque fui a cenar con Ramón, y en cuanto me ha visto llegar la enana le ha dicho a mi madre que no quiere nada con ella, y se me ha enganchado a la teta con desesperación y aquí estoy dándole el pecho.

–Te dejo si quieres.

–No, qué va, está aquí sentada en mis muslos, se sirve ella sola. Así tengo los pechos como dos pimientos secos, voy a tener que ponerme un hilo de pezón a pezón y pasarlo por la nuca para levantarlos –dice haciéndome reír–. Esto de la lactancia prolongada es un rollo, me siento como una dispensadora de leche ambulante, pero no le digas a nadie que lo he dicho o las mamás del foro prolactancia me quemarán en Facebook.

–No será para tanto.

–¿Que no es para tanto? La niña ni siquiera me dice mamá si no teta cuando me ve entrar por la puerta.

–No te quejes, por lo menos está pendiente de ti. Yo estoy a tres mil kilómetros de distancia y la mía pasa de mí.

–Porque no es tu teta la que le interesa –bromea.

–Qué graciosa eres a veces.

–Los adolescentes son así.

–El hermano igual, pero, bueno, sé que están bien que es lo importante.

–¿Y tú cómo estás?

–Bien. Muerta de hambre, te voy a dejar porque quiero llegar a buena hora al restaurante. Can me ha recomendado que pida unas albóndigas que van con salsa de yogur.

–Can… ya, al que te dan ganas de acostarlo. ¿Qué importa que tenga veintitantos años? Se trata de ejercicio sexual, nada más. ¿Y al de esta mañana también te dan ganas de acostarlo? –Tuerzo el gesto al pensar en el doctor Kaya y la escena de esta mañana.

–A ese me dan ganas de asesinarlo.

–Sí, ya, a polvos.

–¡Lorena, por favor, que tienes a la niña encima!

–Mi hija tiene dos años, ya tendrá tiempo de aprender lo que es un polvo, ¿verdad que sí, cariño?

–Estás fatal.

–Hazle una foto al camarero para que lo veamos.

–Claro que sí, también me podría comprar una cámara GoPro de esas y me la pongo en la frente para que podáis verlo todo.

–No eres capaz.

–Lore, ¡por favor!

–Ay, a veces es mejor no ver tantas cosas –me suelta, y sé que quiere contarme algo; guardo silencio unos minutos–. Voy a decirte una cosa, pero no se te ocurra hacerme referencia delante de nadie, ni de mi hermana, porque la conozco y la lata que me iba a dar sería mundial.

–¿Qué te ha pasado?

–A mí, nada. He visto una cosa que no debería haber visto.

–¿Qué has visto, Lore?

–Creo que mi suegra le está poniendo los cuernos a mi suegro –sugiere en tono confidencial.

–¿Qué? Anda, ya. –Me resulta imposible de creer. La madre de Ramón es una mujer chapada a la antigua, muy a lo abuela de *Cuéntame*. Con su cabello largo recogido y sus vestidos y sus batas de verano, no me la imagino engañando al marido, pero para nada–. ¿Y por qué piensas eso?

–Porque antes de ayer la llamé por teléfono por la mañana para preguntarle si se podía quedar con Gala al día siguiente porque mi madre tenía revisión del podólogo. Y me dijo que sí, que no había problema. Y también me dijo: «Aquí estoy en casa haciendo la comida para cuando tu suegro llegue del campo». Sabes que tienen un pequeño campo en Malcocinado como tus exsuegros.

–Sí, lo sé.

–Y le digo: «pues muy bien». Nada extraño. Pero

es que, dos minutos después, venía hacia el salón con el coche y la veo salir de una de las casas de detrás del Pabellón. Me extrañó y me dejé ir más lenta. Un hombre la acompañó a la puerta. Era calvito, más joven que mi suegro y más que ella, como de unos cincuenta años, le dio un abrazo de despedida en la puerta, muy cariñoso, y sé que no es familia suya ni nada.

–¿Le conoces?

–No. Ella no me vio, pero tengo muy claro lo que vi.

–No sé, Lore… Tendrá una explicación.

–Eso espero, y que no sea la que me temo. Sé que mi hermana me dirá que no se lo cuente a mi marido, aparte de darme la lata con que mi suegra es una ligona. Y no sé qué hacer, si contárselo o no.

–Pues yo opino igual, que no deberías decirle nada, y menos porque no estás segura de lo que has visto.

–Pero es que tengo un sinvivir que no puedo con él.

–Ya, pero pasándole a tu marido el sinvivir no arreglas nada. Primero deberías asegurarte, antes de decirle algo así; es su madre y las madres son sagradas.

–¡Ay!

–¿Qué te pasa?

–Que me ha mordido la *jodía* en el pezón. Gala, no se le muerde a mamá, que duele. Bueno, Sara, te dejo que vayas a comer, y yo iré a buscar a mi madre, creo que está en el patio, para devolverle a mi mamoncita, que sospecho que ya ha terminado.

–Muchos besos, guapa.

Aunque el restaurante está más tranquilo que la noche anterior, hay bastante gente, sobre todo hombres elegantemente trajeados, también algunas mujeres, pero menos. Entre ellos distingo de nuevo a los caballeros de los días anteriores, pero están bastante alejados de mí. Espero que no me vean, y si lo hacen que al menos no repitan la intentona.

–Buenas tardes, ¿cómo está la huésped más simpática de todo el hotel? –me pregunta Can apareciendo desde detrás, con una sonrisa resplandeciente y una mano a la espalda–. Aquí está el *köfte* –revela descubriendo lo que trae, depositando el plato ante mí–. Tiene mucho éxito, así que te he guardado un buen plato –sugiere cómplice–. ¿Qué quieres beber? ¿Una copa de vino?

–No, vino no. Fue suficiente con el espectáculo de la otra noche –admito, y esto le hace sonreír aún más–. Agua. –Se aleja en pos de mi bebida y no puedo evitar fijarme en que tiene un buen trasero, probablemente irá al gimnasio. ¿Y qué hago fijándome en su trasero con lo joven que es? La culpa es suya por flirtear conmigo. No estoy acostumbrada y me vengo un poco arriba; no estoy hecha de piedra.

Intento hacerle una fotografía con el móvil para calmar a mis locas favoritas. Está tomando una de las botellas de agua de un aparador al final, así que sale de espaldas. Se acerca y me sirve una copa de agua y sigue con su quehacer.

Pruebo el *köfte* y está delicioso, la mezcla de la carne especiada con las verduras y el yogur tiene un sabor… que no se parece a nada que haya probado antes, bastante bueno. Mientras Can va y viene por el comedor trato de hacerle alguna otra fotografía decente y me divierto sola al ver que soy incapaz. Se mueve demasiado. Como sea igual para todo… Me río para mí.

Después le pido que elija el postre por mí, tengo el problema de que me gusta todo. ¿Así quién se pone a dieta?

–¿Eres más de chocolate o de fresas?

–De chocolate.

–Voy a traerte algo que te encantará –asegura guiñándome un ojo. Lleva el cabello oscuro algo revuelto, sobre todo por el tupé despeinado, por las idas y venidas. Minutos después reaparece con una especie de hojaldre relleno, además de un vaso de té turco al que me estoy aficionando–. Esto es una *Baklava* de chocolate y frutos secos. *Bon appétit.*

Un pecado, un auténtico pecado de los que se pasan cinco minutos en tu boca y toda la vida en el trasero, eso es la *Baklava,* pero qué delicioso está. Estoy acabando el último bocado, con la cuchara en la boca, mientras el salón del restaurante va despejándose, y tengo una buena perspectiva de Can, conversando con otro camarero a una decena pasos de mí. Saco el móvil del bolsillo, aprieto la cuchara con los labios y… ¡cazado!

–¿A eso se dedica en sus ratos libres, a espiar a los camareros? –me pregunta Aslan Kaya por el lateral de mi oreja derecha, dándome un susto de muerte que provoca que la cuchara se me caiga de la boca y se estrelle contra el plato, haciendo bastante ruido. Can me mira y mira a Aslan, enarca una de sus cejas y sigue conversando con su compañero con un gesto mucho menos amable.

–¡Casi me da un infarto! –protesto en voz baja girándome para mirarle.

–¿Cuántos años puede tener? ¿Veinte, veinticinco? –pregunta sentándose a mi lado en la mesa sin pedir permiso, ni preguntar si me molesta, dejando sobre esta su vaso de té con forma de tulipán. Debo reconocer que está tremendamente atractivo vestido con un traje gris oscuro que resalta el tono claro de sus ojos–. ¿No es un poco crío para ti? –La cara se me pone tan roja que podrían contratarme para promocionar los tomates de Almería, siento el calor en las mejillas y en las orejas. No me sentía tan avergonzada desde que el viento me levantó la falda durante un recreo en el instituto y hasta el conserje me vio las bragas.

–¿Y a ti qué te importa, vamos a ver? –soy capaz de responder entre dientes.

–A mí, nada.

–¿Entonces? ¿Qué haces sentado aquí? Hay muchas más mesas libres.

–De acuerdo, solo me he acercado para decirte que ya hemos descubierto el motivo de la agitación de tu padre; una infección pulmonar. Ha tenido un pico de fiebre al final de la mañana, pero, tranquila, me voy –dice, y trata de ponerse en pie, pero le agarro del brazo forzándole a sentarse con una familiaridad casi irrespetuosa.

–¿Y eso qué quiere decir? –Él no se resiste y vuelve a sentarse, mirándome con ese aire de suficiencia que le caracteriza, con el cabello demasiado largo algo revuelto. Se pasa el índice por el bigote, con aire misterioso antes de contestar.

–Quiere decir muchas cosas o quizá nada. Hemos comenzado a suministrarle antibióticos por vía intravenosa para prevenir complicaciones, algo demasiado frecuente en su estado, por otra parte. Cuando he salido presentaba las constantes más estables, y ya no tenía fiebre. Sigue fuera de peligro, eso es lo más importante. –Respiro aliviada al oírle decir aquello–. ¿Es que estabas preocupada?

–Claro que lo estaba, no quiero que le pase nada malo.

–¿Por qué? Cuando hablamos por teléfono la primera vez me dijiste que no le conocías y ni siquiera querías venir hasta aquí.

–Porque era cierto, no le conocía. Mi madre apenas me había hablado de él, nunca nos habíamos visto, ellos tuvieron una relación… atípica. Pero es mi padre, e independientemente de que se haya portado conmigo bien o mal, no podría perdonarme a mí misma saber que en mis manos estuvo la posibilidad de hacer algo por él y no lo hice. Por eso estoy aquí. –No sé por qué estoy dándole tantas explicaciones, probablemente porque me pone nerviosa y cuando me pongo nerviosa hablo como una cotorra, como ahora.

–Eso dice mucho de ti… Perdón por la confianza, ¿cuándo hemos comenzado a tutearnos? –pregunta con media sonrisa ladeada.

–Has empezado tú. Ahora mismo.

–¿Y te molesta? ¿Volvemos al usted?

–Pues… no. No lo sé. Me da igual, aunque me resulta raro discutir con alguien hablándome de usted. –Mi respuesta le hace reír, tiene una risa bonita.

–¿Y por qué has venido sola? Este es un país bastante machista aún, estoy seguro de que el tipo de la mesa de ahí detrás no será el único que se te acerque –sugiere antes de dar un nuevo sorbo a su té. Me fijo en que suele coger el vaso con los dedos índice y pulgar, y que la nuez de Adán se le mueve arriba y abajo bajo la barba al tragar.

–Pues siento decepcionarte, pero hasta el momento es el único que ha tratado de ligar conmigo. –Aslan me dedica una nueva sonrisa ladeada–. La compañía de seguros de Rodrigo pagaba dos billetes de avión, y si venía con alguien eliminaba la posibilidad de que le pagasen el viaje a otra persona, a alguien más cercano, a quien aún tengo la esperanza de encontrar. Además, no tenía a quien pedírselo, mis amigas tienen un negocio que atender, mi madre ni siquiera sabía que venía, para que no tratase de impedírmelo, y no lo consideraba una situación apropiada para traer a mis hijos –Aslan hace un gesto de asentimiento, dando el aprobado a mi respuesta, y después mira mi mano, como si se asegurase de que no llevo anillo–. Y estoy divorciada, desde hace cinco años. –¿Y a él qué le importa?, me digo. Solo pretendía referirme a que tampoco había marido que pudiese acompañarme, pero incluso a mí me ha parecido un dato innecesario–. Lo siento, cuando me pongo nerviosa hablo demasiado –

añado. Él no dice nada, solo me observa. Yo hablo demasiado, y a él hay que sacarle las palabras con sacacorchos.

–¿Y por qué estás nerviosa? –pregunta con su voz grave, muy serio, apoyando el codo en la mesa. Por nada, porque me estás mirando como si tuvieses rayos X en los ojos, quizá.

–Por todo, por el susto, por la situación, por las noticias que acabas de darme, por… –Veo que Can se acerca a la mesa, saluda a Aslan con un leve gesto con la cabeza.

–¿Quieres algo más? –me pregunta en inglés con ojos sonrientes.

–No, gracias.

–Te veo esta noche, entonces –dice dedicándome a mí una sonrisa y a mi agregado en la mesa una mirada de reojo, antes de marcharse.

–Vaya, eso sí que es no perder el tiempo –sugiere Aslan antes de beber el resto de su té de un trago.

–Me parece que no solo el país es machista, ¿eh? Se refiere a que nos veremos en la cena. Además, me reitero, ¿a ti qué narices te importa?

–¿A mí? Nada.

–¿Nada? Pues no lo parece, muestras mucho interés en lo que hago.

–¿Qué interés puedo tener en alguien que me falta al respeto profesional y me agrede poniendo en riesgo mi capacidad para operar? Por cierto, me gustaría que me devuelvas el pañuelo que te presté para limpiarte las babas, está bordado por mi madre.

–Está bordado por mi madre –repito remedándole como una niña pequeña, y esto le deja a cuadros, pero es que me tiene de los nervios y no respondo de mis actos–. Mira, siento que hayamos comenzado con mal pie. Y te pido disculpas por haberte golpeado en la mano, lo siento, estaba soñando, aunque no creo que fuera para tanto, ni que fuera Hulk, y tranquilo que mañana mismo te devuelvo el pañuelo que te bordó tu madre, en cuanto lo lave. Ah, y ya de camino también te pido disculpas porque creo que no me expresé bien, pero en ningún momento dudé de tu título por ser de una universidad turca…

–Es de una universidad española.

–¿Qué?

–Mi título de neurocirujano. Es de la Universidad Autónoma de Madrid.

–Pues me parece genial. De todos modos, por mí como si es de la Universidad de la Conchinchina, no insinué nada. Deberías tener un poco más de empatía y ponerte en la piel de alguien en mi situación.

–¿Y cuál es tu situación? –¿En serio me lo estaba preguntando?

–Pues la de alguien a quien le sale un padre de repente, de la nada, con treinta y seis años. Alguien que vive a tres mil kilómetros y sin conocer a ese padre se planta en una ciudad de la que solo había oído hablar en las películas, completamente sola. Dejando atrás a dos hijos, una abuela, una madre neurótica que, por lo visto, se acuesta con el vecino, dos amigas con un salón de belleza que me dan trabajo solo por no mandarme al paro y un exmarido que está a punto de casarse de nuevo con una niñata que además ha discutido con mi hija adolescente –suelto así, de sopetón, quedándome de lo más relajada.

–Creo que autocompadecerse no es la mejor actitud para ninguna situación. –¿En serio? ¿Eso es lo único que se le ocurre responderme?

–Y yo creo que tienes la delicadeza de unas bragas de esparto –respondo altiva, y me pongo de pie con mi té en la mano, porque no pienso dejarlo atrás, que está muy rico, y doy un paso dispuesta a marcharme y dejarle allí con un par de narices. Pero entonces tropiezo con las patas de hierro de la mesa y le tiro la mitad del té por encima, sobre la camisa celeste, a la altura del pectoral derecho.

–¡Ah! ¡Ah! ¡Quema! –dice poniéndose en pie, así que le arrojo lo que queda de agua en mi vaso para tratar de evitar que se le produzca una quemadura–. ¿Qué haces?

–Lo siento, intentaba evitar que te quemes. –Está enfadado, muy enfadado, el agua además le ha mojado el pantalón.

–Tengo una conferencia en media hora y me has puesto perdido.

–Lo siento.

–¿Cómo qué lo siento? –dice tratando de secarse la camisa con una servilleta.

–Y qué quieres que te diga, ¿me alegro? Ha sido sin querer. Además, el agua se seca y la mancha con un poco de jabón neutro se quita enseguida.

–¿Ves mucho jabón neutro por aquí? Es una de las conferencias más importantes del año sobre neurociencia y soy uno de los ponentes, ¡y tú me has puesto perdido! Mira, parece que me haya hecho pis –me acusa desde su atalaya. Tengo que alzar el cuello para poder mirarle a los ojos que chispean de rabia. Y a mí, de pronto, al ver la mancha en el pantalón a la altura de la cremallera, me entra la risa floja, es cierto, parece que se le haya aflojado el muelle–. ¿Encima te vas a reír?

–No, no… Son los nervios –trato de contenerme, de tomar aire–. ¿Y no puedes ir a cambiarte a casa?

–Vivo cerca de la Mezquita Azul. En ir y volver al hospital tardo al menos una hora. A no ser que tengas un helicóptero que prestarme… –Está tan enfadado que se le hinchan los orificios nasales al hablar, solo le falta bufar.

–Es solo una camisa, si estiras la chaqueta apenas se ve –digo, pero no es cierto, aunque se la abrochase se le vería la enorme mancha–. Después soy yo la de la autocompasión. Si vienes conmigo, te la limpio en dos minutos y no se notará nada, además puedes secarte el pantalón con el secador de pelo. –Me mira con desconfianza–. O eso o te compras una camisa que conjunte con el traje en quince minutos y la planchas para quitarle las marcas del doblado…

–¿Dónde vamos?

Mientras camina tras mis pasos por el pasillo de habitaciones es como si llevase detrás un rinoceronte, resoplando. Si le pinchase con una aguja explotaría y los fuegos artificiales se verían desde mi pueblo. El suelo casi tiembla a su paso. La culpa ha sido suya, por irritarme.

Abro la habitación y le ofrezco pasar al interior, pero espera a que pase yo. Lo hago y me detengo junto al balcón del dormitorio.

–Dame la camisa –le pido. Se deshace de la chaqueta, dejándola cuidadosamente doblada sobre la cama, y comienza a desabrocharla para entregármela. Mientras va abriendo los botones siento algo que no había sentido hasta ese momento, y es el peso de la sequía sexual que ha regido mi vida los últimos años. Trato de no mirarle para no parecer desesperada, pero es que acabo de descubrir que lo estoy.

Un calor inusitado me sube por el vientre cuando termina de desabrocharla y se la saca, quedándose desnudo de cintura para arriba. Con semejante profusión de músculos en los brazos, que parecen melocotones, y en el pecho, cubierto por un leve vello castaño, vello que nunca me había parecido atractivo en ningún hombre, y que en él le concede una masculinidad inusitada, cómo podría evitar que se me seque la garganta. Aunque, en realidad, creo que podría tener en el pecho una flor de loto y dos colibríes, que me parecerían igual de masculinos y sexys.

Al descamisarse me llega el aroma de su perfume que huele a noches de pasión desenfrenada a la orilla del Bósforo, por decir algo, y esto no ayuda demasiado a la fiesta que acaban de montar mis hormonas. Se peina el cabello con los dedos hacia atrás. Y me siento inmersa en el anuncio de la Coca-Cola Light.

–¿Qué esperas? –me pregunta, a mí que me he quedado congelada como si fuesen los ojos de Medusa los que me mirasen y no los suyos.

–Nada, tranquilo con las prisas –digo arrebatándole la camisa de la mano. En ese momento se da la vuelta y mira por la cristalera. La visión de su espalda tampoco ayuda demasiado a la concentración, madre mía, cómo está el doctor.

Me meto en el baño y le doy con un poco de gel a la mancha de té, lleno el lavabo con agua caliente y la pongo en remojo. En ese momento me acuerdo de que el bicarbonato es bastante bueno, ¿y si pido un poco en recepción? No creo que me lo nieguen. Me asomo a la puerta del baño entreabierta y compruebo como el doctor Estoy-que-crujo continúa con la mirada perdida a través de la cristalera. ¿Qué estará pensando? Cien formas de torturar a una patosa?

Desde el teléfono del baño llamo a recepción y me atiende una amable recepcionista, y cuando voy a pedírselo me doy cuenta de que no me acuerdo cómo es «bicarbonato» en inglés, madre mía, y ahora cómo se lo explico sin señales ni nada. ¿Le pregunto si sabe lo que se toma para los gases en el estómago? ¿Para las malas digestiones? A ver si me traen sal de frutas… *Baking* soda, ¡eso es! Gracias, inspiración del último segundo. La chica me dice que me lo enviará con alguien sin preguntar para qué lo necesito. Si me vio la otra noche cantar en el balcón lo dará por hecho.

Miro la mancha, más o menos está igual. Me asomo a ver qué hace Aslan, espiando como La vieja del visillo. Está cogiendo algo del suelo en el lateral de la cama entre esta y la pared. ¡Es un preservativo! ¡Qué vergüenza! Se me debió de quedar en el suelo a los pies de la cama.

Ahora pensara que sí, que he venido a Turquía a ligar. ¿Y a mí qué me importa lo que piense? Me regaño. Lo deja sobre la mesita de noche.

Con los nervios me entran ganas de hacer pis. Tardarán al menos un par de minutos en subir el bicarbonato, así que me da tiempo antes de que llamen. Me siento en la taza, y cuando empiezo el doctor Aslan se asoma a la puerta.

–¿Qué haces? –pregunto tirándole un rollo de papel de higiénico. Él se sorprende al verme allí sentada y cierra deprisa, con una sonrisa–. ¡Eres un pervertido! ¿Cómo puedes entrar sin llamar?

–¿Por qué no has cerrado?

–¡Porque no tiene pestillo la puerta!

–Se supone que estabas limpiando la camisa, no haciendo caca.

–¡No estoy haciendo caca! –grito muerta de la vergüenza. No sé ni como soy capaz de hablar, me noto un sudor frío en la nuca y las mejillas como dos filetes puestos en una plancha. Una vez con los vaqueros puestos salgo al dormitorio, porque si no lo hago, si no me enfrento a mi vergüenza, me quedaré a vivir en ese baño–. Me parece totalmente irrespetuoso que…

–No he visto nada, así que tranquila. Y si lo hubiese hecho recuerda que soy médico –me corta con ese autoritarismo que me pone de los nervios.

En ese momento llaman a la puerta y él camina hacia ella y la abre. Siéntase en su casa, pienso. Es Can, a quien se le borra la preciosa sonrisa que traía al verle allí, en mi habitación, desnudo de cintura para arriba. A pesar de todo es capaz de mantener el frasco de bicarbonato en las manos.

–Imagino que lo has pedido tú –me dice volviéndose hacia mí, con una expresión que me dice que está regodeándose por la cara de espanto del camarero.

–Sí –digo caminando hasta la puerta. Can me mira con recelo–. Gracias, a ver si con esto puedo quitarle la mancha de la camisa –aclaro con la mayor amabilidad de la que soy capaz. Los ojos de Can muestran decepción, y me sabe mal que se sienta contrariado, pero tampoco soy la responsable de las ilusiones que se haya hecho, ni tengo la culpa de ser la nueva Matahari gaditana en Estambul. Ya me vale. Él asiente y se marcha y regreso a la olla a presión en la que se ha convertido mi habitación.

–Tranquila, el chico lo superará –me dice con esa sonrisa ladeada que le arrancaba con una banda de cera caliente.

–No hay nada que superar. Lo nuestro es solo sexo –le suelto así de sopetón, descolocándolo, y la sonrisa desaparece. *Voilá*, lo he conseguido. En lugar de la sonrisa aparece una mueca enfurruñada y un brillo de malestar en los ojos y tensión en cada uno de sus músculos, al menos los que alcanza mi visión. ¿Pero qué narices le pasa? ¿Qué le importa? ¿Es que es el nuevo defensor de la castidad de las hijas de sus pacientes? Ni que fuese algo mío.

–¿Está mi camisa lista ya? Quedan veinte minutos para que comience la conferencia –pregunta con un humor de perros. Creo que he molestado a la bestia y no sé si me arrepentiré.

–En cuanto le aplique el bicarbonato –rechisto, y vuelvo a meterme en el baño–. ¿Para todo eres así de exigente? Tu mujer debe de estar contenta –protesto mientras restriego a conciencia la mancha con el bicarbonato y el gel bajo el grifo abierto.

–Mi mujer murió hace cuatro años en un accidente de tráfico. –Dice desde la puerta del baño, mirándome a través del espejo, apoyando un brazo contra el marco. Hola, ¿es aquí donde venden las metidas de pata? Póngame dos para llevar.

–Madre mía, lo siento mucho –digo volviéndome sobrecogida para mirarle a los ojos. Sobrecogida, con la camisa en la mano, chorreando agua y gel de baño, y me mojo los pies con el agua caliente. Al darme cuenta me vuelvo para volver a echarla al lavabo y me resbalo, cayéndome hacia atrás espatarrada. No hay nada mejor para romper la tensión de un momento. Aslan se lanza a intentar ayudarme, lo logra, agarrándome del brazo y tirando de mí hacia él, pero acaba con una rodilla hincada en el suelo. Agradezco a la naturaleza por haberme hecho mujer, que somos bastante discretitas ahí abajo, y me convenzo de que jamás podré utilizar el famoso Satisfyer, por cómo me golpeo en según qué parte con su rodilla y su muslo.

Cuando recobro la sensibilidad estoy despatarrada contra su muslo, con él sujetándome, muy cerca, demasiado cerca, tanto que casi puedo oler el aroma que impregna su cuello masculino. Yo también le tengo sujeto de los brazos y no pienso soltarme ni en un millón de años. Me debato entre el placer y el dolor, qué vida esta.

–¿Estás bien? –me pregunta, muy cerca, y su aliento huele a… fuego.

Está tan cerca, pero tanto. Y me mira con… deseo.

Su boca es un manjar tan apetecible.

Y entonces… le beso.

Me abalanzo contra su boca, y él, al principio, se sorprende, pero después reacciona apretándome firme contra su cuerpo. Me posee y me penetra con su lengua, que se apodera de la mía, con fiereza, con decisión, como si me reclamase algo que le pertenece. Su lengua está caliente, tanto que me quema, o quizá sea mi propio deseo, sus labios son suaves y su barba me hace cosquillas en la nariz. Me agarro a su nuca, él mantiene el equilibrio como puede mientras continúa besándome apasionado. Acaricio su cuello, entierro los dedos en su cabello castaño y recorro su espalda con mis manos. Le deseo con todo mi ser, mi cuerpo vibra anhelándole, le deseo tanto que duele y necesito que apague el fuego que ha prendido en mí.

Pero entonces se aparta despacio de mis labios, refrenándome con delicadeza. No quiero que este beso se acabe, quiero que dure un año, un siglo, como mínimo, pero llega a su fin y él me mira con una sonrisa.

–Me alegra que estés bien –dice sin dejar de mirarme con sus ojos verdes, demasiado verdes–. ¿Siempre eres tan patosa? –sugiere divertido refiriéndose al desastre en el que estamos inmersos. Hago un gesto de negación y vuelvo a la realidad.

–Siento haberte dicho… no sabía… –soy capaz de balbucear atolondrada, y él se aparta despacio, dejándome en el suelo, sin dejar de sonreír.

Se levanta, cierra el grifo que seguía vertiendo agua y me ofrece la mano para levantarme. La tomo y tira de mí, pegándome a su cuerpo.

–Ahora que has probado el auténtico té turco no te conformarás con cualquier sucedáneo –dice con retintín. El auténtico té turco es él, y el sucedáneo será Can, con el que le he hecho creer que me acuesto. ¿O no? Nunca he sido demasiado buena para los jeroglíficos.

Le miro, no solo la camisa está manchada, sino que su pantalón está mojado y lleno de gel de baño y bicarbonato. Así que no puedo evitar reírme aun a riesgo de que se ponga como un basilisco; ahora sí que llega tarde a la conferencia.

–Lo siento, pero es que estás hecho un cuadro –digo muerta de risa. Al contrario de lo esperado se mira a sí mismo en el espejo y se echa a reír.

–Esto es surrealista –dice al fin, caminando hacia el dormitorio con una toalla con la que trata de secarse el pantalón. Yo también tengo toda la ropa mojada.

–Puedo intentar secar tu camisa, la mancha ya no se nota –aseguro tomándola del suelo y escurriéndola–. Pero no sé cuánto tardaré en enjuagarte y secar los pantalones, puedo colgarlos de la mampara y secarlos con el secador de pelo, pero tardaré un buen rato…

–Déjalo. Hablaré con el Dr. Karaman y le diré que retrase mi intervención hasta la última o la penúltima, así me dará tiempo a ir a casa y cambiarme. No es la mejor posición porque la mayoría de los médicos se han marchado, pero no queda otra –dice resignado, cogiendo la camisa de mis manos con las suyas, robustas y de dedos fuertes, como de partir nueces. Sus manos me producen descargas eléctricas, a pesar de que no hay ninguna caricia ni movimiento extraño. Escurre la camisa y se la pone empapada.

–¿Vas a ir así?

–Tengo el coche ahí al lado, tranquila –dice abrochándose los botones. No se me ocurre nada más que decirle para retenerle, así que me va a tocar dejarle ir, ¿quién iba a decirme esta misma mañana que iba a tener ganas de que se quedase, de que estuviese allí conmigo siquiera?

–Lo siento –lo he dicho mil veces, pero no me parecen suficientes. Se ha puesto la chaqueta sobre la camisa mojada y el pantalón lleno de manchas. Parece que se haya escapado de *Resacón en las Vegas*.

–Tranquila. Encantado de haberla conocido mejor, Señorita –dice provocándome una sonrisa–. Tengo que marcharme.

–Hasta mañana –respondo, y le veo partir.

Y me quedo con un palmo de narices y un calentón que ni revolcándome en la Antártida se me pasaría. Dicen que el calentamiento global es por el efecto invernadero, ¡Ja! Se debe a la legión de divorciad@s en mi misma situación. Aunque al menos he descubierto que continúo teniendo apetito sexual, que no soy tan inmune como creía a las atenciones del sexo contrario, ni a sus bíceps, ni a sus tríceps, ni a sus… nada, no soy inmune a nada.

No sé cómo he sido capaz de besarle, no me reconozco, aún estoy asimilando lo que acabo de hacer. Me toco los labios preguntándome si ha pasado de verdad, pero ha pasado y ha sido… ¡La leche!

Parezco tonta, ni que tuviese dieciséis años.

Es que ha sido mejor que todos los besos que me di con dieciséis años. Pero ese fuego, esa energía arrolladora y ese deseo palpitándome en la boca y mucho más abajo es la primera vez que lo siento, al menos así de fuerte.

¿Y por qué paró? ¿Por qué se ha ido? ¿Se habrá molestado? Aunque con lo del auténtico té turco tampoco ha dado muchas muestras de arrepentimiento.

¿Y ahora con qué cara le miro mañana?

Con esta que tengo, no hay más remedio.

Tengo que centrarme, esto que ha pasado ha sido un despropósito.

Un despropósito maravilloso.

Capítulo 12

Rodrigo tiene mejor aspecto o eso me parece cuando voy a verle a la mañana siguiente. Aunque me llevo una decepción porque me esperaba que estuviese despierto y me había preparado un pequeño discurso en plan: «Yo soy tu hija».

Le toco la frente, no tiene fiebre, le limpio los labios y conecto un pequeño altavoz que he comprado en otro bazar cercano, al que me acerqué a volver a preguntar por un cargador para su móvil con el mismo resultado.

La noche anterior, además de pensar y repensar en el beso que le di a Aslan, estuve investigando en Internet la música que sonaba en su juventud, por si acaso puede oírme y la música le ayuda a conectar con la realidad. Pongo *Esa no soy yo*, de Mari Trini, seguida de *Te estoy amando locamente*, de Las Grecas, en un volumen moderado, y me temo una regañina cuando el doctor Aykol asoma por el pasillo en nuestra dirección.

–Buenos días –me dice en español, y me deja alucinada. Lo cierto es que es muy amable.

–Buenos días.

–Su padre mejor. –Ahora utiliza el teléfono y su voz robótica–. Buena idea la música.

–¿Por qué no está despierto?

–Se pone muy nervioso y es peligroso. Mejor sedación unos días.

–¿Ha vuelto a tener fiebre?

–No mucha. Está mejor.

–Gracias. –Me quema una pregunta en la boca–. ¿El doctor Aslan está trabajando?

–No. Él es libre hoy. Puedo ayudarla si tiene preguntas. –¿Y ahora qué? ¿Qué pregunta me invento?

–Solo quería darle las gracias.

–No hace falta. Es trabajo.

Bueno, eso suena un poco frío, pero creo entender lo que quiere decir.

Cuando se acaba el tiempo de visita miro el papel en el que llevo apuntado el número de un autobús y busco la parada.

Durante el desayuno me encontré con Can, mi camarero favorito estaba bastante serio, fue correcto y nada más. Cuando le pregunté cómo podía llegar a la Mezquita Azul me anotó el número de autobús en una servilleta y me indicó cómo llegar hasta la parada, con la misma frialdad con la que lo habría hecho con cualquier cliente.

Mientras espero el autobús llamo a mis hijos. Álex me cuenta que están siendo las mejores vacaciones de su vida, y Pablo aprovecha para poner el teléfono en manos libres y preguntarme ante su padre y su tío si me parece bien que se vayan con ellos y sus primos una semana a Benalmádena a una casa que ha alquilado el segundo.

Aunque me da rabia que aproveche preguntármelo ante ellos por si pensaba decirles que no, no tengo ningún motivo para negárselo, cuando ni siquiera puedo estar con ellos. Así que se van mañana, y no regresan hasta el domingo próximo. Y Álex y su amiga van con ellos, lo que quiere decir que, aunque pudiese regresar a casa esta misma semana, no los vería hasta el domingo. Si ya muestran poco interés por hablar conmigo, cuando estén en Benalmádena ni me contestarán los mensajes.

Subo al autobús y le pago al conductor. El trayecto dura

una hora hasta la parte más oriental de la ciudad sin cruzar al continente asiático.

La Mezquita Azul se erige en mitad de una explanada con sus seis altos minaretes y una gran cúpula coronada por una estructura de oro, rodeada de otras cúpulas de menor tamaño y altura, que hacen presentir un espacio interior impresionante. Frente a ella está situada la iglesia de Santa Sofía, separadas ambas por un parque. La cola de turistas en la entrada de la Mezquita Azul es interminable, por lo que decido probar suerte primero con esta.

Santa Sofía fue una antigua iglesia ortodoxa que pasó a convertirse en mezquita y que en la actualidad es un museo, aunque recientemente ha sido vuelta a utilizar como mezquita. Estuve investigando sobre ella durante el trayecto en autobús.

De nuevo a la entrada me encuentro el típico cartel que prohíbe a los hombres ir en pantalón corto y a las mujeres con la cabeza descubierta, tirantes y minifalda, pero vengo preparada con el fular que me compré en la visita a la anterior mezquita y unos vaqueros, así que me cubro la cabeza y los hombros y me dispongo a entrar.

La fachada está construida con bloques de piedra blanca, aunque la mayor parte del edificio fue levantado con ladrillos y mortero. Resulta increíble que se mantenga en pie desde el año 415. Atravieso un patio siguiendo las indicaciones de distintos letreros para poder pasar al interior y recorro un pasillo en el que el suelo de mármol está desgastado por el paso de los siglos. Me adentro en el gran salón y descubro un espacio central inmenso, lleno de lámparas colgantes con forma de flor en las que prenden luces como campanas invertidas. En las cúpulas aún hay restos de pinturas de imágenes cristianas y mosaicos dorados, que están siendo restauradas gracias a inmensos andamios de hierro. Hay columnas de mármol rojo, verde y blanco sosteniendo toda la estructura. Las cúpulas están forradas con pan de oro y en ellas símbolos cristianos y musulmanes comparten magnificencia. La recorro con calma, disfrutando de cada rincón, mezclándome entre el centenar de turistas que lo fotografían todo con mi mismo entusiasmo.

Después atravieso la explanada anterior a Santa Sofía y el parque del Sultán Ameth que la separa de la Mezquita Azul. En él familias enteras con sus hijos van y vienen, juegan a la pelota, con los patines y bicicletas, o disfrutan de un aperitivo y descansan en los bancos que rodean a una gran fuente circular. Las zonas verdes más próximas a la mezquita están sembradas de flores rojas, amarillas y moradas, dibujando coloridos mosaicos, como si pretendiesen prepararnos para la belleza del interior.

Cuando atravieso la puerta de la muralla de piedra que rodea el recinto de la Mezquita Azul y entro en el patio que da acceso al interior, la inmensidad de sus arcos y cúpulas me sobrecoge. Por más que la haya visto en fotografías en Internet, la realidad supera en mucho a las imágenes. Es un edificio espectacular, con sus altas cúpulas y seis minaretes que parecen perderse en el cielo, tratando de alcanzar a Alá. En ese momento pienso en cuánto me gustaría que mis hijos pudiesen estar aquí conmigo y disfrutar de tanta belleza.

Una vez en el espacio principal, los rayos del sol dibujan estelas mágicas sobre la alfombra al colarse por las vidrieras de colores llamativos. Las lámparas son enormes, circulares, sostenidas desde el techo con largas cadenas, de las que cuelgan bombillas como frutas maduras. La alfombra es de un bello color escarlata, las bóvedas están revestidas por mosaicos de azulejos esmaltados en distintos tonos azules, realizando dibujos y figuras geométricas, y mensajes con letras doradas que no puedo entender. Es imposible contemplar tanta belleza sin sentir un sobrecogimiento interior. A pesar del barullo de turistas que vienen y van el edificio produce una bonita sensación de paz. Cuando mi visita acaba y voy saliendo comienza la llamada a la oración.

Camino por el parque en dirección contraria a la mezquita, como todos los turistas, cruzándome con los devotos que acuden a la llamada. Hace un sol de justicia, por lo que me doy cuenta de que aún llevo el cabello cubierto por mi fular y me lo retiro del pelo. Camino en dirección al lateral del parque. Lo cierto es que comienzo a tener hambre y la zona está repleta tanto de restaurantes como de pequeños puestos en los que hacerme con comida para llevar. Mi plan es ir después al Gran Bazar y buscar el dichoso cargador de Rodrigo. Envío las imágenes de ambos monumentos tanto al grupo de mis amigas como al de mis hijos, a ver si dándoles un poco de envidia muestran señales de vida.

Las chicas comienzan a enviarme emoticonos de asombro casi inmediatamente y Carolina graba un audio:

–«Mírala ella, sufriendo… Qué bonito todo, que envidia más mala, disfruta lo que puedas, te lo mereces, y ten cuidado.

–El año que viene vamos todas juntas. –Oigo decir por detrás a Lorena.

–Y al turco buenorro, ¿dónde te lo has dejado? No te hagas la tonta y responde –insiste Carolina.

Así que les grabo un mensaje de voz:

–El turco buenorro… Si yo os contara… Pero no os quiero contar porque entonces me vais a volver loca… Bueno, sí, os lo cuento, Ayer me lo encontré porque le gusta tomar el té en el hotel en el que estoy alojada y bueno… Resumiendo… ¡Le he besado! Me lancé y le di un beso después de tirarle un té encima… Aunque encima me hubiese tirado yo…».

–¡Sara! –En ese momento oigo que alguien me llama y me vuelvo, apartándome el teléfono de los labios. Hay una posibilidad entre un millón de encontrarme con alguien de Benalup, pero todo es posible. Miro alrededor y veo cómo me hacen señales desde uno de los bancos; es Aslan. No me lo puedo creer, menos mal que desde donde está es imposible que me haya oído. Corto el mensaje, que se envía solo.

No es que haya venido a visitar la mezquita para intentar encontrármelo, me digo a mí misma, ni aunque me contase ayer que vive en los alrededores, qué va. Yo ya tenía planeado verle, quiero decir verla, a la mezquita.

Un nerviosismo irracional me recorre de pies a cabeza mientras me acerco cuando pienso en el beso de ayer.

El móvil me comienza a sonar, es una videollamada de Carolina. No puedo contestarla en este momento bajo ningún concepto, a saber las barbaridades que comenzarán a decirme ahora que saben que le he besado. Le cuelgo.

Aslan me aguarda con una sonrisa. Viste de forma mucho más informal a como estoy acostumbrada a verle, con unos vaqueros gastados y una camiseta blanca de manga corta que resalta el tono tostado de su piel, así como el de sus ojos. No puede estar más atractivo.

A medida que le alcanzo me doy cuenta de que no está solo, le acompaña una niña de unos cinco o seis años, de cabello rubio que lleva recogido en dos coletas, va vestida con un chándal rosa de lo más mono y juega con un patinete, empujándolo arriba y abajo para coger velocidad.

–Hola.

–Hola, ¿turisteando un poco? –pregunta poniéndose en pie para saludarme, y mi móvil vuelve a sonar. Las locas de mis amigas no se rinden. Cuelgo otra vez.

–Sí. Esta mañana he estado en el hospital visitando a Rodrigo, que está un poco mejor según me ha dicho el doctor Alcohol.

–Aykol.

–Ese mismo –admito, y él ríe con mi confusión. Me gusta la expresión con la que me mira, no sé si es simpatía o dulzura, pero me gusta–. Me habían hablado de la Mezquita Azul y de Santa Sofía así que he aprovechado para venir a verlas. –La pequeña se acerca al ver que hablo con él y le abraza, mirándome con curiosidad.

–Cloe, ella es Sara, una amiga española de papá –le dice en mi idioma.

–Encantada de conocerla –responde la pequeña con una vocecita dulce también en mi idioma, y prosigue jugando con su monopatín.

–Lo mismo digo, preciosa. ¿Es tu hija?

–Sí. Vivimos calle abajo y solemos venir a pasear. A Cloe le encanta jugar en el parque.

–Y habla español.

–Sí. Español, turco e inglés.

–Madre mía, tan pequeña –digo para mí. El móvil me vuelve a sonar, no se rinden.

–Contesta si quieres, puede ser algo importante.

–No es nada importante, son mis amigas con sus cosas –sugiero con una sonrisa forzada. Él asiente.

–Y bien, ¿te han gustado la Mezquita Azul y Santa Sofía?

–Mucho, no sé cuál de las dos me ha gustado más. He hecho un centenar de fotografías.

–A mí me gusta más la Mezquita Azul, pero es algo muy personal. Cuando era pequeño y visitábamos Estambul, mi padre solía traerme, y a mí me encantaba recorrerla, esconderme tras las columnas y por los rincones y que tuviesen que buscarme. Me parecía un lugar mágico, como si en cualquier momento fuese a encontrar una puerta del tiempo que me llevase al pasado.

–Cómo en *El Ministerio del tiempo* –sugiero. Y entonces caigo en la cuenta de que quizá no lo conozca–. Es una serie…

–Lo sé. La sigo por Internet. Así, algo parecido. Me maravillaba mirar en todas direcciones y, sobre todo, pensar que un día el sultán había pisado el mismo suelo que en ese momento pisaba yo.

–¿Qué sultán?

–El sultán Ahmet Camii. Fue él quien ordenó construir la Mezquita Azul. Fue después de la paz de Zsitvatorok y la vergonzosa derrota en la guerra con Persia. El sultán decidió construir una gran mezquita en Estambul para contentar a Alá. Sería la primera mezquita imperial en más de cuarenta años –relata como el profesor de historia más sexy que pueda existir, y le oigo embelesada–. Mientras que sus antecesores habían pagado sus mezquitas con botines de guerra, el sultán Ahmet tuvo que retirar los fondos del Tesoro, porque no había obtenido victorias notables, y eso hizo enfadar a los ulemas; los juristas musulmanes. La mezquita se construyó en el sitio del palacio de los emperadores bizantinos, frente a la basílica Ayasofya –apunta indicándome hacia Santa Sofía–, en un lugar de gran significado simbólico, ya que domina el horizonte de la ciudad desde el sur. Gran parte de la orilla sur de la mezquita descansa sobre los cimientos del antiguo Gran Palacio.

–Vaya, veo que estás muy documentado en el tema.

–Hay niños a los que les gustan los dinosaurios, y a mí me dio por los sultanes –admite con una sonrisa, una muy seductora. La pequeña Cloe sigue patinando arriba y abajo espantando las gaviotas que se posan en el suelo en pos de restos de comida de los turistas. Nos quedamos en silencio un instante. Hay algo que quiero decirle y creo que es el momento apropiado.

–Aslan, me gustaría decirte que… Sobre mi actitud de ayer… Normalmente no soy así… –Obviamente me refiero al beso. No quiero que se haga una idea equivocada, no voy lanzándome sobre los hombres de ese modo, o al menos antes de conocerle no lo hacía.

–Tranquila. Sé que no me manchaste la ropa a posta.

–¿Por qué me lo pone tan difícil? Su expresión me dice que sabe a lo que me refiero, y no es a la mancha.

–No me refiero a...

–Lo sé, tranquila –dice mirándome con una sonrisa que me desarma. Como no deje de mirarle los labios soy capaz de abalanzarme otra vez y tendré que volver a disculparme de nuevo. Será mejor que ponga tierra de por medio.

–Bueno, voy a buscar dónde comer algo. Me ha encantado saludarte, nos vemos en el hospital.

–Nosotros también vamos a comer, ¿quieres acompañarnos? –ofrece como si él tampoco tuviese ganas de que nuestro encuentro acabe. Dudo un instante, no sé si es buena idea porque cuanto más tiempo esté cerca de él más aumentan las posibilidades de meter la pata. Veo cómo la pequeña se agacha y coge una piruleta chupada del suelo y parece dispuesta a metérsela en la boca.

–¡Cloe, eso tiene caca! –le digo señalando el caramelo sucio. Me saco del bolsillo un par de ellos que cogí de recepción y se los ofrezco. Entonces miro a Aslan y me doy cuenta de que no le he preguntado si puede comer caramelos. Él asiente y se los entrego. Cloe sonríe, tiene los dientes pequeños con las paletas separadas y los ojos de su padre, me entrega la piruleta y la tiro en una papelera cercana. Aslan se saca otro de sus pañuelos bordados del bolsillo y le limpia un churrete de la cara mirándola embelesado. Es una escena tan tierna que me dan ganas de llorar. Entonces me acuerdo de que aún no le he devuelto el pañuelo, pero es que huele a él y lo he metido bajo la almohada. Se lo devolveré antes de marcharme.

–Entonces, ¿comerás con nosotros?

–¿Por qué no?

Le sigo por un par de calles que nos alejan de la plaza principal hasta un restaurante de aspecto familiar y antiguo, con paredes de ladrillos vistos y lámparas de hierro al estilo de las mezquitas con bombillas colgantes. Pasamos al interior y Aslan dice algo a uno de los camareros. Tan sonriente y amable como parecen serlo casi todos los habitantes de la ciudad nos lleva a subir unas escaleras hacia la planta superior, igualmente decorada con un claro aire clásico, al estilo árabe. Nos acomoda en una mesa en una terraza cubierta desde la que podemos contemplar una espectacular panorámica de Santa Sofía y la Mezquita Azul, así como del mar y el puerto de la ciudad. Además, hay un pequeño parque infantil en el que juegan varios niños y que provoca que Cloe quiera echar a correr hacia allí.

–Es un sitio precioso.

–Sí, todas las joyas de Estambul son visibles desde aquí –dice mirándome fijamente, y siento cómo me suben unos vapores por el pecho y me sonrojo como una idiota.

–Nunca imaginé que Turquía fuese así, que Estambul fuese así.

–¿Imaginabas que las mujeres iban con burka y que los hombres vestíamos como los jeques árabes de Dubái?

–Me avergüenza admitirlo, pero algo parecido. Aunque mi amiga Lorena me hablaba de las novelas turcas y de que las actrices llevaban minifalda, pero creía que era algo de *marketing*, de vender una imagen a Europa.

–Y lo es, en parte. Somos un país moderno, más en las capitales que en las zonas rurales donde sí pueden mirarte con curiosidad o con desconcierto si no usas hiyab, pero vamos europeizándonos, por llamarlo de algún modo, poco a poco. En ocasiones, muy a pesar del propio gobierno–. El camarero se acerca y nos pregunta algo en turco. –¿Qué vas a beber?

–Una cerveza.

–Yo tomaré otra. –Aslan pide nuestras bebidas al camarero y este se marcha.

–¿Puedes tomar alcohol?

–Solo es una cerveza, y no tengo que conducir –sugiere sorprendido por mi pregunta.

–Creía que los musulmanes no podéis.

–¿Tú vas a misa todos los domingos? –pregunta sin camuflar un leve tono de irritación en su voz. Niego con la cabeza–. Se supone que deberías hacerlo como cristiana.

–Lo siento. –¿Una cremallera por favor? O no, mejor un candado para cerrarme la bocaza.

–No hace falta que te disculpes, soy musulmán no practicante, me encantan el salmorejo con jamón y la manteca *colorá*, que probé en el viaje final de carrera cuando fuimos a Vejer.

–¿Has estado en Vejer? No me digas. Está al lado de mi pueblo.

–Sí, fue hace más de diez años. Me pareció un pueblo precioso, con un bonito toque árabe. Pasamos una semana en Andalucía.

–¿Y no estuvisteis en Benalup? –Él arruga el entrecejo tratando de recordar y hace un gesto de negación–. Benalup-Casas Viejas es mi pueblo, está muy cerca de Vejer, y lo siento, pero nuestra manteca *colorá* es la más buena de toda España –digo henchida de orgullo rural–. Pues si vuelves por España no puedes perderte venir a probarla. –Él asiente con una de sus sonrisas arrebatadoras de galán de cine y desvía su mirada hacia Cloe, que juguetea a mi espalda. El camarero nos trae las bebidas y dos cartas; Aslan ha pedido un zumo de naranja para su pequeña.

–España es un buen país para vivir, se parece a Turquía en el clima y en el carácter de la gente –dice abriendo su carta para mirarla.

–El resto de Turquía no lo sé, pero Estambul es precioso –digo abriendo la mía, está en turco y en inglés–. Recomiéndame algo.

–¿Que te gusta? –Tú. Y no te imaginas cuánto. Ssst. Cállate, mente perversa y calenturienta.

–Todo –respondo, y él sonríe de nuevo. Con lo antipático que ha sido conmigo en las ocasiones anteriores me tiene desconcertada tanta sonrisa, desconcertada para bien, por supuesto.

–Entonces, pediré *Kuzu Tandır* para compartir, ¿te gusta el cordero asado? –Asiento–. Y para que pruebes algo muy típico de aquí pediré *Yaprak Sarma,* que son hojas de vid rellenas de arroz. Para Cloe pediré...

–¿No le preguntas qué quiere? Mis hijos se enfadan si pido por ellos.

–¿Cuantos años tienen?

–Dieciséis y diez.

–Entonces es lógico, son mayores. A Cloe cuando le pregunto qué quiere suele pedir cualquier cosa de la carta, algo que sé que no le gustará y acabaré comiéndomelo yo y teniendo que pedirle otra cosa, por eso, aquí, que sé que le encantan los *boreks,* se los pido directamente. ¿Tus hijos los dos son chicos?

–Chica y chico, la mayor se llama Álex, Alejandra, y el pequeño, Pablo.

–¿Se llevan bien?

–Sí, más o menos, se pelean todo el tiempo, aunque también se quieren mucho. Es la primera vez que paso tantos días sin estar con ellos. Les echo mucho de menos... –digo, y no puedo evitar emocionarme al hablar de ellos. Las lágrimas me anegan los ojos y me limpio con la servilleta–. Lo siento.

–Te disculpas demasiado –me suelta de pronto con tono conciliador–. No pidas perdón por sentir y mucho menos por mostrar tus sentimientos –dice atravesándome con su mirada esmeralda. Me quedo sin habla, casi digo lo siento de nuevo–. ¿Con quién están ahora?

–Con su padre. Lo cierto es que creía que lo iban a pasar peor, porque nunca hemos estado tan alejados, en días sí, pero no en distancia, aunque parece que están pasando las vacaciones de su vida. Pablo está encantado con un primo de su edad de Madrid al que solo ve en vacaciones y Álex está con una amiga, que creo que es algo más que una amiga.

–¿Es lesbiana?

–Sí.

–Mi hermana Meryem también, aunque supongo que no debe de ser lo mismo salir del armario en España que en Turquía. Es abogada y lucha por los derechos de las mujeres y el colectivo LGTBIQ+ en Estambul –explica tomando su cerveza y dándole un sorbo. Hago lo mismo, está helada y deliciosa.

–Se ve que estás muy orgulloso de ella.

–Lo estoy. Siempre ha sido una luchadora, nuestros padres son de Antalya, y aunque también es una zona turística no está tan europeizada como Estambul, al menos en cuanto a mentalidad. El tema gay es mucho más discreto y de puertas para dentro. Además, mis padres tenían concertado un matrimonio para ella en cuanto acabase sus estudios, habían hablado con los padres de un chico al que ella le gustaba desde que era pequeña. Meryem se enfrentó a ellos sin dudarlo un instante, a pesar del gran respeto que tenemos a las decisiones de nuestros padres en nuestra cultura. Incluso los amenazó con irse a vivir a la calle, cualquier cosa antes que casarse. Fue todo un drama familiar, aunque con los años abrieron los ojos, e incluso mi padre, que siempre fue mucho más severo, la acepta tal y como es, algo que hace unos años era impensable. Creo que Cloe va a parecerse mucho a Meryem en el carácter, así que mejor voy preparándome –afirma divertido indicando hacia la pequeña, que está tirando con fuerza de una muñeca de trapo que ha quedado encajada entre dos pilares de *porexpan*, hasta que logra sacarla. No puedo evitar pensar que más bien se parece a él, cabezota y con carácter, y adorable también.

–Me parece horrible que aún haya matrimonios concertados. Ya es difícil acertar eligiendo por uno mismo, más aún cuando otros deciden por ti. –Parece que el tema le incomoda, se pasa una mano por el cabello, demasiado largo para ser corto y demasiado corto para ser largo, desvía la mirada, así que debo cambiar de tercio–. Cuando quieras te corto el pelo –digo sin pensar.

–¿Insinúas que lo necesito?

–No, qué va, estás perfecto. –Ups. Maldito subconsciente–. Quiero decir que estás bien así y que soy peluquera.

–No has dicho eso, has dicho que estoy perfecto.

–No tienes abuela, ¿verdad? –Me mira como si no entendiese a qué viene esa pregunta y duda antes de responder.

–No, ambas murieron hace años. ¿Por qué me preguntas por mis abuelas?

–Es una forma de hablar. –No sé ni qué cara poner. La de calladita estás más guapa, chata, no me vendría mal–. Significa que te echas los piropos tú solo. –Ríe. Lo mismo me contrata de payasa para el próximo cumpleaños de Cloe. Ains, por qué seré tan bocazas.

–Así que eres peluquera.

–En realidad, estudié Relaciones Laborales, pero trabajo como peluquera desde hace seis años, desde poco antes de divorciarme. Trabajo en el salón de belleza de unas amigas, que creo que no me necesitan, pero que se arruinarían antes de decirme que me vaya. Y no puedo irme porque es el único sueldo que entra en casa, además de la manutención de los niños por su padre, que tampoco es gran cosa.

–¿Y en todos estos años no has tenido ni una sola oportunidad de trabajar de lo que estudiaste? –El camarero llega con nuestros platos y los deja sobre la mesa. Huelen de maravilla, pero no puedo concentrarme en otra cosa que no sean sus labios. Son perfectos, en su redondez y en su volumen, incluso el superior que está parcialmente oculto por el bigote de la barba. Me fijo en su cuello, en su nuez de Adán tan masculina cubierta del vello oscuro, es tan sexy, pero tanto… Le miro a los ojos y me doy cuenta de que sigue esperando una respuesta por mi parte. ¿Qué me había preguntado?

–Perdona, me he quedado traspuesta…

–Te preguntaba si no habías tenido oportunidad de trabajar de lo que estudiaste.

–En mi primer trabajo sí, pero se acabó durante la crisis que hubo en España. –Desconozco si en Turquía también–. Después supongo que han pasado los años sin más, que aparqué mi lucha por trabajar de lo que deseo y me dejé llevar por la rutina de criar a mis hijos, de sacar a mi familia adelante.

–Nunca es tarde para luchar por tus sueños. Los cambios son difíciles siempre, pero merece la pena arriesgarse –dice con una mirada que me hace intuir que conoce todas las respuestas del universo. Que me las cuente, por favor, a ser posible bajito al oído. Se pone en pie y llama a Cloe, que acude rauda y le abraza las piernas–. Voy a lavarle las manos, enseguida vuelvo –afirma. Mi ex nunca cayó en la cuenta de lavarle las manos a los niños, pero bueno, mi ex los sacó una vez a la calle sin abrigo, en diciembre, cuando eran mucho más pequeños, tampoco puedo pedirle peras al olmo.

Conversamos sobre el recurrido tema del tiempo y la multitud de turistas durante la comida, que está deliciosa. Me gusta el tono de su voz, tan masculino y grave. Hablando así, tan relajado, no me parece la misma persona que he conocido estos días atrás. Me resulta incluso más atractivo, ahora que he bajado un poco la guardia ante la posibilidad de que me suelte cualquier corte.

Cloe come enseguida y vuelve al parque de juegos. Es una niña de lo más sociable. Aslan me pide que la vigile mientras va al baño y dos segundos después veo que me llama sacudiendo su manita. Tiene una carita muy linda, su madre debía de ser muy atractiva, siento ternura por Aslan y por ella. Cuando llego a su lado me pide por gestos que la siga a través de la oquedad de una pared de red de rombos de color azul que divide el espacio.

–¡Ahora, Sara! –pide cuando sale por el otro lado, indicándome la entrada.

–No, no puedo, esto es para niños –le digo, y empieza a hacer pucheros. Madre mía, lo que hace falta es que llegue su padre y vea que la he hecho llorar–. Escucha, Cloe, a Sara no le cabe el pompis por ahí –trato de explicarle, pero ella hace pequeños hipidos con la barbilla hundida contra el pecho, el labio inferior prominente y los brazos cruzados. ¿Y sí...? El resto de los niños se han ido a comer a sus mesas y nadie me mira. Me arrodillo y paso la cabeza a través del hueco en la red, parece que quepo, sigo avanzando y, como imaginaba, las caderas me tropiezan, es lo que tiene tener forma de diábolo. Doy por abortada la misión y gateo de espaldas para salir, pero el fular que llevo al cuello se me queda enredado en un pequeño gancho metálico que sujeta la red. Por más que tiro a un lado y a otro e intento desembarazarme de la maldita red no hay manera de soltarlo sin estrangularme, y Cloe al ver mis movimientos se echa a reír. Vaya, por lo menos la estoy divirtiendo.

–¿Qué haces? –me pregunta Aslan al alcanzarnos, en cuclillas, asomándose por un lateral.

–Pues creo que está muy claro, el ridículo.

Al menos le provoco una sonrisa, lo que alivia mi congoja.

Me ayuda a salir, y el mero hecho de que me toque el pelo, el pañuelo, y tenerle tan cerca, me pone nerviosa. Lo sé, estoy fatal, si lloviese en ese momento, evaporaría el agua.

Cuando logra liberarme inexplicablemente le quedan ganas de invitarme a tomar un té a una tetería cercana. Debe de ser masoquista. No tengo otra cosa que hacer, y lo cierto es que, ridículo aparte, me siento a gusto con ambos. Cloe me coge la mano, se ve que lo de quedarme atrapada en el parque siguiendo sus órdenes nos ha hecho amigas. Su padre se encarga de cargar con el patinete y comenzamos a caminar por las callejuelas.

–Tengo una muñeca de España –me dice la pequeña.

–¿Sí? ¿Y cómo es?

–Lleva un vestido de flamenco y un moño, se llama Lola. Me la regaló mi tía Meryem cuando estuvo en Madrid. ¿Quieres verla? –me pregunta con ilusión.

–Sí, claro.

–Vamos a casa, papá, quiero enseñarle la muñeca Lola –proclama Cloe. Aslan sonríe y busca mis ojos, con la mirada se excusa por su insistencia, enarca una ceja y entiendo que está preguntándome si me apetece ir o no. Me encojo de hombros, lo cierto es que no me importa. Aunque, por otra parte, la cotilla que habita en mí siente mucha curiosidad de ver cómo es su casa.

–Podríamos tomar el té allí, si te apetece –sugiere.

–Ya te he dicho que no tengo otra cosa que hacer –admito, y él asiente satisfecho con mi respuesta.

–Está bien, vamos.

Recorremos la calle en sentido opuesto, acercándonos al mar. La brisa me revuelve el cabello, me lo recojo en una coleta y descubro a Aslan mirándome con una expresión que no sé muy bien cómo encajar. Hay mucha ternura en su mirada, más de la que podría haber imaginado cuando le conocí. Caminamos unos minutos en silencio, muy cerca uno del otro, aunque sin tocarnos, dedicándonos miradas silenciosas. Cloe pide que le devuelva su patinete y corretea con él ante nosotros.

–¡Ten cuidado! –le pide.

–¿Siempre habláis español entre vosotros?

–Solemos hablar en turco y en español. Aunque intento hablarle en español la mayor parte del tiempo porque el turco ya lo practica en el colegio y en el día a día. Cuantos más idiomas sepa más fácil le será moverse por el mundo –dice convencido–. Su madre le hablaba en turco y en inglés.

–¿Y no se liaba?

–Tardó un poco más de lo normal en comenzar a hablar, pero ahora maneja los tres idiomas con fluidez.

–A Alejandra se le da bastante bien el inglés y el francés, pero Pablo los mezcla y es un poco locura hacerle distinguir las palabras de uno y otro. Su padre les ha dicho que cuando se saquen el B1 los llevará de viaje a Londres, y eso les motiva bastante, sobre todo a Álex.

–¿Os lleváis bien, tu ex y tú?

–Bastante bien. De vez en cuando me vuelven las ganas de estrangularlo que ya tenía cuando estábamos casados, pero por lo general tenemos una buena relación. Es un tira y afloja continuo en cuanto a decisiones sobre los niños, pero nos llevamos mejor que antes de divorciarnos.

–¿Estuvisteis muchos años juntos?

–Pues… Nos conocimos con dieciséis años y hemos pasado otros quince juntos. Los últimos fueron un desastre, nuestra relación era cualquier cosa menos una relación, por más que él no quisiese darse cuenta.

–Entonces, fuiste tú quien tomó la decisión.

–Sí, y fue muy difícil –admito con la mirada perdida en el pasado–. Porque por un lado no quería hacer daño a nuestros hijos, pero no era feliz, me sentía decepcionada, sentía que le quería por todo el tiempo que habíamos pasado juntos, por todo lo que compartíamos, pero no era feliz a su lado. Sentía que era la única que tiraba del carro de nuestra familia, que era la única que se preocupaba de que hiciésemos cosas juntos, la única que llevaba el peso de todas las cosas de nuestros hijos: tareas, excursiones, médicos, extraescolares...

–Una gran carga mental poco valorada –admite.

–Pues sí, pero hasta que no coges las riendas no puedes imaginarlo. Tardé más de un año en tomar la decisión hasta que fui capaz de hablar con él, hasta que sucedió algo que… que me hizo decidirme –confieso con pudor–. Cuando hablé con él me dijo que iba a cambiar, pero no tenía que cambiar nada, mis sentimientos estaban muy claros. Quería, quiero, que sea feliz, pero yo ya no podía serlo a su lado. Lo importante es que ahora le veo bastante feliz con su nueva pareja, una chica de veintitantos años, lo cual, por cierto, esperaba que fuese un poco más duro para mi autoestima, pero lo llevo bastante bien.

–No creo que haya motivos para que ninguna chica de veinte años pueda afectar a tu autoestima –dice muy serio, y siento un cosquilleo en el estómago que ya casi no recordaba cómo se sentía.

–Gracias, pero sí que los hay. Los años no pasan en balde y son ya treinta y seis castañas las que me han caído.

–Creo que eres la primera mujer que conozco que confiesa su edad tan alegremente. Por cierto, tenemos casi la misma, yo tengo treinta y ocho.

–¿Qué sentido tiene ocultarla? Con una hija de dieciséis años, no puedo decir que tengo veinte, no colaría –admito con una sonrisa que él me devuelve. Tiene un magnetismo arrollador y me siento como una cuchara pegada a un imán.

–De todos modos, insisto en que no tienes nada que envidiar a ninguna chica de veinte años. –¿Por qué me dice estas cosas? ¿Es que está tratando de ser amable o está coqueteando conmigo? Mi radar de ligoteo está muy fundido, pero ayer respondió a mi beso, y hoy creo que está intentando demostrarme que le intereso. No hace falta que se esfuerce demasiado, estoy loca por repetir.

–Gracias. Lo cierto es que no me gustaría volver a esa edad, era demasiado insegura y tímida y lo pasaba bastante mal. Fue en la universidad cuando comencé a espabilarme. Al vivir en un pueblo, para hacer la carrera tuve que mudarme a Cádiz para estudiar, viví en un piso compartido con otras tres chicas, y bueno, cuando estás sola, o te haces independiente o te hacen independiente. Fue un cambio difícil, sobre todo para mí, que estaba muy unida a mis abuelos, pero muy positivo.

–Salir del nido es difícil. En mi caso, como te dije antes, toda mi familia es de Antalya, una ciudad turística de la costa del sur del país. Fue allí donde estudié Medicina. Después me apetecía conocer mundo, y España era un país lleno de posibilidades. Decidí solicitar la especialidad en Madrid, y cuando me la concedieron me hizo muy feliz. Fueron unos años muy positivos a pesar de la diferencia de cultura.

–¿Y cómo acabaste en Estambul?

–Por mi mujer. Ella quería vivir cerca de su familia, y sus padres estaban establecidos aquí. Me hicieron una buena oferta en el hospital y, bueno, nos vinimos a esta ciudad.

Poco a poco hemos llegado ante la fachada de una propiedad rodeada por un alto muro en el que hay una puerta blanca de dos hojas frente a la que nos detenemos. Las gaviotas graznan sobre nuestras cabezas, la calle está muy próxima al mar y puedo oler el aroma a salitre en el aire. Aslan saca un manojo de llaves del bolsillo de los vaqueros y abre la puerta, descubriendo un sencillo jardín repleto de macetas de barro rojizo con flores rosas y violetas, blancas y azules, pensamientos, hortensias, margaritas… En el centro se sitúa una vivienda de tres plantas de fachada gris con altos ventanales blancos a la que nos acercamos mediante un camino de piedras por entre las cuales crece césped. Cloe echa a correr hacia el interior y se detiene ante la puerta de entrada, de dos hojas blancas con gruesas aldabas plateadas y un semicírculo superior con una vidriera con motivos geométricos blancos, rojos y azules.

La alcanzamos, y Aslan abre. La pequeña entra con el patinete y acepto su ofrecimiento de pasar tras ella. Accedemos hasta un recibidor, sencillo y elegante, en cuyo lateral hay un mueble de dos hojas con un espejo en el que nos veo reflejados a los tres mientras él extrae de la parte inferior varios pares de zapatillas.

–¿Te importa? –pregunta entregándome unas de rayas rojas y blancas.

–No, claro que no –digo, y me descalzo, dejando mis zapatos en el interior del mueble.

Me invita a pasar al salón. Cloe, que ha abandonado el patinete en la entrada, echa a correr escaleras arriba. No puedo evitar acercarme a la enorme cristalera que conforma la parte posterior de la estancia, con unas vistas impresionantes del jardín trasero. Si el anterior es bonito, aunque pequeño, el posterior es mucho más grande y también repleto de coloridas flores. Justo tras la cristalera se extiende una terraza con suelo de madera, y un poco más allá, en el centro del jardín, hay una piscina más larga que un AVE. Junto a esta, en una explosión de color, de flores y rincones cuidados, una hamaca cuelga bajo un árbol cuyo grueso tronco me hace sospechar que debe de ser muy antiguo.

–Vaya, qué bonito. ¿Te gustan las flores?

–Sí, aunque que estén así es mérito del jardinero, no mío. Este es mi pequeño remanso de paz en la ciudad –admite orgulloso, deteniéndose a mi espalda. Saberle detrás de mí, me hace desconcentrarme del jardín y de cualquier otra cosa. Me vuelvo y le miro; contempla el paisaje como si lo viese por primera vez. Al descubrir que le observo sus ojos se detienen en mí y a mí se me acelera el pulso. Me intimida demasiado–. Voy a preparar el té, ponte cómoda, estás en tu casa –dice antes de salir por la puerta lateral hacia el pasillo.

Me fijo entonces en que los muebles del salón son *vintage*, con un toque desenfadado, tiene los justos y necesarios; un aparador de madera labrada con formas geométricas, una librería atestada de ejemplares, de títulos ininteligibles para mí, una mesita ovalada entre los sofás y un mueble bajo y alargado para la televisión compuesto por cajones de distintos colores decapados. Dos grandes sofás blancos y un gran cuadro de Cloe cuando era una bebé, sentada en la orilla del mar, en blanco y negro, completan la estancia.

–Sara –me llama Cloe entrando en la habitación con una muñeca Nancy con traje de faralaes rojo y blanco–. Esta es mi muñeca Lola.

–Es muy bonita, Cloe.

–No juego con ella porque no quiero que se rompa el vestido –explica sosteniéndola en sus manitas ante mí. Me siento en el sofá para poder hablarle a su altura.

–Claro.

–Dice *baba* que en España la gente no va vestida así, solo en fiesta.

–¿*Baba* es tu papá? –le pregunto, y ella asiente–. No, en España vamos vestidos como aquí, más o menos, pero cuando hay fiesta, en algunos lugares nos vestimos así.

–¿Tú te has vestido así alguna vez?

–Muchas veces.

–¿Y yo podría vestirme así? –su mirada se ilumina de una ilusión enternecedora.

–Sí, claro. –De pronto Cloe me abraza, sin soltar la muñeca de sus manitas. La sostengo contra mi cuerpo, es tan bonita. Cuando se aparta me mira con una sonrisa enorme.

–Voy a guardarla, que no quiero que se estropee –afirma antes de marcharse escaleras arriba con su gran tesoro.

Observo un par de marcos de fotografías que hay sobre el mueble del televisor. En una aparece Aslan algo más joven, sin barba, sentado en una superficie de césped, con Cloe sentada entre sus piernas con tres o cuatro años; ambos ríen felices. También está atractivo sin barba, me digo, aunque pienso que estaría atractivo incluso vestido de faralaes él también y me río al imaginarlo. En otro marco aparece Cloe de pie en la cubierta de un barco mirando al horizonte.

–¿Jugamos con los Legos? –me pregunta cuando regresa, y me entrega una estructura colorida de ladrillos apilados que trae en las manos.

–Vaya, qué coche tan bonito.

–No es un coche, es un transbordador espacial –dice, mirándome con sus preciosos ojos; podría abanicarme con sus largas pestañas.

–Ah, claro que es un transbordador, cómo he podido confundirme.

–Vuela, tienes que atravesar la atmósfera –me pide. Comienzo a moverlo en el aire a mi alrededor y ella sonríe feliz. Coge la otra nave que sostiene en sus manos y se sube al sofá recorriéndolo de uno a otro lado–. Soy el *Atlantis* –proclama. La persigo con la mía y le entra una risa contagiosa que me produce una gran ternura. Es tan bonita y dulce, aunque mi hija Álex también lo parecía y después sacaba un genio de mil demonios. Aún lo saca, me digo sin poder evitar la sonrisa–. Vamos a aterrizar en la estación espacial internacional –advierte, y nos posamos sobre el respaldo del sofá.

–Te gusta el espacio, ¿verdad?

–De mayor voy a ser astronauta de la NASA. Trabajaré en el Centro de Vuelo Espacial Goddard. Está en Maryland, en Estados Unidos, ¿lo sabías? –pregunta con los ojos muy abiertos.

–Pues no, no tenía ni idea.

–Allí estudian el universo y está lleno de muchos científicos. Primero seré astronauta y después estudiaré el sistema solar. –Parece que lo tiene muy claro–. Aunque Arzu dice que no hay ninguna mujer turca que sea astronauta, que no debo hacerme ilusiones porque es imposible. ¿Tú también lo piensas? –¿Arzu no es el nombre de la doctora Cuqui?

–Yo pienso que, si se esfuerza lo suficiente, una mujer puede ser lo que quiera ser. –Su sonrisa me reconforta, no voy a hablarle del techo de cristal ni de las dificultades que encontramos por el mero hecho de ser mujeres, que no tengo ni idea al nivel que están en Turquía. No es el momento, irá descubriéndolas por sí misma, pero lo que no voy es a dejar que crea que es imposible que consiga su sueño–. ¿Arzu es una doctora amiga de *baba*?

–Sí. ¿Tú la conoces? –me pregunta, y asiento.

–Es muy guapa.

–Pero ronca mucho –dice de pronto, sorprendiéndome. Arza con Arzu, que se ha quedado a pasar la noche y todo la *jodía*. Y encima ronca, si es que no podía ser perfecta, algún fallo debía tener.

–¿Suele dormir aquí? –pregunto sintiéndome una cotilla redomada.

–Solo una vez, un día que mi abuela no estaba –afirma cogiendo aire de nuevo y volando con su nave espacial multicolor por todo el salón; la sigo, disfrutando con sus juegos. Me doy cuenta de que echo de menos cuando mis hijos eran más pequeños y nos tirábamos horas jugando. Ahora tengo suerte si logro arrastrar a Pablo a una partida de Monopoly.

–¿La abuela vive con vosotros?

–No, la abuela viene a cuidarme –responde llenando las mejillas en una sonrisa plena, pero no es para mí, es para su padre que está a mi espalda. Me vuelvo y le descubro con una bandeja en la que trae nuestros dos tés, el azucarero y un libro. Cloe corre hacia él y le arrebata el libro de la bandeja y se tumba en el sofá que está más próximo a la cristalera.

–Vaya, eso sí que es pasión por la lectura.

–Es *Tea Stilton viaja al espacio*, le apasiona, pero tengo que dosificarle las lecturas o no haría otra cosa. –Igualito que mis hijos, me digo–. ¿Lo tomamos en el porche mejor? –pregunta. Asiento, y él pulsa un botón situado junto a la cristalera con el codo y una de las dos grandes puertas correderas se repliega, dándonos acceso al porche con suelo de madera oscura en el que hay una mesa de teca con sombrilla blanca y cuatro sillas. Deja la bandeja sobre esta y toma asiento. Yo también lo hago, a su lado. El té está bastante caliente, pero aun así me lo llevo a los labios y le doy un sorbo. Él hace lo mismo.

–Tienes una casa muy bonita.

–Gracias. Llevamos dos años viviendo aquí. Antes vivíamos en la zona de Küçükçekmece, algo más cerca del hospital. Nos mudamos después de que Meral, la madre de Cloe, muriese, porque ninguno de los dos soportábamos continuar en aquella casa.

–Lo entiendo, me imagino que debió de ser muy duro.

–Lo fue. Sobre todo para Cloe, estaban muy unidas. Meral no trabajaba, se encargaba de cuidarla todo el día y perderla de la noche a la mañana fue muy duro para ella –dudo en preguntarle qué le sucedió o no, no quiero que piense que soy una entrometida, pero tampoco que paso por alto un tema tan grave como si no me importase; él toma un sorbo de té–. Fue un accidente de tráfico.

–Ah, vaya.

–Yo estaba trabajando, realizaba un grapado quirúrgico en un aneurisma a una joven de veinte años cuando una amiga, también doctora, entró en el quirófano a toda velocidad y me dijo que habían llamado del servicio de emergencias tratando de localizarme, porque mi mujer había sufrido una colisión en el coche contra un camión que se cambió de carril de un modo inapropiado. No podía creerlo, tan solo una hora antes habíamos hablado por teléfono y habíamos quedado para comer juntos. Ella volvía de dejar a Cloe en casa de su madre –relata con la mirada perdida en la superficie cristalina de la piscina–. Mi compañera me dijo que le habían advertido que estaba muy grave y la trasladaban a un hospital próximo al accidente, el Zentrium. Solté el instrumental dispuesto a marcharme, no podía pensar en nada que no fuese irme a toda velocidad, pero entonces mi asistente me dijo que no se veía capaz de terminar la operación. Tuve que terminar como pude la parte más complicada antes de marcharme para garantizar la seguridad de mi paciente. Si no lo hubiese hecho me habría arrepentido toda mi vida, porque por desgracia Meral ya había fallecido en el traslado.

–Vaya. Lo siento muchísimo. Te honra que no dejases a esa chica sin más y acabases la operación.

–Cumplía con mi deber, pero es muy triste que no pudiese ayudar a mi mujer, cuando me dedico precisamente a salvar la vida a desconocidos.

–No puedes salvar a todo el mundo, solo tienes dos manos. –No es justo que se culpe por no haber podido salvarla.

–Ella siempre me acusó de dedicar demasiado tiempo a mi profesión y muy poco a mi familia. Y tenía razón. Ojalá me haya perdonado, allá donde esté, porque no fui un buen marido, ni un buen padre. Desatendí a mi familia para cuidar de otros –confiesa con tristeza.

–Estoy segura de que lo ha hecho, te ha perdonado. Tu posición es muy complicada, la doctora Arzu dice que eres el mejor neurocirujano de toda Turquía, debe de ser mucha responsabilidad.

–Arzu es una buena amiga, exagera –dice apretando una sonrisa en los labios. Una amiga, ya.

–No lo creo. No soy médico ni mucho menos, pero debo decirte que das mucha tranquilidad a los familiares de los pacientes, a pesar de ser tan…

–¿Tan? –Dudo, estoy a punto de meter la pata, pero tengo que decírselo.

–Tan serio y estirado.

–¿Crees que soy serio y estirado? –pregunta enarcando una ceja con incredulidad sin camuflar la sonrisa que le llena los labios.

–Es la impresión que me causaste. No es que hayas sido precisamente simpático conmigo desde la primera vez que hablamos por teléfono. –Aslan asiente sin decir nada, con la mirada perdida en su vaso de té.

–A veces, estoy enfadado y ni siquiera sé por qué. Me descubro a mí mismo con el ceño fruncido, con una fuerte sensación de ira en el interior, sin motivo aparente –confiesa, y siento que se me quiebra algo por dentro ante su confesión descarnada. ¿No sabe por qué? Yo puedo imaginarlo. El mazazo que les ha dado la vida a él y a Cloe es como para estar enfadado con el mundo para siempre.

–Sin embargo –digo, y de modo instintivo poso mi mano sobre la suya que descansa sobre la mesa, él mira mi mano y me aprieta los dedos con cuidado, aceptando la caricia. Un hormigueo incontrolable me asciendo por todo el brazo y siento mariposas en el estómago–, esta tarde estoy descubriendo una faceta tuya que nada tiene que ver con esa imagen. –Aslan sonríe y el sol le ilumina el rostro, los pájaros cantan y el mundo tiene un color más bonito de pronto. Aparto la mano porque me amedrenta demasiado tocarle y no puedo hacerlo de forma natural.

–Como estamos en este momento de sinceridad tengo que decirte que cuando hablamos por teléfono tampoco me causaste demasiada buena impresión. Alguien que dudaba incluso del nombre de su padre, a quien tras decirle que puede morir aún dudaba en acudir… No me pareciste alguien de fiar. Solo que entonces no sabía que no le conocías –confiesa, y mira un instante a Cloe que continuaba leyendo tumbada en el sofá.

–Para mí tu llamada fue un *shock*. Durante treinta y seis años no he tenido padre y de repente reaparece enfermo en Turquía… Es de locos. –Él asiente antes de dar un nuevo sorbo a su té–. Lo único que mi madre me había contado sobre él fue que se marchó cuando ella estaba embarazada de mí y nunca más volvió a verle. Después de que me llamases fui a ver a mi abuela Constanza.

–¿La señora que me dio tu número?

–Sí. Hablar de mi padre siempre ha sido un tabú en casa, cada vez que se hacía la menor referencia a él, por mi parte o por la de mis abuelos, mi madre montaba en cólera, nos acusaba de meternos en su vida, de traicionarla al mostrar interés por alguien que le había hecho daño. Un tema…

–Complicado.

–Muy complicado. Pero después de hablar con mi abuela, ella me dejó entrever que las cosas no habían sido como mi madre me las había contado, que mi padre quiso conocerme y tener contacto conmigo, pero mi madre no lo creyó conveniente. No sé, es una conversación que tengo pendiente con ella. Por eso decidí venir, no podía dejar que muriese solo, sin haberle visto la cara siquiera en la que quizá era mi única oportunidad de ponerle rostro.

–He visto cómo le hablas, cómo le limpias la cara y le acaricias, eres muy dulce con él aun sin conocerle.

–Hemos cogido confianza con los días –bromeo con cierto pudor–. En mi interior espero que a Rodrigo no le moleste, a veces temo estar invadiendo su intimidad al acariciarle la mano o la mejilla sin su permiso.

–No le molestará, estoy convencido, en una situación como esa lo que más necesitamos es afecto sincero, venga de quien venga.

–Y bueno… ¿aún continúas pensando que no soy de fiar?

–Más bien todo lo contrario, alguien que hace el sacrificio de dejar aparcada su vida para acompañar a un padre al que no conoce, debe de tener un gran corazón.

–Gracias. Me preocupa cómo reaccionará cuando despierte y me vea –confieso.

–Seguro que, superado el *shock* inicial, se sentirá muy orgulloso de tener una hija como tú.

Me intimida cuando me mira como me está mirando en este momento, me muero de ganas de lanzarme y darle otro beso, me duelen los labios de la necesidad de hacerlo.

–Tenemos una larga conversación pendiente cuando despierte.

–Estoy convencido de que pronto estará mucho mejor y podréis tener esa conversación –sugiere terminando su té de un sorbo. Se queda mirando el horizonte en silencio unos segundos, como si diese vueltas a algo dentro de su cabeza–. Antes, cuando veníamos hacia aquí, me dijiste que hubo algo que te hizo saber que tu relación estaba acabada, que no podrías ser feliz con tu ex –dice, y le miro con curiosidad, no sé dónde quiere ir a parar–. Yo tampoco podía ser feliz con Meral –confiesa moviendo el vaso con forma de tulipán vacío entre los dedos–. Por más que lo intenté no lo conseguí. Nos prometimos demasiado jóvenes, nos conocimos en el instituto porque un tío suyo trabajaba con mi padre y ellos, que entonces vivían en Londres, vinieron de vacaciones a Antalya. Era una chica muy atractiva y me gustó, así que pasamos todo el verano juntos, y justo antes de que se marchase nos prometimos. Nos veíamos de verano en verano hasta que me volví de estudiar en España; en esa época ya se habían establecido en Estambul. Estuvimos unos meses viviendo juntos antes de casarnos, pero lo cierto es que apenas nos conocíamos. Que yo trabajase demasiado tampoco contribuyó a que la situación mejorase y un día descubrí que coqueteaba con un tipo por WhatsApp. El día del accidente habíamos quedado para hablar, por eso dejó a la niña en casa de su madre, iba a pedirle explicaciones y estaba dispuesto a llegar al divorcio, pero nunca llegamos a tener esa conversación. Con el tiempo me he dado cuenta de que en realidad la culpa era mía por no prestarle la atención que merecían, ni a ella ni a mi hija.

–No creo que fuese culpa tuya, al menos toda la culpa. A veces hay algo que se rompe por dentro, y por más que quieras no puedes arreglarlo, o es algo que no puedes perdonar, aunque quisieras hacerlo –digo, y siento que mi corazón tirita de frío, a pesar de estar a treinta y tantos grados–. Te he dicho que hubo algo que sucedió entre mi ex y yo y que me hizo darme cuenta de que no podía superarlo como su pareja. No fue una infidelidad, en realidad nunca lo he contado a nadie porque me duele demasiado y no quiero que le juzguen –le miro y me veo reflejada en sus ojos. Aslan arruga el entrecejo sin entenderme. Inspiro hondo, voy a contárselo, por primera vez voy a contárselo a alguien–. Fue ocho meses antes de separarnos. Miguel, mi ex, es aficionado a las bicis, participa en una asociación cicloturística, con la que íbamos a desplazamientos, hacían rutas, etcétera… Pues llevaba un año entero entrenando para hacer una ruta en los pirineos con todo su equipo y la noche anterior, un viernes, mi hijo Pablo, que tenía entonces cuatro años, comenzó a vomitar. Vomitó dos veces, en principio un cuadro de virus, supuse, y Miguel se marchó a las cinco de la mañana. Él compartía transporte con otros dos compañeros, se quedaban a dormir dos noches, llegaban el viernes, el sábado hacían la prueba y el domingo volvían. A las doce del mediodía, Pablo había vomitado diez veces y había tenido diarrea otras tantas, así que decidí llevármelo al hospital.

–Se estaba deshidratando.

–Sí. Llamé a su padre y se lo dije, aún no habían llegado al destino y me pidió que le fuese informando. Le hicieron una analítica y le dieron un jarabe para cortarle los vómitos que no funcionó, y cuatro horas más tarde me dijeron que se quedaba ingresado, que necesitaban ponerle un suero para rehidratarle. Cuando estuvimos en la habitación, con el niño con la vía para la cual tuvieron que darle al menos diez pinchazos porque tenía las venitas colapsadas por la deshidratación, le llamé y se lo dije. Acababan de llegar al destino y se estaban instalando en el hostal en el que iban a dormir. Le puse el niño al teléfono y estuvo hablando con él, y cuando le pregunté qué vas a hacer, me respondió que al día siguiente hablaríamos, que, si el niño seguía mal, haría la prueba y vería el modo de volver porque no podía dejar tirados a sus compañeros con las bicicletas. –Aslan me mira sin decir nada. Me estoy emocionando al contárselo, no lo esperaba, y menos después de tantos años, pero no puedo evitarlo–. Me dolió tanto aquello, pero tanto... No esperaba que alquilase un coche en ese mismo momento y volviese, esperaba que me dijese: voy a dormir unas horas y regreso. No sé, esperaba que le urgiese tanto estar con su hijo, que por primera y única vez en su vida estaba ingresado en un hospital, como a mí. Que lo necesitase tanto como yo, porque te aseguro que podría haber estado en la luna que me habría puesto manos a la obra para regresar lo antes posible. Y él en cambio regresó el domingo, tal y como estaba previsto. Pablo estuvo ingresado hasta el miércoles y Miguel estuvo conmigo el resto de los días en el hospital, pero me sentí tan decepcionada, tan triste, que creo que, en ese mismo momento, supe que, aunque le perdonase con la cabeza, mi corazón jamás podría perdonarle. Aguanté casi un año después de aquello. Y no quiero decir con esto que sea un mal padre ni mucho menos, porque no lo es, es un buen padre y adora a sus hijos, pero en ese momento fui consciente de que mi amor por él se había acabado.

–Te entiendo, pero te entiendo ahora, es triste que haya tenido que convertirme en el padre y madre de Cloe para hacerlo, pero desde que perdí a su madre, desde que ella depende exclusivamente de mí, hemos desarrollado una especie de necesidad mutua el uno del otro difícil de explicar. El día en el que te vi por primera vez en el restaurante del hotel…

–En el que me invitaste al té.

–Ese día, tuve que irme del hospital a toda velocidad porque Cloe se cayó en el colegio y se hizo una herida en la cabeza. Tuvieron que darle cuatro puntos en el cuero cabelludo, aunque por suerte no fue nada grave y ya está recuperada.

–Por eso no estabas cuando llegué.

–Exacto. Antes para mí habría sido impensable atrasar todas mis operaciones de ese día para acudir a ver cómo estaba mi hija, sin que fuese nada demasiado grave, y sin embargo lo hice, a pesar de que mi suegra estaba con ella y me había dicho que estaba bien, necesitaba verla.

–Me ha dicho Cloe que su abuela la cuida.

–Mantengo una buena relación con los padres de Meral, y Fátima, su madre, la recoge del comedor del colegio y la trae a casa. Acostumbro a comer en la cafetería del hospital, pero me encanta el té del Hotel Renaissance y suelo tomarlo antes de volver a casa, por eso nos hemos encontrado allí. Cloe y su abuela llegan a los pocos minutos después de mí, la deja conmigo y nos ponemos a hacer las tareas y pasamos la tarde juntos –dice con un brillo de orgullo en los ojos.

En ese momento mi teléfono comienza a sonar y veo en la pantalla que se trata de una videollamada de mi hijo Pablo. Aslan sonríe y me hace una señal de que lo coja libremente mientras él recoge nuestros vasos vacíos y se los lleva dentro con la bandeja.

–Hola, cariño, ¿cómo estás? –le digo al descolgar. Tiene las mejillas enrojecidas por el sol, que debe haberle dado bastante, y el cabello revuelto, le veo mayor y más guapo que nunca.

–Hola, mamá, acabamos de llegar de la playa, hemos estado en Los Caños de Meca, Soraida ha venido con nosotros. –Al moverse me fijo que están en el campo de su abuela, así que aún no se han ido al apartamento de Málaga.

–¿Y qué tal?

–Muy bien, nos lo hemos pasado genial.

–¿Dónde está tu hermana?

–En el cine con su amiga, han ido con sus padres. ¿Me has comprado algo ya? –insiste, y oigo una leve risa de Aslan a mi espalda que ha regresado de la cocina; me hace una señal de que me aguarda en el salón.

Pablo me explica todo lo que ha hecho a lo largo del día y disfruto de la maravillosa sensación de oír su voz chillona de preadolescente. El volumen está bastante alto, pero no puedo bajarlo mientras hablamos. Cuando llevamos al menos diez minutos de conversación, ¡todo un récord!, veo cómo Miguel se acerca por detrás de nuestro hijo y le pide el teléfono. Instintivamente busco a Aslan con los ojos, se ha sentado en el sofá en el interior junto a Cloe y ha puesto la televisión.

–¿Cómo estás? –me pregunta mi ex. Se ha cortado el pelo y también tiene las mejillas enrojecidas por el sol tras el día de playa.

–Bien.

–Se me hace raro preguntarte por él, pero ¿y tu padre?

–Pues parece que va mejorando poco a poco, pero muy despacio.

–Los niños dicen que tuvo una complicación y que por eso no puedes venir todavía.

–Sí, ha tenido una infección, aún no ha despertado. Espero que en unos días esté mucho mejor.

–¿Sabes ya hasta cuándo vas a quedarte?

–Pablo me ha dicho que vais a ir unos días a un apartamento con tu hermano, por mí no te preocupes si vuelvo antes. No hay problema por los días…

–No te lo pregunto por eso. Sé que nunca habías viajado sola y no sé si estás haciéndote la fuerte o…

–No, no. Estoy bien, de verdad. Echo mucho de menos a los niños, pero lo cierto es que lo estoy llevando mejor de lo que esperaba.

–Nosotros también te estamos echando mucho de menos a ti –me suelta, y a mí me da un vuelco el corazón. Recuerdo su abrazo de despedida y me hace temer que se le haya despertado una vena demasiado cariñosa, y no quiero volver a pasar por aquello y mucho menos ser la otra… Estoy desvariando.

–Gracias –respondo con la mayor naturalidad de la que soy capaz–. En nada estoy ahí de vuelta. Dale muchos besos a Álex cuando vuelva del cine.

–Se quedará a dormir en casa de su amiga, que me da a mí que es más que una amiga –afirma arrugando la frente, y me hace reír; también lo sospecho–. Mañana por la mañana nos vamos para Benalmádena. ¿Estás en el hotel? –pregunta, lo que puede ver tras de mí es un trozo de jardín, no voy a darle demasiadas explicaciones.

–Sí.

–Qué bonitas se ven las plantas.

–Sí, es todo muy bonito.

–Bueno. Cuídate, Sara.

–Igualmente, Miguel.

Cuando cuelgo miro hacia el salón y descubro a Aslan mirándome. Probablemente haya podido verle en la pantalla del teléfono, o quizá no, me sonríe y regresa la mirada a la televisión. Miro el reloj, son las siete de la tarde, no quiero importunarles, pienso que debería irme. Además, ni siquiera he comprado el dichoso cargador y quizá aún tenga una oportunidad antes de volver. Camino hasta Aslan y me detengo ante él. Cloe levanta la vista del libro.

–Es tarde, será mejor que me vuelva al hotel.

–¡No, Sara! No te vayas, vamos a jugar a hacernos trenzas, por favor –me pide Cloe, haciendo un mohín de súplica con los labios que se me hace irresistible.

–Voy a preparar pollo con arroz al *ras el hanout* para cenar, si te apetece quedarte…

–No quiero molestar.

–No molestas, en absoluto –asegura con una sonrisa contenida. Y pienso que lo mismo me da comprar el cargador mañana.

Cuando Aslan vuelve al salón para avisarnos de que la comida está lista, Cloe no solo me ha hecho rastas, sino también trenzas, y unos churritos que ha enrollado entre las manos porque me iban a quedar muy bien. Incluso me ha puesto una horquilla con forma de zapato. No jugaba a la peluquería desde que Álex tenía diez años, fuera del trabajo al menos. Pero está tan ilusionada que no me importa dejarme hacer. Aslan se echa a reír al verme y puedo hacerme una idea de mi aspecto. De camino al comedor, con mi pequeña estilista particular de la mano, me cruzo con un espejo enmarcado en el pasillo y descubro que parezco un hippie de la playa de Los Caños de Meca después dos noches durmiendo en la arena.

El comedor también cuenta con bonitas vistas del jardín con la piscina iluminada durante la noche. El pollo y el arroz están deliciosos, tienen un toque picante y especiado que nunca había probado, también la ensalada y el pan turco. Aslan resulta ser un gran cocinero. Ha abierto una botella de vino blanco, de la que me he tomado un par y he cortado, por si acaso me vuelva a salir la vena Kurtney Love, y él solo una y después se ha pasado al agua.

Cloe come enseguida y su padre la manda a su cuarto a ponerse el pijama y lavarse los dientes. Cuando nos quedamos a solas, siento un nerviosismo estúpido que me incomoda. No quiero sentirme así, ya no soy una cría, no soy una adolescente febril y calenturienta, aunque probablemente lo de calenturienta mejor no desmentirlo. Soy una mujer adulta, responsable y con dos hijos, no quiero que se me acelere el corazón solo porque él me mira fijamente, en silencio, mientras da un sorbo de su copa de agua. O cuando se limpia los labios con la servilleta y se peina la barba castaña con el arco de sus dedos pulgar e índice. Ni sentir esa especie de energía eléctrica que carga el aire y me sofoca. Por eso tengo que llenar el silencio con palabras, terminar de cenar y marcharme.

–Eres un gran cocinero –digo mientras doy una cucharada del tarrito de cristal de yogur con virutas de chocolate que nos ha traído como postre.

–Es curioso que me lo digas con la única cosa que no he preparado yo; el yogur es comprado –sugiere con una sonrisa.

–No lo digo por el yogur. Lo digo por todo lo demás. Y eres un gran padre.

–Lo hago lo mejor que sé. Después de perder a Meral me di cuenta del gran trabajo que hacía como madre, de lo sacrificado y duro que es –confiesa con la mirada perdida hacia el jardín, por encima de mi hombro–. Aún me pregunto a veces si lo estoy haciendo bien.

–Lo estás haciendo bien. Cloe es una niña muy buena, educada y responsable, eso es señal de que lo estás haciendo bien. Dudar es humano, yo también lo hago. A veces me fustigo porque por mi situación económica no puedo darles algunas cosas en cuanto a su formación, por ejemplo: Álex quería pasar el verano en Inglaterra en un curso de inglés al que se van un par de amigas y no puedo pagarlo ni su padre tampoco. O por ejemplo en el caso de las tareas del colegio, algunas madres de la clase de Pablo controlan sus exámenes, les planifican cuándo estudiar y se ponen con ellos, y yo no puedo porque trabajo mañana y tarde, y me siento una mala madre…

–No eres una mala madre –dice posando su mano sobre la mía en la mesa, su mano masculina caliente y pesada de la que puedo sentir cada milímetro sobre la mía, que aprieta con cariño entre sus dedos, y a mí me llegan las cosquillas a la garganta–. Apenas te conozco, Sara, pero solo con mirarte a los ojos es suficiente para saber que eres una buena persona, y por lo que te he oído hablar de tus hijos, una madre maravillosa. Meral era una gran madre, pero no era una persona cariñosa, pocas veces la vi cargando en sus piernas a Cloe como te he visto a ti hace un rato, y por nada del mundo hubiese dejado que le trenzase el cabello. Con esto quiero decirte que no debes dudar nunca de la clase de madre que eres, porque cuando ellos se hagan mayores lo que recordarán no será si pudieron ir o no a Londres, recordarán los besos, los abrazos y el cariño con el que crecieron.

–Eso espero –admito con los ojos llenos de lágrimas.

Soy una llorona redomada y por más que intento no llorar las lágrimas resbalan por mis mejillas. En ese momento Aslan aparta la mano con la que retenía la mía y me limpia el rostro con su pulgar, provocando un hormigueo en mi estómago difícil de soportar. El tacto de su mano en mi mejilla es… enloquecedor, se prolonga en una caricia tan dulce que agradezco estar sentada porque no sé si mis piernas conseguirían sostenerme en pie. El corazón me late en los oídos cuando se acerca despacio; va a besarme. ¿Va a besarme? ¡Va a besarme! ¿Y después qué? Me gusta, me gusta más que comer con los dedos, y ayer fui yo quien le besé, pero fue un impulso, no lo pensé, y fue algo breve e intenso, este beso no será así... No sé si soy buena besando. Seguro que la doctora Cuqui besa mejor que yo. ¿Qué hago pensando en ella en este momento? ¿Y si meto la pata? La voy a meter y la situación se volverá muy incómoda. Estamos en su casa, con su hija lavándose los dientes en la planta superior. Me revuelvo un poco en el asiento provocando que la cucharilla del yogur y el tarrito de cristal caigan al suelo, me agacho… ¡Y le hago la cobra! ¡La cobra!

Su expresión de desconcierto provoca que desee que el infierno se abra bajo mis pies y me trague. Pero ¿qué narices he hecho si me muero por besarlo? Debe de pensar que soy idiota. Ayer me lanzo y le beso y hoy le hago la cobra. Aslan se endereza y yo pido que me caiga un meteorito para no tener que ver su expresión de incomodidad. Carraspea.

–Voy a subir a ver qué tal va Cloe –me dice con cara de circunstancias, asiento y él se marcha.

Seré tonta. Los puñeteros nervios y mi inseguridad, me reprendo rabiosa conmigo misma. ¿Qué va a pensar de mí? Si probablemente llevo mandándole señales inconscientes toda la tarde. Y ahora creerá que me falta un hervor, o que no sé ni lo que quiero y temerá haberse sobrepasado y a ver con qué cara le miro cuando en realidad sí quería que me besara.

Los minutos en soledad se me hacen eternos. Bebo agua, tratando de sofocar el calor que me ha entrado.

Pienso en marcharme, pero lo descarto, porque si ahora me produce congoja mirarle a la cara cuando tenga que hacerlo en el hospital acudiré con una bolsa de papel en la cabeza.

¿Qué me diría Carolina que hiciese en esta situación? Bésale tú. Eso me diría, que en cuanto baje la escalera me tire a sus labios y le bese, aunque como sea él quien me haga la cobra a mí, me caeré de espaldas con un goterón en la frente como los dibujitos japoneses.

Inspiro hondo tratando de serenarme cuando le oigo bajar la escalera. Pero por suerte cuando se asoma al umbral del comedor su expresión es relajada y amable.

–Se ha dormido –me dice con una sonrisa–. Te invito a una copa.

–Vale. –En ese momento habría aceptado cualquier cosa por complacerle, incluso un purgante. Le sigo hasta el salón y tomo asiento en el sofá, miro la hora, son las once menos cuarto de la noche, tampoco es tan tarde, una copa ligerita y al hotel.

–¿Qué sueles tomar?

–Ginebra con tónica.

–Un gin tonic.

–Sí, pero cortito o empezaré a cantar letras de carnaval.

–Eso me gustaría oírlo –dice abriendo el aparador, saca dos botellas, de ginebra y whisky escocés, y se marcha a la cocina, regresando segundos después con dos vasos con hielo y una botella de tónica. Me sirve la bebida, y él se sirve dos dedos de whisky solo. Me entrega el vaso y se sienta a mi lado en el sofá, cerca, aunque sin tocarme. El salón está en penumbras, con la luz del pasillo encendida y el reflejo azulado de la piscina danzando sobre las paredes blancas–. Cuando vivía en Madrid, uno de mis compañeros de piso, Javier, que actualmente es un reputado endocrino, es de Sevilla y era muy aficionado al carnaval de Cádiz, me ponía las... no recuerdo cómo se llamaban los grupos.

–¿Comparsas? ¿Chirigotas?

–Sí, eso, comparsas. Me los ponía una y otra vez, pero entre mi español precario y el acento andaluz, que habláis bastante rápido, me costaba entenderlo al principio. Los últimos años lo entendía algo más y me gustaba la crítica social que hacen. Para él la final del ¿Falla? –asiento–, era todo un acontecimiento. Se atiborraba de palomitas y chucherías para pasar la noche en vela –dice antes de dar un sorbo a su whisky, que le humedece levemente el labio superior; que después repasa con su lengua. Y me pregunto: ¿le beso ahora? ¿Me lanzo? O lo dejo pasar consciente de que nunca jamás volverá a intentarlo.

–A mí me gusta mucho el carnaval. En mi pueblo se vive con mucha intensidad, todos los años hay varias agrupaciones, hacemos nuestro propio espectáculo en el teatro municipal y la gente hace largas colas para hacerse con las entradas para ver a sus paisanos. Es un arte y lleva detrás un gran trabajo.

–Hablas mucho de tu pueblo, estás enamorada de él –asegura con una sonrisa, dejando su vaso sobre la mesita de cristal situada ante nosotros.

–Creo que sí, que estoy enamorada de él. Se vive muy bien, es muy bonito con sus blancas fachadas y sus puestas de sol, tenemos obras de arte urbano en algunas paredes, un legado histórico único, un arco en el que besarnos con unas vistas espectaculares, está muy bien situado cerca de la playa y la montaña, la gente es genial... –Me río, parezco un anuncio propagandístico, pero es lo que siento–. No lo cambiaría por ningún lugar del mundo.

–¿Ni siquiera por Estambul? –Su sugerencia parece inocente, pero siento en mi interior que no lo es. Niego con la cabeza.

–Estambul es precioso, una auténtica maravilla para

los sentidos y he descubierto que se debe de vivir muy bien aquí, pero no lo cambiaría por mi tierra –afirmo encogiéndome de hombros. Aslan se deja caer en el respaldo del sofá, echa la cabeza hacia detrás mostrándome su nuez de Adán que sube y baja al tragar, con la mirada perdida en el techo. Dejo mi vaso también sobre la mesita. ¿Le beso ahora? ¿Es un buen momento? ¿Me lanzo encima, le estrujo con el peso de mi cuerpo, y le beso? Claro, una idea estupenda.

–Me encantaría adorar un lugar como tú lo haces con tu pueblo. Estambul es una gran ciudad, está llena de posibilidades, pero yo llegué aquí por Meral, por su familia, y encontré una buena oportunidad profesional. Sin embargo, a pesar del tiempo que ha pasado, no lo siento mi hogar. Y llevo tantos años fuera de Antalya que cuando visito a mis padres no la reconozco, los rincones de mi infancia ya no existen –relata. Yo también me echo hacia atrás en el sofá, me deshago de los zapatos y le miro de lado–. Quiero que Cloe se críe en un entorno tranquilo, con serenidad y libertad, que solo se preocupe de ser una niña. Y eso Estambul no me lo ofrece. En ocasiones he pensado en mudarme a una población más pequeña en el interior, o en la costa, pero en el interior la mentalidad es más cerrada y no quiero eso para mi hija. Así que la posibilidad de mudarnos sobrevuela mi cabeza día tras día.

–Es una decisión muy difícil, porque si os mudáis la apartarás de su abuela y tu trabajo no es fácil de encontrar en un pueblo, supongo.

–Ya, eso es algo que también me frena. Pero sus abuelos no vivirán eternamente y mantenerla aquí por ellos o por mi trabajo no creo que sea justo para Cloe, cuando podría visitarlos con frecuencia desde cualquier parte de Turquía, como hacemos con mis padres.

–Además, te alejarías también de la doctora Cuqui –pienso para mí. Pero entonces Aslan me mira y me doy cuenta de que lo he dicho en voz alta. Querido Cerebro, no desconectes así de pronto y sin avisar, ¿vale?

–¿Quién es la doctora Cuqui? –pregunta girándose hacia mí.

–Tu compañera –digo muerta de la vergüenza–. No me sale su nombre y es una joven que siempre está tan mona, tan arreglada, tan… cuqui.

–¿Te refieres a Arzu? No hay nada entre ella y yo, ¿creías que tenemos una relación?

–Bueno, Cloe me ha dicho que ronca cuando duerme.

–Cloe. –Se ríe, al parecer le divierte que haya pensado eso–. Se quedó a dormir una noche en el cuarto de invitados, porque bebió demasiado. –Qué alivio–. Aunque es cierto que hemos tenido algo, nada serio, en el pasado. –Adiós alivio–. Pero es demasiado joven para mí, sus expectativas, sus necesidades profesionales y personales son muy distintas a las mías. Es una gran mujer, pero lo nuestro nunca funcionaría. Yo necesito a alguien que se sienta en mis zapatos –dice con mirada soñadora, y a mí vuelve a acelerárseme el corazón–. Después de perder a Meral, he salido con varias mujeres, han sido aventuras sin compromiso, no he tenido ninguna relación estable. Y creía que me iba bien así, porque lo que menos pretendo es meter a otra mujer en mi casa y confundir a Cloe, me aterra que le coja cariño y después la relación se acabe y ella sufra otra pérdida. Por otra parte, dejar de amar por miedo no me parece una actitud razonable, pero ese alguien debe ser capaz de amar al Aslan hombre, pero también al Aslan padre. En este momento de mi vida, necesitaría a alguien a mi lado que me ofrezca paz mental, algo serio y estable, y no sé si eso existe.

–No es sano dejar de amar por miedo, y te lo dice alguien que a estas alturas de la vida se imagina zurciendo calcetines sola y amargada. Encontrar a alguien que te ame y a quien amar es tan complicado…

–Sí lo es –afirma atravesándome con su mirada esmeralda, y entonces, como atraída por un imán, me inclino sobre él y le beso en los labios. Y los fuegos artificiales me recorren de pies a cabeza y estallan en mi boca, y el beso que se inició suave se vuelve feroz cuando siento su mano en mi cintura, apretándome contra él, mientras sus labios cálidos presionan los míos y el roce de su lengua conquistando mi boca con cautela me enloquece. Aslan bebe de mí, saboreo el lejano matiz del whisky amaderado en su boca mientras mordisquea mi labio inferior y me hace cosquillas en la nariz con la barba. Me rodea con el otro brazo y me sube a su cuerpo, sentándome a horcajadas sobre su pelvis, sobre su sexo, que comienzo a sentir cómo se endurece a través de los vaqueros.

Sus besos se deslizan hacia mi cuello, lamiéndolo, mordisqueándolo, mientras mis manos se enredan en su nuca, entre su cabello. Sus manos se convierten en garras sobre mis nalgas, y siento cuánto me desea. Eso me acelera la respiración, convirtiéndola en un jadeo. Me mezo sobre su erección, odiando la tela que nos separa, y siento cómo me inclina hacia delante, elevando las piernas, para apretarse aún más contra mí.

Tiro de su camiseta, sacándosela por la cabeza. Le deseo, y deseo perder el control, dejar de pensar y sentirle dentro de mí. Recorro sus pectorales con mis manos ansiosas. Él, enfebrecido, me saca la mía, dejándome en sostén ante sus ojos. Un nada coqueto sostén blanco de diario, y entonces mis inseguridades vuelven a mí, mientras me besa en las clavículas, en el esternón, cogiendo mis pechos entre sus manos por encima de la prenda, incendiando mis pezones con sus pulgares. Y yo, a pesar de desearle dentro de mí, comienzo a pensar en mis pechos caídos, en lo distinto de mi cuerpo al de la doctora Cuqui con sus maravillosas tetas estratosféricas. No las he visto, pero las imagino, o a las de las preciosidades con las que habrá salido con sus pezones diminutos y erectos, que cuando los compare con las dos rodajas de mortadela que tengo se horrorizará.

Y sin embargo le deseo, le deseo más de lo que he deseado a nadie en toda mi vida. Ya estoy semidesnuda, con mis lorcitas al aire, pero no estoy preparada para desnudarme del todo.

Aslan lame mi garganta, me echa hacia detrás y acerca mis pechos a su boca, los mordisquea por encima de la tela a la vez que su sexo presiona con rudeza contra el mío, con tanta intensidad que sé que podría correrme solo con restregarme contra él. Su lengua contra mi pezón, humedeciendo la prenda, sin atreverse aún a intentar desabrocharla, me enloquece, necesito sentirla contra mi piel.

¿Voy a ser capaz?

No puedo, no quiero que me vea desnuda, ni siquiera en las penumbras que nos envuelven.

–Cierra los ojos –jadeo a su oído. Él me mira sin entender nada–, por favor, ciérralos. –Obedece, debe de pensar que se trata de algún juego sexual. Me pongo de pie, apago la luz del pasillo y me quito el sujetador mientras Aslan aguarda con los ojos cerrados y una sonrisa, que le borro en el momento en el que recupero mi postura a horcajadas y le poso un pezón en la boca–. No los abras –le pido. Y entonces lo devora. Sentir su lengua ligeramente rasposa lamiendo mi pezón enhiesto me enloquece, el soplo de aire de su aliento sobre la piel hipersensible y húmeda, mientras con su otra mano me aprieta el otro pecho y lo amasa con decisión. Estoy ardiendo, si no apagamos este fuego en cualquier momento saldré en combustión espontánea.

–¿Puedo abrir los ojos ya? –pregunta. Casi no puedo verle la cara en las penumbras y eso me frustra, me encantaría ver su expresión, pero más luz traería de vuelta mis inseguridades y me impediría concentrarme en lo que debo.

–Sí –afirmo cuando se sitúa entre mis piernas, obligándome a sentir el peso de su cuerpo.

–No te imaginas cuánto te deseo, me vuelves loco –me susurra, y comienza a besarme de nuevo. Sus besos son enloquecedores, húmedos y apasionados, me derrite con ellos, nunca me han besado así. Le oigo jadear en mi oído y mi necesidad de él aumenta de modo exponencial. Estoy dispuesta a todo, comienzo a desabotonarle los vaqueros y a perder mi mano derecha por entre estos. Toco su sexo, que es… enorme, y él gime de placer a la vez que lo mueve contra mi mano. Siento su humedad y su calor y me muero por tenerle dentro. Le acaricio arriba y abajo y siento ganas de devorarle. Vamos a hacerlo, joder, claro que vamos a hacerlo.

Y entonces su teléfono móvil comienza a sonar y a vibrar. Lo ha dejado sobre la mesita, junto a su vaso de whisky. Pero él continúa besándome y acariciándome, enloquecido.

Y el teléfono vuelve a sonar, esta vez con una melodía distinta que provoca que se envare, que deje de lamerme bajo la oreja izquierda y levante la cabeza.

–No, joder, no, es del trabajo. Lo siento de veras, tiene que ser algo muy grave para que me llamen a esta hora en mi día libre –dice, apartándose con cuidado. Me incorporo y comienzo a buscar a tientas mi ropa, no me sentiré cómoda si enciende la luz. Oigo cómo descuelga el aparato–. Sí, dime, tranquilo… Mierda, voy para allá, pero tardaré al menos una hora. ¿El helicóptero? ¿Está disponible? ¿Habéis pedido permiso? *Okey*, en cinco minutos. –Cuando Aslan enciende la luz ya me he puesto el sostén y estoy poniéndome la camiseta. Me mira con tristeza–. Lo siento, lo siento muchísimo, ha habido un accidente de tráfico y tienen a una mujer de treinta y dos años con un derrame cerebral muy complicado…

–Tranquilo.

–No, no puedo estar tranquilo. Esto es… esto no debería ser así. Me gustas, me gustas mucho, Sara –dice acercándose, se arrodilla a mi lado en el sofá y me coge las manos–. Prométeme que acabaremos lo que hemos empezado –me pide, y no sé qué contestar.

–Lo prometo –digo sin demasiada confianza–. Aslan, de verdad que lo entiendo y no me enfado, de veras. Y… ¿qué vas a hacer con Cloe?

–La levantaré y la llevaré conmigo en pijama, no me da tiempo a avisar a su abuela y que llegue. Sé que no es algo bueno para una niña y no suelo hacer estas cosas –se justifica, como si temiese que piense mal de él, y no sabe que lo entiendo, perfectamente–. Pero es que si no voy pronto esa chica puede morir.

–Ve tranquilo, yo me quedo con ella.

–No quiero abusar de tu amabilidad.

–Me quedo encantada, no te preocupes.

–¿Te quedarías hasta que llegue su abuela?

–Me quedaré hasta que llegues tú. Para qué vas a despertar a la mujer estando yo aquí. Ve tranquilo. –Aslan me abraza por la cintura y siento una ternura infinita hacia él, parece tan desesperado, le acaricio el cabello y cuando se aparta me besa en los labios con dulzura, paladeando un beso tierno y delicado.

–Voy a ponerme los zapatos. Me recogen en cinco minutos en el helipuerto de un hotel cercano. Gracias, Sara, volveré lo antes posible –dice, y vuelve a besarme.

Cuando se ha marchado y me quedo a solas en aquella casa tan bonita y grande pienso en lo que ha sucedido entre ambos. Ha sido tan apasionado, tan sexy, tan delicioso… Hacía demasiado tiempo que no me sentía así, a pesar de mis inseguridades.

Miro mi teléfono móvil. Son las doce de la noche cuando oigo el sonido de un helicóptero acercarse, abro la puerta corredera y salgo al jardín posterior, deteniéndome junto a la piscina. Lo veo sobrevolar la casa y rebasarla. No sé dónde estará el hotel en el que va a detenerse, pero debe de ser muy cerca porque en menos de diez minutos parte de regreso. Al pasar sobre el jardín pienso que Aslan viaja en ese helicóptero rumbo al hospital para tratar de ayudar a una mujer a la que no conoce, haciendo malabarismos con su propia vida para conseguirlo. Y pienso que los verdaderos héroes no llevan capa.

Cierro la puerta corredera y desbloqueo mi teléfono móvil, descubro que tengo varios mensajes, uno de voz de mi madre que escucho.

«–Hola, Sara. ¿Te acuerdas de que tienes una madre? Y una abuela. Dime cómo van las cosas y cuándo vuelves. Ten mucho cuidado y no salgas por la noche, tu abuela y yo estamos bien».

En España son las once y estarán acostadas, le contestaré por la mañana.

Tengo otros mensajes, de Lorena y Carolina en nuestro grupo.

Carolina: Mira que soltarnos eso y no coger el teléfono, eres una capulla. 12:48

Lorena: ¿Cómo sigues, petarda? 13:30

Carolina: Espero que el turco te esté poniendo mirando para la Meca porque de lo contrario te vas a enterar por no responder a las llamadas. 13:40

Lorena: Déjalo, ya nos llamará ella y no se lo cogemos.13:41

Carolina: La vamos a ignorar. 13:42

Lorena: Eso, eso, hermana. 13:42

Carolina: Estará dándole que te pego.13:43

Lorena: El turco está para hacerle el Kamasutra *de la A a la Z. 13:43*

Carolina: Hermana, te noto un poco falta de cariño.13:44

Lorena: Tu sobrina y sus desvelos nocturnos, que me están provocando castidad. 13:45

Carolina: Pues déjamela en mi casa un día y os liais como conejos. Yo voy a volver a quedar con el tío del Tinder del otro día. No es el turco buenorro de esta, pero tiene un polvazo... Y además es buena gente. 14:00

Lorena: Cualquier día pillas algo malo. 14:01

Carolina: Perdona, pero uso chubasquero. 14:01

Lorena: A ver si sientas la cabeza. 14:22

Carolina: Mientras encuentro al adecuado, disfruto de los equivocados. 18:43

Lorena: Bueno, esta loca no contesta a nada, tiene que estar pasándolo genial la mamona. Creo que me voy a acostar. 23:15

El último mensaje es de hace dos minutos. Insonoricé el teléfono ante su insistencia en llamarme. Decido contestarles.

Yo: Tengo un calentón del 15, y no os he podido contestar antes porque estaba con él.

Lorena: ¿Comoooorrr?

Yo: Nos hemos liado, no hemos podido llegar a mayores porque un helicóptero ha venido a recogerlo y se ha tenido que ir a atender una urgencia.

Mi teléfono comienza a sonar en una videollamada, es Lore, descuelgo. Veo que también está llamando a Carolina a la vez para que se una a la conversación.

–Perdona, un helicóptero ha venido a por él, ¿es que te has ligado al nuevo James Bond? –pregunta entusiasmada en cuanto se conecta la llamada. Segundos después aparece Carolina en la pantalla. Está en la cama y por su expresión intuyo que estaba dormida.

–Buenas noches –nos dice a ambas–. Ha aparecido la perdida, ¿no?

–Caro, que al ligue de Sara lo ha recogido un helicóptero porque le ha salido una urgencia mientras se estaban liando.

–¿Un helicóptero? Vaya chica, qué nivel. –Se ríe. Y entonces debe de recapacitar sobre el resto de la frase–. ¿Os estabais liando?

–Había una urgencia en el hospital y él es neurocirujano, por eso lo del helicóptero. Y sí, nos estábamos liando.

–Y entonces, ¿ya se ha ido? –pregunta Lorena.

–Sí. Estoy en su casa.

–¿Y qué haces en su casa si él se ha marchado?

–Cuido de su hija; está durmiendo.

–Joder, nena, cómo ha bajado el glamur por segundos. Has pasado de ser una Mata Hari a una nani –sugiere Carolina.

–Eso parece. –Me río.

–Así que tiene una hija. ¿Está separado? –pregunta Lorena.

–No, viudo.

–Mucho mejor, así no tienes que estar lidiando con la ex. –La delicadeza no es uno de los puntos fuertes de Carolina.

–¿Cómo puedes ser tan bruta? Aún no me explico que seas mi hermana –la reprende Lorena.

–Su mujer murió hace unos años en accidente de tráfico.

–El pobre –se compadece Lorena.

–¿Y hasta dónde habéis llegado? –Carolina tiene ganas de detalles.

–Nos hemos besado y nos hemos metido mano. Y de no ser porque ha tenido que irse lo habríamos hecho, porque estábamos supercalientes.

–Vaya, que lata con el hospital. Con la falta que te hace un buen repaso –dice Carolina.

–Gracias, amiga.

–¿Me vas a decir que no? Necesitas un buen tranco que te quite las telarañas de una vez –sugiere. Lorena se echa a reír.

–Pues me he puesto supernerviosa.

–Si es porque te haya vuelto a crecer la virginidad, no temas cariño, no pasa –se burla Carolina.

–Me siento insegura. Él es tan atractivo, es… Bueno vosotras le habéis visto, y yo con mis michelines, las estrías, las tetas caídas…

–Pero, bueno, no te quiero oír decir esas cosas. Seguro que él se ve a sí mismo muchos defectos, todos lo hacemos, pero tú eres perfecta tal y como eres, no debes sentirte así –sugiere Lorena. Se nota que me quiere, mucho.

–Tú eres perfecta, nena. No lo dudes ni un instante. Y suerte tiene de que le dejes entrar en tu selecto rinconcito del amor –afirma guiñándome un ojo con picardía–. Y bueno, cambiando de tema, ¿cómo la tiene?

–¡Carolina, por favor! No voy a darte detalles, además, no se la he visto, solo la he… tocado.

–¿Y…?

–Que no voy a daros detalles.

–Aguafiestas –protesta Lorena.

–Está bien, qué sosa eres… Solo dime una cosa, ¿fuet o morcón? –sugiere haciéndonos reír a carcajadas. Me llevo una mano a los labios, no quiero despertar a Cloe.

–Morcón –respondo cuando soy capaz con un hilo de voz, y oigo sus risas escandalosas y a Ramón, el marido de Lorena, protestar, preguntándole si se ha vuelto loca, Gala comienza a llorar–. Ssst, callaos que estamos formando un escándalo.

–La niña se ha despertado y mi marido me la da porque le quema en los brazos –dice con ironía sosteniendo a su pequeña, a la que saludo por la pantalla. Gala se calma en brazos de su madre, que hace malabarismos con el teléfono para seguir enfocándose y sosteniéndola–. Os tengo que dejar. Por favor, remata cuando vuelva, por todas las mujeres que no podemos hacerlo.

–Yo también voy a intentar dormir, nena, que estoy

molida. Pero remata, y cuéntanoslo –me pide Carolina con una sonrisa de oreja a oreja antes de colgar.

–Hasta mañana, besos, que descanséis.

Dejo el teléfono sobre la mesita con una sonrisa en los labios. Los toco con los dedos, esos mismos labios que él ha besado, los pezones se me endurecen con solo recordarlo. ¿De verdad ha pasado? Sí, ha pasado y lo he disfrutado.

Estoy cansada, ha sido un día largo y lleno de emociones, así que pienso en acurrucarme con uno de los cojines del sofá y descansar un rato, pero no podré hacerlo si antes no voy a la planta superior y compruebo que Cloe está perfecta. Subo con pequeños pasos para intentar no hacer ruido. En la planta superior hay un pasillo de habitaciones, al fondo, a través de una puerta abierta veo una sucesión de luces de colores, y me dirijo hacia allí. Aunque mi curiosidad me pide que busque su dormitorio no lo hago, podría despertar a Cloe, así que me dirijo a su cuarto con decisión.

La pequeña está dormida, las luces de colores que yo veía desde el pasillo proceden de una lamparita con luz nocturna que proyecta estrellas multicolores en el techo. Junto a la ventana hay un telescopio apuntando hacia el jardín posterior. La pequeña astronauta debe de adorar mirar las estrellas. Me acerco a la cama y le subo la sábana que solo le tapa los tobillos. Lleva puesto un pijama rosa con motas de color oscuro. Su expresión es tan relajada, es tan bonita. Sobre la mesita de noche tiene una fotografía, tomo el marco y me acerco a la luz. En ella aparece Cloe, con un par de años o poco más, sentada en el césped de lo que parece un parque junto a su madre. Meral es como esas supermodelos de Victoria's Secrets. En la imagen sus muslos tienen la anchura de mis brazos, con un top de tirantes elevado a la mínima expresión y los pechos operados desafiando a la gravedad, el ombligo pegado a la espalda y un melenón castaño bien peinado que avergonzaría al león de la Metro Goldwyn Mayer. Es guapísima, era, está claro que la pequeña se parece a ella, al menos físicamente. Ahora entiendo aún menos cómo Aslan ha podido liarse conmigo. Desde luego la doctora Cuqui cumple mucho más con su perfil. Devuelvo la fotografía a su lugar y le doy un beso en la frente a Cloe antes de marcharme y regresar escaleras abajo.

En el camino de vuelta no puedo contener la tentación de abrir la puerta del que creo su dormitorio, pero me encuentro con un baño, abro la siguiente y se trata de un cuarto de los trastos en el que hay varias cajas de cartón, herramientas y una bicicleta elíptica, la última sin duda es su dormitorio. Al abrir la puerta descubro un cuarto más ordenado que el mío, con una cama tamaño campo de fútbol, de uno ochenta por lo menos, vestida con un edredón nórdico blanco y una decena de cojines del mismo color, una gran cristalera da vistas a la piscina, las cortinas también son blancas y al fondo hay otra puerta que debe de ser un baño. Sobre la mesita de noche del lado derecho hay una corbata y un libro. Me acerco y miro el libro: *A la velocidad de la noche* de Montiel Arnáiz. Una novela negra en castellano. Normal que se las maneje tan bien con el idioma, si no deja de practicarlo. Tomo la corbata entre los dedos y siento la caricia suave de la seda, me la acerco a la nariz y huele a él, a su perfume, como el pañuelo que no pienso devolverle por el momento. Me enrollo la corbata al cuello, me encanta cómo huele, en un rato la devolveré a su sitio.

Una vez en el salón mi móvil se enciende por la llegada de un mensaje. Lo tomo y sonrío sin poder evitarlo.

Aslan: Estoy a punto de entrar en quirófano, gracias por quedarte con Cloe, regresaré lo antes posible. Espero que no te moleste que haya tomado tu número de teléfono de la hoja de contactos de Rodrigo.

Yo: No me molesta en absoluto, y puedes tardar lo que necesites, estaré aquí.

Aslan: Muchas gracias, Sara, te lo compensaré. Y recuerda que estás en tu casa.

Y un beso, un emoticono con beso, podría haber enviado cualquier emoticono, y me envía un beso. Me estoy atontando por momentos, todo esto es por el deseo sexual no resuelto, me digo a mí misma para justificarme. Necesito beber agua, e ir al baño, por lo que busco uno en la planta inferior. Así descubro la cocina, de muebles blancos y clásicos, con una nevera enorme de doble puerta que en la mía no cabría ni a presión. Está todo recogido a pesar de que ha preparado la cena. No me es difícil encontrar los vasos y servirme un poco de agua. La siguiente habitación, tras la cocina, es un amplio lavadero con secadora, lavadora, planchero y cuerdas de tender en el interior. La cierro deprisa, no sea que me entre nostalgia de hacer la colada, que llevo ya demasiados días viviendo la vida de una marquesa. Regreso sobre mis pasos, me fijo en una puerta abierta a la derecha, cercana al comedor, enciendo la luz y veo que se trata de un dormitorio de invitados, con la decoración simple pero bonita en tonos azulados, probablemente donde durmió la doctora Cuqui después de pillar la cogorza del siglo. No quiero pensar en ella. Frente a esta por fin hallo mi objetivo, el baño. ¡Aleluya!

A mi regreso al salón busco el mando de la televisión, la enciendo por escuchar algún ruido de fondo, porque no voy a entender nada, tal y como me pasa en el hotel. Busco el canal español 24 Horas y lo encuentro. En España todo sigue como siempre, sin ninguna novedad, aunque en mi vida ha sucedido una novedad muy grande, en realidad, más de una. Sonrío al recordarle, al rememorar sus besos y su mensaje en el teléfono, y me acomodo en el sofá, con la cabeza apoyada en uno de los cojines y oliendo su corbata.

Capítulo 13

Me despierta un beso en la frente, la luz del sol se cuela por la cristalera del salón iluminando todo con su tono anaranjado. Abro los ojos y descubro los labios de Aslan que se retiran de mi piel, el roce de su barba en el puente de mi nariz y su mirada esmeralda enmarcada por unas profundas ojeras.

–Buenos días, señorita –me dice, y me derrito–. No pretendía despertarte, pero estás tan adorable que no he podido resistirme.

–Buenos días, ¿qué hora es?

–Las seis de la mañana, es temprano aún, estoy molido, ¿me haces un hueco? –pregunta dejándose caer a mi lado, despacio. Empujo los cojines de mi espalda y los lanzo lejos, permitiéndole que se acurruque contra mi pecho. Aslan entierra el rostro sobre mi clavícula izquierda y le acaricio el pelo con los dedos. Me encanta esta nueva familiaridad, me encanta tenerle así, tan cerca entre mis brazos y sentir su aliento en mi cuello.

–¿Has intentado estrangularte? –sugiere con una sonrisa indicando hacia su corbata que tengo enredada entre el cuello y el brazo derecho.

–Huele a ti –admito en duermevela, y él sonríe satisfecho–. ¿La chica…?

–Está bien, a salvo –dice en un susurro aliviando el pesar de mi corazón.

–Deberías acostarte en la cama, así no podrás descansar.

–Solo serán cinco minutos –masculla casi ininteligible. Inspiro hondo, el velo del sueño aún no me ha liberado del todo y me rindo a su abrazo dulce como el éter.

–¡*Baba*! ¡Quiero desayunar! –protesta Cloe despertándome. Está zarandeando la espalda de su padre que está entre mis brazos y moviéndome también a mí. Me despabilo de golpe, estamos enredados en un nudo de brazos y piernas, un nudo maravilloso. La pequeña no parece molesta por ello, ni siquiera sorprendida, solo quiere su desayuno. Pero Aslan está rendido, apenas balbucea algo incomprensible.

–¿Te lo preparo yo? –sugiero, y ella con los brazos en jarras asiente. Me es difícil zafarme del abrazo ardiente de Aslan, me tiene bien sujeta, pero consigo liberarme y ponerme en pie–. ¿Qué te apetece?

–Desayunar –afirma haciéndome reír.

–Ven conmigo a la cocina y te preparo algo.

Después de una tortilla, una macedonia de frutas y pan turco, Cloe sonríe feliz con el estómago lleno. En eso nos parecemos, con hambre me pongo de los nervios. Picoteo algo con ella y la observo, tiene una cara muy linda, y sonrisa de pilla con esos dientes tan pequeñitos, dientes de leche, lleva el cabello despeinado, y su mirada desprende mucha luz.

Dudo en irme, miro el reloj, son las nueve. Con casi una hora de camino de vuelta más el tiempo de ducharme y cambiarme de ropa no llego a la visita de la UCI, aunque al menos podría preguntar al doctor de guardia cómo ha pasado la noche Rodrigo. Pero entonces tendría que dejar a Cloe a solas con su padre dormido y una piscina llena de agua que me aterroriza pensar que se acerque a ella, sabiendo nadar o no. Y tampoco me gustaría despertar a Aslan con la noche tan terrible que ha tenido, y solo tres o cuatro horas de sueño en el cuerpo.

–Hoy es el cumpleaños de mi prima Elif, ¿tú me vas a llevar? –me pregunta mientras se lleva un trozo de kiwi a la boca con el tenedor.

–¿Yo? Imagino que te llevará tu papá, tu *baba*, cuando haya descansado.

–*Baba* no va a casa de mi tía Sila. Yo tampoco quiero ir, la tía Sila habla mal de *baba* con la *büyükanne* Fátima. Yo no se lo digo para que no se ponga triste, pero le he dicho que es bueno, y mi prima Elif dice que es egoísta y que por eso mi *anne* tuvo un accidente, porque estaba enfadada con él.

–Tu *anne* es tu madre, ¿verdad? –Ella asiente–. ¿Cuántos años tiene tu prima Elif?

–Diez. Ella dice que no tengo *anne* por culpa de mi *baba*, porque es malo.

–Vaya con la niña puñetera –digo para mí.

–¿A que *baba* no es malo? ¿A que es bueno? –me pregunta con voz temblorosa, y cuando le miro a los ojos veo que estos están llenos de lágrimas.

–Eh, claro que tu *baba* es bueno. –Me acerco a ella en la mesa y la abrazo–. Salva la vida de muchas personas, trabaja mucho para ayudar a la gente, y contigo, ¿es bueno?

–Sí.

–Entonces, qué más da lo que piensen tu abuela, tu tía Sila o la prima Elif, que seguro que es una repelente.

–¿Qué es «repelente»?

–Antipática, ¿sabes lo que es? –Ella asiente.

–Sí es repelente –asegura con una sonrisa triste. A mí se me parte el corazón de ver cómo la hermana de Meral y su madre están tratando de envenenarla en contra de su padre, que es, además, la única persona que tiene más cercana en el mundo, su núcleo más íntimo. Sin darse cuenta de que no están dañándole a él con sus malos comentarios y críticas, sino a ella. Porque nadie debe crecer pensando que su padre es una mala persona y que fue el culpable de la muerte de su madre, máxime cuando no es cierto. Lo sabré yo, que tuve que tragarme cabreos monumentales con un poco de agua, cada vez que mi ex dejaba a los niños con su madre para irse con las bicicletas el fin de semana que les tenía y mis hijos volvían a casa enfadados y tristes, por ejemplo. Aunque la situación cambió a medida que fueron ellos quienes decidían si se marchaban con los abuelos o no cuando su padre no estaba.

–Pues, entonces, haz una cosa, ¿vas a hacerle regalo?

–Una muñeca.

–Pues pégale un moco en la parte interior del vestido, que no se vea, pero tú sabrás que lo lleva ahí. Será una venganza secreta. –Cloe se echa a reír. Deja lo que queda de su desayuno y se marcha. La oigo subir a la planta superior a toda velocidad. Recojo los platos y tapo con uno de ellos lo que queda de fruta por si Aslan quiere comérsela cuando se levante.

Regreso al salón y le veo rendido por el sueño, con el cuerpo ladeado sobre el reposabrazos del sofá. Uno de los cojines le ha caído sobre la cara junto con la corbata que tenía yo al cuello, se lo quito y lo dejo a un lado, enrollo la corbata y la pongo encima. Su expresión es tan relajada y vulnerable que me produce mucha ternura.

De pronto llaman al timbre, oigo una campanita y, acto seguido, cómo la puerta de entrada se abre. Toco a Aslan en el hombro, él abre uno de los ojos mientras oigo a alguien pasar al descansillo así que acudo a ver de quién se trata.

En cuanto la veo se quién es, una mujer, de alrededor de sesenta años, delgada, muy elegantemente ataviada con una falda gris, camisa blanca y chaqueta a juego. Lleva el cabello moreno recogido en un moño inglés, va muy maquillada, con la manicura perfecta, y se me queda mirando cuando asomo por la puerta lateral. Me dice algo en turco, que no entiendo por supuesto, y al ver mi expresión prueba con otro idioma.

–¿Sabes hablar inglés?

–Sí –respondo contenta de poder entenderme con ella.

–De acuerdo. Buenos días, soy Fátima, la suegra del doctor Kaya, ¿Cloe está arreglada ya? Tenemos que asistir a un cumpleaños.

–No, aún no está lista –respondo, desconcertada porque no se sorprenda de que haya una extraña en la casa, ¿es que Aslan trae a tantas mujeres que ya ni le sorprende encontrarse con alguna por las mañanas?

–¿Cómo te llamas?

–Sara.

–¿Eres europea?

–Española.

–No me gustan las extranjeras, por cierto, y no tengo muy buen concepto de España, demasiado libertinaje, pero te daré una oportunidad, aunque deberías cuidar más tu aspecto, esa camiseta por fuera no es muy adecuada –asegura con rictus serio, y me remeto la camiseta veloz mientras me pregunto dónde está la cámara oculta–. Prepárame un té. No he tenido tiempo de tomarlo antes de salir de casa. Con leche y dos pastillas de sacarina. Espero que no tengas problemas con poner tés y que no seas reivindicativa. Ese fue uno de los motivos por los cuales despedí a la anterior asistenta –asegura estirada como un palo, y comienza a subir la escalera de la planta superior sin dejarme tiempo a responderle nada. Su asistenta, eso cree que soy, con las pintas que tengo no le ha cabido la menor posibilidad de pensar que soy un ligue de su yerno. Quiero llorar.

Vuelvo al salón y Aslan sigue dormido, tengo que despertarlo sí o sí, no voy a permitir que esa bruja se lleve a la niña sin saber si su padre está de acuerdo o no.

Le zarandeo, y él gime, vuelvo a zarandearlo y entonces abre los ojos con una amplia sonrisa.

–Buenos días, ¿eres un ángel? –sugiere con voz pícara.

–Despierta, tu suegra está aquí.

–¿Mi suegra? –despabila de golpe, se endereza en el asiento–. ¿Dónde está?

–En la planta superior. Ha subido para que Cloe se arregle para el cumpleaños de su prima.

–¿Qué hora es?

–Las diez y media –afirmo dirigiéndome a la cocina.

–¿Dónde vas?

–A prepararle un té. Me ha confundido con tu asistenta. –Aslan se levanta veloz y me agarra del brazo, deteniéndome.

–No vas a prepararle ningún té. Que se lo prepare ella.

–No me importa hacerlo. Además, se le nota en la cara que lo necesita la pobre mujer y no quiero que me despida. –Sonríe con mi ocurrencia.

–Me ha espantado ya a tres empleadas del hogar, algunas muy buenas.

–No las culpo. Tranquilo, yo no voy a reclamarte el finiquito –aseguro provocándole la risa–. Voy a prepararle el té y a tirárselo por la cara.

Aslan se echa a reír y se marcha escaleras arriba en busca de la señora Rottenmeyer. A los pocos minutos bajan. Tengo el té sobre la mesa, he buscado la tetera entre los muebles de la cocina, así como los vasos de tulipán. La expresión de la señora ha cambiado cuando llega hasta donde estoy. Cloe está a su lado, va vestida con un pomposo vestido de princesa que debe de ser de lo más incómodo para una niña, y en sus manos lleva una bolsa de regalo en la que intuyo tendrá la muñeca que va a regalar a su prima.

–Quiero pedirle disculpas por haberla confundido con el servicio –me dice la señora, yo asiento–. Pero entenderá que dado su aspecto no es extraño que me confundiese.

–¿Qué le pasa a mi aspecto?

–No me entienda mal, cada uno puede vestirse como le apetezca. –En ese momento Aslan entra en la cocina. No quiero montar una escena delante de él y de Cloe, de lo contrario iba a explicarle a la señora cómo nos las gastamos las de mi pueblo–. Me llevo a Cloe, regresaremos por la tarde.

–¿Y el té?

–Le pido mil disculpas –más falsas que una moneda de chocolate–, pero no me da tiempo de tomarlo. Hemos quedado para desayunar en casa de mi hija Sila, pero gracias por prepararlo –asegura y tira de la mano de la pequeña, que se vuelve, alza un poco la bolsa en la que contiene el regalo y me guiña un ojo, y entonces entiendo que ha hecho lo que le he dicho. Madre mía, espero que no le ocasione ningún problema con el bicho que tiene por abuela. Aslan las acompaña a la puerta y segundos después regresa.

–La bruja se ha llevado a mi pequeña princesa –afirma con resignación.

–Creía que os llevabais bien.

–Y lo hacemos, o al menos lo intento. Fátima es una mujer… complicada.

–Se le nota.

–Cloe no quiere pasar demasiado tiempo con ella y con su familia materna.

–Me lo ha dicho.

–¿Sí?

–Sí. Y no la culpo si todos son así.

–Su tía Sila, la hermana mayor de Meral, apenas me habla, con Cloe se lleva bien y tiene una prima de su edad.

–Cloe no las soporta, a ninguna de las dos, porque le hablan mal de ti.

–¿En serio? ¿Te ha dicho eso?

–No te lo ha contado para no herir tus sentimientos, pero creo que debes saberlo porque ella sufre cuando lo hacen.

–¿Y te lo ha dicho sin más? A mí nunca me habla sobre sus visitas a los familiares de su madre. Le pregunto qué tal le ha ido y siempre me responde que bien, si trato de sacarle algo más de información contesta con monosílabos.

–Intenta protegerte.

–Madre mía, es tan pequeña y sin embargo… Soy yo quien debo protegerla de esa panda de arpías, pero a la vez no quiero que pierda el contacto con su familia materna.

–Quizá deberías poner tierra de por medio, al fin y al cabo, no eres feliz en Estambul, y el hogar de Cloe estará donde tú estés. Quizá sea una opción regresar a Antalya y que mantenga el contacto con su abuela y su tía y prima en la distancia. Con gente así un par de visitas al año es más de lo que tienen muchas familias, y quizá más de lo que le haría bien a Cloe –aseguro apoyándome sobre la mesa de la cocina. Él toma asiento ante mí, destapo el plato y le muestro la fruta. Coge un trozo de plátano con los dedos y se lo lleva a la boca, le sirvo un vaso de té–. Todo eso de que hay que darlo todo por la familia es mentira. Hay familiares tóxicos que solo logran hacer daño, y le harás un flaco favor manteniéndola cerca de ellos, su familia eres tú. Y con esto no pretendo decirte lo que debes hacer ni mucho menos, solo te doy mi opinión porque en ocasiones desde fuera se ven las cosas con mayor claridad, pero no los conozco y puedo estar equivocada.

–No lo estás. –Bebe un par de sorbos en silencio, me mira y sonríe.

–¿Podrías pedir un taxi por mí? –pregunto poniéndome de pie.

–Nada de eso, yo te llevaré.

–No, tú debes descansar. Además, antes voy a acercarme al hospital para preguntar cómo está Rodrigo.

–Está bien. Esta mañana antes de salir pregunté por él. Aykol me ha dicho que mañana volverán a reducirle la sedación para ver cómo reacciona.

–Ojalá esta vez reaccione bien y despierte. ¿Crees que le quedarán secuelas?

–Espero que no, pero es imposible saberlo hasta que despierte –afirma llevándose otro pedazo de fruta a los labios, jugosos y húmedos, que saboreé la noche anterior y que mataría por volver a hacerlo–. Me doy una ducha rápida y te llevo al hospital.

–No hace falta que te des prisa, es tarde y no me dejarán verlo.

–Sí te dejarán –asegura guiñándome uno de sus preciosos ojos, y se marcha de la cocina.

Durante el camino hacia el hospital me siento como Vicki Vale subida al coche de Batman, solo que mi Caballero Oscuro es mucho más sexy que el suyo. Es como una nave espacial, nada que ver con mi Citroën Saxo blanco, con veinte años, en el que solo me falta sacar los pies por debajo para subir las cuestas a lo Picapiedra. El rato que hemos pasado juntos me ha hecho darme cuenta de que a pesar de los distintos que somos tenemos varios demonios compartidos, sobre todo en cuanto a la crianza de nuestros hijos como familia atípica. Él conecta la radio y comienza a sonar un grupo que me recuerda a Green Day y su albún «Dookie», solo que cantan en turco.

–¿Quiénes son?

–Son Kurban, esta canción se llama *Yalan* –afirma con una sonrisa–. Dice algo así como: «No me digas nada, la llama dentro de mí se convirtió en cenizas, desapareciste, ¿huiste de mí? ¿Alguna vez has dicho mi nombre en la mañana?» Habla de que el amor es solo una diversión para un par de días, que es una mentira.

–¿Y tú piensas eso? –pregunto, porque si algún día logro quedarme callada y filtrar antes de hablar me darán el Nobel a la templanza, si es que existe. Aslan se queda pensativo un instante, veo la carretera reflejada en sus gafas de aviador de vidrios verdes, se echa los cabellos aún húmedos hacia detrás, antes de responder.

–No creo que el amor sea una mentira. Creo que nosotros mismos nos impedimos encontrarlo, por muchas razones, como nuestros prejuicios, el miedo al dolor o puro egoísmo, porque somos incapaces de darnos por completo. ¿Y tú, qué piensas? –pregunta girándose hacia mí un instante para escudriñar mi expresión.

–Yo me enamoré cuando tenía dieciséis años. Me sudaban las manos, me palpitaba el corazón y todo eso, así que puedo asegurar que el amor existe, pero con las mismas me fui desenamorando lentamente durante años. Y por experiencia sé que cuando el enamoramiento, la pasión, se acaba, la relación tiene que ser muy fuerte para que perdure. Y ambas partes deben estar por la labor de mantenerla, con un trabajo de pico y pala diario. Ese no fue mi caso con Miguel, supongo que él tenía otra visión y a mí no me quedaban ganas de seguir luchando por mantenernos juntos.

–¿Y estás abierta al amor? –pregunta, y se lame el labio inferior en un gesto tremendamente sensual, poniéndome nerviosa.

–¿Te refieres a tener una relación? –Asiente–. Una relación seria, es difícil, estoy en un momento de mi vida en el que no quiero complicaciones, mucho menos que afecten a mis hijos. No estoy cerrada al amor, no me entiendas mal, pero tendría que ser un amor sano, sencillo, sin dobleces ni postureo –relato buscando sus ojos.

–¿Qué es «postureo»?

–Todo eso de fingir que no me gustas para crear interés, te doy una de cal y otra de arena, ahora me hago el interesante y no te llamo…

–Ya.

–Estaría abierta al amor a alguien que me guste, eso por encima de todo, y que me dijese: «Estoy aquí para ti, pase lo que pase, estaré a tu lado y lucharé porque esta relación salga bien, confía en mí». Y que fuese verdad, claro –aseguro con una sonrisa que él me devuelve–. Yo ofrezco lo mismo, ¿eh?

–No es fácil de encontrar –admite–. ¿Sabes? Hay algo que me atormenta desde hace tiempo y jamás lo he hablado con nadie…

–¿Qué?

–¿Sabes por qué la familia de Meral no me soporta, aunque finjan hacerlo? Porque ella les contó que iba a dejarme porque yo la estaba engañando con otra mujer.

–¿Y es cierto?

–No. Ella sabía que su padre jamás le perdonaría que hubiese faltado al honor de su esposo, que sería un escándalo en su familia, mucho más conservadora que la mía, y se anticipó a darles un motivo para que nuestro matrimonio acabase.

–¿Cómo lo sabes?

–Porque su hermana Elmer, la pequeña, presa de los nervios, me preguntó en su funeral si no me daba vergüenza llorar tanto cuando ella sabía que no la quería, porque su hermana le había contado que yo la engañaba con otra.

–Vaya. ¿Y le dijiste que no era cierto, que era ella quien te engañaba a ti?

–No.

–¿Por qué?

–Porque, si lo hacía, ensuciaría su memoria y haría mucho más daño a su familia, que ya tenían suficiente con haber perdido a una hija. Prefiero que nadie lo sepa.

–Joder, Aslan. Ha tenido que ser muy duro para ti guardar un secreto como ese –digo posando la mano sobre la suya en la palanca de cambios, y él me acaricia los dedos con el pulgar.

–Ocultándolo protejo a Cloe, no quiero que tenga una idea equivocada de su madre porque era una gran mujer –asegura con tristeza. ¿Cómo puede ser así? ¿Cómo puede tener ese código de honor para proteger a la madre de su hija por encima de todo? ¿Dónde fabrican a esta clase de hombres y por qué yo no sabía que existen? Aslan toquetea la pantalla del vehículo y comienza a sonar una nueva melodía, *Never Ending Story*, de Limahl. Él le da un pequeño toque de voz. Sonrío al reconocer la música y le miro a los ojos.

–Es una de mis canciones favoritas –le digo.

–También lo es mía, desde que era pequeño, porque creo que hay historias que no deben terminar nunca –concluye despertando un hormigueo nervioso en mi interior.

Cuando llegamos al hospital Aslan tiene su propio lugar en el aparcamiento marcado por su nombre Dr. Kaya en la pared, me hace gracia. Al final sí que va a ser Bond, James Bond, como bromeaba Lore.

–¿En qué piensas? –me pregunta al descubrirme sonriendo en el ascensor.

–En mis amigas, después de mis hijos es a quienes más echo de menos. Somos amigas desde pequeñas y nos conocemos tan bien que no necesitamos hablar para comunicarnos; con solo una mirada es suficiente.

–¿Son las chicas con las que hablabas cuando dabas voces en la sala de espera?

–No daba voces.

–Sí que lo hacías, es cierto que te oí desde mi despacho.

–Pues no hacía falta ser tan antipático –protesto, y él echa a reír.

–No pretendía serlo, me sale de modo natural –dice enarcando una ceja con mirada pícara, provocando que también ría. Antes de que las puertas se abran tira de mí hacia él y me besa apasionadamente contra la pared del ascensor y a mí se me caen las bragas al suelo, en el sentido figurado. Siento una punzada honda en el sexo y unas ganas locas de rematar la faena de anoche. Pero las puertas del ascensor se abren y él me ofrece pasar primero mientras me recoloco la blusa y trato de respirar con normalidad. Me va a dar un infarto vaginal en cualquier momento, si es que es posible.

Accedemos al pasillo que comunica con la UCI. Nos detenemos ante el control sanitario.

–Mientras visitas a Rodrigo me acercaré a ver cómo está mi paciente de anoche.

En ese momento la doctora Cuqui asoma por el control y su mirada se ilumina al verle, se dirige directa hacia nosotros. En ese momento se da cuenta de que vamos juntos y nos mira a uno y otro como en un partido de tenis.

–Buenos días, Aslan. –Tiene la deferencia de hablar en inglés en mi presencia.

–Buenos días, la señorita Celona no ha llegado a tiempo para la hora de visitas. No hay problema porque pase unos minutos a ver a su padre, ¿verdad?

–No se puede –dice, y él arruga el entrecejo. Ella entiende al instante que desea que me lo permita–. Pero, bueno, será una excepción, no pasa nada –asegura con una amplia sonrisa de labios rojos. Vuelve a mirarle a él y luego a mí–. ¿Habéis venido juntos? –se atreve a preguntar.

–No, nos hemos encontrado abajo. Vengo a ver cómo está mi paciente –responde Aslan sorprendiéndome.

–Ah, no sé cómo puedes ser así, tienes que cuidarte y descansar.

–Lo haré, dentro de un rato.

–Está bien.

–Nos vemos en el *parking* en media hora –me dice

en español, para evitar que ella lo entienda, y siento una rabia tan grande que le daría un puñetazo. No digo nada y me alejo en dirección a la habitación de Rodrigo.

Me ha negado. Como Judas. Solo que una sola vez, y él no es cristiano y creo que yo tampoco. Así que se avergüenza de venir conmigo. Claro, ya. Yo no soy una supermodelo de pechugas altas y bien puestas como lo era su mujer, que en paz descanse, o lo es la doctora Cuqui. No, yo soy una madre con michelines y estrías con la que darse un beso en el ascensor, a solas, o un revolcón de sofá, como quien tiene fetiches raros de esos que les gusta lamer los pies o que se disfracen de colegiala, o… los que les gustan que les den patadas en los testículos. Eso soy yo, un fetiche del que avergonzarse, ¿no? Pero qué ingenua he sido al creer que le gustaba.

Todo eso de que es difícil encontrar el amor… No va a ser difícil si vas buscando a una Giselle Bündchen de la que poder presumir.

Falso, pedazo de falso.

En media hora nos vemos abajo, me ha dicho. Por qué no me busca un burka de esos y me lo echa por la cabeza, sería más fácil ocultarme. Ay, qué rabia tengo en el cuerpo. Da gracias doctor Aslan por haberte alejado a ver a tu paciente, porque no sé si habría podido contenerme teniéndote cerca.

Inspiro hondo y trato de calmarme. Lo hago de inmediato en cuanto entro en la habitación de Rodrigo. Tiene mucho mejor aspecto, el vendaje de la cabeza es de menor tamaño, le han afeitado y sus mejillas tienen color sonrosado. Está hasta guapo. Me siento a su lado y le cojo la mano, ahora voy a concentrarme en él y solo en él.

Cuando llego a mi habitación del hotel me quito los zapatos y me echo en la cama. No voy a comerme más la cabeza, ni a pensar en Aslan, ni en Cloe, ni en su abuela la Bruja del Bósforo. Bastante tengo ya con lo mío. Nos dimos unos buenos besos anoche, sí, que me gustaron muchísimo, sí, que le toqué las joyas de la corona y me encantó hacerlo, pues también, pero ahí quedó la cosa. Ni ilusiones, ni darle alas al cuento de la lechera.

No tengo por qué sentirme ofendida, me digo a mí misma, cada uno tiene sus prioridades y su modo de ver la vida. Si a él le gustan las mujeres normales, pero a escondidas, pues que se busque una que esté de acuerdo en eso.

Recibo un mensaje en mi móvil.

Aslan: Dónde estás?

No voy a responderle porque, si lo hago, no seré amable, y no quiero hacerle la competencia a su suegra.

Insiste.

Aslan: Te has marchado?

Por suerte puedo leer los mensajes cortos sin desbloquear el teléfono y él no sabe que los he leído. Pero el móvil comienza a sonar y lo meto debajo de la almohada.

No quiero hablar con él, en este momento no.

Me revuelvo en la cama, con la cara pegada al edredón y el cabello revuelto. ¿Por qué tuve que ir a ver la dichosa Mezquita Azul, encontrarme con él, marcharme con él y liarme con él?

Si ya casi ni recordaba lo que se sentía cuando se deseaba tanto a alguien, cuando ese alguien te ponía como una moto cuesta abajo y sin frenos. Mejor no lo pienso porque me pongo cardiaca de nuevo. Lo mejor será que me dé una ducha, fría.

Saco el pijama y ropa interior de la maleta, dispuesta a echarme un rato en la cama a descansar, voy al baño y me desnudo para una ducha rápida. La cortina de agua me envuelve, haciéndome sentir mejor, me enjabono el cabello y el aroma dulzón del champú me produce una sensación de calma y bienestar. Inspiro, espiro, todo saldrá bien, pronto Rodrigo despertará, nos conoceremos, se recuperará y volveré a casa, a mi vida, a mi rutina. Tuerzo el gesto, mi rutina no era nada del otro mundo, exceptuando mi faceta como madre, que adoro.

Hace tiempo que la peluquería no me llena, y las palabras de Aslan: «¿Y en todos estos años no has tenido ni una sola oportunidad de trabajar de lo que estudiaste?». Me han hecho reflexionar sobre que quizá sí que me he acomodado y no he hecho lo suficiente. Quizá debería moverme y entregar el currículum primero en los hoteles del pueblo, porque me gustaría mucho trabajar en el turismo, y después en todas las grandes empresas de la localidad. Si no lo intento, jamás sabré si podría haber logrado trabajar de mi profesión o no.

Cuando cierro el grifo oigo que llaman a la puerta.

No.

No puede ser Aslan.

Será el servicio de camareras de piso.

Me envuelvo en una de las amplias toallas de algodón y salgo al dormitorio.

–Sara, ¡abre la puerta, por favor! –oigo decir al otro lado.

¿Y ahora qué hago?

¿Le recibo en bolas?

No sería una buena muestra de intenciones, porque estoy bastante molesta con él. Todo eso de autocalmarse y relajarse no me ha servido para nada. Cada vez que pienso que me ha negado ante la doctora Cuqui la llama de mi ira se aviva.

–Sé que estás ahí, he preguntado en recepción. –Mierda, ¿estos no saben nada de la ley de protección de datos o qué? Ay, que no estamos en España, no sé ni si eso existe aquí–. Necesito que hablemos, por favor.

–¡Espera un momento, que estoy duchándome! –digo desde el otro lado de la puerta.

–Está bien.

Me visto con prisas, me peino el cabello con los dedos y me recoloco la camiseta gris del pijama: Parezco una Jane Fonda venida a menos, pero tampoco quiero hacerle esperar demasiado. Abro la puerta sin decir nada y me enfrento con sus ojos. Parece nervioso, lo mismo ha pasado algo y por eso ha venido.

–Tu dirás –le suelto, y él escudriña mi expresión como si pretendiese descifrar la Piedra Rosetta, pobrecillo, con la piedra tendría más suerte.

–¿Puedo pasar? –pregunta, y doy un paso atrás. Él cierra la puerta a su espalda, pero me quedo de pie en el descansillo que comunica con mi habitación–. ¿Qué he hecho? Y sé que ha sido algo en el hospital, porque hasta ese momento estábamos bien. ¿Es porque he llegado cinco minutos tarde?

–¿Dónde has llegado tarde?

–A reunirnos en el *hall*. Estuve hablando con un compañero…

–No te he esperado, así que no sé si has llegado tarde o no.

–Así que, sea lo que sea que he hecho, ha sido antes de despedirnos –asegura incómodo, mirándome a los ojos–. No me gustan los juegos, ni los jeroglíficos, y tú me has dicho que a ti tampoco, ¿qué he hecho que te ha molestado, por favor? –Si me lo pide así, no puedo negarme a decírselo. Soy una blanda, lo sé.

–¿Te parece poco negarme como me has negado?

–¿Que te he negado?

–A mí. Me has negado a mí. Cuando la doctora Cuqui te ha preguntado si veníamos juntos has dicho que no, que nos habíamos encontrado abajo. ¿Por qué? ¿Por qué te avergüenza que te vean conmigo? ¿O es porque no quieres perjudicar tu imagen?

–Para, para, para –me pide mostrándome la palma de

su mano–. ¿Por qué se supone que me avergonzaría que me viesen contigo? ¿Porque eres la hija de uno de mis pacientes? Soy adulto y libre, puedo liarme con quien me dé la gana, y no creo que afecte a mi imagen profesional.

–No me refiero a eso y lo sabes –protesto, no soporto que se haga el desentendido.

–Entonces ¿a qué te refieres?

–A que soy una mujer… normal.

–¿Y? ¿Se supone que tengo que salir con extraterrestres?

–Mira, déjalo, porque si te vas a hacer el tonto –digo pasando por su lado y abriendo la puerta para que se marche.

–No me voy a marchar, no a menos que me expliques de qué me estás hablando ¿Por qué debe avergonzarme estar contigo? Explícamelo, por favor. –Cierro la puerta porque a nadie le importa mi explicación excepto a él. ¿En serio no sabe a qué me refiero?

–Vamos a ver –digo armándome de paciencia y sinceridad. Quiere que se lo diga, pues se lo voy a decir–. Me parece una tontería tener que explicarte esto, pero bueno… Tú eres alto, atractivo, tienes un cuerpazo, eres el típico médico sexy de *Anatomía de Grey* y yo… yo soy la típica paciente que lo mira embelesada porque sabe que nunca, JAMÁS, estará a su alcance.

–¿Qué?

–Que nada, que la tonta he sido yo por pensar que no me ibas a negar, que ibas a decir, pues sí, hemos venido juntos y punto, doctora Cuqui, sin más explicaciones porque no te importan...

–¿Crees que te he negado porque no te considero a mi altura en cuanto a físico? –pregunta patidifuso, y ahora que lo oigo de sus labios suena de lo más ridículo–. Sé que apenas nos conocemos, pero nunca podría haberme imaginado que pensases algo así de mí. Si he negado que viniésemos juntos ha sido por respeto a ti, porque no lo habíamos hablado y no sabía si te sentaría mal que dijese que sí. ¿En serio crees que me importa la opinión de Arzu? Ha sido un placer conocerte un poco más, Sara, pero creo que lo mejor es que lo dejemos aquí –afirma dando un paso hacia la puerta para marcharse, pero estoy situada entre la puerta y él y no me muevo–. ¿Me puedes dejar pasar?

–No.

–¿Cómo que no?

–Que no te voy a dejar pasar.

–¿Por qué? –pregunta irritado, está muy enfadado, mucho, muchísimo. Sus ojos centellean llamaradas verdes.

–Porque no te vas a ir.

–¿Acabas de echarme y ahora no me dejas marchar?

–No.

–¿Qué es esto, un juego?

–No. –Es que no sé qué decirle, pero no quiero que se vaya.

–Por favor. He vuelto a la UCI porque no llegabas, he venido corriendo desesperado porque no sabía si estabas aquí, porque no respondías a mis mensajes ni a mis llamadas y me encuentro con que estás enfadada porque has dado por sentado algo que me dice que piensas muy mal de mí, sin preguntarme siquiera.

–Lo siento.

–Necesito irme, por favor –insiste cansado.

–Lo siento –repito, tratando de ablandarle, pero parece que no funciona–. Entiéndeme, me cuesta creer que te sientas atraído por mí.

–Pero ¿cómo puedes ser tan insegura si eres preciosa?

–Ya, claro.

–Tengo que irme –repite irritado ante mi actitud, y me aparto–. Quizá deberías considerar que no todos tenemos los mismos cánones de belleza, ni toda la belleza está en el exterior, aunque el tuyo sea perfecto. –Perfecto, ¿ha dicho perfecto? Tenemos conceptos distintos de perfección, sin duda, pero me encanta el adjetivo–. Eres preciosa tal y como eres, es una lástima que no seas capaz de verlo.

Y entonces agarra la manecilla de la puerta, que está a mi espalda, decidido a marcharse, y no me contengo más y le beso, porque le deseo con cada célula de mi cuerpo.

Aslan me rodea con sus brazos y me sostiene contra sí. Su boca es un auténtico volcán, sabe a pasión, a deseo y brillo de estrellas. Sus manos bajan por mi espalda, mientras me devora con sus besos ardientes, y se aferran a mis nalgas por encima del pantalón corto del pijama. El roce de su lengua con la mía me despierta mil y una sensaciones, electrizando todo mi cuerpo.

Mis manos le sostienen por los fuertes hombros descendiendo despacio por sus costados. Tiro de los bajos de su camisa para quitársela, dejándole claro que necesito mucho más que un beso para calmar la sed que ha despertado en mí.

Se aparta un instante, me mira a los ojos y sonríe antes de quitarse la camisa por la cabeza, regalándome la fantástica imagen de su torso desnudo, con todos aquellos músculos tan bien colocados cada uno en su sitio. Acaricio sus pezones pequeños y tostados con los pulgares y asciendo por su pecho hasta su cuello, al que me aferro como si fuese mi único punto de apoyo valido en el mundo. Aslan me devora, lame mi garganta y después el lóbulo de mi oreja izquierda, para terminar por morderme en el mentón con suavidad mientras sus manos se introducen bajo mi ropa interior y se convierten en garras sobre mis nalgas.

Me saco la camiseta del pijama por la cabeza, quedando en sostén, en un sencillo sostén de algodón. Si llego a saberlo me habría puesto algo mas sexy, no puedo evitar pensar, y me reprendo. Desconecta puñetera neurona de guardia, y déjate llevar, me digo.

Él vuelve a buscar mis labios, me besa en el superior, recorriendo la definida forma con su lengua, despacio, jugueteando con él para después concentrarse en el inferior, lo lame y succiona como si de un delicioso manjar se tratase. Después me besa con suavidad en la garganta, en la depresión entre las clavículas, sobre el esternón, y continúa descendiendo lentamente hasta acariciar mi pecho izquierdo con la nariz. Deteniéndose en torno al pezón lo mordisquea a través de la tela, humedeciéndola, templando la piel con su aliento y su saliva, para después repetir la misma operación con su gemelo. Siento cómo mi intimidad se humedece, enviándome fogonazos de deseo que me sacuden como una maraca.

Entonces desliza uno de sus dedos por la copa del sostén, bajándola, exponiendo mi pezón, que se rebela enhiesto y sonrosado, y se apodera de él. Percibo el tacto ligeramente rasposo de su lengua jugueteando con él, erizándolo, y cómo el deseo comienza a apoderarse de mi cordura. El roce de su barba sobre mi piel resulta enloquecedor. Con facilidad se deshace de los engarces del sostén con una sola mano y mis lolillas se muestran desvergonzadas. Desvergonzadas y con estrías… No, no, fuera inseguridades, joder.

Sin que me haya dado cuenta con mis comecocos mentales, ha descendido con sus besos hasta mi ombligo y posándose bajo este, arrodillándose en el suelo. Alza el rostro, mirándome a los ojos y sonríe: Es una sonrisa cargada de anhelo y de intención. Y sé lo que va a hacer, inspiro hondo. Me debato entre el deseo y el pudor. Cierro los ojos, con la espalda pegada a la pared, tratando de absorber algo de frialdad de esta.

Siento su aliento en mi vulva, a través de las prendas de algodón, y cómo sostiene mis pantalones de pijama y mis braguitas a la altura de mis caderas entre sus manos, y tira de ambos a la vez, dejándome desnuda, por completo.

No quiero abrir los ojos.

Un beso tibio se posa sobre mi clítoris. Seguido de otro más, y el roce suave de su lengua, apenas perceptible. Un beso que poco a poco se hace más intenso, más profundo. Y una especie de descarga eléctrica me tensa las piernas. Trato de relajarme, de dejarle hacer, porque realmente lo deseo, deseo rendirme a su merced.

Pero entonces se pone de pie y me toma en brazos, subiéndome a su cintura, y me transporta hasta la cama. En sus ojos hay un fuego prendido, me desea con tanta intensidad como yo a él, por eso soy incapaz de resistirme cuando me tumba en la cama con sumo cuidado y, tras besarme de nuevo en los labios, se detiene ante mí y se desprende de los vaqueros, permitiéndome percibir la tremenda erección a través de los boxers negros. Se sube a la cama, con elegancia gatuna, y se sitúa de rodillas justo entre mis piernas, separándolas con delicadeza, dejándome completamente expuesta.

Siento un pudor más grande que en toda mi vida y a la vez el deseo irrefrenable de quedar a su merced; estoy dispuesta a recibir aquello que quiera ofrecerme y a disfrutarlo.

Cuando hunde el rostro entre mis piernas y siento su lengua recorrer con cuidado mi piel más íntima, cuando percibo cómo recorre los pliegues de mi sexo y se hunde en mi interior, con sus manos sujetas en mis muslos, con su nariz jugueteando con mi clítoris y su mentón presionando en la entrada a mi placer, mis piernas se tensan y mi vagina se contrae. Se contrae tanto como jamás creí que fuese posible. Entonces se aparta, y sopla sobre todos aquellos rincones que ha acariciado. El aire me eriza la piel y su lengua vuelve al ataque. Pasados unos minutos de deliciosa tortura no puedo evitar gemir con la respiración acelerada. Todo mi cuerpo comienza a convulsionar, a palpitar en una onda de placer que se esparce desde mi sexo, desde mi interior, por todo mi cuerpo, recorriéndome, sacudiéndome, estremeciéndome, como jamás creí que fuese posible.

Oh, joder, qué maravilla.

Él asciende con besos suaves por mi vientre, por mis pechos y mi garganta hasta situarse sobre mí, justo ante mis ojos.

–No imaginas cuán deliciosa sabes –dice justo ante mis ojos, con ambas manos a cada lado de mi rostro, y me besa, dándome a probar pequeños esbozos de mi propio placer.

Sin dudarlo un instante busco su erección con mis manos y le acaricio por encima de la prenda sin pudor, para después tirar de esta y liberarle al fin. Me apodero de su sexo y le acaricio. Él se mueve contra mis manos, humedeciéndolas, gime, y me mira con un anhelo que me enciende como una pira.

–Será mejor que coja un preservativo o no sé cómo va a acabar esto –dice poniéndole más cabeza que yo misma. Baja de la cama y busca su cartera, dentro del pantalón en el suelo. Pronto le tengo de nuevo sobre mí, rompiendo el envoltorio con los dientes y extendiéndolo en toda su inmensidad–. ¿Seguimos? –sugiere guiñándome un ojo, con toda esa petulancia que antes me irritaba y ahora sin embargo me vuelve loca.

–A ver, deja que lo piense… Por supuesto –afirmo asiéndome a su cuello y besándole de nuevo. Le hago rodar en la cama y me sitúo sobre él a horcajadas–. No te muevas –le pido, y disfruto de su expresión mientras me acomodo lentamente sobre su erección, y le sostengo por las caderas, tratando de impedir que se mueva. Él sonríe, conteniéndose a duras penas. Le acerco mis pechos para que los bese y los amasa entre sus manos, los besa, lame y mordisquea, provocándome oleadas de placer.

–Oh, nena, no puedo más, deja que me mueva.

–Aún no –le pido contrayendo mi vagina, y él lo percibe, claro que lo percibe. Puedo leer la sorpresa en sus ojos. Vuelvo a hacerlo, una y otra vez, y todo su cuerpo se envara, recibiendo la caricia de mi interior. Sonrío, es algo que aprendí a hacer después de utilizar las bolas Kegel tras el parto de Pablo, se llama pompear, o lo que es lo mismo, contraer y relajar la musculatura interior con fuerza. Estuve entrenando tanto que soy una auténtica experta.

–No sé qué me haces, pero no pares –pide arrebatado en un jadeo.

–Eres libre –digo, y entonces arrebolado me gira en la cama y toma el control de un modo salvaje mientras continúo haciéndole estremecer de placer con mi saber hacer.

Pronto vislumbro la cima de la montaña rusa, y trato de contenerme porque no quiero tener un nuevo orgasmo antes de que él pueda disfrutar del suyo, pero resulta imposible oyéndole jadear en mi oído, sintiéndole moverse en mi interior en toda su inmensidad y disfrutando del roce íntimo de nuestros cuerpos. Y me dejo llevar, y caigo empicado como una loca. Pero entonces le oigo gemir también a él, alcanzando el clímax, deslizándose junto a mí por la montaña rusa, mientras sus ojos me dicen que acaba de acariciar el cielo con los dedos, tanto como yo misma.

Capítulo 14

Me despierto con una sonrisa, con su brazo rodeándome por encima del hombro, con su piel pegada a la mía, puedo inspirar su olor masculino, con leves matices a sudor, y me siento cómoda, segura y satisfecha después del maratón sexual que hemos compartido.

No sé cuántas veces lo hemos hecho, todas las que nos ha apetecido, tres, cuatro, cinco, sin miedo a parecer ansiosa o desesperada le he buscado una y otra vez y él también a mí. Aslan me ha besado, tocado, lamido y acariciado cada parte de mi cuerpo como nunca nadie lo había hecho antes. Me ha poseído con tanto ímpetu, con tanta necesidad, que ha hecho que venza mis barreras y mis pudores y… por favor, quiero un poco de esto todos los días de mi vida.

Me giro en la cama, dándome la vuelta para estar frente a él, para observar su cuello masculino, su mentón, los labios que aparecen entre la barba castaña, carnosos, delineados y apetecibles bajo la nariz recta. Me encanta, le mire como le mire. Entierro el rostro en su cuello y él me aprieta con más energía contra sí, fundiéndonos en un abrazo.

–¿Has tenido ya suficiente? –sugiere haciéndome reír, oigo la voz a través de su garganta y me aparto para mirarle a los ojos, los tiene cerrados.

–Por ahora sí. No sé dentro de un rato –le digo, y sus ojos se abren con expresión pícara.

–Sabes que solo tienes que pedírmelo.

–Lo sé –afirmo besándole en el mentón–. Tengo hambre.

–Normal, hemos gastado muchas energías. Aunque, coma lo que coma, nada me sabrá tan bien como tú –asegura provocándome. Me ha saboreado, a conciencia, y yo que no estaba acostumbrada a ese tipo de… caricias, me he dejado ir como una demente.

–Qué vergüenza.

–¿Vergüenza por qué? Me encantas, toda tú.

–No me lo digas más o me lo creeré –le digo con una sonrisa.

–Créelo, porque es cierto –insiste convencido, aparto la mirada, me intimidan demasiado sus cumplidos–. Son las tres y media, un poco tarde para comer, pero sé de un sitio al que podemos ir. Vamos, cogemos energía y volvemos a la carga –sugiere, y yo busco sus ojos alarmada. Aslan se echa a reír–. Bueno, me conformaré por hoy.

Cuando salimos de la habitación, en el pasillo no se contiene y me abraza. Busca mis ojos por si me molesta que lo haga, pero en absoluto es así. Quiero disfrutar de él, de su compañía, de su cuerpo, de su risa y su humor ácido, mientras esté en Estambul, sin pensar, sin planear nada, sin comerme el coco con el mañana.

Subo a su coche y conduce unos veinte minutos hasta un restaurante llamado Aras Istanbul Kebab Cafe & Restaurant que está en una concurrida calle peatonal. Tomamos asiento en una de las mesas del exterior, cuando la mayoría de los comensales toman el té de después de comer. Enseguida se acerca el camarero. Aslan me pregunta qué me apetece tomar y pido un refresco de cola. Poco después el mismo camarero trae mi refresco y su cerveza y nos entrega una carta en inglés para mí y en turco para él.

–¿Qué me recomiendas hoy? –le pregunto.

–¿Has probado el *testi kebabi*? Se traduce algo así como el kebab de cerámica.

–¿El kebab de cerámica? No, no lo he probado. A ver si voy a volver a España sin dientes.

–No. –Ríe–. Es el plato más conocido de la región de Capadocia. El kebab de cerámica tradicional se hace con una olla Avanos, que es el pueblo típico de cerámica de Capadocia. Está compuesto por carne de ternera, tomate, pimiento y cebolla, con especias y hierbas aromáticas. Toda esa mezcla se coloca en una especie de pequeñas macetas de una sola porción. La abertura se sella con una papa y se coloca en el *tandoor* para cocinarla. A medida que la papa se vuelve más blanda, emerge un agujero en el medio, creando una atmósfera de olla a presión dentro. La alta temperatura y presión que se desarrolla dentro de la olla es el secreto de su sabor único.

–Jolines, me lo has vendido tan bien que tengo que probarla.

–Espero que te guste –dice.

Y me gusta, me gusta mucho. Pero él me gusta más. Cada vez que me roza la mano me siento como una adolescente, con esas mariposas en el estómago. Estoy ilusionada, no puedo negarlo, pero también sé que es cuestión de días u horas que se acabe, y quizá esto lo haga más bonito aún.

Le observo llevarse un pedazo de musaka a los labios y sonrío, él me mira y también sonríe. Me gusta cómo me mira, es bonito sentirse así, admirada y deseada, ya no lo recordaba.

–A las siete tengo que recoger a Cloe en casa de su abuela –dice antes de dar un sorbo a su botellín de cerveza–. Si te apetece acompañarme...

–No gracias, me gustaría ver a Cloe, pero a su abuela no. ¿Quién le dijiste que era yo?

–Una amiga, tampoco tengo que darle mayores explicaciones. Ella es la abuela de Cloe, pero ya no es nada mío –asegura. Un mechón de su pelo castaño le cae sobre la frente y no puedo evitar la tentación de peinárselo con los dedos; la mesa es lo suficientemente estrecha para permitírmelo. Aslan recibe la caricia con los ojos cerrados y atrapa mi mano de regreso, deslizándola por su mejilla sobre la barba y besando mi palma antes de liberarla.

–Cloe es una niña maravillosa.

–Lo es, e intento que sea feliz cada minuto de cada día, porque ya ha sufrido suficiente. Fue muy duro al principio, no es fácil llenar el vacío de una madre. –Ahora soy yo quien coge su mano, sobre la mesa–. Tuvo problemas en el colegio, sacó malas notas, se peleaba con sus compañeros… Pero hace ya algún tiempo que la veo alegre de nuevo y eso es lo importante.

–Pues sí, eso es lo más importante. Cuánto duelen los hijos, ¿verdad? Hasta que no los tienes no puedes siquiera imaginarlo. Pablo también pasó una mala racha cuando nos separamos: Él tenía cinco años, era muy pequeño. Álex tenía once y también lo pasó mal, pero siempre ha sido muy fuerte y se adaptó rápido. En cambio, Pablo, que siempre fue tímido, se metió aún más en sí mismo. Y en el colegio comenzó a sufrir acoso por parte de dos niñas, que se burlaban de él, le decían que era un tonto, porque apenas se relacionaba, le llamaban cosas… –No puedo evitar emocionarme al relatar aquello, y me sorprende hacerlo porque lo creía más que superado, pero rememorar cuántas lágrimas derramó mi hijo pequeño durante esos dos cursos escolares aún me duele, a pesar de que es agua pasada. Aslan aprieta mi mano y la acaricia entre las suyas–. Por suerte, él siempre me ha contado sus cosas, y me las sigue contando, y me lo dijo, que no podía más. Fui al colegio a hablar con sus profesores, que me dijeron que lo tratarían con las niñas. Lo hicieron, pero no sirvió para nada. Insistí, rellené una reclamación y citaron a sus padres y se reunieron con ellos un equipo del centro. Para ellos mi hijo exageraba. Imagino que a nadie le gusta pensar que su hija es una acosadora que disfruta haciendo daño a otros niños, no debe ser fácil. Insistí, una y otra vez. Mi ex dijo que iría a hablar con los padres de esas niñas y le pedí que no lo hiciese, porque podía ser peor. Si ante lo expuesto por el colegio no habían reaccionado bien, tampoco lo harían porque se lo pidiéramos e incluso podrían acusarnos de acosarlos, o qué se yo. Volví a ir al colegio, me reuní con el director, y… ¿sabes cuándo paró? Cuando Álex cogió a una de ellas en el recreo y la tiró al suelo y a la otra la agarró de los pelos y les dijo a ambas que como volviesen a meterse con su hermano les partiría la cara. La castigaron dos meses sin recreo, porque era mucho mayor que esas niñas, pero ella estaba cansada de ver sufrir a su hermano, al que desde entonces dejaron en paz.

–Hay un proverbio árabe que dice que «El amor de un hombre por una mujer crece y decrece como la luna, pero el amor de un hermano por un hermano es constante como las estrellas y perdura como la palabra del profeta» –recita y le oigo embelesada–. Es muy bonito que Álex hiciese eso por su hermano. A mí me encantaría poder dar hermanos a Cloe. Vengo de una familia en la que somos cuatro, dos mujeres y dos hombres. Yo soy el tercero, y me he sentido muy arropado por ellos, no me gustaría que se perdiese esa relación tan especial. Pero debo encontrar a la mujer adecuada –asegura con una sonrisa enternecedora. No me doy por aludida, en absoluto. No quiero pensar en Aslan con otra mujer, pero sé que deberá llegar una que le ame y le haga feliz y le dé esos hijos que serán hermanos de Cloe, ambos se merecen ser felices. Desde luego esa mujer no soy yo, porque… ¿por qué? Porque vivo en la otra parte del mundo, porque allí tengo mi vida, porque jamás apartaría a mis hijos de su padre, porque ellos no se vendrían a vivir a Estambul por nada del mundo, porque mi madre me descuartizaría y repartiría mis restos en bolsas de basura, porque esto es un rollito pasajero, porque decidí cerrar la fábrica de bebés hace mucho tiempo, por… todo. Y sin embargo no quiero imaginarle besando a otra mujer, ni haciéndole las cosas que me ha hecho a mí y que provoca que me tiemblen las piernas de solo pensarlas. Él me mira en silencio y su mirada me devuelve a la realidad.

–La encontrarás, estoy segura, os lo merecéis Cloe y tú –sugiero, y casi podría decir que leo decepción en sus preciosos ojos verdes, casi–. Yo, en cambio, soy hija única, esa relación nunca la he vivido y me maravilla descubrirla en mis hijos, cómo se quieren, aunque discutan, aunque se chinchen el uno al otro y se peleen, pero el cariño que sienten el uno por el otro me parece maravilloso.

–Lo es –asegura.

Después de comer tomamos té en una tetería cercana. Aslan me habla de su infancia en Antalya, de cuando con sus hermanos hacían rutas de senderismo en el Parque Natural Cascadas de Kurşunlu. Me cuenta que en aquella época incluso podían bañarse en el lago y disfrutar de la sensación del agua cayendo sobre ellos, antes de que fuese invadido por figurantes con animales que piden dinero por hacerse fotografías. Me habló de la belleza de su tierra, de los mágicos atardeceres en el puerto, de la belleza de la Puerta de Adriano, construida en honor del emperador romano quien visitó Antalya en el año 130, de las playas interminables y las puestas de sol. También del carácter difícil de su padre, de su mentalidad tradicional y que tanto chocaba con la de su madre, que había pasado gran parte de su juventud en Londres, donde conoció a Fátima, la madre de Meral. Ella siempre había sido su refugio y el de sus hermanos, quien ocultaba sus travesuras para evitar que les castigasen, y el apoyo fundamental de su hermana al salir del armario.

–Se nota que la admiras.

–Lo hago. No me entiendas mal, quiero mucho a mi padre, pero nunca me ha dado la confianza suficiente como para, por ejemplo, mostrar mis debilidades ante él porque él nunca las ha mostrado ante mí. Nunca le he visto llorar, ni siquiera cuando fallecieron mis abuelos. Mi padre mantiene el concepto de que el hombre es el guía que marca el camino a la familia, pero yo no quiero ser un guía para mi hija, prefiero ser el faro que indique la dirección de los distintos caminos posibles. Quiero que acuda a mí cuando se sienta frágil y demostrarle que siempre estaré ahí para ella, incluso cuando se equivoque. Mi madre en cambio es completamente distinta. –Se le ilumina la mirada al mencionarla–. Es una gran abogada, aunque después de que naciesen mis hermanos dejó de ejercer, para cuidarnos. Incluso mi padre, que también es abogado, le ha pedido asesoramiento en ocasiones. Y debo decir que no lo dejó porque él se lo pidiese, en absoluto, podría haber contratado una niñera para cuidarnos, como tenían la mayoría de nuestros amigos. Pero mi madre es de orígenes humildes, su padre hizo fortuna con una empresa constructora cuando ya era adolescente y decidió criarnos del mismo modo en el que se había criado ella. Así que dejo de trabajar para cuidarnos y después no ha vuelto al servicio activo.

–Yo he pensado en hacerlo, a veces, pero no puedo permitírmelo. Y no porque no me guste trabajar, me gusta, pero mi actual trabajo en turno partido está provocando que me pierda la infancia de mis hijos, y eso me mortifica. Si pudiese, trabajaría solo mientras están en el colegio. Y sé que mi hija Álex me quemaría en la hoguera por decir esto, y lo haría en nombre de todas las mujeres que lucharon para que tuviésemos derecho a trabajar. Yo me crie con mis abuelos, porque mi madre siempre estaba trabajando, y lo cierto es que la he echado de menos, mucho. Además, en mi caso era más flagrante aún al no tener padre. Es como si no les hubiese tenido a ninguno de los dos. Y no la culpo de nada, al contrario, sé que ha luchado como una jabata para sacarme adelante y que no me faltase de nada. Pero yo quiero estar ahí para mis hijos cuando estén enfermos, cuando se sientan mal, cuando me necesiten, es como más realizada me siento.

–No creo que sea machista quedarse en casa al cuidado de los hijos siempre que sea por elección y no por imposición, seas padre o madre. En mi caso estuve dos meses sin trabajar tras la muerte de Meral y estar todo el día en casa no es para mí, necesitaba salir y ver gente. Adoro a mi hija, pero necesitaba hablar con adultos –añade con una sonrisa.

–¿Te consideras feminista? –Es una pregunta trampa que me hizo mi hija Alejandra hace años.

–Por supuesto. Tengo una hija, y quiero que tenga las mismas oportunidades y derechos que cualquier hombre –responde enarcando una ceja–. ¿Me lo has preguntado porque soy musulmán y se nos presupone machistas?

–No. Te lo he preguntado porque yo misma no entendía el significado real de la palabra «feminismo» hasta hace unos años. Creía que era lo contrario al machismo. Y cuando hablo con alguien sobre el tema me gusta preguntarlo por si tengo que sacarles del error –admito divertida en mi papel de doctora Liendre–. Tampoco es que los cristianos hayan sido muy respetuosos con los derechos de las mujeres hasta hace unos años. Mi abuela, por ejemplo, cuenta que a misa no se podía llevar la cabeza descubierta, tenía que llevar un pañuelo o una mantilla, si no era una descarada. Como sucede hoy día en las mezquitas, por ejemplo. Y cuando hice la confirmación, la catequista nos advirtió de que no nos pusiésemos faldas cortas o tirantes porque el cura lo consideraba una falta de respeto. En fin, no creo que se trate de religiones, sino de avance cultural.

–Me gusta como piensas. Es casi lo que más me gusta de ti.

–¿Por qué casi?

–Porque lo que más me gusta de ti es tu sonrisa. En realidad, hasta ahora, me gusta todo lo que he visto, Señorita –suelta como si nada, y a mí se me hace un nudo en la garganta.

¿Por qué me dice estas cosas? ¿Las siente de verdad? ¿Qué sentido tendría que me las dijese si no las sintiese? La voz de mi madre con su prometer hasta meter me acude al subconsciente. Me enfado al reconocerlo, pero no he podido evitarlo, son demasiados años de educación represiva. Ya nos hemos acostado y pienso repetir, a ser posible. No tiene sentido, me ha metido de todo menos miedo, y me ha encantado que lo haga. Carraspeo, la cosa se ha puesto intensa, demasiado para un rollo pasajero.

–¿Has visto el Gran Bazar?

–No. Y lo cierto es que necesito ir.

–Pues vamos –sugiere ofreciéndome su mano para levantarme, siento un cosquilleo al agarrarla y busco sus ojos. Me pregunto si él también lo siente, me gustaría preguntarle, pero temo quedar como una ñoña y una cursi.

Caminamos unos diez minutos hasta alcanzar una de las múltiples entradas del Gran Bazar de Estambul. Para ello pasamos junto a la Mezquita Azul y Santa Sofía, y no puedo evitar sonreír al pensar en el día anterior, en cómo nos encontramos y acabé conociendo a su preciosa hija y pasando la noche en su casa. Él me mira como si pudiese leer mis pensamientos, su expresión es segura y relajada, tal y como me siento a su lado. Accedemos al Gran Bazar por una puerta protegida por un arco de seguridad. Imagino que ya en todo el mundo protegen los lugares multitudinarios de posibles atentados, y eso me encoge un poco, pero la desazón desaparece nada más atravesar la puerta, descubriendo ante mí una fiesta de colores. Es como si un arcoíris hubiese explotado dentro y salpicado todo alrededor. Un laberinto de mercados en el que paso a paso descubro que se puede encontrar de todo. Hay puestos de telares, de alfombras, de lámparas, de joyas, de cerámica, bolsos, imitaciones de zapatos y ropa, productos de piel… Camino por entre todos ellos buscando mi objetivo, los de electrónica.

–¿Qué es lo que buscas exactamente? –me pregunta Aslan.

–Un cargador para este móvil. Es el de Rodrigo, y no encuentro ninguno que le sirva. Pienso cargarlo, y quizá con suerte reciba alguna llamada de sus familiares.

–Es una gran idea.

El vendedor del primero de los puestos le hace un gesto de negación nada más mostrarle el teléfono e indica hacia otro mucho más grande, unos cinco metros más adelante.

–Dice que es un sistema de carga que se vende muy poco y no suelen tenerlo, pero que preguntemos al comerciante de dos puestos más abajo.

Cuando llegamos al tenderete indicado temo que la respuesta sea la misma, pero no, el vendedor hace un gesto afirmativo y entra al interior de su tienda, regresando minutos después con un pequeño paquete blanco que contiene un cable largo con una especie de chapita cuadrada. Aslan habla con él en turco, y sin entender nada, sé que están regateando.

–Treinta liras, es lo más barato que se lo he sacado –me dice echándose mano a la cartera, pero ya estaba preparada y entrego el dinero al vendedor. Él me mira y sonríe, consciente de que llevarme la contraria sería inútil.

Proseguimos el paseo y reconozco un símbolo que he visto en varios lugares desde que llegué a Estambul, que es una piedra azul con un círculo negro en el interior. En este caso se trata de una pulsera de plata con varias de esas piedras engarzadas en el metal. Es preciosa, me detengo junto al puesto y el vendedor me entrega una para verla mejor.

–Es un Nazar, un Ojo Turco –me explica Aslan–. Una piedra que tradicionalmente se utilizaba para proteger del mal de ojo y que actualmente se ha convertido en un símbolo de Turquía.

–Es muy bonito –digo, y le oigo hablar con el vendedor. Este le contesta y Aslan insiste en algo haciendo un gesto de negación–. ¿Qué le has preguntado?

–Si funciona con los hombres –continúa hablando con él, y por último se saca la cartera y le da dinero–. Es tuya.

–¿Qué?

–La pulsera, la he comprado para ti. Estaba regateando con el vendedor, según la costumbre local.

–No hacía falta. Podría haberla comprado yo.

–Lo sé, pero me apetece que tengas algo que te recuerde a mí cuando te marches.

–Gracias –la acepto, y él la abrocha en mi muñeca. No necesito nada que me recuerde a él, no creo que pueda olvidarle ni aunque viva diez vidas

Cuando salimos del Gran Bazar continuamos caminando hasta el Bazar de las Especias, a unos cinco minutos a pie. Es mucho más pequeño y los productos son alimenticios y *souvenirs*, en su mayoría. Los montones de especias producen que el ambiente se cargue de un olor único, como si recorriese una cocina en plena ebullición. Cuando salimos son poco más de las seis de la tarde. Volvemos hasta el *parking* en el que dejamos el coche por entre unas callejuelas estrechas de la parte antigua de Estambul. Calculo que su casa no debe de estar demasiado lejos.

Caminamos tan cerca que casi puedo sentir su energía. Me muero por tocarle, me encantaría cogerle la mano, pero me contengo. Cuando le miro se me acelera el corazón y me siento como tonta. Le miro y él me mira. Le sonrío y él me sonríe. Hay una especie de electricidad entre ambos que no recuerdo haber sentido nunca con nadie. Al pasar junto a un portal algo escondido, Aslan me arrincona entre dos coches y me besa. Y vuelve a despertar en mí ese fuego apasionado del que me creía ajena. Me aprieta contra sí con energía y me hace sentir que me desea con cada parte de su cuerpo, mostrándome que su boca es un abismo en el que deseo caer sin remedio, hasta lo más profundo.

Detiene el vehículo ante la puerta del hotel y permanece mirándome en silencio, con las gafas modelo aviador reposando en la mata de pelo castaño que acostumbra a peinar hacia atrás con los dedos en un gesto que me encanta. Parece como si dudase en decir algo o no hacerlo, hasta que al fin se decide.

–Mañana tampoco trabajo. Por la mañana he quedado con un amigo, desde la semana pasada, en ayudarle a montar unos muebles de IKEA en su casa...

–¿De IKEA? ¿A vosotros también os invaden los suecos?

–Y tanto, lo que no consiguieron albaneses, bosnios ni croatas, lo han hecho los suecos. Pobre Imperio Otomano. –Ríe–. ¿Te gustaría que nos viésemos por la tarde?

–Sí. Me gustaría mucho.

–Puedo dejar a Cloe en casa con la canguro.

–No me molesta que la traigas.

–Gracias, le preguntaré. Le has caído muy bien.

–Ella a mí también.

–Hasta mañana, señorita.

–Hasta mañana –respondo con una sonrisa. Tengo

que preguntarle por qué me llama así, aunque lo cierto es que me encanta que lo haga.

Al entrar en el *hall* del hotel me encuentro con Can, que conversa con una de las recepcionistas. Soy consciente de que me ha visto bajar del coche. Su mirada está llena de decepción, pero no le debo nada y a estas alturas de mi vida no voy a pararme a dar explicaciones. Siento que se ilusionara, o no sé cómo llamarlo. Esto de volverse una Mata Hari de la noche a la mañana tiene sus complicaciones. Quién te ha visto y quién te ve Sarita.

Cuando estoy abriendo la puerta de la habitación, el móvil me suena, y compruebo que he recibido un mensaje.

Aslan: Te echo de menos. Me encantaría pasar la noche contigo.

Entro en la habitación y hago una fotografía de la cama, aún desecha tras nuestro maratón sexual. Quiero ponerle algo picante, que acompañe a la imagen, pero no se me ocurre nada. Tengo el *sex appeal* de Gracita Morales. Algo picante… Los pimientos de padrón, me digo a mí misma frustrada. Pero se me enciende la bombilla de pronto y entusiasmada escribo.

Yo: Las sábanas aún tienen tu olor.

O eso quería poner, pero el corrector me lo cambia en el último momento y envío:

Yo: Las sábanas aún tienen tu sudor.

Arg. Maldito seas corrector, tú y toda tu estirpe de sabiondos escondidos entre las teclas. Aslan escribe. Y borra. Escribe y borra. Escribe y su mensaje dice:

Aslan: Lo siento, me has hecho sudar mucho. Llamaré a recepción y pediré que te las cambien ahora mismo.

Si se pudiese morir de pudor, moriría *ipso facto* por segunda vez en este día. La primera fue cuando me… saboreó ahí abajo. Aún me ruborizo de recordarlo, eso sí, con una sonrisa.

¿Qué puedo contestar a esto? ¿Que no sé ni lo que

escribo? ¿Que quien inventó el corrector debería estar colgado por los tobillos de un poste de la luz?

Yo: No hace falta, no me molesta, así te tendré más cerca. Estoy deseando verte mañana.

Trato de arreglarlo, si es que tiene arreglo. Él escribe mientras a mí me late el corazón en los oídos.

Aslan: Hasta mañana, espero hacerte sudar a ti también. Besos.

Guardo el móvil en el bolso y encuentro entonces el cargador del teléfono de Rodrigo, pero no tienen ningún agujero donde conectarlo. Siguiendo las instrucciones del cargador me doy cuenta de que al teléfono no se le enchufa en ninguna parte, sino que tengo que dejarlo sobre la chapita blanca y comienza a cargar por *bluetooth* una vez conectado a la corriente.

En cuanto tiene un poco de batería lo enciendo. Casi todas las personas mayores tienen su año de nacimiento como número pin, así que miro en los informes de la clínica capilar que me entregaron junto con su ropa y lo encuentro; 1956. Marco los números, aunque no tengo demasiadas esperanzas de que funcione. Pero para mi sorpresa, ¡funciona! ¡Es el código de la tarjeta SIM! Aunque mi alegría dura poco pues el bloqueo del teléfono me solicita un nuevo código. Marco el mismo y ¡no vale! ¿Por qué Rodrigo eres de los que tienen dos códigos distintos en el teléfono?

Lo que sí comienzan a llegar, uno tras otro, es una barbaridad de mensajes de llamadas perdidas. 428 llamadas perdidas de A.a. Patricia. El inicio Aa (avisar a) significa que tiene que ser alguien importante para él, pues fue el motivo de una campaña de Cruz Roja de hace unos años, que actualmente no sirve para nada con los nuevos teléfonos y sus códigos de seguridad.

Intento desbloquearlo pulsando en la notificación de la llamada, pero no hay forma. ¡Mierda! ¿Quién será Patricia? Solo tengo que esperar a que vuelva a llamar. Espero que no se haya dado por vencida.

Me doy una ducha y me pongo el pijama. No me apetece cenar, creo que tengo el estómago lleno de mariposas. Veo mi imagen reflejada en el espejo mientras me cepillo el cabello mojado, que me llega por los hombros, los hombros que él a besado. Al pensar en él, una sonrisa me acude a los labios. Observo mis ojos azules con un brillo especial y mi expresión soñadora, y me digo que estoy como una regadera, que me he dado la vuelta como un calcetín y que en este viaje he aprendido que no puedo dar nada por sentado, ni siquiera mi capacidad de ilusionarme con alguien.

Un teléfono comienza a sonar, lo busco pensando que se trata de Aslan, pero no es así. Me doy cuenta de que no es mi móvil. Descubro que es el de Rodrigo. Es A.a. Patricia de nuevo. Respiro hondo y descuelgo.

–Hola –digo.

–¿Quién eres? ¿Dónde está Rodrigo? –pregunta una mujer con la voz llena de alarma.

–Rodrigo está enfermo. Yo soy Sara, el hospital contactó conmigo…

–¿Hospital? ¿En qué hospital está? He llamado a todos los hospitales de Madrid. –Ay, Rodrigo, que te vas a Turquía y no se lo dices a tu… ¿amiga?

–No está en Madrid. Está en Estambul.

–¿Estambul? ¿Me lo estás diciendo en serio? ¿Y qué hace mi marido en Estambul? –Pues no es su amiga, no. ¡Es su mujer! ¿Cómo puede ocultarle algo así?

–Según tengo entendido, vino a hacerse un trasplante de pelo. Tuvo complicaciones durante la operación y está ingresado.

–¿Un trasplante de pelo? Por Dios santo. ¿Y está grave?

–Está estable.

–¿Su vida corre peligro?

–En estos momentos está todo controlado. –No quiero alarmarla demasiado, pero tampoco me han dicho que no haya ningún peligro.

–¿Y por qué no me han llamado? ¿Quién eres tú y por qué tienes su teléfono?

–Rodrigo había dado mi número de teléfono como persona de contacto a la agencia de seguros del viaje. Tengo su teléfono porque me lo han entregado con sus pertenencias en el hospital cuando fui a verle. Yo soy Sara..., su hija.

–Oh, madre mía. –El silencio al otro lado del teléfono me ayuda a hacerme una idea de su sorpresa. La oigo respirar, pero no dice nada.

–¿Sigues ahí?

–Sí, es solo que... No me lo puedo creer. ¿Eres Sara? –Así que ella sabe de mi existencia–. ¿Y Rodri tenía tu número? Yo creía que... que solo tenía el de un familiar tuyo... No sé cómo ha dado tu número en lugar del mío, la verdad –habla como para sí.

–Yo tampoco lo sé, me costó creerlo cuando me llamaron, no sabía nada de él... Bueno, en realidad, sigo sin saber nada de él. Pero me llamaron porque no pudieron contactar con nadie más y... aquí estoy.

–Madre mía... Gracias, Sara, por acudir. Imagino que no ha debido de ser fácil. Este hombre... va a tener que explicarme todo esto porque no lo entiendo, de veras que no. ¿Estás con él?

–No. En el hospital solo permite las visitas por la mañana. Pero esta mañana sí he estado con él.

–Voy a buscar un vuelo a Estambul ahora mismo.

–Creo que deberías llamar a la agencia de seguros.

Después de darle el número de la agencia en Madrid y el mío, para que me avise en cuanto pise un pie en Turquía, cuelgo con su promesa de encontrarnos al día siguiente.

Por fin, por fin ha aparecido un familiar de Rodrigo, seis días después de mi llegada. Pero eso significa que... No quiero pensarlo.

Mientras hablaba con la esposa de Rodrigo he recibido varios mensajes. Al comprobarlos veo que se trata de Álex, que me pregunta cómo estoy. Decido llamarla.

–Hola, mamá, ¿cómo te va?

–Bien, cariño.

–¿Cómo sigue el abuelillo?

–Como alguna vez le llames abuelillo delante de tu abuela Juani se enfadará –afirmo, y la oigo reír. Cuánto la extraño–. Parece que está algo mejor. Hoy han comenzado a retirarle medicación otra vez, porque hace un par de días lo intentaron, pero no fue posible, y esperemos que entre hoy y mañana despierte, al menos es lo que esperan los médicos. ¿Dónde estás?

–Estamos en el piso que ha alquilado el tío, en Benalmádena. Y entonces, ¿cuándo vuelves?

–¿Te ha pasado algo?

–No, qué va. Es que te echo de menos.

–Yo también a vosotros, cariño. Muy pronto vamos a vernos, acabo de hablar por teléfono con la esposa de Rodrigo, que se llama Patricia y vive en Madrid. Mañana viene aquí, así que mañana o a muy tardar pasado creo que podré volver. –Al decirlo, algo se me remueve por dentro. Soy consciente de que todo va a acabar muy pronto. La experiencia, mi estancia en Estambul y, sobre todo, Aslan y yo.

–Qué alegría, mamá. Lo estamos pasando genial, pero son muchos días sin verte.

–Cómo me gusta oírte decir eso.

–Pero no se lo digas a nadie, no quiero que piensen que soy una mimada.

–Aunque lo seas.

–¡No lo soy!

–No, claro que no. Te quiero mucho, cariño. Yo también estoy deseando veros. ¿Dónde está Pablo?

–Está aquí al lado jugando con el móvil. Pablo, habla con mamá –le pide a su hermano, que se comunica conmigo con monosílabos. Oigo la música de un juego de fondo, hasta que Álex vuelve a hacerse cargo del aparato–. Está atontado.

–Os quiero, nos vemos muy pronto.

Envío un mensaje a mi madre y otro a «La última que llegue trae el café», informándolas de que estoy bien. Lo hago antes de que me llamen porque me siento invadida por una especie de tonta melancolía que provoca que no me apetezca hablar con nadie.

Sabía que lo nuestro iba a ser breve, pero veinticuatro horas es un récord incluso para mí. Tenía que haberme lanzado a los brazos de Aslan desde el primer día, o desde el día anterior al menos, cuando acabamos rebozados en el jabón del cuarto de baño. Y no es que quiera quedarme más tiempo, no lo hago, porque extraño demasiado a mis hijos, pero en este viaje, con estas circunstancias tan particulares, alejada de mi rol de madre, me he sentido mujer, solo mujer, por primera vez en mucho tiempo.

Me echo hacia detrás en la cama y observo el bonito panel de madera labrada del techo. Agarro una de las almohadas y la abrazo. Huele a él, huele a Aslan, a su perfume amaderado. La lanzo lejos. Cuando me marche ya no volveré a olerle más, a tocarle más, a besarle más.

¿Por qué tiene que ser todo tan complicado?

¿Por qué tiene que ser médico en Estambul en lugar de en el Hospital de la Janda, por ejemplo, que me lo hubiese encontrado en una revisión de… del astigmatismo, para las gafas que no me pongo?

Nos hubiésemos tropezado en el pasillo, le habría mirado con admiración y él me habría soltado algún exabrupto con su antipatía habitual, y yo me habría acordado de sus ancestros, pero me habría quedado embelesada.

O también podría haber sido albañil, el que me arregló las humedades del cuarto de baño, por ejemplo. En lugar del señor bajito que se empeñaba a enseñarme la rabadilla peluda cada vez que se agachaba.

Me vuelvo en la cama.

Ay, Aslan, si es que eres demasiado bueno para ser real.

Ha sido bonito estar entre tus brazos. Aunque tenga que acabar tan pronto, siempre te pensaré con una sonrisa.

Recibo un mensaje y acudo veloz al teléfono para verlo. Es él, de nuevo. Es como si le hubiese invocado con mis pensamientos. La sonrisa me acude a los labios de modo automático, pero se me esfuma en el acto al leerlo.

Aslan: ¿Le has dicho a Cloe que pegase un moco en el regalo de su prima?

Oh, mierda, no me acordaba de eso. Mierda, mierda.

Yo: Sí, ¿lo siento?.

Aslan: Eres perversa.

Ah, parece que no lo ha tomado tan mal.

Yo: Lo sé, por eso sigo soltera.

Aslan: No mientas, los dos sabemos que sigues soltera porque quieres. Te va eso de romper corazones.

Yo: Me estoy poniendo colorada.

Aslan: No disimules, que por tu culpa, Can, el camarero del hotel, me sirve el té medio frío.

Yo: Te lo compensaré.

Aslan: Tendrás que trabajar muy duro para compensarlo. Recuerda que es mi té favorito de la ciudad.

Yo: No me asusta el trabajo duro.

Aslan: No fanfarronees.

Yo: Pero solo me esfuerzo cuando merece la pena.

Aslan: Tengo que dejarte, Cloe me reclama.

Yo: Que descanses. Yo también lo haré, como una niña buena.

Aslan: Umm, soñaré con tu imagen al despertar.

Yo: Hasta mañana, masoquista.

Aslan: Hasta mañana, señorita.

Yo: ¿Por qué siempre me llamas así?

Aslan: Porque tú me lo pediste la primera vez que hablamos por teléfono y me encantó, porque es el título de mi novela favorita. Que descanses, señorita.

¿Yo se lo pedí? Repaso mentalmente nuestra primera conversación, cuando él era un médico que yo adivinaba mayor y gruñón; fallé solo en lo de mayor. Seguro que fue así. Busco en Internet «Señorita, novela» y descubro que se trata de una obra de Juan Eslava Galán en la que una joven española llamada Carmen acaba convertida en espía rusa para tratar de descubrir el arma más mortífera de Hitler, que está experimentando en la contienda española. Espero que la historia acabe bien.

Al pensar en él me dan ganas de rememorar los momentos vividos conmigo misma, pero prefiero estar al cien por cien para nuestra despedida, aunque, como se traiga a Cloe, me da a mí que nos vamos a despedir como dos buenos amigos.

Ay, Aslan. ¿Qué me has hecho? De todo un poco, como dice la canción. Si me llegan a contar hace una semana que estaría escribiéndome mensajes como una adolescente en plena edad del pavo y riéndome y emocionándome con sus respuestas, les habría dicho que antes me tragaba un cactus. Y sin embargo así estoy. Él ha despertado a una bestia en mí que ni sabía que existía, y cuando me marche, a ver quién la duerme de nuevo. Prefiero no pensar en ello, quiero dormir envuelta en su olor, nada más.

Capítulo 15

Rodrigo tiene mejor aspecto, es lo primero que pienso al atravesar la puerta acristalada de su habitáculo en la UCI. He llegado puntual y me he dirigido directamente al pasillo de las visitas.

Patricia me ha avisado en un mensaje en el que me informa de que, a las diez, hora española, las once de Estambul, tomará el avión que la traerá a la ciudad, pero que su vuelo durará ocho horas, pues debe hacer una escala en Ucrania. Llegará en torno a las siete de la tarde, hora de Estambul.

A medida que me acerco a él, me doy cuenta de que ya no tiene el tubo del respirador entre los labios y que su pecho se mueve arriba y abajo por sí solo y casi doy un grito de alegría. Eso significa que está mucho mejor. Y de hecho en su cara percibo mejor color, además han vuelto a afeitarle.

Saco mi móvil y le conecto el altavoz. En esta ocasión he buscado una canción antigua pero muy típica, *Campanera*, de Joselito. Sé que no es de su época, pero si a mí todavía me suena, a él mucho más, quizás le recuerde a su infancia. Total, por probar no pierdo nada, así que la conecto en bucle y la España de la posguerra invade la habitación.

Mojo un par de gasas con la botella de agua que traigo y me dispongo a limpiarle los labios como cada día, pero en cuanto las gasas presionan sus labios, Rodrigo abre los ojos y después de unos segundos de aturdimiento se me queda mirando.

No doy crédito a lo que estoy viendo y echo a correr por el pasillo en busca de un médico para informarle. Busco a alguien en el control de enfermería y el doctor Aykol asoma a mi llamada. Estamos apañados, a tirar del traductor *online* de nuevo.

–Mi padre ha despertado.

–Lo sabemos, ha sido esta noche. Todo bien.

–¿Ya no corre peligro?

–Ahora todo bien –me dice con una amplia sonrisa–. Esta tarde pasará a habitación en planta neurología, allí cama para un acompañante.

–Su esposa llega hoy, ayer logré localizarla –le digo, y él se muestra sorprendido.

–Solo una persona acompañante en habitación.

–Claro. Ella estará con él para todo. Yo volveré a España pronto –le digo, y me siento un poco más cerca de ese momento al convertirlo en palabras.

–Usted ha hecho muy bien hasta ahora cuidando a Rodrigo –afirma con una sonrisa que me parece bastante sincera.

–Gracias. Y ustedes han sido muy amables y pacientes conmigo.

–Es nuestro trabajo.

Me siento nerviosa al regresar a la habitación. Toda la intimidad y confianza que había ido desarrollando hacia el Rodrigo inconsciente se ha esfumado de un plumazo. Ahora voy a conocer al Rodrigo consciente y ni siquiera sé cómo reaccionará al saber quién soy, si es que no lo sabe.

–Buenos días –le saludo al entrar, continúa despierto.

–Buenos días, ¿podrías apagar eso? –me pregunta refiriéndose a mi móvil donde Joselito se desgañita en un bucle infinito. Lo paro.

–Lo siento, creí que te gustaría.

–Y me gusta, pero me duele un poco la cabeza –asegura. Su voz es grave y sus ojos están aún algo hundidos, pero tienen mucha luz, su mentón es afilado y es obvio que la pérdida de peso ha provocado que se le marquen las facciones, pero no es mal parecido.

–Supongo que será normal.

–¿Sabes lo que me ha pasado?

–Tuviste complicaciones al hacerte el trasplante de pelo y has estado muy grave. Pero ya estás mucho mejor. Dice el doctor Aykol que probablemente hoy te pasen a planta.

–Entra –me pide, estoy hablándole desde la puerta–. ¿Trabajas aquí?

–No.

–Me suena tu cara…

–Soy… tu contacto de emergencia. Me llamaron desde el hospital cuando te ingresaron.

–¿Mi contacto de emergencia? –duda arrugando las cejas, y casi puedo ver cómo se le enciende la bombilla sobre la cabeza, sus ojos se abren mucho y me mira de arriba abajo–. ¿Eres…? –Asiento.

–Soy Sara Celona, tu hija.

La reacción de Rodrigo me supera. Sus ojos se llenan de lágrimas, sus labios resecos tiemblan tratando de contener la emoción que le embarga, también lo hace su mentón, inspira tratando de calmarse porque no es capaz de pronunciar palabra. Así que me acerco a él y le abrazo. Le oigo llorar sobre mi hombro y lloro también.

Han sido demasiadas las ocasiones en las que le he necesitado en mi vida y no le he tenido, y sin embargo ahora le tengo entre mis brazos y quiero disfrutar el momento, sin más.

Cuando me aparto para mirarle a los ojos y veo que los suyos continúan llenos de lágrimas, sonrío para él, tratando de calmarle, me preocupa que se le suba la tensión o cualquier otra complicación por la emoción del momento.

–Ya está, tranquilízate.

–¿Has venido hasta aquí para estar conmigo? –pregunta emocionado, me coge la mano y la aprieta, y yo le devuelvo el gesto de cariño.

–Llevo una semana aquí, viniendo a verte cada día. El hospital me avisó y, bueno, aunque no te conocía no podía dejarte solo.

–¿Tu madre lo sabe?

–Sí. Tranquilo, todo está bien. Lo importante es que te has recuperado y que muy pronto podrás volver a España.

–Tengo que avisar a mi mujer…

–Viene hacia aquí. He hablado esta mañana con ella. No había tenido modo de contactarla antes porque tienes un móvil de astronauta y no encontraba un cargador apropiado –le digo, y él sonríe–. Debe de estar ya en el avión. Aunque no entiendo por qué no diste su número como contacto de emergencia. –No lo digo como reproche, solo porque no le encuentro explicación. Él asiente antes de explicármelo.

–Porque trabajo con esa agencia desde hace muchos años y olvidé cambiarlo. Hasta que conocí a Patricia no tenía a nadie más a quien avisar en caso de que algo me sucediese –admite provocándome una gran ternura–. No te imaginas lo que significa para mí que hayas venido –dice sosteniendo mi mano, atravesándome con sus ojos grises, y yo siento que me azotan las ganas de llorar de nuevo–. Sé que no he sido un buen padre por… circunstancias que te contaré si quieres oírlas…

–Cuando te sientas cómodo de contármelas. No voy a juzgarte. Ahora mismo lo único que me importa es que estás bien y que estamos juntos. ¿Quieres ver fotos de tus nietos?

La felicidad en sus ojos me hace sonreír el corazón. No me interesan los motivos, ni las razones en ese momento, quizá en otro sí. Solo me interesa que está a salvo y que, algo dentro, me dice que es una buena persona.

Le hablo de Álex y Pablo y le enseño una colección de fotografías, todas las que tengo en el móvil, le hablo de mi vida actual en el pueblo, de mi divorcio y de mi día a día.

Él me habla de su vida en Madrid. Actualmente es el director de una sucursal en pleno centro de la capital. Se casó con Patricia hace tan solo ocho meses después de seis meses de novios; se conocieron en unos cursos de baile para solteros. Él estaba divorciado de su primera mujer desde hacía muchos años y Patricia, que acababa de divorciarse, no estaba por la labor de volver a tener una relación, pero fue amor a primera vista.

También me cuenta que Patricia tiene doce años menos que él, cincuenta, y que últimamente se estaba viendo demasiado viejo y calvo a su lado, que por eso decidió hacerse el trasplante de cabello. No puedo evitar sonreír ante su coquetería masculina.

–No creo que se enamorase de ti por tu cabellera, pero, si hace que te sientas mejor, creo que te ha quedado muy bien –afirmo provocándole una sonrisa, aunque tiene un lateral rasurado hay bastante cabello naciendo en la parte superior de la cabeza.

–Ha sido una locura. Quería darle una sorpresa. Le dije que me iba a una conferencia de la Banca en Ginebra, y que volvería en cuatro días. Nunca pude imaginar que sucedería algo así.

–Pues lo de las sorpresas no es tu fuerte, según parece –bromeo provocándole la risa. Hay algo que necesito preguntarle–. Dices que antes de conocer a Patricia no tenías a nadie más a quien avisar en caso de urgencia, ¿no tengo hermanos?

–No. Mi ex y yo no pudimos tener hijos. ¿Tu madre tuvo más hijos?

–No. Ella tampoco tuvo más hijos. Creía que habíais mantenido el contacto.

–Solo hablábamos de ti, de nada más. Así lo acordamos. De vez en cuando me enviaba una fotografía tuya, pero hace más de diez años de la última, y por eso me ha costado reconocerte. Lo siento.

–No lo sientas, es normal. Yo no te habría reconocido ni aunque nos cruzásemos por la calle. Ella nunca me habló de ti. –Su mirada se entristece. Sé que mi madre y él llegaron a alguna especie de acuerdo, porque me lo contó mi abuela, pero desconozco los términos.

–Lo sé. Y ha sido duro no ponerme en contacto contigo todos estos años.

Alguien nos interrumpe, sobresaltándome; es uno de los enfermeros que nos informa en inglés de que la hora de visita ha terminado. Rodrigo le pide un poco más de tiempo, en el mismo idioma, y el enfermero recalca que solo cinco minutos.

–Esta tarde, si te trasladan a planta como me ha dicho el doctor Aykol, podré visitarte con Patricia, no te preocupes por ella. Me encargaré de recogerla en el aeropuerto y traerla aquí. –Porque como lo deje en manos de Dilay puede tomar un vuelo de vuelta *ipso facto*, pienso para mí–. En caso contrario, la verás mañana por la mañana.

–Gracias, Sara. –Tira de mí y me regala otro abrazo. Me siento bien, mucho menos incómoda de lo que había imaginado.

–No hay de qué, haz caso a los médicos y en nada estarás de alta.

–Nos vemos después, ¿verdad?

–Seguro que sí.

La UCI no tiene visitas por la tarde, así que espero que le pasen a planta, para que así Patricia pueda verle.

Ha quedado en enviarme un mensaje en cuanto aterrice y nos encontraremos en el aeropuerto. Qué bonita es su historia de amor. Amor a primera vista, a los sesenta y cuatro años, ¿es eso posible? Y sin embargo a Rodrigo se le ilumina la mirada al mencionarla, es de lo más tierno.

Cuando salgo del hospital decido caminar por el paseo marítimo, con las gaviotas revoloteando a mi alrededor y el olor del mar embargándome los sentidos. Con la brisa revolviéndome el cabello pienso en que tengo que decirle a Aslan que me marcho. Me siento en uno de los bancos y tomo el móvil. Navego por Internet y compruebo los horarios y fechas de los vuelos de vuelta a Málaga. Hay vuelos a diario.

Mis hijos regresan el domingo y tengo muy claro que quiero estar en casa para entonces, pero no me parece bien marcharme mañana, jueves, con Patricia recién llegada, ubicándose en el hospital y en la ciudad. Pasado mañana, el viernes, podría ser una opción, aunque me gustaría pasar un día más con Rodrigo. Quizá lo mejor sea llamar a la compañía de seguros y pedirles que me reserven el vuelo para el viernes. Pero antes me gustaría hablar con Aslan. Decido enviarle un mensaje.

Yo: Tienes un minuto?

Me responde casi automáticamente.

Aslan: Tengo todos los minutos, voy de camino. Acabo de terminar mi trabajo como carpintero, ¿te apetece un poco de compañía?

Yo: Qué rápido. Por supuesto.

Aslan: He levantado a mi amigo a las ocho de la mañana. Dónde estás?

Le envío mi ubicación en tiempo real.

Aslan: Espérame ahí. Estoy llegando.

Y en efecto no han transcurrido más de quince minutos cuando le veo descender la avenida, caminando en mi dirección. Lleva el cabello algo revuelto, que unido a su ropa informal: vaqueros y camiseta verde con un estampado friki de *Star Wars*, jamás harían sospechar que se trata del mejor neurocirujano del país. Me pongo de pie, esperándole, y cuando me alcanza me rodea por la cintura y me besa sin ningún pudor, ante la curiosidad de un par de mujeres que hay sentadas en el banco de enfrente.

–¿Y Cloe?

–La dejé con su abuela esta mañana. Anoche me llamó y me preguntó si podía recogerla porque quiere llevarla al cine con sus primas, le pregunté y quiso ir. La traerá de vuelta tras la comida.

–Así que has levantado a tu amigo a las ocho.

–Y a Fátima. Claro, tenía que terminar cuanto antes para verte. Quiero aprovechar cada momento a tu lado –asegura con una de sus sonrisas encantadoras. Ambos tomamos asiento en el banco de madera ante el mar. Su mirada se pierde en el horizonte; en sus ojos puedo leer cierta melancolía.

–Rodrigo ha despertado.

–Lo sé. Aykol me envió un mensaje dándome la enhorabuena por la cirugía de urgencia de la otra noche y me ha informado de que hoy lo pasarán a planta –afirma mirándome.

–He estado con él.

–¿Y qué tal?

–Bastante bien, en fin, tenemos que conocernos, poco a poco –admito–. Su mujer llega esta tarde, a las seis iré a recogerla al aeropuerto.

–¿Cuándo te marchas? –La temida pregunta. Me muerdo el labio inferior con nerviosismo, no sé qué responder, el corazón me late a toda velocidad.

–Aún no lo he decidido, quizá el viernes, para dar tiempo a su mujer a instalarse.

–¿Tan pronto? –pregunta atravesándome con su mirada.

–Es que… mi casa… mis hijos… –Parezco tonta, pero no soy capaz de coordinar más de dos palabras cuando me mira así.

–Lo entiendo. No quiero presionarte, no tengo derecho a pedirte nada… –dice para sí.

–Tengo que hablar con la compañía de seguros…

–Tranquila, lo entiendo. Sé que debes estar deseando volver a casa, yo nunca me he separado de Cloe tantos días e imagino cómo debes…

–Mis hijos no regresan hasta el domingo, están fuera con el padre. –Sus ojos vuelven a atraparme, casi me suplican.

–Podrías quedarte hasta el domingo... Sé que no tengo derecho a pedírtelo, pero… no quiero que esto se acabe, no tan pronto.

–Yo tampoco quiero que se acabe, pero no sé si alargarlo es algo bueno.

–Si me hace sentir vivo, ¿cómo no va a ser bueno? –me pregunta, y siento cómo mi corazón tirita y no es de frío. Cojo sus manos y hundo el rostro en su cuello, inspiro el aroma de su piel que me hace sentir en paz, y recibo su beso en el cabello. Pienso que me gustaría estar así, pegada a su cuerpo, por el resto de mis días, y después me regaño a mí misma mentalmente. Sé que es imposible y fantasear con ello, solo me hará daño.

–Aprovechemos cada momento –le pido, poniéndome en pie. Él me imita.

–¿Dónde quieres ir?

–A tu casa, me gustaría cocinar algo para ti, si te parece bien.

–Claro.

Durante el camino paramos en un supermercado donde consigo comprar lo que necesito, pero bajo sola para que no adivine lo que voy a preparar. Aunque, una vez en su cocina, con los ingredientes sobre la encimera, temo que lo descubra. Me mira divertido sin poder camuflar su curiosidad.

–Tomates, aceite de oliva, ajo, huevo y jamón... –va enumerando mientras busco un cuchillo que encuentro en uno de los cajones.

–Dijiste que te había gustado mucho el salmorejo cuando viajaste a Andalucía, pues voy a prepararte uno que te chuparás los dedos –afirmo enjuagando los tomates en el fregadero.

–Me muero por probarlo.

–Pues ve troceando los tomates, no es necesario quitarles las pepitas si tienes un colador grande.

–Yo todo lo tengo grande –afirma con expresión cómica, sacándolo de uno de los muebles y dejándolo sobre la encimera. Y que lo diga. Justo como me gusta.

Troceamos los tomates y le pido la batidora de mano mientras él pica el jamón.

–Vas a probar el mejor salmorejo de tu vida –le digo echando los trozos de tomate en el vaso, junto con el chorro de aceite, la sal y el diente de ajo picado.

Y pulso el botón turbo, porque lo quiero muy triturado. Pero no he introducido lo suficiente el brazo del aparato en la mezcla y una explosión de salmorejo me cae encima como si me lo hubiesen arrojado con un cubo. Le oigo reír mientras me limpio los ojos con un paño de cocina que alcanzo a tientas y miro alrededor el desastre que he formado. Aslan, que se ha librado del baño por pocos centímetros, con un ataque de risa, se acerca con el rollo de papel de cocina.

–La que he liado –digo mirándome la blusa blanca, que ya no es blanca, es rosa y medio transparente, y los vaqueros ahora son de lunares rojos. Aslan me alcanza y me limpia los brazos con el papel.

–Qué bien huele –asegura aproximando su nariz a mi cuello por detrás.

–¿Qué huele bien? Mira cómo lo he puesto todo.

–¿Te importa que lo pruebe? –pregunta muy serio, le miro sin entender nada hasta que se lleva mi brazo a los labios y lame mi antebrazo. Un cosquilleo me eriza los vellos de la nuca y siento un latigazo nada inocente en la entrepierna cuando su lengua continúa hacia mi hombro–. Umm, delicioso –me susurra bajo el oído, mientras sus manos se posan en mis caderas, con su pecho pegado a mi espalda. Siento sus labios en mi cuello y fuegos artificiales en el estómago. La caricia de su lengua bajo mi oreja es enloquecedora, me quedo quieta porque no soy capaz de moverme. Sus manos se apoderan de mis pechos por encima de la ropa, amasándolos con decisión mientras su pubis se pega a mis nalgas, permitiéndome palpar la dureza de su erección.

Giro el rostro y busco sus labios. Me besa desde detrás, en un beso largo y profundo. Su lengua invade mi boca, succiona mis labios y los mordisquea, provocándome fuertes latigazos de placer, y me suelta el sostén, sacándomelo por la cabeza junto con la blusa, tomando entonces mis pechos desnudos, pellizcando mis pezones entre los dedos índice y pulgar, y me muero de ganas de sentirle en mi interior. Le deseo, le deseo con cada célula de mi cuerpo, y le necesito dentro de mí, con urgencia.

Su mano derecha desciende por mi vientre hasta mi sexo y se pierde por entre los pliegues de mi carne más íntima. Trato de acariciarle, pero su cuerpo está pegado a mi espalda y estoy prisionera contra la encimera. Le toco los brazos fuertes y recibo sus caricias y sus besos envuelta por el placer que estoy sintiendo.

Uno de sus dedos se hunde en mi interior y aprieto las piernas tratando de retenerle. Se mueve despacio, provocándome una sensación insólita que unida a la presión de su sexo contra mis nalgas resulta enloquecedora.

–Fóllame –le exijo ida por el deseo. Y mi palabra le

arrebola, tira de la cinturilla de mis vaqueros, bajándomelos y pronto siento el calor de su sexo ardiente entre mis nalgas. Me inclino hacia delante, ofreciéndome a él que se adentra por completo en mi ser de la primera embestida. No es delicado, ni suave, es tal y como le necesito en ese momento, y así le recibo, sin la menor resistencia.

–Joder, nena, qué bueno –jadea en mi oído–. Joder.

Con los pechos presos de sus manos y su peso contra mi cuerpo sobre la encimera, enarco la espalda para alcanzar su boca y le beso mientras se adentra en mí una y otra vez, con ímpetu, enloquecido por el deseo. Y pronto, demasiado pronto, el placer se convierte en un haz de vida que me recorre y me hace temblar las piernas mientras mi vagina convulsiona contrayéndose con fuerza, apretándole en mi interior, como si pretendiese retenerle. Y me siento en caída libre desde el oasis de una sensación insólita mientras él se corre con su pecho sudoroso y pringado de tomate pegado a mi espalda y mis pechos entre sus manos como un preciado tesoro.

Sale despacio de mí, disfrutando con el íntimo roce.

Me gira, me besa en los labios y me mira a los ojos sin que el deseo haya mermado un ápice en los suyos.

En la ducha de su dormitorio volvemos a hacer el amor, pero esta vez con más calma, sin prisas, disfrutando del tacto de nuestros cuerpos, de cada centímetro de la piel del otro, de cada caricia deleitada y cada beso, de perdidos al río.

Me siento en la inmensa cama envuelta en la toalla mientras él, desnudo ante mí, busca ropa en el armario. Su cuerpo es tan hermoso, tan proporcionado y fuerte, y… sabe usarlo tan bien, todo. Consciente de que estoy observándole me dedica una mirada ladeada y sonríe.

–¿Te gusta lo que ves?

–Me encanta lo que veo –aseguro sin ningún pudor poniéndome uno de sus boxers.

–Tenías razón, ha sido el mejor salmorejo que he probado en mi vida –afirma poniéndose una camiseta del armario, haciéndome reír. Me ha prestado un pantalón de chándal y una camiseta, termino de vestirme. Aunque no suelo sentirme nada cómoda sin sostén, en ese momento no me preocupa demasiado. Cuando terminamos de vestirnos ambos, él se acerca a mí en la cama, y se agacha ante mí para mirarme a la cara–. Esto es un poco incómodo, pero mejor decirlo sin más, sé que he sido un inconsciente al dejarme llevar sin usar protección…

–Pues sí, lo has sido, y sobre todo porque creo que estoy ovulando. –Le cambia la cara, volviéndose seria en el acto, pero luego su expresión se relaja.

–Bueno, ya te he dicho que siempre he querido darle un hermanito a Cloe –me suelta sin más, y entonces es a mí a quien se le descompone la cara.

–Que es broma, no estoy ovulando. Estoy a un par de días de que me baje la menstruación.

–¿Y para qué provocas que me haga ilusiones? –añade entre risas. Así que también está de broma–. Solo quería decirte que normalmente no soy así, pero me vuelves loco, no controlo, y como no le pongas tú algo de cabeza a esto yo no voy a ser capaz.

–Yo tampoco suelo ser tan descerebrada. Pero si tu esperanza es que sea yo quien le ponga cabeza, vas listo. –Me río y le beso en los labios. Me encanta la sensación de su barba haciéndome cosquillas bajo la nariz.

Pedimos comida a domicilio, y mientras llega limpiamos la cocina. Después de comer nos tomamos una copa de vino en el jardín trasero. He lavado mi sostén y lo he puesto a secar sobre una silla, el resto de prendas las limpiaré en el hotel.

Siento chispas cada vez que me mira, no puedo evitarlo, ni quiero. Ha sido el mejor sexo de toda mi vida, y no es que no hubiese tenido orgasmos en el pasado, claro que los he tenido, pero nunca fueron tan… tan… brutales. No sé ni cómo explicarlo, pero es la primera vez en mi vida que siento mi sexo palpitar de ese modo, contraerse de ese modo.

Carolina me llama, pero le cuelgo y le envío un mensaje diciéndole que estoy bien, pero ocupada, y ella me envía un emoticono de una berenjena y una boca seguido de aplausos, que me hacen reír. No quiero que nada ni nadie estropee este momento de intimidad.

El sol se le refleja en el cabello y me doy cuenta de que le arranca leves reflejos rojizos.

–¿En qué piensas? –me pregunta.

–En esto –afirmo señalándole a él y luego a mí–. Es la primera vez que me atrae alguien de verdad desde hace muchos años, y me pregunto qué parte tiene que ver el saber que tiene fecha de caducidad.

–¿Crees que saber que se va a terminar es lo que hace que te sientas atraída por mí?

–Me lo pregunto, no lo sé –digo antes de dar un nuevo sorbo a mi copa de vino.

–Pues yo sé que no me atraes porque te vas a marchar, de hecho, me fastidia bastante saber que te vas a marchar. Creo que me sentí atraído por ti nada más verte, en el hotel, cuando te oí hablar con tu amiga por teléfono.

–Así que me oíste.

–Claro que te oí. Hablando de tu privación sexual, me pareciste tan natural, tan espontánea, tan auténtica, que no pude evitar pensar cuánto me gustaría ser quien te hiciese estremecer y darte cuenta de lo equivocada que estabas.

–Así que todo esto se debe a un reto personal, ¿eh? –sugiero entre risas.

–No, todo esto se debe a un flechazo, instantáneo –asegura, y en ese momento recuerdo las palabras de Rodrigo hacia su mujer, y pienso que la conversación se está volviendo demasiado intensa, no podemos ir por ahí. No puedo pararme a analizar lo que estoy sintiendo, no quiero hacerlo. Pero en ese momento oímos ruido dentro de la casa y Cloe aparece corriendo por el salón.

–Sara, ¡estás aquí! –grita al alcanzarnos, y da un beso a su padre y otro a mí. Tras ella llega su abuela, tan arreglada como la ocasión anterior, parece que viva de ópera en ópera. Me mira de arriba abajo mientras se acerca; debo tener unas pintas entre rastafari y okupa playero de lo más prometedoras.

–Hola, preciosa –la saludo.

–¿Jugamos con los Legos?

–Vale.

–Buenas tardes –nos saluda su abuela.

–Buenas tardes, Fátima –le responde Aslan.

–Buenas tardes.

–Cloe no debería cenar demasiado, ha comido muchas palomitas –le explica.

–Está bien. Le haré algo ligero –le dice Aslan. Cloe le agarra de la mano y tira de él, obligándole a levantarse, pero le suelta el dedo y vuelve al salón a por algo. Fátima mira el sostén que está colgando en la otra silla que yo ya no recordaba y después me mira a mí. Si le quedaba alguna duda, acaba de quedar resuelta.

–Puedo llevármela, si tenéis planes –sugiere con el mentón altivo.

–No hace falta, nuestros planes la incluyen.

–No quiero que se confunda, no es bueno para ella. –Tiene el detalle de proseguir en inglés para que pueda entenderla.

–¿A qué tipo de confusión se refiere? –Fátima me mira y la tensión puede cortarse con un cuchillo–. Sé muy bien cómo comportarme delante de mi hija.

–Mira, papá, el dibujo que he hecho. –Llega la pequeña interrumpiéndonos con un colorido dibujo de un astronauta con la Tierra convertida en una bola achatada en la distancia.

–Será mejor que me vaya. Hasta mañana –dice antes de dar un beso en el cabello a Cloe y marcharse a toda velocidad.

Pienso en mi madre, en cómo llevaría ella que mis hijos conociesen a otro hombre con el que tuviese una relación; probablemente no muy bien. Ella siempre acostumbra a dar su opinión en todo lo referente a ellos, a todo en realidad, aun sin pedírsela, y según su opinión no debo darles padrastros. Afirma que por eso se quedó sola. Lo cual no tiene demasiado sentido porque me he criado en casa de mis abuelos.

Nunca me lo había planteado, y ahora me siento un poco descolocada.

Aunque no sea ni de lejos un proyecto de madrastra para Cloe, solo soy una amiga de su padre, una amiga que se lo comería de la cabeza a los pies, pero si lo fuese la trataría con el mismo cariño que a mis hijos, a ella o a cualquier otro niño. Que haya un adulto más en casa que les ofrezca su cariño no tiene por qué ser algo malo.

A las cinco y media de la tarde, después de haber construido un nuevo transbordador espacial de Legos y haber aprendido que las supernovas son explosiones estelares grandiosas que en ocasiones pueden verse desde la Tierra y que el telescopio de la habitación de Cloe apunta a la Osa Mayor, le digo a Aslan que debo marcharme. Pronto aterrizará Patricia, y he quedado con ella en el aeropuerto para acompañarla al hospital.

Mi idea es tomar un taxi, pero él se niega en redondo y se empeña en llevarme a recogerla. Por más que le digo que no es necesario, insiste, así que disfruto con el viaje en su coche, con Cloe detrás leyendo su libro favorito, mientras atravesamos el impresionante puente del Bósforo, ese que une dos culturas, la europea y la asiática. Y me siento un poco así, como el puente, a gusto entre las dos facetas, entre la de mujer enloquecida por vivir una aventura con el hombre más sensual que se ha tropezado en toda su vida y la madre que extraña a sus hijos y el día a día a su lado. Apuro con la mirada la belleza que me rodea antes de despedirme del paisaje, quizás para siempre.

Cuando llegamos al aeropuerto y nos situamos en la zona de llegadas, enseguida veo a Dilay, que sostiene un folio entre las manos. Me acerco y lo leo: *Patricio*. Suspiro.

–¿Y el cartel de Bob Esponja dónde te lo has dejado? –le pregunto. Dilay me mira con sus pequeños ojos negros y hace como que se sorprende al verme–. ¿Por qué has venido a recoger a Patricia? Quedé con la agencia en que vendría yo –digo buscando un bolígrafo en mi bolso.

–Hola, señorita Culina, tú quiere que yo no gana dinero y yo gana dinero con trabajo. Dilay tiene tres hijos y ellos comen mucho.

–¿Tres? ¿No eran cuatro? –dudo desconfiada, y leo alarma en sus ojos. Acabo de pillarla en una mentira.

–Uno no come nada. Por eso cuenta solo tres.

–Ah, creía que todos comen como ballenas.

–Uno come como pájaro.

–Ya, una pájara estás hecha tú, me parece –murmuro para mí, y le quito el cartel de las manos.

–¿Qué hace, señorita? Yo necesito cartel.

–Que yo sepa se llama Patricia, con a, no Patricio. Patricio es el amigo de Bob Esponja –digo, y apoyándome en su espalda le hago un rabito a la o. Le devuelvo el papel y vuelve a sujetarlo en las manos. Su mirada se dirige a Aslan y a la pequeña Cloe, que de la mano de su padre nos observa.

–Dilay no conoce Bob Esponja. Esperar señora Patrica.

–Dilay, puedes marcharte. No le diré a nadie que no

la recogiste. Ve a atender a tus cuatro hijos, a los tres que comen mucho y al que no come nada, que los de la agencia no sabrán que nosotros la llevamos al hospital.

–¿Señorita Culina no dice nada agencia?

–No, señorita Culina cierra la boca. –Hago el gesto de echarme la cremallera. Ella sonríe, eso sí le ha gustado.

–Está bien, yo marchar, pero antes. –Abre el bolso tamaño Mary Poppins que lleva colgando del hombro y saca dos botes transparentes rellenos de un líquido de color verde–. Dilay amplia negocio, ahora vender crema Aloe vera, todo casero –asegura destapando uno de ellos que le entrega a Cloe, la pequeña se lo lleva a la nariz. Me puedo hacer una idea del olor que desprende cuando se lo da a su padre y se tapa la nariz; le lloran los ojos.

–¿Qué contiene esto? –pregunta Aslan haciendo lo mismo y apartándolo de inmediato–. Por favor, no puede vender esto, huele a petróleo. A quien se lo eche se le puede caer la piel a pedazos –advierte, devolviéndoselo. Dilay tuerce el gesto y le pone el tapón, mientras Cloe ha tirado del brazo de su padre, alejándole de nosotras y el olor que aún percibo lejanamente.

–Médicos no saben nada. Este remedio antiguo cura todo.

–Ya. Para qué estudiarán los médicos si están los personajes como tú que lo saben todo. –Ella asiente convencida de que lo digo en serio.

–Señorita Culina, usted liga con médico guapo, aprovecha bien tiempo –afirma guiñándome uno de sus ojos de troll del tesoro.

–Creo que eso no es de su incumbencia, Dilay.

–Señorita prueba *La pasión turca* como Ana Belén, Dilay también probó –afirma mordiéndose el labio–. Y ahora tiene cinco hijos.

–¿¡Pero no eran cuatro!?

–Dilay espera bebé –salta tocándose la panza, y no me creo una palabra–. Señorita Culina, Dilay ve futuro feliz junto a medico guapo.

–Ya, porque en los ratos libres también echas las cartas.

–Dilay lee la mano, por veinte dólares. –Pone la mano, pero no estoy de humor, en absoluto.

–Otro día quizá, Dilay.

–Está bien, Dilay se marcha, señorita Culina no dice nada.

–Nada de nada.

–Hasta otro día. Avisa Dilay para billete España.

–Lo haré. Gracias.

–Mientras aprovecha médico guapo.

–Dilay…

Cuando se marcha me siento aliviada y no puedo evitar reírme. Tiene la cara más dura que las piedras de una cantera. Ni un hijo tiene, me parece a mí, porque el numero sube y baja como un ascensor. *La pasión turca,* como Ana Belén, me ha dicho.

–¿De qué te ríes? –me pregunta Aslan.

–Me río con esta mujer, es un caso perdido. Dice que estoy viviendo *La pasión turca,* como Ana Belén.

–¿Qué es la pasión? –pregunta Cloe mirándome con ojos curiosos. Miro a su padre y… Lo siento, pero que lo explique él.

–Es… cuando algo te gusta mucho. Por ejemplo, tú sientes pasión por el universo.

–Buena salida, *baba* –le digo, y Aslan sonríe.

–¿Y qué es lo que le gusta a Sara?

–Tú, cariño, tú me gustas mucho –intervengo. Él se ríe.

–¿Esa película no acababa mal? –me susurra al oído–. Creo recordar que no tenía un buen final.

–Bueno, también ha dicho que seremos muy felices –añado divertida.

–Ya no me cae tan mal –asegura cogiendo mi mano con su mano libre, con la otra sujeta a Cloe. Sonrío, es muy tierno. Lo nuestro es una fantasía imposible, pero sigue siendo tierno y bonito imaginarla. Es como esos sueños de una tarde de verano al sol, en los que te sientes capaz de cambiar el mundo, y lo planeas y lo ves posible, hasta que la cruda realidad se impone.

En ese momento recibo un mensaje en mi teléfono y al comprobarlo se trata de Patricia. *Estoy saliendo*, ha escrito. Y segundos después reconozco a la mujer de cabellos cortos y castaños oscuros que atraviesa las puertas de cristal de la salida, por su perfil de la aplicación de mensajería instantánea. Es bastante guapa, delgada y muy alta, tiene la nariz algo respingona en la punta, pero no le resta un ápice de atractivo. Vamos, que Rodrigo tiene buen gusto. Sostengo el papel de Dilay en las manos y en cuanto lo ve camina hacia nosotros.

–Hola, Patricia.

–Hola, eres Sara, ¿verdad?

–Sí, bienvenida a Estambul –le digo, y me doy cuenta de que mira con curiosidad a mis acompañantes.

–¡Así que viniste con tu marido y tu hija! Menos mal, porque venir sola…

–No, no. Él es Aslan, y ella es su hija Cloe, nos hemos hecho amigos desde que llegué –la informo. Parece sorprendida, sonríe y saluda a ambos–. Aslan es el neurocirujano que operó a Rodrigo.

–Ah, ¿y habla español? –me pregunta.

–Sí, estudió en España y habla nuestro idioma.

–¿Y cómo está, mi marido?

–Bien. Ha despertado y está fuera de peligro –le explica algo nervioso, por la confusión imagino, a mí me late el corazón a mil. Los ojos de Patricia se llenan de emoción.

–Me he pasado rezando todo el vuelo, no soy demasiado creyente, pero tenía que agarrarme a algo –dice con voz temblorosa.

–Pues ha funcionado, parece. Vamos, si no le han pasado a planta no te permitirán verle porque en la UCI…

–Eso lo averiguo ahora mismo –advierte Aslan, y realiza una llamada en la que habla en turco–. Está en la planta ocho, en la habitación 856.

–El doctor Aykol dijo que me avisaría –aseguro mirando mi teléfono y, en efecto, tengo una llamada perdida de un número larguísimo de la que ni me he enterado–. Entonces te llevaremos al hospital, o quizá primero al hotel a soltar las cosas.

–Prefiero ir directa al hospital.

–Está bien, os llevo.

Durante el viaje hacia el hospital le explico todos los pasos por los que ha pasado Rodrigo desde que ingresó, el derrame, el coma, la infección, la retirada del respirador y también le cuento que hemos hablado esa mañana y que me ha contado cómo se conocieron. Tengo la fortuna de que su cirujano me acompaña en el vehículo por si meto la pata en alguna de las explicaciones que me corrija, pero no es así.

Conversar con ella me confirma que Rodrigo tiene muy buen gusto; es una mujer muy dulce. Nos cuenta que es abogada y que había perdido la esperanza de enamorarse, que tiene dos hijos mayores con su propia vida y creía que eso del amor ya no era para ella, pero que conocer a Rodrigo le devolvió la esperanza. Que desde el primer momento supo que estaban hechos el uno para el otro, y en ese momento mis ojos se cruzan con los de Aslan en el espejo retrovisor y siento una punzada honda en el pecho. ¿Podría ser? No, claro que no.

Nos habla sin ningún pudor de sus sentimientos hacia él a pesar de que somos unos desconocidos para ella.

Cuando el coche se detiene en la entrada del hospital,

Patricia baja en seguida del vehículo; le urge encontrarse con su marido. Aslan saca su maleta del maletero mientras Cloe sigue dentro, yo también bajo. Cuando Patricia se aleja unos pasos en dirección al interior nos quedamos a solas un instante.

–Me ha encantado pasar el día contigo.

–También a mí –sugiero tocándole en el pecho con el índice, ahí aparecen las cosquillas otra vez.

–Mañana tengo guardia todo el día y no he logrado cambiarla, aunque lo he intentado.

–Entonces nos veremos cuando venga al hospital.

–Avísame, para verte, aunque sea solo un momento.

–Te avisaré –aseguro mordiéndome el labio inferior, su deseo de mi compañía me pone nerviosa.

–Me muero de ganas de hacerte el amor. –Eso tampoco ayuda a aplacar mi nerviosismo precisamente–. El viernes podríamos hacer otro salmorejo.

–Me encantaría –sugiero entre risas. Miro hacia detrás, Patricia me espera en la puerta del hospital–. Hasta mañana. –Me duelen las mejillas de sonreír, tengo muchas ganas de besarle, pero me aparto, despacio, alejándome a duras penas de su influjo como quien separa los polos opuestos de un imán.

Cloe me despide agitando su manita y le devuelvo el gesto; Patricia me mira con una sonrisa, aunque aún está tensa. Conozco esa sensación, hasta que no vea a Rodrigo no se relajará.

Cuando al fin entra en la habitación y se arroja a los brazos de su marido con los ojos llenos de lágrimas, siento un pellizco en el estómago. Le tiemblan las manos y llora desconsolada, también Rodrigo, sujetándola con fuerza contra su pecho, y yo, de pie, junto a la puerta. Se miran con tanto cariño, con tanta dulzura, que no puedo evitar emocionarme. Esperaba que le regañase por haberla engañado. Si llega a tratarse de mi madre se le cae el pelo trasplantado de la reprimenda. En cambio, solo le abraza y da gracias por tenerle a salvo.

Me quedo en la puerta de la habitación. Es un cuarto grande con dos camas, dos mesitas de noche y un armario, casi parece un hotel, al fondo hay una amplia cristalera con vistas a los edificios próximos al hospital y al mar. El sol comienza a acercarse a la línea del horizonte.

–Sara, pasa, por favor –me pide Rodrigo, y en cuanto estoy a su alcance me da un abrazo–. Gracias por traerla.

–Es lo menos que podía hacer.

–Han sido muy amables. Ella y el doctor que te operó me han recogido en el aeropuerto.

–Aún no le conozco.

–No, él ha tenido un par de días libres, aunque mañana le conocerás porque está de guardia –comento, y siento la mirada curiosa de Patricia.

–Han sido encantadores –afirma con una sonrisa, y no me siento cómoda con tanto halago.

–Estás bien, ¿no?

–Sí. Estoy muy bien, solo espero coger algo de fuerza para empezar a andar.

–Paso a paso, cariño.

–Bueno, os voy a dejar a solas. El hotel en el que estoy está muy cerca. Avísame cuando salgas Patricia y te acompaño.

–Creo que me voy a quedar aquí, si me lo permiten.

–Una persona puede quedarse con él, eso me dijo el doctor Aykol. El personal suele entender el inglés, menos el doctor Aykol, con el que yo utilizo un traductor *online*.

–Ah, perfecto, me defiendo en inglés.

–Entonces no tendrás problemas para entenderte. En el *hall* de la entrada, como habrás visto, hay un montón de máquinas que tienen comida, agua, revistas, por si necesitas algo. Bueno, mañana nos vemos, que tengáis una muy buena noche.

–Gracias otra vez, Sara –me dice Patricia.

–De nada.

–Mañana vendrás, ¿verdad? –pregunta Rodrigo trasluciendo cierta desesperación en su voz.

–Claro.

Una vez estoy en la habitación del hotel le devuelvo la llamada a Carolina. Son casi las nueve, las ocho en España; deben de estar cerrando el salón.

–Hola, ¿quién eres?

–Soy Sara –le digo sorprendida, tiene mi número guardado desde que me compré el primer teléfono móvil.

–¿Que Sara? –Está siendo sarcástica, me echo a reír, está muy molesta–. Yo tenía una amiga que se llamaba Sara, era una tía genial, de vez en cuando solía contarme sus cosas y eso, pero se fue a Turquía y dejó de coger mis llamadas.

–Valeeee, sé que me has llamado y no te he atendido, pero he estado ocupada.

–¿Ocupada en qué?

–Ocupada en que mi padre no-padre ha despertado, en que me parece una buena persona y acabo de estar con él y su mujer, que acaba de aterrizar en Estambul, y en que… me he acostado con Aslan, ¡varias veces!

–¡La madre del cordero! Lore, espera, no te vayas, ¡que Sara se ha tirado al doctor Buenorro! Te pongo en manos libres –me advierte, y escucho a Lorena cerrar la puerta del salón.

–¿Eso es lo más importante de lo que te he contado? –pregunto entre risas.

–Ah, y el padre ha despertado –le cuenta a su hermana, como si fuese una anécdota sin importancia.

–Me alegro mucho, Sara, ¿está bien?

–Sí, parece que sí. Está consciente y nos hemos conocido. Para él ha sido una sorpresa encontrarme aquí. El pobre se durmió para hacerse un trasplante capilar y despierta días después de haber estado en coma y con su hija a la que no conoce enfrente –relato–. Hemos estado hablando y le he dicho que no me importa cuáles fuesen sus motivos, pero que me gustaría conocerle, y él me dijo que me los contará, y que siempre ha querido saber de mí. Que mi madre le enviaba fotografías mías.

–Qué fuerte lo de tu madre –dice Lorena.

–Pues sí –suspiro desalentada–. Mi madre es como es y nada la hará cambiar de opinión, lo cual me hace saber que tendremos una dura discusión al afrontar este tema. Siento que siempre ha sido como una niña consentida demasiado protegida por mis abuelos, por mi abuela principalmente, que ha hecho lo que le venía en gana en cada momento sin medir las consecuencias. Aunque aún me queda por conocer su versión, y aunque no quiero adelantarme a juzgarla, sospecho que no me convencerá.

–Siento darte la razón, Sara, pero también me temo que su explicación no tendrá el menor sentido –añade Carolina.

–La última fotografía mía que le envió fue hace más de diez años, por eso al principio no me reconoció. Pero lo cierto es que me he sentido bastante cómoda con él. Estaba muy emocionado. Nos queda mucho por delante para ponernos al día, pero parece buena persona, y su mujer también. Quien por cierto sabía de mi existencia, y se nota que está loca por él.

–Pues qué bien. Y ahora lo del buenorro –insiste Carolina, sin camuflar su principal punto de interés–. ¿Y dónde os habéis acostado? ¿Cuándo ha sido y, sobre todo, cómo ha sido?

–Espero que hayáis cerrado ya, porque de lo contrario las clientas pensarán que…

–Sí, ya hemos cerrado. ¡Habla!

–Pero ¿tú te has oído? Si pareceres un agente de la Gestapo.

–Sara Celona Martínez, llevo oyéndote quejarte de tu sequía sexual desde que te divorciaste… –apunta Carolina, de fondo oigo las risas de su hermana.

–Tampoco me he quejado tanto.

–No, claro que no… –ironiza–. Y ahora que por fin abres el coto, o, mejor dicho, el toto, no te creerás que me vas a dejar sin detalles. Me los merezco por haberte escuchado noches y noches de coñazo melancólico escuchando *All By my Self.*

–¡Nos lo merecemos! –apuntilla Lorena.

–Sois terribles. Y tanto coñazo no he dado, pero bueno… Después de quedarme cuidando de su hija me acompañó al hospital. Allí tuvimos un malentendido, por mis inseguridades principalmente, discutimos y luego nos reconciliamos.

–Me encantan los polvos de reconciliación, son los mejores –refrenda Lorena.

–Lo hicimos varias veces.

–¿Cuántas?

–Varias. Muchas.

–¡Serás ninfómana! –Se ríe Carolina a carcajadas.

–Déjala, es normal. Eso es como cuando estás mucho tiempo a dieta y un día te hinchas a comer, pues igual –me defiende Lorena.

–Y esta tarde en su casa, mientras le hacía un salmorejo.

–¿Un salmorejo? De pepino, supongo. –Se descojona Carolina.

–Sí, de pepino.

–¿Pepino asiático o pepino africano? –sugiere muerta de la risa.

–De pepino turco, ¿vale?

–Eso me lo tendrás que decir tú, si el pepino turco vale la pena o no.

–La vale. ¿Podemos cambiar de tema?

–Y yo comprándote un Satisfyer cuando ya no lo necesitas –sugiere Lorena.

–No me lo habrás comprado.

–Claro que te lo he comprado, es el último modelo Pro no sé qué, para tu cumpleaños.–Es en dos semanas–. No quería correr el riesgo de quedarme sin existencias.

–Estás como una cabra.

–Déjalo, lo va a necesitar cuando vuelva y eche de menos al turco –sugiere su hermana divertida, pero entristece oírlo, casi como si pudiese verme reacciona–. No te estarás pillando por él, ¿verdad?

–No, claro que no. Los dos tenemos claro que es solo sexo, nada más –afirmo con una seguridad de la que carezco en realidad–. Ay, chicas, no os imagináis lo genial que es. Me mira con tanta pasión, como si fuese una de esas modelos de las revistas, y sé que no lo soy, pero el modo en el que me mira y me toca me hace sentir así.

–Perdona, pero tú estás cañón amiga –insiste Carolina.

–Díselo a mi celulitis. Y es tan… especial. Tan serio y antipático que resulta divertido pincharle, pero tan cariñoso con su hija, tan tierno… Que si no estuviésemos a tomar viento el uno del otro incluso me plantearía intentar algo.

–¿Te lo plantearías o te lo planteas?

–Me lo plantearía. No tengo edad para locuras.

–Te has pillado amiga, te has pillado, pero bien, te conozco –apunta Lorena.

–Que no, es solo que me encanta estar con él, y lo he disfrutado. Pero soy consciente de que en cuanto me marche mi vida volverá a la normalidad.

–Claro, esa normalidad que te hace tan dichosa que vives con una sonrisa en los labios constante –protesta

Carolina–. Eres una mujer, Sara, por si lo has olvidado, además de una madre, y te mereces sentirte amada como mujer, sentirte deseada como mujer y, por qué no decirlo, empotrada como mujer.

–No, Caro. Primero soy madre y no cambio eso por nada del mundo.

–¿Y por qué tendrías que cambiarlo? No te digo que el doctor…

–Aslan.

–Eso. Que el doctor Aslan sea el único hombre que pueda hacerte sentir así. Quizá solo sea el que te ha hecho darte cuenta de que puedes sentirte así, de que te mereces sentirte así, para que cuando vuelvas seas capaz de dejar la puerta abierta a encontrar a alguien que te haga sentir del mismo modo. Te lo he dicho mil veces; eres demasiado joven y preciosa para estar sola.

–No creo que eso sea posible, Caro. El mundo no está lleno de hombres como Aslan Kaya.

–Bueno, tú disfrútalo mientras dure, que más vale lamentar lo perdido que lo que no se ha tenido –interviene Lorena–. Y a todo esto, si Rodrigo ya ha despertado y ha llegado su mujer, ¿cuándo vuelves?

–Pues aún no lo tengo claro, pero mis hijos vuelven el domingo. Probablemente regrese el sábado para estar en casa cuando ellos lleguen.

–Claro, porque si te quedas unos días más se olvidarán de ti –apunta Carolina.

–Ya casi lo han hecho. –Sonrío–. No lo sé, estoy planteándome quedarme hasta el sábado o el domingo, también por pasar algo de tiempo con Rodrigo y no dejar sola a Patricia, su mujer, en Estambul.

–Y de camino… actualizar el *Kamasutra*.

–Caro, por favor, ¿cómo puedes ser tan bruta?

–Eso es lo que nos sobra a las mujeres, remilgos, tenemos que acostumbrarnos a decir lo que queremos y cuando y como lo queremos, nos irá mucho mejor así –protesta Carolina.

–Por cierto, ¿te cuento un cotilleo? –sugiere Lorena.

–Dime.

–Ayer vino Susana la Peroña, a hacerse unas mechas, la hija de María la del quiosco, que su hermana tiene la tienda de ropa en la calle Gutiérrez Mellado…

–Y ¿qué?

–Que me contó que por lo visto Soraida y Miguel han discutido.

–¿Y ella cómo lo sabe?

–Porque Soraida es amiga de su hermana pequeña. Y dice que han tenido una pelea gorda, porque al parecer ella no quería que Miguel se fuese a pasar esos días a Benalmádena con el hermano y los niños.

–No me importa. Si se pelea o no se pelea, solo me importa si les afecta a mis hijos. Si ella no quería que se fuese con ellos a pasar esos días y con su tío, es tarea de Miguel explicarle que además de ser su pareja es padre. De todos modos, me alegro de que no le haya hecho caso.

–Pero eso no es lo más gordo.

–Si no afecta a mis hijos me da igual, Lore.

–Lo más gordo es que ella le ha dicho que quiere tener un hijo en cuanto se case, y Miguel le ha dicho que a él no le apetece volver a ser padre.

–Me da igual, en serio. Yo solo quiero que él siga siendo un buen padre para mis hijos y lo es, no puedo decir lo contrario. Lo que haga en su vida personal con su pareja me trae sin cuidado. Es lógico que ella quiera tener un hijo, cuando no tiene ninguno, es algo que he pensado desde que empezaron juntos.

–Con lo antipática y estirada que es, siempre tan arreglada, no me la imagino, la verdad –sugiere.

–Pues, si se da el caso, veremos cómo se las apaña.

–Te veo en un plan muy zen, ¿eh? –apostilla Carolina–. Qué bien te está sentando Turquía, voy a tener que plantearme un viajecito.

–Ni te lo imaginas. No te haces una idea de lo bien que me está sentando.

Por la noche, bajo a cenar al restaurante y me enfrento a una situación bastante incómoda. La sonrisa de Can ha desaparecido, está serio y algo arisco. Debería haberlo imaginado, y sé que no soy culpable de su malestar, ni de que se ilusionase, pero no quiero que se sienta mal con respecto a mí.

Cuando se acerca a mi mesa se comporta de modo muy profesional.

–¿Qué quiere cenar esta noche?

–¿Podrías recomendarme algo? –sugiero con una sonrisa con la que trato de decirle que me gustaría que fuésemos amigos.

–Tiene la carta para elegir. Volveré en unos minutos.

Y se marcha. El ego masculino, o mejor el ego en general, qué fácil es de ofender y qué poco razonable. Cuando vuelve le pido un plato cualquiera de la carta, no sé si por mi buen comer o porque he acertado, lo cierto es que disfruto de la cena. Antes de marcharme, cuando me trae la factura para que la firme, aprovecho para intentar que me oiga.

–Can, quiero agradecerte tu ayuda estos días. –Me mira escéptico, en silencio–. Sin ella todo habría sido más difícil.

–No tiene por qué darlas.

–Sí tengo. Y como pronto me marcharé y estás medio enfadado conmigo, necesito decírtelo, no sea que libres unos días y no pueda hacerlo.

–¿Te vas?

–Sí. Probablemente en el fin de semana. Mi padre ya está mejor, ha llegado su esposa al hospital, y tengo que volver a casa.

–No estoy enfadado contigo.

–Entonces, ¿por qué has cambiado tu actitud conmigo?

–No la he cambiado –niega sin demasiada convicción, apretando la mandíbula.

–Si prefieres negarlo, lo dejaremos estar…

–Es solo que… me gustas –admite mirándome fijamente con sus ojos castaños, provocándome una gran ternura–. Y creía que yo, que tú también…

–Y me gustas, porque me pareces un buen chico, Can, de veras. Pero entre tú y yo no iba a pasar nada, te lo garantizo, siento que en algún momento lo creyeses. Y, escúchame, no se trata del doctor Kaya, se trata de mí. Y me sabe mal, con lo bien que me has caído, marcharme con mal sabor de boca y que tú te sientas molesto por algo que no iba a pasar. Piénsalo –le digo, dándole un par de golpecitos en el brazo, antes de levantarme de la mesa y marcharme sin mirar atrás.

Capítulo 16

Rodrigo parece otro a la mañana siguiente. Qué bien le ha sentado el paso a planta y, sobre todo, la compañía de Patricia. Ese es un tema que he obviado mencionar esa misma mañana cuando mi madre me ha llamado por teléfono para preguntarme por enésima vez cuándo regreso, preocupada porque en La 2 ha visto un documental de cómo las mafias organizadas reclutan a mujeres jóvenes para convertirlas en las esposas mártires de terroristas islamistas. Dios mío, dame paciencia.

Rodrigo me coge de las manos, y me da dos besos en las mejillas como bienvenida. Según me explican, todo va bien, y para mí es una liberación no tener que ser la responsable de procesar la información y tomar cualquier tipo de decisiones.

–¿Qué tal habéis pasado la noche? –pregunto a Patricia.

–Pues bastante bien, porque Rodri ha dormido toda la noche y yo, aunque me puse la alarma cada tres horas para echarle un vistazo, también he dormido, y la cama es muy cómoda.

–Me alegro.

–Me ha dicho la doctora que, si hoy paso todo el día bien, mañana me sentarán en el sillón –afirma apuntando hacia un butacón reclinable de piel color avellana.

–Eso es genial.

–Ya veréis cómo enseguida estoy fuerte y me pongo a andar.

–Poco a poco, que has estado muy grave –le advierto.

–Sí que ha estado grave, mucho –interviene una voz masculina desde el umbral de la puerta, una voz que reconozco de inmediato y me provoca una sonrisa. Me giro para mirarle mientras camina hacia Rodrigo–. Buenos días, soy Aslan Kaya, soy el cirujano que le operó para evacuar el derrame cerebral –afirma ofreciéndole la mano que estrecha.

–Y quien, muy amablemente, me trajo ayer desde el aeropuerto –puntualiza Patricia con una sonrisa–. Muchísimas gracias, doctor Kaya.

–Solo Aslan, por favor.

–Así que usted es el doctor que ha entablado amistad con mi hija Sara. –Vaya. No sé cómo reaccionar ante esa palabra. Mi hija. Es la primera vez que un hombre se refiere a mí con ese término e inconscientemente me sorprende escucharlo, aunque suena bien.

–Muchas gracias, por ayudarla, no imagino lo difícil que ha tenido que ser para ella pasar estos días sola en un país y una ciudad desconocidos.

–No tiene por qué darlas –asegura dedicándome una mirada serena y llena de… ¿cariño?–. Sara es una persona excepcional, y me siento muy afortunado de haberla conocido. –Cerebro llamando al corazón, no te olvides de latir, repito, ¡no te olvides de latir!

Patricia me dedica una sonrisa contenida. Y yo sonrío como lo haría cualquier quinceañera. Me falta forrar una carpeta con sus fotos y escribir con boli S y A dentro de un corazón.

–Aslan ha sido muy amable. –Y chimpún. No soy capaz de decir nada más. Él que ya empieza a conocerme, sonríe.

–Bueno, solo quería saludarle y ver con mis propios

ojos lo recuperado que está. Estaré hoy todo el día de guardia, si necesitan algo solo tienen que llamarme. –¿Una nueva sesión de gimnasia sexual cuenta? Me río conmigo misma. Si es que es una delicia para los sentidos–. ¿Podrías pasar por mi despacho a verme cuando tengas un momento, Sara?

Me quedo mirando el aire que queda en el espacio en el que él estaba cuando se marcha.

–Sara –me llama Patricia, y descubro a ambos mirándome. Sonríe cuando poso los ojos en ella–. Hace un rato ha estado aquí la doctora Arzu, también se ha presentado y nos ha dicho que si todo va como debe podríamos regresar a España en un avión medicalizado la semana que viene. Lo he hablado con la compañía de seguros y me han dicho que con el informe médico no hay problema.

–Ah, eso es estupendo. Tengo que hablar con ellos para reservar mi vuelta. Si todo sigue bien, me gustaría volver el sábado o el domingo.

–Yo quiero seguir viéndote, Sara, y conocer a mis nietos, una vez que estemos en España –interviene Rodrigo. Me acerco a él y recupero su mano.

–Nos seguiremos viendo, te lo aseguro.

–Yo… necesito decirte que… No te abandoné.

–Tranquilo, ya tendremos tiempo…

–Si algo he aprendido con todo esto que me ha sucedido es que no tenemos todo el tiempo que creemos tener. Necesito decírtelo –me ruega. Miro a Patricia, que asiente.

–Creo que mejor voy a tomarme un café, lo necesito –asegura antes de dejarnos a solas.

–¿Estás seguro de que quieres hablar de eso ahora?

–Lo estoy –admite emocionado, sin soltar mi mano–. Yo no te abandoné. A pesar de… de todo. Cuando conocí a tu madre estaba casado con mi anterior esposa, Carmen. Ella se había quedado en Madrid porque estaba muy apegada a su familia y no quería venirse a vivir a un pequeño pueblo de Cádiz donde no conocía a nadie. Así que llegué solo y me instalé en la casa cuartel. Mi relación con Carmen no atravesaba un buen momento, llevábamos cinco años casados y no habíamos podido tener hijos. Eso la estaba afectando, y creo que fue uno de los motivos por los que no quiso acompañarme –relata, inmerso en sus recuerdos. Tomo asiento en la cama, a su lado, y me veo reflejada en sus ojos grises–. Cuando conocí a tu madre, lo cierto es que me deslumbró bastante. Era una chica preciosa, con una larga melena castaña y los ojos verdes, algo alocada pero muy divertida. Ella tenía diecinueve años, y yo veintisiete. La conocí porque era amiga de uno de mis guardias en prácticas, que era del pueblo.

–Benito.

–Exacto. Benito me invitó un par de veces a ir a las fiestas y las reuniones que hacían sus amigos. Eran un grupo de al menos veinte, entre chicos y chicas. Tu madre sabía que la mayoría de los chicos del grupo estaban locos por ella y se dejaba querer. –Ay, pobre Benito, siempre con tan buen corazón, sin saber que había puesto al lobo a guardar a la oveja–. Después de una de esas reuniones me ofrecí a llevarla a casa en mi coche y ella aceptó. Fue la primera vez que nos acostamos. Después estuvimos viéndonos varios meses, a escondidas. Los dos nos gustábamos, lo pasábamos bien, pero no era nada serio, hasta que los rumores de infidelidad llegaron a mi mujer y apareció un día en Benalup con mi suegra, una hermana suya y los bártulos de las tres. –Sonrío al imaginarme la escena.

–Y lo vuestro se acabó.

–Cuando hablé con ella para decirle que Carmen había llegado y no podíamos continuar viéndonos no sabía que estaba embarazada de ti. Ella desapareció, de la noche a la mañana, se fue a vivir a Cádiz.

–Con mi tía, su hermana.

–Entonces llegó a mis oídos, por medio de una de las mujeres del pueblo, ya sabes, los rumores…, que estaba embarazada y no se sabía quién era el padre de la criatura. Fui a buscarla. A través de compañeros en Cádiz localicé dónde vivía y me planté en la casa de tu tía para hablar con ella. Ni siquiera me dejó pasar para hablar. Me atendió con la cadena de la puerta echada y me dijo que no quería saber nada de mí, que no me necesitaba.

–Siempre tan orgullosa.

–Me exigió que me marchase y me olvidase de ella. Le dije que no podía hacerlo. Que ese hijo que llevaba en el vientre tenía mi sangre y debía responder por él, pero no quería saber nada de mí. Cerró la puerta y me dijo que la olvidase para siempre. Y no me fui. Me quedé en el rellano esperando un día entero, pasé la noche sentado en los escalones. Al final, tu tía la convenció de atenderme y hablamos en el salón de su casa. No te imaginas cómo me sentí cuando la vi tan embarazada, yo que llevaba años deseando tener un hijo sin lograrlo. Ella me dijo que solo aceptaría que te pusiese mis apellidos con una condición, que me marchase, que pidiese un traslado y la dejase vivir su vida. Me contó que había conocido a un hombre, un profesor de la universidad, que era muy feliz con él y que yo no podía reaparecer en su vida y estropearla. Me hizo jurar por la memoria de mi madre que no me acercaría a ti hasta que ella lo decidiese, que no te diría que era tu padre hasta que lo creyese oportuno. –Suena mucho a mi madre, a su autoritarismo–. Y lo acepté, porque no tenía otra opción –admite con tristeza–, pero ese momento nunca llegó. Trataba de calmar mis ansias de conocerte con fotografías, pero no era suficiente. Y te vi crecer en esas imágenes año tras año, una niña sana, fuerte y preciosa.

–¿Y por qué no viniste igualmente?

–Fui. Una vez. Volví a Benalup, en mis vacaciones de verano, cuando tenías unos cinco años. Me costó una gran discusión con mi mujer. Ella sabía que existías desde el primer momento, y aunque había perdonado mi infidelidad, tu nacimiento incrementó su dolor y no me permitía hablar de ti en su presencia, aunque sabía que parte de mis ingresos iban destinados a tu manutención y tu educación, porque lo que no estaba dispuesto era a que te faltase de nada. Ella lo toleraba, pero era un tema tabú en nuestra casa. Aun así, logré que entendiese que necesitaba reclamar mi derecho a ser tu padre.

–¿Y qué pasó?

–Que te vi, os vi. Benito te llevaba en brazos y caminaba junto a tu madre, estabais en la alameda, recién habíais salido de misa, parecíais tan felices y sonrientes que me sentí un desgraciado por querer irrumpir en tu vida de ese modo. No tenía derecho a interponer mi necesidad a decirte quién era a la tuya de tener la familia que merecías –confiesa con los ojos llenos de lágrimas.

–Te equivocaste, papá –me sorprendo llamándole así, con la garganta dolorida por la emoción–. Entre Benito y mi madre no había nada. Al menos que yo sepa. Benito nos acompañaba a misa. Benito estaba casado, vivía en Barcelona y venía todos los veranos con su mujer y sus hijas. Ellas no acudían nunca o casi nunca a misa, y él venía con nosotras, con mi madre y conmigo, y cuando salíamos me compraba un helado. Para mí era el momento más feliz de la semana. Pero nada más –relato, y leo la sorpresa en sus ojos. Sus lágrimas se desbordan y le recorren las mejillas recién afeitadas.

–No puede ser. La forma en la que se miraban, cómo cargaba contigo… Yo creí que…

–No importa. De veras –digo tomando varias servilletas de papel de la mesita anexa a la cama y entregándoselas para que pueda limpiarse las lágrimas.

–Sí importa, he estado todos estos años… –se revuelve en la cama, como si una explosión de emociones estallase en su interior, apretando el papel en las manos con fuerza. Me resulta tan frágil, tan herido, que me produce una gran ternura–. Yo debería… debería…

–Mírame, escúchame, tenemos el ahora, y el futuro. Eso es lo único importante. No te martirices, por favor. Miremos hacia adelante, ¿vale? –Él asiente y le abrazo. No quiero que se mortifique, pero llora en mi hombro, apretándome con fuerza contra sí. Y ahora sí que tengo claro que mi madre y yo tenemos una conversación pendiente. No puedo entender cómo ha sido capaz de ocultarme algo así tantos años. De algún modo irracional me consuela que mi padre no se olvidase de mí, que se preocupase de que no me faltase de nada y recibiese con ilusión las fotografías que la dictadora regente en mi casa le enviaba como pago por su atención económica para conmigo.

En mi camino hacia el despacho de Aslan recibo una notificación en mi móvil; son mis hijos que me responden al mensaje que les envié por la mañana recordándoles que los quiero, con un precioso *Yo más*, en el caso de Pablo, y un sobrio «😮😮» en el de Álex. Pronto podré estrecharles entre mis brazos, estrujarles y besarles como si no hubiese un mañana, aunque eso signifique que no volveré a ver a Aslan.

Estoy ante la puerta de su despacho, oigo voces en el interior, una voz de mujer y la de Aslan. Parecen discutir. Dudo en marcharme, pero él me ha pedido que me pase a verle. Toco la puerta con los nudillos y la abro.

La doctora Cuqui me dedica una mirada de entre sorpresa y molestia por la interrupción; la expresión de Aslan me hace entender que está incómodo, mucho. Arzu fuerza una sonrisa falsa y sale del despacho, cerrando tras de sí, dando un sonoro portazo. Nos quedamos a solas, él se pasa una mano por el cabello peinándolo hacia detrás con los dedos.

–Me da a mí que le pasa algo.

–Menuda suspicacia la tuya –se burla–. No te preocupes. Es solo una diferencia de criterios. –Sonríe, y sale de detrás de su mesa de escritorio y camina hasta mí. En silencio me coge las manos y me mira a los ojos con dulzura–. ¿Qué piensas hacer hoy?

–Voy a ir al hotel, hablaré con la compañía de seguros para cerrar mi regreso y después de comer volveré y pasaré la tarde con Rodrigo.

–Me resulta difícil estar cerca de ti y no tocarte –asegura tirando de mí hacia él, y me besa en los labios. Es un beso breve, delicado, aunque delicioso–. Demasiado difícil.

–Pues tendrás que ser fuerte –bromeo. Me rodea entre sus brazos y me besa en el cabello.

–¿Con quién has dejado a Cloe?

–Con la canguro que suele cuidarla cuando tengo guardia.

–¿Una canguro sexy? –sugiero.

–No tanto como la de la última vez –indica enarcado una de sus cejas, refiriéndose a mí.

–Vaya, gracias.

–Es una de nuestras vecinas, una señora de unos sesenta años que adora a Cloe y tolera a Fátima, que ya es mucho pedir –apunta haciéndome reír–. Después de comer, su abuela la recogerá y se quedará con ella hasta que yo llegue por la mañana. Hemos tenido una pequeña charla porque quería castigarla por pegar el moco en la muñeca de su prima. Al parecer su tía llamó a Fátima esta mañana muy enfadada –me aparto y busco sus ojos, no soportaría que la castiguen por mi culpa–. Pero le he dicho que lo trataría con ella y que me corresponde a mí castigarla. Entonces he recibido una buena charla de por qué la firmeza de carácter es el modo más adecuado de educar a los hijos.

–¿Y vas a castigarla?

–No. Ya lo sabía, la propia Cloe me lo contó la noche del cumpleaños.

–A veces debería pensar mejor las cosas. Siento mucho haberte ocasionado problemas.

–Se me ocurre un modo de compensarme –asegura caminando hacia la puerta del despacho, girando el pestillo.

Me lanza una mirada de lo más sugerente, está de broma, no me cabe duda de que debe de estarlo. Sonrío mientras camina hacia mí, me rodea por la cintura con uno de sus brazos y se pega a mi piel. Sus labios se posan en mi garganta y no me queda la menor duda de que va en serio. Su aliento en mi cuello, bajo mi oreja izquierda, resulta enloquecedor, soplando en el lugar que han humedecido sus labios, provocándome un escalofrío y un jadeo. Su otra mano se posa en mi pecho derecho por encima de la ropa y lo acaricia.

No puedo entender cómo logra encenderme de ese modo, tan sencillo como encender un interruptor, cómo puede despertar semejante deseo en mí. Gimo cuando siento un hondo palpitar en mi interior que anhela recibirle, cuando todo mi cuerpo me grita que le arranque la ropa y me suba a su sexo.

–Estamos en tu despacho –logro suspirar, conectando la única neurona que me queda alerta. Él se aparta de mi cuello, deja de masajear mi pezón entre sus dedos a través de la ropa y me mira.

–¿Quieres que pare? –pregunta, escudriñando mi expresión con sus hermosos ojos verdes. Cállate, maldita neurona de guardia. Tiro de su bata hacia detrás deshaciéndole de ella y sin dudarlo comienzo a desabotonar su camisa blanca. El olor de su piel me invade, no es su perfume, ni es olor a jabón o gel, es su piel la que huele jodidamente bien. Huele a deseo, a mañana de domingo en la cama con los pies entrelazados, a sexo desenfrenado y a tarta de chocolate con cuchara compartida. Le muerdo en el cuello y me aprisiona contra su mesa de escritorio, subiéndome a esta cuando he abierto su camisa por completo y acaricio sus pezones pequeños y duros con mis dedos y mi lengua–. Señorita, me vuelves loco –gime contra mi oído mientras pierdo mis manos bajo su pantalón, acariciando con los dedos su sexo caliente y húmedo.

–Te necesito, dentro, ahora –le pido descarada. Mis palabras provocan un centelleo en sus ojos, que empiezo a reconocer. Y entonces mete las manos bajo mi falda de algodón, me arranca las bragas y me embiste desesperado. Su sexo se hunde en mi carne con urgencia y sin premisas, regalándome una espiral de placer racial, salvaje y urgido, como nunca antes lo había sentido, antes de él.

Capítulo 17

Cuando voy de regreso a la habitación me siento una desvergonzada por no llevar bragas; Aslan las ha hecho trizas. Por suerte la falda es sobre la rodilla y eso me da una cierta seguridad de que no acabaré enseñando el chimichurri a la primera de cambio.

–Voy a pasarme todo el día excitado pensando en que vas sin ropa interior –me ha susurrado al oído en la puerta cuando nos despedíamos.

–Y yo voy a tocarme en cuanto llegue al hotel, pensando en lo que acabamos de hacer –le he soltado, para terminar de crisparlo. Ha cogido mi mano y la ha llevado a su sexo, erecto de nuevo. La he apartado rápidamente. –Ten cuidado, cualquiera podría habernos visto.

–Eres la culpable de que no me llegue suficientemente sangre al cerebro –ha concluido, haciéndome reír, y me he alejado por el pasillo.

Me doy cuenta de que estoy sonriendo mientras camino, como una boba. Nunca creí que pudiese volver a sentirme tan ilusionada, tan deseada, taaan deseada. Sí, porque esa es la palabra, me siento deseada, me siento mimada, incluso cuidada, y alguien tan independiente como yo no estaba acostumbrada a nada de eso, y sin embargo… sienta bien. Me encanta el furor con el que me mira, hace que se me olviden las estrías, los michelines y el efecto que la gravedad ha causado en mis pechos.

Y, sin embargo, todo eso está a punto de acabarse y me hace daño. Siento una gran tristeza, no quiero pensarlo. Porque con la misma certeza de que un día acabaré convertida en polvo, con esa misma certeza, sé que no voy a encontrar a nadie como él. Puede que encuentre a alguien que me haga feliz, pero estoy convencida de que no como lo haría él.

Cuando entro a la habitación, los pensamientos se alejan como un diente de león azotado por el viento al descubrir a Patricia, sentada en la cama junto a su marido. Ambos miran con una expresión extraña hacia un lateral de la habitación. Entonces oigo su voz y no necesito verla para reconocerla, es Dilay. Pero su imagen resulta igual de chocante cuando la observo desde la puerta.

Lleva el pelo rojo tan eléctrico como de costumbre, los labios con el carmín del mismo color como si se los hubiese pintado a brochazos y los ojos pequeños y hundidos muy abiertos, y lleva un vestido negro, de satén, a la rodilla, con un cuello tipo bebé, y una diadema blanca de encaje. Explica algo con muchos aspavientos.

–Hombres decir mentiras muchas, todos siempre, hombres no dicen *verdá*. Señor decir *verdá* a mujer suya, siempre. Padre tercer hijo decir Dilay, yo seguro que hago, yo sabe, y no sabe, suelta todo ahí… –La cara de Patricia es un poema, de Alejandra Pizarnik.

–Hola, Dilay.

–¡Hola, señorita Culina! –exclama con una amplia sonrisa–. Vine a visitar mi cliente.

–¿De qué vas vestida? –pregunto dando un trago a la botella de agua de Aslan, que me he agenciado en su despacho para sofocar mi calor interno. Como si en ese preciso momento cayese en su indumentaria, se mira hacia abajo y se recoloca la diadema.

–Yo *muchio* hijo, yo gana dinero extra como doncella *sessy* –responde, y yo no puedo evitar espurrear todo el agua que tengo en la boca y la garganta tratando de evitar ahogarme ante el ataque de risa que soy incapaz de contener.

–¿Sabes lo que significa «sexy», Dilay? –le pregunto imaginando que se habrá vuelto a confundir con las palabras.

–Claro. Yo *muchio anio espania,* sé significa *sessy, seniorita* Culina. Yo *sessy.* Gente paga dinero Dilay ordenador –revela orgullosa, ofendida–. Yo limpia casa, cámara graba y gana dinero.

–Perdóname, Dilay. Por supuesto que eres sexy –le digo, y ella sonríe, complacida, un perdón sencillo. ¿Quién podría pagar por verla vestida de doncella? No quiero imaginarla.

–¿De veras ella es nuestra agente de seguros?

–Sí –afirmo con una sonrisa. Dilay enarca una ceja escudriñando mi expresión.

–¡Dilay buena agente seguros, preocupa por clientes! –afirma dando un manotazo en el aire–. Dilay fuerte, cinco hijos y no padres –concluye enfadada.

–¿No eran cuatro hijos? –Su expresión de alarma me hace volver a sospechar que me ha mentido. Se tira de los bajos de la falda de satén demasiado estrecha.

–Es tarde. *Muchio* trabajo. Si necesita algo, llama Dilay –dice decidida dejando una tarjeta sobre la pequeña mesita de noche, y se marcha con urgencia.

–¿Es de fiar? –me pregunta Patricia en cuanto se ha marchado.

–No mucho, pero no es peligrosa, creo.

–Si no tendré que reavivar mi espíritu de la Guardia Civil –asegura Rodrigo divertido. Patricia tiene agarrada su mano, siempre buscando su contacto, me parece de lo más tierno, se miran con tanto amor...

–Por cierto, dejaste la Guardia Civil, ¿no?

–Sí.

–¿Por qué? Si no es demasiado preguntar.

–Porque ya no me llenaba, lo dejé a los cuarenta, después de veinte años. Me ofrecieron el puesto de director financiero de una sucursal bancaria y lo acepté sin dudarlo. A veces hay que arriesgarse para ganar y nunca es tarde para intentarlo –afirma, y pienso que fue muy valiente para tomar una decisión así. Ojalá yo lo fuese tanto.

–¿Te importa que nos hagamos una foto? –le pregunto–. Me gustaría enseñársela a mis hijos.

–Me encantaría –acepta, y nos hacemos un selfi. Patricia le peina un poco con los dedos y la invito a salir a ella también en la imagen.

–Espero que mis nietos me vean bien parecido.

–Siempre tan coqueto –apunta ella, y me hacen sonreír.

–Seguro que sí. Les echo tanto de menos…

–Es normal –dice cogiéndome la mano. Nos tiene a ambas sujetas una en cada mano.

–Creo que me marcharé el sábado. He estado mirando por Internet y hay un vuelo por la tarde que me gustaría coger.

–Lo entiendo y no puedo más que agradecerte lo que has hecho por mí, hija. –Me emociono al oírle llamarme así. Lo mismo alguna vez me acostumbraré, pero creo que no. Le abrazo, me aprieta con fuerza y hay lágrimas en sus ojos al apartarme de él.

–Tranquilo, ahora que te he conocido no vas a librarte tan fácilmente de mí –le digo, y sonríe.

Cuando llego al hotel llamo a mi madre. Hablamos un rato, me pregunta qué he hecho en el día y entonces le cuento que Rodrigo ha despertado y que probablemente regresaré el sábado a casa. Esto la pone muy feliz, que regrese, principalmente, aunque en el fondo creo que también se alegra de la recuperación de su ex. Me cuenta que mi abuela está bien, e incluso la oigo trastear en la cocina de fondo, canturreando como suele hacer. Me doy cuenta de que las echo mucho de menos y tengo muchas ganas de verlas.

Después hablo con mis hijos, que ante mi inminente regreso me regalan un: «Vale mamá, te queremos». A unísono mientras hablan entre ellos y se pelean por que sea el otro quien mantenga una conversación insustancial conmigo, aunque Pablo al menos me regala un: «Te echo mucho de menos, mami», que suena bastante sincero, aunque luego vuelve a distraerse con lo que quiera que estuviese haciendo.

Ceno sola en el restaurante. Me sirve Can, que está muy amable conmigo. Parece que hubiera recapacitado tras nuestra anterior conversación, pero no le pregunto nada al respecto ni él tampoco hace referencia, su actitud es muy profesional.

Cuando ya estoy en la cama recibo un mensaje que al mirarlo me acelera el corazón.

Aslan: Buenas noches, descansa, mañana tengo grandes planes.

Yo: Grandes planes? Mañana estarás hecho una piltrafilla muerto de sueño.

Aslan: Claro que no. Soy neurocirujano, nena. De hecho, un referente nacional de neurocirugía. Mis guardias suelen consistir en intentar dormir en el cuarto de descanso mientras mis adjuntos atienden las urgencias y me llaman solo cuando es imprescindible.

Yo: Hay que ver lo pedante que puedes llegar a ser a veces.

Aslan: Te estás metiendo conmigo?

Yo: Yooooo? Para nada. Solo constato un hecho: te crees que eres el mejor de los mejores.

Estoy sonriendo, de oreja a oreja, soy consciente, como lo soy del cosquilleo en la boca del estómago que no puede vaticinar nada bueno.

Aslan: Seguimos hablando de neurocirugía o del sexo de esta mañana? En ambos casos, sí, lo soy, nena. O vas a negarme que has tenido tres orgasmos seguidos en mi despacho.

Mierda, se ha dado cuenta de los tres, a pesar de que el segundo traté de disimularlo para que no terminase, que no hizo falta, por cierto. Si es que cómo contenerse, si me toca y me derrito como la mantequilla y voy y vengo una vez, y otra, y otra… ¿Seré multiorgásmica? A la vejez, viruelas.

Yo: No voy a responderte a eso, o tu ego se inflará como un globo.

Aslan: Ya me has respondido. Descansa, a las nueve termino la guardia, ¿desayunamos juntos?

Yo: No sé, lo miraré en mi agenda...

Aslan: Míralo, que yo te miraré a ti. Hasta mañana, preciosa.

Capítulo 18

Me levanto temprano, me siento bastante descansada, así que a las nueve estoy visitando a Rodrigo en el hospital. Poco a poco vamos ganando confianza, y tanto él como Patricia no podrían caerme mejor, creo que lo nuestro tiene futuro.

Por desgracia no puedo decir lo mismo de lo mío con Aslan.

Ni siquiera tiene que llamarme para saber que estoy en la habitación de Rodrigo, y viene hasta allí en mi busca. Cuando aparece por la puerta me quedo anestesiada mirándole. No puede estar más guapo vestido con los pantalones chinos blancos, una camiseta del mismo color que realza el tono tostado de su piel y una cazadora de algodón color arena. Sus ojos están algo enrojecidos, debe de haber resultado una guardia mucho menos tranquila de lo esperada, o quizá es que no ha logrado pegar ojo. Me dedica una larga mirada con sonrisa ladeada incluida, se acerca y saluda a Rodrigo.

–Doctor, ¿viene a darme el alta? –le pregunta este.

–El alta tiene que dársela el doctor Aykol –le dice con amabilidad.

–Viene a buscar a Sara –interviene Patricia con una sonrisa cómplice–. Marchaos, no hace falta que vengas a vernos esta tarde. Rodrigo está bien y yo me las apaño bien también, disfrutad mientras podáis –nos dice. Aslan sonríe de nuevo y yo también. Me siento como tonta, ¿en serio soy yo? La madre de dos hijos con los pies clavados en la tierra, la que sonríe como una lela ante lo que está sintiendo.

–Gracias. Mañana vendré por la mañana a despedirme.

Doy un beso a Rodrigo y otro a Patricia y sigo a Aslan hacia la puerta como siguen los mosquitos a la luz ultravioleta dispuesta a hacer ¡pum! Y electrocutarme. Camino a su lado un par de segundos en silencio y me doy cuenta de que hay algo en su rostro, una expresión distinta al día anterior.

–¿Has desayunado? –me pregunta.

–Claro que no, quedaste en invitarme.

–¿Qué te parece si desayunamos en una cafetería y después vamos a casa a recoger a Cloe?

–No me importaría desayunar en tu casa, y así le das el día libre a la canguro antes de tiempo –sugiero.

–Cloe no está con su canguro, está con mi hermana, que se presentó anoche en casa, sin previo aviso, lo cual es normal en ella por otra parte –admite con una sonrisa, pero su sonrisa no es completa, no es de esas que le llenan las mejillas, le iluminan la mirada y provocan hoyuelos que intuyo aun a pesar de la barba recortada. Cada vez tengo más claro que le sucede algo. Espero a que recorramos el *parking* y subamos al coche, pero ya no puedo resistirme más y antes de que arranque le pregunto:

–¿Qué te pasa, Aslan? –Él cierra los ojos un instante y fuerza una sonrisa, solo después me mira.

–Nada, vamos a disfrutar de este día, ¿vale?

–Es que estás cansado, ¿es eso? ¿Te has arrepentido de que hayamos quedado? Porque si es por mí no te preocupes, descansa…

–No es eso, me apetece estar contigo más que nunca –dice casi con desesperación, posando una mano en mi rodilla.

–Entonces, ¿qué es?

–No quiero hablar de ello –afirma con los ojos más enrojecidos aún. Parece a punto de… llorar–. Quiero que vayamos a casa y pasemos el día juntos, por favor –pide con un hilo de voz cuando una lágrima rueda ardiente por su mejilla, la limpio con el pulgar, con suavidad y él acomoda su rostro en mi mano cerrando los ojos.

–Estoy preocupada por ti, no puedo hacer como si nada. Quizá pueda ayudarte de algún modo… –Él hace un gesto de negación. Carraspea, yo me inclino hacia él abrazándole y entonces empieza a llorar sobre mi hombro, casi sin hacer ruido. Ahora sí que estoy preocupada. Tarda unos segundos en calmarse en los que me aprieta con energía contra sí. Inspira hondo y carraspea.

–Es una niña. Una niña de la edad de Cloe. Tenía un aneurisma congénito y le estalló en casa, mientras cenaba con sus padres. Me llamaron minutos después de que hablásemos –relata con los ojos llenos de lágrimas–. Lo intenté, como si fuese mi propia hija, hice lo imposible, pero al tratar de clipar el aneurisma, la arteria se rompió y fue imposible detener el sangrado. Tratamos de reanimarla, pero…

–Lo siento mucho. Lo siento muchísimo. –Debería ser más fuerte, porque pienso que en ese momento él no necesita a una llorona, sino a alguien que mantenga el tipo, pero no puedo contener el llanto–. Si te apetece descansar lo entiendo… –digo enderezándome de forma automática, dispuesta a bajar del vehículo.

–No. –Me detiene, cogiéndome la mano con ternura–. Me apetece estar contigo, que me cuentes cosas y me ayudes a recordar lo maravillosa que puede ser la vida –me pide, atravesándome con sus preciosos ojos verdes. Asiento y sonrío. Estoy loca por él, y verle en su vulnerabilidad solo me hace adorarle aún más. No se avergüenza de sus sentimientos, y para mí es una de las mayores cualidades que puede tener un hombre.

Durante el camino trato de distraerle contándole cosas sin importancia sobre mí, le hablo de mi etapa adolescente en el instituto, de lo mal que se me daban las matemáticas, de mi pandilla de amigas, con las que con la mayoría sigo manteniendo una buena relación, le hablo de Carolina y Lorena, de sus vidas y de la mía, de las mil y una aventuras que vivimos juntas. De cómo fueron las únicas que me apoyaron cuando decidí divorciarme, cuando ni mi madre, ni mi abuela lo hacían. Le hablo y le hablo y para cuando estamos llegando a su casa su expresión ha cambiado e incluso le he hecho reír con mis tonterías, y eso me hace sentir reconfortada.

No quiero pensar en esa pequeña que no conozco. Estoy convencida de que si Aslan no ha podido salvarla nadie podría haberlo hecho, pero me enternece demasiado su dolor.

Cuando bajamos del coche me coge la mano y entrecruza nuestros dedos. Entramos así en la casa, que está envuelta en el silencio. Cloe y su tía deben de dormir aún. Lo cierto es que me siento un poco nerviosa por conocer a su hermana. Es una tontería, más cuando he conocido a la bruja de su suegra. Sé que él la admira mucho y no me gustaría que se llevase una mala impresión de mí. ¿Por qué, cuando probablemente no volveré a verla nunca más en la vida? Porque… no me gusta causar mala imagen, me digo.

Al cerrar la puerta me rodea entre sus brazos y yo hundo el rostro en su cuello mientras le sostengo con decisión, me besa en el cabello, en la frente, en los labios y en el cuello bajo la oreja, e inspira hondo, su pecho presiona el mío.

–Me gustaría poder respirarte para poder tenerte siempre conmigo –me suelta sin más, y siento que mis piernas se han vuelto gelatina. Es lo más bonito que me han dicho nunca, o sencillamente lo es porque me lo dice él. Su abrazo se hace un poco más fuerte y vuelve a besarme en los labios, me veo reflejada en sus ojos cuando se aparta y me sonríe con dulzura. Quisiera decirle tantas cosas, cosas como que ojalá no viviese en el otro extremo del mundo, cosas como que nadie me ha hecho sentir así, que es lo mejor que me ha pasado en los últimos años, como que me gustaría estar para él cada vez que me necesitase, siempre... Pero no me salen las palabras, me siento sobrecogida. Él sonríe y tira de mi mano hacia la cocina–. ¿Qué quieres desayunar? –propone deshaciéndose de la chaqueta, dejándola sobre una silla.

–Ni pienses que me vas a poner el desayuno. Voy a prepararte algo.

–Eres la invitada...

–A esta invitada le gusta cocinar para sus anfitriones. ¿A Cloe le gustan las tortitas?

–¿Las tortitas estilo americano? –Asiento–. Sí, y a mí también. ¿Sabes hacerlas?

–Pero si es muy fácil. Siéntate y en nada las tengo listas –le advierto.

–Voy a cambiarme de ropa, si no te importa.

–Claro que no. Yo me las apaño en la cocina.

–Está bien, gracias –dice antes de darme un nuevo beso en el cabello, y se marcha en dirección a la planta superior.

Mis tortitas llevan mantequilla, dos huevos grandes, azúcar, harina y una cucharadita de levadura. Registro toda la cocina y me es fácil encontrar las cosas, excepto la levadura, que me cuesta la misma vida descubrir, qué es hasta que encuentro una cajita con dos panes dibujados y las letras en turco. Abro uno de los sobres que contiene y el olor me dice que es lo que buscaba, así que me pongo manos a la obra. Separo dos cantidades, porque a una de ellas voy a echarle canela, como le gusta a mi hija Alejandra. Ay, mi niña, qué ganas tengo de verla, a ella y a su hermano.

Remuevo la masa, pongo una cucharadita de mantequilla en la sartén y empiezo a verter unas tortitas que me salen de lo más redondas y perfectas.

Las amontono en dos platos distintos, las que tienen canela y las que no, y cuando termino han salido una veintena entre unas y otras. Apago el fuego.

–¡Qué bien huele! –dice alguien a mi espalda sobresaltándome. Es una mujer joven, de unos treinta años, con el cabello oscuro largo y ondulado, realmente guapa. A pesar de estar vestida con un chándal y deportivas parece que se ha caído de una portada de *Vogue*. La doctora Cuqui a su lado parece una de las hermanastras de Cenicienta–. Buenos días, tú debes de ser Sara, ¿verdad? Soy Meryem, la hermana de Aslan. –Su acento es particular, habla español latino. Asiento y camina hasta mí, dándome dos besos en las mejillas.

–Encantada, ¿tú también hablas español?

–Hablo español con acento cubano, porque estuve viviendo dos años en La Habana, los dos mejores años de toda mi vida –asegura con una sonrisa deslumbrante. Está claro que lo de esta familia es genético. A los padres deberían haberles dado un plus por traer bellezas al mundo–. ¿Puedo comerme una? –pregunta indicando las tortitas.

–Claro. –No tarda ni dos segundos en echarle mano y le pega un buen mordisco con una sonrisa de oreja a oreja–. Por favor, ¿ese sabor es canela? Está bacán.

–¿Bacán? –Ella hace un gesto hacia arriba con el pulgar mientras se mete en la boca el trozo que le quedaba. Le gusta, eso me ha quedado claro.

–¿Puedo comerme otra?

–Claro.

–Meryem, ¿no puedes esperar a que estemos todos a

la mesa? –pregunta Aslan adentrándose en la cocina con Cloe en brazos. Lleva el cabello húmedo peinado hacia atrás, seguro que lo ha hecho con los dedos; no solo se ha cambiado de ropa, también se ha duchado. Cloe está en pijama, lleva un pijama con estampado de animalitos de color violeta.

–¡Es Sara! Ella es la sorpresa, ¿verdad? –le pregunta con una sonrisa al verme, y le da un par de toquecitos a su padre en los brazos para que la suelte. Él asiente y la pequeña corre hacia mí. Entonces puedo leer en el pecho de su pijama el lema: *Fight like a woman*. Así que ya sé quién se lo ha regalado, sonrío para mí. Recibo su reconfortante abrazo como un regalo.

–¿Has venido a jugar conmigo, Sara? –me pregunta cuando el olor a dulzura infantil, a champú de camomila que envuelve su cabello me invade. Qué bonita es.

–Claro, y mira… he hecho tortitas.

–¡Tortitas! –proclama soltándome y corriendo a la mesa de la cocina para sentarse y poder disfrutarlas.

–Eso será si tu tía Meryem te deja alguna –le advierte su padre, y la mencionada le saca la lengua en una burla. Entonces siento cómo me rodea con sus brazos y me besa en el cuello ante la mirada de su hermana, que no puede camuflar su sorpresa. Su naturalidad me desarma, no estoy preparada, creo, para que lo nuestro sea tan obvio, sobre todo porque no quiero confundir a Cloe, ya que me marcho mañana… Pero tampoco soy capaz de negarle esa cercanía que parece necesitar, que parece reconfortarle en ese momento, a pesar de los pesares, a mí también me hace bien–. Siéntate, yo os sirvo –me pide, y tomo asiento a la mesa frente a la pequeña y su tía.

–Están buenísimas, Cloe –advierte Meryem–. Sara debe de ser cocinera, di la verdad, he acertado, ¿no?

–No. En realidad, soy peluquera.

–¿En serio? Yo adoro a mi peluquera, entre otras cosas porque es muy sexy.

–Meryem –la advierte su hermano, ella sonríe con picardía.

–En realidad nunca lo pretendí, pero acabé trabajando en ello por una amiga, y después me formé. Aunque estoy pensando en cambiar, soy diplomada en Relaciones Laborales y me gustaría encontrar trabajo relacionado con ello.

–Claro, qué difícil es encontrar la pincha adecuada, el trabajo quiero decir. Lo mejor es cambiar una y otra vez hasta encontrar uno fetén.

–Ella entiende bastante, no ha durado en ninguno más de dos años –apuntilla Aslan divertido mientras corta las tortitas en pedacitos para Cloe, que no para de dar vueltas sobre el plato al hilo del sirope de chocolate. Meryem hace un mohín con los labios y después se ríe.

–He abierto mis horizontes, nada más. Y me lo he pasado en grande –asegura guiñándome un ojo–. Ay, mis mulatas de La Habana, las tenía a todas a pululu… –No sé qué significa, pero me lo imagino.

–Es la primera vez que lleva viviendo en Turquía más de cinco años seguidos desde que terminó la universidad.

–Y no te acostumbres demasiado, sabes que estoy deseando irme *pa'l yuma* –advierte llevándose el tenedor a los labios con el trocito de tortita. Miro a Aslan sin entender lo que ha querido decir.

–Es un cubanismo. Significa que quiere irse a los Estados Unidos.

–Tengo una oferta de trabajo en un importante bufete y estoy esperando a saber las condiciones para decidirme. Aunque no pienso dejar el movimiento LGTBIQ+ aquí en Turquía, nos queda mucho que avanzar aún –me explica–. ¿Y vosotros qué? –su hermano la mira, desconfiado–. Me ha dicho Aslan que te vas mañana.

–Sí. Mi padre está mucho mejor, además ha llegado su mujer y puedo irme al fin.

–Pues vaya, para una vez que mi hermano está frito por una mujer chévere. –En ese momento recibo una patada en el tobillo izquierdo y me quejo. Ay, qué dolor. Miro a Aslan, solo ha podido ser él. Al ser consciente de que me ha dado a mí se le descompone la expresión. Meryem rompe a reír a carcajadas.

–Lo siento, Sara, de veras lo siento –me dice contrariado.

–Tranquilo.

–Es que cuando se pone a hablar de más…

–¿Sabes por qué hablo de más? Porque tú hablas de menos, siempre te ha pasado –protesta Meryem–. Desde el instituto, yo era la simpática y extrovertida y él el guaperas al que había que sacarle las palabras con sacacorchos.

–¿Qué es un guaperas? –pregunta Cloe.

–Un chico muy guapo –le explico.

–Todos los miembros de la familia no podemos tener el mismo don de gentes –se defiende.

–Ya, pero tú eres un antipático.

–No soy antipático.

–Sí que lo eres, de primeras. Después cuando se te conoce eres el mejor, pero, si no estuvieses, tan fuerte como estás, no te comerías ni una rosca –sugiere, pinchándole, y Aslan sonríe divertido.

–Ya te comes tú todas las roscas por mí.

–Y que lo digas. –Ríe–. A ver, Sara, ¿mi hermano fue simpático contigo cuando le conociste? –me pregunta, y siento los ojos de todos pendientes de mí. ¿Debo ser sincera?

–Prefiero no intervenir en un asunto de hermanos.

–Ves, lo sabía. Seguro que fuiste un bofe con ella –tampoco sé lo que significa, pero imagino que lo contrario a simpático.

–Solo un poco, pero yo tampoco fui muy agradable con él. –Meryem mira a su hermano, que solo tiene ojos para mí, y sonríe.

Después de desayunar, Aslan me pregunta si me apetece que vayamos a alguna parte, pero sé que lo hace por mí, porque en el fondo no tiene el cuerpo para ir a ningún lado. Le sugiero que nos quedemos en la piscina y él acepta encantado.

Cloe se baña con su tía mientras yo me relajo al sol como una lagartija. Aslan se echa en la tumbona a mi lado. Meryem me cae genial, tiene esa chispa divertida y ese punto de locura que me hace pensar que encajaría perfectamente con mis amigas.

Miro a Aslan, que cierra los ojos bajo la luz del sol. Su perfil es masculino y sensual, con esa nariz recta, quizá incluso un poco, solo un poco, grande, en consonancia con el resto del cuerpo, me río para mí, y el mentón cuadrado. Podría pasar todo el día contemplándole.

–Le has gustado a Meryem –dice abriendo uno de sus ojos para mirarme.

–¿Te lo ha dicho?

–No hace falta, se le nota. Y no es fácil, en lo que a mí respecta ninguna mujer es lo suficientemente buena.

–¿Qué le has dicho sobre mí?

–Todo.

–¿Qué es todo? –pregunto incorporándome.

–Pues desde que eres divertida y tienes una risa contagiosa a que te gusta hacerlo duro y desde atrás.

–¿Queeeé? –El corazón se me va a salir por la boca.

–Es broma –afirma echándose a reír a carcajadas. Tanto Meryem como Cloe nos miran y sonríen, aunque no pueden oír lo que decimos–. Le he hablado de tus circunstancias en el país, de lo bien que lo he pasado estos días y lo mucho que me gustas.

–Vaya. –El corazón sigue en mi garganta, aunque ahora por circunstancias distintas.

–Y lo mucho que te vamos a extrañar cuando te vayas mañana.

–Yo tengo sentimientos encontrados. Estoy feliz por volver con mi familia, pero a la vez triste porque lo hemos pasado muy bien juntos. –Su expresión se nubla, no era lo que esperaba oír, supongo. Quizá esperaba una declaración más clara, pero si ni siquiera soy capaz de definir lo que siento cómo voy a explicárselo a él. Sin embargo, como si entendiese mi desazón interior, segundos después vuelve a sonreír e incluso alarga una mano y me acaricia la muñeca. Sin decir nada, mientras me mira con esa ternura infinita que jamás imaginé que pudiesen desprender sus ojos–. Deberías descansar un poco. –Me hace caso y cierra los ojos.

En ese momento, Cloe se sale del agua por la escalerilla más próxima y viene hacia nosotros. Está empapada, me levanto y cojo una de las toallas que Aslan ha dejado sobre las sillas de teka y la envuelvo en ella.

–¿Jugamos a los cohetes? –me pregunta abanicándome con sus largas pestañas doradas.

–Primero hay que secarte el pelo, señorita astronauta –le digo, y comienzo a secárselo. Ella sonríe feliz de que acepte jugar a su juego y me mira con sus grandes ojos verdes.

–¿A ti no te gusta bañarte en la piscina? –me pregunta curiosa.

–Claro que me gusta, pero no he traído ropa de baño.

–Eso no es un problema –asegura Meryem alcanzándonos. Toma una toalla de un gran bolso de playa amarillo que tiene sobre la silla y saca un biquini negro con estampado floral que me muestra. La miro con una sonrisa, ¿un biquini de su talla? Pretenderá que me lo ponga en el tobillo. Ella, sin embargo, me lo entrega de todos modos y lo cojo por inercia.

–Gracias, pero no creo que… –Al mirarlo, tanto el cierre de la espalda como los de las caderas son de lazos, con lo cual puede que sí que me esté bien. Además, tiene aros con los que podría recoger a mis lolitas desbocadas. Lo cierto es que hace un calor horrible. Aslan ya me ha visto desnuda y parece padecer algún tipo de ceguera sobre mis defectos, y a Meryem no voy a volver a verla en mi vida, así que qué más me da que vea mis michelines y mi celulitis.

Cloe me quita el lugar junto a su padre y envuelta en la toalla se tumba en la hamaca que yo ocupaba. Aslan sonríe y me hace un gesto para que me anime a darme un baño en la piscina.

–Está bien, voy a probar el agua –afirmo metiéndome en la casa para cambiarme de ropa. Cuando regreso al jardín, Meryem vuelve a estar en el agua, Cloe lee un libro tumbada en la hamaca y Aslan parece dormido. La sombrilla que les protege del sol deja al descubierto parte de su pie izquierdo, que puede acabar achicharrado, así que camino hasta ellos y empujo la gruesa piedra de hormigón que la sujeta hasta que ambos están protegidos, por completo. La expresión de Aslan dormido es tan dulce, al menos ha logrado conciliar el sueño y descansar algo. Cuando me dirijo al filo de la piscina oigo sonar mi móvil y lo busco en el bolso; es mi hijo Pablo con una videollamada. Alejándome de Aslan para no despertarlo camino hasta casi el lado opuesto de la piscina y descuelgo.

–Hola, cariño, ¿cómo estás?

–Bien, mamá, ya tengo ganas de volver a casa –me dice, está tumbado en una cama amplia de blancas sábanas, supongo que del apartamento en el que están hospedados, sus mejillas están enrojecidas por el sol y su piel está bastante más bronceada. Está guapísimo e incluso le noto más mayor.

–Pablo, ¿te estás poniendo crema solar? Dile a tu padre que tiene que ser de factor 50, que tenéis la piel muy sensible.

–Que sí, mamá, que nos estamos echando crema. Hay un supermercado al lado del apartamento y ayer papá compró un bote.

–¿Ayer? Pero si lleváis ahí casi una semana.

–Porque se gastó la que traíamos. Ojú, mamá, qué pesada eres, que no nos hemos quemado, ¿vale?

–Vale. –Algo cambia en su expresión, mostrando extrañeza.

–¿Estás en biquini?

–Sí.

–¿Dónde estás?

–En casa de unos amigos.

–¿Has hecho amigos?

–Sí.

–¿Y tienen piscina?

–Sí.

–¡Enséñamela! –pide, y aparto un poco el teléfono para que tenga una mayor perspectiva de la piscina, con Meryem nadando y lejos en el fondo, casi imperceptibles Aslan y Cloe tumbados en las hamacas–. ¡Álex, ven! –llama a su hermana a voces–. ¡Mamá se ha echado amigos ricos en Turquía! –grita, y bajo el volumen al teléfono, espero que ni Cloe ni Meryem le hayan oído. Mi hija Alejandra asoma a toda velocidad a la pantalla.

–¡Menudo chalet, mamá! –proclama.

–Ahora si te asomas, ¿no? –la regaño.

–Estaba en el salón. ¿Cómo los has conocido?

–Pregúntales si nos invitan a ir unos días, ¿no? –insiste Pablo.

–Chicos, por favor, que vosotros estáis de vacaciones con papá en un apartamento.

–Sí, con una piscina con azulejos blancos, ¡blancos! –exclama Pablo.

–¿Y qué tienen de malo?

–Que es un poquillo cutre –anuncia Alejandra en voz baja mirándome con sus enormes ojos azules.

–La de los abuelos, en el campo, es mucho mejor. Pero no les hemos dicho nada a papá ni al tío para que no se sientan mal.

–Tengo muchas ganas de verte, mamá.

–Y yo a vosotros. Solo faltan un par de días.

–¿Y cómo has conocido a esos amigos? –pregunta Álex, y yo que creía que iba a dejarlo pasar.

–En el hospital, han sido muchas horas allí. Y hoy, que vuestro abuelo está mejor, he venido a comer con ellos y a desconectar.

–¿Y quién es esa que está saliendo del agua? –pregunta Álex. Me fijo en la pantalla y veo a Meryem caminar por el filo de la piscina, detrás de mí, muy cerca, se sitúa y vuelve a tirarse de cabeza al agua–. Está tremenda.

–Córtate un poco, ¿no, cariño? –Son las hormonas, me digo, y me río–. Ya os lo he dicho: una amiga. ¿Qué vais a hacer esta tarde?

–Vamos a ir a comer y después iremos a una heladería y a jugar a los bolos.

–Anda, qué bien. ¿Y vuestro padre, cómo está?

–Bien.

–Bien. –El bien de Álex no me parece sincero del todo, ¿habrá pasado algo?

–¿Está bien?

–Sí –fuerza una sonrisa.

–¿Y tu amiga, Álex?

–Está en nuestro cuarto, se ha echado un rato.

Después Pablo me cuenta cosas de sus primos, y Álex se aburre, se despide hasta el día siguiente y se marcha. Mi pequeño se está haciendo mayor, se me cae la baba oyéndole expresar con detalle los sucesos del día anterior, los lugares que han visitado, dónde han comido, incluso qué ha tomado, como si de una escaleta de un programa de televisión se tratase, y después me relata que han ido al parque acuático, a un zoo, a Selwo, y a mil y un sitios más durante esos días.

Cuando cuelgo me siento feliz porque pronto estaré con ellos, les extraño muchísimo. Y al girarme veo a Meryem, que ha salido de la casa, vestida con un blusón playero de croché, llevando una jarra llena de una bebida de color tostado mezclada con cubitos de hielo y vasos de plástico de colores, y que me llama con la mano.

–¿Te apetece un poco de té helado? –me ofrece cuando la alcanzo, tomando asiento en la mesa de madera de la pequeña terraza, a unos diez metros de Aslan y Cloe.

–Sí, gracias. –Me sirve en uno de los vasos que deben de ser de la pequeña. Le doy un sorbo, está delicioso.

–Estabas hablando con tus hijos, ¿verdad?

–Sí. Les echo mucho de menos, por suerte el domingo nos veremos al fin.

–¿Cuántos años tienen?

–Álex, dieciséis, y Pablo, diez. Son muy buenos chicos, Álex es un poco más rebelde, pero es normal a su edad. Por lo general no suelen darme demasiados problemas –digo orgullosa, y cruzo los dedos para que siga así.

–No te conozco, pero a simple vista se ve que eres una gran madre.

–Gracias. No sé si lo soy, pero sé que lo intento cada día.

–Antes, con Cloe, el modo en el que la secabas, con ese gesto tan simple, o cuando has movido la sombrilla para que no le diese el sol en los pies a Aslan y a ella…

–Vaya, has estado observándome –digo, y doy un sorbo de té para tratar de controlar el calor que me ha subido por la garganta de repente.

–Claro que he estado observándote. Mi hermano favorito está enamorándose de ti, tengo que conocerte... –me suelta así, sin más, y yo me atraganto con el té y no me queda otra que escupir en el suelo y toser una y otra vez escandalosamente; el té sale por mi boca y hasta por mi nariz. Meryem se incorpora y me da golpecitos en la espalda, sigo tosiendo, ¿pero cuánto té soy capaz de tragar de un sorbo? Cloe me mira desde lejos y golpea a su padre en el hombro. Empiezo a recobrar el aliento, pero sigo tosiendo. Menudo modo más tonto de morir, atragantada por té turco en casa de un turco, por culpa de su hermana y de que mi válvula epiglotis es un poco irascible, pienso mientras el aire comienza a entrar en mis pulmones. No sé cómo Aslan se ha levantado y a la velocidad de Flash me ha alcanzado y me está sujetando y haciendo la maniobra de Heimlich, a pesar de que no tengo ningún objeto sólido atragantado. Confirmado, este hombre podría partir árboles por la mitad de un abrazo, otro apretón más y expulso un riñón por la boca. Le doy golpes en el brazo para que me suelte mientras respiro poco a poco, aunque no soy capaz de hablar aún–. ¿Un poco de té? –Me ofrece Meryem, y me dan ganas de matarla.

–¿Qué te pasa? ¿Estás bien? –pregunta Aslan alarmado, sujetándome el rostro y mirándome fijamente.

–Sí –logro balbucear.

–¿Estás respirando correctamente o notas alguna dificultad?

–Estoy bien –logro decir, tras carraspear.

–¿Estás segura? –su preocupación me derrite. Le daba un mordisco en este preciso momento, en la nuez de Adán, por ejemplo, y seguro que no me atraganto.

–Sí, estoy bien. –Cloe también me ha alcanzado hace varios segundos, me mira y se pone a llorar.

–¿Qué te pasa? –le pregunta su tía cogiéndola en brazos.

–No quiero que Sara se ahogue.

–Estoy bien, de verdad, Cloe, no llores, por favor. –Me parte el corazón que llore por mí. Estoy bien, le doy un beso en la frente y ella me abraza con fuerza. No es la primera vez que me atraganto en mi vida, creo que ni siquiera es la peor. Una vez comiendo chocos fritos, mi vida pasó ante mis ojos, hasta que mi abuelo me hizo lo mismo que Aslan y el pedazo de choco salió volando. Con lo mal que llevo lo de ser el centro de atención en este momento parezco una bombilla de neón encendida en la noche.

–¿Qué ha pasado? –me pregunta Aslan.

–Le he dicho algo mientras bebía té y se ha atragantado –confiesa Meryem con Cloe en brazos.

–¿Qué le has dicho?

–Me hizo reír –intervengo. Si ahora dice lo que me ha dicho, me pondré tan roja que me explotará la cabeza.

–¿Cómo se te ocurre hacerla reír mientras está bebiendo, Meryem? ¿Es que te has vuelto loca? –le pregunta su hermano muy enfadado. Ella me mira y sé que no va a delatar que le he mentido.

–Lo siento.

–Es que no tiene lógica, casi se ahoga –continúa regañándole.

–Ella no tiene la culpa, Aslan –le digo cogiéndole del brazo, intentando calmarle. Él me mira y arruga el entrecejo, sigue enfadado–. La culpa es mía, me atraganto muy fácilmente, de veras. Meryem ha sido encantadora conmigo.

–Antes de que tu padre siga regañándome, ¿qué te parece, Cloe, si nos duchamos y nos vamos a comer al Burguer Joint y después tomamos un helado?

–Sí. –El ofrecimiento la hace sonreír al menos.

–¿Nos das permiso, hermanito?

–Sabes que no me gusta que coma comida basura.

–Una vez es una vez. –Las dos le miran suplicantes como el Gato con Botas de Shrek. Aslan, con mala cara, asiente. Le doy otro abrazo a Cloe antes de que se marchen y su padre también.

–No regañes a tu hermana, la culpa ha sido mía, no suya.

–Te hizo reír, ¿no? La culpa es suya. No piensa las cosas, las hace y ya… ¿y si te hubieses ahogado?

–Aslan. Que no fue su culpa, créeme, y no me he ahogado. Eso debería ser lo importante, ¿no te parece? –Él hace un mohín con los labios y cogiéndome las manos tira de mí hasta su cuerpo y me besa en los labios, apasionado. Con su lengua comprueba que mi boca está libre de cuerpos extraños mientras la explora, despertando mi deseo.

–No me des esos sustos, nunca, por favor –me pide casi con desesperación, y después me besa en la frente. Le abrazo y acomodo mi rostro en su pecho desnudo.

–No lo haré –acepto ensimismada en su abrazo–. Gracias por preocuparte por mí.

–Sara, esto es… es demencial.

–¿A qué te refieres? –pregunto apartándome para mirarle a los ojos. En sus iris esmeralda encuentro desconcierto y preocupación.

–¿Por qué tienes que vivir tan lejos? Me he pasado años preguntándome si alguna vez encontraría a alguien que me despertase algo más que deseo. Alguien con quien me apeteciese hacer cosas juntos, con quien sentirme completo y en paz… En estos días que hemos compartido me he dado cuenta de que contigo podría tener todo eso. Y sé qué tienes que irte, que tu vida está muy lejos de aquí. Eres como un regalo que me ha ofrecido la vida y que ahora me arranca de las manos, y resulta cruel porque de tus labios he saboreado algo que sé que jamás tendré –dice con una sinceridad abrumadora, con una sinceridad que me emociona. Las lágrimas acuden a mis ojos.

–Siento que te haga daño –admito tratando de contener la emoción–. Yo también lo he sentido. Y sé que es una locura, porque han sido solo unos días, pero creo que podríamos tener algo muy bonito. No voy a decirte que podría prometerte amor eterno porque no tengo veinte años y he vivido suficiente como para saber que lo importante de amar no es el tiempo juntos, sino la felicidad que obtengas mientras dure, ya sea una vida entera o una semana.

Aslan me alza en sus brazos, cogiéndome por las nalgas a horcajadas, y me besa. Camina conmigo a cuestas hasta las hamacas donde me posa en el suelo.

–Disfrutemos del tiempo que tenemos juntos –me pide, sujetando mi mano.

Cloe y Meryem llegan a despedirse, ambas traen el cabello mojado por la ducha y se han cambiado de ropa. Cloe me da un abrazo antes de marcharse con su tía a comer y esta me dedica una sonrisa con la que me dice que nuestra conversación que quedó interrumpida por la tos aún no ha terminado.

Cuando ambas se marchan, Aslan me rodea con sus brazos y vuelve a besarme.

–Tengo un poco de calor, ¿nos metemos en el agua? –le pregunto cuando me aparto de sus labios.

–Yo también tengo un poco de calor –afirma, indicándome con una mirada la erección que se le marca en los pantalones. Echo a reír. Él se saca los pantalones y su deseo es aún más evidente a través de los boxers de licra.

–Tendrás que hacer algo con esto, digo yo –sugiere divertido.

–¿Yo?

–Ya te dije que eres la responsable de que tenga la sangre ahí acumulada la mayor parte del tiempo –advierte haciéndome reír. Se esfuerza por hacerlo a pesar de la mala noche que ha pasado y el peso emocional sobre sus hombros.

–Ven conmigo, voy a ayudarte –le pido tirando de él hacia la piscina, y me lanzo al agua. Me sigue con una mirada de lujuria que me enciende. Camino hasta que el agua, me cubre el pecho y me pego a la pared. Él me atrapa contra esta y sin mediar palabra me subo a sus caderas y echo a un lado la braguita de mi biquini. No necesito preliminares, no necesito nada que no sea su fuerza, su fiereza y su energía haciéndome estremecer. Y él lo entiende a la perfección, se hunde en mi carne mientras lame mi oreja.

–Vas a volverme loco –jadea en mi oído.

Después del sexo en la piscina nos hemos duchado en su dormitorio y me he vuelto a poner mi ropa y a lavar el biquini de Meryem, tendiéndolo en el jardín. Él ha conectado la depuradora de la piscina tras el final del baño, ha preparado de comer una especie de estofado picante que estaba delicioso y se pasea en bermudas por la casa, unas bermudas celestes con estrellas estampadas. Ha preparado palomitas y té; echaré de menos el sabor del té turco cuando me marche. En realidad, el té es lo que menos voy a extrañar, pienso acurrucándome en sus brazos en el sofá ante la televisión.

–¿Estás segura de que no prefieres salir? No sé, ir a una cafetería, un restaurante, al cine de verdad…

–Solo me apetece estar contigo, así –confieso haciendo caracolillos con los vellos castaños de su pecho con los dedos. Él me besa en la cabeza y me acurruco aún más. Cuando la vida te regala momentos mágicos y perfectos, como el que hemos vivido en la piscina hace un rato, sencillamente no necesitas nada más.

Cloe y Meryem regresan poco después de que la película haya acabado, y Cloe se arroja a los brazos de su padre. Miro mi móvil, son las nueve y comienza a anochecer, debería marcharme y ponerme a hacer la maleta, me marcho al día siguiente y no tengo nada listo.

Antes de sugerir que me voy, Aslan se levanta, Cloe le sigue por el pasillo y poco después regresa con un vaso de agua. Meryem toma asiento a mi lado en el sofá y sé que va a aprovechar el momento a solas, así que me adelanto.

–Siento que Aslan te haya regañado porque dije que me habías hecho reír.

–No te preocupes, es un poco regañón pero inofensivo –sugiere con una sonrisa, al menos no está enfadada conmigo–. Es así con las personas que quiere. ¿Tanto te preocupaba decirle que sé que se está enamorando de ti?

–¿Te lo ha dicho él?

–No hace falta que me lo diga. Le conozco muy bien. Como siempre supe que lo suyo con Meral no tenía sentido, se querían, pero no estaban enamorados, creo que ninguno de los dos lo estaba. Meral estaba embelesada, deslumbrada por el éxito y el carisma de mi hermano, pero eso no es amor, no lo es.

–¿Y cómo pudo Aslan aceptar casarse con alguien a quien no amaba?

–No conoces a mi padre –responde contrita–. Ahora, parece que está algo más… ¿cómo decirlo? Civilizado. Después del escándalo de mi salida del armario, es como si ya nada le pareciese tan grave. Así que sí, sé que está enamorándose de ti, y no quiero que le hagas daño, no se lo merece, ya ha sufrido demasiado.

–No tienes nada que temer. Me marcho mañana, mañana se acaba todo. –No quiero hablar de ello, duele demasiado.

–Lo vuestro no acaba mañana, conozco demasiado bien a mi hermano. –Cloe camina hasta ella, Meryem la abraza y la besa en la mejilla.

¿Qué quiere decirme con eso?

¿Qué significa que lo nuestro no acaba mañana? Claro que acaba mañana, me marcho, y no voy a iniciar una relación epistolar a estas alturas de mi vida.

–Me he manchado –le dice la pequeña indicando una mancha de chocolate de su camiseta.

–¿Vamos a cambiarte? –sugiere Meryem incorporándose y llevándosela en brazos en dirección a la planta superior. En el descansillo se cruzan con Aslan.

–¿Dónde vais?

–Iba a cambiarla de ropa, pero creo que se va a quedar dormida.

–¿No quieres cenar? –le pregunta a Cloe, y ella hace un gesto de negación.

–Es normal que no tenga hambre, hemos comido helado sin parar. Yo tampoco voy a cenar, veremos una película juntas. Así que, divertíos –dice mirándome.

Aslan se acerca y se acomoda a mi lado en el sofá. Se ha puesto una camiseta blanca y trae un papel en la mano. Tiene cierto aire misterioso que me intriga bastante.

–Espero que mi hermana no te haya hecho un interrogatorio mientras no estaba.

–No lo ha hecho. Ha sido muy amable.

–A veces se olvida de que la pequeña es ella e intenta protegerme.

–Me ha dicho que eres su hermano favorito.

–Ella también es muy especial para mí. Los dos hemos sido en cierto modo los díscolos de la familia. Yo comencé aceptándolo todo hasta que me revelé y me marché, alejándome para reclamar mi independencia. Y en cierto modo le abrí el camino a ella, la animé a descubrir mundo y decidió huir a estudiar a Cuba. Estoy convencido de que mis padres, en el fondo, aún creen que se ha vuelto lesbiana por mi culpa –afirma con una de sus arrebatadoras sonrisas, pero sin poder camuflar el halo de tristeza que hay tras su mirada.

–Como si eso pudiese elegirse.

–Ya. No sé muy bien cómo decir esto. He estado ensayándolo incluso, y sé que suena ridículo, porque no quiero parecer desesperado y, sin embargo, en una parte me siento…

–¿Qué? Suéltalo sin más.

–No quiero que te marches mañana –dice al fin, atravesándome con su mirada esmeralda–. No quiero que te vayas, ni mañana ni nunca, pero me gustaría que te quedases un día más. Me has dicho que tus hijos regresan el domingo, y sé que soy un egoísta por pedirte algo así, pero… me gustaría que pasásemos el día y la noche de mañana juntos, los dos, a solas. –No sé qué decir. Quiero pasar más tiempo con él, pero ya tengo el billete y todo planeado.

–El vuelo es mañana… –digo, y me entrega el papel que traía en las manos. Es un vuelo de avión a mi nombre, que sale el domingo, a las doce y media del mediodía–. ¿Me has comprado un billete?

–Perdóname por el atrevimiento, pero no quiero que el billete de avión de la agencia sea el motivo para que te marches antes. Quédate solo si te apetece, si lo consideras oportuno. Solo un día más.

Capítulo 19

No estoy acostumbrada a tomar decisiones tan locas. Mi abuela suele decirme que no es que tenga los pies en la tierra, es que los tengo enterrados en ella. Esto de dejar pasar el vuelo de vuelta y liarme la manta a la cabeza para disfrutar de un día más con el hombre que me ha vuelto loca por completo, la última semana, no es propio de mí, en absoluto.

Como suele decir mi amiga Carolina, hay mujeres en mí que aún no conozco.

Nunca encontré sentido en esa frase suya hasta hoy.

Aslan lo nota, aparta la vista de la carretera y me mira, le sonrío. Está guapo a rabiar con el cabello revuelto por la brisa y los ojos ocultos bajo las gafas de aviador, vestido con unos vaqueros y una camiseta celeste que deja al descubierto sus fuertes brazos en los que pueden distinguirse con sutileza varias venas. ¿Por qué me parece sexy que se le marquen las venas, tendré complejo de enfermera?

Posa su mano derecha sobre la mía, que descansa en mi muslo, y la aprieta con dulzura, mi sonrisa se hace más amplia y vuelvo a mirar el paisaje. No me ha dicho dónde me lleva, pero tampoco me importa demasiado.

Recorremos la avenida Kennedy en dirección este, alejándonos de mi hotel, donde no he dejado nada. Mi maleta va en el capó del coche porque mañana me apartaré de su lado el tiempo justo antes de tomar el avión que me lleve de vuelta a casa. Aun así, he podido despedirme de Rodrigo y Patricia; se detuvo en el hospital para que pudiese hacerlo. No me siento triste porque sé que volveré a verlos en España. Este viaje lo ha cambiado todo para siempre, y eso me hace sentir bien.

El reloj del salpicadero indica que son las diez de la mañana cuando el vehículo se detiene en un muelle. Hemos dejado a un lado el puente del Bósforo y continuado varios kilómetros hasta llegar a aquel lugar desde el que se aprecia una perspectiva nueva de la ciudad, de la parte más al norte, desde la que no puedo ver la Mezquita Azul ni Santa Sofía. Bajo del coche porque parece que nos quedaremos aquí, las gaviotas revolotean sobre nuestras cabezas, hace un sol dulce, que acaricia sin quemar, le observo abrir el capó del todoterreno y decidido coger una mochila de lona que se echa a la espalda.

–¿Llevas ropa para pasar el día como te pedí? –me pregunta antes de cerrar el capó.

–Sí, la llevo en el bolso. –Es una muda de ropa interior y un traje blanco de algodón, no necesito nada más.

–¿Y el móvil, el cargador…? Ten en cuenta que no volveremos al coche hasta que te traiga para llevarte al aeropuerto.

–¿Dónde me llevas? –pregunto por primera vez. Llevo el móvil, mi pasaporte, mi monedero, el cargador, todo en el bolso. Junto con un caramelo derretido que he descubierto al meterlos, y como no he podido despegarlo bien, le he pegado un pedazo de pañuelo de papel encima para que no me manche las cosas.

–A desayunar –asegura mirándome por encima de las gafas, con el pelo revuelto, con ese aire de suficiencia que tanto me irritaba. Ay, ahora no me irrita, todo lo contrario, me encanta.

Me echa el brazo por encima y me besa en la frente pegándome a él con fuerza, como si necesitase tenerme cerca cada segundo. Caminamos hasta el muelle con paso decidido y me doy cuenta de que es una estación de Ferrys.

–¿Vamos a desayunar en un ferry?

–Eres un poco impaciente, ¿verdad? –Sonríe, y asiento. No voy a preguntar más, pero la inquietud me puede provocar un colapso. Aunque en el fondo me encantan las sorpresas. Solo espero que no me decepcione, me digo en mi interior, como aquella única vez que Miguel, cuando Álex tenía tres años, me hizo preparar la maleta porque íbamos a pasar un fin de semana juntos, a solas, en un lugar superespecial. No estaba convencida de dejarla todo el fin de semana con mi suegra, pero no sé cómo le comió el coco a la niña, que ella dijo que sí, que quería quedarse con la abuela, y acepté porque creí que sería bueno para los dos como pareja pasar algo de tiempo juntos, a solas. Además, para una vez que se había presentado con una sorpresa así, que se había encargado de reservar hotel y todo… Una sorpresa que no podía imaginarme, un lugar especial, me dijo, y cuando paró el coche ante el cartel que rezaba: *Convivencia anual de Asociaciones Ciclistas de Cádiz*, me eché a llorar.

Y no tengo nada en contra del ciclismo. Pero no era mi idea de un fin de semana en pareja. Él creyó que lloraba de emoción, y se sintió muy orgulloso de su regalo, y yo fingí que era así. No tenía sentido discutir.

–¿En qué piensas? –interrumpe mis elucubraciones mentales. El ferry ha salido del puerto hace unos minutos y contemplamos el mar desde la barandilla. ¿Qué hago pensando en todo eso? Es el pasado y, lo más importante, Aslan no es Miguel, ni se le parece, y es de mala educación comparar, me reprendo.

–¿De veras quieres saberlo?

–Claro.

–Estaba pensando en lo distinto que eres de mi ex. –No quiero mentirle, quizá ese fue uno de mis principales problemas de mi relación anterior, callarme demasiadas cosas.

–Y eso es… bueno, supongo –sugiere enarcando una de las cejas. Asiento, y él me besa, me llena la boca de sus labios y su sabor. Es un beso largo y sensual que me agita por dentro y me produce fuegos artificiales de todos los colores, que me recuerda una vez más que sigo viva, que soy capaz de sentir auténtica pasión.

Cuando se aparta de mis labios me abraza contra su pecho y entierro el rostro en su esternón, inspiro su olor, el aroma de su piel, que si pudiese lo guardaría en un tarrito para poder olerlo luego en casa para siempre. ¿Si le pido una camiseta usada sería demasiado raro?

El ferry nos lleva hasta una especie de pequeña isla, con una construcción que ocupa la práctica totalidad de su superficie, hecha de piedra, con un torreón de película y una cúpula en la parte superior que contiene un faro.

–Qué bonito. ¿Qué es este lugar? –pregunto cuando hemos bajado del barco.

–Bienvenida a la Torre de la Doncella. Aquí es dónde desayunaremos. Vamos –me advierte tomando mi mano.

No hay demasiada gente, prácticamente los turistas que nos acompañaron en el ferry. Subimos a la torre, es una cafetería pequeñita, forrada de madera oscura con un friso a media altura. Tan solo caben una barra y varias mesas con un par de sillas cada una de ellas. Está completamente rodeada de ventanas. En el techo hay dibujado un mapa antiguo de navegación precioso. Nos acomodamos en una mesa desde la que podemos disfrutar de unas espectaculares vistas de Estambul desde el lado asiático y enseguida se acerca un camarero y nos toma el pedido.

–¿Te gusta? –Aparto la mirada del horizonte para mirarle a él, el mayor monumento de todo Estambul.

–Me encanta. Gracias. –Sus manos atrapan las mías sobre la madera.

–No me las des, deseo que hoy sea todo perfecto para que cuando me recuerdes aparezca una sonrisa en tus labios –me dice, y se queda tan pancho.

–¿Por qué no naciste en Benalup, o en Alcalá, o en cualquier otra parte de Andalucía, Aslan? ¿Por qué tuviste que nacer tan lejos? –Mi pregunta le hace sonreír. Sé que en nivel romántico no tengo dotes de narradora poética. Pero es lo que siento, todo sería mucho más fácil si no viviésemos tan lejos el uno del otro, porque me encantaría darle una oportunidad de verdad a lo nuestro.

–Pero, entonces, no sería turco, y no sería una aventura exótica que podrás contarle a tus nietos –afirma haciéndome reír.

–¿A mis nietos? Sé de dos personas que me interrogarán durante semanas cuando vuelva, pidiéndome cada detalle.

–¿Quienes?

–Carolina y Lorena.

–Se nota que las quieres mucho.

–Son muy especiales para mí. Carolina y yo hemos estado juntas desde primaria hasta que me fui a la universidad y ella a estudiar Estética, y Lorena tiene un año menos que ambas. Hemos tenido más amigas, pero siempre las tres fuimos inseparables, si tengo cualquier problema, son las primeras a las que llamo para pedirles consejo o sencillamente para desahogarme –le cuento.

–Es cierto eso que dicen de que los amigos son la familia elegida, ¿verdad? Yo tengo mucha más relación con mi amigo Harlan que con mi hermano mayor, Aziz, que tiene quince años más que yo y vive en Ankara, o que con mi hermana Amina, que me saca doce y vive en Antalya. No me entiendas mal, quiero a mis hermanos, pero no tenemos casi nada en común.

–¿Harlan trabaja en el hospital contigo?

–No. Él trabaja en el Hospital de la Pitié-Salpêtrière de París. Es traumatólogo, el mejor de todos, ha salvado brazos y piernas que no podrías imaginar cómo estaban de destrozados…

–Sin detalles, por favor. –Si no quiere que me desmaye, mejor que no siga por ahí. Él se echa a reír.

–Disculpa, es deformación profesional. Como te decía, con Harlan, a pesar de estar en París, hablamos cada semana, una o dos veces, y nos vemos cada dos meses, porque viene a ver a sus padres, que siguen viviendo en Antalya. Cuando sé que está en el país aprovecho y me acerco a ver a los míos con Cloe y a él de camino. Me hubiese gustado que fuese el padrino de Cloe, pero Meral se empeñó en que fuese su padre, y no quise provocar una discusión por ello.

–¿Y cómo le conociste?

–En una pelea –revela sorprendiéndome–. Estudiábamos juntos Medicina, en la Facultad de Antalya, no nos conocíamos y no habíamos cruzado palabra. Le había visto por clase, como a otros ochenta alumnos más, pero una noche que salí con unos amigos le vi en un bar. Había un tipo enorme hartándolo de golpes, y traté de separarles, con lo cual recibí un puñetazo que me reventó el labio inferior y otro que me puso un ojo morado. El tipo se marchó, cansado de pegarnos, supongo. Y cuando le ayudé a levantarse y le pregunté por qué nos habían pegado, me dijo que se estaba acostando con la novia del tipo. Si llego a saberlo hubiese dejado que le diesen un par de hostias más –sugiere echando a reír–. Ha tenido multitud de problemas con sus líos de faldas. Es un corazón inquieto, según él mismo. Tenemos la misma edad y le he conocido, podría decirte, no sé, más de un centenar de novias.

–Un auténtico calavera, vamos.

–Pero, tema sentimental aparte, es un gran amigo que

siempre está ahí cuando le necesito, no importa la hora y ni dónde esté. Cuando falleció Meral cogió un vuelo esa misma noche y se quedó conmigo varias semanas en casa, hasta que fui capaz de reanudar mi trabajo. Es como un hermano para mí. Si Meryem no fuese lesbiana la habría obligado a casarse con él –bromea–. De hecho, estoy convencido de que aún no ha conocido a la mujer adecuada, cuando lo haga sentará cabeza.

–Eso mismo le digo yo a Carolina, y después pienso que pobre del que le toque ayudarla a sentar cabeza –continúo la broma–. Según mi amiga Lorena, que está como loca con las telenovelas turcas, los turcos son los hombres más sexys del mudo. Parece que tu amigo vaya haciendo gala de ello.

–¿Y tú estás de acuerdo? –pregunta cuando el camarero regresa con nuestro desayuno, té turco y una variedad de dulces, lo que me da unos segundos para pensar mientras lo coloca todo y se retira. Él sigue aguardando mi respuesta, su expresión y su mirada intensa lo delatan, pero me hago la olvidadiza y me dispongo a desayunar. Me atrapa la mano en el aire y se la lleva hasta la boca. Entonces me besa en la muñeca despacio, arrastrando el labio inferior húmedo por ese lugar tan sensible de la piel, y a mí se me eriza todo el vello del cuerpo–. Di mi nombre –me pide, y sin pensarlo lo hago.

–Aslan.

–Otra vez.

–Aslan.

–¿Quién es hombre más sexy del mundo?

–Michiel Huisman. –Mi respuesta le provoca la risa y me suelta la mano.

–¿Y ese quién es? –pregunta desconcertado.

–Un actor –respondo muy seria, lo que él no sabe es que se le da cierto parecido y por eso lo he elegido.

–Eres terrible. Será mejor que desayunemos porque

acaba de quedarme claro que el romanticismo ha muerto.

–No lo ha hecho. Eres el hombre más sexy que conozco, pero si te lo digo tu ego crecerá tanto que nos estrujará en este pequeño salón –protesto divertida. Él vuelve a reír–. Por cierto, ¿por qué llaman a este lugar la Torre de la Doncella?

–Es por una leyenda según la cual fue erguida por un antiguo emperador para una de sus hijas, su predilecta. Un oráculo había predicho al nacer la pequeña que esta fallecería de la mordedura de una víbora antes de cumplir los dieciocho años. Por eso el emperador construyó esta torre en mitad del mar, para que ninguna víbora pudiese llegar hasta su hija, que creció sana y salva aquí. Pero el día de su decimoctavo cumpleaños, para celebrar que habían vencido a la profecía le regaló una cesta repleta de frutas exóticas, entre ellas viajaba una víbora áspid que la mordió, cumpliéndose así la profecía.

–Cuánto les gustaban los finales alegres a quienes inventaron las antiguas leyendas, ¿eh? No me extraña que en la antigüedad viviesen todos aterrorizados –protesto–. Si hubiese existido la novela romántica todo les habría ido mucho mejor.

–¿Te gustan las novelas románticas?

–¿Algún problema? –pregunto arrugando el entrecejo. Él levanta ambas palmas con una sonrisa en señal de paz–. El mundo ya está demasiado lleno de finales tristes, yo quiero finales felices, cerrar los libros con una sonrisa.

–Suelo leer a Nicholas Sparks, cuando me siento… desesperanzado. Así que nada que objetar –asegura llevándose una pequeña *baklava* de chocolate a los labios.

–¿Y Nicolas Sparks te da esperanzas?

–Cuando crees que no vas a volver a amar de verdad, sí, te da la esperanza de estar equivocado.

–¿Crees eso?

–¿Y tú me lo preguntas? Me confesaste que te había sucedido lo mismo, pero te has encargado de demostrarme que me equivocaba –confiesa, sosteniendo mis manos entre las suyas.

Después del desayuno contemplamos las vistas un buen rato y pronto todo el mundo comienza a bajar, y el ferry hace sonar su bocina para avisar de que se marcha, pero a Aslan no parece importarle, todo el mundo sube al barco y comienzo a ponerme nerviosa. No quiero quedarme atrapada en esa miniisla.

–Creo que se va el barco.

–Ese no es nuestro barco –asegura con media sonrisa.

–No es nuestro porque no lo hemos comprado, pero hemos venido en ese barco.

–Te digo que no es el nuestro.

–Que sí, que no se ha movido de aquí desde que llegamos. Además mira, la rusa de las pantorrillas a la plancha se está subiendo, con el marido que tiene la espalda como un armario de tres puertas. Les teníamos al lado en el viaje de ida –insisto, nuestros compañeros de viaje están dentro ya.

–Nuestro barco no es ese, es este –afirma apuntando al horizonte hacia una embarcación que se acerca.

–¿Vamos a dar una vuelta en catamarán?

–No, el catamarán nos va a llevar al lugar donde pasaremos todo el día hasta mañana.

Nunca había subido en catamarán, y menos todavía había tenido un barco, y su tripulación, solo para mí, y mi pareja, menudo lujo. Me siento la señorita Millonetis recostada sobre su pecho tendida bajo el sol en una de las redes. Una joven camarera se acerca y nos trae una botella de champán y dos copas en una bandejita plateada. Se ve que lo ha hecho muchas veces porque ni se inmuta con el movimiento del mar.

Y entonces me entran remordimientos porque se tiene que estar gastando un dineral. No sé cuánto cuesta un viaje privado en catamarán, pero con champán y frutas, me da a mí que no tiene que ser barato.

Aunque lo mismo el barco es suyo, que a mi mente de obrera le cuesta asimilar este tipo de cosas, que haya gente que tiene un catamarán como quien tiene una Vespa.

–¿El barco es tuyo? –la pregunta me sale sin recapacitarla, y solo llevo media copa de champán.

–No, no es mío. Es de un amigo. ¿Te gusta?

–Sí. Mucho. –Me quedo más tranquila, si es un amigo no le habrá cobrado, espero–. Es la primera vez que subo en catamarán, a mis hijos les encantaría. –Les he enviado un mensaje de voz al grupo que tenemos los tres diciéndoles que aprovechen el último día que están sin mí, porque mañana los estrujaré y me pasaré todo el día dándoles besos. Ellos me han contestado con un escueto: *Yo también te quiero mamá*, en el caso de Pablo; y un sobrio, aunque interesante y probablemente puñetero, *OK vieji*, en el de Alejandra. Porque yo soy su vieja, con treinta y seis años, lo soy. Al menos sé que no me hará abuela tan fácilmente.

–Llévalos a dar un paseo este verano. Hay muchos barcos que hacen trayectos de paseo, y Cádiz es un lugar privilegiado. Seguro que es una actividad que disfrutarán mucho y será algo diferente que hacer juntos.

–Es una gran idea –digo mientras en mi interior pienso: ¿Se podrá pagar en tintes? O a cambio de hacerle la permanente al dueño del barco, es otra posibilidad.

El viaje es tranquilo y sosegado, nos alejamos de la Torre de la Doncella recorriendo la costa en dirección sur, el mar nos mece arriba y abajo mientras nos canta una nana con el chapoteo de las olas. Incluso doy una cabezada acurrucada en su cuerpo, un beso en los labios me despierta con dulzura.

–Ya hemos llegado –me dice, y abro los ojos. No quiero llegar a ninguna parte, quiero quedarme así cien años, calculando por lo bajo. Me incorporo con su ayuda y veo que nos hemos detenido en un embarcadero de madera que se introduce varios metros en el mar desde la orilla. Al fondo hay una mansión de dos plantas de estilo colonial que debe de ser un hotelazo de los de cinco estrellas. Eso me decepciona un poco, me apetecía que estuviésemos a solas, no rodeados de guiris, como yo misma. Pero no deja de ser un lugar idílico, aunque la playa está vacía, y es preciosa. ¿Estarán ya todos en el comedor?–. Bienvenida a Deniz Evi, la Casa del Mar.

–¿La casa? Querrás decir, la mansión.

–Distintas formas de llamar a un hogar –admite con una sonrisa–. Vamos, es toda para nosotros.

–¿No hay nadie más?

–¿Necesitas más gente? –pregunta enarcando una ceja, hago un gesto de negación–. Vamos entonces.

Madre mía. Alquilar esa mansión, aunque solo sea un día… Fuera mente obrera, déjame descansar, no quiero pensar en el dinero, por un día al menos.

–¿Es tuya?

–No, es de otro amigo. Estamos en Burgazada, una de las islas Príncipe.

–¿Toda la isla es de tu amigo?

–No. –Ríe ante mi asombro–. Solo la parcela, de unas diez hectáreas.

–Ah, solo eso. –Me río yo, iniciando el camino hacia la salida del catamarán de su mano–. ¿Todos tus amigos son ricos?

–Tengo amigos ricos y pobres –dice muy serio, volviéndose para mirarme a los ojos–. A Amán Aziz, el dueño del barco, le conocí cuando operé a su mujer de un tumor cerebral hace diez años, sin secuelas, y Amut Berat, el dueño de la propiedad, sufrió un ictus hace dos años, le operé de urgencia.

–Claro, así… A mí pueden agradecerme mucho que

le matice el amarillo de las mechas, pero no me dejan el chalet –bromeo para romper la pequeña tensión que se ha creado en un momento con mi comentario, con el que pareciese que le he acusado de elitista, aunque no fuese mi intención. Aslan sonríe y yo más aún.

Me demuestra que no está nada molesto conmigo cuando me hace el amor en el balancín del porche de la casa, en cuanto el barco se marcha, sin que ni siquiera me haya dado tiempo a cruzar el umbral.

Hambrientos por el derroche de energías descubrimos que la cocina, abierta al exterior por un gran ventanal de madera, está repleta de comida. Se nota que Aslan, o su amigo el dueño, ha encargado que dejen multitud de alimentos para nosotros. Hay un centro de frutas que sonrojaría al bufete de la mejor cena de gala imaginable. Aslan, desnudo, se pone un delantal marrón que encuentra en uno de los cajones y cargado con una bandeja de carne enciende la barbacoa exterior mientras degusto un bol repleto de melón cortado a dados y una copa de champán que me he servido.

Su imagen, con la espalda y el formidable trasero desnudos, es de lo más seductora. Me descubre observándole y sonríe pagado de sí mismo.

–¿Cómo te gusta la carne?

–Como la tuya –respondo, y me dedica una mirada con la que me dice: «cuando te coja sí que te voy a dar carne».

Comemos en porche, con el ruido del mar de fondo, completamente a solas en aquel precioso paraíso privado, y después nos tumbamos a la orilla del mar en las hamacas de madera oscura que hay dispuestas en la playa para nosotros, con un vaso de té en la mesita entre ambas.

–Cuando me jubile, me encantaría vivir en un sitio así –suelto de pronto, sin pensarlo. Él enarca una de sus cejas castañas y me mira.

–¿Y por qué esperar a que te jubiles? Por qué no mañana mismo.

–Porque vivo en España y no en Turquía, porque mi economía no me permitiría pagar ni estas tumbonas…

–Te mereces un palacio. –No sé si lo dice en serio, le miro. Lo dice en serio y su expresión me enternece.

–Me conformo con una casita con piscina y jardín como la tuya, a eso creo que sí que puedo aspirar cuando las cosas mejoren. He estado pensando en lo que me dijiste, y creo que cuando vuelva voy a buscar trabajo en alguno de los hoteles del pueblo, sobre todo en uno que hay de cinco estrellas con campo de golf y unas vistas espectaculares que me llama mucho. Siempre me ha gustado ese sector, me lanzaré a la piscina…

–Si es lo que deseas, es lo mejor que puedes hacer –afirma levantándose de su tumbona y sentándose en la mía, a la altura de mis caderas–. Me gustaría saber de ti.

–¿Qué?

–Cuando vuelvas, me gustaría saber cómo te va. Que hablásemos alguna vez.

–No es una buena idea, Aslan. Eso sería como alargar una agonía. Como… quitarse una tirita poco a poco. –Él me oye atentamente y arruga el ceño, no está de acuerdo conmigo–. Debemos guardar estos momentos en nuestros recuerdos, tan bonitos como han sido, una experiencia maravillosa que no ha tenido tiempo de marchitarse ni empañarse con la pretensión de llegar a ser algo más.

–¿Crees que nos ha ido bien porque ha sido breve, o porque no hemos llegado a conocernos realmente?

–En parte –afirmo cogiendo su mano, entrelazando nuestros dedos–. Ha sido perfecto precisamente porque ninguno de los dos ha tenido tiempo de cargárselo. Porque no te ha dado tiempo a conocer mi mal carácter, o a molestarte porque aprieto la pasta de dientes por la mitad y lo dejo todo por medio, o de asustarte cuando puedo hacerme trenzas en los pelos de las piernas en invierno. Y al menos no veremos cómo se deteriora algo hermoso y no sufriremos por anhelar algo que es materialmente imposible.

–No todas las relaciones se deterioran con el paso del tiempo. Algunas simplemente cambian, se transforman y siguen siendo igual de hermosas o más aún. No creo que la pasión inicial sea la época más hermosa de una relación. La confianza plena, el entenderse con una sola mirada, conocer cada detalle, cada surco de la piel, cada gesto de la otra persona, amarla cuando está de buenas y más aún cuando está de malas, eso debe ser lo más maravilloso. Y sé que es posible, y estoy convencido de que tú y yo buscamos algo así, y de que los pelos de tus piernas me parecerían tan hermosos como el resto de tu cuerpo –asegura deslizando un dedo por mi rodilla en sentido ascendente, con un ritmo perezoso, aunque incesante, y su mano gira abarcando la cara interior del muslo–. Aunque quizá tengas razón en que es inútil fantasear sobre ello, quizá lo mejor sea vivirlo al máximo para poder atesorarlo. –Sus dedos han alcanzado ya mi ingle y se cuelan bajo el bikini por el lateral, alcanzando mi vulva, trepando el Himalaya de mi clítoris y deslizándose por este con suavidad. Sabe dónde y cómo presionar y me derrito entre sus dedos mientras su mano libre me suelta el nudo del biquini, dejándome con el pecho al aire que se apresura en atrapar, uno con sus labios y el otro con la mano.

Ojalá fuese cierto. Ojalá pudiese embotellar momentos como este para poder disfrutarlos a pequeños sorbitos durante el resto de mi vida, porque no creo que vaya a volver a vivir algo así. Sería la bomba, pero tendré que conformarme con el recuerdo de sus caricias, de su cuerpo, de su mirada de deseo.

Y volvemos a hacer el amor en la orilla, mecidos por las olas, a solas frente al mundo, sin que este sepa que nos amamos.

Capítulo 20

Cuando abro la puerta de mi casa me invade una sensación extraña. Después de cinco horas de vuelo y dos de coche, estoy agotada, pero no es eso lo que siento, siento que he perdido algo, que he dejado algo atrás. Me lamo el labio inferior tratando de saborear aún el último beso de Aslan y no me doy cuenta de que estoy apretando los puños hasta que las uñas se me clavan en las palmas. Relajo los dedos y trato de inspirar hondo, pero siento una pesadez en el pecho, justo en mitad del esternón, que hace que me cueste incluso respirar.

Estoy feliz de estar en casa, y me siento culpable por sentirme triste. No debería sentirme así, he vuelto a mi hogar, con mis hijos, con mi familia… Mi móvil suena y lo miro instantáneamente deseando que sea un mensaje de él, pero no es así, no es posible, le he pedido que borre mi número, que no me llame ni me escriba porque sé que eso lo haría todo aún más difícil.

Es Carolina. Ella y Lorena, vienen de camino, y me preguntan si las invito a un café. Le respondo que por supuesto. Llevo la maleta directamente al cuarto de la lavadora y pongo la cafetera. Aunque en realidad me tomaría un té turco. Ay, cómo voy a extrañar su sabor. Cómo le voy a extrañar a él. Acaricio mi pulsera, esa que él me regaló en el Gran Bazar para que no le olvide, como si eso fuese posible.

Me siento triste, y no es por la conversación que acabo de mantener con mi madre. Antes de venir a casa me pasé por la suya porque sabía que, si no lo hacía en ese preciso momento, el temor a una discusión y su reticencia me impedirían tratar el tema de mi padre con ella. Ante su actitud totalmente a la defensiva la antigua yo habría roto a llorar, se habría sentido devastada, ante frases como: «Que tenga dinero no significa que hubiese sido un buen padre». O: «Me parece muy desagradecido por tu parte ir a buscarlo como si mi opinión importase menos que una mierda, cuando he sido yo la que te ha limpiado los mocos, no él». A lo que respondí que había sido mi abuela, algo que la ofendió bastante, y me dijo que si esa era mi actitud no tenía nada más que hablar conmigo. En resumidas cuentas, que no me dijo nada sobre por qué rechazó la ayuda de mi padre, por qué le impidió que me conociese y ejerciese como tal. Sin embargo, me siento afortunada de haberle conocido, y esa buena sensación no va a arrancármela su actitud.

Mis amigas llegan antes de que el café suba en la cafetera exprés. Cuando entran, sus abrazos casi me parten en dos. Carolina trae el cabello rizado suelto y está preciosa con un vestido de flores, y Lorena está tan guapa como siempre con su cabello rojo recogido en una coleta alta con una camiseta de estampado de calaveras y mallas negras. Nos sentamos a la mesa de la cocina y sirvo el café para todas. Sus miradas me escudriñan, sé que están preocupadas por mí, pero no tienen por qué.

–¿Cómo estás? –me pregunta Carolina.

–Bien. ¿Y Gala?

–Con el padre, están casa de mis suegros –me cuenta Lorena–. ¿Cómo estás, de verdad? –Quieren saber cómo me siento, pero ni siquiera lo sé. Es una sensación demasiado extraña. Felicidad y tristeza a la vez. Aun así, no quiero admitirlo, porque si lo hago Aslan aparecerá en nuestras conversaciones una y otra vez y no es el mejor modo de olvidarle.

–¿Seguro? Pareces... No sé, desanimada –sugiere Carolina, tanteándome.

–Solo estoy cansada, ha sido un viaje muy largo. Pero tranquilas, estoy bien, he dejado las cosas bien con Rodrigo, con la promesa de volver a encontrarnos, y estoy deseando ver a mis hijos después de tantos días.

–¿Y el turco?

–En Turquía –admito forzando una sonrisa–. Ha sido bonito mientras ha durado, y ayer pasé uno de los mejores días de mi vida. Lo peor de los sueños es que en algún momento tienes que despertar. Me siento agradecida por haberle conocido y haber disfrutado de su compañía estos días.

–Aún no puedo creerme que hayas tenido que irte a Turquía a echar un polvo –apunta Carolina tratando de poner un poco de humor.

–Cualquiera que te oiga se creería que me fui de turismo sexual.

–Te gusta mucho, ¿verdad? –pregunta Lorena.

–¿Cómo podría no gustarme? Es sensual, es masculino, es atento, inteligente, cariñoso... Un auténtico dios del sexo que por algún tipo de disfunción cerebral se sentía atraído por mí.

–Tu propio turco de telenovela.

–Mi propio turco de telenovela –admito, y brindamos con el café.

–Pero ahora no puedes hundirte. –Carolina me atraviesa con su mirada avellana. Sé que está preocupada por mí, ambas lo están, pero estaré bien, lo sé.

–No lo haré, tranquila. Conocer a Aslan ha sido como un regalo, me ha ayudado a despertar, a abrir los ojos y darme cuenta de que puedo volver a enamorarme.

–¿Quién eres tú y qué has hecho con nuestra amiga? –sugiere Carolina.

–Y, además, necesito deciros algo a las dos. Espero que no os siente mal…

–Suéltalo.

–Para mí ha sido maravilloso trabajar con vosotras todos estos años, me habéis ayudado y enseñado muchísimo y lo hemos pasado genial, pero creo que ha llegado el momento de intentar encontrar trabajo de mi profesión…

–Vaya. Esto sí que no me lo esperaba. Estoy segura de que Lorena tampoco. –Ella niega con la cabeza, con una sonrisa contenida–. Sara, eres nuestra amiga, y lo más importante es que seas feliz, es lógico que quieras trabajar de lo que estudiaste, demasiado has tardado.

–Sara, si es lo que quieres, no hay nada más que decir. Aunque te echaremos mucho de menos –asegura Lorena, y las abrazo con energía. Algo he debido de hacer bien para tener unas amigas como ellas.

El timbre me despierta. Me he quedado frita en el sofá después de despedir a Lorena y Carolina en la puerta con un abrazo emocionado. Hemos acordado que continuaré trabajando con ellas hasta que encuentre el trabajo que deseo.

El timbre vuelve a sonar, a trompicones abro la puerta y un torbellino arrollador me sacude cuando mis hijos entran como una tromba y se arrojan a mis brazos, incluso Álex, que me aprieta con especial vehemencia.

Los ojos de mi hija se llenan de lágrimas mientras me estruja con fuerza y lloro con ella de emoción. Pablo también llora, parecemos un cuadro de plañideras. Sin embargo, algo me dice que las lágrimas de Álex no solo se deben al reencuentro, tengo que hablar con ella a solas.

Después de besarlos y volverlos a besar, de olerlos y tocarlos, de apretarlos contra mí, les libero de mi abrazo. Miguel está de pie, en la puerta, me fijo en sus ojos, está emocionado, Álex se marcha a su habitación con su maleta y Pablo se tumba en el sofá y se adueña de la televisión. Miguel sigue de pie, con los ojos llenos de lágrimas no derramadas, carraspea incluso tratando de disimular.

–Pasa, ¿te apetece una cerveza? –le ofrezco, él asiente y se adentra en el salón, cerrando la puerta tras de sí. Me sigue a la cocina, donde abro una lata de cerveza de la nevera y se la sirvo, además de otra para mí.

–Te hemos echado mucho de menos –afirma. Ese «hemos» no se me pasa desapercibido. Hay algo en su mirada, en su expresión, no sé muy bien qué es, o si es que quiere contarme algo.

–Gracias. Están más grandes, han crecido en estos días…

–¿Cómo te ha ido?

–Bien, todo ha ido bien. –Ni se imagina hasta qué punto–. Rodrigo, mi padre, está muy recuperado y recibirá el alta en unos días. ¿Y vosotros? Lo habéis pasado genial, por lo que me han contado los niños, ¿no?

–Sí. Han sido unos días estupendos en familia. Ellos lo han pasado genial, aunque Álex anoche discutió con la amiga y ha estado llorando esta mañana. Las dos, enfadadas, me han dado el camino de vuelta, por lo demás han sido unos días maravillosos que me han servido para darme cuenta de muchas cosas.

–¿A qué te refieres? –Me arrepiento de preguntarle en cuanto lo hago. En realidad, como si se ha dado cuenta de que la Tierra es plana, mientras no me afecte no quiero saberlo. Le observo, apoyada contra la encimera de la cocina.

–Voy a romper con Soraida. –Se abre el cielo y un pedazo cae sobre mi cabeza. De dos sorbos me bebo media cerveza.

–¿Y eso?

–No quiero casarme, ya pasé por ello y no me hace ilusión repetirlo, no quiero tener más hijos, ya tengo dos y son perfectos. En estos días me he dado cuenta de que lo que tú y yo teníamos era único, y que la jodí. Me he pasado todo este tiempo culpándote por haberme dejado, por no haberme dado otra oportunidad para cambiar cuando en realidad podría haberlo hecho, sin más. Haber sido más justo y haber repartido la carga como lo hacemos ahora –dice mirándome con cierta melancolía en sus ojos marrones, a un metro de mí, demasiado cerca.

–Miguel, yo… No creo que debas estar con Soraida si piensas que no es la persona adecuada para ti, pero no lo mezcles ni lo compares con lo nuestro. Todas las relaciones son distintas…

–Pero yo lo tenía todo. Todo. Os tenía a vosotros y lo eché a perder.

–No te fustigues con eso, es el pasado. Ahora estamos bien.

–¿Estamos bien? –me pregunta, cogiendo mi mano. No quiero darle un corte, está sensible, acaba de decidir que va a romper con su pareja y es el padre de mis hijos, pero me siento muy incómoda.

–Nos llevamos bien, y eso es lo más importante para ser unos buenos padres.

–Sara, yo en ningún momento he dejado de quererte, para mí sigues siendo la misma chiquilla que conocí y que me enamoró con su sonrisa inocente, la misma mujer con la que descubrí el sexo y el amor, al mismo tiempo –dice entrecruzando nuestros dedos. Me pongo tensa, da un paso hacia mí–. Cuando recuerdo aquella tarde, en la playa, al día siguiente de casarnos, cuando te acurrucaste en mi pecho y me preguntaste si te iba a querer siempre. Y te respondí que…

–Que me ibas a querer hasta que los dos fuésemos dos

viejecitos y tuviésemos que apoyarnos el uno en el otro para caminar. –Me enternece recordar aquello. Miguel podía ser muy tierno cuando se lo proponía. Está muy cerca, demasiado cerca.

–Sara, sigo enamorado de ti –me dice, y me besa. No quiero hacerle una cobra, estoy atrapada por la nevera en un lateral y contra la encimera, y recibo su beso. Mi cuerpo lo reconoce, reconoce sus labios, su olor, su sabor, han sido quince años juntos. Pero no me estalla el estómago de mariposas, no me sacia ni me enciende, no es… Aslan. Y tengo que decírselo, que no siento lo mismo, que lo nuestro se acabó hace mucho tiempo ya.

–¡Mamá y papá se están besando! –oigo gritar a Pablo. Me aparto de Miguel como si quemase y veo a mi hijo correr hacia el salón.

–Esto… esto no está bien, Miguel. No quiero confundir a los niños.

–A ellos les hará felices ver a sus padres juntos.

–Pero sus padres no están juntos. No lo estamos, ni vamos a estarlo. Siento mucho que estés mal con Soraida, lo siento de veras, pero yo no estoy enamorada de ti, ya no. Lo lamento, Miguel, pero es lo que siento.

La expresión de decepción en la mirada de mi ex me molesta en lugar de sorprenderme o reblandecerme. No debería sentirse decepcionado, en ningún momento le he dado algún tipo de esperanza, ni le he hecho ningún comentario o sugerencia de que quisiese volver con él.

–Voy a recuperarte –me suelta mirándome con expresión de congoja, y se marcha a toda velocidad. Oigo la puerta al cerrarse, sin darme tiempo a decirle que ni aunque el cielo se abra en dos y el mismísimo mesías me lo pida volvería con él. Es un buen hombre, y un buen padre, pero nuestra etapa juntos es historia antigua.

Cuando salgo al salón la película está servida.

–¿Qué es eso que dice el enano de que papá y tú os

estabais dando el lote? –me pregunta mi hija Álex escudriñando mi expresión. Me recuerda a mi madre en mis años de adolescente y eso me produce un escalofrío.

–¡No soy enano! –protesta Pablo.

–Ni hay lote, ni tengo que daros explicaciones. Pero bueno, papá estaba demasiado efusivo y me ha dado un beso, eso es todo –digo seria. Esto es culpa suya, de él, por besarme, y soy yo la de las explicaciones. Como cuando teníamos que acudir a cualquier evento social (bodas, comuniones, etcétera.) y llegaba tarde por hacer una ruta con la bicicleta, siempre las explicaciones me tocaban a mí.

–No juegues con papá, ¿vale? Las personas tienen sentimientos… –me dice con ojos vidriosos, y rompe a llorar, marchándose. Como que es hija mía que ni las lágrimas ni la frase lapidaria son hacia mí.

Con la misma técnica de su padre huye y se encierra en su cuarto. Pablo me observa con ojos curiosos.

–Entonces, ¿papá y tú no estáis juntos? –pregunta con inocencia.

–No, cariño, ha sido un beso de bienvenida.

–Pues como se entere Soraida se va a enfadar.

–Nosotros no le diremos nada, eso es cosa de papá, ¿vale?

–Vale –acepta, y regresa al salón como si nada hubiese pasado.

Así que aun a riesgo de que me arroje todo el mobiliario de la habitación a la cabeza decido ir a ver a mi hija e intentar descubrir qué le ha pasado. Encontrarla tendida en la cama llorando, me reafirma sobre que algo le sucede. Recuerdo que Miguel me ha dicho que ha discutido con su amiga.

–¡Vete! –Es mi recibimiento–. ¡No quiero hablar con nadie! –No digo nada, me acerco a su cama y me siento en el filo en silencio–. Te estoy diciendo que te vayas, ¿es que no puedes respetar mi intimidad? –va diciendo entre hipidos de llanto. Le acaricio el muslo y ella reacciona encogiéndose como una araña al morir. Tiene el rostro enterrado en la almohada.

–Te quiero, cariño. Y te voy a querer siempre. Hagas lo que hagas, digas lo que digas, siempre te voy a querer. –Su llanto se acrecienta al escuchar mis palabras y sé que se siente culpable por algo–. No importa lo que hagas o hayas hecho, tu madre siempre estará para ti. Excepto si te apuntas a la asociación de voluntarias de la parroquia de tu abuela, porque con una mujer de la familia con agenda social condicionada por la divinidad tenemos suficiente. –Mi comentario la hace reír, es lo que pretendía, ríe y llora a la vez–. No hace falta que me contestes, pero ¿quizá tiene algo que ver con tu amiga?

–Sofía, no era mi amiga. Éramos algo más.

–Lo imaginaba. ¿Habéis roto?

–La he jodido, mamá. La he jodido bien. El viernes salimos por la noche y…

–¿Y?

–Y conocí a un tío en un chiringuito de la playa.

–¿Y?

–Un chico senegalés que estudia Ingeniería en Málaga, se llama Mus, él y sus amigos comenzaron a tontear con nosotras. A Sofia y a mí nos divierte seguirles el rollo a los tíos y después nos largamos o nos liamos en su cara. –Madre de Dios, la mojigata que habita en mí se empeña en aparecer, pero la moderna que trata de acallarla le dice que tampoco es para poner el grito en el cielo–. Pero la cosa es que fui con Mus a pedir bebidas a la barra del chiringuito y… antes de llegar a la barra nos liamos.

–¿Os liasteis…?

–Nos morreamos y nos metimos mano.

–¿Allí en medio de todo el mundo?

–No, entre dos neveras. ¡Y a mí qué me importa la

gente, me importa lo que hice! Soy lo peor del mundo. ¿Qué clase de lesbiana se lía con un tío con su pareja a diez metros? –me pregunta con los ojos anegados de lágrimas.

–Una que tiene dieciséis años y las hormonas la llevan en volandas.

–Y encima Sofía nos vio…

–¿Y qué pasó?

–Que agarró a Mus del hombro y lo empujó contra unas cajas de cerveza y se hizo un buen corte con una de las botellas. Acabamos los tres en el hospital; él para que le curasen la herida; Sofía con un ataque de ansiedad, y yo como una miserable acompañándolos a los dos.

–¿Y tu padre dónde estaba?

–En el apartamento con el tío, los primos y Pablo.

–¿Os dejó salir solas por la noche?

–No, si te parece nos iba a acompañar. Sofía no me habla, ha disimulado ayer y hoy todo el tiempo para que papá no se diese cuenta de que estábamos peleadas, para no dejarme mal a mí. A mí, que soy una mierda de tía…

–No digas eso, por favor. Está mal que te hayas liado con… quien sea si tienes pareja, pero tampoco es el fin del mundo, cariño. Si no lo hiciese medio mundo no existirían los cuernos. Tampoco es algo extraño que tengas dudas en cuanto a tu orientación…

–No las tengo. Lo de Mus fue solo un impulso que no puedo explicar. No encuentro atractivos a los tíos, pero a él sí. No sé por qué.

–Porque eres humana, mi vida.

Cuando al fin me meto en la cama y me echo la sábana por encima siento algo subiéndome por el estómago y una fuerte opresión en la garganta que no cesa hasta que rompo a llorar. En silencio, siento cómo las lágrimas ardientes me recorren las mejillas, sacando fuera ese llanto enquistado que se me estaba clavando en el alma. No quiero llorar, me siento débil al hacerlo, pero resulta liberador.

Lo que he vivido con Aslan esos días no ha sido una simple aventura, y eso lo hará más difícil aún de olvidar. Soy consciente de cuánto voy a extrañar sus palabras, sus besos, sus preciosos ojos verdes, su sonrisa cautivadora. ¿Y él? ¿Me olvidará fácilmente?

¿Cómo se sentirá en este preciso momento?

Debo contener el impulso de enviarle un mensaje de buenas noches.

Recuerdo sus palabras justo antes de adentrarme en el control de seguridad del aeropuerto: «No permitamos que el dolor de la despedida arruine el momento. Hagamos como si mañana, cuando me levante, pueda volver a mirar el teléfono esperando un mensaje tuyo, ilusionado con el momento en el que nos encontremos, en el que pueda besarte y estrecharte en mis brazos».

Y me besó. Y aún me tiemblan las rodillas al recordarlo.

Me he prometido a mí misma que no le escribiría, que me esforzaría en no mantener ese lazo imposible entre ambos, en no alargar una agonía innecesaria.

Pero no me he prometido no buscar su perfil en Instagram. En una red social en la que él no sabrá que le he buscado o le he visto.

Le busco y encuentro que tiene una última publicación de hoy, de esta tarde: Es una fotografía de sus pies morenos, con otros pies pequeñitos encima que enseguida sé que son de Cloe. Por la posición de ambos deben de estar tumbados en una de las tumbonas, puedo ver el inicio de la piscina, las aguas azuladas. El pie de la foto me hace reír y llorar a la vez, porque sé que va dirigido a mí. *Ya te echamos de menos, señorita.*

Capítulo 21

Cinco meses después

–¿Y entonces? ¿Tienes vacaciones la semana que viene o no? –me pregunta Lorena calentándose las manos con la taza de café. Está helada, hace frío, aunque dentro del pub no tanto. Está envuelta en una bufanda gris y se ha dejado el abrigo puesto. Habíamos quedado también con Carolina, pero ha tenido que abrir antes porque le ha salido una manicura de urgencia. Sí, existen. A través de las cristaleras veo a Pablo jugar con su patinete en la Alameda, haciendo volar las hojas caídas de los árboles a su paso, envuelto en su abrigo de plumas azul que le hace parecer el muñeco de Michelín, él no tiene frío alguno.

–Aún tengo que responderle a mi jefe, pero insiste en que pille dos semanas. Pero no necesito irme de vacaciones, solo llevo cuatro meses trabajando en el hotel, no me ha dado tiempo a estar cansada. Sé que quiere que las coja antes de Navidades, pero la semana que viene ni siquiera tengo a los niños –reflexiono, y es que, poco después de mi regreso de Turquía, Miguel habló conmigo y me dijo que aquellas vacaciones con sus hijos le habían hecho darse cuenta del tiempo estaba perdiéndose de estar con ellos. Me pidió que pasásemos a una custodia compartida y me prometió que se organizaría en el trabajo para terminar temprano. Lo hablamos con los niños y a ellos les pareció bien y decidimos probarlo unos meses, antes de hablar con nuestros abogados y hacerlo oficial.

–Pues aprovecha para hacer cosas que no puedas hacer con ellos.

–¿Cómo qué?

–Como hacer el pino puente –responde haciéndome reír–. Me alegra que te cuiden tanto, porque te lo mereces. Aunque en nuestro humilde salón de belleza las clientas, Caro y yo te echamos mucho de menos. Sabemos que el cambio ha sido por tu bien y nos alegramos por ti, pero las tardes de cháchara no son lo mismo –asegura con una sonrisa.

–Lo sé, y también os echo mucho de menos, pero ahora tengo un horario de mañana y los sábados libres, y aunque vuestra compañía es irreemplazable, puedo estar con Pablo por las tardes haciendo las tareas, puedo organizarme mejor…

–Que lo sé y lo entiendo perfectamente, tonta –me dice, y aprieta mi mano sobre la mesa con ternura–. ¿Y Miguel? ¿Cómo está?

–Bien, que yo sepa. ¿Por qué me preguntas por él?

–Por nada… ¿Hay alguna novedad?

–¿Como qué?

–No sé, algún otro ramo de flores en el trabajo, algún que otro mensajito cargado de amor…

–No sé para qué te digo nada. Ojalá se canse pronto.

–¿Y si ha cambiado de verdad?

–Lore, tú no. Puedo aguantar que esté tratando de ganarse a mi madre otra vez, y a mi abuela, pero a ti no. ¿Te ha llamado? –Mi amiga desvía la mirada y no necesito que responda–. No me lo puedo creer, ¿y le has escuchado?

–A ver, sonaba bastante triste el pobre hombre…

–¿El pobre hombre? Tú eres amiga mía. Son mis penas las que tienes que oír, no las de mi ex.

–Cuanta posesividad –se burla–. Solo le he escuchado, no le he dicho que vaya a interceder por él contigo.

–Lo que hacía falta, vamos.

–Solo te digo que parece sincero, que me dijo que te echa mucho de menos y estaría dispuesto a casi cualquier cosa porque volvieses con él.

–Pero eso no va a suceder, Lore. Porque por mucho que haya cambiado, por muy perfecto que sea ahora, no siento lo mismo por él. No tiemblo de ganas de verle, ni de abrazarle, ni de besarle, no me estremece oír su voz, ni sueño por las noches con que me tome entre sus brazos… –digo por inercia.

–Como con Aslan, ¿no? –pregunta con tristeza, la misma que debe de reflejar mi rostro, aunque me esfuerzo en sacar una sonrisa–. Quizá lo hayas idealizado porque fue breve e intenso y…

–No lo he idealizado. Era ideal. Al menos para mí. Me gustaba todo de él, y a pesar del tiempo que ha pasado, sigo recordando los momentos que pasamos juntos como si hubiesen sucedido ayer. Necesito encontrar a alguien que me haga sentir así.

–Ya sabes lo que dice mi hermana, mientras aparece el adecuado hay que entretenerse con los inadecuados.

–Ya, pero a mí no me resulta tan sencillo.

–¿Y si por buscar algo que es un imposible pierdes la oportunidad de tener algo bueno con Miguel? Entiéndeme, lo que no quiero es que te arrepientas.

–Tranquila. No voy a arrepentirme. Ya tuve algo bueno con Miguel, y le quiero mucho, siempre le querré, pero lo nuestro se acabó. Y no es un imposible, conocí a alguien que me hizo sentir así.

–Pues él se ha ido de viaje.

–¿Miguel?

–No, Aslan. Ha subido una foto del aeropuerto en su perfil, diciendo algo en turco.

–¿Le espías?

–Su cuenta es pública. Además, solo suele poner fotos de quirófanos y operaciones.

–Es neurocirujano. Lo mismo tiene algo que ver –sugiero con ironía.

–Y rico, y está cañón. ¿Ves? Si no fuese porque le vi con mis propios ojos en una videollamada creería que lo soñaste.

–No fue un sueño, fue real, Lore. Y bonito. Quiero tener pareja, pero quiero algo así y no voy a conformarme con menos. –Ella sonríe y da un sorbo de su café–. Y no me refiero a lo de rico, ni siquiera a lo de estar cañón, con que me haga sentir deseada y me despierte esa chispa especial, es suficiente.

–De veras, que desde que volviste de Estambul eres otra.

–Ese viaje me hizo abrir los ojos en muchos sentidos.

–¿Solo abriste los ojos? –sugiere con picardía.

–Abrí todo lo que hizo falta, pervertida –le respondo haciéndola reír.

Mi móvil comienza a sonar, es un mensaje de Rodrigo en el que me pregunta qué tal estoy. Hablamos casi a diario, y, aunque aún no hemos podido vernos desde que le conocí en Estambul porque Patricia sufrió una caída poco después de volver a Madrid y se fracturó el tobillo, me han prometido que esta Navidad vendrán a pasar unos días en Benalup y a conocer a sus nietos en persona. Está deseándolo, y los niños también, aunque hablan por videollamada casi todas las semanas. Pablo incluso le llama abuelo, lo que me acarreó un enfrentamiento con mi madre cuando le oyó referirse a él con ese término.

No sé qué mosca le ha picado, odia oírnos hablar de él, es como si le detestara, y cada vez que me refiero a él como mi padre, o Pablo lo hace como su abuelo, se le hincha una vena como a la Patiño y reniega en voz baja como si estuviese conteniendo a duras penas decirme algo. Pues que lo diga de una vez y se desahogue, sea lo que sea, pero que nos deje vivir al resto. Tampoco ayuda a mejorar nuestra relación que en un par de ocasiones haya intentado meter baza a favor de Miguel, de que le dé una segunda oportunidad, lo que me hace sospechar que hablan por teléfono. Pero no me importa, que se vayan a vivir juntos si tanto se quieren.

–¿Y tu suegra, sigue con su aventura? –le pregunto. Lore pone los ojos en blanco.

–Cualquier día de estos la pillan, porque, excepto los fines de semana, va a diario a casa de ese tío. En cuanto mi suegro se va al huerto, ella va a su casa y está allí con él por lo menos una hora.

–¿Te has quedado fuera esperando?

–Solo una vez, o dos. Siempre sale con una sonrisa de oreja a oreja. Estoy por ir yo a visitarlo –sugiere haciéndome reír–. Ahora en serio, me da mucha pena mi suegro, el pobre tan ingenuo cuidado sus pimientos mientras su mujer se busca un buen pepino.

–Ya, pero tú no puedes hacer nada.

–Se lo conté a mi hermana y me ha dicho que ni se me ocurra decírselo a Ramón, y llevo ya varios meses con este secreto –dice tapándose los ojos un instante con la bufanda gris–. Pero a mí me gustaría que me lo dijeran si mi padre se hubiese puesto más alto de la noche a la mañana.

–¿Y si Ramón no te cree y se enfada contigo? Pasarás un problema de su matrimonio al tuyo. –Lore se encoje de hombros–. Mira mi madre, ella y Benito están jugando al despiste, ¿y les digo algo? No, porque es su vida. Incluso me planteo que quizá lleven años liados, no sé si de continuo o de forma intermitente, pero puede que incluso décadas.

–¿Sí? ¿Tú crees?

–Yo he conocido a Benito en casa de mis abuelos toda mi vida; él y su familia cuando llegaban los veranos, y solo cuando se divorció hace ocho años. Pero que hagan lo que quieran. Ojalá se fuesen a vivir juntos y mi madre supere esa necesidad de mantener una fachada de mujer casta que jamás entenderé. Que fue una ligera de cascos como dice mi abuela, en su época, pues ya está, eso que se llevó en el cuerpo, y lo pasado, pasado está. Joder relájate un poco y disfruta.

–Ya. Pero tu madre es…

–La leche.

–Pues sí. Es un sargento de la Guardia Civil sin bigote –dice, y echamos a reír–. ¿Te acuerdas el día que nos pasamos media hora y vino en nuestra busca a la discoteca? Qué vergüenza –rememora, y me río. Aunque en aquel momento no me hizo la menor gracia. Me regañó a viva voz delante de todo el mundo y cuando el segurata le pidió que se retirase de la puerta, que estaba formando un escándalo, estuvo a punto de meterle por la cabeza con su propia porra–. ¿Y el chico ese de tu trabajo que te tira los trastos? ¿Hay alguna novedad?

–¿Pietr? No me tira los trastos, solo es amable conmigo.

–Ay, es verdad, que ahora le llaman así –se burla antes de dar un nuevo sorbo a su café. Veo cómo Pablo deja de dar vueltas en la plaza ante la iglesia y se dirige hacia el pub; lo mismo se ha cansado y quiere volver a casa–. Sara, a ese tipo le gustas. Por las cosas que me cuentas, flirtea contigo…

–Ya estás igual que tu hermana. Que no, me alegro del buen concepto que tenéis de mí, de que voy arrasando por donde paso, pero, seamos realistas, veis romances donde no los hay.

–Que no, que es verdad. Me dijo mi hermana que el

día que fue a llevarte el móvil porque te lo dejaste en tu casa, y se lo presentaste, solo había que ver cómo te miraba para darse cuenta de que está por ti.

–Que sí. Que soy la nueva Mata-Hari benalupense. –Me río. Pablo entra en el local y se viene directo hacia mí.

–Mamá, estaba jugando con el pingüino de juguete y se me ha caído al suelo, y una señora que está en la Alameda me ha dicho que me lo compraba por veinte euros y se lo he vendido, porque está estropeado, no hace ruido ni nada… –asegura mostrándome el dinero.

–¿De qué me estás hablando, Pablo? ¿Qué pingüino de juguete?

–El que me has comprado para mi cumpleaños, ¿no? –dice con cara de culpable–. Sé que no debería haberlo cogido, pero lo encontré en tu mesita de noche…

–Yo no te he comprado ningún pin… –De repente, se me enciende la bombilla encima de la cabeza y me deslumbra. La madre que lo parió, acaba de vender mi Satisfyer pingüino. Me dan ganas de matarlo, pero me limito a ponerme de pie–. ¿Dónde está la señora?

–No será lo que creo que es –sugiere Lorena tratando de contener la risa. Fue ella quien me lo regaló para mi cumpleaños tal y como me advirtió.

–Ahí en la plaza.

–Vamos, dime qué señora es que vamos a devolverle los veinte euros ahora mismo y después vamos a hablar tú y yo de vender cosas sin permiso. –Las dotes de negociador no son lo suyo desde luego, el aparatito cuesta más de cuarenta euros.

Sigo a mi hijo hasta la Alameda, con Lorena como escolta, y me quedo a cuadros cuando veo a dos señoras de en torno a los ochenta años, una de ellas vestida de riguroso luto, con el cabello cano y un rodete, la otra mucho más moderna vestida con vaqueros y jersey rojo, con el cabello gris muy corto. Conversan mientras examinan mi Satisfyer pingüino entre sus manos. Qué vergüenza, por favor. Una de ellas le está metiendo uno de los dedos en donde…

–Buenas tardes, hola –les digo para llamar su atención, ambas me miran, y también a mi hijo, al que sonríen.

–Buenas tardes –me responde la del cabello corto.

–Verán, señoras, mi hijo les ha vendido por error ese… muñeco, que en realidad es mío. Tomen, aquí está su dinero, si son tan amables –les digo ofreciéndoles el billete de veinte euros para que lo cojan.

–No lo ha vendido por error, lo ha vendido porque ha querido venderlo, ¿verdad, Manuela? –me responde la señora del rodete vestida de negro.

–Ya, pero es que no es suyo. Es mío.

–¿Y tú no eres un poquito mayor para jugar con muñecos? –me pregunta la del cabello corto muy seria, a la vez que cierra su mano sobre mi… pingüino, asiéndolo con fuerza.

–Si no les importa devolvérmelo, se lo agradeceré.

–No –responde la señora del rodete.

–¿Qué? –El billete ondea en mi mano con el soplo del leve viento sin que parezca que tengan el menor interés en aceptarlo.

–Ya has oído a mi amiga Dora, tu hijo nos ha vendido el muñeco, y se lo hemos pagado –insiste la señora del cabello corto.

–Lo voy a poner sobre el televisor para que cuando vengan mis nietos jueguen con él, les va a encantar –afirma Dora. Lore no puede más a mi espalda y empieza a desbaratarse de risa. Y no sé si la señora habla en serio, porque por un lado su mirada me dice que su empeño en mi cacharro no es tan inocente como quiere hacer parecer, y por otro, dudo que sepa para qué sirve.

–Señora, por favor. Devuélvamelo. No es ningún juguete para sus nietos, es... –¿Se lo voy a decir, con mi hijo mirando?–. Es otra cosa.

–¿Qué cosa? –Qué puedo decirles que no sea tan íntimo y que sin embargo las decline de querer tenerlo.

–Es un cacharro de belleza, para exfoliar la piel. Se pulsa el botón y masajea toda la cara con él y quita las células muertas. Y está usado, muy usado. –Las carcajadas de Lorena son atronadoras, a pesar de tratar de camuflarlas con la bufanda tapándose la boca. Pablo me mira estupefacto, no se cree nada.

–A ver –dice Dora presionando la barriga del pingüino que comienza a vibrar y ha succionar. Y sin pensarlo dos veces lo lleva hasta la cara de su amiga...

–¡No! –les pido, pero es en balde, pues el labio inferior de Manuela está siendo succionado por mi pequeño pingüino. Dora reacciona tirando del aparato y apartándolo.

–Qué gracioso, hace cosquillas –asegura Manuela cuando ya lo doy por perdido–. No te lo vamos a devolver.

–Da igual, quédeselo. –Ya no lo quiero. Esa imagen del labio de la señora donde antes estuvo mi clítoris no me será fácil de olvidar–. Que lo disfrute.

Lorena está llorando de la risa cuando comenzamos a alejarnos caminando.

–Como vuelvas a coger algo y a venderlo sin mi permiso pondré un mercadillo en el patio con todos tus videojuegos, ¿te enteras? –le recrimino a mi hijo, que asiente muy serio–. Y tú, no te rías tanto.

–¿Cómo no voy a reírme? Si hasta creo que me he hecho un poco de pis encima –afirma mi amiga–. Tenemos que vernos más, estas cosas solo te pasan a ti.

–Porque mis hijos son como los arqueólogos, que siempre encuentran las cosas que no buscan.

–Bueno, ya sé qué regalarte de nuevo el año que viene por tu cumpleaños.

No se lo digo, pero no creo que pueda esperar tanto para volver a tenerlo ahora que he descubierto su fantástico funcionamiento. Si hasta le había puesto nombre a mi pingüino… Aslancito. Ains, sé que soy poco original, pero ha sido él mi fuente de inspiración mientras… lo usaba.

Al llegar a casa, Álex y su novia Sofía está en el salón viendo la televisión, han llegado pronto de las clases de inglés. Después de que Sofía perdonase a Álex por su traición heterosexual, su relación se volvió más formal, me la presentó como su amiga especial y comenzó a venir a casa a comer, a merendar, a cenar… Es muy buena chica, y se llevan bastante bien, por el momento, nunca se sabe, aunque hay algo de ella que no me gusta nada, pero nada, ya que ha comenzado a decirme «suegri». La primera vez que me lo llamó me quedé más traumatizada, aún si cabe, que la primera vez que me llamaron señora. Cada vez que la oigo decirlo, la imagen de la madre de Miguel me viene a la mente, su sonrisa falsa, sus aires de mando, el olor de sus puros de vainilla… Es como si me echasen una olla de aceite hirviendo por la espalda. No sé si llegaré a acostumbrarme a ser la suegra de alguien.

Una vez soltamos los abrigos en la entrada me doy cuenta de que no están solas. Miguel está sentado en el sofá contiguo viendo la televisión. Parece que le haya invocado con mis pensamientos.

–Buenas tardes –digo, y miro a mi hija, a la que el nuevo tono azul en el cabello le hace resaltar aún más el color de sus ojos. Se encoje de hombros, haciéndome saber que no tiene nada que ver.

–Buenas tardes, Sara. ¿Cómo estás? –dice poniéndose en pie para recibirnos. Pablo acude a sus brazos y él le besa en la cabeza.

–¿Ha pasado algo? –pregunto extrañada.

–No, solo me he pasado a veros. He traído la cena –afirma indicando hacia la cocina–. Para que no tengas que cocinar. Me imagino que el trabajo en el hotel es bastante duro…

–Trabajo de mañana.

–Es una receta nueva que he estado practicando; solomillo de cerdo con crema de boletus y crujiente de boniato. –Por el espíritu de *MasterChef*, quién es este hombre y qué ha hecho con mi ex.

–Pensaba hacer pinchitos de pollo… –Álex me hace una señal por detrás como si yo fuese una borde–. Pero lo tuyo suena genial. Muchas gracias, ya te diré qué nos ha parecido. –Álex vuelve a hacerme señales, Miguel mira al suelo, probablemente no es lo que esperaba oír. No voy a decirlo, no voy a decirlo…–. Aunque también podrías quedarte a cenar. –Un buen trancazo por la cabeza, eso es lo que me merezco, que me deje seca y me impida decir cosas que no quiero decir. ¿Por qué soy tan blanda? No me resisto a una cara de pena, tengo que entrenar el decir que no. Su mirada se ilumina de felicidad. Bueno, nos hemos aguantado quince años, podremos soportar una cena más.

Lo cierto es que la comida está bastante aceptable, buena, en realidad, y que el Miguel del que me divorcié no sabía freír un pimiento, pero temo que se haga ilusiones y que encima yo las esté alentando por no herirle. Porque, aunque le invadiese el espíritu del Chef del Mar, y me provocase orgasmos culinarios a base de lomo de atún, sería el único tipo de orgasmos que volvería a tener con él.

–¿Y cómo te va en el hotel? –me pregunta con interés. Ha dejado el móvil a un lado en la mesa, boca abajo, esa era otra gran disputa, su necesidad de mirar el teléfono constantemente.

–Bien.

–Hay un compañero que quiere tema con mamá –añade Álex, y deseo tener rayos X en los ojos para fulminarla en ese instante.

–Ah, ¿sí?

–Sí, la trajo a casa el otro día en su coche y se la comía con la mirada. No es muy alto, pero parece majo. –Le dedico una mirada asesina, que ignora tan ricamente.

–Mi compañero me trajo en coche porque estaba lloviendo y mi coche ha estado dando problemas de arranque. Pero si tuviese algo con él o con cualquier otro, no necesitaría de tu aprobación –le respondo con una sonrisa tensa.

–Bueno, vale, tampoco es para ponerse así –me responde mi hija entre risas.

–¿Y lo hay? ¿Hay alguien? –pregunta Miguel.

–En este momento, no. –Somos adultos y se supone que podemos hablar con naturalidad de estas cosas, pero sé que su interés no es inocente–. Pero no descarto encontrar el amor. –Si no pilla las indirectas tendré que mandarle mensajes de neón y luces fosforescentes. Miguel, aprieta los labios, que conforman una línea recta y da un trago de su cerveza. Álex me mira, como si fuese Cruella de Vil y acabase de cargarme un par de dálmatas, y Sofía mira a Álex y después a mí, como si estuviese en un partido de tenis. Y Pablo, mientras tanto, se limpia la boca en el mantel dejando una mancha que me va a costar bastante sacar. De repente el ambiente distendido de la cena ha cambiado, se ha tornado incómodo, mi hija está más seria que un guardia del Buckingham Palace, otro tanto está mi ex, Sofía está envarada al ver la actitud de Álex, y Pablo, sigue a lo suyo cenando ajeno a todo.

Cuando termina su plato, Miguel me mira a los ojos y puedo leer en los suyos cómo se apaga la llama de la ilusión, y me duele hacerle daño, pero tengo los años suficientes como para no engañarme a mí misma, ni a él, con algo que sé que jamás funcionaría.

Le acompaño a la puerta, mientras nuestros hijos se concentran en sus quehaceres.

–Adiós, Miguel.

–Hasta mañana, Sara –me responde, y fuerza una sonrisa–. Sabes que te quiero, ¿verdad? –me pregunta, muy cerca.

–Lo sé, y yo te quiero a ti y siempre te querré, porque eres el padre de mis hijos.

–¿Solo por eso?

–No, no es solo por eso. –Le devuelvo la sonrisa. Es cierto, no solo le quiero por eso, le quiero porque hemos vivido mucho juntos y es una buena persona–. Pero mis sentimientos hacia ti…

–Lo he entendido, Sara –asegura conteniendo su malestar, con mucha más calma de la que me ha demostrado nunca–. Mañana recogeré a Álex de las clases de Inglés y la llevare a la óptica a comprarse unas gafas nuevas.

–¿Y eso? Pero si son casi nuevas y solo se las pone para estudiar.

–Dice que las suyas tienen los vidrios demasiado arañados y no ve bien.

–Vale, pero creo que es porque quiere comprarse unas que vayan mejor con su nuevo tono de cabello.

–Puede ser, pero se lo he prometido –asegura encogiéndose de hombros–. Hasta mañana.

Cuando Miguel se marcha, realmente tengo la sensación de que ha cambiado de verdad, o al menos ha madurado mucho. Mi negativa a pesar de sus intentos de acercamiento, en el pasado le habría provocado un enfado monumental, me habría arrojado a la cara todos mis defectos uno por uno y yo me habría puesto como una energúmena al oírle. Pero no, lo ha tomado bastante bien, y esto me sorprende.

Capítulo 22

Al día siguiente, la mañana es de lo más ajetreada, el trabajo se multiplica por la proximidad del puente de la Inmaculada, y con ello las Jornadas Micológicas de Benalup, pues en esa festividad se celebra en nuestro pueblo una feria gastronómica y cultural con las setas como motivo principal. Se producirá en dos semanas y las previsiones de aumento de plantilla me tienen realizando entrevistas y dando altas. Además, los viernes siempre suelen ser más ajetreados en el hotel.

Mi madre me ha llamado por teléfono para recordarme que llevo dos días sin ir a verlas, a ella y a mi abuela, y les prometo pasarme por la tarde. Porque tengo que ir a verla, aunque ella vaya a misa todos los días y a comprar, no puede pasarse una tarde por mi casa si no es porque necesita algo. Y si cuando voy a verla no es un buen momento me larga rápido con un: «Tendrás cosas que hacer, ¿verdad?».

Con ella nunca sé cómo acertar. Con mi abuela en cambio acierto siempre, porque para ella no hay momento malo y viene a casa cada dos por tres. Va a caminar casi todos los días con dos amigas del hogar del pensionista y hacen un recorrido que incluye la casa de sus bisnietos, solo quince minutos contados de parada para avituallamiento de un cafecito para las tres y siguen su camino. Me resulta tan curioso verla con sus deportes color rosa y los pantalones anchos de algodón, ella, que siempre estuvo acostumbrada a los vestidos por debajo de la rodilla, ha ido modernizándose a pasos agigantados, según ella gracias a mí. Otro motivo más para ser una mala hija según mi madre, haber revolucionado a la suya con mis modernidades. Desde luego habré salido a mi padre en la apertura de mente, porque lo que es a ella… cero.

Cuando aparto la cabeza de la pantalla para mirar el reloj, son las doce, a las tres termina mi turno.

Mi jefe, el señor Ferral, me ha pedido que contrate a tres camareras de piso de refuerzo y dos recepcionistas, y he tenido que entrevistarles. No es la primera vez que me toca seleccionar personal en estos cuatro meses. Al principio me acompañaba Teresa, la jefa de departamento, pero ahora ha recaído sobre mí esa responsabilidad porque el señor Ferral considera que tengo buen ojo para el personal.

Estando en el otro lado del sillón de entrevistas, las cosas se ven muy distintas, se ven los fallos que cometemos, los comentarios con los que metemos la pata, lo importante que es la imagen que proyectamos en redes sociales…

Pietr se acerca a media mañana tan elegante como siempre, vestido con su chaqueta azul con bordes rojos de recepción, con la excusa de que necesita una copia en papel de su nómina porque no la encuentra en su correo, y aprovecha para invitarme a desayunar con él, oferta que declino amablemente.

En personal somos cuatro chicas, dos de ellas tienen veintipocos años, Laura y Carmen, y Teresa, nuestra supervisora, que tiene cuarenta y cuatro años, y las tres comenzaron a decirme que tengo que dar una oportunidad a Pietr, que no me arrepentiré, que es muy atractivo y le da un aire a Jason Statham… Pero yo sé que Pietr no es para mí, o quizá es que aún no estoy preparada.

–Pobre Pietr, está como un queso y tú no le das bola –asegura Laura haciendo un mohín con sus labios pintados con carmín rosa fucsia.

–¿De veras no te gusta o es que te va lo de hacerte la dura? –me pregunta Carmen mirándome con sus grandes ojos grises.

–Ni me gusta ni me deja de gustar, es que no estoy buscando nada –les digo. Ellas saben que estoy divorciada hace años y que no tengo pareja, pero poco más sobre las relaciones personales que he tenido. Soy bastante reservada en ese sentido, excepto con mis amigas, para las que soy un libro abierto.

–Pues las oportunidades hay que atraparlas al vuelo –dice Laura. Con su carita de niña buena y su coleta alta con un lacito amarillo y los ojos con rayas infinitas, sus vestidos de vuelo, tiene un estilo muy pin up–. Un polvo es solo un polvo, tampoco hay que darle tanta importancia.

–Depende, si para ti significa más, no es solo un polvo –me defiendo.

–Ese es el tipo de frases que dice alguien que está pillada por un tío –asegura Carmen. Al mover la cabeza, su cabello negro rizado en pequeños caracolillos se balancea–. ¿Quién es el afortunado?

–¿Podemos seguir trabajando? –sugiero.

–¿Es real o estás pillada de un actor de la tele? –pregunta Laura entre risas.

–Chicas, ¿podéis dejarla en paz? No todas tenemos ese fuego en el cuerpo –interviene Teresa, la voz de la serenidad tiene el cabello lacio y castaño, los ojos negros y cuerpo de profesora de yogui.

–No estoy pillada de nadie. Soy libre, y cuando encuentre a alguien que me guste, me lanzaré yo, nada más. Liaros vosotras con Pietr. –Se miran entre ellas y se echan a reír–. Lo siento, pero Pietr no tendrá pleno de Recursos Humanos, ¿verdad, Teresa?

–Yo mejor no digo nada –responde entre risas.

Pasa de la una y media cuando Pietr vuelve a entrar en la oficina, y me temo que venga a conseguir el Bingo a toda costa, porque tendré que librarme de él con cualquier excusa y volver a aguantar el cachondeo en cuanto se vaya. Trae una expresión entre desconcertado y curioso y, en efecto, viene hacia mí.

–Sara, ¿puedes venir a recepción un momento? –me pregunta cuando me alcanza.

–Estoy hasta arriba de trabajo –respondo apartando un instante la vista del ordenador.

–El señor Ferral es quien me ha pedido que vengas –afirma, y eso ya son palabras mayores.

–¿Ha pasado algo?

–Por lo visto quiere presentarte a un cliente o algo así.

–¿A mí? Pero si yo no trato con los clientes –me digo desconcertada, miro a mis compañeras por si es algo habitual. Carmen se encoge de hombros, Laura arruga el entrecejo y Teresa me mira sin entender nada.

–Eso me ha dicho –asegura marchándose. Me levanto de mi silla giratoria y camino hacia la salida tras él.

–Si el cliente está bueno me lo pido –afirma Laura divertida haciéndome reír. Pietr me espera fuera justo al inicio de las escaleras. Las oficinas están en la primera planta y por medio de estas accedemos directamente a la recepción en la planta inferior.

–¿Sabes quién es el cliente? –le pregunto.

–Ni idea. Solo sé que es uno de los organizadores del congreso que hay este fin de semana.

–¿Hay un congreso este fin de semana?

–Sí. Entre el congreso y los que ya han llegado para jornada de las setas estamos casi al ochenta por ciento –me explica con una sonrisa. Pietr, a sus cuarenta y tres años, con su cabello rubio a lo Robert Redford y sus arruguitas alrededor de los ojos, es bastante atractivo, y además es amable, tanto como lo son todos cuando quieren algo, me digo automáticamente, y yo misma me burlo de mi desconfianza. Aunque quizá Laura tenga razón y sea mejor vivir la vida al día, con eso de que un polvo es solo un polvo. De todos modos, no me siento preparada para meter a otro hombre en mi cama.

–Vaya, qué bien. Quizá quieran preguntarme algún sitio que visitar en el pueblo…

–¿Y a mí? ¿Cuándo me vas a enseñar algún sitio interesante? –sugiere deteniéndose en la escalera con aire seductor. Cada vez su flirteo es más descarado, y lo cierto es que me he estado dejando querer un poco, siempre es halagador sentirse en el mercado y que un tipo atractivo como Pietr con fama de *nordic-lover* muestre interés por ti es bueno para el ego. Para mí ha sido eso, un tonteo inocente con el ligón del hotel, pero al parecer Pietr quiere más.

–Puedes decírselo a cualquiera de las chicas del pueblo que trabajan en el hotel, te harán un recorrido encantadas.

–Pero yo no quiero ir con ellas, quiero ir contigo –afirma acercándose muy serio, y mi radar se dispara, junto con mis pulsaciones; va a intentar besarme. Me agacho, como una lela, y al hacerlo pierdo pie y me quedo sentada de culo en un escalón con un buen golpe en el coxis.

–Vaya. Menuda cobra –chasca después de abrir los ojos y verme sentada de culo en uno de los escalones. Pretendo incorporarme, y él me ofrece la mano para hacerlo. La tomo.

–Lo siento, Pietr, me pareces un tío supersexy y estás cañón, además, seguro que eres un fiera en la cama, pero no tengo veinte años y no quiero echar dos polvos locos en cualquier rincón y después tener que vernos las caras aquí cada día pensando que me has visto en pelotas y sabiendo que tienes un lunar… no sé, en el prepucio.

–A esto lo llaman sinceridad descarnada y lo demás son tonterías –afirma entre risas–. Y no tengo lunares en el prepucio.

–Perdóname por ser tan directa. Pero en este momento de mi vida no quiero tener ninguna relación, y cuando esté preparada buscaré una relación larga y estable.

–¿Y por qué piensas que conmigo no podrías tener una relación larga y estable? –su pregunta me divierte. ¡Pero si su pene podría ser miembro de honor de las Naciones Unidas! Desde que estoy en el hotel sé que ha confraternizado con rusas, alemanas, italianas, francesas, americanas, coreanas, japonesas… Y todo esto teniendo en cuenta que tenemos prohibido mantener relaciones con clientes por ser poco profesional. Ja.

–No sé, tengo esa impresión. Que lo mismo es errónea, pero me da a mí que más de tres meses no has estado con la misma chica. –Él tuerce el gesto como si tratase de recordar alguna–. Sigamos siendo amigos y así tendrás al menos una amiga en el mundo. –Me río, él también. Me alegra que haya tomado la cobra con humor.

Cuando llego a la recepción, Soraya, una de las recepcionistas, me dedica una amplia sonrisa y me hace un gesto con los ojos. Miro más allá del mostrador y veo al señor Ferral, detrás de este hay otro hombre vestido con chaqueta azul al que no alcanzo a verle el rostro.

Salgo de la recepción por el lateral y cuando me sitúo frente a ambos mi corazón se salta un latido. ¡Es Aslan! ¡Es Aslan! ¡Es Aslan!

¿Estoy soñando?

¿O es una alucinación?

Sea lo que sea no quiero despertar.

Sus espectaculares ojos verdes son inconfundibles, como el envidiable tono de su piel y su cabello moreno demasiado largo… Necesita un corte de pelo. ¿Cómo puedo pensar eso? No necesita nada, está perfecto.

Siento ganas de correr hacia él.

Entonces me ve, me mira y sonríe.

Y me derrito como la mantequilla al sol.

Mis piernas se han convertido en gelatina.

Estoy inmóvil mientras mi jefe le dice algo sin que él le preste la menor atención.

–¿Qué esperas? Ve, te están esperando –me dice Pietr que debe de creer que me he vuelto idiota. Y lo que tengo ganas es de correr y echarme a sus brazos, de besarle hasta borrarle el color de los labios. De lamerle entero de pies a cabeza. Camino hacia ellos. Pero ¿qué hace Aslan en Benalup? ¿El señor Ferral quiere presentármelo?

–Aquí está, ven Sara –me llama mi jefe, y camino hacia ellos. ¿Hago como que le conozco? ¿Me lanzo en plancha y lo beso? Han pasado cinco meses, en cinco meses le ha dado tiempo a rehacer su vida. Al fin y al cabo, solo estuvimos juntos una semana. ¿Lo habrá hecho? Lo mismo ha venido de vacaciones con una novia.

¿Eres tonta? No sé por qué está aquí, no me ha avisado. Un congreso, eso es, Pietr ha dicho que es un cliente del congreso. No tiene nada que ver conmigo. ¿Justo a Benalup? Todos esos pensamientos bullen dentro de mi cabeza mientras me aproximo.

–Buenos días, señorita. –Ese «señorita» tiene toda la intención del mundo y siento ganas de llorar. Jamás creí volver a oírlo de sus labios. Me muero. Me derrito. Necesito quedarme a solas con él, pero ya.

–Buenos días, Aslan –le digo, y entonces él se aproxima y me abraza. Me sostiene con fuerza contra su cuerpo y debo contener las lágrimas que me acuden a los ojos, pero no lo logro y recorren silenciosas mis mejillas. Siento un nudo en la garganta y mi respiración se entrecorta, trato de calmarme porque no quiero montar una escena delante de mi jefe, pero tengo demasiadas ganas de llorar, de llorar de felicidad. Qué bien huele, por favor. Quiero inhalarle. Pero me conformo con apretarle con fuerza contra mí. Aslan se aparta despacio y me mira a los ojos y limpia mis lágrimas con sus pulgares, sin dejar de mirarme con una sonrisa, y después me besa en las mejillas.

–El doctor Kaya me ha dicho que sois buenos amigos –dice Ferral y a mí me acude a la mente el sexo salvaje en la playa justo el día anterior a separarnos, toda esa agua salada, la arena, el sol...

–Lo somos. Muy buenos amigos –admito con una sonrisa–. No sabía que venías –le digo al oscuro objeto de mi deseo. Muy oscuro y muy deseado.

–Perdona por no avisar, no he podido llamarte. –Le prohibí que me llamase, pero obviamente no me refería a si visitaba mi pueblo.

–Bueno, señor Kaya, solo quiero reiterarle lo agradecidos que estamos de que haya traído el Congreso Internacional de Neurología a nuestro hotel.

–Eso debe agradecérselo a Sara, que fue quien me habló de sus maravillosas instalaciones –asegura halagándome ante mi jefe, que asiente.

–Sara es una joya que hemos tenido la suerte de encontrar y que no dejaremos escapar –responde este–. Sepa que estamos a su entera disposición para que todo salga perfecto y que haremos lo que esté en nuestra mano para que el próximo año decidan volver a fijarlo en nuestro hotel. –A mi jefe la aparecen los signos del dólar en los párpados cuando pestañea, pero Aslan no le presta demasiada atención, me mira a mí y solo a mí–. Bueno, les dejo para que conversen. Sara, no te preocupes por el tiempo, da el día por terminado por hoy –me dice dejándome de piedra. Sí que quiere agradarlo, sí.

–Gracias, Martín. –El señor Ferral no quiere que le llamemos señor Ferral en público, porque cree que eso le hace parecer de la vieja casta, pero en privado es indispensable, con lo cual, ¿pertenece a la viaja casta, en secreto? Que sea lo que quiera, tengo a Aslan ante mí. Al mismísimo Aslan Kaya inspirador de mis orgasmos con el Satisfyer Pro que me mangaron las señoras, de mis poluciones nocturnas, de mis pensamientos más tórridos. Me fijo en que aún tiene a sus pies su bolso de viaje y una maleta *trolley*–. ¿Tienes ya habitación?

–Aquí está, Sara –me llama Soraya. Claro ahora entiendo su sonrisa. Me acerco al mostrador y tomo la tarjeta de sus manos, y ella me guiña un ojo para después quedar embelesada mirándole. Sonrío. Sí, ese es el efecto Aslan Kaya.

–Sígueme, te acompaño –le digo. Su habitación está en la segunda planta, así que comenzamos a caminar hacia el pasillo de los ascensores ante la atenta mirada de Pietr, Soraya y Ferral. El ascensor se abre y una turista alemana sale de él. Cuando nos introducimos en el habitáculo los latidos del corazón me retumban en los oídos. Aslan no ha dicho nada más, solo me ha seguido los escasos metros que separan recepción del ascensor en silencio.

Pulso el botón a la segunda planta y le miro. Él está serio, muy serio, casi parece enfadado. Pero cuando las puertas se cierran descubro que en realidad era la tensión que se marcaba en sus facciones. Sin mediar palabra sostiene mi rostro entre sus manos y me besa apasionado. Me atrapa con la pared del ascensor y sus fuertes manos se apoderan de mis nalgas apretándome contra él con energía, como si pretendiese fundirse con mi piel.

Saborea mi boca, arrancándome gemidos de placer, urgido, necesitado de mi contacto.

Cuando las puertas comienzan a abrirse aún no he recuperado el aliento y siento cómo me arden los labios y el mentón después del beso. Me recoloco la blusa ante la mirada curiosa de dos señores mayores, que envueltos en sus albornoces, se disponen a disfrutar del magnífico spa. Ambos reconocen a Aslan de inmediato, lo cual me resulta más bochornoso aún.

–Menuda maravilla de hotel –le dice el más alto en inglés–. Ha sido todo un acierto dejar que te encargases de elegir el lugar del congreso. Ya está bien de pasar frío en los Alpes suizos. –Ríe–. Si todo va bien, el año que viene repetimos.

–Lo haremos, presidente. Estoy convencido de que todo saldrá bien –responde él con una tranquilidad sobrecogedora. Nadie diría que solo dos minutos antes su lengua saboreaba la mía y una erección de caballo se me clavaba en el pubis. Así que él se ha encargado de elegir el lugar.

Los señores se meten en el ascensor y nosotros comenzamos a andar por el pasillo.

–No tienes ni idea de cuánto te he extrañado –dice arrastrando su *trolley* por el pasillo siguiendo mis pasos.

–No será para tanto –respondo para martirizarle. Le miro con una sonrisa y recibo su mirada retadora. No se puede estar más atractivo que Aslan Kaya con esa americana azul eléctrico.

–¿No será para tanto? Cuando crucemos la puerta de mi habitación no tendrás tiempo ni de quitarte las bragas –afirma en voz baja, y siento cómo un hormigueo me recorre de pies a cabeza. Sabe cuánto me encienden ese tipo de frases y pretende provocarme. Pero no lo necesito, ya estoy derretida. Aun así, me hago la insensible.

–No se propase, señor Kaya. Lamento comunicarle que tenemos prohibido confraternizar con los huéspedes –respondo conteniendo una risita nerviosa que amenaza con desmontar mi fachada profesional.

–Pues me temo que va a saltarse esa norma, señorita –asegura terminando de desbaratarme. Quiero que salte sobre mí, como la pantera negra que es, y me devore, y sí, no quiero que me dé tiempo ni de quitarme la ropa interior. Vamos por la 211, su habitación está cada vez más cerca, nos cruzamos con otro par de clientes, cuando se alejan lo suficiente vuelve al ataque–. Estás haciéndote la dura, pero tus bragas están mojadas. –No sé si voy a ser capaz de llegar a la habitación como no se calle.

221.

–¿Y esa nueva obsesión por las bragas? –me burlo.

–Por las tuyas, querrás decir –me dice, y se queda tan tranquilo. Llegamos a habitación.

–¿Aún no me has dicho qué haces aquí? –pregunto abriendo la puerta.

–Las preguntas después –dice empujándola y entrando tras de mí como una tromba.

Su necesidad me excita aún más. Su deseo salvaje, la forma en la que se abalanza sobre mí y tira de mi camisa hasta abrírmela mientras me devora los labios, mientras su lengua húmeda recorre mi garganta y su aliento cálido me eriza la piel.

–¿Me has echado de menos? –pregunta en mi oído mientras su mano se introduce bajo la falda de algodón de mi uniforme y se apodera de mi pubis por encima de la ropa interior. Yo le deshago de la chaqueta, que cae al suelo, junto a la puerta.

–Claro que sí.

–¿Has echado esto de menos? –Toma mi mano y la lleva hasta su sexo; sentirle tan duro por encima de la ropa me desata.

–Mucho –aseguro–. Demasiado.

–¿Lo quieres? –pregunta sacándome la camisa, lamiendo uno de mis pezones a través del encaje de mi sostén mientras acaricio su erección por encima de la ropa.

–No lo quiero, lo necesito. Lo necesito ya –exijo bajándole los pantalones junto a la ropa interior.

–Pídemelo. Vamos. Si es lo que quieres, pídemelo, quiero volver a escucharlo de tus labios –exige rompiendo el envoltorio de un preservativo con los dientes, colocándoselo sin dejar de mirarme a los ojos.

–Fóllame. Quiero que me folles. –Las palabras escapan de mis labios casi con desesperación y puedo distinguir el brillo de furor que provocan en sus ojos. Mis bragas se hacen trizas en sus manos, Aslan me sube a su cuerpo y apoyándome contra la pared se abre paso en mi carne.

Me corro tan rápido que apenas le da tiempo a moverse en mi interior. Y además lo hago de un modo tan escandaloso que tengo que morderle en el hombro para no gritar, así que no puedo negarlo. Él me mira sorprendido, aún dentro de mí.

–¿Ya? –pregunta, incrédulo.

–Lo siento. No he podido contenerme.

–No te disculpes, por favor –asegura divertido, besándome en los labios con dulzura, moviéndose despacio–. No quiero que te contengas, nunca –susurra sobre mi boca, y mordisquea mi labio inferior–. Voy a regalarte un millón de orgasmos y ese ha sido solo el primero de ellos. –Su beso se hace más intenso, a la vez que vuelve a moverse despacio, creando una fricción deliciosa. Sus labios recorren mi garganta, la suave piel bajo mi oreja, poco a poco, la chispa del placer comienza a prenderse de nuevo, y él, que puede leerlo en mi expresión, sonríe satisfecho. Continúa meciéndose contra mí, sosteniéndome como si pesase menos que una pluma, con los fuertes brazos en tensión, con su vientre firme apretándose contra el mío y mis caderas rodeando su cintura. Y aumenta la intensidad de los movimientos, y no puedo creerme que esté lista de nuevo, que sea capaz de tener dos orgasmos tan seguidos, pero ahí está la cima de la montaña rusa de nuevo y me tiro en picado.

–No puedo más, me voy… –jadeo en su oído. Y siento como también él llega al clímax y se estremece convulso contra mí.

Cuando se aparta de mí, no puedo evitar contemplar

su maravilloso cuerpo, su sexo, que, aunque relajado, continúa siendo hermoso e imponente, sus nalgas prietas, sus oblicuos marcados, su espalda de nadador olímpico.

–Si me das un par de minutos repetimos –asegura al contemplarme observándole. Se deshace de preservativo y va un momento al baño a tirarlo. Me echo a reír. Cuando regresa le agarro del brazo y le traigo hasta mí y le beso.

–¿Qué haces aquí, Aslan? –le pregunto cuando se aparta de mis labios, viéndome reflejada en sus iris de esmeralda. Algo en mi interior desea que me diga que ha venido por mí, solo por mí, porque no podía aguantar un solo minuto más sin estar a mi lado. A pesar de que le hubiese pedido que me olvidase.

–El señor que nos encontramos en el ascensor se llama Peter Tromso, es el presidente de la Asociación Internacional de Neurocirugía a la que pertenezco. Le sugerí encargarme de organizar el congreso internacional de este año y bueno, y como tú me habías hablado de este hotel tan maravilloso, de camino podía verte –responde con una sonrisa. No es lo que esperaba, pero tampoco podía esperar una declaración desesperada, porque además no es lo que quiero... ¿Verdad?

–¿Y cómo sabías que trabajo aquí? –Él parece sorprendido por mi pregunta, aparta la mirada un instante como si dudase, antes de responder.

–Por el botones, un tipo pelirrojo. Le pregunté si te conocía, porque pensaba preguntar por ti en el pueblo, y él me dijo que trabajabas aquí.

–Ah. –Tomás, así se llama el botones pelirrojo.

–¿Nos damos una ducha?

–¿Una ducha? Si tengo un orgasmo más puedo sufrir un infarto.

–¿Lo comprobamos?

Capítulo 23

Me encanta observarle mientras se viste con unos vaqueros gastados y una camiseta blanca, que toma de la maleta abierta sobre la amplia cama. Está tan espectacular como con el traje azul que llevaba puesto. Sus pantalones están aún en el suelo, y su camisa, y mi ropa.

Paro de secarme el pelo con la toalla y la dejo a un lado sobre la silla del escritorio, recojo mi falda y el resto de las prendas, y comienzo a vestirme yo también. Siento su mirada en mi piel, como una caricia.

–Eres tan hermosa –dice cuando sus ojos se encuentran con los míos, sabiéndose descubierto.

–Ya. La Venus de Milo a mi lado es un adefesio. –Me río.

–¿Por qué te cuesta tanto aceptar un cumplido?

–¿Porque soy realista?

–Ojalá pudieses verte con mis ojos –sentencia. Y recuerdo que, a veces, dice cosas así, que son sencillamente adorables y únicas. Me subo la falda de algodón y estiro mi camisa, le siento a mi espalda, es tan gratificante el tacto de sus brazos fuertes rodeándome y el roce de su barba en mi cuello cuando encaja el rostro en el arco de mi clavícula.

–Podrías haberme llamado por teléfono para avisarme de que venías. –Me besa en la garganta. Después del sexo que hemos compartido, cualquier reprimenda o gesto de enfado resultan ridículos, pero no puedo evitar decírselo.

–Me pediste que no te llamase, incluso me hiciste prometerlo –ronronea bajo mi oreja derecha–. He estado dudando en avisarte todo este tiempo de que venía, pero no quería arriesgarme a llegar y que estuvieses enfadada. Y no sabes lo difícil que ha sido cumplir esa promesa.

–También para mí –admito.

–No me avergüenza confesar que te he escrito infinidad de mensajes que luego borraba antes de pulsar el botón de enviar. –Me giro y le miro a los ojos–. Que me moría de ganas de volver a tenerte así, entre mis brazos, de tocarte, de besarte, de oler tu piel… Y ahora que al fin te tengo me parece un sueño. –Su sonrisa resulta tan sincera y transparente que me produce una sensación de volátil felicidad. Me besa y siento que floto, que asciendo como un globo de helio hasta tocar el cielo con los dedos–. Y llevas la pulsera –advierte indicando mi muñeca.

–Claro que la llevo, no me la he quitado desde que me la compraste –admito sin pudor, y él sonríe satisfecho–. ¿Hasta cuándo te quedarás?

–Una semana. El congreso dura solo el fin de semana, la clausura es el sábado con una cena de gala y, desde ese momento, si así lo deseas soy tuyo, al cien por cien.

–Qué bien suena eso –aseguro besándole en los labios.

–Hasta el siguiente viernes, porque el sábado me reincorporo al trabajo en el hospital.

–¿Y Cloe? ¿Con quién la has dejado? ¿Cómo está?

–Está muy bien. Con mis padres. He aprovechado para llevarla a pasar unos días con ellos y está encantada, sus abuelos le dan todos los caprichos. Y, por cierto, tengo algo para ti de su parte.

–¿Para mí? ¿Le contaste que nos veríamos?

–Sí, claro. Y ella grabó esto –afirma sacando su teléfono móvil del bolsillo. Busca en la galería de vídeos pulsa uno y me lo muestra.

En él puedo ver a la pequeña. Ha crecido mucho en estos meses, qué preciosa está con el cabello rubio muy lacio y esos espectaculares ojos que ha heredado de su padre, va vestida con un pijama de invierno blanco con mariposas azules, no puede estar más adorable. En el vídeo mira a cámara como esperando una señal para empezar a hablar; oigo la voz de Aslan muy bajito decir algo y comienza.

«–¿Se lo vas a mandar a Sara? –pregunta a la cámara y recibe una respuesta afirmativa que la hace sonreír–. Sara, ¿cuándo vas a venir? Tengo muchas ganas de verte. Cuando vengas vamos a jugar a los astronautas. *Baba* te echa mucho de menos y mira mucho tu WhatsApp –escucho a Aslan sisear por detrás de la cámara, mandándola callar sobre ese tema y me hace reír–. ¿Qué? Lo miras mucho, es verdad –duda ante el siseo y decide proseguir–. Estoy contenta de quedarme en casa de la abuela Aysel y el abuelo Khan porque *baba* va a España y le voy a dar un beso asiiiiií de grande –asegura extendiendo los brazos–, para ti. Muaaa».

Me lanza el beso con sus pequeñas manitas. Su sonrisa ante la cámara y su vocecita me desarman. Dice que me echa de menos. ¿Cómo puede ser tan bonita? También me he acordado mucho de ella, he pensado en su abuela, en su tía y su prima tan antipática, en cómo le irá en el colegio... Oírla me emociona y no puedo evitar que se me humedezcan los ojos.

–Está preciosa y enorme. Dile que yo también la echo de menos y tengo muchas ganas de que juguemos juntas.

–Se lo diré –asegura y posa sus manos en mis hombros–. O también podrías decírselo tú, en una videollamada en estos días.

–Me encantará verla –Mi mente comienza a pensar con rapidez, Aslan solo estará una semana, una semana que quiero aprovechar al máximo, pero tampoco deseo alterar demasiado la vida de mis hijos. Pienso en con quién les toca este fin de semana y la semana próxima, en casa de su padre... Y mis vacaciones, debo pedirlas, ahora sí que las quiero.

–¿Cenamos esta noche? La presentación acaba a las ocho.

–Sí, claro –respondo de modo automático mientras pienso que Álex saldrá a las siete de Francés y que luego irá a recoger a su hermano de Música. Después debo llevarlos a casa de su padre y para entonces serán las ocho–. ¿Quedamos a las nueve y media?

–Perfecto.

–Te recojo en la entrada –afirmo comenzando a abotonarme la camisa. Aslan vuelve a besarme, apasionado, y me dan ganas de quitármela de nuevo–. Tengo que irme –le advierto, apartándome.

–¿Por qué?

–Porque estoy trabajando. –Él tira de mí hacia su cuerpo, pegando mi pecho al suyo.

–Tu jefe ha dicho que me atiendas –se burla.

–Mi jefe dice unas cosas ante los clientes y otras detrás –rechisto entre risas–. Nos vemos a las nueve y media –me despido, pero Aslan me agarra y vuelve a besarme.

–¿Me levantas la prohibición de enviarte mensajes? –pregunta sobre mi boca. Yo sonrío como respuesta–. Lo tomaré como un sí.

Cuando llego a la oficina me doy cuenta de que aún tengo el cabello húmedo. Espero que mis compañeras no se den cuenta. Y que el cielo amanezca rosa al día siguiente.

–Cuánto has tardado… ¿Quién era ese cliente que quería conocerte? –pregunta Laura curiosa. Yo sonrío y me voy directa a mi mesa.

–¡Se lo ha tirado! ¡Serás zorrona! –asegura Carmen.

–Pero ¿qué dices? –protesto sentándome en mi silla.

–Anda que no. Tienes la falda puesta al revés. –Me

miro y es verdad. Qué bochorno. A Carmen no se le pasa un detalle. ¿Y ahora cómo explico que me acabo de tirar a un cliente?

–Mírala, con lo mojigata que parecía –afirma Laura.

–Esa sí que ha sido una buena presentación –sugiere Teresa.

–A ver, tranquilas todas. En primer lugar, no soy ninguna mojigata. Y en segundo lugar, no me han presentado a nadie. El cliente es un viejo conocido.

–Me da a mí que muy viejo no es –se burla Carmen.

–A ver. Es un ligue que tuve este verano. –No me reconozco a mí misma en esas palabras, como si para mí tener ligues todos los veranos fuese normal, que no lo es–. Nos separamos porque cada uno vivimos en una ciudad, y… acabamos de reencontrarnos.

–Y habéis...

–Sí –afirmo, es una estupidez negarlo, mi falda con las costuras por fuera no tiene otra explicación posible.

–Ahí, sin poderos contener, como animales –insiste Carmen con una sonrisa de oreja a oreja–. Así me gusta, nena, no está todo perdido contigo.

–Pero, mírala, la sonrisa que trae, ha tenido que ser un polvazo épico –interviene Laura.

–Bueno, ¿volvemos al trabajo? –trata de reconducir el orden Teresa–. Y a ver si nos dices el número de habitación del maromo para por lo menos saber quién es.

–Sois terribles. –Me río marchándome al baño para ponerme la falda del derecho.

Paso el resto del día nerviosa. Almuerzo nerviosa, llevo a Álex y Pablo a sus clases con los nervios revoloteando en el estómago, y de vuelta a casa llamo a Carolina y a Lore porque no tengo ni idea de qué ropa ponerme ni dónde llevarle a cenar. Sé que se van a poner como locas en cuanto les cuente que Aslan está a aquí, así que llamo al teléfono de Carolina a las cinco menos cinco, porque sé que estarán las dos preparándose para abrir, y en cuanto descuelga le pido que ponga mi llamada en manos libres para que su hermana pueda oírme y se lo suelto como una bomba, sin anestesia ni nada.

–¿Qué? ¿Pero qué me estás contando, Sara? –alucina Carolina.

–¡Que se ha cruzado miles de kilómetros solo por venir a pasar contigo una semana! –Lorena da saltos medio histérica.

–No desvariéis tanto. Ha venido a la convención, y sí, es verdad que ha intentado que fuese en Benalup en lugar de otro sitio para vernos, pero si no hubiese podido habría sido en otro lugar y no habría pasado nada...

–Ya. Y un cojón de pato –protesta Carolina–. ¿Qué parte de «se ha tragado mil horas de avión para estar contigo» es la que no entiendes?

–No son mil horas. Son cinco.

–¿Puedes sencillamente hacerte a la idea de que ese hombre está loco por ti? –sugiere Lorena.

–No puedo, porque sería ilusionarme en algo que…

–Pues no te ilusiones. Solo disfrútalo, joder –me regaña Carolina.

–Es lo que voy a hacer. Antes de venirme del trabajo he solicitado vacaciones para toda la semana que viene y mi jefa de departamento me las ha aprobado.

–¿Y los niños?

–Estarán con el padre toda esta semana.

–Entonces es perfecto. Folla como si el mundo fuese a acabarse, nena, hasta que te escuezan hasta las ingles, hasta que pierdas el sentido. Vive y disfruta esta semana al máximo –me ordena Carolina. Y yo me sonrojo con una sonrisa, con el pudor que me produce utilizar esa palabra, follar, fuera de la cama, y ella la utiliza siempre tan alegremente.

–Y preséntanoslo, por favor, quiero verle con mis propios ojos y pasarle el filtro.

–Déjate de filtros. –Me río.

–Una pregunta más –sugiere Carolina.

–¿Qué?

–¿Ya habéis follado?

–Pues claro –respondo entre risas–. Le acompañé a su habitación y nada más entrar no pudimos resistirnos.

–Esa es mi chica –me jalea.

–Disfrútalo al máximo, Sara. Bueno, te tenemos que dejar, está entrando doña Carmelita a ponerse el tinte…

–Un momento, esta noche vamos a cenar, ¿qué me pongo?

–Una funda de almohada. Da igual lo que te pongas, nena –sugiere Carolina–. Ponte un tanga y disfruta.

–¡Ya voy doña Carmelita! Niña, te dejamos, ya nos cuentas, besos –se despide Lorena.

Y ahí me quedo, con los vaqueros negros y la camiseta transparente de plumeti por un lado y un vestido marrón con estampado de estrellas y mangas de gasa por el otro.

En fin, nunca he sido de mucha planificación, me pondré el que vea que me sienta mejor en cuanto me arregle.

Recibo un mensaje.

Aslan: Tres horas para vernos. No puedo esperar.

Yo: Qué te apetece cenar?

Aslan: Me apeteces tú, el resto es secundario.

Esa respuesta me hace sonreír.

Yo: Me serviré bien fría.

Aslan: Bien caliente, mejor.

Me da la risa. No me puede gustar más.

Yo: Por supuesto, siempre al gusto del consumidor.

Tras la conversación lo que me ponga pasa a ser secundario, excepto la ropa interior, de la que al menos me esforzaré en combinar bragas y sostén. Dejo la ropa lista y miro el reloj. Son las siete y cuarto, Álex y Pablo deben de estar a punto de llegar. Su maleta semanal está preparada. En cuanto lleguen, los llevaré a casa de su padre. Recibo un nuevo mensaje y acudo a toda velocidad a leerlo, pero no se trata de Aslan.

Miguel: Voy a llegar tarde hoy, estoy con un cliente. Tráeme a los niños mañana por la mañana, ¿vale?

Un calor sofocante me sube por el esófago nada más leerlo. Es tan típico de él dar por sentado que no tengo planes, ni vida.

La puerta de entrada se abre y mis hijos entran por ella, vienen discutiendo, Pablo llama «bruja azul» a su hermana por el color de pelo, supongo.

–A ver, ¿qué pasa?

–El enano este, que es tonto.

–Tonta tú, que te crees muy lista y eres tonta –le rebate Pablo.

–Dejad de insultaros o le digo a vuestro padre que desconecte el wifi todo el fin de semana. ¿Qué ha pasado?

–Que Pablo le ha dicho a Sofía que estoy ahorrando para un Satisfyer como el tuyo.

–Pero, bueno, ¿queda alguien en el pueblo por enterarse de que tenía un Satisfyer? Tenía, porque Pablo lo ha vendido a unas ancianas por veinte euros.

–¿Por veinte euros? ¿Eres tonto? Si vale el doble. Y va y lo vende usado de mamá, qué asco.

–Gracias, cariño. –Por lo de asco–. ¿Desde cuando quieres tú un Satisfyer? ¿Y por qué Sofía se enfada por eso? Y tú, aprende a respetar las intimidades de las mujeres de esta familia.

–Porque Sofía dice que si me lo compro es porque ella no me hace disfrutar. –Le tapo los oídos a Pablo. Esto de la libertad de expresión familiar se nos está yendo de las manos. Pero debo ser capaz de hablar con mis hijos de cualquier tema con naturalidad, así que inspiro hondo.

–Pablo, pídele perdón a tu hermana por meterte en su vida privada y vete a tu cuarto, por favor, cariño.

–Perdón.

–Gnomo.

–Bruja –sentencia sacándole el dedo anular, y se marcha.

–¿No podéis hablaros con respeto?

–¡No! –protestan ambos.

–¿Y cómo sabe tu hermano que tú quieres un cacharro de esos?

–Porque me ha espiado las conversaciones de mensajería en la *tablet*. Lo estuve hablando con mi amiga Susana, que tiene uno, y le va genial. Y me gusta el tuyo porque no tiene forma fálica ni nada y además me encantan los pingüinos…

–¿Y el mío cuándo lo has visto?

–Porque Pablo lo sacó el domingo pasado por la mañana mientras estabas comprando el pan y comenzó a jugar con él. Aunque no sabía lo que era se lo quité y te lo metí en su funda.

–¿Y qué le dijiste que era? –pregunto abochornada.

–Un regalo de cumpleaños. –Ahora entiendo por qué creía que era su regalo de cumpleaños, pues el suyo es el más próximo.

–¿Es que en esta casa no se puede tener un poquito de intimidad?

–¿Lo pregunta la misma que me abre la puerta del cuarto sin llamar mientras me estoy liando con mi novia? –La imagen de Álex y Sofía convertidas en una maraña de brazos, piernas y besos, con ropa, eso sí, de hace un par de semanas, regresa a mi mente.

–¿Y tú ves normal que os lieis ahí, dale que te pego, en la habitación mientras tu hermano y tu madre ven la tele en el cuarto de al lado?

–¿Prefieres que nos vayamos a un padrón? ¿O que nos liemos en cualquier parte?

–Prefiero un poquito más de discreción, nada más. Y que respetéis mi intimidad.

Mi hija bufa, que debe significar algo, y mirándome como si pidiese cosas sin sentido se mete en su habitación.

En ese momento aprovecho para llamar a Miguel. Da un par de pitadas, y me cuelga así que insisto. Vuelve a dar varios tonos antes de que descuelgue.

–Hola, te he enviado un mensaje –me dice.

–Ya lo he visto. Por eso te llamo.

–¿Qué pasa?

–Pasa que he quedado y que no puedes avisarme a última hora y decirme que llegas tarde sin más.

–Lo siento, Sara. Pero es trabajo, me ha llamado un cliente diciéndome que llega tarde y tengo que esperar para que me diga qué cambios quiere hacer al presupuesto para meterle mano.

–Siempre hay una excusa.

–No es una excusa, es un chalet de veinte mil euros en iluminación, no seas injusta.

–¿Injusta yo? ¿Yo soy la injusta? ¿A la que le estropeas los planes es la injusta? –Guarda silencio. Es inútil discutir con él. Llegará cuando tenga que ser–. ¿Y a qué hora calculas que vendrás?

–No sé, a las diez o las once. El cliente es de Sevilla, por lo visto ha pinchado una rueda y la está cambiando…

–Cuando llegues a tu casa avísame.

–O llévalos a casa de mi madre. –A Purolandia sin que esté su padre presente. No, gracias.

–Cuando llegues a tu casa, me avisas.

–Vale, y dile a Lorena y Carolina que las compensaré –asegura antes de colgar. Da por hecho que es con ellas con quien he quedado, pues menudo chasco se iba a llevar si supiese la verdad.

Casi como el que me acabo de llevar yo. Los niños en sus habitaciones, cada uno en sus quehaceres y yo no sé qué hacer. Miro el reloj, son las siete y media. En dos horas debería recoger a Aslan para ir a cenar y pasar la noche juntos. Y ahora mis planes acaban de volar por los aires. ¿Le escribo y lo anulo todo?

Pero me apetece verle.

¿Y si le digo que cene y nos veremos más tarde?

¿Y si le digo que venga a cenar a casa?

¿Y quién les digo a los niños que es?

–Ya estoy listo, mamá –me dice Pablo desde la puerta de su cuarto tirando de su maleta *trolley*, con su consola portátil en las manos y unos auriculares de jugador colgando en el cuello.

–No, cariño, cenáis aquí, papá llegará más tarde.

–Vale. –Pablo deja la maleta y se sienta a jugar en el sofá.

–¿Qué pasa con papá? –pregunta Álex saliendo de su habitación cargando con su bolso de viaje. Se ha cambiado de ropa, se ha puesto unas mayas negras y una camiseta con las mangas rasgadas como si la hubiese atacado un tigre y la hubiese hecho trizas.

–Que llegará tarde.

–Pff… Y tú te sorprenderás y todo.

–¿Esa camiseta es nueva? Porque parece que te hayas peleado con Freddy Krueger.

–Esta camiseta me la ha regalado Sofía y es preciosa, ¿vale? Qué entenderás tú de moda –protesta enfadada. Sí, he metido la pata, qué sencillo resulta con ella.

–Pues lo mismo que tú, más o menos.

–Seguro que sí. Entonces, ¿dónde dormimos? Porque yo me voy ya a la calle, que he quedado con Sofía para cenar en la pizzería de la Alameda.

–Dormís en casa de papá. A las dos te quiero en casa de tu padre.

–Sigue oprimiendo mi libertad, tú sigue, no te canses.

–¿Prefieres que oprima mi cartera? –pregunto buscando el monedero en mi bolso y sacando un billete de veinte euros. Voy a invitarlas a cenar, una vez al año no hace daño.

–No. La cartera nunca. –Se ríe y atrapa el dinero veloz–. Gracias, mamá, eres la mejor –asegura dándome un beso en la mejilla antes de desaparecer por la puerta como un relámpago.

Me arreglo. Si tengo que verle a las once, qué le voy a hacer. Pero no puedo ni quiero dejar de hacerlo. ¿Y si Miguel tarda más aún? ¿Y si se toma una cerveza con el cliente? No sería la primera vez.

–¿Dónde vas tan guapa, mamá? –me pregunta Pablo. Me he maquillado y alisado el cabello, no es lo habitual.

–A ninguna parte.

–¡Es que eres muy torpe! ¡No campees! ¡Eso te pasa por campear! –protesta de repente.

–¿Con quién estás hablando?

–Con mi amigo David, del cole. Es mi mejor amigo. ¿Puedo invitarle algún día a cenar?

–Hoy no.

–Hoy no, otro día.

–Sí, claro. –Se me enciende la bombilla–. Pablo, cariño, invitar a los amigos a cenar está muy bien. Cuando te llevas bien con alguien y esa persona se porta bien contigo, es un buen modo de agradecerle su amistad. –Mi hijo me mira con el rabillo del ojo, más pendiente del juego que de mis palabras–. ¡Pablo! –Recupero su atención–. De hecho, he invitado a un amigo a cenar hoy. Mi hijo pasa de lo que tenga que decirle. No le preocupa lo más mínimo, o no me oye, directamente–. ¡Pablo! Para el juego un momento.

–Mamá, no he jugado en todo el día y estoy en un campeonato con mis amigos de clase, no me hagas pararlo.

–Pues mírame. –Lo logro, ¡aleluya!–. ¿Te importa que invite a un amigo a cenar?

–Vale, pero otro día invitamos a David.

–Claro.

El aroma de su perfume masculino inunda todo el habitáculo cuando se sube al asiento del copiloto. «Buenas noches», me dice, y se aproxima a besarme, pero me hago a un lado con disimulo y señalo hacia la parte de atrás.

–Buenas noches, Aslan, te presento a mi hijo Pablo –le digo, y él mira hacia el asiento trasero con cierta sorpresa. Pulso el botón que hace que la luz interior del vehículo permanezca encendida para que pueda verle–. Pablo, este es mi amigo Aslan.

–Eh, colega. Encantado –le dice ofreciéndole la mano.

–Igualmente –responde Pablo con un hilo de voz, tímido, pero para mi sorpresa la estrecha.

–Su padre llegará tarde, así que hemos tenido un pequeño cambio de planes y cenamos en mi casa, espero que no te importe. O también podemos dejarlo para mañana…

–No, no. Tu casa estará genial –afirma con una sonrisa–. Estoy deseando probar tu deliciosa comida. Tu madre cocina muy bien, ¿verdad, Pablo?

–Pse. A veces se le queman los bizcochos –responde mi hijo, al que la timidez le dura poco.

–Pero eso es porque el horno no regula bien la temperatura, y solo ha sido un par de veces. –Trato de restarle importancia. Apago la luz interior y pongo en marcha el vehículo.

–Un día, cuando yo era más pequeño, puso un bizcocho a cocinar mientras nos bañaba, y cuando salimos del cuarto de baño estaba toda la casa llena de humo y no se podía respirar. El bizcocho estaba neeeeeeegro, negro. –Aslan me mira con una sonrisa de medio lado.

–Menos mal que no vamos a cenar bizcocho esta noche –intervengo antes de que me retiren la licencia de madre pastelera.

–¿Y qué vamos a cenar? –pregunta Aslan con curiosidad.

–Algo sencillo. Tomates rosas rellenos de piñones y pasas, y gambones con salsa de ostras.

–¿Y yo también tengo que comer eso, mamá? Seguro que no me gusta –protesta Pablo descubriendo ante Aslan que no suelo cocinar esas recetas, recetas que he buscado en Internet con intención de lucirme.

–Te gusta, cariño. Lo que pasa es que hace tiempo que no lo hago y no te acuerdas. –Asunto zanjado, por el momento.

Cuando llegamos a casa y abro la puerta principal me resulta muy extraño, y a la vez maravilloso, verle adentrarse en los confines de mi hogar, en un lugar tan íntimo y personal, que me he encargado de arreglar un poco para que no parezca la jungla que es habitualmente, todo hay que decirlo.

Aslan en mi casa. A quien me lo hubiese contado hace meses le habría pedido que cambiase de camello. Noto cómo observa lo que le rodea con ojos curiosos, como si conocer mi hogar le contase cosas sobre mí. Se queda mirando la pared que tengo repleta de cuadros de diversos tamaños en un lateral del salón.

–¿Esta niña con coletas eres tú? –pregunta refiriéndose a una foto en la que aparezco de pie en la playa con el agua del mar mojándome los tobillos vestida con un bañador azul y blanco de rayas horizontales, con ocho o diez años.

–Sí. Es una foto que me gusta mucho porque recuerdo ese día de playa. A mi abuelo no le gustaba ir y siempre me llevaba a regañadientes. Íbamos los seis en el coche:

mis abuelos, mi tía, que es dos años mayor que mi madre, y mi tío, que era adolescente, mi madre y yo. En aquella época el cinturón de seguridad era un extra en los asientos traseros y cada niño se contabilizaba como media plaza. Quién podría imaginarlo ahora. A mitad del camino me mareé y le vomité a mi abuelo en la nuca; tuvimos que parar para que se limpiase. Ni siquiera me regañó, mi madre sí, ella quería pegarme con la zapatilla por no avisar, pero mi abuelo la contuvo y se enfadó con ella. Para demostrarme que no estaba enfadado conmigo me llevó a un chiringuito y me compró un helado enorme… Por eso estoy tan sonriente en la foto.

–Le querías mucho, ¿no?

–Ha sido mi padre, quien me crio y me enseñó lo que estaba bien y mal. Quien me enseñó a montar en bici y a coger espárragos, o a cambiar las ruedas del coche. Perderle fue muy duro. Sé que él me quería como una hija, que estaba muy orgulloso de mí por haber estudiado una carrera, fui la primera de la familia en hacerlo, y que le hice lo más feliz que pude, todo eso me reconforta.

–Estoy seguro de ello –afirma mirándome a los ojos con ternura–. Tienes la facilidad de hacer felices a quienes te rodean. Y eras una niña preciosa. ¿Ella es Álex? –me pregunta indicándome una foto en primer plano de mi hija sonriendo, sentada al filo de la piscina de la casa de su abuela paterna con unos doce años. Asiento–. Se parece mucho a ti.

–Sobre todo en el carácter –añado dejando mi chaqueta en el colgador junto a la puerta. Le pido la suya, una americana marrón con coderas grises–. ¿Qué tal ha ido el congreso?

–Bien, la gran novedad este año la presento yo, es una técnica de operación con una sola incisión craneal que aún no se utiliza en Europa. Debemos formar a la gente porque los resultados son muy buenos produciendo las menores lesiones cerebrales, pero aún hay muy pocos neurocirujanos capaces de hacerlo porque necesita mucha preparación previa, y en ello estamos. –Se deshace de la americana y me la entrega, huele a él, a su perfume.

–¿Operas cerebros? –pregunta Pablo, observándole estupefacto. Creía que estaba ensimismado con la televisión.

–Así me gano la vida, abriéndole el coco a la gente para curarles.

–¿Y les ves los cerebros, lo que tienen dentro?

–Sí, claro, y trato de arreglarlos.

–Qué guay. ¿Y puedes ver sus pensamientos mientras les operas?

–No, los pensamientos no se ven –explica divertido con su ocurrencia–. Vemos el cerebro mientras lo operamos y, a veces, para comprobar que las personas no pierden facultades, las hemos operado estando despiertas.

–¿Despiertas con el cerebro al aire?

–Sí, aunque con mucho cuidado –relata, y me encojo solo de pensarlo–. Tuve una paciente a la que le pedí que tocase el violín mientras le extirpábamos un tumor y, hoy en día, continúa siendo una gran violinista.

–Eres más guay que la doctora Pimple Popper –expresa mi hijo extasiado.

–¿Quién es la doctora Pimple Popper? –me pregunta Aslan.

–Una doctora de la televisión que extirpa granos. A Pablo le encanta ver su programa, pero a mí me da un asco tremendo.

–A mi madre le da mucho asco, pero luego nos persigue a Álex y a mí para quitarnos las espinillas. –Gracias hijo mío, por destapar mis aficiones ocultas.

–¿Por qué no dejamos de hablar de cerebros y operaciones y ponemos la mesa? –sugiero.

Cenamos muy a gusto. Pablo se ha quedado impactado con que un amigo de su madre opera cerebros, y hace que empiece a creerme eso que dice desde que tenía tres años que de mayor quiere ser cirujano. Solo que en aquella época operaba las muñecas de su hermana a lo Frankenstein.

Aslan le aconseja que debe estudiar mucho para serlo, pero que con esfuerzo y tesón lo logrará, y sonrío al ver la ilusión en los ojos de mi pequeño. Mis recetas para deslumbrar han resultado un chasco, y así me lo hace saber mi hijo. Aslan no se queja y se acaba su plato. Después de cenar, Pablo se sienta en el sofá y pone la televisión dispuesto a esperar a que su padre me avise para llevarle a dormir a casa.

–Es un chico estupendo –dice Aslan cargado con los platos de la cena hasta el fregadero.

–Sí que lo es. Un poco perezoso para las tareas, pero es muy inteligente y lo compensa. Aunque en Inglés flojea bastante –admito dejando también los vasos y la fuente en el *poyornilla.*

–A Cloe le caería genial, se llevarían muy bien –asegura rodeándome por la cintura y pegándome a él. Estamos solos en la cocina. Me besa con dulzura.

–¡Mamá! –Nos hemos apartado como un rayo, y, aun así, Aslan está muy cerca. Pablo nos mira desde el umbral de la puerta, pero parece no haberse dado cuenta de que nos estábamos besando.

–¿Sí, cariño?

–¿Puedo jugar al videojuego en mi cuarto mientras llega papá?

–Pero solo un rato.

–Vale.

Cuando Pablo se marcha me da la risa tonta. No tengo edad para esconderme, pero tampoco quiero confundir a mi hijo sobre mi relación con Aslan.

–Me encantas –asegura tomándome las manos, sus dedos cálidos se entrclazan con los míos–. Te he echado mucho de menos, demasiado.

–Yo también a ti –respondo sintiendo el calor treparme por el estómago, ascendiendo por mi garganta y ardiéndome en los labios las ganas de besarle. Soy capaz de decir cosas de las que después podría arrepentirme, cosas como «te quiero en mi vida»–. ¿Mañana tienes planes?

–¿Ya no trabajas los sábados?

–No. Ya no. En el hotel los de personal no trabajamos en fin de semana. Debería darte las gracias por ello, por cierto.

–¿A mí?

–Cuando volví de Estambul decidí hacerte caso y luchar por mis sueños, y entregué el currículum en el hotel y solo unos días después me llamaron y me hicieron una entrevista. Estaba tan convencida de que no iban a elegirme que ni siquiera me puse nerviosa.

–Y tus amigas, ¿cómo se lo tomaron?

–Bien. A Lorena le costó un poco más hacerse a la idea. Carolina se las apaña muy bien sola con la estética, pero Lore y yo trabajábamos codo con codo y nos compenetrábamos muy bien a la hora de repartirnos la faena.

–Lorena es la que me sigue en Instagram, creo. –Me echo a reír sin poder evitarlo y él se sorprende–. Es cierto, una vez incluso me puso un comentario que decía: «¿Por qué no buscas trabajo en un hospital en España, que estamos todos fatal de la cabeza?». –Me da un ataque de risa en toda regla. Lore no me lo ha contado, está como una cabra. Aslan se contagia de mi risa y reímos como dos adolescentes en plena edad del pavo. Me abraza y me siento más que a gusto entre sus brazos–. ¿Y cómo sabías que era ella?

–No conozco a nadie más que a ti en Benalup y tú no eras, así que deduje que era una de tus amigas. Además se llama Loreneitor en Instagram. Incluso estuve cotilleando su perfil por si salías en alguna imagen, pero solo sube fotos de cortes de pelo, además de selfis.

–Es que no me gustan demasiado las fotos –admito–. En estos días me gustaría presentártelas a las dos, para que las conozcas. Están un poco locas, pero son más que amigas para mí, son como hermanas. Oye, y tu hermana Meryem, ¿cómo está?

–Pues muy bien. En Nueva York.

–¿En Nueva York? ¿Al final aceptó el trabajo?

–Sí que lo aceptó. Lleva dos meses viviendo en Manhattan.

–Qué guay. Me encantaría visitar Nueva York. Ver todos los lugares que aparecen en las películas como Central Park, el One World Trade Center, las calles de Manhattan, el Museo de Historia Natural… Tiene que ser una pasada.

–Yo he estado seis o siete veces, un par de ellas por trabajo y el resto por placer. Es una ciudad maravillosa que siempre tiene algo por descubrir. Me encantaría hacerte de guía turístico y enseñarte los lugares que conozco.

–Lo veo bastante difícil, porque, aunque mi economía ha mejorado, tendría que ahorrar mucho, y, en un par de años, Álex se irá a la universidad, y ahí sí que necesitaremos mucho dinero. Y, además, aunque tengo muchas ganas de ir a Nueva York, no es el viaje de mis sueños.

–¿Y cuál es ese viaje?

–Finlandia.

–¿Finlandia, con el frío que hace? –duda frunciendo el ceño.

–Siempre he soñado con ver las auroras boreales. Me parece algo tan mágico ver el cielo pintado de colores que se mueven como si estuviesen danzando sobre la nieve… Tiene que ser muy especial, ¿no te parece?

–No lo sé, nunca he estado tan al norte como para poder verlas.

–En fin, quién sabe, quizá algún día… Bueno, entonces, ¿mañana estás libre?

–Mañana estaré ocupado toda la mañana y la tarde, pero por la noche hay una cena de gala y me encantaría que me acompañases.

–La palabra «gala» no va mucho conmigo, suena demasiado repipi y yo soy más rural –bromeo.

–No te asustes por el nombre, se trata de una cena con colegas. Lo único importante es que pasemos el rato juntos.

–Ya. Déjame pensarlo, tendrían que servirme mis compañeros del hotel, y el rumor de que estoy liada con uno de los clientes correría como la pólvora, si es que no lo ha hecho ya. Recuerda que tenemos prohibido relacionarnos con los clientes.

–Tu jefe ya sabe que nos relacionamos –sugiere guiñándome un ojo.

–¿Te apetece un té? Es té turco, lo compro por Internet. No me sabe tan bueno como en Estambul, pero hace el apaño. –Aslan sonríe y hace un gesto afirmativo así, que busco mi tetera turca del mueble. Aslan se remanga la camisa y se va hacia el fregadero–. ¿Qué haces?

–Fregar los platos mientras preparas el té.

–Déjalo, ya lo haré mañana.

–¿Por qué? Puedo fregar y hablar al mismo tiempo –responde divertido.

–Vas a mancharte –digo dejando la tetera sobre la encimera. Saco un delantal de uno de los cajones y se lo entrego, es de flores, se lo pone y comienza a fregar platos.

–Así que te has comprado una tetera turca.

–Fue un viaje que me marcó en muchos sentidos, me encantó el té turco, así que poco después de volver me hice con ella y los vasos. –Y además era una forma de sentirte más cerca, me digo, pero no soy capaz de contárselo. Pongo el agua a hervir y le observo fregar. De cuando en cuando me mira de medio lado.

–¿Y qué fue lo que más te marcó del viaje? –pregunta con toda la intención.

–Conocer a mi padre, por supuesto. –Él sonríe y me mira con picardía.

–¿Y lo siguiente?

–Descubrir que soy capaz de apañármelas sola.

–¿Y lo siguiente?

–No sé… –me hago la dura y él niega con la cabeza–. Me enrollé con un tipo, así alto y muy sexy que acabó con mi sequía sexual, creo que eso también puede ser importante.

Mientras se prepara el té, acaba con todos los platos y me habla de su trabajo en el hospital esos meses, de que han mejorado el tiempo de recuperación post operación, que su ratio de éxito en intervenciones cerradas ha subido, a pesar de que ya era muy alto, y también de que ha hablado con Rodrigo por teléfono un par de veces para preguntarle por su evolución. Yo le cuento que aún no nos hemos visto, pero pronto lo haremos, en Navidad si todo va bien. Y entonces me cuenta que el doctor Aykol está a punto de jubilarse y le han ofrecido ocupar su puesto como director del departamento.

–Y vas a aceptar, ¿no? –pregunto sirviendo las dos copas con forma de tulipán.

–No lo sé. Es una gran oportunidad, pero implica un gran compromiso con el hospital. Significaría tomar el control todo el servicio, tanto de neurología como de neurocirugía, y dedicarle el resto de mi vida profesional –asegura secándose las manos en el delantal.

–¿Y eso no es bueno? ¿No estás a gusto? Por lo que acabamos de hablar parecía que sí. –Me llevo los dos vasos rumbo al salón y nos sentamos a la mesa.

–Y lo estoy. Estoy a gusto, pero no sé si estoy preparado para comprometerme de ese modo, tengo que valorar distintas opciones.

–Elijas lo que elijas estará bien. Y si eliges ser su jefe deberán sentirse muy afortunados.

–Gracias.

–No me las des, es la verdad. ¿Y la doctora Cuqui? ¿Cómo está?

–¿Arzu? Bien. –Me dan ganas de preguntarle si han tenido algo en este tiempo. Pero no me atrevo, no tengo derecho a hacerlo y ni siquiera creo que me guste saber si ha sido así–. ¿En qué piensas? –Ups, creo que se me ha notado demasiado el ensimismamiento.

–En… En… –Arráncalo, Carlos, trata de arrancarlo–. En…

–Dilo. Sabes que puedes decirme cualquier cosa.

–Pues estaba pensando en si te has liado con ella en este tiempo. –Él pidió que lo soltara y lo solté. Sonríe y coge mi mano sobre la mesa. Su necesidad de tocarme, de sentirme, me encanta.

–No me he liado con nadie en este tiempo. No me apetecía. ¿Y tú? –Sus dedos acarician mi muñeca en un masaje suave y sensual.

–Tampoco. –Su mirada esmeralda me atraviesa, me traspasa y seduce. Me aproximo y le beso. En ese momento suena el timbre de la puerta. No sé quién puede ser.

Con su sabor aún en mis labios me levanto, abro la puerta y me encuentro con los ojos castaños de Miguel. Una oleada de calor me sube por el estómago hasta hacerme sentir que me arde la cara.

–Buenas noches, Sara, siento llegar tan tarde, pero el cliente tardó demasiado… –me dice, parece acelerado y trae el cabello algo despeinado. En sus ojos brilla la culpa por el retraso.

–Te dije que me llamaras y yo te acercaba a Pablo –le digo sin moverme de la puerta.

–Ya, pero es una tontería que tengas que mover el coche. –No me queda más remedio que apartarme de la puerta y permitirle entrar. Su expresión se transforma por completo al ver a otro hombre en el salón de casa, tomando té y con el delantal de flores aún puesto. Da un paso al interior y Aslan se pone de pie–. Buenas noches –le dice.

–Miguel, él es Aslan, un amigo. Miguel es mi exmarido –les presento. Aslan se pone de pie y le ofrece la mano, que Miguel estrecha. En sus ojos veo malestar y competitividad masculina; se está midiendo con él instintivamente.

–Encantado –le saluda Aslan.

–Voy a por Pablo –advierto. La tensión puede cortarse con un cuchillo. Miguel tiene la cara de un pitbull a punto de atacar y no quiero que le haga sentir mal con algún comentario desafortunado; así que me doy prisa, pero cuando entro en la habitación de Pablo a avisarle resulta que se ha quedado dormido con los auriculares puestos y el mando en la mano. Regreso al salón a toda velocidad, están los dos de pie, en silencio–. Está dormido, si quieres te lo acerco mañana por la mañana. –Miguel vuelve a mirar a Aslan y le conozco tanto que casi puedo leerle la mente; si Pablo se queda a dormir conmigo no seré capaz de meterle en mi cama.

–Está bien. Tráelo cuando se despierte. Hasta mañana. –Sale de la casa como una estampida. Sé que le gustaría decirme algo, y probablemente lo hará mañana cuando le acerque a nuestro hijo, pero se contiene y se marcha.

–Creo que no le he caído demasiado bien a tu ex –sugiere Aslan.

–No tienes que gustarle a él, ya me gustas a mí, y mucho.

Capítulo 24

A la mañana siguiente, Pablo me despierta al acurrucarse en la cama conmigo. Me encanta que me abrace, oler su cabello y su piel. Sé que pronto no querrá hacerlo, o al menos tan a menudo, me ha sucedido así con su hermana, por lo que lo disfruto mientras pueda.

–Buenos días –le digo, y él me mira con expresión de adormilado.

–¿A qué hora se fue Aslan?

–Umm… Sobre las doce. –Sonrío al recordar el momento, los besos atropellados en la puerta antes de marcharse hacia el taxi que le llevaría al hotel. Una despedida que ninguno de los dos deseaba que acabase–. ¿Por qué?

–Quería enseñarle mi colección de coches. –Tiene una colección de coches pequeñitos de esos que se lanzan por unas pistas haciendo bucles y saliendo disparados con los que me ha abollado algún que otro mueble.

–Bueno, se va a quedar una semana, se lo puedes enseñar otro día.

–¿Dónde vive?

–En Estambul.

–¿Le conociste cuando fuiste a cuidar del abuelo Rodrigo?

–Él fue el médico del abuelo Rodrigo, ahí le conocí y nos hicimos amigos.

–Entonces, ¿era en su casa donde te estabas bañando en la piscina? –Vaya, en lugar de Medicina debería estudiar para detective este hijo mío, menuda memoria y capacidad de deducción.

–Sí.

–Me cae bien –concluye enterrando el rostro en mi cuello, abrazándome. Le aprieto con fuerza contra mí y le beso en el cabello. Bueno, Aslan sin pretenderlo ya tiene la aprobación de mi hijo pequeño, algo muy importante para mí.

La cara de su padre no es tan complaciente cuando a media mañana llamo a la puerta de su casa para dejar a Pablo.

Miguel me mira desde el umbral diciéndome cosas con los ojos, haciéndome preguntas que temo que sea capaz de hacerme con los labios. Pablo corre hacia la entrada tirando de su maleta y me quedo en la puerta del pequeño patio delantero tratando de evitar que crucemos algo más allá del «Buenos días».

Pero cuando comienza a andar hacia mí sé que no tendré tanta suerte.

Resoplo esperando la retahíla y repongo una sonrisa.

–Álex llegó a las dos y cuarto anoche –me cuenta, pero sé que solo es la antesala a lo que verdaderamente quiere decirme.

–Bueno, ha arañado un cuarto de hora a la acordada. ¿La vas a castigar?

–Si no le digo nada, el próximo sábado será media hora y al otro una hora entera…

–Regáñale un poco –sugiero con una sonrisa, pero él está más serio que Robb Stark en *La boda Roja*. Tengo que irme, y tengo que irme ya–. Bueno, me marcho. Que paséis un buen finde.

–Vamos a ir a dar una vuelta con las bicis, si te apetece venir… –Su expresión no me provoca unas ganas locas de acompañarlos, precisamente. A pesar de que hasta la noche no veré a Aslan, pero he quedado para comer con mi abuela y mi madre, porque soy así de masoquista.

–No, gracias. Ya tengo planes.

–¿Con el tipo ese de anoche? –Y hasta aquí llegó su capacidad de contención.

–No, con mi madre y mi abuela.

–¿De dónde ha salido? Tan moreno en invierno, ¿es adicto a los rayos UVA o qué? Con ese traje, que parecía que venía de una convención de horteras. Y ese nombre tan raro… que ni me acuerdo. –Estoy a punto de bufar por la nariz, que se atreva a meterse con Aslan es algo que no voy a pasar por alto.

–Miguel, ¿te estás oyendo? ¿Es que te he dado yo alguna vez una opinión de tus amistades, desde que nos separamos?

–Alguna opinión tendré que dar cuando lo metes en tu casa con nuestro hijo.

–Pues no. Ninguna. Porque en primer lugar no habíamos quedado en mi casa, sino que fue culpa tuya, que llegaste tarde y por eso acabamos cenando allí, y en segundo lugar y más importante aún, es mi casa y en ella puedo meter a un amigo o a quinientos...

–Un amigo, ya.

–¿En serio vamos a tener esta conversación? ¿Te crees con derecho a meterte en mi vida privada cinco años después de habernos separado?

–Creía que estábamos intentando algo.

–Pues creías mal, Miguel. Te lo he dicho por activa y por pasiva, la única relación que nos une es la de ser los padres de Álex y Pablo, y si tú quieres y eres capaz de respetarla, la amistad. Pero no por Aslan, ni por ningún otro, sino porque no vamos a volver a ser pareja, esa llama se apagó hace mucho tiempo. y cuanto antes lo asumas será mucho mejor para nosotros.

–¿Cómo puedes decirme eso? ¡Dejé a Soraida por ti! –Sus ojos están crispados, todo su cuerpo está en tensión, la rabia burbujea sus venas, pero también lo hace en las mías al oírle decir aquello. Esto iba a llegar, tarde o temprano, y ha llegado el momento.

–¿Te lo he pedido yo? ¿Te he pedido algo? He sido amable contigo y tú te has montado una película al respecto. De verdad, Miguel, te quiero mucho y no quiero hacerte daño, pero tengo claro que no voy a volver a pensar en ti como pareja, asúmelo de una vez.

–¿Qué pasa? ¿Por qué os estáis peleando? –pregunta Álex desde la puerta, vestida con su pijama de calaveras mexicanas. Los ojos de Miguel están llenos de lágrimas que se esfuerza en no derramar.

–Buenos días, cariño. No pasa nada, una pequeña discusión –le digo.

–¿Es porque llegué tarde anoche?

–No, mi vida, no es por eso. Son cosas de papá y mías. –Entro y camino hacia ella para darle un beso antes de marcharme.

–Tu madre se ha echado un novio. –Inspiro hondo, porque en este mismo momento, soy capaz de dejar al Jack Nicholson de *El Resplandor*, en pañales. Álex me mira como si se le hubiese aparecido la Virgen y yo sonrío.

–¿Te has echado novio? Qué fuerte, mamá. ¿Quién es?

–Primero, no es un novio, un novio implica compromiso y no lo hay, segundo, ¿fuerte por…? Soy libre y soltera, dejadme vivir un poco. –Llego hasta Alejandra, que parece convertida en una inmóvil estatua de sal, la beso en la frente y me vuelvo hacia Miguel–. Y para que no os quedéis con la duda, que es muy mala para la salud, sí, me he acostado con él, y no, no es la primera vez. Que tengáis un buen fin de semana.

Camino directa hacia el coche y oigo el cerrar de la cancela del patio con malhumor de Miguel. Después de la última frase creo que ha dudado de si realmente soy yo o me ha poseído el espíritu de una auténtica revolucionaria sin pelos en la lengua.

Espero que entienda que sigo siendo yo, pero que he cambiado y podamos tener una buena relación, al menos cordial.

Cuando entro en casa de mi abuela, atravesando la pequeña puerta gris con un escalón hacia el interior, ella me abraza y me besa en la frente como cuando era niña, sosteniéndome la cara entre sus manos sarmentosas.

–¿Cómo estás, cariño?

–Bien abu. Y tú, ¿cómo estás?

–Bien, estoy bien, con molestias en la espalda, como siempre. He preparado un potaje de tagarninas que te vas a chupar los dedos. –Y tanto, me encanta cómo cocina. Desde la entradita puedo olerlo.

–Seguro que sí. ¿Y mi madre?

–Ha ido a comprar agua y yogures a la tienda de Carmeluchi. Pero está tardando mucho.

–Pues voy a acercarme a ayudarla, que el agua pesa bastante.

Con las mismas me vuelvo y comienzo a caminar calle arriba hacia la tienda cuando la veo en la puerta de la casa de nuestro vecino Benito. Están hablando muy cerca, demasiado. Me escondo detrás de uno de los coches aparcados en fila y camino calle arriba espiándoles entre los vidrios de los vehículos.

Mi madre se ríe como una colegiala, vamos, que con él no tiene la cara de vinagre que se gasta conmigo. Se coloca el cabello detrás de la oreja y le mira… le mira embelesada, como si Benito, con su pancita cervecera, su bigote a lo sargento y su calvicie fuese el mismísimo George Clooney ofreciéndole la tacita de café. *What else*?

Y él, él le sonríe por debajo del bigote rubio y le posa una mano en la barbilla pellizcándola con cariño. Voy acercándome hasta situarme detrás de una furgoneta, justo frente a ellos.

Mi madre, con el paquete de agua a los pies, que parece haber olvidado, mira arriba y abajo la calle, y después le mira a él, que hace lo mismo y con una sonrisa se acerca lentamente… poco a poco… y… no. No. Sí. La besa. La aprieta con fuerza y la besa. Madre mía. No me lo puedo creer. Así que es verdad, verdad de la buena, Benito y mi madre están liados.

Y entonces la furgoneta comienza a emitir un pitido infernal, tan intenso que tengo que taparme los oídos. Ha saltado la alarma. Si es que me he apoyado demasiado encima para asomarme.

El sonido no para, pero temo salir, y para no ser descubierta me agacho. Sin embargo, debe de tener un detector o algo que sabe que estoy allí y no para de pitar.

–¡Sara! ¿Qué haces ahí agachada? –pregunta mi madre descubriéndome.

–¿Yo? Yo es que… Se me han caído dos euros –reacciono. Aunque por su expresión de alarma no parece que se lo trague.

–¿Qué se te han caído dos euros?

–Sí. ¿Qué pasa? Dos euros son dos euros, me puedo comprar… Un… Un… –Qué me compro por dos euros, por favor, iluminación divina acude a mí–. Un… mechero.

–¿Es que ahora fumas? –pregunta Benito asomándose por detrás de ella mientras me levanto.

–¿Yo? No. Es para encender el butano.

–Pero si tienes vitrocerámica. –Gracias, mamá, por tu perspicacia.

–Pues me compro otra cosa, ya está.

–¿Y los has encontrado? –indaga Benito.

–¿El qué?

–Los dos euros.

–No... –Hace por agacharse para mirar debajo del coche–. ¡Sí! ¡Sí! Los he encontrado, y bueno... me voy a casa de abuela, que vamos a comer juntas, ¿no? –La imagen de mi madre besándose con Benito regresa a mi mente, Benito metiéndole la lengua hasta las amígdalas creyéndose solos en la calle. Fuera, fuera. No quiero esa imagen en mi cabeza.

–Sí. ¿Seguro que estás bien, Sara?

–Sí. Genial, estoy genial. Bueno, me voy, te veo en casa de abuela. ¡Hasta luego, Benito!

–Hasta luego, Sarita. ¿Seguro que estás bien?

–Estupendamente. –Fuerzo una sonrisa y él se toca el bigote, ese que le ha debido de hacer cosquillas en la nariz a mi madre hace dos minutos. Fuera de mi mente–. Ea, hasta luego.

–Enseguida voy yo. Benito estaba explicándome una cosa de... jardinería. –Sí, claro, cómo se acicalan los pepinos. Ay, por favor, no, eso sí que no quiero imaginarlo.

–Genial. Ahora te veo. Hasta luego, Benito.

–¿Seguro que está bien? Está rara. ¿Tú crees que nos ha visto? –oigo susurrar a Benito.

–Anda ya, siempre va mirando el suelo –responde mi madre, y me dan ganas de volverme y decirle que en esta ocasión no iba mirando el suelo y que lo he visto todo, pero sigo caminando calle abajo a toda velocidad.

Cuando entro en casa de mi abuela aún debo llevar la sorpresa pintada en la cara porque ella me mira con curiosidad.

–¿Qué te ha pasado?

–Mi madre, abuela, mi madre estaba dándose el lote con Benito en el portal –relato. Sé que a ella puedo contárselo todo porque jamás me ha traicionado con ningún secreto, desde que di mi primer beso hasta cuando estaba planteándome dejar a Miguel.

–¿En el portal? A ver si se deciden a contarlo ya, que estoy harta de hacerme la tonta.

–¿Lo sabías?

–Tu madre está loca por Benito desde siempre. Es verdad que se deslumbró por Rodrigo, pero sé que se arrepintió mucho después porque se dio cuenta de que el que le gustaba de verdad era Benito, pero, claro, él se fue destinado a Barcelona y no era fácil. Y desde que Benito se volvió al pueblo han tenido un tonteo hasta que, bueno, creo que llevan así casi dos años.

–¿Dos años? Lo mismo han estado liados siempre.

–No lo sé. Solo sé que de un par de años a esta parte tu madre ya no sabe qué excusa inventarse para quitarse de en medio e ir a verle, y yo todas las doy por buenas, qué le voy a hacer, ya se decidirá a contarlo. Solo espero que no esté esperando a que me muera para decirlo al mundo, porque pienso vivir mucho.

–Desde luego, yo lo sospechaba, pero me he quedado muerta al verlos.

–Pues revive, cariño. Era natural. Como estoy segura de que… –Veo en sus ojos el brillo de quien va a desvelar un gran secreto, pero es un destello fugaz, que se esfuma enseguida.

–¿De qué?

–De nada, mi vida, cosas mías. Algún día te lo contaré.

–Venga ya, abuela, no vas a dejarme así.

–Así y asá. Dime tú a mí quién es el maromo con el que te comías a besos en la puerta de tu casa anoche –me suelta, y me quedo a cuadros.

–Madre mía, Radio Macuto funciona mejor que los espías de la URSS.

–Porque los espías de la URSS no tenían a Puri la Gallina, que le toca esta semana quedarse a dormir en casa de su hija Purita, que vive en tu misma calle –revela con una sonrisa de oreja a oreja–. Y me ha dicho Puri que se juega la cadera de titanio a que no era Miguel.

–¿Pero no me dijiste que Puri no veía ni torta?

–Eso era antes. Desde que la operaron de cataratas le echa la pata a las águilas imperiales.

–Madre mía, pues me parece muy fuerte…

–Lo que tú digas, pero, ¿quién es el muchacho? –Ni un interrogador de la KGB es capaz de poner esa mirada entornando los ojos pequeños, mirando entre las pestañas, con la que parece decirte: o lo sueltas o te lo saco.

–Se llama Aslan y le conocí cuando viajé a Turquía.

–¿Es turco?

–Sí. Era el médico de Rodrigo.

–Así que es médico... Puri dice que tiene muy buena planta. ¿Y ha venido hasta aquí para estar contigo?

–Ha venido a una convención de médicos y, sí, de camino, a estar conmigo toda la semana que viene, porque el tiempo que estuve allí nos conocimos y nos gustamos... Es un gran hombre, de veras, abuela.

–Ay, cuánto me alegro, niña. ¿Y se va a quedar aquí?

–No, qué va. Ojalá. Él tiene su vida allí. Su hija.

–¿También es separado?

–No, es viudo.

–Ay, el pobre, qué lástima. ¿Y la niña se la ha traído?

–No, la ha dejado con sus padres.

–Pues te lo traes un día a que lo conozca y le eche el ojo.

–No sé, abuela.

–No te lo estaba preguntando. Tráetelo.

–A sus órdenes, mi sargento –digo cuadrándome, y le da la risa.

–¿De qué os reís? –pregunta mi madre atravesando el umbral.

–De cosas nuestras. Qué ¿has ido a por el agua a la fuente de Tío Pujao? –le recrimina mi abuela. La fuente de Tío Pujao está en una de las salidas del pueblo, muy lejos de su casa. Mi madre tuerce los labios y nos mira.

–Si quieres, el próximo día te la bebes del grifo como yo y ya está –protesta.

–Si no tuviese una piedra en el riñón, te digo yo que no me gastaba un euro en agua pudiendo aprovechar la del grifo, pero el médico me ha dicho que tengo que beber agua de baja mentalización.

–Mineralización –apunto.

–Eso mismo.

–Y los yogures se habrán convertido en queso con lo que has tardado –dice metiéndose hacia la cocina. Mi madre pone los ojos en blanco y la sigue.

La comida transcurre con tranquilidad. Mi progenitora parece convencida de que ni he visto nada, ni su madre, mi abuela, sospecha nada. Hablamos sobre mil y un temas, desde lo mayores que están mis hijos hasta que la hija de una de nuestras vecinas ha puesto una tienda de ropa en el pueblo. Después de un café me despido de ambas con un beso y me marcho a casa.

Como si supiese que he llegado recibo un mensaje de voz de Aslan. No ha faltado en mi pensamiento en todo el día. Cuando comía el estofado de carne recordé el que preparó en su casa y que sabía delicioso. Y en la televisión salió un tipo bronceado en bañador en un anuncio de perfume y pensé que tenía un cuerpo escombro al lado del suyo... Cada vez que pensaba en él, se me perdía la mirada y escapaba una sonrisa, algo que mi madre no pasó por alto y que con su delicadeza habitual me lo hizo notar diciéndome; «Sara, ¿qué te pasa? Menuda empanada tienes encima, hija».

Activo el mensaje de voz.

«–Buenas tardes, señorita, esta convención está resultando tediosamente larga. La echo de menos, se lo digo por si no se lo imagina. Me muero de ganas de verla. Esta noche la espero a las diez en el restaurante Mar y Campo del hotel. ¿Vendrá o tendré que mandar a recogerla?».

Me encanta cuando me habla de ese modo, me derrito. Sé que espera una respuesta a la altura, pero prefiero pincharle y le envío el emoticono del César dando el ok con el pulgar hacia arriba. Lo que sé que le enervará y me lo hará pagar caro. Estoy deseándolo.

Lo que no me resulta tan cómodo es presentarme a cenar en el restaurante en el que trabajan mis compañeros, pero tampoco puedo permitir que esto me impida complacer a Aslan en algo tan tonto, aparentemente, y disfrutar de su compañía durante la cena.

Por más que me haya dicho que lo de cena de gala es solo una palabra, sé que las cenas de gala en el restaurante son muy exclusivas, sobre todo para ese tipo de eventos. Así que me visto para la ocasión con un vestido de satén rosa fucsia que contrasta con mi piel lechosa y un abrigo blanco de pelo, tan falso como mi herencia millonaria.

Cuando a las diez entro por recepción, me echo a temblar al ver quiénes son las dos recepcionistas; Mara y Greta. Mara es una joven bastante prudente, pero Greta es una alemana de mi edad aproximadamente que, cuando llegó a España hace un año, se dejó atrás la prudencia y la mesura en Alemania. Ambas me miran de arriba abajo como si dudasen conocerme. Greta se sale del mostrador y viene directa hacia mí.

–*Perro mirra* qué guapa te has puesto –dice con su particular acento alemán.

–Gracias. Asisto a la cena del congreso…

–Ya nos hemos *enterrado* de lo tuyo con uno de los médicos –afirma con una sonrisa de oreja a oreja en su rostro redondo y de mofletes rojizos.

–Sí que vuelan las noticias aquí.

–Corren como la *pólvorra.*

–¿Te lo ha dicho Pietr?

–No se dice el *pecadorrr. Enhorrabuena*, porque el médico está como un *chorrizo.*

–Como un queso.

–Tengo que *aprrrender* mejor los *refrrranes.*

–Pues sí.

–Pásalo bien, *disfrrruta.*

–Gracias. *–Prrrimera prrrrueba superrada.*

Por el camino me tropiezo con una compañera que es camarera de piso, con el vigilante de seguridad, un botones y dos camareras del restaurante. Todos me sonríen y sé que lo saben. Estoy convencida de que ha sido Pietr quien se ha ido de la lengua, porque no creo que hayan sido mis compañeras de la oficina. Al parecer todos lo saben, así que no tiene sentido que me preocupe por nada. Solo me queda relajarme y disfrutar.

Si me quedase algún quebradero de cabeza, desaparece por completo cuando Aslan acude a mi encuentro para acompañarme a la mesa. Está muy atractivo, con el cabello aún húmedo, los ojos resplandecientes y esa piel tan maravillosa que le hace brillar incluso con el sobrio traje azul marino.

–Estás preciosa.

–Gracias. Tú también estás muy guapo.

–Aunque te has portado un poco mal conmigo y te lo haré pagar en la habitación –sugiere en un susurro con una mirada pícara que me enciende mientras caminamos hacia nuestra mesa. Las mesas están repartidas en torno a un pequeño escenario que hay en un lateral en el que puede leerse la edición del congreso, *XXI Congreso Internacional de Neurocirugía y Neurociencia.*

–¿Estás dando por hecho que iré a tu habitación? –le provoco un poco más, y él sonríe malicioso.

–Claro que irás, te lo garantizo.

Con nosotros hay sentados a la mesa una pareja mayor de piel oscura, que por el apellido impronunciable de ambos y el siri azul y dorado que lleva la mujer deduzco que son indios. Hay otra pareja, ambos neurocirujanos, que deben de ser del norte de Europa por lo blancos y rubios que son, y otra de mediana edad en la que deben de ser italianos o latinos por los apellidos, Andrades y Canotti, en la que es ella la cirujana. Es fácil distinguirlo porque en las tarjetas que hay de pie ante cada plato con los nombres pone *dr* y el apellido si es médico, o *mr* o *mrs* o miss, si no lo es. *Miss Celona* es lo que pone en la mía.

Me acude una sonrisa a los labios al recordar el Señorita Culona de Dilay, y su número creciente y decreciente de hijos, conocerla fue toda una experiencia, y más sin pisar una *putería*.

A la vez que la cena hay una pequeña ceremonia de entrega de premios, que el presentador hace en inglés, pero como no entiendo ni una cuarta parte de términos médicos me distraigo conversando con la señora india que está a mi izquierda. Siempre he tenido el don, si puede llamárselo así, de que la gente me cuente su vida sin proponérmelo, y la señora, que se llama Anjali, comienza a hablarme en inglés también de lo difícil que es la vida como esposa de médico, que su marido recorre kilómetros y kilómetros para operar en distintos hospitales de Nueva Delhi y nunca está en casa. Que está hasta el moño de él y cualquier día se divorcia, mientras él, embobado con lo que dice el presentador, no se entera de nada.

–Madre mía, esto acaba en divorcio –digo para mí cuando todos se levantan a aplaudir.

–Anda, si eres española –me dice la doctora Andrades, sentada frente a mí con más acento de Cádiz que de la Toscana.

–Sí, soy de aquí, de Benalup.

–Nosotros somos de Cádiz. Bueno, mi marido es romano –asegura indicando a su pareja–. Aunque vivimos en Cádiz. Tu marido tampoco es español, ¿verdad?

–No es mi marido, es mi… novio. –Ups, qué palabro tan complicado–. Él es turco.

–Ay, sí,, es verdad, si lo dijo en la *master class* de esta mañana. Es magnífico, de verdad, qué maravilla de técnica y de profesional, ojalá tuviese a alguien como él en mi equipo en el Hospital Puerta del Mar. Debes estar muy orgullosa de él.

–Lo estoy. Y más aún cuando le entregan un premio, el de técnica innovadora del año o algo parecido. –Mis compañeras camareras me dedican miradas y sonrisas cómplices que les devuelvo y lo cierto es que entre copa de champán y copa de champán lo paso mejor de lo que esperaba.

Hasta que capto una conversación que no debería haber captado. De la pareja de doctores rubios nórdicos, a los que Aslan parece conocer bien pues han cruzado varios temas durante toda la noche. El más joven, un tipo bastante atractivo con la nariz salpicada de pecas, le dice al mayor mirando a Aslan mientras él está en su mundo hablando con la doctora Andrades:

–¿Qué te parece el cambio que ha hecho?

–No sé, la doctora Karabulut es más de su estilo. Ha cambiado a la Venus de Milo por la Venus de Willendorf –afirma el otro con una risita, hasta que me mira al referirse a mí que le estoy atravesando con la mirada. La Venus de Willendorf, el símbolo prehistórico de la fertilidad que he estudiado con mi hijo Pablo en sus tareas, menudo par de desgraciados. Ambos se ponen serios en el acto. No quiero montar una escena, no quiero estropearle la noche a Aslan, en el caso contrario les habría tirado el contenido de mi copa a la cara, por ejemplo, y les habría enseñado algunas palabras en español y otras en inglés explicándoles a quién se parecen el par de descoloridos.

Siento tanta rabia que me dan ganas de llorar, pero me contengo, porque soy una mujer madura y una pareja de pollitos del norte no me va a hacer daño. Aunque lo hagan.

Llamo a una de mis compañeras y le pido un bolígrafo, me entrega el que lleva para anotar los pedidos. *Ser horrible por dentro es mucho peor*, escribo en inglés en una servilleta, y cuando mi compañera se ha marchado se la entrego al más joven. Después saco a Aslan a bailar, que ha estado pendiente todo el tiempo del presentador del evento y no se ha dado cuenta de nada, y hago todo lo posible por olvidar lo sucedido.

Capítulo 25

A la mañana siguiente, cuando despierto, me quedo mirándole. Me encanta su expresión relajada, la forma de su nariz, el color castaño de su barba poblada, sus labios llenos y sus largas pestañas. La luz del sol se cuela por la ventana e ilumina la estancia con un resplandor dorado en el que puedo ver flotar en el aire minúsculas motitas de polvo, como si del foco de un gran teatro se tratase. Como si esas motitas insignificantes se convirtiesen en algo visible e importante solo porque ese rayo de luz las ha elegido. Aslan es como ese rayo de luz del sol, dando brillo y notoriedad a todo lo que toca. No me extraña que los guiris de anoche no diesen crédito a que esté conmigo, ni yo misma lo hago.

Como si pudiese sentir que estoy observándole, abre los ojos.

–Buenos días, señorita.

–Buenos días. –Miro mi reloj de pulsera–. O buenas tardes, son las doce y media.

–¿Crees que nos pasamos anoche?

–¿Te refieres al alcohol, al baile o al sexo?

–A la mezcla de todo. –Sonríe. Me ha encantado descubrirle como bailarín, no es que sea Fred Aster, tampoco yo soy Ginger Rogers, pero su falta de pudor en la pista me ha encantado. Se marcó un *Saturday Night Live* que ni John Travolta–. No creo que nadie haya sospechado que en realidad somos unos padres formales y responsables. –Al oírle decir aquello me acuerdo de la actitud de Miguel el día anterior por la mañana y eso ayuda a ensombrecer mi sensación de bienestar. Aslan me acaricia la mejilla y sostengo su mano sobre mi rostro.

–¿Qué?

–Mi ex está celoso. Ayer le dijo a Alejandra que tengo un novio. –Él sonríe.

–¿Y crees que tu hija va a asustarse por eso? No tengo el placer de conocerla, pero, por lo que me has contado, de ella, estoy seguro de que ni siquiera le sorprendió.

–Sí le sorprendió. Solo salí con un par de tipos el segundo año después de separarme, uno era primo de mis amigas, soltero, que era muy buena persona, pero no me atraía lo más mínimo; y otro un tipo que me entró en una Noche de Chicas, pero con ninguno tuve nada y mucho menos llegó a oído de mis hijos –relato–. Y ahora he sido yo la que le he dicho que estoy con alguien y me he acostado con él.

–¿Eso le has dicho a tu hija?

–Y a mi ex. A ver si se creen que jugamos a las casitas.

–Más bien a los médicos –sugiere haciéndome reír.

–Pues su padre ha debido de estar malmetiendo y me ha escrito un mensaje preguntándome cómo puedo llevar a un hombre a nuestra casa. ¿Se puede ser más egoísta? Cuando nunca le he puesto un solo pero a que Sofía venga a casa, e incluso se quede a dormir, o a lo que sea.

–¿Y qué le has contestado?

–Que es mi casa y meto en ella a quien me da la gana. –Aslan desvía la mirada un instante, pero después vuelve a mirarme con una sonrisa–. Mi vida privada parece un programa de cotilleos de sobremesa, mi hija y mi ex opinando, una amiga de mi abuela espiándonos como La vieja del visillo…

–Ah, me acuerdo de La vieja del visillo, de cuando estudiaba, era muy divertido.

–Pues al parecer la amiga de mi abuela nos estuvo observando mientras nos besábamos desde la casa de su hija, que es vecina mía.

–Quizá incluso aprendió algo la señora –bromea.

–No lo creo a estas alturas –afirmo y se acurruca más contra mi cuerpo. Recuerdo entonces que estamos desnudos bajo las sábanas, siento el peso de una de sus piernas peludas rodearme y de su brazo al traerme hacia él. Me besa, es un beso intenso y delicioso, un beso que aviva mariposas.

–¿Te apetece que vayamos al spa del hotel? Me han dicho que es uno de los mejores de Europa.

–Y es cierto. Pero tendrían que matarme para pasearme en biquini ante mis compañeras. Aunque tú puedes ir si te apetece y nos vemos después, esta tarde.

–¿De veras crees que entre el spa y tú elijo el spa? Parece que aún no me conoces. –Se acurruca contra mí y me besa.

Comemos en un restaurante cercano al campo de golf, en una mesa con vistas a la amplia vega del río Barbate, de un brillante color esmeralda por la crecida de vegetación con las fuertes lluvias. Allí me encuentro con varios conocidos a los que saludo en la corta distancia, consciente de que en dos minutos mi ex, mi madre y mi abuela sabrán que he estado almorzando allí con un hombre al que nadie tiene fichado. Es lo que tiene vivir en un pueblo.

–Vives en un entorno privilegiado.

–Lo sé. Ya te lo dije cuando estábamos en Estambul. Vivo en un lugar maravilloso, cerca del mar, aunque alejado de las masificaciones turísticas, cerca de la sierra y la naturaleza, en un lugar tranquilo y hermoso, pero con todas las comodidades tecnológicas de una ciudad.

–He visto poco de Benalup, pero lo poco que he visto me ha encantado.

–Pues me voy a encargar de enseñarte lo más bonito.

–Lo más bonito ya lo tengo ante mí –me suelta, y a mí se me convierten los ojos en corazones, y le sonrío agradecida con el cumplido.

–Eres un engatusador de primera.

–No lo sabes bien aún.

Cuando llega el momento de los postres me pido algo ligerito, un *brownie* de chocolate con helado, y Aslan un té con leche, pero acaba dando cucharadas a mi *brownie* después de preguntarme con ojos de cordero degollado si podía probarlo.

Miro el reloj, son casi las cinco. Mi móvil comienza a sonar y al mirarlo compruebo que se trata de Lorena.

–Buenas tardes.

–Buenas tardes. Así que comiendo en un restaurante con tu turco, ¿no? –Miro a mi alrededor. Por dónde me está viendo. No está sentada a las mesas ocupadas, ni tampoco de pie junto a la barra, ¿me habrá puesto una cámara espía?

–¿Y tú cómo lo sabes?

–Porque tengo mis contactos.

–Te lo ha dicho Estefanía, la esteticista que estuvisteis de refuerzo este verano, ¿no? Que la he saludado al entrar.

–Sí. –Se ríe al otro lado del aparato–. Me ha dicho que estás con un pedazo de moreno como una catedral y que te come con los ojos. Y yo le he dicho que además de estar como un queso es médico, está forrado y es turco, que es un plus.

–¿Un plus? ¿Y para qué le dices esas cosas? –Aslan arruga el entrecejo y le sonrío para tranquilizarle.

–Para que se muera de envidia, que me dijo un día que mi hija es un poquito impertinente. Y sé que lo es, pero solo puedo decirlo yo –asegura haciéndome reír.

–Estás fatal.

–Ya. Pero te quiero un montón. Disfruta de tu turco… ¡Gala, suelta ahora mismo ese vaso que lo vas a romper! Te dejo que esta niña es un peligro. Besos.

Dejo el teléfono sobre la mesa y no puedo evitar buscar con los ojos a Estefanía. Me está mirando, y al darse cuenta de que la he pillado desvía la mirada.

Aslan sigue mirándome con expresión interrogativa.

–Era mi amiga Lorena, la chica de la mesa del frente le ha ido con el cuento de que estoy aquí, contigo.

–Vaya, qué casualidad que sea una conocida –dice mirando en esa dirección.

–Bueno, teniendo en cuenta de que el pueblo tiene unos siete mil habitantes, y más o menos nos conocemos todos, no lo es tanto. Eso tiene sus cosas buenas, sus cosas malas y regulares.

–¿Por ejemplo?

–Pues, por ejemplo, una vez tuve una fuga de agua en el grifo de la pileta del patio delantero mientras estaba trabajando y dos de mis vecinos fueron a avisarme al hotel para que cerrase la llave de agua. O me recogen los paquetes de las compras de Internet, o me han ayudado arrancar el coche a empujones cuando le falla la puesta en marcha, o me han recogido la ropa cuando ha empezado a llover y estaba trabajando. Y por el lado malo, todos sabemos casi todo de todos, o eso creemos –sugiero con aire misterioso.

–Siempre he detestado el aire individualista de la ciudad, de todas las ciudades. Puedes tener a alguien que pasa necesidad en la puerta de al lado, alguien a quien podrías ayudar de forma sencilla, y ni siquiera lo sabes porque vivimos rodeados de desconocidos, así que creo que son mayores los beneficios que los inconvenientes.

–Yo, sinceramente, y aunque pueda parecer pretencioso, no querría vivir en ningún otro lugar en el mundo. Viajar, claro, me encanta, incluso pasar un tiempo viviendo en otra parte, pero quedarme para siempre, no. –Aslan sonríe, y su sonrisa tiene cierta melancolía–. ¿Qué te apetece hacer ahora? Si quieres vamos a mi casa y te invito a un té turco. Por el camino puedo enseñarte la Ruta de los Murales.

–¿La Ruta de los Murales?

–Sí, murales hechos por artistas internacionales, nacionales y locales en distintos puntos del pueblo.

–Claro, por supuesto, qué interesante.

Cuando salimos a la calle hace frío, sobre todo por el viento. Se nota que han bajado las temperaturas, aunque el sol del final de otoño se empeña en apretar sobre la ropa como si protestase con su presencia ante la inminente llegada del invierno.

Subimos al coche, solo pido que mi Citroën Saxo con más años que Matusalén no me falle esta vez y tenga que pedirle que me empuje para arrancarlo. Por suerte, se comporta y arranca a la primera y estoy a punto de darle un beso al volante.

–¿Y de qué tratan los murales? –me pregunta cuando toma asiento en el lugar del copiloto.

–Pues de temas muy diversos, desde el amor por la naturaleza, la diferencia entre los nuevos tiempos y lo antiguo, la repulsa a los hechos que ocurrieron en Benalup en el año 33…

–Ah, sí. Algo he leído en Internet cuando busqué el nombre del pueblo. Hubo una matanza de campesinos…

–Sí. En el año 1933 un grupo de campesinos se alzaron en armas porque no podían más, pasaban mucha hambre y necesidad, el levantamiento fracasó y la mayoría de ellos huyeron al campo. Pero cuando llegaron los guardias de asalto para sofocar el levantamiento, eligieron a campesinos a diestro y siniestro, hubiesen participado o no, y los ejecutaron fusilándolos sin juicio ni investigación ni nada. Incluso quemaron viva a una familia dentro de su choza. Fue un hecho terrible que por muchos investigadores es considerado como la puntilla final al gobierno de Manuel Azaña. Murieron diecinueve campesinos, tres mujeres y un niño, además de tres guardias.

–Es muy triste.

–Sí que lo es. Tanto que incluso le cambiaron el nombre al pueblo, que entonces se llamaba Casas Viejas, para tratar de acallar lo sucedido, y lo llamaron Benalup, por una torre árabe que tenemos, aunque hace unos años lo recuperamos y por eso ahora se llama Benalup-Casas Viejas.

–Eres una gran representante de tu pueblo.

–A ver si crees que solo Estambul tiene historia. –Sonrío. Y él me devuelve la sonrisa, soy consciente de que Estambul, antigua Constantinopla, antigua Bizancio, muy probablemente tiene mucha más historia que un pueblo de apenas doscientos años, pero no me causa ningún complejo.

–¿Puedes parar un momento? –me pide cuando comenzamos a recorrer la calle La Torre. Y por el lugar, sé por qué me lo ha pedido. Me detengo a un par de metros del Arco del Beso. Un hermoso arco con estructura de pared encalada y remate de ladrillos toscos enmarca las maravillosas vistas desde las alturas de la vega del río Barbate, con las cumbres montañosas al fondo. Una auténtica imagen de postal, rematada con una pequeña valla de hierro forjado en la que hay varios candados cerrados. Aslan baja del coche y camina hasta situarse justo en mitad del arco.

–No creo que me acostumbrase nunca a contemplar este paisaje.

–Viniendo de alguien que vive en Estambul, resulta halagador.

–Es una belleza distinta, pero belleza a su vez .–Aslan contempla durante unos minutos el paisaje, ese que me he criado viendo a diario y quizá por eso no valoro como debiera hasta que me detengo a hacerlo, y contemplo los campos, la vega y los lejanos molinos eólicos de la cercana población de Tahivilla–. Aslan mira hacia arriba y me hace una señal. Estamos justo bajo las letras negras que en azulejos blancos rezan: *Bésame bajo este Arco*. Me guiña un ojo y sin dudarlo me acerco y le beso. No importa el viento frío, no importa que estemos en mitad de la calle y cualquiera pueda verme y sea mi madre la que me llame por teléfono, o peor aún mi hija. No importa nada de eso, solo el calor sosegado que me regalan sus labios–. ¿Te importa que nos hagamos una fotografía?

–No, claro que no.

Nos hacemos un selfi, que le pido que me envíe, porque lo cierto es que solo tengo una fotografía con él, en Estambul, en el aeropuerto justo antes de despedirnos, la que he estado mirando una y otra vez en mis largas tardes de anhelo. Y me gustaría guardar también esta, junto con un mechón de su cabello y una de sus camisetas que conserve su olor en un cofre del tesoro con el que dormiría abrazada cada noche escuchando *Se fue,* de Laura Pausini, hasta que vuelvan a salirme los granos de la adolescencia. Solo que en aquella época soñaría con un beso, y a mis años con que me haga el amor de ese modo tan salvaje. Me encanta cuando me mira queriendo adivinar qué pienso, como está haciendo en este preciso momento, porque entonces no puedo evitar pensar que si supiese lo que pasa por mi mente calenturienta se iba a llevar una sorpresa, y eso me divierte.

–¿Nos vamos?

Le hago un recorrido en coche por la Ruta de los Murales, incluso nos paramos para que haga fotografías de las distintas imágenes. Cuando llegamos a mi casa, mientras preparo el té, llama a Cloe por videollamada y hablan un largo rato. Me llama y me asomo a saludarla, me dice que está deseando verme, que quiere que juguemos juntas, y le respondo que muy pronto, aunque sé que no será así, porque estamos demasiado lejos. Cloe me envía un beso grande como una casa y me cuenta que le ha untado un moco a un coche de juguete de uno de sus primos, hijo de la hermana mayor de Aslan, Amina, porque le tiró del pelo, y que tiene ganas de verme porque huelo bien y doy abrazos grandes, palabras textuales.

–Lo de dejar de untarles mocos a las cosas cuando te enfadas tenemos que trabajarlo, ¿eh? –le regaña con dulzura su padre, y me mira de reojo. Hago mutis por el foro en busca del té.

–Si llego a saber que mis palabras iban a calarle tan hondo le habría recomendado una charla tranquila. Menos mal que no le enseñé a moñear a la prima, como hice con mi hija Álex.

–¿Qué es moñear?

–Coger a alguien del pelo y tirarle –explico sirviendo el té. Cuando le miro me observa atónito.

–¿Enseñaste a tu hija a tirar del pelo a la gente?

–No. Enseñé a mi hija a defenderse en la guardería. No sabes lo que era su curso de dos años, la escuela de entrenamiento de *Gladiator* se quedaba en pañales, nunca mejor dicho. Cada día venía con un mordisco o con un arañazo y con las coletas que le cogía retorcidas como un *twist*. Me contó, a su modo, que había una niña que le tiraba del pelo. Hablé con la profesora, y la cosa siguió, volví a hablar, y siguió. Hasta que un día vino con un repelón en el flequillo; le había arrancado un mechón. Le dije a la profesora que le pusiese guantes a esa niña o le pegase un par de dedos unidos con esparadrapo en plan pinza de cangrejo para que dejase a la mía en paz, pero, claro, eso no se podía hacer. Al final le compré a Álex una Nancy con una melena larguísima y le enseñé a agarrar del pelo y tirar de él, pero solo para que su compañera experimentase lo que se sentía y dejase de hacerlo. Y resultó. –Aslan ríe a carcajadas y yo doy un sorbo de té. Creo que estoy perdiendo todo el glamur por momentos, si es que alguna vez tuve alguno–. Pero eso fue hace trece años, ahora no se me ocurriría.

–Ya. Eres un peligro… Aunque me encanta ese arranque de protección, esa capacidad de saltarte lo establecido por defender a los tuyos.

–Lo establecido y lo por establecer si se trata de mis hijos –admito, y me complace su sonrisa.

Capítulo 26

–¿Te apetece té o prefieres un zumo de naranja? –me pregunta cuando llego a la cocina. Él dejó la ducha antes que yo, decidido a prepararme el desayuno. Solo lleva puestos los vaqueros, desnudo de cintura para arriba, le abrazo por detrás, pegando el pecho y el rostro a su espalda y cerrando mis manos en su vientre, acariciando el leve vello moreno bajo su ombligo.

Verle despertar en mi cama, ducharse en mi ducha, conmigo, y moverse por mi casa con la misma familiaridad que si fuese la suya es una sensación extrañamente satisfactoria, porque me gustaría verle así, aquí, todos los días. Que se levantase por las mañanas, me diese un beso y me dijese: «Hasta después, cariño, me voy al trabajo, pero comemos juntos. Por cierto, ¿te apetece que el fin de semana vayamos a dar una vuelta en bicicleta con los niños?». Y besarle todas las mañanas al despertar, y acurrucarme con él en el sofá viendo una película, como anoche.

–¿Té o zumo de naranja? –insiste, devolviéndome a la realidad desde mis pensamientos, envueltos por la melancolía de lo que nunca será. Veo el despliegue sobre la mesa de la cocina, todo un desayuno turco está en proceso: tortillas, tomates y pepinos picados, huevos fritos y atún.

–Té, por supuesto. –Me aparto y le remuevo un poco el cabello en la nuca, me encanta su tacto, le doy un beso en el nacimiento del pelo, huele genial–. ¿Has invitado a desayunar a toda la calle?

–No, pero una de tus vecinas ha venido a pedir un poco de aceite y se lo he dado.

–¿Y cómo era?

–Mayor, unos ochenta años, con el cabello muy corto y gafas metálicas de color dorado.

–La Puri.

–¿Quién?

–¿Y le has abierto así, sin camiseta?

–Sí, hace calor dentro de tu casa. ¿He hecho mal? –pregunta al ver mi expresión.

–No, no pasa nada. Pero no creo que viniese en busca de aceite, sino en busca de tema de conversación. Es la amiga de mi abuela, La vieja del visillo de la otra noche.

–Ah, lo siento, debería haberme puesto la chaqueta al menos.

–No pasa nada. Pero en menos de dos minutos… –Mi móvil comienza a sonar–. Ahí está la llamada. Esa es mi abuela.

Lo busco en el bolso y me voy al dormitorio con él. Inspiro hondo antes de responder:

–Buenos días, abu, ¿cómo estás?

–Bien. ¿Vienes a comer hoy?

–No lo creo, estoy ocupada.

–¿Estás trabajando? –Quiere preguntarme por Aslan, pero se está conteniendo, lo noto en su voz, además habla bajito porque mi madre no sabe nada. Es lo que tiene que nos conozcamos desde hace treinta y siete años.

–No, estoy de vacaciones toda la semana.

–Y entonces, ¿por qué estás tan ocupada…? –Para qué la voy a hacer sufrir con tanta preguntita.

–Sí, abuela, el hombre que le ha abierto la puerta a la Puri es del que te hablé, el que conocí en Turquía. Está aquí conmigo y hemos pasado la noche juntos.

–Dice la Puri que parece un actor de cine, ¡que es un portento! –anuncia mi abu, sin ningún pudor, y no puedo evitar echar a reír–. Con unos brazos como columnas y unos músculos…

–Lo es, un portento, en todos los sentidos.

–Qué bien. hija. Porque eso también es importante, hay que estar satisfecha en todos los ámbitos. ¿Los niños le conocen ya?

–No, bueno, Pablo sí. Les he dicho que es un amigo, no quiero que se imaginen cosas, lo nuestro se acabará cuando él vuelva a su país.

–¿Y por qué se tiene que ir? ¿Por qué no se queda?

–Ya te lo expliqué. Porque él tiene su vida allí, a su familia y una hija. Y yo tengo la mía aquí, ¿te imaginas que les dijese a mis niños que nos vamos a Estambul?

–No, no por favor. Tú no te puedes ir, no puedes alejarles de su padre, y de nosotras… Ay qué lástima. Para una vez que encuentras a un muchacho en condiciones y es de la gran puñeta.

–Así es la vida, abu.

–Bueno, disfruta mientras puedas. Y ten cuidado no sea que cuando se vaya te deje de regalo una barriga. Que lo demás, se lava y se estrena –me dice haciéndome reír con sus ocurrencias. Desde luego que mi madre no ha salido a ella en nada.

–Tranquila, tenemos cuidado.

–Besos, vida mía y disfruta todo lo que puedas.

–Lo haré.

Pasamos la mañana en casa, sobre todo porque no logro estar más de un par de horas con la ropa puesta. Es demasiada la necesidad que aún tenemos el uno del otro y al beso tonto le sigue otro más intenso y a la caricia le sigue un roce inintencionado, que acaba siendo intencionado, y la mano se posa donde no debe, que en realidad sí debe, y toca aquí y allá y se enciende la chispa y… ¡Pum! Orgasmos que ni en los mejores sueños con mi pingüino.

Llegado el momento preparo algo ligero de comer, un picoteo, ninguno de los dos tiene demasiada hambre, al menos de comida.

–Tengo la sensación de que te tengo secuestrado y no te dejo ver nada turístico –le digo, sentada en el sofá con la cabeza apoyada en su torso mientras en la televisión proyectan una de esas películas insignificantes en las que nada tiene sentido, disfrutando del contacto con su piel, del calor que desprende su cuerpo y la sensación única de confort que me produce tenerle conmigo.

–Pues no la tengas. No he venido a hacer turismo, he venido a estar contigo –Lo dice tan serio y convencido que me dan ganas de echar los cerrojos de la puerta y tirar la llave.

Lorena me llama sobre las cuatro y me pregunta si me apetece tomar café con ellas antes de que comiencen el trabajo, me advierte que saben que estoy con Aslan pero que le parece una buena oportunidad de que se lo presente de una vez para poder ver en persona a mi turco –palabras textuales–. Aslan está a mi lado y me doy cuenta de que lo está oyendo todo cuando se echa a reír.

–Diles que sí –sugiere en un susurro–. Si te apetece.

Y media hora más tarde entramos en el patio andaluz de la cafetería El Pajarito, con sus macetas llenas de geranios y sus paredes encaladas, solo que en invierno no podemos disfrutar de la belleza de las flores en todo su esplendor rojo vibrante salpicando de vida las paredes. Aun así, se está bien en el patio, resguardados del frío exterior.

Pronto Lorena y Carolina entran por la puerta, Lorena con el cabello recogido en un moño despeinado y azotada por las prisas, y Carolina tan arreglada como siempre, con el cabello planchado y un sencillo maquillaje natural. Sonrío al pensar la cantidad de ocasiones en las que su hermana y yo la hemos advertido de que el día que tenga hijos no tendrá tiempo de arreglarse tanto.

–Buenas tardes, yo soy Lorena –nos saluda, mirándole de la cabeza a los pies, como si no diese crédito a tenerle ante ella, como si le hubiese traído a uno de los protagonistas de sus telenovelas preferidas. Nos da dos besos a cada uno.

–Hola. He tratado de refrenarla porque sabemos que necesitáis intimidad, pero ha sido imposible, soy Carolina. –Advierte con una sonrisa antes de regalarnos otro par de besos.

–Tendrán que parar a descansar un poco, ¿no? –sugiere Lorena, sentándose junto a Aslan, y su hermana junto a mí. Le miro y sonríe. Ya le he advertido que no debe asustarse de nada de lo que vea u oiga mientras estamos con ellas. Antonio, el dueño, se acerca, nos toma el pedido y se marcha a prepararlo–. Ay, que me parece mentira que estés aquí, en persona. Y eres más guapo así que en las fotos de Instagram –suelta con su naturalidad habitual–. Pero, vamos, que te sigo solo para asegurarme de que no eres un psicópata que vaya a hacerle daño a mi amiga. Hoy en día hay mucho loco suelto y no se sabe.

–Lore –trato de frenarla cuando comienza no hay quien la pare y es capaz de decir cualquier cosa.

–¿Qué?

–No pasa nada, me gusta la gente directa –afirma Aslan con una sonrisa, y coge mi mano sobre la mesa, un gesto que en nada pasa desapercibido a mis amigas, que me miran y sonríen–. Y gracias por el halago.

–De nada.

–Hablas muy bien español. Tienes un poco de acento en plan pijo, pero nada insoportable –suelta Lorena. La miro con toda la intención de que se dé cuenta de que si sigue en ese plan voy a despellejarla. Pero no me mira. Antonio llega con los cafés, nos los deja en la mesa y se marcha.

–Trataré de mejorar el acento –admite Aslan con una paciencia digna de un santo mártir.

–No pasa nada, hombre. Es una broma. ¿Podrías enseñarme una foto de tu hija? Sara se ha pasado días y días hablando de ella, de lo preciosa que es, de los ojos que tiene, lo inteligente… –Él me mira complacido y yo sonrío. Es cierto que le he hablado de la pequeña Cloe, pero Lorena me está haciendo parecer obsesiva. Aslan busca una fotografía en su móvil y mientras le hago a su hermana la señal de rebanarle el pescuezo porque ella no me mira, y Carolina se encoje de hombros, no puede hacer nada para pararla–. Oh, sí que es una preciosidad, tiene tus ojos –afirma sincera cuando la ve en la imagen.

–Gracias.

–Pues este pueblo es un lugar ideal para los niños. Se crían en la naturaleza, pueden ir a jugar solos porque no hay peligro, y a la vez aprenden tecnologías porque los colegios son muy buenos. –Ella sigue con su monólogo, y me temo que acabará preguntándole por qué no se viene a vivir aquí–. Seguro que en Estambul no tenéis estos paisajes.

–No. En Estambul tienen una ciudad milenaria con mezquitas espectaculares en cada rincón –intervengo.

–Como nosotros tenemos la iglesia del Socorro –afirma Lorena, y Aslan sonríe. Me gusta mucho la iglesia de mi pueblo, de hecho, me bautizaron en ella, pero compararla con la Mezquita Azul, por ejemplo, es un sacrilegio.

–Igualita.

–¿La iglesia de la plaza? –se atreve a preguntarme.

–Sí. Es la única que hay –le explico.

–No es la única, en El Tajo hay otra –protesta Lorena casi ofendida.

–¿Qué es El Tajo? –pregunta Aslan.

–La barriada donde está El arco del beso. Pero la de El Tajo es una ermita, no una iglesia –le rectifico.

–Entonces, la iglesia a la que se refiere es la que hemos visto al recorrer la plaza viniendo hacia aquí. –Le estamos liando, es normal, tanto aquí y allí... Asiento–. Es muy bonita.

–Ahora que has dicho lo de la plaza, ¿te acuerdas qué risa el otro día cuando Pablo le vendió a las señoras mayores tu Satisf…? –Mis ojos destilan llamas, lava incandescente de mi volcán interior con la que quiero fundirla viva en ese preciso momento. Al tropezar con ellos se calla de modo abrupto y Aslan la mira esperando a que termine de decir lo que sea, pero ella da un sorbo de su café y me observa de reojo.

–¿Qué vendió Pablo? –le pregunta. Y ella no sabe dónde meterse. Yo tampoco.

–¡Un rizador de pelo tamaño bolsillo! –Salta de improviso Caro en mi ayuda. Aslan me mira como tratando de analizar si está diciendo la verdad–. Yo se lo había regalado a Sara y el pequeño Pablo, el muy travieso, se lo vendió a unas señoras, pero, bueno, ahora mismo no lo necesita, ¿eh, Sara?

–No. No lo necesito. –Sé que Aslan no se ha tragado lo del rizador de cabello, pero, consciente de mi incomodidad, no pregunta nada al respecto.

–Sara nos ha dicho que has venido a una convención de médicos al hotel. Supongo que os reunís para actualizar conocimientos. Debe de ser muy interesante –sugiere Carolina tratando de reconducir la conversación. Es por este tipo de cosas por el que la quiero tanto.

–Lo es, normalmente no tienes la oportunidad de reunirte con colegas a ese nivel y compartir técnicas, estudios, valoraciones… Y todo eso repercute finalmente en el paciente y en su calidad de vida –expone. Se le nota muy orgulloso de lo que hace, y no le faltan motivos.

–Nosotras también tenemos reuniones anuales, eventos como profesionales de estética y peluquería, y claro, no tiene nada que ver con lo vuestro, pero es cierto que aprendes muchísimo –expone Carolina.

–Por cierto, ¿tu amigo… Harlan no ha asistido a la convención? –le pregunto. Aslan sonríe, como si le hiciese feliz que me acuerde del nombre de su mejor amigo, del que me habló cuando estuve en Estambul.

–No. El congreso solo es de neurocirugía y Harlan es traumatólogo –explica paciente.

–Harlan, qué nombre tan bonito, creo que es la primera vez que lo oigo –dice Carolina.

–Es inglés. Sus padres son ingleses, aunque llevan toda la vida viviendo en Turquía, y él nació allí –dice Aslan. Caro asiente, con su curiosidad satisfecha–. Y vosotras, ¿no os animáis a hacer una visita a Estambul?

–Uf, animarnos nos animaríamos, pero el viaje debe de estar carísimo –dice Lorena.

–Bueno, el alojamiento os lo ahorraríais, las amigas de Sara siempre serán bienvenidas a mi casa.

–Entonces deberíamos planteárnoslo en serio. Igual que Sara te encontró a ti, yo podría tener suerte también –sugiere Carolina divertida.

–Estoy convencido de que sí –admite Aslan amable.

–Pero si tu problema no es encontrarlos, hermana, tu problema es retenerlos, que no aguantas a ninguno más de dos días seguidos –apuntilla Lorena.

–Eso es verdad, tengo que admitirlo. –Ríe Carolina, antes de dar un sorbo a su café.

–Quizá es solo que aún no has encontrado al adecuado

–le digo, y ella me devuelve una sonrisa llena de cariño. Yo sé que, en el fondo, tras toda esa aparente frialdad hacia los hombres, mi amiga también quiere amar y ser amada, porque es lo que queremos todos.

Cuando nos quedamos a solas realizamos de la mano la Ruta de los Sucesos, una ruta que recorre cada uno de los lugares en los que ocurrieron los trágicos hechos acaecidos en 1933, deteniéndonos ante cada placa identificativa distribuidas por todo el centro de la localidad. Ya no me preocupa que la gente me vea de la mano con él, les saludo a conocidos más cercanos y lejanos, sin soltarle, porque en realidad siento que me gustaría gritarle al mundo que sí, que siento algo por él, que creo que incluso… le quiero. Pero si me lo admito a mí misma debo admitirme que voy a sufrir. No, no quiero pensar en eso.

Me atrevo a creer que ha olvidado el tema Satisfyer hasta que, durante la cena en casa, me hace la pregunta que tanto temía:

–Lo que Pablo vendió a unas señoras mayores fue un Satisfyer, ¿verdad? –me pregunta, y casi me atraganto con un pedazo de lechuga de la ensalada.

–Sí, el mío –respondo sintiendo cómo me enciendo como un farolillo de feria. Soy incapaz de mentirle. Él ríe por lo bajo y da un sorbo a su refresco–. Echaré mucho de menos a mi Aslancito. –Ahora quien se atraganta es él, con la bebida.

–¿Le habías puesto mi nombre? –pregunta entre toses, muerto de la risa.

–Claro. ¿Qué nombre querías que le pusiese?

Al día siguiente decido llevarle a visitar el Centro de Interpretación Prehistórica. Hemos conseguido salir de la cama antes de las doce de la mañana, lo que es todo un logro. Disfruto de verle cómo oye extasiado las explicaciones del guía, Rubén, al que conozco desde que era pequeña porque íbamos al mismo colegio. Aslan disfruta del relato de la historia del descubrimiento y el significado de las pinturas rupestres, la recreación de las imágenes de la Cueva del Tajo de las Figuras. Un pequeño abrigo en la roca con representaciones de aves y cuadrúpedos antropomorfos que datan del Neolítico y del Calcolítico, situado cerca del pantano del Celemín, a una decena de kilómetros de la localidad, en un paisaje de excepcional belleza, que en 1924 fue declarada Monumento Arquitectónico Artístico rupestre.

Mi preferida es la sala de la planta inferior, porque me hace sentir como si viajase en el tiempo, recorriendo las distintas edades de la prehistoria, con una ambientación sonora de pájaros, ruidos metálicos y animales que te transportan en el tiempo, con lonas con dibujos inmersivos, proyecciones y réplicas de objetos prehistóricos. Rubén nos deja a solas en la sala, advirtiéndonos que estará arriba para lo que necesitemos. Pero nosotros no necesitamos nada, nada a parte de cogernos de la mano y mirar alrededor con ojos nuevos, porque es capaz de llenarme con su ilusión al descubrir aquel lugar de su mano.

–Es increíble que un museo como este esté situado en un pueblo tan pequeño.

–Los pueblos pequeños esconden rincones maravillosos.

–Ya lo veo –admite con los ojos brillantes, y nos besamos, con el aullido del lobo prehistórico y el graznar de los cuervos de fondo.

Por la tarde, después del té, hay un tema que necesito comentarle y al que no sé cómo meterle mano, y es que, al día siguiente, miércoles, es mi tarde con los niños cuando están con mi ex. Les recojo del colegio, comemos juntos, los llevo a sus actividades extraescolares y después pasamos el rato juntos, cuando Álex no ha quedado con una amiga u otra, o con Sofía, que suele ser la tónica habitual, y nuestra tarde juntos se convierte en la tarde que la recojo de las clases de inglés y la dejo en casa de… Por Pablo no hay problema, ya le ha conocido y él no le ha dado mayor importancia a que su mamá tenga un amigo nuevo, pero si Álex no tiene planes adrede porque su padre la ha advertido de que estoy con alguien, puede darnos la tarde y bien dada. Porque Álex puede llegar a ser muy hija de su madre cuando se lo propone, y ya la he notado un poco tirante en sus mensajes de voz por WhatsApp.

Cuando me decido a arrancar con el tema, le suena el teléfono móvil. Así que recojo la bandejita con los dos vasos en forma de tulipán y la tetera y me los llevo a la cocina.

Si Aslan no fuese de Estambul, si fuese de Medina, de Puerto Real o incluso de Madrid, que está más lejos, no me importaría presentarle ante mis hijos como algo más que un amigo, porque sé, porque estoy convencida de que lo nuestro no sería un rollo ocasional, sé que sería una relación larga y estable y me tomaría el cuidado de presentarles formalmente, de intentar que estableciesen lazos, al menos cordiales.

Sé que Álex al principio le sacaría mil defectos, pero que acabaría rindiéndose a su sentido del humor, su buen trato y su templanza. Y también sé que Pablo le adoraría y le admiraría. Pero nada de eso va a pasar, y cuanto menos les mezcle mucho mejor.

–Era la doctora Andrades. Ella es la directora de cirugía del hospital Puerta del Mar –me dice, entrando en la cocina con el móvil en la mano–. Me ha preguntado si mañana podría ir la Facultad de Medicina de Cádiz para impartir una *master class* sobre mi técnica de cirugía intracraneal; hay varios jefes de neurocirugía interesados…

–¿Y qué vas a hacer?

–Sé que no es justo porque solo voy a estar aquí hasta el viernes, pero lo cierto es que es bastante interesante para mi currículum profesional…

–No te preocupes. ¿Y a qué hora es?

–Sería toda la mañana y parte de la tarde.

–Todo el día.

–Sí. Mas o menos.

–Bueno, no pasa nada, nos quedan el jueves y el viernes. De todos modos, mañana por la tarde tengo a mis hijos y prefiero que…

–Tranquila, lo entiendo perfectamente –afirma con una sonrisa y me abraza.

–Ojalá todo fuese más fácil.

–A veces solo hay que encontrar el modo –sugiere besándome en la frente y no sé qué quiere decir, lo nuestro no es fácil de ningún modo. Lo nuestro es complicado de todas todas, a pesar de que cuando estamos juntos todo parece sencillo, incluso cómodo, como entiendo que debe ser el amor tras los momentos apasionados–. ¿Qué te parece si me acerco al supermercado y preparo la cena?

–Me parece perfecto.

Capítulo 27

Me paso toda la mañana limpiando y recogiendo la casa, porque no pienso perder un solo minuto de los que me quedan con Aslan en nada que no sea estar con él.

Aún saboreo en los labios el beso que me dio al marcharse por la mañana. Le insistí en que se llevase mi coche, pero un taxi a cargo de la universidad le recogió en la puerta y le traerá de vuelta. Ese beso y ese «Hasta luego» me saben mucho a lo que quisiera tener con él.

Mientras tomábamos el té, antes de la despedida, le he sugerido que debería dejar la habitación del hotel. Está pagándola innecesariamente cuando solo va a por ropa para cambiarse, y me ha contestado que ya está abusando demasiado de mi hospitalidad y no quiere invadir mi espacio más aún. Lo que no entiende es que me encanta que me invada, por todas partes y a todas horas.

A media mañana recibo un mensaje de voz de mi madre que comienza con la retrasmisión de una discusión entre ella y mi abuela, porque según ella mi abuela siempre me ha consentido en todo, y ese es el motivo por el que confío más en ella que en mi madre, y acaba preguntándome si puedo ir a tomarme un café con ambas. Un café con miga, sospecho, tras oír la perorata previa. Mi madre está enfadada y voy a descubrir por qué.

Cuando llego, mi abuela me abre la puerta y me hace a un lado.

–Tu madre se ha enterado de lo tuyo con el muchacho ese. Yo no se lo he dicho. Pero lo sabe –me advierte en un susurro. Inspiro hondo, llenándome de paciencia, y me preparo para el café de la verdad. Ya nos tomamos unos cuantos durante mi divorcio, y después de mi viaje a Turquía, cada vez que quería mostrarme su malestar con respecto a las llamadas de mi padre a mí y a mis hijos. Parece tomar energías para enfrentar los temas conmigo a fuerza de cafeína.

Paso al pequeño salón con la mesa camilla en el centro y los sofás de escay que me transportan a mi infancia, le faltan los mantelitos de croché, pues cuando el televisor pasó a ser una pantalla plana no tenían cabida y mi abuela decidió quitarlos todos, y el mueble bar repleto de las fotografías de mi infancia. Ante este, mi madre sentada a la mesa con un rictus serio propio de Jack el Destripador. Me preparo porque viene tormenta.

–Buenos días. –Ave César, los que van a morir te saludan. Mi abuela va a por el café y yo saco las tazas y el azúcar del mueble bar antes de tomar asiento frente a ella en la mesa camilla.

–¿Cuándo me lo pensabas decir?

–¿Decir qué, mamá? –me hago la tonta, no quiero que sepa que mi abuela me ha advertido.

–Que estabas saliendo con un hombre…

–Soy una mujer heterosexual, es normal que salga con hombres, mamá –respondo cargada de paciencia.

–¿Y Miguel?

–¿Qué pasa con Miguel? –En ese momento se me enciende la bombilla de cómo se ha enterado. Claro, ha sido él. El muy…

–Creí que estabais intentando volver juntos.

–Los únicos que creíais eso erais tú y Miguel. Me duele la boca de decir que no voy a volver con Miguel, que no me siento atraída por Miguel, que no me gusta como hombre Miguel.

–¿Que no te gusta como hombre? Es el padre de tus hijos.

–Me gustó como hombre muchos años, hasta que me dejó de gustar. Siempre será el padre de mis hijos, y es un buen padre. Pero lo nuestro está más muerto que la momia de Tutankamón y no volvería con él así fuese el único hombre que quedase sobre la tierra en un Apocalipsis. –Espero haber sido lo suficientemente clara.

–Y este sí te gusta como hombre, ¿no? –pregunta con la voz llena de rabia y los brazos cruzados ante el pecho. Mi abuela llega con una bandeja con el café y una jarrita con leche y la deja sobre la mesa. Me sirvo con parsimonia antes de contestarle.

–Este me gusta como todo, mamá. Me gusta como hombre, como persona, como mente pensadora, como amigo, como amante –me mira sin poder camuflar el escándalo en sus ojos castaños–, me gusta como todo. De la cabeza a los pies, al derecho y al revés, me encanta cada milímetro de su ser. Además, no sé por qué tengo que hablarte de mi vida privada.

–Porque soy tu madre. Y todo lo que afecte a mis nietos…

–Aslan no les afecta en nada a tus nietos.

–Sí les afecta, se lo has presentado a Pablo.

–Que bien informada estás –hago notar, y ella aprieta los labios en una línea recta–. Se lo he presentado a Pablo porque tu querido exyerno llegó tarde y me estropeó la cena que teníamos prevista. Si tu querido exyerno hubiese cumplido con la hora a la que iba a recogerle, o al menos hubiese avisado con tiempo, Pablo no le conocería. Aunque no creo que conocer a un amigo de su madre le cause ningún trauma cuando, además, ha conocido ya a un par de amigas de su padre, incluida una con la que incluso estaba pensando casarse. –Estoy elevando el tono y no debo hacerlo, así que trato de calmarme, pero es que me enerva su doble vara de medirnos a Miguel y a mí, que soy su hija–. Ha sido Miguel, verdad, ¿él te ha llamado?

–No ha sido Miguel. Me he enterado y punto.

–Ya. Los rumores vuelan.

–Pues sí, vuelan, y aún no puedo creerlo. Porque encima... encima... ¡Es moro! –Eso sí que no me lo esperaba.

–Es turco mamá, no moro. Porque la palabra moro hace referencia a los habitantes del norte de África y Aslan es de Turquía, pero, de todos modos, si es lo que te preocupa, es musulmán no practicante.

–Sí, eso dicen todos, que son muy modernos y luego las llevan a sus países, al desierto allí con las cabras, y las encierran y les ponen un burka y no ven más el sol, o las casan con los terroristas islamistas y las explotan por ahí...

–La que te ha dado a ti con lo de casarme con los terroristas... –resoplo–. Eso que acabas de decir es muy racista, mamá. Mucho.

–Será racista, pero no quiero que te lleven por ahí y mucho menos a mis niños. –Me enternece su preocupación, porque sé que está sufriendo con la película que se está montando a lo *No sin mi hija*, al imaginar todo aquello, pero tiene que abrir la mente y con urgencia.

–No voy a ir a ninguna parte mamá. Ni mis hijos tampoco. Y Aslan no vive en el desierto, vive en una gran ciudad, es médico y trabaja en un hospital. No todos los musulmanes son terroristas, mamá, tienes que entender eso porque de lo contrario estás criminalizando a un montón de gente inocente, a millones de personas inocentes.

–Toda la culpa la tiene Rodrigo, por su culpa fuiste a ese país, por su culpa... –maldice entre dientes.

–No se trata de culpas, mamá. Rodrigo solo ha traído cosas buenas a mi vida y a la de mis hijos. –Ella enarca una ceja y temo que va a soltarme una retahíla de motivos sin sentido por los que no debo verle, una retahíla que no quiero volver a oír–. Pero lo más importante es que debes respetar mi vida sentimental, mamá. Como yo respeto la tuya. –No puedo resistirme a decírselo. Ella me mira consciente de que va con segundas, y eso parece hacerla enfadar más aún. No era mi intención, no quiero discutir, pero parece que no va a quedar otra.

–¿Qué vida sentimental ni sentimental? ¡Eres madre, y lo primero deben ser tus hijos! –La mera insinuación de que no lo siento así ya me hace daño.

–¡Sus hijos siempre han sido lo primero para ella! ¡No te atrevas a ponerlo en duda ni por un segundo! –interviene mi abuela muy irritada, poniéndose en pie, enfrentándola–. Ellos son lo primero, pero es una mujer y está viva, no se ha muerto ni ha dejado de serlo porque se haya separado. Sus hijos crecerán y se marcharán y harán sus vidas, porque así es lo natural, y ella se quedará sola. Y tú mejor que nadie sabes lo que eso significa, como lo sé yo. No pretendas que se condene en vida, ni que esté con un hombre al que no quiere. Sara se merece ser feliz, y no eres nadie para recriminarle nada al respecto porque al menos sus hijos saben quién es su padre, cosa que ella no ha podido decir nunca. –Cuando aquellas palabras abandonan los labios de mi abuela, me imagino una de esas bombas de racimo de la Segunda Guerra Mundial. Esas cuya metralla se extendía arrasando todo alrededor, exterminando cada resquicio de vida. ¡Booom!

–¡Sois iguales las dos! ¡Igualitas! –afirma mi madre con los ojos llenos de lágrimas levantándose, y se marcha, se aleja por el pasillo y se va de la casa. No intento detenerla porque creo que las tres necesitamos un poco de espacio en este momento. Mi abuela me mira y da un sorbo a su café que se debe de haber quedado helado, como mi sangre.

–Lo siento, sé que le he hecho daño con lo que le he dicho, pero no tiene derecho a hablarte así. Sé que solo quiere tu bien y que no cometas errores, como los que cometió ella, pero es tu vida y debes decidirla tú. –No se imagina cuánto la quiero, bueno, seguro que tanto como ella a mí. Las lágrimas escapan de mis ojos sin parar, me ha emocionado mucho que me defienda de ese modo, sus ojos también están rojos. La abrazo.

–Gracias, abuela.

–De nada, mi vida. No se lo tengas en cuenta, de verdad, solo está preocupada por ti y por los niños.

–Lo sé, pero duele tanto… Porque cuando está así de enfadada no mide sus palabras y a veces hacen mucho daño.

–A mí me lo vas a decir, que somos como el perro y el gato. Pero tú anímate, ¿vale? Se le pasará, te lo digo yo que la conozco mejor que nadie –sugiere apartándose para mirarme a los ojos; los suyos aún siguen enrojecidos–. Así que es musulmán…

–Tan musulmán como yo cristiana. Es un buen hombre, abu, y eso es lo único que me importa. Pero, de todos modos, esta discusión no tiene sentido porque él se va a marchar dentro de dos días. Volverá a su vida y yo a la mía.

–Nunca se sabe, cariño, nunca se sabe.

Como si conociese mi malestar, cuando salgo de casa de mi abuela, recibo un mensaje de Aslan en el que me dice:

Aslan: Cuanto más tiempo estoy contigo, más te echo de menos. Deseando acabar para verte, señorita.

Me hace sonreír el corazón y eso solo puede ser algo bueno, por más que mi madre opine lo contrario.

Cuando recojo a Pablo del colegio me da un beso

fuerte al subir al coche y mira hacia el asiento trasero. Al ver que está vacío frunce los labios.

–¿A quién buscas? –le pregunto.

–A Aslan. Creí que iba a comer con nosotros hoy.

–Tiene trabajo.

–¿Va a operar cerebros?

–No, va a dar una clase. Creo.

–¿Y yo no puedo ir?

–No, cariño.

–¿Y a qué hora llega?

–No lo sé –afirmo arrancando mientras él se pone el cinturón, y tomo dirección a nuestra casa.

–Jo, qué coraje. Yo le había dicho a Álex que le iba a conocer hoy.

–¿Álex te ha preguntado por él?

–Sí. Ella y papá. Me preguntaron cómo es y dónde le habías conocido. –Así descubrió que es turco mi ex y mi madre acto seguido–. Les dije que él curó al abuelo Rodrigo. Se lo dije a Álex para que no le caiga tan mal.

–¿A Álex le cae mal? Pero si no lo conoce.

–Ya. Pero dice que es gilipollas. –Suspiro, esta hija mía. Pablo debe notar mi malestar porque añade–: Pero cuando le conozca le caerá bien, mamá, ya lo verás.

No estoy tan segura, al menos de primeras.

Llevo a mi pequeño a casa y comemos juntos. Después de comer me doy cuenta de que ya no es tan pequeño, viene corriendo a contarme que se ha dado cuenta de que le ha salido una pelusilla morena a ambos lados del labio superior. Le doy la enhorabuena, yo me había dado cuenta hace semanas. Se está convirtiendo en todo un hombrecito, y en mi interior siento algo de nostalgia, similar a la que sentí con su hermana, cuando fui consciente de que comenzaba a dejar atrás una época que nunca volvería, una época en la que había sido una niña feliz y fácil de llevar y nos adentrábamos en otra, desconocida y por explorar, la adolescencia.

Son las tres y media cuando Álex abre la puerta con su llave. Su hermano, que ya ha comenzado a hacer la tarea en la mesa del salón, corre a contarle su novedad, pero mi hija trae cara de pocos amigos.

–Álex, me ha salido bigote…

–Y a mí qué me importa –le responde Miss Simpatía. Su hermano hace un mohín frunciendo los labios y arrugando la frente y cabizbajo se vuelve a su silla a seguir sumando números decimales.

–¿Hace falta ser tan desagradable? –le pregunto.

–No lo sé, dímelo tú, que al parecer eres de lo más agradable con alguna gente –dice mirándome con la capucha de la sudadera puesta, una sudadera negra con la imagen de unos labios pintados con la bandera arcoíris. Su mirada sombría me hace augurar tormenta, pero ya tuve suficiente con la de la mañana.

–Yo siempre soy agradable, ojalá todo el mundo pudiese decir lo mismo. Hay macarrones boloñesa para comer –digo, y me voy a la cocina a calentarlos.

–¿Y tu amigo? ¿No le has invitado a comer? –pregunta siguiéndome, dejando su bandolera sobre la mesa de la cocina. Enciendo el fuego y comienzo a remover la salsa, que me ha quedado deliciosa, sin inmutarme.

–Tenía planes.

–Creí que nos ibas a dejar tirados hoy para estar con él.

–No creo que estéis acostumbrados a eso.

–¿Por qué, mamá? ¿Por qué tienes que liarte con un tío ahora que papá no tiene novia, ahora que quiere volver contigo? –No quiero que lo pase mal, pero no por ello voy a volver con su padre. Quiero que lo entienda, debería entenderlo porque ya es lo suficientemente mayor y madura para hacerlo.

–Álex, mi vida. ¿Te gustaría que Sofía estuviese contigo solo por no hacerte daño? ¿Que en el fondo no se sintiese atraída por ti, que no te desease, que te quisiese como a una hermana y aun así te mintiese y estuviese contigo sin tener el menor deseo de que la tocases? ¿Crees que podríais ser felices así? –Entiende el símil a la primera, pero continúa con el rictus serio. No responde–. Quiero a tu padre, pero no de ese modo, y él merece que le quieran así.

–¿Y al turco sí le quieres de ese modo?

–El turco se llama Aslan. Y no, no le quiero de ese modo, pero sé que podría llegar a hacerlo.

Álex regresa al salón. Come en silencio, mirándome de hito en hito como si me perdonase la vida cada vez que lo hace, finjo no notarlo y me río con Pablo cuando al revisar su tarea veo que en el último ejercicio de Matemáticas ha contestado: *Jesús es siempre la respuesta.*

–¿Por qué has puesto esto?

–Es lo que dice la abuela Juani, que cuando tenemos problemas Jesús es siempre la respuesta.

–En este tipo de problemas no, cariño –respondo entregándole la goma para que lo borre. Voy a tener que hablar con mi madre sobre ese tema, no quiero que infunda ideas religiosas de salvación por la fe a mis hijos, pero será en otro momento, porque sé que será otro tema espinoso. Qué ironía, ella que cree que todos los musulmanes son fanáticos religiosos.

–Jesús no existe –responde Álex–. Solo existe la naturaleza y deberíamos venerarla como se hace con esos falsos dioses.

–¿Jesús no existe, mamá? –me pregunta Pablo cargado de curiosidad. No estoy preparada para dar respuesta a esa pregunta.

–Jesús existe si tú quieres que exista, en tu corazón. –Bueno, no es para aplaudirme con las orejas, pero la he salvado, pienso.

–¿Como los abuelitos muertos? ¿Como el abuelo Mario?

–Más o menos, cariño.

–Vale.

Cuando Álex termina de comer se pone a hacer los deberes del instituto en su habitación y cuando sale es para que los lleve a sus extraescolares. Primero llevo a Pablo a baloncesto y después me detengo ante la academia para dejar a Álex. Antes de que se baje poso la mano en su brazo y ella, que no ha vuelto a cruzar palabra conmigo, me mira.

–Cariño, te pido la misma comprensión que tú esperas de mí, el mismo respeto por mis decisiones, que tú quieres que tenga por las tuyas, y por encima de todo quiero que sepas que nunca nadie estará por encima de ti y tu hermano en mi corazón porque os quiero más que a mi propia vida. –Álex aprieta los labios y puedo leer en sus ojos que me entiende; ruego en mi interior que sea así.

–Hasta luego. No hace falta que vengas a por mí. Cuando salga daré una vuelta con Sofía y me iré directa a casa de papá –me dice en un tono que, no sé si es percepción mía, me resulta más conciliador, y se marcha a sus clases.

Dentro de una hora tengo que recoger a Pablo y traerle a casa hasta las ocho, ya que debo llevarle a casa de su padre.

Envío un mensaje a Miguel, advirtiéndole de que Álex irá a dar una vuelta con Sofía y después se irá directa para su casa. Él lo lee, pero no me contesta nada. No es que me extrañe, no nos hablamos desde que discutimos el viernes y tampoco es que sea muy hablador.

Me voy a ver a Pablo entrenar en baloncesto. Ha metido varias canastas y está muy contento, le han seleccionado para jugar un partido de liguilla con niños un par de años mayores, así que me siento en las gradas y veo cómo les dan una buena tunda, 80 a 40. Después me lo llevo a casa para la merienda, tras la cual se mete en su cuarto y me llama porque no puede abrir su maletín de doctor. Se le ha avivado la vena médica de un modo intenso, cuando lo tenía olvidado desde que se lo regalé por el día de Reyes. Me lo trae al salón, y lo intento, pero no hay manera. Se le ha atravesado una de las piezas del interior y bloquea la apertura, puede verse por el plástico transparente de la tapa. Le digo que se lo lleve a casa de su padre y que Miguel lo intente abrir, para algo debe servir la fuerza extra.

Cuando son las ocho menos cuarto recibo un mensaje en mi móvil. Deseando que sea Aslan, que no ha dado más señales de vida, por lo que debe de estar muy ocupado, lo miro, y me enciendo.

Miguel: Voy a cenar con el arquitecto y el cliente de una obra. Es una obra importante y no puedo decirles que no. Quédate a los niños esta noche, ¿vale?

No sé si será verdad, o no. No sé si lo ha planeado exactamente para hoy con intención de fastidiarme si tenía algún tipo de plan con Aslan. Pero de nuevo me vuelve toda la rabia que sentía cada vez que nos dejaba plantados porque había quedado para almorzar o cenar con un cliente arquitecto o aparejador o la madre que parió a Panete y a todas aquellas comidas y cenas. Eran superimportantes porque gracias a ellas cerraba los trabajos que nos daban el sustento, y era una egoísta por enfadarme porque llegase a las ocho de la tarde de un almuerzo o a las tres de la mañana de una cena. Y me reprochaba que me enfadase, que eso era trabajo, y en cambio yo pensaba mal de él. Pero yo no pensaba mal, ni bien, simplemente me sentía triste y enfadada. Y ahora me vuelvo a alegrar hasta el infinito de la decisión que tomé. Tengo muy claro que no quiero eso en mi vida.

Le escribo un mensaje a Álex diciéndole que cena y

duerme en casa, que su padre está ocupado hasta tarde, y ella me responde un simple *Ok*. Voy a llamar a Aslan para decirle que será mejor que nos veamos por la mañana, prefiero evitar el encuentro entre él y mi hija, pero cuando estoy escribiéndole llaman a la puerta y desde la cocina, que hay más cobertura, oigo a Pablo decir: «¡Aslan! ¿Has operado algún cerebro hoy?».

–Hey. Hola, muchacho. Pues no, no he operado ninguno hoy. Pero he estado enseñando cómo hacerlo a varios colegas –le explica mientras entra en casa. Acudo a saludarle.

–Hola. ¿Qué tal te ha ido?

–Bien.

–¿Te apetece un té?

–Sí, por favor. ¿Estás segura de que quieres que me quede? Podemos vernos más tarde. –Su comprensión me enternece. No me gusta, me encanta, y no porque sea atractivo, o porque tenga un cuerpo que es un pecado, me encanta por cómo es, por lo generoso y lo dulce.

–Miguel llega tarde y se quedan a dormir, así que quédate, qué más da.

–¿Otra vez llega tarde? –sugiere con una sonrisa.

–Sí, lo sé. Seguro que su intención es estropearnos cualquier plan.

–Por mi parte no hay problema. Cualquier plan es bueno si estoy contigo.

Tomamos té en el comedor mientras Pablo juega a la consola en su cuarto, se la tengo racionada, no más de una hora al día cuando no tiene tarea, ni que estudiar. No puedo quejarme, saca muy buenas notas, excepto en Inglés, que va raspadillo, y por eso le apunté a la academia.

Aslan me cuenta que ha sido un día largo pero interesante, que ha estado en la universidad impartiendo una clase sobre su técnica de operación, que han hablado mucho y han quedado bastante impresionados, que después fueron a comer con la jefa de neurocirugía del hospital y por la tarde impartió la misma clase a otros médicos.

–Todo muy largo y aburrido –concluye con una sonrisa.

–Bueno, mi día ha sido mucho más largo y aburrido –digo rememorando la mañana con la discusión con mi madre, la tarde de caras largas de mi hija, y el colofón, el maravilloso mensaje de mi ex.

–Eso significa que solo puede mejorar –afirma cogiendo mi mano sobre la mesa y apretándola con dulzura.

–No estés tan seguro.

–¡Aslan! ¿Puedes abrirme el maletín de médico? –pregunta Pablo a voces desde la puerta de su dormitorio.

–¿El maletín de médico? –me pregunta en un susurro. Asiento con una sonrisa–. Sí, claro, voy –afirma incorporándose y metiéndose en su habitación. ¿Está recogida? Pienso inconscientemente, como si él fuese a ponerse a mirar si hay tiestos por medio.

En ese momento se abre la puerta de entrada y entra Álex con Sofía. Las saludo a las dos, y las huelo, como un sabueso en la distancia. Parece que huelen un poco a humo; lo último que necesito es que estén fumando. Por un momento eso me desvía la atención de que Aslan está en el dormitorio y en cuanto Álex le vea tenemos lío, tengo que decírselo antes.

–¿Dónde está papá? –me pregunta.

–No lo sé, cariño, está con un cliente.

–Estoy harta de él y sus clientes. Tengo en su casa la ropa que me pensaba poner mañana para el instituto y ahora no me la voy a poder poner. –Drama a la vista. Aslan sale sonriente del cuarto. Mi hija le ve. Drama tamaño ola de Nazaré.

–Hola –las saluda. Álex arruga el ceño y me mira, como si yo hubiese asesinado a la madre de Nemo, su peli de dibujos favorita, aunque hace años que no la ve–. Qué bien, ¿eh, mamá? Así me gusta, priorizando intereses –me suelta, y se va a su cuarto. Sofía la mira sin entender nada, me mira también y la sigue al dormitorio.

Decido que se le pasará, principalmente porque Aslan se marcha en un par de días y no sé si volveré a verle, o cuándo. Y ella se olvidará de que hubo un momento en el que su madre volvió a vislumbrar las briznas de la felicidad junto a un hombre.

Así que no cambio mi humor por el mal humor suyo y animo a Aslan a que me ayude a preparar la cena.

Él se empeña en preparar *kumpir*, que son unas patatas asadas y rellenas de todo. En la cocina, sabiéndonos solos, se escapan media docena de besos sin que ni él ni yo podamos contenerlos.

Le he echado de menos, demasiado, no quiero ni pensar que solo nos quedan un par de días juntos.

Cuando llamo a Álex y Sofía para cenar están recostadas en la cama, distraídas con su móvil. Ambas me miran.

–No tengo hambre, se me ha quitado por tu culpa –me responde de malos modos.

–Siento que mi felicidad te quite el hambre.

–¿Tu felicidad? ¡Tu felicidad somos nosotros!

–Por supuesto que sí, pero sigo siendo una mujer y estoy viva, no me he muerto, Alejandra.

–Ya lo veo, ya.

–Es solo un amigo, y solo te pido que le trates con educación, nada más.

–Ya, un amigo.

–No le hables así a tu madre –la regaña Sofía–. No te preocupes, Sara, Álex y yo saldremos a cenar. Gracias por invitarme.

Qué bien me cae esta chica, su respuesta me refrenda que es una buena influencia para mi hija. Al final va a tener buen ojo para las mujeres la *jodía*.

Y efectivamente, ambas salen de la habitación y se sientan a la mesa cuando estamos terminando de ponerla.

–Sofía, Alejandra, él es Aslan, un amigo –les presento. Sofía le sonríe muy amable y Aslan le devuelve la sonrisa. Alejandra en cambio está más seria que un guardia del Buckingham Palace.

El beso de despedida de Aslan me sabe a poco, a muy poco, es rápido, fugaz, aunque intento alargarlo, con la puerta entrecerrada y sin encender la luz del patio para que las penumbras nos den cierta intimidad. Hace frío, pero su cuerpo es un horno encendido, y cuando me abraza me da calor. La luz de la farola titila y me acuerdo de Puri la Gallina, la amiga de mi abuela que se tiene que estar poniendo las botas cotilleando.

–Esta noche te voy a extrañar mucho –susurra sobre mis labios.

–Y yo a ti más todavía. No quiero que te vayas.

–Ni yo quiero irme –asegura, y vuelve a besarme–. ¿Me quedo en esa casa de ahí al lado? He visto que se alquila –sugiere refiriéndose a la unifamiliar anexa a mi casa que además hace esquina. Sé que es propiedad de un banco, una pareja de jóvenes tuvo que dejarla hace años cuando la crisis del ladrillo.

–Alquílala, pero creo que tendrás que dormir en el suelo porque está vacía.

–Tengo tantas ganas de estar contigo…

–Ya lo noto, ya –aseguro divertida, refiriéndome a la erección que percibo a través del pantalón del traje y que me presiona en la barriga. Él coge mi mano y la posa encima–. No seas malo, no comencemos algo que no vamos a poder terminar –digo y, de repente, me parece una metáfora de nuestra relación. Sí, hemos comenzado algo, y seguimos echándole fuego, un fuego intenso y abrasador, pero que no vamos a poder desarrollar, que se apagará con un balde de agua, de una sola vez, en solo un par de días.

–¿A qué hora nos vemos mañana?

–A las nueve dejo a Pablo en el cole y me paso a recogerte.

–¿Dónde me llevarás?

–Es una sorpresa. ¿Has traído ropa deportiva?

–Sí.

–Pues póntela –ordeno misteriosa.

Me quedo mirándole cómo sube al taxi que le llevará hasta el hotel.

Al entrar en casa me encuentro con Álex, que ha salido de su habitación, Sofía se marchó hace solo unos minutos, va en pijama, un pijama negro estampado con coloreadas catrinas. Por un instante me siento como si hubiese vuelto a la adolescencia y fuese mi madre la que me mira con aire reprobatorio. Sé que no va a dejarlo pasar y me preparo.

–Es muy triste, mamá.

–¿Qué es triste, cariño?

–Que juegues a los romances a tus años.

–Tengo treinta y siete años, cariño, no me hables como si fuese una anciana… Es más, aunque lo fuese, aunque tuviese la edad de tu abuela o tu bisa, también tendría derecho a vivir.

–¿Cómo te sentirías tú si la abuela se echase un novio?

–Genial. Si es un buen hombre, me parecería estupendo, porque si ella es feliz, yo lo soy por ella. –De hecho, si es que no lo tiene ya, pienso.

–¿Y si se echase novio la bisa?

–Pues también me parecería perfecto.

–Dices eso para tener razón.

–No, cariño. Digo eso porque lo pienso. Porque quiero que sean felices. Como quiero que lo seáis tú y tu hermano –insisto acercándome a ella, despacio–. Cuando papá estaba con Soraida…

–¡Papá la dejó por ti, y tú ni siquiera le has dado una oportunidad!

–Yo no le pedí que lo hiciese, Álex. No le di una sola esperanza.

–Pero ¡os besasteis!

–Él me besó y yo no quise ofenderlo, pero hablé con él muy claro. Si papá dejó a Soraida sería porque tenían problemas, no por mí. Quiero muchísimo a papá…

–No hace falta que me sueltes esa mierda de discurso de yo le quiero de otro modo… A este tío ni siquiera le conoces, no sabes si lo que quiere es nuestro dinero…

–¿Qué dinero, mi vida? –Trato de contener la risa, a mi hija la ha poseído de repente el espíritu de Athina Onassis. Esos argumentos me suenan demasiado a su padre–. Si lo único que tenemos es esta casa y la estamos pagando.

–O los papeles.

–Aslan es neurocirujano, cariño. Tiene mucho más dinero que nosotras, vive muy bien en Estambul y no tiene ninguna intención de venirse a vivir a España. –Al oírme decir aquello su expresión cambia.

–¿Se va a volver a Estambul?

–El viernes vuelve a su país.

–Y entonces… ¿vosotros?

–Nosotros seguiremos siendo amigos cuando se marche.

–Ah. –Se queda en silencio, consciente de que lo mío con Aslan es flor de un día, por desgracia. Su humor ha cambiado de repente–. Bueno, me tengo que acostar, hasta mañana.

–Buenas noches.

Capítulo 28

Nunca le había visto con un chándal, y, cuando le recojo en la puerta del hotel, parece que se haya escapado de un anuncio de la equipación del PSG, con los colores blanco rojo y azul, aunque un saco de patatas le sentaría igual de bien a mis ojos, todo hay que decirlo.

Sale a mi encuentro, con paso decidido, y me mira vestida con mis zapatillas deportivas, mis mayas negras y mi polar azul.

–¿Has venido andando? –me pregunta al alcanzarme, y me da un beso, que hace que se me olvide la pregunta. Tardo un par de segundos en recordarla antes de responder.

–No, tengo el coche aparcado ahí abajo. Aunque te voy a hacer caminar un poco, espero que estés preparado.

–Hago todos los días diez kilómetros de carrera antes de irme al trabajo –responde, y empiezo a pensar que lo mismo hago el ridículo hoy. Aslan alza la vista y mira al cielo, hay algunos nubarrones, pero no son demasiado negros y la temperatura es bastante buena para estar a puertas del invierno–. ¿Crees que lloverá?

–No. Soy un barómetro humano, confía en mí. –Gracias aplicación del tiempo del móvil–. ¿Has desayunado?

–No. ¿Y tú?

–Tampoco. Desayunemos en el restaurante en el que comimos el miércoles, necesitarás fuerzas –advierto, y él se echa a reír, pasándome un brazo por encima del hombro y pegándome a su cuerpo.

Por el camino hacia el coche, que he dejado en el *parking* del restaurante, nos cruzamos con José, uno de los jardineros, al que saludo. Si quedaba alguien del hotel sin saber que estoy liada con uno de los huéspedes, él y su lengua descontrolada se encargarán de solucionarlo. Después me cruzo con un par de señoras mayores, una de ellas está en la asociación de mujeres en la que participa mi abuela, les doy los buenos días, y varios metros más adelante me cruzo con un señor mayor con la cabeza cubierta por una gorra oscura que tiene un rebaño de ovejas en el campo junto al río. No sé cómo se llama, pero le conozco de vista, también le saludo, y a un matrimonio que me encuentro, y a varias personas más que caminan con paso presto por el sendero rural de la Torre de Benalup, o Torre de la Morita, la torre árabe cuya imagen es la insignia del escudo de la localidad y que le dio nombre cuando trataron de borrarlo después de Los Sucesos.

–¿Es que conoces a todo el mundo en este pueblo? –me pregunta con una sonrisa.

–No conozco a todo el mundo, aunque sí a sus familias, a la gran mayoría. Pero no se trata de eso, sino de dar los buenos días a las personas que te vas encontrando. Un mínimo de educación, ¿no?

–Me resulta muy peculiar que la gente me salude sin conocerme.

–¿Que no te conocen? Uy, eso crees tú. Ya son muchos los que saben que sales con la nieta de María la Pintá.

–¿Es un apodo de tu abuela?

–Sí. Le pusieron ese mote, porque desde que era niña le encantaba pintarse la cara de forma llamativa en los carnavales, y de María, la que va pintá, se le quedó María la Pintá. Y tú, eres el que sale conmigo, si te quedases más tiempo, no habría nadie en el pueblo que no supiese quién eres en unos meses –digo con melancolía. Él me besa en la frente con dulzura.

–Aún no sé. Cómo voy a ser capaz de marcharme mañana.

–No lo pienses, disfrutemos del día de hoy.

Después del abundante desayuno le llevo en mi coche hasta la conexión del sendero Dos Bahías junto al primero de los puentes de madera. Allí aparcamos y cojo mi mochila en la que llevo barritas energéticas, agua y zumos, porque, si todo sale como debe, entre el camino de ida y el de vuelta serán un total de veinte kilómetros. Yo suelo hacer el recorrido, algo más largo, todos los años, durante la Romería de las Lagunetas, una romería en la que trasladamos la Virgen del Socorro desde la iglesia que lleva su nombre hasta la pequeña ermita de la sierra. Pasamos todo el día celebrando, bailando y comiendo –y bebiendo–, en honor a la virgen los más devotos y en honor al buen rato vestidas de flamenca el resto.

A medida que vamos caminando, a veces de la mano, otras no, pero nunca demasiado lejos el uno del otro, no puedo dejar de mirarle y preguntarme, ¿por qué no? ¿Por qué no me merezco ser feliz junto a alguien como él? ¿Acaso es demasiado bueno para ser cierto?

Sí, lo es.

Y sin embargo es real, le estoy tocando, le estoy sintiendo. Mi mente me dice que quizá encuentre a alguien como él y yo le digo que no quiero a alguien como él, le quiero a *él*.

Como si supiese lo que estoy pensando, me sonríe y me atrae contra sí, abrazándome. Me cuenta que ha hablado con Cloe por la mañana temprano, y la pequeña le ha contado que ha caído una gran nevada que ha cubierto todo el jardín de la casa de sus abuelos. Me cuenta que es un jardín inmenso y que tienen incluso pavos reales y una cuadra de caballos, que a Cloe le encanta pasear a caballo por la nieve, pero que se lo ha prohibido hasta que él regrese porque su pequeña es muy lanzada y le encanta llevar a los equinos al galope.

–Lo más cercano a una yeguada de caballos que ha tenido mi familia fue una corraleta con una mula llamada Margarita que tuvo mi abuelo cuando yo era pequeña y que utilizaba para traer las cosechas al pueblo desde el huerto que tenía a las afueras. Margarita tenía un mal genio impresionante. Una vez me subí con dos de mis primas y pasó por todos los árboles con las ramas más bajas para tirarnos al suelo, hasta que lo logró. Para colmo vine a caer en un avispero y un par de avispas me pusieron el trasero a caldo. –Aslan se parte de risa al oír la historia de mis desventuras.

–¿Y no has vuelto a montar?

–Mi economía no da para eso.

–No hace falta ser rica para dar un paseo a caballo. Puedes pupilar un animal en una hípica o alquilarlo por una tarde. Yo puedo enseñarte a montar –dice. Le miro, y él me dedica una sonrisa triste, habla como si viviésemos uno al lado del otro y no a miles de kilómetros de distancia–. Algún día.

–Algún día –repito entrelazando nuestros dedos, llena de melancolía–. Esta mañana, Pablo me ha preguntado si vas a volver.

–¿Sí? Es un chico estupendo.

–Sí que lo es, quería enseñarte su juego de operación. Estoy convencida de que les ha contado a todos sus compañeros del cole que su madre tiene un amigo que es cirujano. –Me enternece que Pablo sea capaz de imaginar a Aslan formando parte de nuestras vidas, ojalá pudiese decir lo mismo de su hermana, que se despidió sin darme un beso y se fue caminando al instituto.

–Y él llegará a serlo, y uno muy bueno, si sigue teniéndolo tan claro como hasta ahora. ¿Y qué le has contestado?

–Que seguro que sí –respondo apretando su mano.

Cuando alcanzamos el puente de madera que atraviesa el embalse del río Celemín, Aslan se queda impresionado con las vistas de la inmensa balsa de agua de color peltre, en calma, hasta donde alcanza el horizonte. Con las montañas repletas de vegetación que nos rodean por todas partes, y los pájaros que sobrevuelan nuestras cabezas.

–Este lugar es precioso, una maravilla –afirma, y me lleno de orgullo como si hubiese colocado a mi gusto las montañas, la vegetación, el agua y los animalillos. Caminamos hasta el descansadero central y tomo asiento en los bancos. Todo es de madera, el techo, el suelo, la estructura, acorde al paisaje natural que nos rodea. Aslan se sienta a mi lado y me observa sacar un par de plátanos y dos botellas de agua de la mochila.

–En verano, después de volver de Estambul, alquilé un par de kayaks y organicé una excursión con Pablo, Álex y Sofía. Hicimos un recorrido largo y lo pasamos genial. Sofía se cayó al agua y Álex se tiró en plan enamorada desesperada a salvarla y al final tuve que recogerlas a las dos y llevarlas flotando hasta su kayak.

–Álex también es una gran chica.

–Siento que haya sido desagradable contigo, en realidad es muy dulce, sobre todo cuando quiere conseguir algo. –Rio para mí–. Pero tiene un gran corazón, dice que quiere estudiar Veterinaria. Desde pequeña, me traía a casa todos los animales medio muertos que se encontraba para intentar salvarlos. Una vez me trajo un lagarto al que le habían atropellado la cola, se encerró en el baño y lo roció con yodo, le escocería y se le escapó, no te imaginas lo grande que era el bicho y cómo abría la boca para mordernos apoderado del baño. Al final su padre lo echó a la calle con ayuda de una escoba y un recogedor. Pero ella le había puesto nombre, Chitibambam, y según su teoría una vez que les ponía nombre se convertían en sus mascotas, así que a llorar como una condenada porque Chitibambam se había escapado... –Aslan ríe a la vez que se come su plátano y da sorbos de agua.

–Cloe tuvo hace un par de años una pareja de conejos. Se los compré porque quería un perro, pero no podía comprárselo porque su abuela materna es alérgica y habría supuesto una crisis familiar. Mientras fueron pequeños todo fue genial, los sacaba y jugaba con ellos. Supuestamente eran dos hembras, así que no había riesgo de reproducción. Pero no fue así, uno de ellos era macho, y cuando crecieron, te puedes imaginar... Cloe me decía que Pamuk, que significa «algodón», le mordía en la nuca a Tarçın, que significa «canela». Que Pamuk era malo y ella quería separarlos. Me inventé que se peleaban porque la jaula se les había quedado pequeña, a pesar de que medía casi dos metros de largo. Cogí cita en el veterinario para castrar a Pamuk, pero llegó tarde porque dos semanas después de castrarlo Tarçın dio a luz a toda una camada de conejos. Los había de todos los colores, blancos, tostados, con manchitas... Cloe alucinó. «Al final, Pamuk es un papá como tú», me dijo. Con tanto conejo ahora sí que la jaula se había quedado demasiado pequeña, y le propuse regalar conejitos a sus amigas. Me miró horrorizada y me dijo: «¿Quieres separarlos de su madre y sus hermanos»? Menos mal que pude convencerla para llevarlos a todos a la finca de mis padres, y allí tienen una conejera inmensa en la que corretean felices. Pamuk debe de ser ya tatarabuelo, por lo menos. Además, la castración no funcionó demasiado, porque seguía con la libido por las nubes.

–Igualito que el dueño, vamos –sugiero haciéndole reír. Aslan tira de mí y me sube a sus rodillas, me rodea por la cintura y acurruca el rostro en mi cuello. Nos ensimismamos en la postal que tenemos ante nosotros.

–No imaginas el tiempo que hace que no me sentía así: feliz y en paz. Me refiero sentimentalmente. Cuando estoy contigo, Sara, todo es fácil, porque tú lo haces fácil. No hay dobleces, no hay posturas, el sí es sí y el no es no, cada risa, cada broma, cada beso, son tan naturales como respirar –confiesa cuando un mechón del cabello le cae sobre la frente, lo peino con los dedos y me recreo en sus facciones–. Tenerte así, entre mis brazos, es como agarrar un pedazo de cielo. Y quiero sostenerte fuerte para que no te me escapes, porque no quiero dejar de sentirme así.

–A mí me pasa lo mismo, no quiero que tu despedida mañana enturbie el tiempo que nos queda juntos, pero a la vez me siento tratando de atrapar agua entre los dedos –admito, me besa en la mejilla y me acurruco en su pecho.

–¿Vendrás a verme? ¿En primavera, quizá?

–¿Cuánto tiempo crees que podemos estar así? Ya me he pasado cinco meses anhelándote, siendo incapaz de mirar a otro hombre, sacándoles mil defectos. Me descargué esa aplicación de ligues –confieso. Él arruga el entrecejo divertido–. Y ninguno me gustaba, amplié el radio hasta Madrid y seguían sin gustarme. Ninguno tenía tus ojos, ni tu sonrisa, ninguno tenía tu forma de mirar, ninguno tenía nada que te llegase a la altura del tobillo siquiera. Por eso le puse Aslancito a mi pingüino.

–El que Pablo vendió a unas señoras –recuerda entre risas.

–Ese. Creo que fue una premonición, porque estando tú aquí no lo iba a usar. Ahora tendré que comprarme otro –sugiero divertida.

–Si estuviese solo un poco más cerca no ibas necesitarlo jamás –dice metiendo ambas manos bajo mi polar azul, apoderándose de mis pechos por encima del sostén. Veo que a lo lejos viene un chico corriendo y le doy un golpecito en las manos para que me suelte.

El chico nos da los buenos días y se marcha tan veloz como llegó.

–No creo que pueda ir a verte, Aslan. El viaje cuesta carísimo, ya estuve mirándolo hace unos meses…

–¿Pensabas venir a verme?

–Fantaseaba con hacerlo. Y como te digo, es carísimo, y en caso de ir me gustaría llevarme a Álex y a Pablo conmigo.

–Yo os pago los billetes.

–Ni hablar.

–¿Por qué no?

–Porque no. Soy una mujer independiente que se paga sus cosas y las de sus hijos.

–Pero si os lo pagaría por puro egoísmo, por el egoísmo de volver a estar contigo –afirma haciéndome cosquillas con su barba en la mejilla.

–Ya lo hablaremos cuando se acerque la primavera. Si es que tú no has ligado con otra que te haya gustado más que yo y yo no me he echado un novio, que todo puede pasar.

–A veces tienes la delicadeza de un hachazo en mitad de la cabeza –sugiere entre risas–. Eso no pasará, al menos por mi parte –afirma convencido. Sé que por la mía tampoco. Me giro para mirarle, y superando el complejo de temer aplastarle con mi peso me doy la vuelta sobre su cuerpo para quedar a horcajadas sobre sus muslos, mirándole muy cerca. No sé qué ha visto en mí. Y entonces mi mente masoquista me trae la imagen de la cena en el hotel el sábado, y recuerdo el comentario de los dos rubios, y eso vuelve a hacerme sentir poca cosa a su lado.

–¿Qué pasa? –Es increíble cómo me conoce tan bien en tan poco tiempo.

–Nada. Estoy bien. Fuerzo una sonrisa.

–No me engañas, he hecho o dicho algo que te ha sentado mal.

–No, no tiene que ver nada con lo que acabamos de hablar.

–¿Qué es?

–Es una tontería.

–No lo es. Y aunque lo sea me gustaría saberlo.

–Cuando estabas con la doctora Cuqui, la llevabas a los eventos médicos como el que te ha traído aquí, ¿verdad? –Aslan aprieta los labios y suspira.

–No me ha traído aquí un evento médico. He traído un evento médico aquí para poder verte sin que creyeses que soy un acosador enfermizo, porque me habías prohibido cualquier tipo de contacto a distancia contigo –revela serio–. Y la respuesta es sí, llevaba a Arzu conmigo a esa clase de eventos. No te conocía y Arzu también es médico… ¿Estás triste por eso?

–Ya, te la llevabas como profesional.

–No. Me la traía porque estábamos liados y porque a ella le apetecía asistir. ¿Saber eso te hace daño? –En ese momento recuerdo el día en el que fui a verle a su despacho y los oí discutir dentro. La doctora Cuqui estaba muy enfadada y se fue echando chispas.

–Discutíais por mí, ¿verdad? El día en el que estabais en el despacho discutiendo cuando llegué, era por mí –pregunto.

–Sí –admite con una sonrisa triste–. Arzu y yo nunca hemos tenido una relación como tal. Durante un par de años cada uno llamaba al otro cuando le apetecía, pasábamos algún tiempo juntos, pero nada serio. Tanto ella como yo teníamos libertad para tener otras relaciones. Ese día ella… En fin, quería que nos viésemos, y cuando le dije que no, se molestó, nada más.

–Se molestó bastante.

–Sí, pero no le quedaba otra que entender que lo nuestro se había terminado. Nunca fue más que sexo, créeme.

–Sé que eso no debería molestarme, porque ni siquiera nos conocíamos, pero lo hace, porque no quiero imaginarte con ella, no quiero imaginarte con ninguna mujer que no sea yo –confieso. Él asiente con una sonrisa.

–¿Tienes algún tipo de bipolaridad? Porque entre el «No quiero imaginarte con ninguna mujer que no sea yo» y «Nos vemos en primavera si no me he echado un novio» va un abismo. –Ríe. Yo también.

–Lo sé, la diferencia es cuando habla mi corazón y cuando lo hace mi cabeza –admito–. Tengo que contarte algo, que es una tontería, pero que si no te la digo la tendré dentro mucho tiempo…

–Suéltalo.

–El sábado, durante la cena, dos de tus compañeros médicos comentaron entre ellos algo así como que menudo cambio habías hecho, que ella era un ideal de mujer y yo… yo soy todo lo contrario.

–¿Quién te dijo eso?

–No me lo dijeron a mí, lo hablaron entre ellos y les pillé.

–¿Quiénes?

–Los dos rubios, pero qué más da, debían pensarlo todos. Ella es tan distinta a mí en todos los sentidos que no entiendo cómo puedo gustarte yo, que temo que en cualquier momento despiertes del atontamiento extraño que provoca que te guste…

–¿Qué es lo que no entiendes, Sara? –pregunta con cierta irritación en la voz–. No me importa lo que piensen ellos, ni ningún otro. Me importa lo que siento. ¿Por qué no podrías gustarme? ¿Por qué te gusto yo a ti?

–Porque le gustarías a cualquier mujer.

–¿Por mi físico? No me tengo por ningún adonis, y eso suena bastante superficial.

–¿Estás llamándome superficial?

–Sí engordase hasta convertirme en una bolita con patas, si sufriese una enfermedad que alterase mi aspecto,

¿crees que eso haría que dejases de sentir lo que sientes por mí?

–No, claro que no. Ni aunque te convirtieses en el jorobado de Notre Damme.

–Eres una mujer preciosa, pero, además, eres divertida, inteligente, con carácter, eres imaginativa, decidida, arriesgada… ¿tan complicado te resulta creer que esté enamorado de ti? –Las palabras escapan de sus labios como un torbellino, arrollándome, provocándome palpitaciones, dejándome sin palabras–. Lo estoy. Siento soltarlo así de golpe, pero lo que siento por ti es mucho más que una simple atracción, y lo supe en el momento en el que nos reencontramos en el hotel. Todos estos meses he sentido que mi felicidad no era completa, que me faltaba algo, y está claro que ese algo eres tú.

–Aslan, yo no quiero… yo no sé… No quiero sufrir, ni que sufras… No quiero pasarme la vida esperándote a ti, ni a nadie.

–Yo tampoco quiero pasarme la vida anhelándote, aunque ya lo haga. Pero sé lo que puedo tener contigo, y me gusta, me gusta demasiado, así dure uno o cien años.

–No somos un par de caracoles que podamos echarnos la casa y la vida a cuestas. Es una decisión que afectaría por completo a las vidas de nuestros hijos, algo que, si sale mal, les habrá provocado mayor o menor sufrimiento por nada.

–Yo lo tengo claro, Sara –afirma con una determinación abrumadora–. No sé cómo hacerlo, pero sé que quiero estar contigo y con tu familia, y entiendo tus miedos a la perfección porque también son los míos. Pero me niego a creer que lo nuestro sea imposible. ¿Y si nos damos de plazo hasta la primavera? Lo digo muy en serio. Volvemos a vernos, y si nuestros sentimientos no han cambiado, o no se han atenuado, o no has encontrado ese novio que dices, hablamos con calma, sin fechas, de cómo podríamos hacerlo. Vemos las opciones y como los adultos que somos las barajamos. –Asiento, porque no puedo negarme ante el anhelo en su mirada, porque me parece una fecha lo suficientemente lejana como para no sentir vértigo al imaginar ese momento, que sé que llegará y del que ya sé mi respuesta. Porque no voy a separarme de mis hijos y sé que mis hijos no se apartarán de su padre, ni yo lo permitiría, como también sé que él tiene una vida maravillosa en Estambul, que además es una ciudad preciosa, y Cloe tiene a sus abuelos, a sus amigas, y una casa con piscina.

–Está bien, en primavera nos vemos, hablamos y tomamos una decisión –respondo sin demasiada convicción.

Su móvil comienza a sonar y al mirarlo es una videollamada desde el iPad de Cloe.

–¿Te importa quedarte? Sé que le gustará verte.

–Claro –respondo, y él descuelga, con su mentón apoyado en el arco de mi cuello y sus brazos envolviéndome–. ¡Hola, preciosa! –le digo a una señora de cabello blanco en torno a los sesenta años. Madre mía, qué vergüenza. Aslan se pone a hablar con ella en turco mientras yo no sé dónde mirar. La expresión de sorpresa de la señora es similar a la mía, aunque luego sonríe y me saluda por la cámara.

–Es mi madre, se llama Aysel –me susurra Aslan al oído mientras no sé si enderezarme, si apartarme, o hacer el pino puente. Como la señora me sonríe y saluda con la mano, la saludo a ella también con una sonrisa forzada. Por suerte, enseguida aparece Cloe en pantalla arrebatándole el iPad a su abuela.

–¡Saraaaaaaa! ¿Cómo estás, Sara? ¿Cuándo vienes? ¿*Baba* y tú os habéis dado besos? –Las preguntas salen como una tromba de sus labios. Está tan preciosa, con su cabello mucho más largo, con los mofletes sonrosados y los ojos brillantes de emoción.

–Hola, preciosa, ¿cómo estás tú? Yo estoy muy bien.

–¿Cómo están Pablo y Alejandra? *Baba* dice que nos vamos a hacer amigos –revela, y miro a su padre, que no sabe dónde mirar para evitar mis ojos sin poder contener la sonrisa.

–Claro que os haréis amigos. Ellos están bien.

–¿*Baba* te ha mordido? –pregunta mirándome con los ojos muy abiertos.

–No, ¿por qué iba a morderme?

–Porque le dijo a la tía Meryem que te iba a comer a mordiscos cuando te viese.

–Cloe, esas cosas no se dicen, y no se espían las conversaciones de *baba.* –Creo que es la primera vez que le veo sonrojarse, siempre tan seguro de sí mismo no sabe dónde meterse en ese momento. Yo me muero de la risa.

–Pues no me ha comido, sigo aquí.

–Menos mal, porque quiero ir a verte.

–Cuando quieras, mi casa es tu casa.

–¿Tienes un cuarto para mí?

–Claro, tengo un cuarto vacío que será tuyo cuando vengas.

–¡¡Bieeeeen!! ¿Y puedo llevarme al doctor Pelusa?

–¿Quién es el doctor Pelusa? –le pregunta su padre.

–Mi amigo, me lo ha hecho el abuelo Kerem –dice enseñándole un calcetín al que han puesto cabello de lana y ojos de botones.

–Anda, qué guapo es.

–Es médico como *baba*. ¿Cuándo vienes, *baba*?

–Mañana.

–¿Tú también vienes, Sara? –pregunta con ilusión. Me duele decepcionarla.

–No, cariño, yo no puedo irme mañana, pero espero verte pronto.

–¿Me lo prometes?

–Sí, claro.

–Y que *baba* no te dé besos.

–¿Por qué?

–Porque también le dijo a la tía que se moría por darte un beso y no quiero que se muera. –No sé si reír o llorar por la pena con la que lo dice.

–Es una forma de hablar, no voy a morirme por darle un beso a Sara, como tampoco por dártelo a ti. Aunque a ti te voy a dar muchas cosquillas por contar todas mis intimidades, pequeña deslenguada. –Cloe se echa a reír con ganas.

–Tráeme un regalo, *baba*. ¡Y que no sea del aeropuerto!

–Vale, pequeña mandona.

–¡Muchos besos, Sara!

–¡Besitos, preciosa!

Me incorporo para mirarle directamente a los ojos.

–¿Qué? Sí, me moría de ganas de besarte; sí le dije a mi hermana que te comería a besos en cuanto te viese; y sí, le dije a Cloe que Alejandra y Pablo serían sus amigos. Y en nada de ello he mentido, deseo que lo sean, dentro de algún tiempo, no demasiado, espero. –¿Cómo voy a pensar en rehacer mi vida y olvidarme de él cuando me dice cosas como esta? Le beso, apasionada, yo sí que le comería entero, enterito, no iba a dejar ni las patillas, porque me gusta todo de él, hasta el mal genio que me mostró al principio de nuestra… ¿relación?

Almorzamos en una venta típica a pie de carretera, la Venta Correro se llama. En un ambiente familiar y hogareño disfrutamos de una comida casera deliciosa. Venado en salsa, le recomiendo, y le encanta, también pide revuelto de espárragos y huevo y natillas, que por supuesto son caseras.

–Creo que mañana no cabré por la puerta del avión,

tendrán que subirme por la zona de carga. Creo que iré al hospital rodando.

–Tranquilo, ahora pierdes las calorías en el camino de vuelta –trato de consolarle–. O en mi casa –sugiero, y él sonríe con picardía.

–Me quedo con la segunda opción, por favor.

Cuando estamos alcanzando el puente de madera en nuestro regreso, comienza a llover, así que echamos a correr para intentar alcanzar la parte cubierta del descansadero, pero la lluvia aprieta y Aslan se detiene a mitad de camino consciente de que estamos ya empapados.

–Siempre he querido besarte bajo la lluvia –dice de improviso, me mira y sonríe. Sé que se le acaba de ocurrir, pero me encanta. Y me detengo a su lado y disfruto con el tacto de sus manos cálidas en mi rostro, con su imagen con el cabello empapado pegado a la frente, con las gotas de lluvia estrellándose en su nariz recta, en sus labios y su mentón. Me toma en brazos, subiéndome a horcajadas a su cintura, agarrándome firme por las nalgas, y me besa en mitad de aquel diluvio sin que a ninguno de los dos nos importe la que nos está cayendo. Me fundo en su boca y disfruto del beso intenso y apasionado, me sumerjo tanto en la sensación del roce de sus labios, del fuego de su lengua y su sabor, que no me doy cuenta de que ha continuado caminando y hemos llegado a la zona cubierta. Puedo afirmar sin ningún pudor que ha sido el mejor beso de mi vida.

–Vamos al coche –pide mirándome con el fuego encendido en la mirada, y es casi una súplica. Asiento y echamos a correr hasta donde está aparcado el vehículo mientras una llovizna, ahora mucho más suave, cae sobre nosotros, pero cuando estamos llegando la lluvia aprieta con fuerza. Mi Citroën Saxo blanco solitario en el aparcamiento nos espera, lo abro con el mando veloz y nos introducimos dentro.

Oímos el sonido de la lluvia golpear contra la chapa, veo su cabello empapado gotearle sobre los labios, la ropa mojada pegada al cuerpo, como lo está la mía. Me mira los labios y me besa.

Es un beso apasionado, urgido y salvaje. Aslan me sujeta por los hombros y lame mi garganta, siento su lengua ardiente deslizarse por esta, ascendiendo hacia la parte posterior de mi oreja y mordisqueando el lóbulo, erizándome la piel.

–Señorita, mi amor, te necesito –suplica a mi oído. Y me subo a horcajadas a su cuerpo sobre el asiento del copiloto. Lo empuja hacia detrás, pegando el asiento a los posteriores, para ofrecernos algo más de espacio.

Aslan me saca el polar y la camiseta interior por la cabeza a la vez que le deshago de la chaqueta del chándal y la camiseta azul que lleva debajo, arrojándolos al asiento trasero. Le ofrezco mis pechos y él los mordisquea a través del sostén. La lluvia continúa golpeando sobre la chapa del coche.

Tira de una de las copas y rebela mi pezón sonrosado y enhiesto, desafiándole hasta que lo atrapa entre los labios, provocándome intensos latigazos de deseo al soltarlo y liberarlo de nuevo, a la vez que me mezo sobre su sexo por encima de la ropa. Mordisquea mi pezón, en un juego peligroso que va a acabar por enloquecerme. Me arqueo hacia detrás, lo que me permite el limitado espacio y me las apaño para tirar de la cinturilla de su pantalón.

Haciendo malabares tira de mis mayas hasta bajármelas y sacármelas junto con las deportivas, y sin dudarlo hace mis braguitas de encaje a un lado.

–Coge un preservativo de mi cartera, está en la chaqueta –me pide con aire suplicante.

–Claro –respondo aproximándome peligrosamente a su sexo enhiesto. Aslan arruga el entrecejo, desconcertado, y yo llevo mis pechos a sus labios. Agarra uno de mis senos con la mano y lame el pezón a la vez que comienzo a dejarme caer sobre su carne más íntima–. Oh, Sara, si lo haces no voy a poder parar.

–No quiero que pares –advierto sentándome hasta tenerle por completo dentro de mí.

–¿Estás segura de que puedo hacerlo? –pregunta conteniendo las ganas de moverse, sosteniéndome por las caderas.

–Sí. Quiero sentirte, necesito sentirte –exijo, y veo cómo en sus ojos se aviva la llama del deseo salvaje que tanto me excita, hundiéndose en mi interior en una única y solitaria estocada.

Cuando la pasión de ambos se desborda, asida a su cuerpo, siento una vez más ese placer visceral y único que él me provoca, que me hace perder la cabeza y rendirme al deseo. Y no solo disfruto de mi propio placer, también de su expresión, de cómo me sostiene con fuerza mientras se derrama en mi interior, de cada uno de los gemidos que bebo de sus labios, y me quedo un instante inmóvil, disfrutando del roce íntimo de ambos, sin deseo alguno de apartarle de mí.

Cuando recupero mi asiento para vestirme, aún con la respiración jadeante, sigue lloviendo, y los cristales están completamente empañados por nuestro vaho.

–Después de esto, creo que nos convalidan primero de contorsionismo –aseguro haciéndole reír.

–O primero de Gloria Celestial.

Capítulo 29

Ha salido el sol, y aun así no puedo dejar de tiritar, a pesar de que Aslan me pega con fuerza a su cuerpo y me frota los brazos para entrar en calor. Al parecer me dejé las luces encendidas o las encendí en cualquier momento con el codo sin darme cuenta y el coche no arranca. Estoy muerta de frío y empapada y no creo ser capaz de recorrer los siete kilómetros que nos separan de Benalup caminando, y aun así estoy feliz porque acabo de vivir un momento único e irrepetible de esos que guardaré siempre en mi corazón. Por lo que he sentido, por dónde lo he sentido (me refiero al lugar, no a la parte del cuerpo, aunque también lo he sentido por todas partes) y por con quién lo he sentido. Una simbiosis perfecta.

–Voy a llamar a un taxi para que venga a recogernos a pie de carretera, no quiero que enfermes –dice Aslan leyéndome la mente, permitiéndome mantener mi honor intacto, pues no he llegado a quejarme ni a rendirme, al menos ante sus ojos.

–Ningún taxi va a recogernos empapados, no nos dejarán subir al coche, por muy buena propina que les des. Y no quiero dejar mi coche abandonado.

–No lo dejaremos abandonado. Una vez estemos en Benalup compraré unas pinzas para arrancarlo.

–Yo sé quién puede venir por nosotros –advierto y llamo a mi salvadora. Quince eternos minutos después,

Lore se detiene y abre la puerta de su furgoneta Renault blanca. La pequeña Gala va sentada en su sillita de espaldas en el asiento de copiloto.

–Pero, bueno, ¿estáis locos? ¿A quién se le ocurre ir a hacer senderismo hoy, que se sabía que iba a llover? –nos regaña nada más poner un pie fuera del vehículo. Ha traído toallas previa indicación mía.

–A tu amiga Sara –sugiere Aslan, y le doy un codazo. Cojo una de las toallas y me envuelvo en ella.

–¿Esto es lo que me pedisteis? –pregunta enseñándonos unas pinzas de batería que trae en una bolsa de plástico en el asiento trasero.

–Sí gracias –dice Aslan haciéndose con ellas.

–Vaya tela, Sarita. Para que pilles una pulmonía pulmonar.

–Mientras no sea una pulmonía cerebral –digo.

–Sí, tú ríete, que como te pongas mala no pienso llevarte caldito de puchero, ni nada de nada. Mi amiga antes no era así, antes era una mujer formal y responsable, así que la culpa la debes de tener tú. Tú nunca vayas a perder la cabeza por ningún hombre como la tita Sara, ni siquiera si es un turco de telenovela –le dice a su bebé que nos mira desde el asiento del copiloto, con la ventanilla abierta, y se ríe.

–¿Por qué me ha llamado así? –me pregunta Aslan.

–Porque está como loca con las telenovelas turcas –confieso divertida.

–Y además fui yo quien la animé a ir a Estambul. Así que cuando tengáis una niña le ponéis Lorena, y si es un niño le ponéis…

–Kerem, como mi padre –responde Aslan sin dudarlo. Le miro, ¿quiere tener más hijos? ¿Conmigo? ¿Es que pretende que seamos los Brady turco-hispanos?

–Ay, como Kerem Bürsin de *Zeynep, buscando a su padre*. ¡Me encanta!

–¿Quién es Kerem Bürsin? –me pregunta, pero yo aún estoy en *shock*. No he sido capaz de imaginarnos viviendo juntos porque lo veo un imposible y ahora me entero de que quiere tener más hijos. Yo, que desde que nació Pablo di mi fábrica de bebés por cerrada, *caput*, fuera permisos y patentes, ni me lo he planteado. Y sé que cometiendo locuras como la que acabamos de hacer me expongo a una sorpresa, pero es una locura controlada, porque sé que ovulé la semana pasada, soy demasiado regular para no saberlo. Aslan me mira, extrañado por mi expresión, trato de recomponerme antes de que empiece a intentar tomarme las constantes vitales–. ¿Estás bien?

–Sí, sí, es solo el frío, que me tiene un poco entumecida.

–Da gracias de que estaba en casa, porque hoy la cosa ha estado tranquila en la peluquería y dejé a mi hermana sola haciendo un *peeling*, si no, no podría haber venido a rescataros –afirma apoyando la espalda contra el metal del vehículo, yo hago lo mismo.

–Gracias.

–Si no, podrías habérselo pedido a tu madre. –Qué puñetera es cuando quiere. Se está burlando de mí porque ayer les conté la discusión con mi madre en un mensaje de voz, al que Caro contestó con caritas asustadas y el emoticono de un brazo haciendo fuerza, y Lorena con un GIF de Hulk estallando la ropa.

–Qué graciosa eres.

–¿Por qué no?

–Se lo voy a pedir, el día que tú le confieses a tu marido los paseos mañaneros de tu suegra. –Lorena rompe a reír a carcajadas.

–Eso es un secreto, ¿verdad, Gala? Los secretos no se cuentan –dice cuando logra articular palabra–. Y no voy a tener que decírselo, se va a enterar él solito.

–¿Podrías arrancar el coche? –le pide Aslan, que ha estado trasteando en mi motor y el suyo.

–Sí, claro –responde Lorena, y arranca. De pronto se hace la magia y mi motor también responde. Aslan comienza a desconectar los cables mientras Lorena se me acerca.

–Así que follisqueando en el coche como los adolescentes, ¿no? –me dice al oído. Yo no respondo, mi sonrisa lo hace por mí–. Tienes la camiseta al revés, zorrona. –Me echo a reír. Me ha quedado claro que tengo que fijarme un poco mejor en cómo me pongo la ropa después del sexo.

Una vez en casa ninguno de los dos podemos resistirnos a entrar en calor fundiéndonos con el cuerpo del otro. Hacemos el amor en la ducha, me recreo en el tacto de su piel tostada y beso su cuello húmedo y jugueteo con la nariz con su nuez de Adán. Me gustaría poder besarle cada día, abrazarle, olerle, tocarle las pantorrillas peludas con los dedos de los pies mientras dormimos haciendo la cucharita. Tener la oportunidad de hacerme pequeña entre sus brazos y dejar que me cuide, que me diga que todo va a estar bien, y después hacerme grande para consolarle cuando tenga un mal día y ser quien le apoye cuando lo necesite.

Así la vida sería distinta. Más feliz de lo que ya era antes de conocerle.

Mi doctor antipático, mi barbudo favorito, mi propio turco de telenovela.

Después de cenar nos arremolinamos en la alfombra del salón. Aslan ha encendido la chimenea con los pedazos de madera de un mueble roto que tenía en el patio interior para deshacerme de él en cuanto pudiese. No recuerdo la última vez que la encendí, por no pelearme con ella por empeñarse en apagar la llama y por no limpiar las cenizas después, pero él lo ha hecho tan fácil que me arrepiento de no haber aprovechado más a menudo ese calorcito natural y suave que está envolviéndonos ahora.

Me mira, en silencio, y doy un sorbo de la copa de vino blanco que nos he servido a ambos. Me rodea entre sus brazos y me acurruca contra su pecho.

–No quiero que este día se acabe.

–Yo tampoco –asegura, y me besa en la frente–. Es curioso cómo de repente conocemos a alguien que marca un antes y un después en nuestras vidas. Sin proponérselo, simplemente llega y ya nada vuelve a ser igual, ni siquiera tú mismo, y esa persona desconocida se convierte en alguien tan importante que no quieres imaginar la vida sin ella. Eso es lo que me ha sucedido contigo, Sara –afirma, y no puedo evitar emocionarme, a duras penas contengo las ganas de llorar–. Lo nuestro no se acaba hoy, ni mañana en el aeropuerto. Este viaje me ha servido para darme cuenta de hasta qué punto esta es la vida que quiero tener, y te prometo que cuando volvamos a reunirnos haré todo lo que esté en mi mano para que tus hijos me adoren casi tanto como tú.

–Bastará con que seas tú mismo –admito–. Aunque al principio fuiste un poco capullo conmigo.

–Eso no es cierto –afirma con una sonrisa.

–Sí lo es, y lo sabes, fuiste un auténtico capullo.

–Probablemente fue eso lo que más te atrajo de mí –sugiere haciéndome reír.

–No, lo que más me atrajo de ti fuiste tú, todo tú. Incluido tu mal genio.

Capítulo 30

A la mañana siguiente me despierta el haz de luz que se cuela por la ventana del dormitorio, le observo dormir, boca abajo, con el rostro ladeado sobre la almohada, contemplo sus largas pestañas oscuras y los reflejos cobrizos en su barba, los labios llenos y deliciosos que me han hecho estremecer con sus besos y su saber hacer. No puedo evitar volver a pensar cuánto me gustaría acostumbrarme a despertar a su lado cada mañana.

Y es un pensamiento que me hace reflexionar sobre cómo me ha cambiado conocerle. Estaba desencantada del amor, porque había amado y ese amor se había acabado. Nunca más creí poder volver a sentir algo como lo que he descubierto a su lado, sentía que mi vida amorosa se había terminado. Y, sin embargo, he aprendido que no hay edad para amar, que el amor llega cuando menos te lo esperas, te invade y te arrolla. Y da igual con cuántas capas pretendas protegerte, porque te penetra como el agua de lluvia hasta calarte en los huesos. He aprendido que hay sonrisas que nacen del corazón, que hay personas cuya aura se contagia y te trasmiten paz y armonía con su sola presencia, que el sexo es tan distinto como las personas que lo practican, que se pueden tener orgasmos de cuerpo entero y que a veces, una mirada, es más sexy que un beso.

Aslan abre los ojos y me mira, desplegando una de sus sonrisas espectaculares.

–Buenos días. ¿Estás observándome?

–Buenos días, no, solo me estaba fijando en que tienes la nariz un poco torcida. –Se la toca con los dedos y ríe. Sabe que me estoy burlando de él.

–Pues hay otra cosa que tengo muy recta –sugiere con picardía haciéndome reír a mí.

Desayunamos en la cocina. Sé que ha hablado con Cloe y le ha dicho que llegará sobre las siete de la tarde. Me ha contado que a las doce debe salir hacia el aeropuerto de Jerez. Allí tomará un vuelo que hará escala en Madrid antes de volar hacia Estambul. No quiero pensar en el momento de la despedida. Aslan pensaba tomar un taxi, pero me he negado, le llevaré al aeropuerto, cada minuto que pueda pasar a su lado voy a aprovecharlo.

–¿Te apetece que vayamos a alguna parte?

–Me gustaría quedarme toda la mañana en casa, contigo.

–No puedo imaginar un plan mejor.

Mi móvil comienza a sonar, interrumpiéndonos.

Lo busco en el dormitorio. Se trata de mi abuela. Quizá Puri le haya ido con el cuento de que se me oían los orgasmos a pares anoche por toda la calle, pero no me importa.

–Buenos días, abu.

–Ven corriendo, Sara. Tu madre se encuentra mal –me dice nerviosa.

–¿Qué le pasa? –pregunto buscando mis zapatos debajo de la cama. No los encuentro así que busco en el salón, alarmada, ansiosa por salir corriendo hacia su casa.

–Dice que siente una opresión en el pecho.

–¿Y habéis llamado al médico? –pregunto encontrando mis deportes bajo el sofá. No me quedan demasiado bien con el pijama, pero no es momento de ponerse tiquismiquis. Aslan me mira desconcertado al oír la palabra médico, supongo.

–No. No quiere que lo llame la muy cabezota, dice

que como llame al médico se va a morirse a otra parte –dice muy nerviosa. Por detrás oigo a mi madre vociferar que la dejemos en paz todos; está histérica.

–Pero ¿se ha vuelto loca? Voy para allá ahora mismo.

–¿Qué pasa? –me pregunta Aslan deteniéndome en la puerta.

–Que mi madre dice que tiene un dolor en el pecho y… mi abuela está muy nerviosa.

–Espérate, espera un momento.

–No puedo esperar…

–Llevas en las manos la sacarina, no las llaves del coche –me advierte, y me miro las manos. Tiene razón, he cogido el dispensador de sacarina de la encimera de la cocina en lugar de las llaves del llavero–. Si me indicas el camino yo conduzco, además, recuerda que soy médico.

–Sí, sí, claro, vamos.

Cuando llegamos la escena parece propia de la casa de Bernarda Alba. Mi pobre abuela está sentada a su lado en el sofá, sosteniéndole las piernas en alto como puede, teniendo en cuenta que mi abuela pesa un suspiro y su hija varios suspiros y medio. Mi madre tiene los ojos entrecerrados, con la camisa que lleva abierta, dejando a la vista la combinación blanca, respirando muy deprisa y entre lágrimas, y para cerrar el cuadro, Benito, nuestro vecino, está en una esquina, con los ojos enrojecidos llenos de lágrimas, observándola sin decir nada con expresión descompuesta.

Entro primero y relevo a mi abuela sosteniéndole las piernas, Aslan se acerca a mi madre y le coge la muñeca tratando de tomarle el pulso. Mi madre, al verle, abre los ojos de par en par y lo mira desconcertada, sin dejar de respirar deprisa.

–¿Qué le ha pasado? –pregunto y mi abuela mira a Benito, que está visiblemente emocionado y preocupado.

–¿Qué le sucede? Soy el doctor Aslan y voy a ayudarla. Dígame dónde le duele –le pide completamente metido en su papel, arrodillándose a su lado en el sofá. Mi madre nos mira como si se le hubiese aparecido la Virgen de Fátima, con los pastorcillos y todo, y se toca en mitad del pecho.

–¿Qué le ha pasado? –pregunto a Benito, que no aparta los ojos de ella–. ¡Benito!

–¿Qué? –me mira, y de pronto entiende lo que le he preguntado–. Se pasó por mi casa a saludarme… Y la invité a café, estábamos hablando y… De pronto se ha empezado a sentir mal y se ha venido… Y me vine detrás, a ver cómo estaba. –Está hecho un flan, le tiembla la voz y no sé si es del susto o de que aquí hay gato encerrado.

–¿Y de qué estabais hablando? –insisto. Aslan está mirándole los ojos, iluminándolos con la linterna del móvil. A mi madre le pesan las piernas como si fuesen dos columnas de mármol travertino. Las sujeto como puedo en mi hombro, juntas para que no se le vean las bragas con la falda de pana marrón.

–¿Eh? No sé… Cosas.

Mi abuela ha ido a buscar un abanico, y cuando regresa comienza a soplarle a su hija provocando que el cabello corto y dorado se le agite como en pequeñas oleadas. Aslan me pide que le suelte las piernas y la ayuda a sentarse despacio. Mi madre continúa respirando deprisa, muy nerviosa, pero con el rabillo del ojo le da tiempo a repasarme de pies a cabeza y notar que estoy en pijama, lo veo en su mirada, repaso que continúa con Aslan, que va vestido del mismo modo, aunque su pijama gris resulta mucho más sobrio que el mío, que es de estampado de unicornios.

–¿Está mejor? –le pregunta Aslan, volviendo a controlar su pulso con su reloj. Ella niega con la cabeza.

–¿Llamo a urgencias? –pregunto preocupada. Mi madre hace un gesto de negación con el dedo índice que más bien parece una advertencia.

–Traedme una bolsa, a ser posible de papel –pide mi doctor favorito.

–¿Una bolsa de qué? –pregunto ingenua.

–Vacía, una bolsa vacía. –Claro, qué tonta, no iba a ser una bolsa de guisantes congelados, que eso es para los golpes, me reprocho a mí misma por mi torpeza–. ¿Toma algún tipo de tratamiento? –Mi madre hace otro gesto de negación meciendo la cabeza a uno y otro lado. Mi abuela se marcha y regresa con una bolsa blanca de plástico que le entrega a Aslan–. Respire dentro de la bolsa, ¿cómo se llama? –me pregunta.

–Juani.

–Juani, respire dentro de la bolsa –le pide, y la abre ante ella. Mi madre comienza a inspirar y espirar dentro de esta, y la aparta del rostro veloz–. No, Juani, por favor, respire dentro de la bolsa. –Ella vuelve a negarse a algo por tercera vez y la aparta con las manos.

–¡Mamá! ¿¡Quieres hacerle caso y respirar dentro de la puñetera bolsa!? –protesto indignada con su actitud, y aunque intenta evitarlo, le pongo la bolsa abierta en la cara. Ella la sostiene y se resigna a respirar dentro. Poco a poco su respiración se calma y va cada vez más más despacio. Cuando se siente con fuerzas se aparta la bolsa de la cara tirándola lejos.

–¿Es que… me queréis… matar? –protesta entre jadeos–. ¡Apesta!

Cojo la bolsa y la huelo. Puaj, qué asco, huele como si hubiesen vomitado dentro todos los participantes del Oktoberfest a la vez.

–Abuela, ¿qué había en esta bolsa? –le pregunto. Mi abuela también huele el interior y la aparta deprisa.

–No sé, como no fuesen los calcetines de tu tío Paco, que cuando fue a pescar se mojó los pies y los trajo en una bolsa y me dijo que los tirara que estaban muy viejos. Pero los lavé y se los tengo para cuando venga otro día –confiesa mi abuela.

–Y ¿por qué no tiraste la bolsa?

–Porque tiene el tamaño perfecto para la papelera del baño –dice mi abuela, la gran recicladora.

–¿Estás mejor, mamá? –le pregunto ahora que parece que ha recuperado el color.

–Sí –responde a la vez que su respiración continúa normalizándose.

–¿Qué le pasa, Aslan? –le pregunto en un susurro.

–Tranquila, es un ataque de ansiedad –me contesta en voz muy baja.

–¿Quieres un vaso de agua, Juani? –le pregunta mi abuela.

–Yo se lo traigo. Benito, ¿puedes venir un momento? –le pido y él, que no puede dejar de mirar a mi madre, me sigue sin pensarlo, como un autómata sin voluntad. Ella nos observa alejarnos en dirección a la cocina–. Benito, dime qué ha pasado y dime la verdad –le pregunto en cuanto estamos a solas. Él arruga el entrecejo y me mira en silencio, apretando los labios en un mohín de incomodidad–. ¿Por qué habéis discutido?

–Yo… nosotros no…

–Benito, que me he hecho pis encima de ti. –Un episodio que me ha echado en cara entre bromas demasiadas veces, de cuando mis abuelos estaban quitándome los pañales con dos años y él me cogió en brazos, y yo decidí marcar mi territorio en aquel hombre que me trataba con tanto cariño–. Nos conocemos demasiado bien como para que me mientas.

–Sí. Hemos discutido –admite enfurruñado.

–¿Por qué?

–Porque… por el fútbol. Sabes que tu madre es del Madrid y yo soy del Barcelona, y estábamos hablando del pichichi… –Desde luego, nadie iba a contratarle para inventar escusas.

–Pues mira qué bien, mañana llamo a Sergio Ramos, se lo comento y compartimos opiniones con Messi. ¡Benito, por favor! No me cuentes trolas y dime ahora mismo lo que ha pasado o llamo a tu hija Paola...

–¡No, no! No las metas en esto –pide alarmado. Su hija Paola, la mayor, tiene tanto carácter como yo misma, y le teme, como mi madre a mí, y yo a mi hija Alejandra, supongo–. Cosas nuestras, Sara. Estábamos hablando de cosas nuestras y hemos discutido, es normal en los amigos…

–Ya. Y en las parejas también se discute –cuando digo esa palabra me mira con alarma, como un adolescente al que han pillado fumando a escondidas–. Pero ¿vosotros os creéis que mi abuela y yo nos chupamos el dedo? Que sé que estáis liados. Que he visto a mi madre salir de tu casa varias veces –miento tratando de sacar la verdad, solo ha sido una vez, y lo logro.

–Ssst. –Me manda callar llevándose el índice al bigote–. No digas eso, que te va a oír y se va a liar más gorda todavía.

–Sí, yo la voy a liar. Pero, vamos a ver, ¿a qué viene tanto secretismo? Los dos estáis solos, solteros, y a ti te conozco de toda mi vida, eres como de la familia para mí. –Benito desvía la mirada con cierto aire melancólico–. Te aprecio mucho, Benito, ¿a qué viene esta tontería de ocultaros?

–Ella no quiere –confiesa al fin–. No quiere que lo digamos, no quiere que nadie lo sepa, no quiere que cuente nada a nadie… Ya sabes cómo es.

–Menuda sargenta se ha perdido el cuerpo.

–¡Uf! Y que lo digas. Peor que el capitán que tenía en mi comandancia de Madrid.

–Y ¿por qué habéis discutido, parejita? –me regodeo. Ahora que sabe que lo sé, me encantará mortificarle por haber descubierto su secreto.

–Porque soy un hombre al que le gusta llevar la verdad por delante, por eso hemos discutido. Porque quiero sacarlo todo a la luz. –Ese todo es una vida, casi, supongo–. No quiero ocultarme, quiero asumir responsabilidades.

–¿No me digas que has dejado a mi madre embarazada? –sugiero entre risas, y él me mira muy serio.

–No, tú madre no está embarazada. En fin, si te lo tomas a pitorreo será mejor que volvamos al salón. –Benito es un hombre serio, siempre lo ha sido, y a mí siempre me ha encantado mortificarle con mis bromas.

–Venga, no te enfades, que sabes que te quiero mucho –le digo, y le abrazo y se le pasa el mosqueo.

–Y yo a ti, Sarita, no sabes cuánto.

–Anda, volvamos al salón y ya hablaremos con calma.

–Pues sí, con mucha calma.

Cuando reaparecemos en el salón, mi madre, a la que encuentro mucho más recuperada y con mejor expresión, nos vuelve a hacer un reconocimiento visual como si pretendiese adivinar nuestra conversación en las expresiones de nuestros rostros.

–¿Dónde habéis ido a por el agua, a Lanjarón?

–Vaya, sí que estás mejor, has recuperado hasta el mal genio –le digo entregándole el vaso. Ella da un sorbo y la deja sobre la mesa camilla, Aslan me dedica una de sus sonrisas ladeadas que tanto me enloquecen–. ¿Cómo está?

–Le he recomendado que vaya al Centro de Salud a hacerse un electrocardiograma para descartar que haya algo más, pero se niega. En principio es una crisis de ansiedad. Solo debe relajarse y descansar –me da el parte médico y respiro aliviada.

–Muchas gracias, doctor Jarlas –le dice.

–Aslan, mamá, se llama Aslan –la corrijo.

–¿Arlas?

–As, Juani. Puede llamarme As –se ofrece, siempre tan atento, hasta cuando no saben pronunciar su nombre.

–¿Como el as de picas?

–O el de corazones –sugiere dedicándome una mirada que me hace sonreír el alma.

–Muchísimas gracias, doctor As –le dice Benito emocionado, con el labio inferior tembloroso, estrechándole la mano arriba y abajo con energía.

–De nada.

–Y no se preocupe, que ahora mismo la llevo al ambulatorio a que le hagan el electro –declara, con más autoridad de la que le he visto en toda mi vida.

–Es lo mejor.

Mi madre continúa negando con la cabeza.

–Ya estoy bien –asegura.

–O te lleva Benito o te llevo yo, tú eliges –le digo, y cruza los brazos ante el pecho como una niña pequeña. Mi abuela mira al cielo, clamando quizá un poco de madurez divina para su hija. Si a sus casi sesenta años no la ha desarrollado dudo que lo haga.

–Me lleva Benito –murmura entre dientes.

–Con lo que os digan me llamas, Benito –le pido y él asiente con una sonrisa. Está feliz porque ella está bien y es de lo más tierno–. ¿Nos vamos? –pregunto a mi doctor as de corazones y él asiente.

–No se tome la vida con tanta intensidad. A veces es mejor dejarse llevar –le dice a mi madre. Ella le mira con una sonrisa y asiente.

–Muchas gracias por venir –le dice, y comenzamos a caminar en dirección a la salida–. Sara, ven un momento –me llama, y nos quedamos a solas en el pequeño saloncito. Me acerco a oír lo que tiene que decirme.

–¿Qué te ha dicho Benito? –me pregunta, y como no quiero avivar la llama de la ansiedad decido mentirle.

–Nada de nada, que estabais discutiendo por el fútbol.

–Sí, por eso era, es más cabezón –parece conforme–. Gracias por venir tan rápido. Por cierto, qué buen médico y qué buena planta tiene –afirma en tono confidencial haciéndome sonreír–. ¿Estás segura de que es turco?

–De la mismísima Turquía.

–¿Y seguro que es moro?

–Musulmán.

–¿Seguro?

–Segurísimo.

–Pues no lo parece.

–Porque tiene dos brazos, dos piernas y un corazón como todos nosotros –sugiero con aire bromista. Ahora que está empezando a abrir los ojos no quiero estropearlo con una discusión–. Me alegra que te guste, mamá, es importante para mí.

–No he dicho que me guste –afirma seria–. Pero tampoco me disgusta.

Eso ya es una victoria.

Una vez estamos en el coche, a solas, me acerco a Aslan y le beso en la mejilla. Cuando me aparto veo moverse la cortina de la ventana de Miguelina, y entonces le beso en los labios, para que la pobre mujer tenga algo de que hablar esa tarde con su marido, que es tan cotilla como ella misma.

–¿Y este beso?

–Estoy muy orgullosa de ti.

–Bueno, ha sido un simple ataque de ansiedad, no quiero imaginar con qué me recompensarías si hubiese sido algo mayor.

–Espero que no tengas que descubrirlo nunca. –Me río.

–Me ha gustado conocer a tu madre y tu abuela, a pesar de las circunstancias.

–Y a mí que las hayas conocido, y que ellas te hayan conocido a ti –aseguro entrelazando los dedos de su mano. Hay algo que me hace querer que todos los que me importan le acepten, y sé que es así porque ya le quiero. Le quiero en mi vida, le quiero en mi día a día y mi familia es muy importante para mí. Estar con alguien a quien los míos no aceptan sería duro.

–Y a Benito. Parece un buen hombre. Aunque este liado con tu madre.

–¿Y tú cómo sabes eso? –pregunto anonadada.

–Me lo contaste tú, cuando nos conocimos, dijiste que tu madre se acostaba con el vecino cuando tratabas de justificarte porque habías sido una completa antipática conmigo.

–¿Yo? ¿Antipática? Ni hablar. Bocazas sí, por lo que veo. Pues sí, es una buena persona, aunque se acueste con mi madre. –Río para mí–. Yo le aprecio mucho. Es como alguien de la familia. Le conozco desde que tengo uso de razón. A mí siempre me ha encantado pincharle, porque le veía tan serio, pero tan bueno a la vez… Cuando era adolescente le untaba mantequilla en el manillar de la moto para que se manchara los dedos al cogerla, porque ya tenía suficiente con la vecina cotilla de mi abuela, que las informaba a ella y a mi madre de todo como para que él anduviese pendiente todo el verano de dónde iba o venía. Siempre ha estado muy pendiente de mí, cuando me ponía camisetas rotas, que se llevaban en aquella época, enseñando el ombligo, me preguntaba si me las habían roído los ratones –recuerdo con ternura–. Cuando entré en cuarto de ESO, en el instituto, me gustó desde el principio un chico que era dos años mayor que yo, Javi, se llamaba. Pues Javi me invitó a dar una vuelta en su moto. Yo no sabía que el plan del chico era pararnos en el padrón para enrollarnos. Pues cuando íbamos camino del padrón, Benito estaba hablando con unos guardias que hacían un control en la carretera a la salida del pueblo, en cuanto me reconoció en la moto nos paró, me hizo bajar de la moto y le dijo al chico que si volvía a llevarme a alguna parte sin el consentimiento de mi madre lo metería en la cárcel. Obviamente el chico no volvió a mirarme más. Y le dejé de hablar durante el resto del verano, que se convirtió en un año hasta el siguiente, a pesar de que no le contó nada a mi madre, que me habría matado. Supongo que el hecho de no tener padre, a pesar de tener a mi abuelo, y él tener hijas de mi edad, aproximadamente, le hizo asumir una parte de ese rol.

–Y tiene tu mismo color de ojos.

Aquella frase me deja helada, petrificada. ¿Sí? Es verdad que tiene los ojos azules, y que siempre pensé que mi padre biológico debía tenerlos porque en la familia de mi madre hay tíos con los ojos verdes y grises, pero azules no… Aslan sonríe, parece divertido con el melón que acaba de abrir en mi mente.

–Eso es imposible. Vale que estén liados ahora mismo y que quizá Benito lleva enamorado de mi madre toda la vida, pero de ahí a que sea mi… mi…

–Padre.

–Que no, que mi padre es Rodrigo. De lo contrario mi madre me lo habría dicho… No, no me lo habría dicho, pero al menos me habría dicho que no es él… Que no, que Benito ha estado toda la vida con su mujer…

–Está bien, era solo una apreciación.

–Pues no aprecies nada más, por lo menos nada que me haga comerme el coco, que ahora mismo, en estos momentos, solo quiero tener en mente aprovechar el resto de la mañana juntos.

–Son las once, tengo el tiempo justo de pasar por el hotel, hacer la maleta y marcharnos al aeropuerto.

–Pues tendrás que hacer la maleta rápido, porque cuando lleguemos a mi casa pretendo entretenerte un poco.

–Para ti siempre hay tiempo.

La despedida es triste, siempre lo son. Tristes y amargas. Los besos me saben insuficientes. Después de uno quiero otro, y otro y otro. Quiero cerrar los ojos y agarrarle muy fuerte para que no se marche, no quiero que se vaya. Y sé que tiene que marcharse, porque le esperan su hija, su carrera y su vida, al fin y al cabo. Y no puedo evitar sentirme egoísta por quererle cerca de mí, por retenerle a mi lado alejándole de todo aquello. Ojalá pudiese traerme Estambul a la Janda con un hechizo mágico, o poner una puerta de Doraemon que nos comunicase. Pero no es posible, y cuando le dé ese beso, que será el último en mucho tiempo, el dolor de su ausencia me atormentará durante meses. No sé cuándo volveré a saborear sus labios, porque, aunque tenga el anhelo, la promesa de volver a vernos, las promesas son solo promesas que no dejan de serlo hasta que se cumplen, y no siempre es así.

–Espérame, no se te ocurra enamorarte de otro –me susurra sobre los labios, acariciándome con su aliento cálido. Me agarro a su cuello y vuelvo a besarle.

–No podría, porque no hay nadie como tú.

–Voy a escribirte todos los días, voy a llamarte a diario, porque me has concedido una tregua hasta primavera.

–Soy así de masoquista.

–Te amo, Sara. Y no quiero que me digas si es pronto o tarde para decirte esto, porque es lo que siento aquí y ahora, lo que llevo sintiendo desde que te marchaste de Estambul. Te amo. –Yo también, quiero gritarlo, quiero decírselo, pero no soy capaz, porque si lo hago será como admitir que acepto sin más que sacrifique su vida para estar conmigo, o que estoy dispuesta a marcharme para estar con él, y no es así, por mucho que me duela, por muchas ganas que tenga de llorar.

–Voy a echarte mucho de menos –es lo máximo que me permito decirle–. Avísame cuando llegues a casa, por favor.

Y contengo las lágrimas hasta que se aleja por el control de seguridad del aeropuerto, hasta que le pierdo de vista en la lejanía. Entonces me siento en uno de los sillones metálicos y descargo en lágrimas toda la tristeza que me produce saber que este breve sueño de tenerle conmigo se ha acabado.

Capítulo 31

Cuando llego a casa, mi único deseo es ponerme cómoda en el sofá un rato y tomarme un té que me ayude a digerir que, con suerte, pasarán varios meses hasta que vuelva a verle. Pero la imagen de una mujer de pie, junto a mi puerta, me hace saber que mi deseo de paz no se hará realidad.

Al menos estoy más tranquila. Benito me ha enviado un mensaje diciéndome que en el centro de salud le realizaron una revisión a mi madre y está todo bien.

Soraida lleva el cabello recogido en un moño alto, está embutida en un grueso anorak rojo y vaqueros y tiene la expresión contrita. Nunca hemos hablado más de un par de frases, ni siquiera cuando era la pareja de Miguel, así que soy incapaz de adivinar qué puede querer de mí, ahora que no lo son desde hace meses.

Bajo del coche y me dirijo hacia ella, que me mira acercarme con nerviosismo.

–Hola.

–Buenas tardes, Sara. ¿Tendrías un momento? Me gustaría hablar contigo.

–Sí, claro. Pasa –pido abriendo la puerta que da acceso al patio exterior. Soraida me sigue hasta el interior de la casa, dejo mi abrigo en el colgador junto a la puerta y la invito a hacer lo mismo–. ¿Te apetece tomar algo?

–Estoy muerta de hambre. Son las tres y no he comido,

pero parece que voy a tardar en hacerlo. Ella se deshace del anorak, me mira con sus grandes ojos castaños y se pone a llorar, de pie, a mi lado, con desesperación–. ¿Qué te pasa? –le pregunto. No sé si tocarla o no, si abrazarla, no tenemos confianza suficiente y ni siquiera sé qué la ha traído hasta aquí, pero si continúa llorando me pondré a su lado a hacer lo mismo sin saber siquiera el motivo. Siempre he sido una blandengue con la gente que llora.

–Yo… yo… –trata de empezar, pero el llanto se lo impide.

–Siéntate, voy a por un vaso de agua –le digo ofreciéndole mi sofá, y voy a la cocina a por él.

–No sé qué hago aquí, la verdad –me dice entre lágrimas después de beber un par de sorbos, cuando me siento a su lado. Y yo pienso, «pues ya somos dos»–. Pero no sabía con quién hablar, con quién…

–Qué pasa Soraida –le pregunto, porque comienza a desesperarme.

–¿Cómo están los niños? Hace meses que no los veo, yo los quiero mucho. El cariño no desaparece de la noche a la mañana, les quiero mucho, de verdad –me dice mientras las lágrimas le recorren las mejillas sonrosadas, y me dan ganas de mencionar el tema bofetada, pero no lo hago, hace tiempo que asumí que somos humanos y cometemos errores, y ese fue uno muy gordo, pero tampoco voy a crucificarla al sol hasta morir, aunque en ese momento me dieron ganas, y si se le hubiese ocurrido repetirlo, lo habría hecho.

–Bien, ellos están bien. ¿Has venido aquí para preguntarme por mis hijos?

–No… he venido porque… –Levanta la mirada y vuelve a descenderla, y a mí me suena el estómago de hambre. Si no arranca de una vez, me la comeré–. Yo sé que Miguel y tú tenéis muy buena relación…

–¿Él te ha dicho eso?

–Sí. Cuando Miguel rompió conmigo me dijo que era muy inmadura, y que se había dado cuenta de que él necesitaba una mujer a su lado, no una niñata. –Ay, gañán, que de lo de intentar reconquistar a tu mujer no dijiste nada–. Yo no sé si aún siente algo por ti, no paro de pensar en eso, pero… pero, yo le quiero… –Rompe a llorar de nuevo. Busco un paquete de pañuelos de papel en el bolso que llevaba preparados porque sabía que iba a emocionarme, y mucho, en la despedida de mi morenazo de ojos verdes en el aeropuerto.

–Tranquila, Soraida. Lo mío con Miguel se acabó y no tiene marcha atrás, si eso es lo que te preocupa.

–No es eso… Bueno, sí lo es, pero… –Se recupera un poco y se suena los mocos escandalosamente. No puedo evitar pensar que la escena es surrealista, estoy consolando a la mujer con la que se fue mi marido nada más separarnos–. Es que… Yo quería que volviésemos, y fui a verle a su casa un par de veces… Y él me decía que me fuese, que no quería estar conmigo… –Vuelve a llorar desconsolada. Y mis tripas rugiendo de hambre no me dejan ponerme sentimental–. Pero… pero… Nos acostamos, nos acostamos varias veces. –No hacen falta detalles, no porque duelan, que no duelen, pero no quiero más información de la estrictamente necesaria para entender a dónde quiere ir a parar, como, por ejemplo, que mientras trataba de cortejarme, Miguel y ella… jugaban a tapar agujeros.

–Que no pasa nada, Soraida. Sois adultos, vosotros sabréis.

–Sí pasa… Estoy embarazada. –Anda, éramos pocos… Me quedo petrificada un instante. Lo de Miguel con los métodos anticonceptivos es de traca, seguro que a ella también le dijo que controlaba.

–Y entonces, ¿por qué lloras? Eso es algo bueno, ¿no?

–¿Cómo va a ser algo bueno si él no quiere estar conmigo?

–Pero ¿se lo has dicho?

–No, porque él me dijo que vale, que nos acostábamos, pero sin compromisos, que era sexo nada más… y ahora, ¿cómo le digo yo esto? –Llora como una Magdalena.

–Vamos a ver, Miguel sabe, entre otras cosas porque tiene dos hijos, que… cuando… –A ver, cómo le digo yo esto–. Cuando el pajarito… se mete en el nido, por muy calentito que se esté dentro del nido y muy a gusto, hay que tener cuidado de que se salga del nido prontito, porque si no se tiene cuidado, pueden llegar los pollitos… –Por su mirada sé que no me entiende. No es muy avispada, no.

–¿Miguel tiene pájaros?

–En la cabeza, una bandada completa. A ver. –¿Una iluminación divina? Me da igual si el dios es cristiano o celta, pero necesito ayuda, por favor–. Quiero decir que Miguel sabía el riesgo que corría.

–No lo sabía, porque a mí se me olvidó tomarme las pastillas.

–Ya. Y seguro que se te olvidó sin querer, ¿verdad? –Soraida aparta la mirada–. Eso está muy mal, pero que muy mal, no se traen niños al mundo así –la regaño reavivando su llanto.

–Pero es que yo le quiero…

–Y él debe quererte a ti. Para traer un niño al mundo tiene que haber amor por las dos partes. Las relaciones de pareja son complicadas habiendo amor, sin haberlo no me lo quiero imaginar. Tener un niño jamás debe ser un intento para retener a una pareja, porque eso está mal, y además no funciona, nunca ha funcionado. Un niño, o una niña, debe ser el fruto del amor que compartes con la persona a la que amas. –No puedo evitar decirle lo que siento, me parece muy mezquino lo que ha hecho, creo que no ha sido consciente hasta que el test salió positivo.

–Lo sé, y lo siento… Y… ¿ahora qué hago? –¿Yo? ¿Yo tengo que decirle qué hacer? Lo que me faltaba–. Si se lo digo a mi madre es capaz de pegarme, por haber ido a buscarle a pesar de haberme dejado, y cuando le diga a Miguel que estoy embarazada se enfadará y no volverá a mirarme a la cara.

–Lo que has hecho está mal, muy mal. Pero yo no puedo decirte qué hacer. Habla con Miguel.

–Me va a odiar. Sé que me va a odiar…

–Trata de calmarte, todo este sofocón no puede ser bueno en tu estado. Voy a prepararte una tila, creo que tengo… –Me escapo unos minutos a la cocina. Mientras hierve el agua me como un plátano y un yogur, que es lo que tengo más a mano, para acallar el rugido de leones de mi estómago. Menudo drama, y el que se avecina cuando le diga a Miguel que se ha quedado embarazada intencionadamente, aunque él sabrá lo que ha hecho fiándose de Soraida y dejándose llevar. ¿Se puede ser más torpe? Por suerte lo vivo con cierta distancia mental. Probablemente la Sara de antes de viajar a Turquía se habría preocupado mucho por cómo esto iba a afectar a sus hijos, pero aquel viaje me ayudó a abrir los ojos y a darme cuenta de que todo tiene una importancia relativa, y que en la vida nada es blanco ni negro. Lo mismo les hace ilusión tener un hermanito o hermanita.

–Eres más buena persona de lo que creía –me dice cuando le entrego el vaso de tila.

–Vaya. Gracias.

–Álex me dijo una vez que si alguien era capaz de buscarle solución a cualquier problema eres tú. –Ay, cómo me emociona que mi hija piense así de mí. Y a la vez, ese comentario debe de haber provocado que Soraida me tome hoy de madre postiza, y me doy cuenta de que nos separan la misma distancia de años a ella con mi hija que a mí con ella.

–Aunque no apruebo lo que has hecho. –No voy a ahondar en la herida para no reavivar el llanto–. Lo hecho, hecho está, y ahora toca afrontarlo. Miguel puede ser muy bruto, mucho. –El «pero muuuucho» me lo ahorro–. Pero también es una buena persona y debes hablarlo con él. ¿Se va a enfadar? Probablemente, y con toda la razón, pero después hablaréis y razonará y encontraréis una solución.

–Gracias –me dice, y después de dejar la taza de tila en la mesita situada ante el sofá me abraza. Creo que es nuestro primer contacto físico en todos estos años. Al separarnos, la encuentro mucho más calmada–. Tienes razón. Miguel es muy bruto. Este niño será una sorpresa, pero después le hará ilusión, y él me quiere, yo creo que me quiere… y si tú no quieres nada con él.

–Nada, nadita, nada.

–Se dará cuenta de que yo le quiero de verdad y me dará otra oportunidad.

–Y yo os desearé toda la felicidad del mundo. –Ella sonríe satisfecha.

–Me lo creo, porque sé que estás con otro hombre. Con un extranjero. –Hola, me llamo Sara y estoy loca por un turco de metro noventa y ojos verdes. *La pasión turca* de Ana Belén se queda en pañales al lado de la mía. ¿Queda alguien en el pueblo sin saberlo? Asiento y sonrío. No voy a negarlo, es más, quiero gritarlo a los cuatro vientos–. Quiero aprovechar para pedirte disculpas, también a ti, por la torta que le di a Álex, hace meses. Ya se lo pedí a ella, pero quiero pedírtelo a ti como madre.

–Como madre te lo agradezco. Y aprovecho para decirte que el mensaje que te envié…

–No pasa nada.

–Quiero decirte que iba en serio. –Me mira sin saber qué cara poner. En mi mensaje la amenazaba con despellejarla viva si volvía a tocar a mi hija, pero le dedico una sonrisa que ella me devuelve con la duda en los ojos de si estoy hablando en serio. Sí, lo estoy, claro que lo estoy.

–Tranquila, fue en un momento de histeria. Ahora soy más calmada y responsable. –Vamos, dónde va a parar, se le nota a leguas. Soraida respira hondo, relajándose, y da otro sorbo de tila, volviendo a soltar el vaso–. Sara, ¿puedo preguntarte una cosa?

–Depende de qué cosa.

–Es que, verás, hay algo que solo puedo preguntártelo a ti y que me ha estado rondando la cabeza mucho tiempo, pero como no teníamos confianza pues… –La confianza está sobrevalorada, es mucho mejor tener relaciones superficiales, un hola, un adiós, un no-me-cuentes-tu-vida-que-no-soy-tu-psicóloga–. Miguel tiene una manía que… –Ahí viene el colofón, sé que va a ser épico por lo despacio que lo está desgranando–. Cuando lo hacemos, cuando él… se va a correr… siempre cierra los ojos. Primero uno y después el otro, como si me guiñase antes de cerrarlos, y no sé si lo hace inconscientemente o es que no quiere verme, ¿contigo también lo hacía? –¿En serio me está preguntando esto? ¡¡Esto!! Pues sí, me lo está preguntando, y sí, tiene esa manía y la de poner cara de estreñido, apretando la frente y los ojos, como si le estuviesen arrancando un pedazo de hígado en ese preciso momento.

–Háblalo con él, si te quedas más tranquila, pero no creo que tenga nada que ver con no querer mirarte, en esos momentos no se piensa demasiado, ¿no crees? –Y en muchos otros tú tampoco, me dan ganas de decirle.

–Tienes razón.

–Habla con él. Seguro que os irá genial. –Y así con eso me deja en paz, no puedo evitar pensar egoístamente.

–Muchas gracias, Sara. Eso espero, y que seamos todos juntos una gran familia, de verdad, porque a Pablo y a Álex los quiero muchísimo y no te imaginas cuánto les echo de menos –confiesa, y parece sincera. Mis pequeños son dos demonios adorables, así que ¿por qué no? Mucho más repuesta de como llegó, inspira hondo y se dispone a marcharse, se pone en pie.

Yo estoy deseando que lo haga para poder darme una ducha, comerme una tarrina de helado de chocolate que tengo en la nevera y regodearme en mi propia tristeza por la partida de Aslan antes de que mis hijos lleguen de sus clases particulares y mis labores como madre me impidan tener un momento tranquila.

En ese momento oigo abrirse la puerta de entrada e instintivamente miro la hora en mi reloj de pulsera. Son las cuatro, Miguel no traerá los niños hasta las siete, cuando hayan salido de las clases extraescolares. Pero es mi hija Alejandra la que entra en casa. Al ver a Soraida en el salón se queda petrificada, nos mira a ambas, como en un partido de tenis, desde la puerta. Pablo entra tras ella y nos dice «hola» a las dos con la mano sin más. Es lo bueno de la niñez, que solo se les da importancia a las cosas importantes.

–Buenas tardes, ¿habéis comido? –les pregunto.

–Sí, han comi… –No vienen solos, no. Miguel viene con ellos, y entonces entiendo la jugada. Miguel no sabía que Aslan no estaría, y su idea era estropearnos cualquier oportunidad de tener una tarde romántica plantándose allí con cualquier excusa. Lo que no esperaba es que su exnovia, con la que ha estado jugando a esconde la serpiente mientras trataba de reconquistarme, estuviese en mi salón, tomando una infusión tan ricamente. Se le descompone la cara y yo lo disfruto. Fuiste por lana y volviste trasquilado. Gracias, Karma–. Sori… ¿qué haces aquí?

–Yo…

–Me voy a mi cuarto, que tengo tarea –dice Álex sabia, decidida a quitarse del medio, y en dos pasos está en su habitación.

–Pablo, ¿tú tienes tarea? –pregunto dispuesta a ofrecerme a hacerla con él en su cuarto y desaparecer.

–No, no tengo –responde mi hijo feliz–. ¿Dónde está Aslan? –Puedo sentir la mirada de Soraida y Miguel en la nuca.

–No está, cariño, ha tenido que marcharse.

–¡Jooooo! ¿Y cuándo viene otra vez?

–En cuanto pueda –digo con toda la intención de que Miguel sepa que lo nuestro sigue adelante. Aunque más vale que se preocupe por lo que le viene a él. ¿Qué hago? ¿Me voy de mi propio salón para que puedan hablar? ¿Les invito a irse y que hablen por el camino?

–Miguel, yo… –comienza Soraida.

–Pablo, vamos a tu cuarto –sugiero.

–Quiero jugar a la Xbox.

–¿Qué pasa, Sori? ¿Por qué has venido a ver a Sara? ¿Y por qué has llorado? –Me sorprende que se haya dado cuenta, porque no solía hacerlo en el pasado, así se me cayesen lagrimones como melones.

–Miguel, yo…

–¿Por qué no habláis en el patio interior? –sugiero.

–Te ha dicho algo malo de mí, ¿no? –me pregunta, y yo me descompongo. Esto parece una casa de locos. Hago un gesto de negación–. Te ha dicho que no vuelvas conmigo, ¿no?

–Yo sería incapaz de venir a pedirle eso.

–Pablo, a tu cuarto, y no es una sugerencia –le insisto a mi hijo que está ojo avizor, pendiente de todo.

–Que no, mamá. Que quiero saber qué pasa.

–A tu cuarto o arranco los cables del wifi.

–Mamá, qué pesada eres, no me dejas saber nada de la vida –me suelta enfadado rumbo a su habitación.

–Escúchame un momento Miguel, Soraida no está aquí para hablar mal de ti, ha venido a hablar conmigo.

–¿De qué?

–De… –La miro. ¿No podrían hablarlo en otra parte?–. De cosas de mujeres…

–¿Qué cosas? O es que vas a decirme que os habéis hecho amigas

–Psss.

–¡Estoy embarazada, Miguel! –Bomba va. Y sin anestesia ni nada.

–¡Mierda! ¡Mierda! ¡Mierda! –oigo gritar en el cuarto de mi hija a través de la puerta. Pues va a ser que no le ha hecho ilusión. La cara de mi ex recorre todos los colores del arcoíris, desde el blanco más pálido al morado más oscuro casi negro. Coge una de las sillas de la mesa del comedor y se sienta.

–Eso es… es imposible. Si yo… Si tú…

–Bueno, ahora que lo sabes, podéis ir a tomaros un café y lo habláis con calma… –sugiero.

–Yo te quiero, Miguel, y este niño es buscado. Sé que ha estado mal lo que he hecho, debía haber hablado contigo antes, pero… Lo siento, perdóname, Miguel –le pide, pero Miguel parece una estatua de escayola. Petrificado.

–Un niño. Vamos… a tener… un niño –balbucea anonadado. Mi casa, teléfono, parece E.T.

–Estoy de dos meses –revela, y se atreve a acercarse a él. Se para a su lado y se toca la barriga por encima del jersey rosa fucsia que traía bajo el plumas. Y yo pienso: «No, chica, no se te nota, pero ya te enterarás, ya»–. Siento no haber sido la mujer que tú esperabas, siento haber sido tan celosa y haber provocado que quisieses alejarte de mí y te entrasen dudas, pero he cambiado, de verdad, Cari, créeme. –Miguel la mira a los ojos y… ¡Están llenos de lágrimas! Espero que sean de alegría. La coge de la mano y tira de ella hacia él y entierra la cara en su vientre. Me dan ganas de poner palomitas al microondas. Se quedan así unos segundos, en silencio, y yo, que estorbo en mi propia casa, me voy a la cocina. Unos minutos después, Miguel entra en mi búsqueda.

–¿Enhorabuena? –sugiero. Él fuerza una sonrisa–. Los niños siempre deben ser buenas noticias.

–Ella y yo, solo fue…

–Ni se te ocurra darme una explicación, porque tú y yo solo somos amigos –le digo con delicadeza–. Y es lo que seremos siempre, estés con ella, o con la Reina del Carnaval.

–Gracias, por escucharla.

–De nada.

–Se lo contaré a los niños, cuando sepa que está todo bien.

–Vale. Pero me juego lo que quieras a que ya lo saben –sugiero y él sonríe.

–De todos modos, lo hablaré con ellos.

–Me parece perfecto.

–¿Hablamos?

–Hablamos.

Capítulo 32

–Buenos días, señorita. Hoy tengo una operación programada que va a ser un poco larga pero después recogeré a Cloe en casa y la llevaré a comer a un centro comercial, realizaremos unas compras de Año Nuevo, incluido el regalo de la mujer de mi vida –sugiere con aire seductor. En Turquía no celebran la Navidad, al ser un país musulmán, pero sí tienen por costumbre hacerse regalos para celebrar el Año Nuevo, con árbol de regalos incluido–. Y después iremos al cine a ver una película. –Está arrebatador incluso con el gorro azul de cirugía y el pijama de quirófano del mismo color. No puedo evitar fijarme en los vellos morenos del pecho que le sobresalen por el cuello de pico del pijama y pensar en cuánto me gustaría poder jugar con ellos entre mis dedos. Son ya cuatro semanas desde que se marchó y el tiempo comienza a pesar.

–Qué buen plan tenéis. No necesito que me compres ningún regalo, con que me mandes un beso por carta certificada soy feliz. ¿Habéis pensado ya qué película vais a ver?

–Pues ya te comenté que recientemente hemos entrado en la fase Princesas, así que veremos una película de animación en la que salgan muchas y con la que me quedaré dormido antes del minuto diez –afirma resignado, haciéndome reír, y entonces recuerdo la fotografía que me envió hace una semana en la que Cloe le había maquillado, supuestamente como a una princesa, y sin embargo parecía el Joker. Ambos aparecían sonrientes mirando a cámara en el salón de su casa. Cloe aún llevaba un lápiz de labios rojo en las manos y su pequeño estuche de maquillaje de princesas. Me maravilló que se entregase de ese modo al juego con su hija y se dejase pintarrajear toda la cara, aunque sacar la barra de labios de la barba debió de costarle lo suyo–. Además, he descubierto que es capaz de combinarla con su amor por el espacio exterior. Me ha pedido que le fabriquemos un traje de astronauta a su princesa favorita, que se llama Cloe como ella. Así que creo que tenemos manualidades todo el fin de semana.

–Bueno, nosotros nunca tuvimos fase de princesas, pero sí fase Cosplay, de la que aún nos estamos recuperando de los pelucones y los disfraces, y la fase dinosaurios, de la que quedaron las cortinas y un par de edredones. Así que, ánimo. –Me río. Él me guiña un ojo y se sienta en el sillón giratorio de su despacho. Puedo reconocer la estancia de un solo vistazo, casi siempre me llama desde allí cuando llega al trabajo.

–Hay una cosa que quiero comentarte. –Ay, madre, ahora es cuando me dice que ha conocido a otra y que esa otra no vive a miles de kilómetros, ni le ha dado esperanzas con condiciones y que esto de vernos a por videollamada mañana y noche se va a acabar. Y de lo del cibersexo ya ni hablamos… Llevo temiendo esta conversación casi desde que se subió al avión en Jerez. Inspiro hondo y espero el chaparrón–. Cloe y Pablo han estado hablando.

–¿A qué te refieres?

–Han estado haciéndose videollamadas por FaceTime. Cloe con su tablet y al parecer Pablo con tu portátil. Anoche les pillé, a las doce y pico, pero llevan por lo menos dos semanas haciéndolo según he revisado el historial de llamadas de la tablet. Me desperté y me levanté para ir al baño y la escuché hablar en voz baja. Cuando abrí la puerta la encontré en la cama con la cabeza cubierta por la sábana y la oí diciéndole que, como ahora iban a ser hermanos, ella dormiría en la cama de arriba de su litera, porque Álex era más mayor y las chicas mayores tienen sus novios y sus cosas. Y Pablo le dijo que Álex no tenía novio, sino novia, y que a él le gustaría tenerla de hermana porque así él no sería el más pequeño, sino el del medio. Y entonces, la destapé, y cuando me vio le dio la vuelta a la *tablet* mirándome con cara de culpable y Pablo empezó a llamarla a voces porque creía que había perdido la conexión.

–Son terribles –digo, pero en realidad pienso que son adorables.

–Le he dicho a Cloe que puede hablar con Pablo, pero que no lo hagan tan tarde, y ella me ha respondido que solo le llama tan tarde cuando se despierta con una pesadilla o cuando no puede dormir, y que Pablo cuenta ovejas con ella y así se duerme.

–Madre mía. La de cosas que suceden en mi casa y ni me entero.

–Siempre pensé que se llevarían bien cuando se conociesen, pero que hayamos pasado de que se saludasen tímidamente en nuestras llamadas a apañárselas para llamarse entre ellos…

–En cualquier momento, mientras les hemos dejado hablando, se han dicho cómo conectarse. Estos niños nos dan mil vueltas.

–Pues sí. Es algo que me ha hecho ilusión, porque así todo será más fácil cuando nos reunamos en primavera para decidir qué hacemos… –Ahí está otra vez el tema espinoso.

Aslan ha aceptado el puesto de director del departamento de Neurología y Neurocirugía de su hospital por insistencia mía, porque no podía permitir que una oportunidad como esa pasase de largo ante sus ojos y no la aprovechase, pero cuando lo hice también era consciente de que será un escollo más para lograr que podamos estar juntos. Porque un trabajo como ese es difícil de encontrar, porque además le gusta y le hace feliz. Aparto la mirada como respuesta, no quiero hablar de ello, aún quedan unos meses en los que solo quiero disfrutar de nuestra relación a distancia. Porque lo cierto es que, a pesar del dolor de no tenerle a mi lado, físicamente, tenerle como apoyo al teléfono y en las videollamadas, en los mensajes de voz, y de texto, en nuestras largas conversaciones hasta la una de la madrugada, me está haciendo mucho bien. Es mi confidente, es la primera persona a quien le hablo del mal día que he tenido o de lo feliz que me siento porque Pablo ha aprobado el último examen de inglés con un diez. Me escucha y me apoya, y me da su opinión, aunque sea completamente opuesta a la mía. Y además está pendiente de mí, de cómo me siento, de porqué traigo mala cara, o porqué estoy más sonriente que de costumbre, eso nunca lo he tenido. Yo sí estuve pendiente de mi pareja durante años, pero él lo estaba más de otras cosas, como de su trabajo, por ejemplo. Aslan en cambio me nota enseguida si estoy triste, si estoy más seria o si he discutido con alguien, incluso en el tono de voz. Me divierte cuando lo nota y me sugiere con mucho tacto: «¿Pasamos a videollamada? Es que quiero verte los ojos».

–Eh, vamos, ambos sabemos que será difícil, pero queremos estar juntos, ¿verdad? –me pregunta, y es casi una súplica desesperada.

–Claro que quiero que estemos juntos. Pero cada vez que comenzamos a hablar del tema empiezo a pensar en que todo esto es una locura…

–Bueno, aún quedan unos meses para decidir cómo lo hacemos, no empieces a sufrir desde ya. Mi señorita sufridora –dice haciéndome reír–. Encontraremos la forma, confía en mí, ¿te he mentido alguna vez? –No, no lo ha hecho nunca. Y solo con esas palabras me tranquiliza y me ayuda a sentirme bien–. Vamos a estar juntos, vamos a levantarnos cada mañana uno junto al otro y te prepararé el desayuno. Tú me pedirás que te haga tortitas. Aunque estén duras como rocas, según Cloe, las prepararé para toda la familia y seremos felices juntos, te lo prometo –asiento, sobre todo porque quiero creerlo, quiero creerlo todo a pies juntillas con toda mi alma–. ¿Cómo está Álex?

–Mejor. Anoche estuvimos hablando. Todo el asunto de Sofía, y su negativa a salir del armario, se ha unido al malestar que ya tenía con la nueva paternidad de su padre, no por el hecho de que vaya a tener un hermano o hermana, sino por saber que su idolatrado padre se acostaba con su expareja mientras, según él, trataba de reconquistarme, haciéndola partícipe de su reconquista, como si ella fuese el Cid Campeador, su padre los Reyes Católicos y yo la que voy con los árabes.

–Bueno, con los árabes no sé, pero con un otomano… –sugiere con aire pillo, haciéndome reír de nuevo–. Lo superará. A todos nos han roto el corazón alguna vez y forma parte de madurar.

–Ya, pero el hecho de que Sofía la acusase de querer sacarla del armario a la fuerza le ha dolido mucho. Ella le dio el ultimátum porque no quiere esconderse, porque no quiere vivir su relación a escondidas, porque se siente libre para disfrutar de su orientación sexual, y Sofía en cambio es incapaz de hablarlo con sus padres e incluso con sus amigas de toda la vida. Y Álex no está dispuesta a vivir en la oscuridad, por eso dijo basta.

–Tan respetable como la postura contraria.

–Lore cree que lo que le sucede a Sofía es que no se siente preparada para dar el paso, lo cual es muy respetable, pero a la vez no es capaz de asimilar la idea de que, para Álex, esconderse es renunciar a su libertad.

–Puede ser. Pero, tranquila, lo superará. Oye, ¿Lorena ha cerrado su cuenta de Instagram?

–Sí. Bueno, en realidad, se la han bloqueado. Porque Gala tocando su móvil subió una foto en la que se le veía desnuda de cintura para arriba dándole el pecho, y ya sabes que la sangre está permitida, pero los pezones son satánicos.

–Ah, es que le daba a me gusta a todas las fotos de mis intervenciones, siempre, y me ha sorprendido no verle actividad. Mándales saludos.

–Lo haré. Por cierto, Gala ha comenzado a hacer gimnasia rítmica. Está superespabilada.

–Ya veo, subiendo fotos a las redes sociales y todo. –Ríe.

–Y Carolina ha roto con el chico de El Puerto de Santa María.

–Vaya, tres semanas le ha durado, ¿no?

–Sí. Todo un récord.

–Ya encontrará al apropiado.

–Eso espero, porque es demasiado buena y no quiero que se quede sola.

–No lo hará, estoy seguro de que encontrará la horma de su zapato. Mira Meryem, tanto espíritu libre y está como loca por su profesora de francés de Manhattan. Dice que este verano la traerá a casa para que la conozcan nuestros padres y todo.

–Qué bien, así podré verla yo también.

–Mi madre está deseando que vengas, ya lo sabes. –Alguna vez hemos hecho una videollamada a tres con sus padres, y su madre es una mujer encantadora, aunque no entiendo la mitad de lo que dice y Aslan debe traducirnos, pero me cae genial. Y su padre es más callado, pero también es muy amable–. Por cierto, hablando de suegras, mi querida suegra, ¿cómo está? –Aunque el primer y único día que le ha conocido fue el de nuestra despedida, a raíz de aquello el asunto de que sea turco pasó a un segundo plano, y suele preguntarme por él, si seguimos en contacto e incluso si piensa volver de nuevo. Cuando se lo conté me respondió divertido que no había nada como mostrar sus superpoderes de médico para conquistar un corazón.

–Ella no lo sé, pero yo estoy temiendo ir a verla.

–¿Por qué?

–Porque hoy llegan Rodrigo y su mujer, y van a quedarse una semana para estar conmigo y los niños… Han alquilado un apartamento en la calle de detrás de mi casa, y ahora voy a ir a desayunar con mi madre y mi abuela para decírselo. Lo he apurado hasta el último momento, pero llegan a las tres, así que no me queda otra.

–Uf. No quisiera estar en tu lugar, ánimo. Tú puedes.

–¿Me querrás igual si me deja tuerta y coja?

–Te querré más aún, porque cada día que pasa lo hago más y más. Y te querré más todos y cada uno de los días de mi vida, hasta que mi cabello se vuelva gris y mi rostro se llene de arrugas, siempre, para siempre –afirma atravesándome con su mirada esmeralda, muy serio, y aquella declaración me pilla desprevenida, me desarma y emociona.

–No sé lo que querrás conseguir, canalla, pero es tuyo –respondo con un hilo de voz, tratando de rebajar la emotividad para contener las lágrimas, aunque es imposible. Él echa a reír.

–Te quiero.

–Y yo a ti.

–Tengo que dejarte. En diez minutos comienza la intervención. Esta noche hablamos de nuevo, ¿de acuerdo?

–De acuerdo. Que la operación vaya genial.

–Gracias.

Cuando su imagen se esfuma de la pantalla, me levanto de la cama y me visto. Son casi las ocho de la mañana y me encuentro a Álex desayunando en la cocina.

–Buenos días, cariño –la saludo. Está seria, el mismo rictus que no cambia en su rostro desde hace ya una semana.

–Buenos días, mamá.

–¿Cómo estás?

–Bien.

–No estás bien, cariño, llevas una semana triste, pero estaré aquí para escucharte y ayudarte cuando quieras hablar –le digo. Ella concentra la mirada en su taza de cacao y arruga el entrecejo. Me pongo a preparar té turco en la tetera y a pelar un par de nectarinas, que después troceo y le pongo una delante en un bol con un tenedor.

–No te la he pedido.

–No hace falta. Cómetela si te apetece, y si no, me la comeré yo –respondo comiéndome la mía, a la que le he añadido un vaso de yogur.

–Estabas hablando con el turco, ¿verdad?

–Sí. Estaba hablando con Aslan. Hablamos todas las mañanas.

–Y por las noches. –Toma el vaso y bebe todo el cacao de una vez.

–Sí, también.

–¿Y no te cansas? Tenéis una relación a distancia.

–No me canso porque hablar con él me hace feliz –admito mirándola a los ojos–. Quizá llegue el momento en el que no lo haga y debamos dejarlo, pero por el momento no es así. Y además ambos esperamos que esta situación no dure para siempre, sino que podamos estar juntos en unos meses.

–¿Él se va a venir a vivir a España para estar contigo? –pregunta con una curiosidad que parece sincera. Sin embargo, el temor a que me suelte una de sus puyas y lo utilice para desahogarse de su propio malestar me hace dudar en responderle.

–Tenemos que hablarlo, cuando llegue el momento.

–Debe de quererte mucho para hacer algo así, mamá –dice sincera.

–Yo también le quiero mucho –admito.

–Sé que tiene una hija, que se llama Cloe. Y para que lo sepas, Pablo habla con ella por las noches, le he pillado.

–Lo sé, Aslan acaba de contarme que también les ha pillado.

–A Pablo le cae genial.

–Y a ti también en el momento que le des una oportunidad.

–No voy a dársela hasta que me demostréis que estaréis juntos para siempre, porque ya se la di a Soraida y fue una idiota conmigo, y después papá la dejó y me hizo creer que iba a volver contigo mientras se acostaba con ella. Y va y la deja preñada, el muy… Y ahora no pasa nada, ahora vuelven a ser una parejita feliz. No sé cómo puedes mirarle a la cara. –Álex se ha negado a quedarse en casa de su padre desde que Soraida anunció su embarazo. Apenas le dirige la palabra.

–Le miro a la cara porque deseo que sean felices, cariño. Es tu padre, y es humano, se equivoca y comete errores porque los adultos no lo sabemos todo; en realidad no sabemos casi nada. Él se equivocó creyendo que volveríamos a estar juntos y se montó su propia película, pero yo siempre tuve claro que no iba a volver con él. Porque le quiero, pero no como pareja. Y Soraida es joven y está enamorada, y por amor se cometen las mayores tonterías del mundo.

–Traer un hijo al mundo no es una tontería.

–Ya lo sé. Pero traer ese hijo al mundo será una lección de madurez para ella que no se puede ni imaginar, ya lo verás, y espero que para tu padre también. Ya sabes lo que dicen: «A la tercera, va la vencida» –bromeo, pero no surte efecto–. Además, pienso que Soraida será una buena madre porque adora a los niños. Y vosotros tendréis un hermano o hermana pequeñito.

–No me lo recuerdes. Esta casa va a parecer un colegio, entre nosotros, la hija de tu novio y el nuevo hijo o hija de mi padre…

–Tú piensa en la pasta que te vas a ganar como canguro –sugiero provocándole una sonrisa al fin, ¡Bien! ¡Ha sonreído por primera vez en una semana! Comienza a comerse la fruta–. Además, el nuevo hijo o hija de tu padre espero que lo cuiden ellos y no me lo traigan a mí.

–Lo traerán, o lo traeremos, al menos de vez en cuando –admite divertida–. Son muchos cambios en poco tiempo.

–Pero los cambios no tienen por qué ser malos. –Álex mira la hora en su móvil. Son las ocho; debe salir en breve para el instituto o llegará tarde.

–Mamá, ¿tú crees que soy manipuladora? –me pregunta con un halo de tristeza en los ojos azules. Le acaricio el cabello pelirrojo, pasándolo por los pequeños bucles del flequillo, peinándolo con los dedos, me encanta que haya recuperado su color natural, y ella se deja hacer.

–En absoluto. Eres una de las personas más directas y sinceras que conozco. A veces incluso demasiado sincera. ¿Quién te ha dicho eso? –Álex aparta la mirada. Sé que en su interior está debatiéndose en si contestarme o no. Le cojo la mano sobre la mesa.

–Sofía.

–A veces, cuando se discute, se dicen cosas que en realidad no se sienten. –Ella asiente y mastica la fruta en silencio mientras debe de estar decidiendo qué está dispuesta a contarme. Me parte el corazón verla así, saber que está sufriendo y no poder hacer nada para aliviar su dolor porque forma parte de crecer.

–Anoche estuvimos hablando por WhatsApp. Sofía me dijo que me quiere, pero que no quiere contarles a sus padres, ni a nadie, que estamos juntas. No quiero que tengamos que seguir besándonos a escondidas, o aquí en casa. Su padre sabe que soy lesbiana y me ha dicho de broma alguna vez que parece que estoy enamorada de su hija, cuando fue su hija quien se me declaró y quien me besó por primera vez una tarde en la que nos quedamos hablando a solas en el parque después de una clase de Inglés. –¿Quién es su padre, que voy a ir a arrancarle la cabeza? No, calma, calma–. Ya no puedo más. Desde que estamos juntas en serio me siento como si me hubiesen encerrado en el armario, un armario en el que nunca tuve que estar porque papá y tú nunca me habéis hecho sentir dentro. Pero quiero estar con ella. Y por eso, cuando le dije anoche que o hablaba con su familia y sus amigas o no volvía con ella, me acusó de manipuladora.

–Pero, según me parece a mí, que soy tu madre y no puedo ser objetiva, aunque lo intente, no debes pensar en lo que ella quiere, sino en lo que quieres tú, de lo que tú estás dispuesta a tolerar o no en vuestra relación. Sofía es una chica maravillosa y a mí me cae genial. A su padre no tengo el gusto de conocerle, pero ya lo haré…

–Mamá… –Vuelve a sonreír, ¡dos veces seguidas! Estoy en racha.

–Pero tú tienes que intentar ser feliz, mi vida. Solo vamos a vivir una vez, y si no eres feliz con esta situación, está genial que intentes cambiarla. Lucha por lo que te hace feliz, si tiene que ser junto a Sofía o como si tiene que ser junto a otra persona –le digo, y a la vez me pregunto por qué en cuanto a mi felicidad no lo tengo tan claro, por qué he dudado tanto y he sido tan cobarde a la hora de luchar por mi relación con Aslan en el pasado. Por miedo a sufrir, por miedo al fracaso, por miedo a necesitarle.

–¿Y si no conozco a nadie que me quiera como soy? ¿Y si me quedo sola?

–Claro que encontrarás a alguien que te quiera como eres, porque eres una chica muy especial. Eres preciosa, dulce, ocurrente, divertida, cariñosa, con un poco de mal genio, pero muy buena persona. Y las buenas personas escasean. Además, si te quedases sola, también se puede ser feliz en soledad, de cuando en cuando se da una sus alegrías para el cuerpo y ya está –sugiero guiñándole un ojo.

–Te quiero mucho, mamá. Gracias –dice poniéndose en pie. Ha acabado con la fruta, miro el reloj de la cocina, son las ocho y ocho.

–Y yo a ti, mi vida. Que tengas un buen día –le digo, y me da un beso en la mejilla que me sabe a maná celestial, a paz interior y dulce para el alma.

–Tú también, mamá. Sé que hoy vas a hablar con la abuela de la visita del abuelo Rodrigo, así que suerte.

–Gracias.

Voy a necesitarla, se avecina un huracán que dejaría al Katrina en tormentita tropical. Cuando vaya a casa de mi abuela después de dejar a Pablo en el cole me llevaré el paraguas y el chubasquero.

Pablo se levanta medio adormilado y muy cariñoso. «Te quiero más que a nadie en el mundo, mamá, ¿lo sabes?», me repite un par de veces, y me da a mí que está haciendo méritos para cuando le regañe sobre su pequeño secretito nocturno. Así que, después de desayunar sus cereales, cuando ha terminado de lavarse los dientes y cree confiado que vivo en la inopia, mientras le cuelgo la mochila en la espalda, le digo:

–Cariño, cuando hables con Cloe, que no sea tan tarde, ¿vale? –Él aprieta los labios y sonríe con cara de culpable.

–Vale, mamá.

–Que lo pases genial en el cole.

–Gracias, mamá, y tú en el trabajo. Que no te den mucho la lata los visitantes.

–Los huéspedes, cariño, no son extraterrestres. Y no, tranquilo, apenas trabajo con ellos –le digo, y le doy un beso en la frente.

Después de dejar a Pablo en el colegio me paso por una pastelería y compro una torta de horno completa que sé que a mi madre le encanta. Como si de un acicate para que me atreva a hacerlo, Rodrigo me llama por teléfono cuando estoy subiendo al coche.

–Buenos días, Sara, ¿estás en el trabajo?

–Buenos días, no, hoy entro a trabajar a las once, mi jefe me debe unas horas y he aprovechado para cogerlas. Y vosotros, ¿por dónde vais?

–Pues vamos poco antes de llegar a Navalmoral de la Mata, para la hora de comer estaremos ahí, más o menos.

–Genial. Anoche dejé preparada una berza, como me has comentado que te gusta tanto, a ver os si gusta la mía.

–Seguro que si, Sara –oigo decir a su mujer–. No tendrías que haberte molestado.

–No es ninguna molestia, Patricia. Lo he preparado encantada; los niños están deseando veros.

–Y nosotros a ellos. Les llevamos un regalito.

–No tendríais que haberos molestado.

–¿Por qué no? Son mis nietos y estoy deseando poder achucharles y abrazarles por primera vez –protesta Rodrigo. Lo cierto es que estos meses, aunque haya sido mediante videollamadas debido a la operación de tobillo de Patricia y su recuperación, hemos hablado todas las semanas un par de veces, sobre todo por la noche, tras la cena. Las llamadas con los abuelos de Madrid, pues Pablo metía en el saco de los abuelos también a Patricia, han sido continuas.

–Ya falta menos, papá –me atrevo a llamárselo por teléfono, porque sé que si no lo hago no seré capaz de hacerlo en persona por timidez.

–Gracias, hija –dice con la voz afectada por la emoción–. Estoy deseando abrazarte.

–Y yo de que lo hagas. Un beso y tened cuidado.

–Tranquila. Enseguida nos vemos.

Cuando llego a la casa de mi abuela, esta me abre la puerta al primer golpe que doy. Está arreglada, lleva un vestido rosa y el cabello gris bien peinado en una coleta baja. Me mira a los ojos con expectación.

–¿Estás segura de que quieres quedarte sola con ella? –duda. Sé que mi abuela lo pasa muy mal cuando mi madre se pone crispada de los nervios, así que la noche anterior, cuando hablamos por teléfono, le pedí que se inventase una excusa para dejarnos a solas, que era algo que debíamos hablar ella y yo. No estaba muy convencida, pero me ha hecho caso.

–Seguro, abu.

–Está bien, voy a la escuela de los mayores, que estamos terminando de coser los trajes para los Reyes Magos. Pero si necesitas cualquier cosa, llámame. Ella no ha desayunado, así que le va a venir muy bien el dulce –advierte mirando mi hatillo cubierto por papel con el logotipo de la panadería–. Espero que no le dé otro ataque de ansiedad.

–Si le da, se le pasará. Peor sería no decirle nada y que se entere. Tranquila –le pido dándole un beso en la frente.

A mi pobre abuela le falta santiguarse. Sé que no se va tranquila, yo tampoco lo estoy. Resulta ridículo que le tema a mi madre de ese modo, pero a los hechos me remito. O quizá estoy exagerando.

–Buenos días, mamá –la saludo cuando la encuentro

en la cocina poniendo el café al fuego. Está muy arreglada, como si también ella pensase salir, lo mismo ha quedado con el vecino.

–Buenos días, Sara. Abuela no ha querido desayunar con nosotras, dice que se tomará algo con las amigas en el bar del teatro antes de ir a las clases –me cuenta, y me mira, me dedica una sonrisa y pienso: «Qué poco te va a durar el buen humor»–. ¿Has traído dulces? –pregunta reparando en mi paquete.

–Una torta de horno –digo dejándolo sobre la mesa de la cocina, y tomo asiento en torno a esta. El café comienza a subir en la cafetera exprés y ella saca dos tazas del mueble y un bote de leche condensada y nos lo sirve. Me echo un buen chorro de leche condensada, voy a necesitar el azúcar.

–¿Y los niños?

–Bien. En el instituto y el colegio.

–¿Este fin de semana están contigo?

–Sí.

–Podíamos ir a dar un paseo, o al cine…

–Sí. –Seguro, toda la familia feliz al completo, pienso.

–¿Y tu novio? ¿Cómo está? ¿Va a venir en las Navidades? –pregunta curiosa sentándose frente a mí, antes de dar un sorbo a su café. Desde aquel día en que le conoció le llama así, mi novio, y no me molesta en absoluto, me agrada oírla hablar de él con esa familiaridad.

–No puede, tiene mucho trabajo, probablemente nos veamos en primavera. –Y quizá incluso decida plantearme irme a vivir a Turquía mamá, mira qué cosas. No, mejor no comentar nada de eso, al menos en este momento–. Pero hay alguien que sí que viene de visita. Y no en Navidad, sino hoy.

–¿Quién? –pregunta tomando un pedazo de torta y llevándoselo a la boca.

–Rodrigo. –En cuanto oye su nombre suelta el pedazo de torta sin probarlo, tuerce el gesto y se cruza de brazos ante el pecho.

–¿No se había roto la pierna la mujer?

–Pero incluso las piernas rotas se curan, mamá. Y él me prometió que en cuanto pudiese vendría a vernos y a conocer a los niños en persona.

–Yo no sé qué pinta ese hombre aquí después de tanto tiempo, de verdad que no lo sé. –Comienza la tormenta, inspiro hondo para aguantar el chaparrón. Ella se pone de pie, como si la silla le quemase–. No quiero que se relacione con mis niños, ni que se relacione contigo.

–Eso no depende de ti, mamá. Depende de mí.

–Es un sinvergüenza, es un oportunista…

–¿Por qué? Explícame por qué lo es.

–¡Porque lo es, porque lo digo yo y punto, y mi palabra debería bastarte para creerme!

–Soy demasiado mayor para creer las cosas solo por fe, mamá.

–¡Pues a mí deberías creerme! ¡Soy tu madre y solo por respeto a mí deberías negarte a verle!

–¿Por qué voy a negarme a ver a una persona que en todo momento ha sido amable conmigo, con una persona que solo destila dulzura y cariño hacia mí y hacia mis hijos?

–¿Y yo no? ¿Eso es lo que quieres decir? ¿Yo no te doy cariño?

–En ningún momento he dicho eso.

–¿Por qué? ¿Porque no estaba de acuerdo con que te separaras, porque no estaba de acuerdo con que rompieras tu familia sin que tu marido se hubiese ido con otra, ni tuvieses ningún motivo serio? –Sabe que esas palabras van a hacerme daño y puedo leerlo en sus ojos. Está enfadada, iracunda, y en esos momentos conecta el ventilador de mierda sin importarle las consecuencias cegada por la ira.

–¿Qué sabes tú de mis motivos, mamá? ¿Alguna vez te han preocupado? ¿O solo te preocupaba que tus amigas de misa hablarían de mí? La infidelidad no es el único motivo para romper un matrimonio, cada uno decide lo qué está dispuesto a aguantar, y no tienes derecho a juzgarme.

–¡No quiero que veas a Rodrigo! ¡Dile que se vaya! –Está histérica, y no va a atender a razones, pero no quiero que se ponga así. Pienso en marcharme y dejarla sola, pero tal y como está puede darle algo y no me enteraría, y mi abuela no está.

–Tranquilízate, mamá.

–¡No me hables como si fuese una niña pequeña! ¡No quiero que te acerques a él! ¡Aléjate de él!

–¿Por qué? –No puedo entender su actitud, ¿tanto daño le ha hecho? Está asustándome–. ¿Por qué? –La cojo por los brazos y la obligo a mirarme.

–¡Porque no es tu padre! ¡Ese desgraciado no es tu maldito padre! –No puedo dar crédito a lo que acabo de oír. Me quedo como petrificada, repasando las palabras en mi mente. No, debo de haber oído mal. No ha dicho eso. La miro sin entender nada–. Rodrigo no es tu padre. Le dije que lo era porque estaba enfadada con él por haberme dejado y quería destruir su mundo como él había destruido el mío abandonándome para volver con su mujer –relata. Yo sigo sin reaccionar. La suelto, me quedo de pie, intento respirar con calma. ¿Otra mentira más? ¿Hasta cuándo? ¿Por qué me dijo que lo era sin ser cierto?

–¿Por qué, mamá? ¿Por qué has mentido a todo el mundo? ¿Por qué me has hecho creer que es mi padre si no es cierto? ¿Por qué has aceptado su dinero todos estos años?

–Porque no lo supe con seguridad hasta que tú tenías doce años, porque te hice un análisis de ADN con un pelo de tu verdadero padre.

–¿Quién es mi verdadero padre?

–Es un secreto que me llevaré a la tumba.

–Pues sabes qué, se acabó el juego, mamá. Ya está bien, has estado jugando con mis sentimientos desde que era una niña, y si no me dices ahora mismo quién es mi padre biológico saldré por esa puerta y nunca más volveré a dirigirte la palabra, nunca más, te lo prometo. –Sus ojos se crispan al oírme decir aquello, nunca lo he hecho, nunca he dejado de hablarle, pero sabe que lo digo en serio. No dice nada y comienzo a caminar hacia la puerta.

–Espera, es… es…

–Benito. Es Benito, ¿verdad? –pregunto conocedora de la respuesta. Ella asiente en silencio y me marcho. Necesito salir de allí, necesito oxígeno, necesito procesar todo esto.

Salgo de la casa medio zombi y entonces veo a Benito salir de la suya. Me saluda con la mano, pero soy incapaz de devolverle el gesto. Subo al coche a toda velocidad y me marcho de allí. Benito me mira desconcertado, mi PADRE me mira desconcertado cuando paso por su lado sin detenerme.

De pronto me pasan por la cabeza un sinfín de imágenes. Benito trayéndome un *walkman* de regalo de Madrid cuando cumplí doce años, preguntándome con demasiada insistencia en el verano por mis notas, regañándome, vigilando a mis novietes… Él lo sabía. Lo sabía. Me han estado engañando los dos. Se han burlado de mí, de mí y de Rodrigo. Pobre Rodrigo. ¿Cómo voy a decirle que ha estado pagando una pensión a alguien que no le tocaba nada? Que ha cubierto mis gastos por una mentira. ¿Cómo ha podido hacer mi madre algo así? ¿Cómo voy a decirles a mis hijos que no es su abuelo?

Porque yo no puedo engañarle, no voy a engañarle.

Llego hasta la travesía y decido poner rumbo al hotel. No quiero quedarme sola en casa, necesito ocupar mi mente con otra cosa, no quiero pensar. Aslan debe de estar en plena operación, no puedo llamarle, y Lorena y Carolina acabarán de abrir, estarán organizando todo el trabajo de hoy… No quiero pensar.

Me han engañado. Nos han engañado.

¿Por qué?

¿Desde cuándo estaban juntos Benito y mi madre?

¿Se veían mientras él venía con su mujer y sus hijas en verano?

Llego a la carretera. Debo tomar la rotonda en la barriada de El Tajo y ya estaré en el trabajo, podré trabajar, dejar de pensar.

Entonces, sus hijas son mis hermanas.

¿Lo sabrán?

No, claro que no, porque entonces la imagen que tienen de su padre estallará por los aires.

¿No pensaban contármelo nunca?

Nunca.

Un secreto familiar.

Un tabú.

Mi padre es Benito, el vecino.

El hombre que me ha visto crecer de verano en verano.

Quiero sacarlo todo a la luz, me dijo hace semanas.

Todo.

Mi padre.

Un coche se salta el *stop* de la avenida Andalucía.

Piso el freno, trato de hacerme a un lado. Veo la expresión de horror de la mujer que lo conduce, creo que la conozco.

El mundo se vuelve negro.

Capítulo 33

Oigo sirenas. Ruido y me duele la cabeza.
También la pierna derecha, y las costillas.
Huelo a sangre. La cabeza me va a estallar.
Quiero tocármela, me duele en el medio, pero mis brazos no responden, no siento mi cuerpo.
Me pitan los oídos.
Mi cara está aplastada contra algo que apenas me permite respirar.
Intento abrir los ojos, pero no puedo.
Pienso en mis hijos, no quiero dejarles sin madre.
Pienso en Aslan, en el tiempo que hemos desperdiciado.
Fundido a negro.

Es curioso cómo nos pasamos la vida temiendo a la muerte y esta cuando llega lo hace sin más, sin previo aviso, sin ceremonia alguna, y todo lo que hemos temido, lo que hemos creído, lo que hemos planeado, sencillamente no importa.
Nada importa.
Desapareces, sin más.
Pero yo no quiero morir, no quiero hacerlo, hay muchas cosas que me quedan por vivir. Y sé que estoy caminando sobre la línea que determina si vives o mueres y un solo traspié, puede marcar el camino.

Intento abrir los ojos.

No puedo hacerlo, mi cuerpo no responde.

Oigo voces, intento reconocerlas, me cuesta mucho pensar. Alguien llora, creo que es mi madre.

Me duermo. No sé si estoy soñando, pero reconozco la voz de mi hija Alejandra, ella también llora. Es mi funeral, sí debe de ser eso. Espero que alguien avise a Aslan de que he muerto.

Y que mi madre caiga en la cuenta de que con la tarjeta de crédito tengo un seguro de vida que les vendrá muy bien a mis hijos. Espero que Miguel no se lo gaste en comprarse un coche.

¿Cómo puedo pensar en eso ahora?

Estoy tan cansada que apenas puedo pensar, y de pronto siento paz. Una paz inmensa que me abarca por completo, que me relaja y distiende mis músculos, no me duele nada y al fin siento que puedo descansar.

Mi mente se desvanece.

Cuando al fin despierto tengo la sensación de haber dormido durante meses. Poco a poco logro abrir los ojos, estoy en una habitación blanca y me duele la cabeza y la garganta. Tengo algo en la garganta que me duele horrores. Una máquina comienza a pitar y quiero sacarme lo que tengo en la garganta, así que intento mover mis manos y responden, aunque pesan como si estuviesen hechas de acero. Con ambas agarro el tubo y tiro de él y me siento como si me estuviese sacando un pulmón por la boca, aunque logro quitármelo. La máquina pita como loca y de repente un médico entra en la habitación vestido con bata, gorro, mascarilla y guantes. ¿Tendré algún virus? Parece que al final no me he muerto, pienso.

–Tranquila, mi preciosa señorita. –Es Aslan. A pesar de todo el equipo que lleva puesto su voz es inconfundible. Y entonces, ¿al final sí que va a resultar que me he muerto? ¿Es una alucinación? ¿He atravesado la puerta de Doraemon y estoy en Turquía? Él se baja la mascarilla y su mera imagen me tranquiliza–. Te has sacado sola la intubación, ¿cómo puedes ser tan bruta?

–Yo también me alegro de verte –digo con un hilo de voz. Estoy afónica y mi garganta está muy seca.

–Tranquila, se te pasará –afirma con una sonrisa dulce. Me sirve un vaso de agua de la botella que hay junto a mi cama y me lo acerca a los labios. Apenas unas gotas que bebo y como sospechaba me duele la garganta al hacerlo–. ¿Estás bien? –Enarco las cejas, ¿cómo puede preguntarme eso? Estoy hecha polvo. Al arrugar la frente me duele la cabeza en la parte superior, me llevo la mano y trato de tocarla. Él la detiene antes de que logre hacerlo–. No te toques, aún está sanando.

–¿Qué tengo en la cabeza?

–Un implante de titanio que sustituye a un trozo de hueso que has perdido.

–¿He perdido un trozo de hueso?

–Sí, has tenido un accidente muy grave. Debes descansar –dice, y saca una jeringa que lleva en el bolsillo.

–¿Qué haces aquí?

–Estar contigo –oigo en un susurro antes de quedarme dormida, y recibo un beso en los labios que me calma.

No sé cuánto tiempo ha pasado cuando vuelvo a despertar, pero la habitación ha cambiado. Veo a alguien a mi derecha que duerme arrebujado en una chaqueta de abrigo hacia un lado en una butaca azul marino.

No sé si está amaneciendo o anocheciendo, pero una luz anaranjada se cuela a través de la ventana. Todo está en silencio, con las luces apagadas. Miro mis brazos, tengo un pulsioxímetro en la mano derecha y una vía en la izquierda.

Mi boca está seca como si hubiese recorrido un desierto a pleno sol. Miro a mi derecha y veo una mesita alta de hospital con una botella de agua y un vaso de plástico. Intento coger la botella con la punta de los dedos, pero al final la tiro al suelo sobresaltando a quien dormita en el sillón.

Mi madre se revuelve veloz y me mira. Tiene los ojos hinchados, supongo que de llorar, y está muy demacrada. Parece haber envejecido una década. ¿Cuánto tiempo he estado dormida?

–Cariño… –se levanta, y se acerca a mi cama.

–¿Qué día es? –pregunto, mi voz sigue muy apagada. A ella parece sorprenderle mi pregunta.

–Miércoles.

–¿En qué mes estamos?

–En diciembre.

–¿Cuánto tiempo…?

–Una semana, hace una semana que tuviste el accidente –me explica, cogiendo mi mano con la suya, que está helada.

–¿Un accidente? No recuerdo nada, solo que discutimos… –Ella rompe a llorar, pero no lo he dicho como reproche, es lo último que recuerdo.

–Ha sido culpa mía, te fuiste en un estado de nervios que… Un coche se saltó el *stop* de la avenida Andalucía y te golpeó por el lateral –relata hecha un mar de lágrimas. Aprieto su mano con cariño y tiro de ella hacia mí. La abrazo, no quiero que se sienta culpable, porque no lo es. Me entristece verla sufrir de ese modo–. Como no llevabas puesto el cinturón rompiste la luna delantera con la cabeza y saliste disparada contra el suelo, han tenido que operarte y has estado muy grave, cariño. –Llora. Ahora entiendo lo de la alucinación de Aslan, probablemente mi subconsciente le habrá reflejado en cualquier médico que me atendiese–. Ayer te sacaron de la UCI, pero has estado con calmantes y relajantes, medio dormida medio despierta.

–No ha sido culpa tuya, mamá. Ha sido de quien se saltó el *stop* y mía por no ponerme el cinturón. –Estaba muy nerviosa y no me acordé, pero no se lo digo o se culpará por ello–. ¿Cómo está quien me dio el golpe?

–Bien, es una señora mayor que no te vio, pero no tiene nada.

–Menos mal.

–Qué susto tan horrible, cariño, creí que te perdía. –Rompe a llorar de nuevo y a mí se me parte el corazón de verla así. A pesar de que nuestra relación no sea idílica, por decirlo de algún modo, es mi madre y la quiero muchísimo–. Lo siento, siento haberte mentido, siento habértelo dicho así de golpe…

–No es el momento mamá, ya lo hablaremos con calma –le pido, y fuerzo una sonrisa, ella asiente. Trato de moverme y entonces siento una fuerte punzada en la pierna derecha. No puedo moverla, la izquierda, en cambio, sí. Intento destaparla–. ¿Qué me pasa en la pierna, mamá?

–La tienes rota, se te rompió por muchas partes, pero ya te la han operado y dice el doctor que va a quedar bien.

–Espero.

Me llevo una mano a la cabeza y toco el vendaje. Tengo casi toda la cabeza vendada, pero también noto cabello, así que no me habrán dejado calva del todo. ¿Y qué más me da el pelo? El pelo crece, lo importante es que estoy viva y espero no tener secuelas.

–¿Voy a tener secuelas?

–Parece que no. Tenías una cosa alta dentro de la cabeza que no bajaba, pero ya está todo bien. –Yo no entiendo de neurocirugía, pero mi madre es un libro abierto con sus explicaciones.

–¿Mis hijos están bien?

–Sí, ellos están bien. Preocupados, pero bien. Están con Miguel.

–¿Dónde está mi móvil?

–Creo que está en casa de tu abuela, que fue donde llevamos tu bolso y las cosas que tenías en el coche, porque ha quedado destrozado. Después de que te salieses dio dos vueltas. Ahora la llamo y le digo que estás bien y que lo busque.

–Qué pena por mi coche. Por favor, llama a mis hijos y diles que estoy bien –pido, y de pronto me siento muy cansada de nuevo–. Tengo sueño.

–Descansa, cariño.

–Voy a dormir un poco –advierto, pues los párpados me pesan como melones.

Me duermo, y cuando despierto es medio día. Estoy sola en la habitación, veo que mi móvil está sobre la mesita de noche, así que mi abuela debe de haberlo encontrado. La pantalla se ha hecho añicos. Deslizo el dedo por la superficie, está apagado, espero que lo hayan cargado. Pulso el botón de encendido y, eureka, ¡enciende!

Pruebo la cámara.

No sé el aspecto que tengo, y con un golpe en la cabeza no debe de ser muy bueno.

Pero ha resultado dañada y solo veo una nube blanca.

Envío un mensaje de voz Álex y a Pablo, contándoles que estoy bien, que estoy despierta, y que pronto estaré en casa con ellos; después a Lorena y Carolina en el mismo sentido, y por último, el más difícil de todos, le envío un mensaje de voz a Aslan en el que le cuento que he tenido un accidente de tráfico, que no ha sido demasiado grave, pero he estado en el hospital unos días y por ello no he hablado con él en este tiempo, y le pido que me perdone por no haber podido avisarle antes.

Veo que lo oye al instante, y me quedo con el alma tiritando, esperando su respuesta, pero se desconecta, deja de estar en línea. Entonces la puerta de la habitación se abre y entra por ella.

Mientras camina hacia mí vistiendo una bata blanca sobre la ropa no puedo evitar pensar lo puñeteras que son las alucinaciones. En ese momento, aunque me matasen, juraría y perjuraría que es real, que está aquí, mirándome a los ojos con una sonrisa.

–He recibido tu mensaje –me dice.

–¿Eres una alucinación? –le pregunto sin andarme con rodeos.

–Creo que no.

–Es imposible. ¿Estoy en Estambul?

–No, estás en el hospital de Cádiz.

–¿Y tú estás en Cádiz?

–Sí. Tranquila, si te sientes un poco lenta a la hora de pensar, es normal.

–¿Me estás llamando tonta? –Aslan echa a reír y me besa en los labios. Es un beso dulce, paladeado, con el que me dice sin palabras cuánto ha sufrido, cuánto se ha preocupado, cuánto temor ha sentido.

–No imaginas lo duros que han sido estos días –afirma, aún tan cerca que puedo sentir el calor de su aliento sobre mis labios. Sus preciosos ojos verdes están enrojecidos, un mechón de cabello le cae sobre la frente y se lo peino hacia detrás con los dedos. Se sienta al borde de mi cama y me coge la mano.

–Lo siento, siento haberte preocupado tanto, pero, ya ves que también hay muy buenos médicos en España.

–Los hay, ya lo sabía, pero estos días lo he comprobado más aún.

–¿Has hablado con mi cirujano? ¿Te ha dicho si me quedarán secuelas?

–A tu neurocirujano lo tienes ante ti.

–¿Tú me has operado? –pregunto alucinada.

–Pablo llamó a Cloe en cuanto supo que habías tenido un accidente. Por medio de ellos hablé con Alejandra, que me dio los datos del hospital. Llamé inmediatamente a la doctora Andrades, que me informó de tu estado, de que tu PIC estaba altísima…

–¿Qué es una PIC?

–La presión intracraneal. Y no había forma humana de bajarla. Les pedí que te mantuviesen estable, y cogí el vuelo esa misma tarde. Comenzamos la operación a las tres de la madrugada y no acabamos hasta las ocho. Parte de tus huesos parietales estaban destrozados, un pedazo muy pequeño incluso incrustado en la masa cerebral, lo retiré y te coloqué una pequeña prótesis de titanio.

–¿Y ahora pitaré en los aeropuertos?

–No, tranquila. –Se ríe, como si mi preocupación fuese algo absurdo. Quizá lo sea, un poco.

–¿Me ha quedado un hoyo en la cabeza?

–No, nadie sabrá que te has operado la cabeza. Te hice una sutura invisible, pero tuve que rasurarte el cabello en la parte superior.

–¿Me has dejado como un fraile?

–El pelo crece –asegura guiñándome un ojo–. Lo importante es que estás bien, y que eres tú. Ese pequeño fragmento de hueso incrustado me tenía preocupado, nunca se sabe a ciencia cierta la afectación de las lesiones.

–¿Y en la pierna? ¿Qué tengo en la pierna?

–La reconstrucción de una fractura múltiple.

–¿También me has operado la pierna?

–No, no es mi especialidad. Además, era una operación bastante complicada, la viabilidad de tu pierna estaba en juego...

–¿La viabilidad? Sigo teniendo dos piernas completas, ¿no?

–Sí. Dos piernas completas, perfectas y preciosas. ¿Quieres conocer a tu traumatólogo? Espera un momento. –Sale de la habitación antes de que le conteste y regresa poco después con un tipo moreno de pelo rizado, alto, con la nariz algo aguileña y la piel blanca, salpicada de pecas en las mejillas, bastante atractivo. Va vestido con un polo blanco y unos pantalones color arena, nada de batas sanitarias–. Sara, te presento a Harlan Peters.

–¿Harlan? –dudo, y él sonríe.

–Encantado de conocerla, ¿qué tal va esa pierna? –me pregunta en inglés. Se acerca y la destapa. Sendos clavos parten de mi carne varios centímetros en el tobillo y a mitad de la pantorrilla. La manipula despacio, con cuidado, aun así, me duele horrores.

–Me duele bastante –respondo.

–Es normal, hemos tenido que utilizar muchos clavos. Pero tiene buen aspecto –afirma, y me presiona las uñas de los dedos de los pies, no tengo idea de para qué–. Y perfunde correctamente.

–¿Podré volver a andar?

–Claro que podrás. Pero tendrás que aprender de nuevo, poco a poco –responde compasivo.

–Gracias por venir, a operarme –le digo.

–Eres la mujer de mi mejor amigo, de mi hermano, nada me habría impedido hacerlo –responde mirándole. Aslan sonríe. El sonido de un móvil interrumpe la solemnidad del momento, es el de Harlan, la sintonía de *Stranger Things* invade la habitación. Él descuelga y habla en voz baja, en inglés. Pasados unos segundos cuelga y camina hacia nosotros–. Tengo que irme, Carolina está abajo –le dice a Aslan–. Mañana volveré a revisar el estado de tu pierna y después regresaré a París –me dice, y despidiéndose con la mano se marcha. Parece bastante serio, desde luego con su fama de conquistador no me lo imaginaba así en absoluto.

–¿Soy tu mujer? –pregunto a Aslan.

–¿No lo eres?

–Me encanta el término, aunque suena un poco posesivo –bromeo.

–Yo soy tuyo, Sara, por completo. No sé si a eso se le puede llamar posesión, o devoción, pero no voy a volver a apartarme de tu lado a no ser que me lo pidas, y eso te lo prometo aquí y ahora. Has estado en coma cuatro días con daño cerebral, los cuatro días más largos de toda mi vida, y no quiero volver a apartarme de ti. No voy a volver a apartarme de ti. Todo esto me ha ayudado a darme cuenta de que no hay nada, absolutamente nada, ni trabajo, ni nada, más importante que estar junto a la persona a la que amo –asegura, y yo no puedo evitar que las lágrimas me recorran las mejillas–. Te amo, señorita, y así este amor dure un mes, una década o toda la vida, nada ni nadie podrá apartarme de ti –dice como si temiese que vuelva a insistirle con mi temor a que salga mal. Pero no pensaba hacerlo, yo también quiero arriesgarme, quiero intentarlo, aunque en este momento me sé una completa carga para quien esté a mi lado.

–¿Cómo te respondo a algo así? –pregunto compungida por la emoción, haciendo pucheros. Él se echa a reír.

–Solo dime si tú también quieres que estemos juntos.

–Claro que quiero estar contigo, te quiero.

–Entonces no necesito que digas nada más.

Me abraza y me siento en paz, con su cuerpo pegado al mío, sosteniéndome, permitiéndome inspirar su perfume, su olor. Aún no soy capaz de hacerme a la idea del proceso que me queda por delante para recuperarme, pero me conozco y sé que soy dura y cabezota y que haré todo lo que tenga que hacer para lograrlo.

Una frase del amigo de Aslan me redunda en la cabeza.

–¿La Carolina a la que se refería Harlan es mi Carolina? –Él se aparta para mirarme a los ojos y asiente, con una sonrisa.

–Ha estado quedándose a dormir en su casa, para descansar.

–Ya –admito con una sonrisa–. Que se han liado, vamos. –Aslan se encoje de hombros.

–La versión oficial es la que te he contado.

–¿Y por qué no sube a verme Carolina?

–Porque tienes restringidas las visitas. –Le miro, buscando una explicación–. La norma no es mía, sino de la doctora Rodríguez, la jefa de cuidados intensivos.

–Pero ya no estoy en la UCI.

–Ni tampoco estás en planta, estás en una unidad intermedia.

–Ah. ¿Y no viene nadie a atenderme? –pregunto. Tengo una incomodidad que no quiero confesarle.

–Estoy yo, ¿a quién más necesitas?

–A otra persona, a una mujer –respondo seria, y puedo leer la sorpresa en sus ojos–. No me entiendas mal… es que quiero hacer algo que…

–Sabes que tienes puesto un pañal, ¿no?

–No pienso hacer pis en un pañal. No mientras pueda evitarlo –matizo.

–Me imaginaba que serías una paciente terrible, pero creo que superarás mis expectativas –sugiere con una risa de suficiencia que le eleva los pómulos y le achina la mirada–. Voy a por una chata.

–Y una auxiliar –suplico, aunque veo que no ha considerado mi petición cuando un par de minutos después regresa con la chata en las manos–. ¿Tan difícil es entender que no quiera hacerlo delante de ti? Estamos empezando, estamos en la época del glamur –digo conteniendo el dolor en mi vejiga que debe de parecer un balón de playa, que se une al que se ha establecido en mi pierna desde que Harlan la ha tocado.

–¿En la época del glamur?

–La época en la que nos parece bonito todo del otro, en la que nos hacen gracia los chistes y aún nos gusta todo… –Aslan camina hasta mi cama y me destapa con un solo movimiento.

–Pues adiós a la época del glamur. Bienvenida a la

época del siempre estaré aquí para lo que de verdad importa.

Cuando llega la hora de la comida me ayuda a comer. Aún estoy algo torpe, y me enternece ver la paciencia con la que me asiste, la dulzura con la que me mira. Es amor del bueno, del real, del que casi puede tocarse con los dedos, y tengo muy claro que voy a luchar por él, más claro que nunca.

Después la doctora Andrades viene a buscarle a la habitación, me saluda y me da la enhorabuena por haber vuelto a nacer, según sus palabras, pero tiene prisa; ha llegado un accidente de tráfico múltiple y le pide a Aslan que la acompañe para revisar unas radiografías. Él me mira, como si estuviese pidiéndome permiso y le digo que estoy bien, que vaya a ayudar en lo que pueda.

Como si alguien les hubiese avisado, en ese momento llegan mis hijos, mi abuela, mi madre y Benito, que han venido todos juntos en el todoterreno del último. Espero que la jefa de cuidados intensivos no les pille.

Alejandra llora desconsolada sobre mi pecho, mientras le acaricio los rizos cobrizos y la aprieto fuerte contra mí, y Pablo, al ver a su hermana desmoronarse, también llora y nos abraza, aunque ha estado haciéndose el fuerte tratando de contener el tembleque de su labio inferior.

El abrazo con Benito es especialmente emocionante. Sus lágrimas se mezclan con las mías cuando rodeo su cuerpo ancho y rudo, cuando me besa en la mejilla por primera vez en mi vida y sus manos fuertes y robustas me sostienen el mentón. Mi madre, a su espalda, también llora.

–Yo quería decírtelo –musita entre dientes, con dificultad, está tan nervioso que apenas le sale la voz.

–Lo sé –soy capaz de decir, con la voz congestionada por el llanto. Ver a un hombre tan grande, y normalmente tan impertérrito, derrumbado como un niño pequeño, es superior a mis fuerzas. Álex le mira en la distancia. Está sentada en el sillón con su móvil en la mano y Pablo continúa distraído con algo que están contándole mi abuela.

–Siempre lo sospeché, pero cuando tu madre me lo confirmó… He pasado años callando esta verdad que cada vez me pesaba más en el corazón –confiesa muy emocionado.

–Lo importante es el ahora, solo quiero mirar hacia adelante –le digo, y él vuelve a abrazarme–. ¿Los niños lo saben? –susurro a su oído.

–Sí. Pero Rodrigo aún no.

–Tendréis que decírselo, ¿cómo voy a mirarle a la cara si no?

–Tu madre dice que es mejor esperar un tiempo.

–Sí, claro, ella siempre tan valiente. Yo se lo diré.

–Sara…

–¿Qué? Alguien tiene que hacerlo, y sé que ella no lo hará, ni más adelante ni nunca.

–Sara, no te conviene… –Mi madre se acerca a nosotros. Sé que si se entera de lo que estamos hablando discutiremos, y no tengo suficiente energía ni para empezar la discusión siquiera. Benito lo sabe y se calla al instante.

–¿Y bien? ¿Qué tal la primera charla padre-hija? –sugiere como si tuviese que agradecerle que me lo haya contado, cuando en realidad he tenido que sacárselo a la fuerza.

–Bien, mamá. Muy bien –digo apretando la mano de Benito, sobre las sábanas.

–Si todo hubiese ido bien entre nosotros desde el principio nos habríamos ahorrado mucho sufrimiento –sugiere. Yo debo morderme los labios. No voy a discutir, no voy a decirle que ella ayudó mucho a enredarlo todo.

–Pero entonces no tendría a mis otras hijas, Juani. Que, por cierto, están deseando verte.

–¿Les has contado la verdad?

–Sí, claro. No lo hice antes por… –mi madre mira hacia otra parte–. Las circunstancias. Y bueno, se molestaron un poco al principio, sobre todo la mayor, pero te recuerdan con mucho cariño de cuando erais pequeñas, así que están deseando verte.

A la mañana siguiente recibo la visita que tanto esperaba. Lorena y Carolina han cerrado el salón para poder venir a verme. Lore trae el cabello fucsia recogido en una coleta. La noto más delgada e incluso cansada. Caro, en cambio, tiene un brillo especial en los ojos, sus mejillas están sonrosadas y su piel luce resplandeciente.

Ambas corren a mis brazos cuando Aslan las acompaña a la habitación. Yo le pido que aproveche para descansar, que regrese con ellas a Benalup, a mi casa, y duerma al menos una noche en condiciones antes que aquel butacón de piel azul acabe por engullirlo. No consiente hacerlo, me responde que no se moverá del hospital hasta que me saque de allí con él. Su *trolley* marrón de viaje está en mi habitación, y sé que le dejan ducharse y cambiarse en la zona habilitada para los médicos de guardia. Pero al menos aprovecha para ir a tomar un café cuando me deja con mis amigas.

–Ay, Sarita, qué susto más malo –me dice Lorena abrazándome contra sí con energía.

–Creo que si sigues apretándome tanto se me saltarán los ojos –digo, y me suelta como si quemase.

–¿En serio?

–¿Estás tonta, Lore? –le recrimina su hermana, ocupando su lugar en mis brazos–. ¿Cómo estás?

–Bien, bien jodida. No, en serio, estoy bien. Tengo una pierna con clavos de acero, una chapa en la cabeza de titanio y me van a contratar para la próxima secuela de Robocop, así que, triunfando. –Mi comentario las hace reír y al menos borran la expresión de drama en sus miradas. No soporto que me miren con tristeza, soy afortunada por seguir viva, y lo sé–. ¿Y vosotras?

–Yo bien, ya sabes, trabajando mucho –me dice Carolina, y en su expresión sé que cree que me está ocultando algo. Lo que ella no sabe es que ya lo sé.

–Ya. ¿Y tú, Lore? Pareces cansada.

–Lo estoy, llevo toda la noche sin dormir.

–¿Por qué?

–Pensando –responde, y su hermana me hace un gesto con la mirada de que le ha pasado algo.

–¿Pensando en qué?

–En que… la lie parda ayer. –Tiene cara de culpable. Ay, Dios, a saber qué ha hecho. Ha debido de ser algo gordo para mantenerla en vela; ella siempre ha sido la más prudente de las tres.

–¿Por qué?

–¿Te acuerdas de que mi suegra estaba liada con un tío?

–Sí.

–Pues no lo estaba. Ese tío es profesor de pintura y le daba clases particulares.

–Claro, si es que no me imaginaba a tu suegra…

–Y es gay.

–¿Y?

–Y ayer por la tarde fui al campo de mis suegros porque mi marido insistió en que fuésemos a merendar porque su madre había hecho un bizcocho y nos había invitado. Y aproveché para preguntarle a mi suegra si podía quedarse con la niña para que pudiese venir hoy a verte, ya que es cuando nos dejaban visitarte y a mi madre le tocaba cuidar a mi abuelo. Y va mi suegra y me responde que no puede quedarse con Gala, que tenía planes. Me dio tanta rabia, que le dije que entendía que tuviese ganas de revolcarse con el tipo que vive detrás del pabellón, pero que tú eres como una hermana para mí y yo tenía que venir hoy a verte sí o sí. Total, que se lo dije delante de todos, de mi marido y del suyo –relata cabizbaja.

–Ay, Lore…

–¿Qué quieres? Estaba de los nervios. ¿Sabes lo que hemos pasado en esa sala de espera de la UCI sin que te despertaras? ¿Los días que llevamos sin dormir? –pregunta como si estuviese culpándome por ello.

–Si lo llego a saber me despierto antes –bromeo. Ella me coge la mano.

–Lo siento, es que no quiero ni imaginarme que… –afirma con los ojos llenos de lágrimas, que trata de contener. Aprieto su mano, y la de Carolina, que también está muy emocionada.

–Tranquilas, estoy bien, de verdad. En nada estoy al cien por cien, ya lo veréis –les digo tratando de infundirles ánimos. Lorena asiente, recomponiéndose.

–Total, que se lio una monumental. Mi marido no me habla, a mi suegra le dio un parraque, a mi suegro otro… Aunque al final lo aclaramos todo y creo que volverán a hablarme, en algún momento. –Tiro de su mano y la abrazo de nuevo. Siento un pinchazo en la pierna que me duele bastante y me quejo. Lorena se aparta–. ¿Te duele mucho?

–Sobre todo la pierna. Lo de la cabeza no demasiado. Voy a tener que reclamarle al cirujano.

–Se ha ido –confiesa Carolina, de improviso; su hermana le dedica una mirada cómplice–. El doctor Peters, quiero decir. –La interrogo con la mirada. Lorena también la mira en silencio–. Se ha estado quedando a dormir en mi apartamento, por eso lo sé.

–Espero que le dejases dormir y descansar, y que no me haya puesto en la pierna el mango de una fregona –la pincho. Ella se ríe, se le marcan los hoyuelos en las mejillas al sonreír.

–No creo que haya dormido mucho, no. Desde que

lo recogió en el aeropuerto de Jerez y lo trajo al hospital apenas se han separado –revela Lorena.

–Qué mal habladas sois. Harlan me ha caído simpático, nada más.

–Es un friki de *Stranger Things*, como tú –digo.

–¿Cómo lo sabes?

–Porque Aslan me lo presentó y tiene su melodía de tono de llamada. Aunque me pareció algo serio, ¿no?

–Que va, en absoluto. –Se ríe–. Es... sexy, divertido, provocador y genial en la cama. Y, que conste, que no me acosté con él hasta que no supe que estabas fuera de peligro. No tenía ánimo –añade con una sonrisa.

–Eres única –le digo entre risas.

Por la tarde llega la visita que más temo y, a la vez, que más anhelo. Porque tengo que decirle que ha estado manteniendo a una extraña todos estos años, que ha llamado hija a alguien que no lo es y nietos a niños que no les tocan nada en absoluto, y quitarme ese gran peso de encima.

Entendería que se enfade muchísimo, que no vuelva a mirarnos a la cara, incluso que quiera emprender alguna acción legal contra mi madre, todo ello lo entendería, porque estaría en todo su derecho. Sobre todo, desde que mi madre fue consciente con una prueba de ADN de que sus sospechas eran ciertas.

Cuando Rodrigo entra en la habitación acompañado de Patricia, ambos me abrazan y besan, también a Aslan, a quien le agradecen que me haya salvado. Rodrigo en especial está bastante emocionado, casi no puede hablar, su tez enrojecida contrasta con el gris entrecano de su cabello. Toma asiento en un sillón a mi lado sin soltar mi mano en ningún momento.

–¿Te han cortado el pelo? –me pregunta, y asiento.

–Sí. Aslan quería asegurarse de que vaya a la moda este verano –admito con una sonrisa que veo reflejada en su rostro. Aprieta mi mano y la lleva a los labios y la besa.

–Jamás podré agradecerle lo que ha hecho por ti.

–Y por ti –apuntillo, provocándole una sonrisa.

–Es un ángel, en lugar de un médico –dice Patricia mirándole, de pie a su lado.

–Enseguida estarás recuperada, ya lo verás. Conozco por experiencia sus buenos resultados. –Sé que Aslan comienza a sentirse incómodo con tanto cumplido.

–Si no es así, le pondré una reclamación, tenedlo por seguro –aseguro para romper la solemnidad del momento, que sé que le incomoda, como él sabe que necesito hablar con Rodrigo a solas.

–Patricia, ¿me acompañas a tomar un café? –le sugiere, y ella acepta, aunque por su expresión sé que es consciente de que necesito quedarme a solas con su marido. Ambos se marchan de la habitación.

–¿Y cómo estás? Te veo bastante bien.

–Bien, más o menos. Según Harlan, el amigo de Aslan que me operó la pierna, bastante bien, aunque tendré que volver a aprender a caminar.

–Fue impresionante cómo lo organizó todo en tiempo récord, cómo habló con los doctores y les convenció de que esperasen a su llegada, manteniendo un contacto directo con ellos en todo momento, cómo localizó a ese amigo suyo y lo preparó todo para que fuese él quien te operase…

–¿Todavía estáis en el apartamento?

–Sí, cuando llegamos te llamé por teléfono una y otra vez. Como no contestabas fuimos a tu casa y una de tus vecinas nos lo contó.

–Puri la Gallina o su hija, seguro –me digo para mí.

–No sé cómo se llama la señora. Y claro, ¿cómo íbamos a marcharnos? No puedo irme hasta que estés bien.

–Lo estoy, no quiero ocasionarte problemas en el trabajo.

–Ningún problema. Soy el director del banco, ¿recuerdas? Tú fuiste a Estambul por mí, lo mío no tiene ningún mérito.

–¿Has visto a mi madre? Me imagino que os habéis encontrado.

–En la sala de espera de UCI y también cuando hemos recogido a tus hijos para pasar la tarde con nosotros –admite con una sonrisa contenida–. Y bien, ha sido educada y correcta.

–Ya. –Me da mucha rabia tener que ser yo quien una vez más afronte por mi madre lo que ella no es capaz, pero debo hacerlo, porque ninguno de los dos merecemos más mentiras–. Rodrigo, hay algo que tengo que contarte. Algo que descubrí justo antes del accidente…

–No tienes nada que contarme –responde mirándome fijamente a los ojos, muy cerca, con mi mano entre las suyas.

–Sí, tengo que contarte algo, es sobre mí…

–Que no. Que no tienes nada que contarme, al menos nada que yo no sepa. –La expresión en sus ojos me dice que lo sabe, pero que no quiere oírlo. Siento un vuelco en el corazón.

–¿Estás seguro de que no quieres que te lo diga?

–Más seguro que nada en esta vida. Eres mi hija, mi única hija, te he visto crecer, aunque sea en fotografías, he sufrido con tus derrotas y me he sentido orgulloso de tus logros, de esa poca información que iba recibiendo a cuenta gotas. Acudiste a mi lado cuando más te necesitaba, y al fin he hecho realidad aquello con lo que he fantaseado toda mi vida, con que algún día cogería tu mano y me llamarías papá. Además de darme dos nietos maravillosos a los que por nada en el mundo quiero dejar de ver. Eres mi hija porque así me lo dice mi corazón. No necesito nada más, ni nada menos.

Capítulo 34

Aurora Village. Ivalo, Laponia, Finlandia
Dos años después

Una estela esmeralda danza en el cielo, oscila como azotada por el viento sideral, sus reflejos dorados y anaranjados iluminan el firmamento y me siento como si estuviese presenciando una escena de ciencia ficción con mis propios ojos. Los vidrios transparentes del techo de la cabaña permiten contemplar una bóveda celeste salpicada de tantas estrellas que casi no queda un lugar vacío en el firmamento, mientras los copos de nieve caen sin cesar sobre esta y se derriten de inmediato al contraste de temperatura con el vidrio. Hemos apagado la luz del dormitorio para poder contemplar el espectáculo natural en toda su inmensidad. Llevamos varios días disfrutando de este fenómeno tan mágico, que no me canso de admirar, ni creo que lo haga nunca.

Estoy recostada sobre su torso desnudo, arrebujados entre las coberteras. Hemos hecho el amor durante el anochecer, y aún siento su pasión palpitando en mi cuerpo y en mi alma.

–¿Estás cómoda así, o busco un par de cojines? –me pregunta con sumo cuidado. Hace dos años de mi accidente y aún, de vez en cuando, me trata como si temiese que fuera a romperme. Ya tuvimos una discusión al respecto hace meses. Hace un año que estoy recuperada por completo, que incluso he vuelto a conducir y recibí el alta definitiva. Pero los dos meses que pasé en el hospital y el miedo que sintió cuando temía que no lo superase siguen pesando en su lado protector, y eso, según el caso me encanta o me irrita, y él lo sabe.

–Estoy en la gloria, así –respondo, y le beso en el pectoral izquierdo, el vello oscuro me hace cosquillas en la nariz.

–Te quiero muchísimo, señorita –afirma rodeándome con sus brazos, que me hacen sentir a salvo de todo, incluidos los diez grados bajo cero que hay en el exterior.

–Y yo a ti, doctor Kaya –respondo.

–¿Recuerdas cuando creías que esto era un imposible?

–Temía que el sacrificio fuese demasiado grande, Aslan, y que algún día, tú o Cloe os arrepintieseis de haberlo dejado todo atrás por algo que finalmente no hubiese merecido la pena.

–Pero yo sabía que lo nuestro merecería la pena. Desde que nos despedimos en el aeropuerto de Estambul pasé un día tras otro sin poder sacarte de mi cabeza, revivía cada momento que pasamos juntos una y otra vez, sintiendo las mismas sensaciones. No saber de ti se convirtió en un dolor intenso en mitad del pecho que no desapareció hasta que volvimos a encontrarnos en noviembre. Sabía que lo nuestro merecería la pena, y la alegría también. No iba a quedarme en Estambul por un trabajo, o por comodidad, o por cualquier otra cosa. Sabía que Cloe sería feliz en España, que sería feliz si formábamos una familia juntos, y a las pruebas me remito, nunca la he visto tan feliz. ¿Y sabes por qué lo sabía?

–¿Por qué?

–Porque cuando miré dentro de tu cerebro vi un cartel de neón que decía: *Estoy loca por ti, Aslan, vente a vivir conmigo*. Y no me quedó más remedio que hacer caso a tu subconsciente –bromea haciéndome reír.

–Estás fatal. Aún no sé cómo la doctora Andrades te ha nombrado jefe de neurocirugía.

–Porque me lo merezco –responde lleno de petulancia impostada, haciéndome reír–. Y a ti te gusta, no lo niegues.

–Me encanta –afirmo sentándome en la cama, dispuesta a sacarme el camisón gris de algodón y repetir el orgasmo de solo unos minutos antes. Pero entonces alguien llama a la puerta. Oímos golpes suaves y risas. Tendremos que esperar un poco–. Adelante.

–¿Estáis fabricando un bebé? –pregunta Cloe asomando su cabecita por la puerta con los dedos entreabiertos de una mano en los ojos y una amplia sonrisa. Está en esa fase, en la que ha aprendido en el cole la concepción humana y todo la divierte y la sonroja a partes iguales sobre ese tema.

–No, cariño, puedes pasar –la invita su padre, y ella echa a correr y salta a la cama. Tras sus pasos vienen Pablo y Álex. Los tres están en pijama y supuestamente deberían estar dormidos, pues hace más de dos horas que nos despedimos tras la cena. Por suerte la cama es suficientemente amplia para abarcarnos a todos, Álex se sienta a mis pies y Pablo se tira encima de mí; el universo se muestra en todo su esplendor sobre nuestras cabezas.

–¿Qué hacéis todos aquí? –pregunto.

–No tenemos sueño –confiesa Pablo.

–Mira, mamá, papá me ha enviado un vídeo de Zoe. Ha empezado a andar –me cuenta Álex mostrándome el vídeo de su hermana pequeña dando pasos dubitativos por el pasillo de la casa de su padre y de Soraida. Son felices, y eso me hace feliz a mí también, por no tener que preocuparme por ellos.

–Qué bonita está.

–¿A que sí? Soraida dice que se parece muchísimo a mí, aunque no la veo tan parecida porque es preciosa.

–Tú también eres preciosa –puntualizo.

–Yo me parezco más a ti –chista Cloe con una sonrisa de oreja a oreja. Álex se ríe divertida. Sabe que eso es imposible, pero a la pequeña le encanta compararse con ella, la idealiza, y Álex disfruta ejerciendo de hermana mayor con ella.

–Pues yo no me parezco a ninguna de las dos, me parezco a mamá –chista Pablo abrazándome con fuerza. He tenido que recolocarme en la cama, apoyándome contra el cabecero, o habríamos aplastado a Aslan, entre todos.

–Sobre todo en el mal genio –bromea Álex.

–En eso creo que te pareces más tú –observo y ella ríe.

–La abuela Juani me ha enviado un mensaje de voz preguntándome si hace mucho frío aquí, y el abuelo Benito me ha dicho que le llevemos un reno de recuerdo –relata Pablo. Es curioso cómo se han acostumbrado a tener dos abuelos maternos, de no tener ninguno, a tener dos, más los padres de Aslan, que han sido encantadores con mis hijos y conmigo cuando fuimos a visitarles a su propiedad de Antalya. Para mí ha sido un poco extraño hacerme a la idea del nuevo padre y las nuevas hermanas surgidas de la noche a la mañana y, bueno, para ellas fue un *shock* aún mayor porque jamás pensaron que su amiga de las vacaciones era, además, su hermana. Nos llevamos bien, aunque no tengamos una relación íntima. Para mí mis hermanas siempre serán Lorena y Carolina.

–Pues cuando vuelvas a hablar con él dile que se olvide. A la única a la que le llevaremos un regalo será a la bisa. –Que dicho sea de paso está de lo más feliz porque su hija se haya independizado de una vez, aunque sea a los casi sesenta años y viva con su pareja en una casa a dos pasos de la suya en la misma calle. «Ahora que creía que podría pasarme el día en enaguas se pasa aquí todo el día con Benito», me ha dicho en varias ocasiones, aunque sé que en el fondo le gusta tanta visita.

–¿Podemos ir mañana otra vez con el trineo de renos? ¿Podemos? –pregunta Pablo a Aslan con una mirada que sé que va a ser incapaz de rechazar porque sé que adora a mi pequeño.

–Venga, Aslan… –insiste Álex.

–*Baba*… –suplica Cloe por hacer feliz a Álex.

–Bueno, mañana pensaba que hiciésemos una ruta en motos de nieve, pero si preferís repetir lo de los renos, no me importa –revela con una sonrisa. Álex, Pablo y Cloe se miran entre ellos como tratando de decidir si cambian de opinión o no.

–¿Quién vota por motos de nieve? –pregunta Pablo con la mano alzada, y tanto Álex como Cloe repiten el gesto–. ¡Motos de nieve!

–Mirad al cielo, por favor –pido. Cuando las luces se han intensificado muchísimo y su color verdoso se refleja en los rostros de nuestros hijos, todos miran hacia arriba y el silencio se hace de inmediato ante la majestuosidad de la naturaleza que estamos contemplando. Por encima de las copas de los árboles en el cielo danza una cinta de colores con destellos dorados rojizos y verdosos.

No han transcurrido ni treinta minutos cuando observo que se han quedado dormidos en la cama, todos. Álex a mis pies en posición fetal, Cloe con la cabecita apoyada en sus piernas, y Pablo entre Aslan y yo. Miro a Aslan, y como si pudiese percibirlo me devuelve la mirada. Se inclina hacia mí para besarme y me inclino también para no estrujar a Pablo. Me besa con una dulzura infinita. No creo que pueda nunca cansarme de sus labios, de su boca, porque es la primera vez en mi vida que siento como si la vida fuese una canción feliz que tarareas entre los labios mientras no puedes evitar sonreír.

–Tengo algo que decirte…

–Hay algo que quiero contarte…

Decimos los dos al unísono.

–Empieza tú –pide, divertido.

–No, dilo tú primero –insisto, acabo de ponerme nerviosa de repente.

–He estado pensando que… quizá… –Tanto rodeo comienza a preocuparme. Se vuelve hacia la mesita de noche y toma una caja de tiritas que llevo viendo ahí toda la noche e incluso he estado a punto de preguntarle si se ha hecho alguna herida en el paseo en trineo–. A ver, en mi cabeza todo era mucho más fácil –murmura, y en ese momento a Cloe se le escapa un pedo, pero sigue durmiendo igual–. Gracias, hija, por la ayuda –le dedica Aslan, y yo me muero de la risa. Se levanta de la cama, toma un par de mantas del armario y se las hecha a las niñas por encima, por suerte al menos no huele. Se dirige con la caja de tiritas al sofá de la habitación y me llama a su lado con un gesto–. Antes de que las flatulencias de mi hija te hagan tomar una decisión equivocada, me gustaría decirte que… te quiero y quiero pasar el resto de mis días contigo. Y con Pablo y Álex, con la bisa Constanza, Rodrigo y Patricia, y fíjate cómo es de grande mi amor que incluyo en el lote a tu madre y a Benito –afirma haciéndome reír de nuevo.

–Un gran sacrificio, el tuyo –digo en broma, pero es cierto, su decisión de dejarlo todo y venir a vivir a España a raíz de mi accidente ha sido la mayor muestra de amor/locura que he recibido nunca.

–Lo sé, pero mereció la pena. Por eso quiero decirte que…

–¿Hay más? A que se me olvida lo mío… –bromeo.

–No, espera. Quiero decirte, ahora en serio, que te prometí que te traería a ver auroras boreales, y lo he hecho; te prometí que nada ni nadie podría apartarme de tu lado, y así ha sido; y ahora te prometo que te amaré hasta el último de mis días –afirma serio, y no puedo evitar que las lágrimas acudan a mis ojos–. He tenido que guardarlo aquí para que no lo encontraras… –Abre la caja de tiritas–. Ahora sí, señorita Celona, ¿quiere casarse conmigo? –pregunta mostrándome un anillo de plata en forma de corona con el que me demuestra cuánto me conoce. No me gusta el oro, solo llevo joyas de plata, y además, me encantan las coronas, debe de ser algún tipo de trauma infantil, porque, cuando era pequeña, todas las niñas se sentían princesas menos yo, y de adulta me dio por ellas. Tengo bolígrafos con coronas, camisetas con coronas, pendientes… y ahora, un precioso anillo con la forma de una hermosa diadema. No puedo contener más las lágrimas, ¿qué he hecho para merecer tanto amor?, me digo–. ¿Qué respondes? –me pregunta mientras limpio las lágrimas que me congestionan la voz y me recorren las mejillas. Yo le ofrezco el dedo y él lo desliza; me está perfecto.

–No puedo contestarte hasta que tú me respondas a mí –digo con el corazón acelerado, casi sin respiración. Él me mira con expresión de preocupación, como si temiese que fuese a contarle que me quedan dos días de vida y me siento mal por preocuparle–. ¿Recuerdas hace casi tres semanas cuando cogí la infección en el oído y me recetaste antibióticos?

–Sí, claro, una otitis media sin importancia.

–¿Sin importancia?

–Sí.

–Pues tengo que decirle, doctor, que debería haberme advertido de los efectos secundarios del tratamiento. –Digo incorporándome. Busco mi bolso y encuentro dentro un sobre que he estado guardando desde esa misma mañana. Las instrucciones venían en finlandés, pero la experiencia es un grado.

–¿Qué efectos secundarios? Si te sentaron bien.

–Sí, claro, de maravilla. Pues no, o sí, no lo sé. Hoy

he ido al baño y me he encontrado con esto –digo entregándole el sobre.

–Me estás asustando, Sara –asegura abriéndolo.

–Asústate –digo, y sus ojos se abren como platos. Tiene una primera intención de encender la luz, pero como los niños están dormidos se acerca a la cristalera y puede ver el resultado bajo la luz de la Aurora.

–Esto es… , esto es… –dice sin que terminen de salirle las palabras.

–¿Quieres tener un hijo conmigo? –le pregunto, y comienza a llorar en silencio. Se lleva una mano a los labios y llora como un niño pequeño, tanto que me asusto y le traigo hasta mí. Hago que se siente en el sillón de terciopelo–. ¿Qué te pasa, Aslan? –él se limpia las lágrimas de los ojos, de las mejillas y la barba, carraspea tratando de hablar, pero no lo consigue–. ¿Qué te pasa, cariño? Dímelo –le pido, y él se aclara la garganta.

–Yo… –arranca y vuelve a llorar–. Yo no me atrevía a pedírtelo, porque sé que has pasado por demasiado y no quería que te sintieses obligada a tenerlo por mí, pero me acabas de hacer el hombre más feliz del mundo. Te amo, Sara. Eres la mujer de mi vida y no hay nada que me haga mayor ilusión que tener un hijo contigo, que unamos a nuestros hijos más aún si cabe con un hermanito, o hermanita.

–Qué alivio, por favor. Creí que llorabas porque tendríamos que comprar un coche nuevo con más plazas –digo haciéndole reír. Me abraza y me besa, con una felicidad en la mirada que no puedo describir–. Y mi respuesta a tu pregunta es sí, claro que quiero casarme contigo, Aslan Kaya.

Epílogo

El pequeño Kerem corretea por la casa agitando entre sus manos un pedazo de papel coloreado. A sus tres años va dando saltitos, feliz, con la sonrisa pintada en la cara redonda del bebé que aún no me acostumbro a que vaya dejando de ser. Se detiene junto a su hermana Alejandra, que ataviada con un biquini estampado de flores lee plácidamente una novela negra, recostada en una de las tumbonas de la piscina mientras con la mano libre acaricia, aparentemente sin intención, el hombro de su novia, Jaycie, una joven belga de veinte años, estudiante de Erasmus a la que ha conocido en la universidad y que pasa unos días de vacaciones en casa. Ya llevan un año juntas y lo cierto es que me cae bastante bien, aunque solo el tiempo dirá si su relación continuará cuando Jaycie regrese a Gante, después del verano.

Como Álex no le hace demasiado caso, Kerem prueba con su hermano Pablo, que a sus quince años es un adolescente largo y espigado que se siente demasiado mayor para jugar con un niño pequeño, a pesar de que le adora. Pablo está sentado en una de las sillas situadas en la parte más alejada del pequeño jardín, bajo un pequeño velador, hablando con uno de sus amigos en una videollamada y quedando para ir a dar una vuelta más tarde y, aunque Kerem le pone el dibujo por delante del teléfono, sencillamente no lo ve.

–Ahora no, Kerem –protesta, y el pequeño se queja dando un saltito, y por un momento temo que vaya a romper a llorar, pero no, hace pucheros un segundo y se dirige hacia su última opción, su hermana Cloe. Recorre con pasos decididos todo el perímetro de la piscina en su búsqueda, sorteando las toallas y colchonetas que la batalla campal previa al descanso ha desatado.

Cloe está leyendo el último libro de Tea Stilton, arremolinada en la hamaca colgante de mimbre próxima a donde estoy, observándoles desde mi propia tumbona.

–Mira –le dice, aunque suena algo más a *mita*. Cloe mira el dibujo un instante y sonríe antes de volver a la lectura. Pero Kerem no quiere que sonría, quiere que coja el dibujo y lo admire–. Ya está, muy bonito, pero estoy terminando un capítulo –le dice con prisas, y Kerem vuelve a hacer pucheros.

En ese momento me mira y veo en sus ojos verdes que me he convertido en su única salvación, de mi reacción ante su pequeña obra de arte dependerá el humor de mi pequeño. Corre hacia mí agitando los rizos rubios con el dibujo en la mano y, cuando me alcanza, se detiene un instante y sin dejar de mirarme me entrega el papel en que ha coloreado con ceras durante un buen rato.

Cuando contemplo el dibujo que ha hecho mi pequeñín debo llevarme una mano a los labios para contener la emoción. Kerem me mira esperando ansioso mi reacción. En el dibujo aparecen seis muñecos compuestos solo por cabeza, manos y piernas, una chica alta con el pelo largo y rojo, otro moreno, también alto, aunque algo más bajo, una niña con el pelo rubio y lacio, un niño más pequeño, con el cabello rizado pero pintado de amarillo y una pareja, rubia ella, moreno él, con barba, que le cogen cada uno de una mano. Es una familia, mi familia.

No puedo contener las lágrimas y rompo a llorar en silencio, para no asustar a mis niños, porque me emociona que tan pequeño haya sido capaz de plasmarnos de ese modo, porque es tan bonita la imagen que veo en esos trazos de ceras que ni en mis mejores sueños podría haber imaginado algo mejor. Abro los brazos para recibirle, y él me estrecha con una amplia sonrisa lleno de orgullo al comprobar que me ha gustado.

–Gracias, cariño, es precioso –le digo entre lágrimas, y le siento entre mis piernas. Observo la larga cicatriz que me recorre la pierna derecha desde la rodilla hasta el tobillo. El paso de los años ha ido suavizándola y ya solo me molesta cuando va a cambiar el tiempo. Kerem me da un beso baboso en la mejilla y sonríe con los ojos.

–Es mamá –dice señalándome en la imagen–. Y *baba* –apunta señalando a Aslan–. Y Pablo y Cloe ¡y Kerem! –indica a todos.

–Es un dibujo muy bonito.

–*Oto* día *pinto Drigo*, *Patisia*, *Wela*, *Welo*, *Bisa*…

–Vas a necesitar un papel muy largo –admito riendo entre lágrimas.

–Mamá, ¿qué te pasa? –pregunta Alejandra, que sin que me haya dado cuenta ha llegado hasta donde estamos y me mira preocupada.

–Estoy bien, cariño. Mira el dibujo tan bonito que ha hecho tu hermano –le digo, y ella lo mira y sonríe.

–Sí, es precioso, y tú una llorona –admite y me da un beso en la mejilla. Ven, Kerem, voy a darte de comer –dice, y le coge en brazos, llevándoselo hacia el interior de la casa.

–Mamá, ¿qué te pasa? –me pregunta Pablo, que también se ha dado cuenta de mis lágrimas y ha venido a ver qué me sucede.

–No me pasa nada, vuestro hermano ha hecho un dibujo muy bonito y me he emocionado.

–Eres más llorona… –responde con una sonrisa–. Cloe, ¿juegas conmigo al Uno? –Mi preciosidad rubia eleva la vista del libro y viene corriendo hacia nosotros y nos abraza.

–Pues, si os ponéis a jugar, que sea una partida rápida porque la comida está lista –dice mi chef particular asomando al patio de la casa unifamiliar a la que nos mudamos poco después de que Kerem naciese, en busca de algo de espacio para tantos niños. No nos hemos ido muy lejos, sigo viviendo en mi mismo barrio, solo que en una casa más grande–. Y después vamos a llamar a tu abuela Fátima, Cloe, para que habléis un ratito. –Cloe resopla, caminando tras Pablo hacia el interior de la casa–. Sé que se aburre mucho cuando habla con su abuela, pero tiene que hacerlo, igual que habla con mis padres.

–Ya, pero tus padres no se pasan todo el rato hablando de la vida, obra y milagros de su prima Elif. No puedes compararlos con Fátima, porque no pueden ser más diferentes. Aun así, sabes que estoy de acuerdo con que debemos fomentar que mantenga relación con ella, aunque en ocasiones me den ganas de bajar el volumen a la llamada...

–Hablando de llamadas, me ha llamado Lorena. Ella y Ramón van a preparar una fiesta sorpresa para Carolina y Harlan, que llegan mañana de París y quiere que haga alguna de mis famosas recetas para la cena.

–Menudo par de tortolitos están hechos esos dos –digo sorbiéndome los mocos.

–Pues me da que vienen a darnos una noticia –afirma haciendo el gesto de una panza de embarazada. Tiene razón, Carolina me lo ha contado, pero no he dicho nada para no arruinar la sorpresa. Vuelvo a acordarme del dibujo de Kerem y a emocionarme. Me hace muy feliz que también ella haya encontrado al amor de su vida y vayan a tener un hijo, o una hija que complete su felicidad–. ¿Qué te pasa? –me pregunta Aslan al darse cuenta de mi congoja.

–Tu hijo nos ha dibujado a todos, y dice que ha dibujado a su familia –digo mostrándole el dibujo que guardo contra mi pecho.

–Claro, si estamos todos es su familia.

–Ya, pero me encanta cómo nos ha dibujado a cada uno, con brazos muy grandes para abrazarle.

–Ay, mi señorita llorona –me dedica sentándose a mi lado y abrazándome. Reposo el rostro en su hombro, él me acaricia el cabello y me besa en el cuello.

–Y pensar lo mucho que me asusté cuando supe que estaba embarazada… –digo entre lágrimas. Él se echa a reír. Me aparto para mirarle a los ojos–. Y ahora no sé qué haríamos sin él.

–Recuerdas cuando se lo dijimos a los niños y Cloe gritó: «Ahora sí que somos hermanos de verdad» –rememora, y me hace reír entre lágrimas.

–Y Álex puso la cara larga y Pablo suspiró pensando en la que se le venía encima, aunque luego se alegró de que fuese un hermano y no otra hermana más, como Zoe, la hija de Miguel y Soraida. Y Álex le cuida a todas horas.

–Al final, sí que somos como los Brady, ¿no crees? –sugiere haciéndome reír de nuevo. Me besa en los labios, es un beso dulce y paladeado, que despierta mariposas en mi estómago. Cuando se aparta nos miramos a los ojos y nos decimos, sin palabras, cuánto amor sentimos el uno por el otro–. ¿Sabes qué día es hoy?

–Claro que lo sé. Hoy hace seis años que conocí en Estambul a un médico malhumorado y gruñón al que le sentaba mal todo lo que le decía.

–Seis años desde que me enamoré de una española loca que se adueñó de mi corazón para siempre, convirtiéndome en el hombre más feliz sobre la faz de la tierra.

Agradecimientos

En primer lugar, mi agradecimiento es para ti, lectora, lector, que has apostado por esta historia que ha dejado de ser solo mía, para convertirse en nuestra. Gracias por leerla y compartir conmigo la montaña rusa de emociones que supone, sois geniales :).

Esta novela es como es gracias a mi familia. A mi marido, Antonio, mi remanso de paz mental y mi tsunami en ocasiones también. Y muy especialmente gracias a mis hijos Hugo y Eric, su apoyo incondicional, su interés por mis novelas que aún no pueden leer ;), y su ilusión al ver los libros de mamá publicados son un acicate para compartir con los lectores las historias que rondan mi cabeza. Os quiero, no sabéis cuánto.

Esta es una historia de amistad y de amor y yo siempre tuve a las mejores amigas en casa, Ana Mari y Chica. Después Nuria se unió a nuestro particular Club (y me robó a mi hermano preferido ;)). Os adoro.

También quiero agradecer a mi editora, Elisa Mesa, por creer en esta historia desde el principio, por su comprensión y paciencia, por confiar en mí y darme la oportunidad de volver a trabajar con un equipo tan maravilloso como lo es el de HarperCollins, soy muy afortunada de contar con vosotros :).

Y, por último, pero no menos importante, quiero dar las gracias a mi pueblo, Benalup–Casas Viejas. Nadie es profeta en su tierra, dicen, pero yo siempre me he sentido muy arropada en la mía. Soy una auténtica privilegiada de vivir en este pequeño gran paraíso, en esta tierra tan hermosa como acogedora, espero haberos mostrado un poquito de él y que os hayan dado ganas de conocerlo y de encontraros con Sara y Aslan en cualquier rincón ;).

Nos vemos en…

Instagram: @mariajosetirado
Facebook: María José Tirado
Twitter: @marijosetirado

CPSIA information can be obtained
at www.ICGtesting.com
Printed in the USA
LVHW042013050523
746236LV00001B/5

9 788413 758183